STAR TREK

DER AUFSTIEG UND FALL DES KHAN NOONIEN SINGH

I

GREG COX

Based on
Star Trek
created by Gene Roddenberry

Ins Deutsche übertragen von
Stephanie Pannen & Susanne Picard

Die deutsche Ausgabe von
STAR TREK: DIE EUGENISCHEN KRIEGE – DER AUFSTIEG UND FALL DES KHAN NOONIEN SINGH I
wird herausgegeben von Cross Cult, Teinacher Straße 72, 71634 Ludwigsburg.
Herausgeber: Andreas Mergenthaler, Übersetzung: Stephanie Pannen und Susanne Picard;
verantwortlicher Redakteur und Lektorat: Markus Rohde; Lektorat: Katrin Aust und Gisela Schell;
Satz: Rowan Rüster; Cover Artwork: Martin Frei; Printed in Germany.

Titel der Originalausgabe:
STAR TREK: THE EUGENIC WARS – THE RISE AND FALL OF KHAN NOONIEN SINGH – VOLUME ONE

Print-on-Demand ISBN 978-3-96658174-5 (Februar 2020) · E-Book ISBN 978-3-86425-472-7 (Mai 2015)

WWW.CROSS-CULT.DE · WWW.STARTREKROMANE.DE · WWW.STARTREK.COM

Für Cyn und Dave

DANKSAGUNGEN

Wie uns die Geschichte lehrt, führt niemand die Eugenischen Kriege allein. Ich danke meinem Lektor John Ordover für seine frühe Anwerbung, meinen Agenten Russ Galen und Anna Ghosh für das Sichern entscheidender Verteidigungsfonds und der gesamten Malibu Lunch Group, die mich während der Kriegsjahre mit Rat und Tat unterstützt hat.

Außerdem danke ich Sumi Lee für den Deutschunterricht, Kim Kindya für die Modetipps und kubanischen Schimpfwörter, Josepha Sherman und Amy Goldschlager für ihre Augenzeugenberichte über Lenins Mausoleum, Marina Frants für ihre Tipps zu russischer Grammatik und Vokabeln, den Star Trek Timeliners für Auskünfte zu Sternzeiten und natürlich Robert Lansing, Teri Garr und Ricardo Montalban für die Inspiration.

Schließlich möchte ich noch Karen Palinko für das sorgfältige Korrekturlesen und kühne editorische Einsichten danken. Und an Alex, danke, dass deine Einstellung so viel besser ist als die von Isis.

»Wir wollen keine Cäsaren.«
- Jawaharlal Nehru
Erster Premierminister von Indien

PROLOG

Logbuch des Captains, Sternzeit 7004,1.
Die *Enterprise* ist auf streng geheimen Befehl des Sternenflottenkommandos unterwegs zur Paragon-Kolonie auf dem Planeten Sycorax, um den vor Kurzem eingegangenen Aufnahmeantrag für die Vereinigte Föderation der Planeten zu prüfen. Der problematische Sachverhalt, um den es geht, ist einer der fundamentalsten Föderationsgrundsätze, ein Jahrhunderte altes Tabu, das an Bedeutung und Unantastbarkeit nur von der Obersten Direktive übertroffen wird ...

»Genmanipulation? An Menschen?« Dr. Leonard McCoy war sichtbar schockiert. Er starrte über den Konferenztisch hinweg zu seinem Freund und Captain James T. Kirk, als könne er kaum glauben, was er da hörte. Sein stets mürrisches Gesicht wirkte sogar noch verärgerter als sonst. »Haben die Bürohengste da oben vollkommen ihren Verstand verloren? Menschliche Genmanipulation ist in der gesamten Föderation verboten - und zwar aus gutem Grund!«

Kirk musste über die vorhersehbare Reaktion seines Freunds schmunzeln. Da die Einzelheiten dieser Mission auf Befehl der Sternenflotte nur den Personen mitgeteilt werden durften, die sie kennen mussten, saßen sie mit Mr. Spock allein im Hauptbesprechungsraum. Kirk saß am Kopfende des langen rechteckigen Tischs, während sich Spock und McCoy an der polierten braunen Oberfläche gegenübersaßen. *Mir hätte klar sein müssen, dass McCoy so reagieren würde,* dachte Kirk.

»Beruhige dich, Pille«, sagte er zu McCoy. »Niemand spricht davon, das Verbot einfach so aufzuheben. Es soll lediglich neu darüber nachgedacht werden. Schließlich sind die Eugenischen Kriege dreihundert Jahre her. Man könnte argumentieren, dass die Leute heutzutage viel zivilisierter sind und wir nicht zwangsläufig die gleichen Fehler wie unsere Vorfahren machen würden.«

»Obwohl diese Fehler beinahe alles Leben auf der Erde zerstört hätten?« McCoy schüttelte heftig den Kopf. »Die Zivilisation mag vielleicht weiter sein, aber ich bin mir nicht sicher, ob die Leute wirklich intelligenter geworden sind, besonders wenn es darum geht, mit unserem eigenen genetischen Bauplan herumzuspielen.« Der Arzt sah Kirk prüfend an. »Meine Güte, Jim, du hast Khan doch kennengelernt. Erinnerst du dich nicht daran, was für ein Monster er war?«

Kirk nickte. Bei der Erwähnung dieses Namens wurde sein Gesichtsausdruck ernst. Es war erst vier Jahre her, seit der Captain den Fehler begangen hatte, die genetisch veränderte Besatzung der *S.S. Botany Bay* wiederzubeleben, die seit ihrer katastrophalen Niederlage in den berüchtigten Eugenischen Kriegen und ihrer daraus resultierenden Flucht von der Erde in den 1990ern in einem Kälteschlaf gefangen gewesen war. Ihrem charismatischen

Anführer Khan Noonien Singh war es kurzzeitig gelungen, die *Enterprise* in seine Gewalt zu bringen. Er hätte Kirk fast umgebracht, bevor es dem Captain gelungen war, das Blatt zu wenden und Khan mit seinen Supermenschen auf einem primitiven Planeten in der Nähe des Mutara-Sektors auszusetzen.

Das war verdammt knapp, erinnerte sich Kirk. Er konnte es McCoy nicht verübeln, die bloße Existenz von Khan als schlagendes Argument gegen diese Art genetischer Einmischung aufzuführen.

»Du hast ja recht, Pille«, versicherte Kirk ihm. »Tatsächlich war es sogar unsere direkte Erfahrung mit Khan und seinen Anhängern, die Commodore Mendez davon überzeugt hat, diese Mission der *Enterprise* zu übertragen. Unsere Empfehlungen werden vor dem Föderationsrat großes Gewicht haben, wenn er nächste Woche über die Zukunft der Kolonie auf Sycorax entscheidet.«

»Du meinst wohl *deine* Empfehlung«, erwiderte McCoy ohne Groll. Der Arzt schien ein wenig besänftigt zu sein, nachdem sich Kirk seine Bedenken so aufmerksam angehört hatte.

»Was ist das denn überhaupt für eine Geschichte mit dieser sogenannten Paragon-Kolonie? Wie zum Henker ist es im dreiundzwanzigsten Jahrhundert zu einer Gemeinschaft genetisch veränderter Menschen gekommen?«

Kirk ließ Spock McCoy über die Hintergründe der Kolonie aufklären. »Die Galaxis ist ein riesiger Ort«, setzte der Vulkanier an, »und groß genug, dass diejenigen, die die Regeln ihrer Gesellschaft ablehnen, weit entfernt von jeder kontrollierenden Autorität ihre eigenen Gemeinschaften gründen können. Genauer gesagt wurde die Paragon-Kolonie vor über einem Jahrhundert außerhalb des Einflussbereichs der Föderation gegründet, von Individuen, die eine genetisch verbesserte Gesellschaft erschaffen wollten. Die Kolonie hatte wenig bis gar keinen Kontakt zu Außenstehenden, bis sie vor Kurzem diskret eine Föderationsmitgliedschaft beantragt hat. Im Austausch für besagte Mitgliedschaft bietet sie der Föderation Generationen umfassendes Wissen über menschliche Genmanipulation an.«

»Was zufällig gegen eines unserer ältesten und weisesten Gesetze verstößt!«, erwiderte McCoy beißend. »Und die hohen Tiere daheim ziehen diesen Antrag ernsthaft in Erwägung?« Er verdrehte die Augen. »Gott steh uns bei!«

»Um ehrlich zu sein, Pille«, gestand Kirk, »ist es hauptsächlich die Sternenflotte, die brennend am Antrag der Kolonie interessiert ist. Aus Gründen galaktischer Sicherheit. Noch bevor diese Paragon-Sache überhaupt aufgekommen ist, gab es streng geheime Diskussionen darüber, das Verbot von menschlichen Eugenikprogrammen abzuschaffen oder zumindest zu lockern. Ein paar unserer besten Strategen haben die Sternenflotte auf die Tatsache aufmerksam gemacht, dass die Menschheit von Spezies wie den Romulanern und den Klingonen bedroht wird, die gewöhnlichen Menschen in vielerlei Hinsicht überlegen sind. Sie argumentieren, dass wir die »genetische Lücke« schließen sollten, indem wir verbesserte Menschen züchten, die den fremdartigen Spezies, denen wir begegnen könnten, gewachsen sind. Es gibt sogar Gerüchte, dass die Klingonen bereits ihre eigenen Genmanipulationsprojekte begonnen haben und dass wir möglicherweise in einem Rennen um genetische Aufrüstung ins Hintertreffen geraten könnten.«

McCoy wirkte regelrecht erschüttert. »Die Klingonen springen von einer Evolutionsklippe, also sollten wir uns beeilen, ihnen hinterherzuspringen? Das ist genau die

Art von Argumentation, die vor ein paar Jahrhunderten fast die Menschheit ausgerottet hätte.« Als sich McCoy zu Kirk vorlehnte, nahm seine Stimme eine leidenschaftliche Dringlichkeit an. »Ich kann nicht für die Romulaner sprechen, Jim, aber ich bin mir verdammt sicher, dass wir Menschen noch nicht bereit sind, mit unseren eigenen Chromosomen Gott zu spielen. Du meine Güte, wir sprechen hier von dem, was uns überhaupt erst zu Menschen macht!«

Spock verschränkte nachdenklich seine Finger ineinander. »Trotz der bedauernswerten Erfahrungen der Menschheit auf diesem Gebiet gibt es eine Reihe anderer intelligenter Spezies, die Eugenik betreiben, ohne die in Ihrer Geschichte verzeichneten negativen Konsequenzen zu erleiden. Zum Beispiel die Horta von Janus VI: Alle fünfzigtausend Jahre wählen sie die Beste ihrer Generation aus, die alleinige Mutter der nächsten Generation von Hortas zu werden. Dies ist selektive Zucht, um ihre Spezies stetig zu verbessern.« Spock warf einen ironischen Blick zu McCoy. »Wie Sie selbst bestätigen können, Doktor, hat dieser Prozess eine beachtlich zivilisierte und intelligente Lebensform erschaffen.«

Kirk unterdrückte ein Schmunzeln, da ihn der übliche Kleinkrieg seiner Freunde wie immer amüsierte. Er konnte immer darauf vertrauen, dass Spock und McCoy bei jedem Thema auf unterschiedlichen Seiten standen. Das war einer der Gründe, warum er es sich zur Regel gemacht hatte, beiden immer genau zuzuhören.

»Ich hätte wissen müssen, dass Sie diese wahnsinnige Unternehmung gutheißen«, schimpfte McCoy und warf Spock einen skeptischen Blick zu. »Was könnte man auch sonst von jemandem erwarten, dessen Volk alles getan hat, um sich jede Spur von Gefühl wegzuzüchten?«

Spock ließ der Ausbruch des Arztes natürlich unbeeindruckt. »Die vulkanische Ablehnung von Emotionen«, korrigierte er McCoy, »ist das Ergebnis einer zweitausend Jahre alten intellektuellen und philosophischen Disziplin, und keine Sache bloßer Biologie. Des Weiteren habe ich nicht gesagt, dass ich den Antrag der Paragon-Kolonie auf Aufnahme in die Föderation gutheiße. Momentan sind die Fakten, um eine solche Entscheidung zu treffen, noch unzureichend. Ich habe lediglich beobachtet, dass Gentechnik und Selektion auf Basis der galaktischen Geschichte nicht grundsätzlich gefährlich ist.«

McCoy seufzte resigniert. »Warum versuche ich überhaupt, mit Ihnen zu diskutieren, Sie spitzohriger Trikorder auf Beinen?« Er sank in seinen Sessel zurück und sah Kirk fragend an. »Was ist mit dir, Jim? Was hältst du von der ganzen Sache?«

Gute Frage, dachte der Captain. Seine ursprüngliche Reaktion auf die geheime Botschaft des Commodore hatte der McCoys geähnelt: Warum riskieren, einen neuen Khan zu erschaffen? Doch nun fühlte er sich verpflichtet, genauer über die Angelegenheit nachzudenken. Das ursprüngliche Verbot, mit der menschlichen DNA zu spielen, war von einer Generation erlassen worden, die den Schrecken der Eugenischen Kriege noch selbst miterlebt hatte. Man könnte also sagen, dass dieses bedingungs- und ausnahmslose Gesetz eine Überreaktion auf die Verbrechen Khans und seiner Zeitgenossen war. Vielleicht war es wirklich Zeit, einen neuen, weniger emotionalen Blick auf die potenziellen Vor- und Nachteile der Gentechnik zu werfen …?

»Ich glaube, es war Samuel Hopkins vom Ersten Kontinentalkongress, der sagte, dass ihm niemals ein Thema begegnet sei, das so gefährlich wäre, dass man nicht darüber reden könne«, erwiderte Kirk nachdrücklich. »Und in diesem Sinne, meine Herren, habe ich vor, aufgeschlossen zu bleiben, bis wir auf Sycorax angekommen sind und hören, was die Kolonisten zu sagen haben. Außerdem will ich mit eigenen Augen sehen, wie eine genetisch veränderte Gesellschaft aussieht.« Er erhob sich von seinem Platz am Kopfende. »Damit ist diese Besprechung beendet. Danke, Pille, Mr. Spock. Sie können nun zu Ihren Posten zurückkehren. Bitte betrachten Sie die Details unserer Mission nach Sycorax bis auf Weiteres als geheim. Wir wollen keine unnötigen Diskussionen auslösen, bevor sich die Sternenflotte auf einen angemessenen Kurs geeinigt hat.«

»Was immer du sagst, Jim.« McCoy stand auf und trat vom Tisch zurück. »Ich beneide dich nicht um die Entscheidung, die du treffen musst. Du sitzt wirklich zwischen allen Stühlen.« Die automatische Tür glitt auf, als sich McCoy dem Ausgang näherte. Dort blieb er noch einmal stehen und sah zurück zu Kirk. »Du weißt, dass meine Tür immer offen steht, wenn du darüber reden möchtest.«

»Danke, Pille. Ich werde daran denken.«

Spock blieb zurück, während sich die Tür hinter McCoy schloss und damit die Geräusche aus dem belebten Korridor abschnitt. »Was kann ich noch für Sie tun, Mr. Spock.?«

Der Erste Offizier der *Enterprise* stand hinter seinem Stuhl. Seine tadellose Haltung und sein würdevolles Gebaren verrieten seine vulkanische Herkunft ebenso wie die spitzen Ohren und seine leicht grünliche Haut. »Wenn ich Ihnen einen Ratschlag geben darf, Captain. Auch wenn ich die äußerst emotionale Reaktion des guten Doktors auf das vorliegende Thema nicht teile, ist sein Vorschlag, die Geschichte Ihrer eigenen Welt zu betrachten, nicht unklug. Wie wir durch unsere eigenen Erfahrungen in der Vergangenheit gelernt haben, war die zweite Hälfte des zwanzigsten Jahrhunderts eine äußerst gewalttätige Periode in der Geschichte der Erde. Neben Khan und den anderen genetischen Tyrannen gab es noch eine Reihe anderer entscheidender Variablen, einschließlich zum Beispiel den verdeckten Aktivitäten von Gary Seven und seinen Partnern.«

Das stimmt, dachte Kirk. Seven, ein Agent einer unbekannten außerirdischen Zivilisation, musste tatsächlich ein Zeitgenosse Khans gewesen sein. Kirk fiel ein, dass Spocks nachfolgende Recherche ergeben hatte, dass Seven und seine Partnerin, eine junge Frau namens Roberta Lincoln, im verhängnisvollen Drama der Eugenischen Kriege Schlüsselrollen gespielt hatten. »Ich frage mich, was Seven wohl zu der Paragon-Kolonie sagen würde.«

»Darüber können wir nur spekulieren«, stellte Spock fest. »Seine Handlungen in der Vergangenheit sind jedoch eine Angelegenheit der Geschichtsschreibung.« Er trat vom Konferenztisch zurück und ging zur Tür. »Die Zukunft der menschlichen Rasse ist noch ungeschrieben, Captain, aber eine vollständige Kenntnis der Vergangenheit könnte Ihnen bei den Entscheidungen in den bevorstehenden Tagen helfen.«

Kirk nickte ernst. »Ein ausgezeichneter Vorschlag, Mr. Spock.« Er warf einen Blick auf das dreieckige Prisma auf dem Konferenztisch. »Wie lange noch, bis wir Sycorax erreichen?«, fragte er seinen Wissenschaftsoffizier.

»Bei unserer derzeitigen Geschwindigkeit«, antwortete Spock, während er im Kopf schnell die notwendigen Berechnungen anstellte, »ungefähr zweiundsiebzig Stunden und vierunddreißig Minuten.«

Genug Zeit, um noch ein wenig Recherche zu betreiben,

entschied Kirk. Ihm dämmerte, dass es Jahre her war, seit er die düstere und turbulente Geschichte der Eugenischen Kriege durchgegangen war und dass es immer noch viel gab, was er über diese schicksalshafte Ära nicht wusste. »Bitte übernehmen Sie die Brücke, Mr. Spock. Ich werde wohl noch etwas hierbleiben und Ihren Ratschlag beherzigen.«

»Sehr gut, Captain. Ich werde Sie Ihren Studien überlassen.«

Nun war Kirk allein im bläulichen Besprechungsraum. Ein paar Momente lang lauschte er dem gleichmäßigen Summen seines Raumschiffs, dann setzte er sich an den Tisch. »Computer, öffne historische Aufzeichnungen der Erde aus dem späten zwanzigsten Jahrhundert. Beginne mit dem ersten Eintrag zum Thema ›Eugenische Kriege‹.«

Der kleine Sichtschirm blitzte auf. *»Anfrage wird bearbeitet«*, sagte die vertraute weibliche Stimme des Bordcomputers. *»Starte historische Anzeige ...«*

Roberta Lincoln lief vor der sowjetischen Botschaft nervös auf und ab. Mit verschränkten Armen trotzte sie der kalten Nachtluft. Das monumentale Steingebäude im gedrungenen neoklassizistischen Stil ragte stumm und dunkel hinter der jungen blonden Frau auf. Roberta warf einen Blick auf ihre Armbanduhr. Es war zehn nach zwei, sie hatte erst vor neunzig Sekunden das letzte Mal auf die Uhr gesehen. *Was hält Seven und diese verdammte Katze nur auf?*, fragte sie sich beklommen. *Sie sollten längst zurück sein.*

Rastlos ging sie den Bürgersteig entlang und erschrak über den Hall ihrer eigenen Schritte, der für ihren Geschmack viel zu laut war. Sie wollte auf keinen Fall die Aufmerksamkeit der Polizei erregen oder gar die eines der unzähligen Informanten, die für die Stasi arbeiteten, die gefürchtete ostdeutsche Geheimpolizei.

Glücklicherweise schien Unter den Linden, der breite Stadtboulevard, der von der Botschaft aus nördlich verlief, um diese lächerlich späte Stunde verlassen zu sein. Die einzigen Verkehrsgeräusche, die zu hören waren, kamen von einer Hochbahn, die ein paar Straßen entfernt vorbeiratterte. Roberta blieb im Schatten des großen Gebäudes und hielt Sicherheitsabstand zu den Straßenlampen an jedem Ende des Häuserblocks, während sie gleichzeitig sorgfältig nach dem kleinsten Anzeichen für Ärger Ausschau hielt. »Komm schon, komm schon«, murmelte sie ungeduldig und wünschte, dass Seven sie hören könnte. *Man sollte meinen, ich hätte mich inzwischen an solche Situationen gewöhnt,* dachte sie. Schließlich arbeitete sie seit mittlerweile sechs Jahren für Gary Seven, beziehungsweise Agent 194, seit jenem unvergesslichen Nachmittag 1968, als sie ihre vermeintlich normale Bürostelle angetreten hatte, nur um sich in einem bizarren Vorfall wiederzufinden, in dem es um Atomraketen, sprechende Computer und ein Raumschiff aus der Zukunft gegangen war.

Was ist schon ein bisschen Spionagearbeit in Ostdeutschland gegen die Weltraumabenteuer, durch die mich Seven in den letzten Jahren geschleift hat?, dachte sie. Dennoch zitterte sie unter ihrem schweren grauen Wollmantel, und nicht nur vor Kälte. Der Mantel war weder besonders schmeichelhaft noch modisch, aber er half ihr, nicht weiter aufzufallen, und schützte sie gleichzeitig vor der Winterkälte. Eine schwarze Baskenmütze und ein dazu passendes Tuch, das sie unter dem Kinn zusammengebunden hatte, verbargen ihr honigblondes Haar, während ihre behandschuhten Finger tief in den Taschen ihres Mantels steckten. Mit der rechten Hand spielte sie mit einem schmalen silbernen Objekt, das wie ein normaler Füllfederhalter aussah. Doch ein schlichter Füller hätte Roberta wohl nicht im gleichen Maße beruhigt wie dieser besondere, Servo genannte Mechanismus, auch wenn sie inständig hoffte, dass sie ihn nicht würde einsetzen müssen, bevor die Nacht vorüber war.

Zwei Scheinwerfer näherten sich von Norden, und Roberta drehte der leeren Straße den Rücken zu. *Wahrscheinlich nur ein Transporter, der eine nächtliche Bestellung ausliefern muss.* Sie trat tiefer in den Schatten der Botschaft, aber ihr Herz schlug dennoch etwas schneller. Roberta hielt den Atem an, während sie einen wehmütigen Blick auf die Lichter des Brandenburger Tors warf, das nur anderthalb Blocks entfernt lag. Das beeindruckende Marmorbauwerk mit seinen Sicherheitsbeamten und Wachhunden markierte die Grenze zwischen Ost- und Westberlin und ließ die Sicherheit des Sektors der Alliierten quälend nah erscheinen.

Natürlich hatten die braun uniformierten Wachen den Befehl, potenzielle Flüchtlinge zu erschießen, aber dieses Wissen hielt Roberta nicht davon ab, einen irrationalen Drang zu verspüren, einfach loszulaufen. *Sei nicht albern,* maßregelte sie sich. *So weit wird es nicht kommen. Seven ist bestimmt gleich zurück ... hoffe ich.*

Der Lieferwagen rumpelte an ihr vorbei, und sie atmete erleichtert durch, als das unauffällige Fahrzeug zwei Häuserblocks weiter abbog. *Das müsste die Friedrichstraße sein,* dachte sie, während sie sich die Straßenkarten ins Gedächtnis rief, die sie für diese Mission auswendig gelernt hatte. Ihre Vorbereitung war gründlich gewesen, aber sie begriff nun, dass ihr all das nichts nutzen würde, wenn man sie auf der falschen Seite des Eisernen Vorhangs erwischte.

Ein reumütiges Lächeln hob ihre Mundwinkel. Sie konnte sich genau vorstellen, wie sie versuchte, ihre Situation einem düster dreinblickenden Vernehmungsbeamten der Stasi zu erklären. »Nein, nein, ich habe gar nichts mit der CIA oder der US-Regierung zu tun. Ich arbeite für einen unabhängigen Ermittler, der von einer Gruppe geheimnistuerischer Außerirdischer ausgebildet wurde, um die Menschheit davon abzuhalten, sich selbst auszulöschen ...« Junge, die Kommunisten würden begeistert sein! Wahrscheinlich würde sie in einem sowjetischen Straflager enden, wenn man sie nicht einfach im Morgengrauen erschoss.

»Guten Abend, Fräulein«, flüsterte ihr eine Stimme ins Ohr.

Roberta wirbelte herum. Vor ihr stand ein Fremder. Wo zum Teufel war er hergekommen? Während sie sich bemüht hatte, nicht von dem vorbeifahrenden Transporter entdeckt zu werden, hatte sie den Mann komplett übersehen. *Schlampig, schlampig,* schalt sie sich für ihre Nachlässigkeit. *Ich bin vielleicht eine Agentin! Emma Peel würde nie zulassen, dass sich jemand so an sie heranschleicht.*

Zum Glück schien der Sprecher zumindest oberflächlich keine Bedrohung darzustellen. Zu Robertas großer Erleichterung trug der Mann weder eine Polizei- noch eine Soldatenuniform. Stattdessen wirkte er wie ein Buchhalter oder Ladeninhaber mittleren Alters, der noch einen kleinen Abendspaziergang machte. Der Mann war klein und hatte Hängebacken. Seine beginnende Glatze war der kühlen Nachtluft ausgesetzt, und auf seiner geröteten Knollennase saß eine schwarze Hornbrille. Wie Roberta hatte auch er die Hände in die Taschen gesteckt, doch trotz der Kälte war sein Gesicht rot angelaufen. *Deutschland ist das Bierzentrum der Welt,* erinnerte sich Roberta. Vielleicht war der Fremde ja nur nach einem Besuch in seiner Lieblingskneipe auf dem Weg nach Hause?

»Äh, hallo«, erwiderte Roberta unsicher. Sie sprach Englisch, aber ihr automatischer Übersetzer, der sich in einem Silberanhänger in Form des Friedenssymbols um ihren Hals verbarg, wandelte ihre Worte in perfektes

Deutsch um, genau wie ihre dazu passenden Ohrringe jede Äußerung des Fremden ins Englische übertrugen. *Schlägt jeden Sprachkurs um Längen,* dachte sie und war wieder einmal dankbar für Sevens fortgeschrittene außerirdische Technologie.

»Hübsche Mädchen wie Sie sollten so spät nicht mehr unterwegs sein«, warnte sie der Mann. Das gierige Funkeln in seinem Blick sowie das unheimliche Lächeln straften die scheinbar gute Absicht seiner Worte Lügen. Roberta betrachtete durch die Brille hindurch die glasigen, blut-unterlaufenen Augen des Deutschen. *So einen irren Blick habe ich nicht mehr gesehen, seit Charles Manson das letzte Mal im Fernsehen war,* dachte sie. Roberta trat von ihrem unwillkommenen Besucher einen Schritt zurück.

»Wissen Sie denn nicht, dass Sie hier nicht sicher sind?«, hakte er nach. Seine linke Hand tauchte aus seiner Tasche auf. In ihr befand sich der Elfenbeingriff von etwas, das beängstigend nach einem geschlossenen Klappmesser aussah.

Das ist ja mal wieder typisch!, beschwerte sich Roberta stumm. *Ich versuche hier nur ein wenig herumzuspionieren und was passiert? Ich werde von irgendeinem Psycho/Räuber/Vergewaltiger angegriffen!* »Bleiben Sie, wo Sie sind!«, flüsterte sie heiser. Selbst jetzt scheute sie sich noch davor, so nah an den Grenzwächtern ihre Stimme zu erheben. »Ich werde schreien, das schwöre ich!«

Sie bluffte natürlich. Sie wagte es nicht, Alarm zu schlagen. Das könnte die ganze Mission gefährden und Seven in Gefahr bringen, ganz zu schweigen von der Katze.

»Dann leg mal los«, sagte der Deutsche und leckte erwartungsvoll seine fleischigen Lippen. Mit einem Klick schnappte die silberne Klinge aus ihrem Elfenbeingriff und reflektierte das Licht der Straßenlaternen. »Der alte

Hans mag es, wenn sie schreien, besonders wenn es so junge hübsche Dinger sind, die wissen, dass sie gleich sterben werden.«

Roberta tastete in ihrer Tasche nach ihrem Servo, verlor die stiftförmige Waffe aber wieder in einem Durcheinander aus losem Kleingeld und zusammengeknüllten Taschentüchern. Bevor sie ihn wiederfand, fuhr das Messer ihres Angreifers über ihren Mantel, schnitt den Stoff der Tasche auf und ließ ihren Inhalt auf den Boden fallen. Roberta riss ihre Augen auf, als das schmale silberne Werkzeug zwei Mal auf dem unebenen Bürgersteig auftippte und dann nur ein paar Zentimeter vor den Füßen des Angreifers liegen blieb.

Der Mann bemerkte die hoffnungsvolle Sehnsucht in ihrem Blick und sah nach unten. »Ha!« Der Anblick von Robertas verlorenem Servo ließ ihn auflachen. »Was hattest du denn damit vor, Fräulein? Wolltest du dem alten Hans einen Beschwerdebrief schreiben?«

»Hey, die Feder ist mächtiger als das Schwert, oder eher das Messer«, verteidigte sich Roberta. Sie zog ihre Hand aus der ruinierten Tasche und ging in eine Abwehrstellung. »Oder haben Sie das noch nie gehört?«

Ihre unbedachten Worte entlockten dem messerschwingenden Deutschen ein wütendes Knurren. Sein rotes Gesicht nahm einen bestialischen Ausdruck an, als er bewusst langsam auf Roberta zuging und dabei vor ihren wachsamen Augen das Messer hin und her bewegte. Das gelbliche Glühen einer entfernten Laterne ließ das scharfe Metall funkeln. »Du solltest mehr Angst haben, du Hure. Du solltest um dein Leben schreien!«

Bleib ruhig, sagte sich Roberta, denn sie nahm an, dass es wahrscheinlich die Angst seiner Opfer war, die den Psychopathen befriedigte. Sie bemühte sich um einen selbstbewussten Gesichtsausdruck, während sie ihre Hände im Karatestil hob. »Wen nennst du hier Hure, du lächerlicher Psycho? Für wen hältst du dich, Jack The Ripper?« *Gute Idee,* schalt sie sich. *Beleidige den Kerl mit dem Messer ruhig weiter. Was soll schon passieren?*

Der Deutsche verzog sein Gesicht zu einem widerlichen Grinsen, als wäre ihm ein Witz eingefallen. »Du hast keine Ahnung, mit wem du es zu tun hast, du dämliche Schlampe, aber ich werde dir die Unverschämtheit schon noch herausschneiden, Stück für Stück!« Er stürzte sich auf Roberta. Dabei knurrte er wie ein tollwütiger Hund und stach wild mit seinem Messer um sich. Seine blutunterlaufenen Augen traten aus ihren Höhlen hervor, und an seinem Kinn lief Spucke hinab. »Stirb, du Hure, stirb!«

Wenn er erwartet hatte, dass Roberta kreischen oder weglaufen würde, hatte er sich schwer getäuscht. Sechs Jahre an Gary Sevens Seite im Kampf gegen radioaktive Mutanten und Cyborg-Zombies hatten die Sechsundzwanzigjährige gelehrt, wie man auf sich selbst aufpasst.

Als ihr Angreifer versuchte, ihr das Messer in den Bauch zu rammen, wich sie nach links aus und parierte mit ihrem rechten Arm. Dann setzte sie ihren linken ein, um Hans abzublocken und seinen eigenen Arm lange genug festzuhalten, um das Messer von sich weg zu zwingen. Als der Deutsche frustriert knurrte, presste Roberta ihren linken Arm gegen seinen Ellbogen und zwang ihn so zu Boden. Dann rammte sie ihm ihr Knie auf seinen überstreckten Arm und befreite ihre linke Hand. Dabei entriss sie ihm das Messer. *Die ganzen Jiu-Jitsu-Kurse haben sich also doch gelohnt,* jubelte sie.

Plötzlich fand sich Hans mit dem Gesicht nach unten auf dem Asphalt wieder, unbewaffnet und ihr ausgeliefert. Ihr Knie pinnte seinen einen Arm am Boden fest, während beide Hände den auf den Rücken verdrehten anderen hielten. Sie hätte ihn in dieser Position leicht brechen können, entschied sich aber dafür, ihn lediglich schmerzhaft zurückzuziehen. Der verrückte Deutsche verdrehte seinen Kopf und starrte Roberta über seine Schulter hinweg verwirrt an. Er hatte offensichtlich nicht damit gerechnet, dass sein attraktives junges Opfer so starke Gegenwehr leisten würde, ganz zu schweigen davon, dass sie sich von seinen Drohungen und körperlichen Angriffen nicht einschüchtern ließ. »Wie ... ?«, keuchte er außer Atem. Seine Brille saß schief auf der Nase. »Wer ...?«

»*I am woman, hear me roar*«, erwiderte sie. Wahrscheinlich kannte hier in Ostdeutschland niemand das Lied von Helen Reddy, doch sie hoffte, dass der Perverse die Botschaft verstanden hatte. *Das wird diesen Verrückten lehren, uns emanzipierte amerikanische Frauen zu unterschätzen!*

Ein Rascheln von oben erregte ihre Aufmerksamkeit. Hans, der noch immer auf den Bürgersteig gedrückt wurde, sah an Roberta vorbei auf. Beim Anblick eines Mannes im Anzug, der sich von der Fassade der Botschaft abseilte, klappte ihm der Kiefer nach unten.

Wird aber auch Zeit, dachte Roberta.

Das untere Ende eines schwarzen Nylonseils berührte den Boden, nur wenige Sekunden bevor die Person selbst den Bürgersteig erreichte. Es handelte sich um einen hochgewachsenen schlanken Mann in einem konservativen grauen Anzug. Er schien Ende dreißig zu sein. Sein ordentlich geschnittenes braunes Haar war von grauen Strähnen durchzogen. Intelligente graue Augen nahmen kühl die Situation auf: Robertas zerschnittener Mantel, der messerschwingende Fremde am Boden.

»Schwierigkeiten, Ms. Lincoln?«, fragte Gary Seven lakonisch und hob dabei eine fast unsichtbare hellbraune Augenbraue. Als wäre sein Auftritt nicht dramatisch und seltsam genug gewesen, trug er auf seinen Schultern eine schwarze Katze. Auf dem glänzenden Fell des Tiers funkelte ein weißes Diamantenhalsband.

»Das könnte man so sagen«, erwiderte Roberta. Die Katze miaute entrüstet, als würde sie die Menschenfrau dafür schelten, durch ihre Nachlässigkeit den alten Hans angelockt zu haben. *Dir auch hallo,* dachte Roberta und starrte ihre vierbeinige Nemesis böse an. Diese sprang von Sevens Schultern auf den Bürgersteig und wirkte dankbar, wieder festen Boden unter den Pfoten zu haben. *Miau,* kommentierte die Katze erneut.

»Ruhig, Isis«, mahnte Seven. »Ich bin sicher, dass es nicht Ms. Lincolns Schuld war.«

Das alles war für den verblüfften Messerstecher wohl zu verrückt. Mit einem Aufwallen unerwarteter Stärke warf er Roberta ab und kam auf die Beine. Dann wollte er sich ohne seine Waffe auf und davon machen. *Auf keinen Fall!,* entschied Roberta wütend. *So einfach kommst du mir nicht davon.* Sie hob ihren Servo auf, stellte das Instrument auf Betäubung und schoss auf den fliehenden Mann.

Trotz seines verzweifelten Abgangs war Hans noch in Reichweite. Roberta beobachtete, wie er langsamer wurde und dann auf der Straße Unter den Linden zusammenbrach. Sie wollte gerade auf den betäubten Irren zuschlendern, als ihr Gary Seven seine Hand auf die Schulter legte. »Nicht jetzt, Ms. Lincoln«, sagte er. »Dafür haben wir keine Zeit.«

»Aber ...?«, stieß sie hervor. Der Mann war eine Bedrohung für alle Frauen. Sie konnte ihn nicht einfach mit einer Verwarnung davonkommen lassen.

»Überlassen Sie ihn der örtlichen Polizei«, wies Seven

sie nachdrücklich an, da er ihren empörten Widerspruch bereits erahnte.

Wie um zu beweisen, dass er recht hatte, ertönte plötzlich ein schriller Pfiff vom Berliner Tor. »Achtung!«, rief eine strenge Stimme, gefolgt vom Geräusch von Laufschritten auf dem Asphalt. »Hände hoch und bleiben Sie, wo Sie sind!«

Oh nein! Roberta wurde klar, dass ihr Kampf mit Hans schließlich doch noch die Aufmerksamkeit der Grenzwächter auf sich gezogen hatte. In den zuvor dunklen Fenstern gingen Lichter an. Im Inneren wurde etwas auf Russisch gerufen, und ein riesiger Suchscheinwerfer, der auf einem Wachturm direkt vor dem Brandenburger Tor stand, hüllte Roberta, Seven und Isis in blendendes Licht, das den ganzen Block erleuchtete. Der Scheinwerfer zog die Schatten der drei wie Gummi in die Länge.

»Hier entlang«, sagte Seven. Er schnappte sich Isis, ließ seine Abseilausrüstung zurück und floh den Boulevard entlang vor den näher kommenden Soldaten. Roberta entschied, dass der alte Hans mit seiner Flucht vielleicht genau richtig gelegen hatte, und rannte Seven mit dem Servo in der Hand hinterher.

»Halt!«, hörte sie jemanden weniger als hundert Meter hinter sich rufen, begleitet von bellenden Hunden und Laufschritten. Weitere Pfiffe schrillten in ihren Ohren. Riefen sie Verstärkung herbei? »Stehen bleiben oder wir schießen!«

Zeit, es Secretariat *nachzutun,* dachte Roberta, als ihr das berühmte Rennpferd dieses Namens einfiel. Da sie wusste, dass Kapitulation nicht zur Debatte stand, lief Roberta weiter nach Norden, so schnell es ihre durchtrainierten Beine erlaubten. Sekunden später gellte ein Schuss durch die Nacht. Eine Kugel zischte an ihrem Kopf vorbei und riss ihr fast die Baskenmütze herunter. *Ein Warnschuss,* fragte sie sich ängstlich, *oder nur schlecht gezielt?* Ein willkommener Adrenalinstoß verlieh ihr zusätzliche Geschwindigkeit, sodass sie Seven und Isis fast einholte. *Wieso bekommt die Katze eine Freifahrt,* dachte sie grollend, *und ich muss mir die Seele aus dem Leib rennen, um einen internationalen Zwischenfall zu vermeiden?*

Weitere Kugeln surrten an ihr vorbei, und sie zuckte bei jedem verpassten Schuss zusammen. Ganz egal wie oft ihr das in den letzten paar Jahren passiert war, sie würde sich niemals daran gewöhnen. Das *Rattattata* der Maschinengewehre hallte über den breiten Boulevard, während sie verzweifelt auf die schützende Dunkelheit zurannte, die hinter dem strahlenden Licht des Scheinwerfers wartete. *Das reicht,* beschloss sie in wohlverdienter Verzweiflung, während sie wütend auf den Rücken ihres ebenfalls rennenden Arbeitgebers blickte. *Ich werde mit Seven über eine Gefahrenzulage reden müssen ...!*

»Hinterher! Sie dürfen nicht entkommen!«

Unteroffizier Erich Kilheffer von der Nationalen Volksarmee rannte an der Seite seiner Männer, während sie die flüchtenden Verdächtigen verfolgten. Sein Herz pochte aufgeregt, und er spürte die Verantwortung, die auf seinen Schultern lastete. Er hatte die Seile, die von der Fassade der sowjetischen Botschaft hingen, durchaus bemerkt. Es handelte sich bei den Flüchtenden wohl um Spione oder Schlimmeres, was ihre Gefangennahme zu einer zwingenden Notwendigkeit machte. Er wusste, dass es seine Vorgesetzten, ganz zu schweigen von ihren sowjetischen Chefs, nicht gerne sehen würden, wenn er bekannte Spione entkommen ließ. Heutzutage konnten Grenzsoldaten vor ein Militärgericht gestellt werden, wenn auch nur der Verdacht bestand, sie hätten bei Personen, die in den Westen rübermachen wollten, absichtlich daneben gezielt. Kilheffer wollte gar nicht darüber nachdenken, was mit ihm passieren würde, wenn er gleich zwei Verdächtige entkommen ließ.

Das wird nicht passieren, schwor er sich, und verstärkte im Laufen den Griff um seine Makarow-Pistole. Ein paar Meter vor ihm rissen drei bellende Schäferhunde an ihren Leinen und zogen in ihrem Eifer, die Flüchtenden zu jagen, die Hundeführer praktisch hinter sich her. »Die Hunde freilassen!«, befahl er. »Und versuchen Sie, nicht auf die Tiere zu schießen!«, fügte er hinzu. Wenn er die Wahl hätte, wäre es ihm lieber, einen oder beide Verdächtige lebend zu fassen, aber er würde sie so oder so seinem Kommandanten präsentieren.

Während Unteroffizier Kilheffer an den streng wirkenden grauen Hausfassaden vorbeilief, versuchte er, den Flüchtenden den Weg abzuschneiden. Zur Linken, nur ein paar Häuserblocks entfernt, befanden sich die britische und die amerikanische Botschaft. Vielleicht würden die enttarnten Spione versuchen, die ausländischen Konsulate zu erreichen, um politisches Asyl zu erbitten? *Nicht solange ich im Dienst bin,* entschied Kilheffer. Er würde diese Verbrecher auch auf den Stufen der Botschaft niederschießen, wenn es sein musste.

Zu seiner Überraschung lief jedoch zuerst der Mann, dann die Frau rechts in die Glinkastraße. »Idioten«, murmelte er. Wussten Sie denn nicht, dass sie genau auf die Mauer zuliefen? Ein wissendes Lächeln markierte Kilheffers wachsende Zuversicht über den Ausgang dieser nächtlichen Verfolgung. Selbst wenn es die Flüchtenden bis zum Grenzübergang Checkpoint Charlie schafften, der ein paar Blocks südöstlich lag, gab es absolut keine Möglichkeit, an den dort stationierten NVA-Soldaten vorbeizukommen. *Wir haben sie in der Falle,* dachte er selbstgefällig und bedauerte nur, dass er den Verdienst einer erfolgreichen Gefangennahme nun vielleicht mit seinen Kollegen am Grenzübergang teilen musste.

Während er um die Ecke lief und dabei etwas langsamer wurde, da er ja nun wusste, dass die Flüchtenden eingekesselt waren, stellte er überrascht fest, dass die Schnellsten seiner Truppe verwirrt umherliefen, genau wie die Schäferhunde, die nur Momente zuvor gierig ihre Beute gejagt hatten. Sie stießen ein verwundertes Jaulen aus und sahen verstört zu ihren Hundeführern auf. »Was ist?«, schnauzte Kilheffer. »Wo sind sie?«

Seine Frage wurde mit Schulterzucken und Schweigen beantwortet. Der Unteroffizier suchte die schmale Straße vor sich nach Spuren der verschwunden Spione ab. Anders als Unter den Linden war das hier keine große Verkehrsstraße. Dunkle Schaufenster und vereinzelte Trümmerhaufen, die noch von den Bombenabwürfen der Alliierten vor fast dreißig Jahren übrig waren. Auf beiden Seiten der Straße parkten Trabis. Doch von den Verdächtigen war keine Spur zu entdecken, abgesehen von einem seltsamen blauen Nebel, der schwach zu leuchten schien. Kilheffer beobachtete, wie sich dieser phosphoreszierende Dunst langsam auflöste, während er verzweifelt herauszufinden versuchte, wohin seine Beute verschwunden war.

Am anderen Ende der Straße demonstrierten Stacheldraht und Beton die absolute Undurchdringlichkeit der Mauer. Einige Meter davor begann ein Niemandsland voller Minen und überkreuzter Stahlträger, eine Todeszone, die zwei verdächtige Personen niemals unentdeckt hätten überqueren können.

Aber wo konnten sie sonst hin sein? Trotz seines Bemühens, vor seinen Männern einen stoischen Gesichtsausdruck zu bewahren, musste Kilheffer unfreiwillig schlucken. Seine Vorgesetzten würden nicht glücklich darüber sein, genauso wenig wie die Stasi. Er betrachtete die vor ihm aufragende Mauer und erwischte sich bei dem Gedanken, wie seine eigenen Chancen standen, über Checkpoint Charlie rüberzumachen. Wie es den mysteriösen Spionen auch gelungen war, zu verschwinden, und wo sie nun auch sein mochten, Unteroffizier Kilheffer wünschte sich inbrünstig, er könnte sich ihnen anschließen.

»Herr Unteroffizier!« Zwei seiner Männer blieben keuchend neben ihm stehen. Zwischen sich hielten sie einen kleinen stämmigen Mann in einem zerknitterten braunen Mantel. Sein Glatzkopf schlingerte hin und her, als wäre er stark betrunken, und sein dämliches Grinsen passte ganz und gar nicht zu seiner gegenwärtigen Lage. In seinem rot angelaufenen Gesicht war immer noch der Abdruck des Straßenpflasters zu erkennen. »Wir haben diesen Betrunkenen in der Nähe der Botschaft auf der Straße gefunden«, meldete Feldwebel Gemp. »Was sollen wir mit ihm machen?«

Plötzlich sah Kilheffer eine Chance, seine Karriere doch noch zu retten. »Welcher Betrunkene?« Er legte dem Pechvogel Handschellen an. »Dieser Mann ist eindeutig der Anführer des Spionagerings und ein gefährlicher Staatsfeind. Sperren Sie ihn sofort ein und lassen Sie ihn von niemand anderem verhören. Ich will ihm sein Geständnis persönlich entlocken.«

Der arme Kerl grinste noch immer idiotisch vor sich hin und schien sich der Schwierigkeiten, in die er versehentlich geraten war, gar nicht bewusst zu sein. *Wahrschein-*

lich vollkommen harmlos, dachte Kilheffer mit einem Anflug von Reue. Aber was spielte das schon für eine Rolle? Jemand musste für dieses Debakel die Schuld übernehmen.

Dieser unschuldige Bursche würde für eine lange Zeit kein Tageslicht mehr zu sehen bekommen.

2

Der wirbelnde blaue Nebel füllte den leeren Tresorraum vollkommen aus. Und natürlich war er nicht mehr lange leer. Nur wenige Sekunden später tauchte eine keuchende junge Frau aus dem Dunst auf, gefolgt von einem älteren Mann mit einer Katze im Arm. *Trautes Heim, Glück allein,* dachte Roberta, als sie den Tresorraum verließ. Automatisch schaltete sich die Beleuchtung ein und enthüllte ein aufgeräumtes Büro, das mit zeitgenössischen Möbeln eingerichtet war. An den Wänden hingen gerahmte Gemälde, die hauptsächlich Katzen zeigten, abgesehen von der Wand, die von einem großen Regal aus Zedernholz eingenommen wurde. Roberta atmete erleichtert auf. Es tat gut, zurück zu sein.

Sie war von ihrer Flucht vor den ostdeutschen Soldaten noch immer erschöpft. Nur Sekunden zuvor waren Seven und sie diese einsame Straße in Berlin entlanggelaufen, während ihnen die entschlossene GrePo auf den Fersen gewesen war. Gut, dass es Seven noch rechtzeitig gelungen war, sie hinauszutransportieren. *Diese Soldaten kratzen sich jetzt gerade wahrscheinlich am Kopf und fragen sich, wie wir so plötzlich abhauen konnten,* überlegte sie.

*Geschieht ihnen recht, dafür, dass sie einfach geschossen
haben, ohne vorher herauszufinden zu wollen, wer wir sind.*

Da die Rettung in letzter Sekunde vollbracht war, löste
sich der blaue Nebel auf. Eine schwere Stahltür schwang
zu und versiegelte den Tresor. Von beiden Seiten glitten
Holzvertäfelungen aus verborgenen Nischen in den
Wänden und verbargen die undurchdringliche Tür hinter
drei Regalbrettern mit Cocktailgläsern. Innerhalb weniger
Momente war jeder Hinweis auf die geheime Nebelkammer
verschwunden, sodass Gary Sevens Büro nun vollkommen
gewöhnlich wirkte, als wäre es nicht voller außerirdischer
Technik.

Isis sprang von Sevens Arm und landete elegant auf dem
dicken orangen Teppich, wo sie prompt damit begann,
den Geruch von Ostberlin aus ihrem Fell zu lecken.
Seven benutzte die nun freie Hand, um einen schlichten
Umschlag aus der Innentasche seines Jacketts zu ziehen,
und legte ihn auf die glänzende Schreibtischoberfläche.
»Mission erfolgreich abgeschlossen«, sagte er, während
er seine Krawatte lockerte und sich zu Roberta umdrehte.
»Wer war übrigens dieser aufgewühlt wirkende Bursche
mit dem Messer?«

»Ach, nur so ein Allerweltsfrauenmörder.« Sie legte ihren
schweren Wintermantel ab und ließ sich auf ein bequemes
oranges Sofa fallen. Unter dem Mantel trug sie einen roten
Rollkragenpullover und Jeans. »Zu schade, dass wir diesen
Verrückten zurücklassen mussten.«

»Ich nehme an, dass ihn die NVA ziemlich hart
rannehmen wird«, versicherte ihr Seven. »Besonders wenn
sie ihn zum Sündenbock für unseren unbefugten Abste-
cher in die sowjetische Botschaft machen.« Er zog sein
Jackett aus und hängte es über die Lehne des schwarzen
Wildlederstuhls hinter seinem Schreibtisch. »Auf jeden

Fall haben wir wichtigere Dinge zu erledigen, als uns um einen beliebigen Straßenräuber zu kümmern. Es ging bei unserer Mission nicht darum, einen unwichtigen Verrückten zu fangen.«

Das stimmt wohl, dachte Roberta, auch wenn ihr der Gedanke nicht gefiel, nicht zu wissen, was mit Hans passiert war. *Ach, er wird seine gerechte Strafe schon irgendwann bekommen.*

Seven setzte sich an seinen Schreibtisch und zog ein paar Papiere aus dem Umschlag. Seine Stirn kräuselte sich konzentriert, während er die Dokumente studierte, die er sich von der sowjetischen Botschaft »ausgeliehen« hatte. Was er las, schien ihm nicht zu gefallen.

Roberta überlegte, ob sie Seven drauf hinweisen sollte, dass es hier in New York schon fast halb neun am Abend war. Ehrlich gesagt würde sie jetzt am liebsten Feierabend machen und zu ihrer Wohnung im West Village fahren. Stattdessen stellte sie ihre Uhr wieder auf New Yorker Zeit und wartete, bis Seven mit der Durchsicht der entwendeten Dokumente fertig war. Überstunden waren leider Teil des Jobs, auch wenn das Umherreisen in der Welt mithilfe des radioaktiven Rauchs ihr Zeitgefühl immer furchtbar durcheinanderbrachte. *Will ich Abendessen oder Frühstück?,* fragte sie sich, während sie eine Ausgabe des *People*-Magazins durchblätterte, die sie auf dem Beistelltisch neben dem Sofa gefunden hatte. *Hmmm, ich frage mich, ob der Film über diesen weißen Hai was taugt ...?*

Sie hatte gerade einen weiteren düsteren Artikel über den Watergate-Skandal zu Ende gelesen, als Gary Seven von den russischen Dokumenten aufsah und vollkommen in Gedanken versunken auf die gerahmten Gemälde blickte.

»Schlechte Neuigkeiten?«, fragte sie. Obwohl sie seit den

späten Sechzigern eng zusammenarbeiteten, musste sie ihrem mysteriösen Chef gelegentlich die nötigen Informationen aus der Nase ziehen.

»Vielleicht, Ms. Lincoln«, erwiderte er. Sein Tonfall war sehr ernst. Die Sorgenfalten in seinem Gesicht vertieften sich. »Laut diesen geheimen Berichten haben die Russen einige ihrer besten Genetiker und Biochemiker verloren. Pawlinko, Lozinak, Malinowitsch ... fast ein halbes Dutzend hervorragende Wissenschaftler wurden im letzten Jahr als vermisst gemeldet.«

»Vielleicht sind sie übergelaufen?«, schlug Roberta vor.

»Vielleicht, aber zu wem? Ich weiß genau, dass keiner der vermissten Forscher von den Amerikanern oder einer anderen großen westlichen Macht rekrutiert wurde.« Seven warf Roberta einen besorgten Blick zu. »Bedauerlicherweise sind diese Fälle nur Teil eines viel größeren und unheilvolleren Bildes. Einige der besten Wissenschaftler der Welt, besonders die, die sich auf Gentechnik spezialisiert haben, scheinen wie vom Erdboden verschwunden zu sein.«

Seven machte eine Pause, damit Roberta das Gesagte verarbeiten konnte. *Gentechnik?* Sie war mit der grundlegenden Idee aus Zeitungsartikeln und gelegentlichen Sci-Fi-Romanen vertraut, aber sie hatte gedacht, dass die moderne Wissenschaft noch Jahre davon entfernt sei, an jemandes DNA herumzupfuschen. »Und was, denken Sie, hat das alles zu bedeuten?«, fragte sie Seven besorgt. Sie war nicht ganz sicher, ob sie die Antwort hören wollte.

»Es ist unklar, ob die vermissten Wissenschaftler entführt wurden oder aus freien Stücken verschwunden sind«, erklärte Seven. »Aber ich nehme an, dass ein ehrgeiziges Gentechnikprojekt in Vorbereitung ist.« Die Sorgenfalten vertieften sich. »Das könnte höchst beunruhigende

Folgen haben. Ihre Leute sind nicht annähernd bereit, eine solche Kontrolle über ihre eigene genetische Zusammenstellung zu erlangen.«

Wie kommt es, dass es immer dann »meine« Leute sind, wenn die menschliche Rasse Mist baut?, wunderte sich Roberta. Nicht zum ersten Mal hatte Seven die ärgerliche Neigung, zu vergessen, dass auch er menschlich war, selbst wenn er und seine Vorfahren auf irgendeinem fremden Planeten aufgezogen worden waren. Sie konnte der Versuchung nicht widerstehen, Seven ein wenig zu necken. »Korrigieren Sie mich, wenn ich falschliege«, begann sie, »aber sind Sie nicht ebenfalls das Produkt von Generationen selektiver Züchtung und genetischer Manipulation?«

Ihre spitze Bemerkung schien Seven nicht aus der Fassung zu bringen. Genauer gesagt kratzte sie nicht einmal an der Oberfläche seiner außerordentlichen Gelassenheit. »Das ist eine vollkommen andere Situation«, erwiderte er mit absoluter Überzeugung. Selbstzweifel gehörten nicht zu Gary Sevens Charakterschwächen. »Meine Auftraggeber wissen, was sie tun.«

»Im Gegensatz zu uns primitiven Erdlingen des zwanzigsten Jahrhunderts?«, fragte Roberta und bemühte sich, im Namen der gesamten Menschheit rechtschaffen empört zu wirken. Sie verschränkte streitlustig die Arme und warf ihrem Chef einen kritischen Blick zu.

»Ganz genau«, bestätigte er sachlich.

Als sie gerade erst begonnen hatte, mit Seven zusammenzuarbeiten, hätte sie angesichts Sevens überlegenem Wissen in diesen Dingen eine solche Antwort akzeptiert, aber nun nicht mehr. »Tut mir leid, aber da müssen Sie sich schon mehr anstrengen«, konterte sie. »Warum sollten wir Menschen unsere Chromosomen nicht verbessern, wenn wir darauf Lust haben? Worin besteht das große Verbrechen?«

Zu ihrer Zufriedenheit und leichten Überraschung schien Seven ihre Frage ernsthaft zu überdenken. »Das Problem und die Gefahr, Ms. Lincoln, ist der Genozid in der einen oder anderen Form und die sehr reale Möglichkeit genetischer Kriegsführung. Die galaktische Geschichte lehrt uns, dass eine Spezies, sobald es ihr gelungen ist, eine ›überlegene‹ Version von sich zu erschaffen, nicht lange braucht, um den Rest der Spezies als unwürdig, obsolet und letztendlich auch als entbehrlich zu betrachten. Genau wie man die genetisch oder kybernetisch aufgewerteten Personen anfangs als Monster betrachtet, die zerstört werden müssen.« Er schüttelte traurig den Kopf. »Es ist eine unschöne, tragische Situation, die mehr Zivilisationen und Spezies zerstört hat, als ich mich erinnern möchte. Die Voixxianer. Die Ryolen. Die Minjo. Die Borg ...«

»Okay, ich hab es verstanden, denke ich«, gab Roberta fürs Erste auf. »Danke für die Geschichtsstunde.« Aber in gewisser Hinsicht war Sevens Antwort eher frustrierend als zufriedenstellend. »Es ist allerdings nicht besonders fair, wissen Sie. Ständig gewinnen Sie Diskussionen, indem Sie Ereignisse auf Planeten zitieren, von denen ich noch nie gehört habe und die ich auch nicht überprüfen kann.« Sie warf ihm einen fragenden Blick zu. »Woher weiß ich, dass Sie sich das nicht alles ausdenken?«

Seven sah sie mit amüsierten grauen Augen an. »In dieser Hinsicht müssen Sie mir wohl einfach vertrauen, Ms. Lincoln.« Isis, die ausgestreckt auf dem Plüschsessel lag, miaute zustimmend.

Nicht weiter überraschend, dachte Roberta genervt. Manchmal hatte sie den Verdacht, dass die stets präsente schwarze Katze mehr über Sevens Pläne und Absichten wusste als sie, die restliche Zeit war sie davon überzeugt. *Aber dafür habe ich opponierbare Daumen und sie nicht. Zumindest nicht im Moment.* Selbst nach den sechs Jahren, in denen sie mit Seven (und Isis) zusammengearbeitet hatte, wusste sie entmutigend wenig über die mysteriösen Außerirdischen hinter dieser kleinen Operation. Lediglich, dass sie seine Urururahnen vor sechstausend Jahren mitgenommen, ihre Nachkommen für zahllose Generationen ausgebildet und den guten alten Agenten 194 dann zurück auf die Erde geschickt hatten, um seine Mitmenschen davon abzuhalten, den dritten Weltkrieg zu beginnen. Immer wenn sie Seven nach seinen Vorgesetzten da oben fragte, sagte er ihr, dass sie nicht mehr wissen müsse, dass ihr Kenntnisse über die Aegis (wie er sie manchmal nannte) nicht bei ihren Einsätzen helfen würden, sondern es im Gegenteil ihren übergeordneten Plan gefährden würde, sollten diese Informationen in die falschen Hände fallen. *Wie dem auch sei,* resignierte Roberta. Dennoch hätte sie gerne gewusst, ob sie für einen Haufen superintelligenter Käfer, Vögel oder gigantischer Gehirne arbeitete. *Solange sie keinen Schwanz und Schnurrhaare haben,* dachte sie und warf einen misstrauischen Blick auf Isis.

Eines Tages, schwor sie sich, würde sie Seven schon alles entlocken. Doch jetzt schien nicht der richtige Zeitpunkt dafür zu sein. Ihr Chef hatte wichtigere Dinge im Kopf, wie zum Beispiel diese ausgebüxten Chromosomenzähler.

Seven warf einen Blick auf seine Armbanduhr. »Also gut«, sagte er zögernd. »Heute Abend können wir nichts mehr tun. Doch ab morgen wird unsere oberste Priorität sein, herauszufinden, wohin diese Wissenschaftler verschwunden sind.« Er lehnte sich zurück und massierte seine Stirn. Es war ein seltener Moment menschlicher

Verletzlichkeit und Erschöpfung. »Mit ein wenig Glück«, seufzte er, »können wir dieses gefährliche Experiment im Keim ersticken, bevor es zu weit geht.«

Roberta nahm an, dass ihr immer noch ein paar wichtige Informationen über diese ganze Geschichte fehlten, über die sich Seven so große Sorgen machte, aber sie hoffte einfach, dass er recht hatte. Damit, dass es noch nicht zu spät war.

Chrysalis-Basis
Standort: Geheim

Selektive Züchtung ist als Evolutionsmöglichkeit effektiv, braucht aber zu lange, besonders wenn man die menschliche Schwangerschaftsdauer einrechnet. Auch wenn es manchmal mühsam ist, beschleunigt genetische Manipulation den Vorgang doch immens, oder zumindest sagte sich das Dr. Sarina Kaur immer wieder, während sie eine weitere Reihe menschlicher Embryonen bearbeitete. *Mit ein wenig Glück werden dieses Mal nicht so viele ausgemustert,* dachte sie, während sie jeden Embryo einzeln unter einem leistungsstarken Elektronenmikroskop betrachtete.

Das sterile, klimatisierte Labor ähnelte einer glänzenden Hightech-Küche. Schwarze, säurebeständige Arbeitsplatten funkelten wie polierter Obsidian vor hellen mangofarbenen Wänden. Die Ausstattung reichte von einfachen Säulenchromatografiesystemen bis zu komplizierten Szintillationszählern, die neben mit Agar-Agar gefüllten Petrischalen, Messbechern und gefalteten Nitrozellulosefilter standen. Überzählige Teströhrchen, Behälter und Pipetten lagerten in offenen Regalen über den Arbeitsflächen. Während Kaur die Embryonen inspizierte, saß sie auf einem glänzenden Stahlhocker. Im Hintergrund lief leise ein traditioneller indischer Raga. Er beruhigte ihre Nerven während eines langen Arbeitstages.

Trotz ihrer Erschöpfung verspürte die Wissenschaftlerin, die in ihren Dreißigern war, ein unbestreitbares Gefühl von Erfüllung. Die zwei Dutzend auf der Arbeitsfläche aufgereihten Embryonen waren nicht größer als ein paar Millimeter und befanden sich jeweils in einer sterilen Schale mit einem künstlichen Nährmedium, das sie selbst entwickelt hatte. Sie stellten das Ende eines langen und akribischen Prozesses von Eliminierung und Tests dar, um menschliche Embryonen zu erschaffen, die den durch die zufällige genetische Vermischung der gewöhnlichen Reproduktion entstandenen genetisch überlegen waren.

Der Prozess hatte begonnen, indem man bei den weiblichen Freiwilligen, einschließlich ihr selbst, Superovulation, also eine erhöhte Eizellenproduktion ausgelöst hatte. Die große und breitgefächerte Auswahl von Eizellen war künstlich befruchtet und dann bei einer Temperatur von genau siebenunddreißig Grad, also Körpertemperatur, inkubiert worden. Nach der Befruchtung hatten sie die Eizellen sorgfältig auf eine Vielzahl genetischer Defekte oder Abnormitäten hin untersucht und alle ungeeigneten Eier sofort aussortiert und entsorgt. Kaur war stolz darauf, mit der Hilfe ihrer Kollegen weitaus strengere Auswahlkriterien entwickelt zu haben, als das in der Natur der Fall war. Um die grundlegende Biologie zu verbessern, war es schließlich notwendig, konsequenter und rabiater vorzugehen als die Natur, damit nur die vielversprechendsten genetischen Kombinationen überlebten.

Das Ergebnis dieser frühen Vorauswahl garantierte jedoch nur, dass die Kinder frei von vererbten Defekten sein würden. Zweifellos ein lobenswertes Resultat, aber eines, das weit unter den letztendlichen Ambitionen des Projektes stand. Es war nicht ausreichend, einfach nur herausragende Beispiele der herkömmlichen Menschheit zu produzieren. Das Chrysalis-Projekt strebte danach, eine neue Art Männer und Frauen zu erschaffen, die allen, die zuvor existiert hatten, merklich überlegen waren. Dieses Ziel erforderte es, neue Informationen und Anweisungen in den genetischen Bauplan jeder Eizelle einzufügen.

Das konventionelle Wissen dieser Zeit besagte, dass die moderne Wissenschaft noch Jahrzehnte davon entfernt sei, solche Prozeduren erfolgreich durchzuführen, doch hier bei Chrysalis hatte die kombinierte Brillanz von Kaur und ihren Kollegen, frei von staatlicher Einmischung und der Angst der Öffentlichkeit, die Kunst und Wissenschaft genetischer Manipulation schon viel weiter gebracht, als es sich die Außenwelt vorzustellen vermochte. *Eines Tages,* dachte sie, *wird die Welt erstaunt entdecken, was wir alles erreicht haben.*

Zum Beispiel war es ihnen gelungen, mehrere Kopien jeder einzelnen überlebenden Eizelle zu klonen und damit die Chancen einer erfolgreichen Hybridisierung zu erhöhen. Die herkömmliche Wissenschaft beharrte darauf, dass ein befruchtetes Ei nur zwei Mal geklont werden konnte, bevor es abstarb, und doch hatte Kaur eine Technik entwickelt, mit der man Dutzende identischer Kopien einer einzigen Eizelle herstellen konnte. *Das war der Schlüssel*, erinnerte sie sich. Angewandte Genetik beinhaltete stets ein gewisses Maß an Versuch und Irrtum, da es sich bei der Vererbung im Grunde genommen um eine Angelegenheit von Wahrscheinlichkeiten handelte. Doch indem sie so viele ideale Eizellen erzeugten, mit denen sie arbeiten konnten, erhöhten sich die Chancen, das gewünschte genetische Resultat zu erzeugen, drastisch – besonders wenn die biologischen Genies hinter dem Projekt genau wussten, welche Modifikationen sie dem gewöhnlichen menschlichen Genom hinzufügen wollten.

Sie hatten Fragmente spezialisierter DNA, die von Grund auf aus den richtigen Aminosäuren erschaffen und dann durch Polymerase-Kettenreaktionen vervielfacht worden waren, in bakterielle Plasmide aufgespalten, die als Vektoren dienten, um die rekombinanten Gene zum Zellkern des Eis zu transportieren. Nicht jedes künstliche Gen schaffte es, die DNA des Eis erfolgreich zu infiltrieren, ganz zu schweigen davon, genau den richtigen Punkt in der Codon-Sequenz zu treffen, aber genau dafür waren diese vielen Kopien gedacht. Genug hybridisierte Eier schafften es durch den zweiten Auswahlprozess, um eine ausreichende Anzahl von Exemplaren für die nächste Runde genetischer Aufwertung zu liefern.

Insgesamt beinhaltete der Prozess derzeit die Einführung sieben deutlicher Verbesserungen des einfachen menschlichen Erbguts. Einige dieser Modifikationen beschleunigten die Entwicklung wichtiger neuraler Leitungen und erhöhten damit die Intelligenz. Eine weitere leichte Resequenzierung der Basenpaare eines speziellen menschlichen Gens hatte eine substanzielle Verbesserung der Lungeneffizienz und Atmungssysteme ergeben, während das Hinzufügen eines einzelnen neuen Gens, das man der DNA der afrikanischen Gorillas entnommen hatte, eine Steigerung der Muskeldichte und Widerstandsfähigkeit verursachte.

Nun, nach Wochen anspruchsvoller Bemühungen, einschließlich des Einsatzes mikroskopisch kleiner radioaktiver Sonden, um die Anwesenheit ausgewählter Gene in verschiedenen Gruppen modifizierter Eier zu bestätigen, musste diese neueste Ernte genetisch veränderter Embryonen nur noch einem letzten Test unterzogen werden. Eine sorgfältige Prüfung Hunderter Testexemplare hatte die Auswahl auf zwei Dutzend Eier reduziert. Diesen hatte man erlaubt, sich zu den Embryonen zu entwickeln, die nun auf Kaurs abschließende Inspektion warteten. Von diesen Kandidaten würden nur diejenigen, die sie als geeignet einstufte, den Leihmüttern eingepflanzt werden, die zugestimmt hatten, die Babys auszutragen.

Nur das Beste vom Besten vom Besten für unsere stolze Truppe von zukünftigen Müttern, dachte sie lächelnd. Viele der beteiligten Frauen waren einfache Leute, denen man für ihre Kooperation und Verschwiegenheit eine großzügige Summe zahlte. Da die Leihmütter keinen genetischen Beitrag zu den von ihnen ausgetragenen Kindern leisteten, musste das Projekt bei der Rekrutierung zusätzlicher Uteri nicht allzu wählerisch sein. Solange die Frauen gesund und drogenfrei blieben und einwilligten, sich täglich untersuchen zu lassen, waren sie als menschliche Inkubatoren für die überlegenen Wesen in ihnen gut genug.

Eines Tages müssen wir uns wirklich mal mit der Entwicklung funktionierender künstlicher Gebärmütter beschäftigen, überlegte Kaur. Das würde eine weitere wichtige Phase der menschlichen Entwicklung unter bewusste wissenschaftliche Kontrolle bringen, ganz zu schweigen von der Erleichterung, wenn sich das Projekt nicht mehr ständig mit der Rekrutierung neuer Leihmütter beschäftigen musste. Sie tätschelte ihren Bauch, der sich unter ihrem weiten Laborkittel bereits deutlich abzeichnete. Aber bis dahin stellten sie und fast jedes andere weibliche Mitglied von Chrysalis ihren eigenen Körper bereitwillig zur Verfügung. Sie waren die menschlichen Petrischalen, in denen die Zukunft der Menschheit Tag für Tag heranwuchs.

Sie entfernte eine Zellprobe aus Subjekt Nummer CHS-453-X und untersuchte es durch das Elektronenmikroskop. Dabei achtete sie besonders auf die Chromosomen, die sich während der Zellteilung paarweise abspalteten. Ein Paar sah irgendwie nicht richtig aus, also erhöhte sie stirnrunzelnd die Vergrößerung. Durch die Linse des Mikroskops wirkten die gepaarten Chromosomen wie ineinander verdrehte schwarze Würmer, die in der Mitte miteinander verbunden waren, sodass jedes Paar ein verschnörkeltes X bildete. Abgesehen von diesem einen Paar. Zu Kaurs Verdruss sah sie, dass ein Stück des einen Chromosoms abgebrochen zu sein schien und sich daraufhin mit dem falschen Arm des X verbunden hatte. Dadurch war ein deutlich schiefes und unsymmetrisches Chromosomenpaar entstanden.

»Meine Güte«, sagte sie auf Panjabi. Wie war *das* bloß durch das Auswahlprüfverfahren gekommen? Sie hob ihr Gesicht vom Mikroskop und markierte den fraglichen Embryo mit einem Fettstift für die sofortige Einäscherung. *Wahrscheinlich nur eine zufällige Mutation,* mutmaßte sie, *die schon mal vorkommen kann.* Aber genau darum lohnten sich die Überstunden, die sie damit verbrachte, die Embryonen einer letzten Prüfung zu unterziehen.

Dankbarerweise zeigte die nächste Zellprobe von Nummer CHS-454-X keinerlei sichtbare Defekte, und der Fötus schien sich normal zu entwickeln. Während sie auf den winzigen Fleck rosa Protoplasmas blickte, staunte sie unwillkürlich über die außerordentliche Maschinerie, die sich im Kern jeder Zelle des Fötus verbarg: fast zwei Meter lange Nukleinsäureketten, die in der Lage waren, ein Individuum hervorzubringen, das eines Tages die Welt verändern könnte.

Genau wie seine älteren Brüder und Schwestern.

Sie stellte sich die sich abmühende, chaotische Welt außerhalb dieses makellosen Labors vor: ein gefährdeter Planet voller unvollkommener Männer und Frauen. *Wenn sie nur wüssten,* dachte sie triumphierend, *was der Morgen bringt ...*

»Willkommen in Rom, Dr. Neary«, sagte der Mann am Empfangsschalter. »Dürfte ich Ihren Ausweis sehen?«

»*Sì*«, antwortete Roberta und fischte in ihrer Handtasche nach ihrem gefälschten Pass. Unter einem angenommenen Namen zu reisen, machte ihr nichts mehr aus. Sie wusste aus Erfahrung, dass Sevens hochentwickelter Beta-5-Computer die besten Fälschungen des Planeten anfertigte, auch wenn die künstliche Intelligenz der Maschine oft ziemlich arrogant wirkte. Unbekümmert reichte sie dem Mann einen auf »Veronica Neary« ausgestellten Ausweis und Führerschein.

Aus der Transportbox zu Robertas Füßen drang Isis' ungeduldiges Miauen. Das hörte der Empfangschef, der sich über den Rand der Theke beugte, um einen Blick auf Robertas Gepäck zu werfen. Bernsteinfarbene Augen starrten trotzig zurück.

»*Scusi*, Doktor«, sagte der Hotelangestellte, der ausgezeichnetes Englisch sprach. »Aber ich befürchte, dass im Hotel keine Haustiere erlaubt sind.«

Roberta seufzte innerlich. *Es war nicht meine Idee, die verdammte Katze mitzubringen,* dachte sie. Aber Seven

49

hatte darauf bestanden, dass Isis sie nach Rom begleitete. Roberta fragte sich, wer hier auf wen aufpassen sollte. »Vielleicht könnten Sie dieses eine Mal eine Ausnahme machen, *per favore?*« Sie schob mehrere Tausend Lira über die Theke. »Ich würde es wirklich zu schätzen wissen.«

Die bunten Scheine mit den auffällig vielen Nullen waren absolut echt. Beta 5 war zwar in der Lage, perfekte Kopien anzufertigen, aber sie und Seven setzten, wenn möglich, echte Währung ein, um nicht die Aufmerksamkeit der internationalen Schatzämter zu wecken. Zum Glück gab es mit der Deckung ihrer Unkosten nie Probleme, da Sevens Vorgänger geschickt in aufstrebende Industrien und Technologien wie Kodak oder Cellophan investiert hatten. Als alleinige Angestellte einer Firma, die sich vorgeblich den Recherchen für eine Enzyklopädie widmete, hatten sie und ihr schweigsamer Chef mehr Geld zur Verfügung, als sie ausgeben konnten, was in Momenten wie diesem äußerst nützlich war.

Der Concierge schaute umher, um sicherzugehen, dass niemand zusah, dann strich er das Geld ein. »*Prego*«, sagte er und widmete sich wieder ihren Papieren. Schließlich reichte er sie ihr zusammen mit einem Zimmerschlüssel wieder. »Der Aufzug ist gleich rechts«, informierte er sie. »Zimmer 11-G.«

Roberta nickte dankbar und nahm ihren Koffer und die Transportbox mit Isis. Sie gähnte und gab vor, vom langen Flug aus Amerika erschöpft zu sein. Tatsächlich hatten sie und die Katze den Blauer Rauch Express zu einer leeren Gasse zwei Blocks entfernt genommen, aber dieses spezielle Detail ging niemanden in der Hotellobby etwas an. Für den außenstehenden Betrachter war sie nicht mehr als ein weiterer frisch eingetroffener Gast der Internationalen Gentechnik-Konferenz.

Zwei Monate der Recherche hatten sie und Gary Seven keinen Schritt näher an eine Erklärung für das Geheimnis der verschwundenen Wissenschaftler gebracht. Diese Tagung war eine der wenigen verbleibenden Hoffnungen, ein letzter Versuch, während Seven in den Staaten andere Nachforschungen anstellte. *Wollen wir hoffen, dass sich diese kleine Expedition auszahlt,* dachte sie, als sie ihr Gepäck durch die Lobby zum wartenden Fahrstuhl schleppte. *Oder dass Seven mehr Glück hat.*

Ihre Mission in Rom hatte zwei Ziele: Sie sollte nach den verschwundenen Forschern suchen, die sich vielleicht von der Tagung hatten anlocken lassen, während sie gleichzeitig einen Köder für diejenigen abgab, die für das Verschwinden der Wissenschaftler verantwortlich waren. Sie war mit dieser Rolle aus anderen Einsätzen nur allzu vertraut. Das Schwierige daran war nur, sich lange genug als aufstrebende Forscherin auszugeben, um das richtige (oder falsche, je nachdem, von welcher Seite man es betrachtete) Interesse zu wecken.

Das Gewicht ihres Koffers zog unnachgiebig an ihrem Arm und den Schultern. Neben Kleidung für drei Tage und ihrem Kulturbeutel enthielt die vollgepackte Reisetasche außerdem die neuesten wissenschaftlichen Magazine und eine Reihe dicker Schinken über die theoretische Anwendung genetischer Manipulationen. Sie hatte direkt nach jenem ereignisreichen Besuch in Berlin mit dem Lesen begonnen, aber sie hatte sich dennoch jede Menge Hausaufgaben mitgebracht, um sich in ihrer freien Zeit zu beschäftigen und die erstklassige Biologin glaubhafter darstellen zu können.

Auf diesem Trip wird es keinen Ausflug zum Trevi-Brunnen im Mondlicht geben, dachte sie wehmütig. *Keine Zeit für eine Stadtrundfahrt, während das Schicksal der*

Welt am seidenen Faden hängt. Sie schloss die Tür von Zimmer 11-G auf und stolperte hinein. Ihr Koffer landete mit einem Rums auf dem Teppichboden und verschaffte ihrem müden Arm damit eine kleine Erleichterung, doch sie konnte nicht anders, als sich zu wünschen, nicht als Agentin, sondern als Touristin in Rom zu sein. *Und was gibt es sonst noch Neues?,* überlegte Roberta, während sie Isis aus der Transportbox ließ. Ohne sich mit einem Miau zu bedanken oder sie gar eines Blickes zu würdigen, lief die schwarze Katze schnurstracks ins Badezimmer. Ein paar Sekunden später schloss sich die Badezimmertür hinter ihr.

Wenigstens ist sie stubenrein, dachte Roberta. Zum Glück brauchte Isis nicht einmal ein Katzenklo. Aus Gründen, die Roberta nur zu gut kannte, waren menschliche Sanitäreinrichtungen vollkommen ausreichend. »Bleib aber nicht den ganzen Tag da drin«, rief sie Gary Sevens sogenanntem Haustier verärgert zu. »Du bist nicht die Einzige, die sich frisch machen möchte.«

Roberta hörte die Spülung rauschen, gefolgt vom Geräusch eines laufenden Wasserhahns. Isis schien sich Zeit zu nehmen, um sich zu waschen, aber schließlich schwang die Badezimmertür auf und die Katze trottete hinaus. Erneut ignorierte sie Roberta vollkommen und sprang auf das Fensterbrett, wo sie sich hinhockte, um die Straße unter ihnen zu beobachten. *Na schön,* dachte Roberta. Sie hatte ohnehin keine Lust, sich mit der Katze auseinanderzusetzen.

Nachdem sie ihre Schuhe abgestreift und es sich gemütlich gemacht hatte, zog Roberta einen Stapel gefalteter Blätter aus ihrer Tasche und streckte sich auf dem Bett aus, um sie sich näher anzusehen. Zweifellos hatte sich der genaue Ablauf für die Konferenz geändert, seit dieser vorläufige Zeitplan verschickt worden war, aber sie hatte später noch genug Zeit, sich damit zu befassen. In diesem Moment wollte sie sich nur noch einmal mit den Programmoptionen vertraut machen.

Selbst die Titel der verschiedenen Vorträge und Symposien waren ziemlich einschüchternd: »Replikation chromosomaler Segmente durch Enzyme der *Escherichia coli*«, »Weitere Anwendungen prokaryotischer Bakteriophagen als transgene Vektoren«, »Der Einsatz rekombinanter DNA in multiklonalen Antikörpern« ...

Mal sehen, dachte Roberta und unterstrich einige der Seminare mit einem Bleistift. Von der Straße unten drangen Verkehrsgeräusche. *Wenn ich ein wissenschaftliches Genie wäre, was würde ich mir anhören?*

Die Präsentation von »Die Medizin der Zukunft: Die Genetik der Gesundheit« fand um zehn Uhr morgens in einem überfüllten Vortragssaal des Hotels statt. Roberta traf früh ein, um einen guten Platz zu bekommen, ganz vorne, wo sie gut sichtbar sein würde. Um noch mehr Aufmerksamkeit zu erregen, trug sie außerdem ein modisches Hemdblusenkleid mit einem leuchtenden Muster in Rot und Weiß. Es war ein wenig konservativer als ihr üblicher Stil - sie fühlte sich ein wenig wie Florence Henderson aus *Drei Mädchen und drei Jungen* -, aber sie nahm an der Konferenz ja nicht als sie selbst teil. Isis war im Hotelzimmer geblieben, um italienisches Fernsehen zu schauen, den Zimmerservice zu rufen oder was unerträgliche Katzenaliens sonst so taten, um sich zu amüsieren. Roberta war das vollkommen egal, sie hatte Wichtigeres im Kopf.

Sie schaute sich so unauffällig wie möglich um, während sich der Saal schnell füllte. Sie hatte sich die Fotos der vermissten Forscher genau angesehen. Bis jetzt stammten die einzigen Gesichter, die sie wiedererkannte, von den Umschlägen der dicken Wälzer, die sie am Abend zuvor durchgesehen hatte. *Würde ich die anderen erkennen, wenn sie verkleidet wären?,* fragte sie sich. Beta 5 hatte die besten verfügbaren Fotos zusammengetragen, aber in einigen Fällen waren die Ergebnisse äußerst lückenhaft gewesen, besonders was die Zielpersonen aus dem Ostblock anging. In diesen Fällen hatte Roberta nicht mehr als unscharfe Schwarz-Weiß-Bilder zur Verfügung gehabt, die teilweise viele Jahre alt gewesen waren. *Einige dieser Leute würde ich wahrscheinlich nicht mal erkennen, wenn sie direkt neben mir sitzen würden.*

Die Tagung hatte ein internationales Publikum angezogen, bemerkte sie, während sie auf Biscotti herumkaute und auf den Beginn des Vortrags wartete. In dem Stimmenwirrwarr nahm sie amerikanische, französische, deutsche, holländische und selbst haitianische und pakistanische Akzente wahr. Ihr automatischer Übersetzer hatte schwer zu arbeiten, auch wenn sie absichtlich einen Vortrag ausgewählt hatte, der auf Englisch gehalten wurde, um ihre Mission einfacher zu gestalten. *Nach irgendeinem Kriterium musste ich ja auswählen,* dachte sie. *Außerdem klingt der hier ein wenig allgemeiner als die meisten anderen.*

Um etwa fünf Minuten vor zehn war nicht einer der vermissten Wissenschaftler aufgetaucht, und Roberta dachte ernsthaft darüber nach, zu einer der anderen Veranstaltungen zu wechseln, um die dortige Menge zu durchforsten. Doch das schien ein wenig zu verdächtig, ganz zu schweigen von unhöflich, also lehnte sie sich auf ihrem Platz zurück, hielt ihren Bleistift über ihrem Notizblock gezückt und betete, dass niemand zu genau hinschauen würde.

Zu ihrer Erleichterung war der Vortrag, gehalten von einem Nobelpreiskandidaten, dessen Namen Roberta aus einigen ihrer wissenschaftlichen Magazine wiedererkannte, zugänglicher und interessanter, als sie befürchtet hatte. Da bis jetzt niemand all diese Dinge wie Genmanipulation, Klonen und so weiter wirklich *tun* konnte, war es viel leichter, abstrakt darüber zu diskutieren, anstatt sich in kleinen Details zu verlieren.

»Das Versprechen der Gentherapie birgt die Hoffnung auf Prävention - und sogar die Ausrottung - einer Vielzahl menschlicher Krankheiten und Gebrechen«, sagte der berühmte Professor nach einer neunzigminütigen Studie über Erbstörungen und ihre genetischen Ursachen. »Mukoviszidose, Muskeldystrophie, Hämophilie, Adenosindeaminase-Mangel - diese und andere schwere Leiden werden wir aus den Annalen der tödlichen Gebrechen löschen können, sobald es uns gelingt, rekombinante Gentechnik einzusetzen, um die für diese Krankheiten verantwortlichen Chromosomdefekte zu korrigieren. Indem wir gesunde Gene in die Keimzellen einzelner Eltern spleißen, deren Familien diese schädlichen Mutationen seit Generationen in sich tragen, werden wir in der Lage sein, ihre Kinder, Enkel und all ihre zukünftigen Nachkommen von diesem Fluch zu erlösen. Vielen Dank.«

Klingt toll, musste Roberta zugeben und stimmte in den höflichen Applaus mit ein. Ihre ursprüngliche Reaktion auf diese ganze Genmanipulationssache war vorsichtiges Misstrauen gewesen. Mit der DNA des Menschen herumzuspielen, hatte sie zu sehr an Huxleys *Schöne neue Welt* erinnert. Und Gary Sevens Skepsis gegenüber diesem Bestreben (selbst theoretisch) hatte ihren Verdacht bestätigt, dass Gentechnik etwas war, das man am besten ganz bleiben lassen sollte, wie Atomraketen oder Flitzen.

Andererseits musste sie zugeben, dass der Vortragende die medizinischen Vorteile selektiver genetischer Ausbesserungen sehr gut dargelegt hatte. In der Junior High hatte Roberta ein Mädchen mit Muskeldystrophie gekannt. Die arme Tina hatte bereits in der siebten Klasse im Rollstuhl sitzen müssen, und ihr Zustand hatte sich in den nachfolgenden Jahren, die sie zusammen zur Schule gegangen waren, nur verschlechtert. Schließlich war sie mit Anfang zwanzig gestorben. Roberta erinnerte sich an Tinas Beerdigung und wie sie damals gedacht hatte, was es für eine Verschwendung war, dass eine so kluge und talentierte Person nicht lange genug gelebt hatte, um ihr volles Potenzial auszuschöpfen. Und das alles nur wegen eines genetischen Unfalls, der noch vor ihrer Geburt passiert war. *Wenn man Tinas MD durch Gentherapie hätte heilen können,* überlegte Roberta, *oder das Problem vielleicht sogar schon in den Genen ihrer Eltern beseitigt hätte, noch bevor sie überhaupt empfangen worden war, dann ist bewusstes Chromosom-Spleißen vielleicht doch nicht so schlimm, wie Seven es darstellt.*

Aber jetzt war nicht die Zeit für Zögern oder Unentschlossenheit. Wenn sie die Strippenzieher des großen Projekts finden wollte, das laut Seven vorbereitet wurde, dann musste sie sich entschieden und öffentlich auf die Seite der Befürworter erweiterter und verbesserter DNA stellen.

Sie wartete darauf, dass der Applaus nachließ. Als der Vortragende um Fragen aus dem Publikum bat, schoss ihre Hand schneller nach oben als eine Saturn-V-Rakete.

Ihre schnellen Reflexe (und flotter Kleidungsstil) führten zum gewünschten Ergebnis. »Ja?«, sagte der Vortragende zu ihr. »Wie lautet Ihre Frage?«

Roberta stand in der ersten Reihe des Auditoriums auf

und spürte die kollektiven Blicke des Publikums. *Gut, dass ich kein Lampenfieber kenne,* dachte sie und räusperte sich. *Wird schon schiefgehen.*

»Bis jetzt ist alles, was Sie vorgetragen haben, darauf fixiert, existierende Defekte im genetischen Aufbau einiger weniger Individuen zu reparieren, deren DNA nicht einwandfrei ist. Was ist mit der allgemeinen Verbesserung des herkömmlichen menschlichen Genoms? Zum Beispiel erhöhte Lebenserwartung oder Intelligenz?« Sie hob ihre Stimme, um enthusiastisch zu klingen. »Warum sich mit einer Handvoll vererbter Störungen begnügen, wenn man die Gentechnik nutzen kann, um eine bessere und fortschrittlichere Form des Menschen zu erschaffen?«

Ihre Bemerkungen ließen die Menge nicht gerade nach Luft schnappen - dies war ein ziemlich intelligentes Publikum, dem solche Überlegungen nicht fremd waren -, aber Roberta meinte, dank ihres kühnen (und um ehrlich zu sein, furchtbar unbesonnenen) Vorschlags ein halblautes Murmeln zu vernehmen. *Noch am ersten Tag Furore machen: Check,* dachte sie, als sie sich wieder auf ihren Platz setzte. *Bleibt zu hoffen, dass jemand anbeißt.*

Sie musste nicht lange warten.

Später an diesem Morgen bemerkte Roberta erst, dass ihr jemand folgte, als sie auf der Suche nach einem netten Platz für das Mittagessen durch die Ewige Stadt schlenderte. Nach ihrer erfolgreichen Infiltration der Konferenz hatte sie das Gefühl, sich eine Pause und eine Portion lokaler Küche verdient zu haben. *Warum die Welt retten, wenn man nicht ab und an mal anhält, um an einer Pizza zu schnuppern?*

Die beiden Männer - der eine Asiate, der andere Latino - hatten sie beschattet, seit sie das Hotel verlassen hatte, und waren ihr seitdem auf den Fersen geblieben. Sie bemühten sich natürlich, diskret zu sein, aber die Jahre des Agentenspielens mit Gary Seven hatten Roberta ein ziemlich gutes Gefühl dafür verliehen, wann sie überwacht wurde. *Ihr seid gut,* lobte sie ihre Verfolger gedanklich, *aber ich wurde schon von den Besten beschattet, einschließlich unsichtbarer Außerirdischer von Devidia II!*

Sie blieb vor einem Schaufenster auf der Via Sistina stehen und gab vor, ihr Spiegelbild zu betrachten. Doch in Wirklichkeit studierte sie die beiden Fremden, als sie auf der anderen Straßenseite vortäuschten, in eine italienische Zeitung vertieft zu sein. Die Schlagzeile sagte etwas über die Roten Brigaden und Terrorismus, aber sie bezweifelte, dass die Männer den Nachrichtenartikeln überhaupt Aufmerksamkeit schenkten.

Der asiatische Mann kam ihr irgendwie bekannt vor. Roberta meinte, ihn im Tagungshotel gesehen zu haben. Er war ein schmaler, gut aussehender Mann ungefähr in ihrem Alter, der ein leicht verschlissen wirkendes Tweedjackett über einem *Godzilla*-T-Shirt trug. Seine langen Haare und Koteletten ließen ihn wie einen lange verschollenen japanischen Vetter der *Partridge Family* aussehen. Roberta erwischte ihn dabei, wie er über die Zeitung seines Begleiters einen Blick auf sie warf, tat aber so, als hätte sie es nicht bemerkt. Dieser Fehler ließ sie vermuten, dass er so etwas noch nicht oft gemacht hatte.

Der andere Mann war eine ganz andere Geschichte: Er war fast abnorm groß, über zwei Meter, hatte breite Schultern und wirkte ein gutes Stück einschüchternder. *Genau wie dieser Roboter-Bigfoot im Norden*, dachte sie, *nur weniger haarig.* Tatsächlich war der zweite Mann eine wandelnde Bestätigung für Darwins Evolutionstheorie, inklusive fliehender Stirn und vorstehendem Kinn.

Eine dunkle Sonnenbrille verbarg die Augen des Riesen, während die untere Hälfte seines breiten rechteckigen Gesichts wie versteinert wirkte. Sein eindrucksvoller Körper war in einen schwarzen Anzug gehüllt, und ein militärischer Kurzhaarschnitt krönte seinen affenartigen Schädel. *Und dabei heißt es, die Neandertaler wären ausgestorben …*

Dem ersten Mann nahm Roberta sofort ab, dass er ein Wissenschaftler war, der die Konferenz besuchte. Seinem Aussehen und seiner Körpersprache haftete etwas Streberhaftes an. Der große Gorilla jedoch wirkte weniger wie ein Genetiker und mehr wie ein Türsteher. *Das ist mal ein seltsames Paar,* dachte sie. *Diese beiden lassen Felix und Oscar wie identische Klone aussehen.*

Sie wandte sich vom Schaufenster ab und ließ sich noch ein paar Blocks weiter verfolgen, bis die Neugier, ganz zu schweigen von einem leeren Magen, sie dazu brachten, herausfinden zu wollen, was geschah, wenn sie für eine Weile ein stationäres Ziel abgab. Wie lange würden sie wohl darauf warten, dass sie sich wieder bewegte?

Das Mittagessen bestand aus einem Stück Pizza, einer Dose Fresca und einer kleinen Portion Gelato zum Nachtisch. Roberta saß auf den Stufen der Spanischen Treppe mit herrlichem Blick über die Stadt. Sie genoss die warme Frühlingsluft, während sie auf die rötlichen Dächer blickte, die sich vor ihr erstreckten und sich in Roms berühmte sieben Hügel einschmiegten. Touristenscharen strömten die Treppe hoch und runter, posierten für Fotos und bewunderten die Aussicht, während Porträtkünstler, Blumenverkäufer und mobile Imbissstände um ihre Aufmerksamkeit buhlten. Roberta lehnte höflich mehrere Rosen ab sowie die Gelegenheit, sich in Kreide oder als Aquarell verewigen zu lassen. Sie widerstand auch der Versuchung, einen Blick über ihre Schulter zu werfen, um zu sehen, was ihre so unterschiedlichen Verfolger machten. Der Rand der Pizza war dünn und knusprig, genauso wie sie es mochte. *Jetzt seid ihr dran, Jungs,* dachte sie.

»Entschuldigen Sie, Miss«, sagte eine freundliche Stimme ein paar Minuten später. Roberta sah auf, doch gegen das Licht der Mittagssonne konnte sie das Gesicht des Sprechers nicht ausmachen. Sie blinzelte, aber mehr als eine männliche Gestalt, die auf der Stufe über ihr stand, war nicht zu erkennen.

»Einen Moment«, murmelte Roberta mit einem Mund voller Pizza. Sie stand auf und stieß dabei ihre Limonade um. »Warten Sie kurz.« *Ist es das jetzt?* Ihr Herz pochte erwartungsvoll. *Werde ich wirklich so schnell fündig?*

Sie hob ihre Hand, um ihre Augen abzuschirmen. Nun erkannte sie, dass es sich um den Asiaten handelte. Sein kräftiger Partner war nicht zu sehen. »Es tut mir leid, Sie zu stören«, sagte er mit einem Lächeln und einem schwachen japanischen Akzent. »Aber ich wollte ihnen nur sagen, dass ich von Ihrer Bemerkung heute Morgen beim Vortrag sehr beeindruckt war.«

Bingo! Roberta verspürte ein Triumphgefühl, bemühte sich dann jedoch um eine vorsichtige Einstellung. *Ich sollte nicht voreilig sein. Vielleicht will er mich auch einfach nur anmachen.*

»Danke sehr«, antwortete Roberta. Je länger sie darüber nachdachte, desto mehr kam es ihr vor, als hätte sie den Kerl beim Vortrag gesehen. »Ich finde einfach, dass es ein faszinierendes Thema ist.« Sie wollte ihm ihre Hand entgegenstrecken, doch dann fiel ihr ein, dass sie in der einen die Pizza, in der anderen das Eis hielt. *Ups!* Schnell stellte sie das halb aufgegessene Eis zwischen ihre Füße, nahm das Pizzastück in die linke Hand und wischte sich die rechte an ihrem Rock ab. Dann streckte sie ihre nur ein wenig fettige Hand aus. »Veronica Neary, aber Sie können mich Ronnie nennen.«

Wenn den jungen Mann die Käsereste beim Händeschütteln störten, ließ er es sich nicht anmerken. »Dr. Walter Takagi«, stellte er sich vor. »Freut mich.«

»Gleichfalls.« Roberta drehte sich nach rechts, um die Sonne hinter sich zu bringen, und sah sich nach ihrem anderen Beschatter um. Als sie an Takagi vorbei die Stufen hinaufblickte, sah sie seinen gewaltigen Partner in der Nähe des Treppenabsatzes, wo er sich von einem der allgegenwärtigen Straßenkünstler porträtieren ließ. Dabei behielt er verdächtigerweise seine Sonnenbrille auf und saß auf einem Schemel, der viel zu klein für ihn war. Sein Blick war allerdings nicht auf Roberta und seinen Komplizen gerichtet. *Dieser Kerl ist wahrscheinlich ein Profi,* vermutete sie und fragte sich, warum sie den Amateur den ersten Schritt hatten machen lassen.

»Sie sind also auch für die Konferenz hier?«, fragte sie so beiläufig wie möglich. Jetzt wo sie möglicherweise den Jackpot geknackt hatte, war sie unsicher, wie sie weiter vorgehen sollte. *Improvisiere einfach.* Momentan war es am wichtigsten, die beiden Männer nicht zu verschrecken.

»Genau«, antwortete Takagi freundlich, als wären sie gute alte Bekannte. »Sie sind Amerikanerin, oder?«

»Stimmt«, sagte sie. »Von der Universität von Washington in Seattle.« Sie log voller Selbstvertrauen, da sie wusste, dass Seven bereits alles getan hatte, um ihre falsche Identität glaubhaft zu machen, nur für den Fall, dass jemand sie überprüfte. Es existierte sogar eine vollständig eingerichtete Wohnung in Seattles Universitätsviertel, einschließlich einer funktionierenden Telefonnummer, Zeitungs- und Magazinabonnements, Fotoalben, Diplomen und all den anderen Belegen für Ronnie Nearys fiktive Existenz.

»Das war eine ziemlich mutige Position, die Sie heute Morgen vertreten haben«, stellte Takagi fest. »Besonders angesichts der fast schon irrationalen Abneigung der meisten Menschen gegen radikale Gentechnik um ihrer selbst willen.« Sie bemerkte, dass er keine Angaben zu seinem Arbeitsplatz preisgab. »Nicht jeder wäre bereit gewesen, sich öffentlich dazu zu bekennen.« Er sah Roberta hoffnungsvoll an. »Sind das denn Ihre tatsächlichen Ansichten zu dem Thema, oder haben Sie nur Advocatus Diaboli gespielt?«

Roberta erwiderte, was er ihrer Meinung nach hören wollte: »Ganz und gar nicht. Rekombinante DNA-Forschung ist die aufregendste Sache seit der Erfindung des Rads. Ich bin wirklich davon überzeugt, dass sie die Menschheit verändern kann – natürlich zum Besseren.«

»Ich ebenfalls«, verkündete Takagi. Seine dunkelbraunen Augen begannen bei diesem Thema zu leuchten. »Wir werden vielleicht die erste Generation sein, die unser biologisches Schicksal selbst in die Hand nimmt. Es ist an der Zeit, eine vollkommen neue Welt zu erschaffen, voller besserer, gesünderer und intelligenterer Menschen.«

»Ein wahres goldenes Zeitalter der Genetik«, ergänzte Roberta. Sie fand Takagis Optimismus und Begeisterung überraschend ansteckend. Er schien nicht die Art Mensch zu sein, die sich in die unheimlichen Experimente verstricken lassen würde, die sich Seven ausmalte, ganz zu schweigen von der Entführung seiner Kollegen. *Vielleicht sind wir auf dem Holzweg,* dachte sie.

»Hey, das gefällt mir!«, sagte er. »Das goldene Zeitalter der Genetik, ein gutes Motto.« Er zog ein kleines Notizbuch aus seiner Tasche und schrieb hinein. »Klingt, als wären wir auf der gleichen Wellenlänge«, fuhr er fort. »Tatsächlich weiß ich sogar von einem Projekt, das Sie möglicherweise interessieren könnte.« Er machte eine Pause und sah zu seinem stämmigen ... Leibwächter? Babysitter? »Ich darf hier leider nicht über Einzelheiten sprechen, aber vielleicht könnten wir das später bei ein paar Drinks diskutieren?«

»Das klingt gut.« Roberta bemühte sich, interessiert zu klingen, aber nicht *zu* interessiert. »Wohnen Sie auch im Hotel Palaestro?«

Nach einem weiteren Zögern bestätigte Takagi, dass er tatsächlich im gleichen Hotel untergebracht war. Sie verabredeten, sich am Abend in der Hotelbar zu treffen. »Großartig«, beendete er das Gespräch und nickte ihr zum Abschied zu. »Dann werde ich Sie jetzt mal in Ruhe zu Ende essen lassen. Es war nett, sie kennenzulernen, Dr. Neary.«

Ohne noch einmal zu Roberta oder seinem ehemaligen Gefährten zu sehen, marschierte er die breiten Marmorstufen zur Piazza hinunter und verschwand in der Menge aus Touristen, Künstlern und Blumenverkäufern. Sie wartete, ob King Kong ihm folgen würde, aber der andere Mann wich nicht von seinem Hochsitz am oberen Treppenabsatz. *Sieht so aus, als würde ich immer noch beschattet. Wahrscheinlich will er sehen, was ich als Nächstes tue.*

Es war eine frustrierende Situation. Roberta wäre Takagi gerne hinterhergelaufen, um herauszufinden, ob er wirklich zur Konferenz zurückging, aber das war keine Option, solange sie selbst unter Beobachtung stand. Die Vorstellung, wie King Kong ihr folgte, während sie Takagi folgte, ließ sie betrübt lächeln. Niemand hatte behauptet, internationale Spionage wäre einfach.

63

Stattdessen hatte sie keine andere Wahl, als gelassen zu bleiben und den idealistischen jungen Wissenschaftler gehen zu lassen. Sie würden sich wie verabredet am Abend wiedersehen. *Wenn er das nicht wollte, hätte er sich gar nicht mit mir verabreden müssen. Es sei denn, es ging ihm darum, mich in falscher Sicherheit zu wiegen.*

Sie warf einen Blick auf ihre Uhr. Es war fast eins. Es würde noch sechs Stunden dauern, bis sie Takagi wiedersah. Sie seufzte laut. Es würde ein langer, unruhiger Nachmittag werden, mit dem wahrscheinlich größten heimlichen Bewunderer der Welt als Gesellschaft. Sie spülte einen letzten Bissen Pizza mit einem Schluck Fresca herunter und stieg die Stufen hinab. Dabei zog sie einen Schminkspiegel aus den Tiefen ihrer Makramee-Handtasche und warf damit einen verstohlenen Blick auf den Gorilla. Natürlich setzte er sich nun ebenfalls wieder in Bewegung, schob dem überraschten Künstler eine Handvoll Lira zu und ließ sein unfertiges Porträt zurück.

Nur um sicher zu sein, bog sie nach links ab, als sie den Fuß der Treppe erreicht hatte, und ging in die von Takagi entgegengesetzte Richtung. Die Grenze zwischen Straße und Bürgersteig verlief unklar, und sie musste schnell gehen, um Zusammenstöße mit den allgegenwärtigen Vespa-Rollern zu vermeiden. Doch ihrem großen, stummen Verfolger gelang es, mit ihr Schritt zu halten. *Ja,* dachte sie. *Das wird ein langer Tag.*

4

811 Ost 68ste Straße, Appartement 12-B
New York City
Vereinigte Staaten von Amerika
14. Mai 1974

Auf dem Schild an der Tür stand nun *Aegis Scientific Cupplies, Inc.*, ein kleines, aber wichtiges Detail in der verdeckten Operation, die Gary Seven in den vergangenen zwei Monaten gewissenhaft geplant hatte. Wenn das Glück jetzt auf seiner Seite war, würden ihn seine Bemühungen einen Schritt näher an die Antworten bringen, die er suchte.

»Mr. Offenhouse ist hier, um Sie zu sehen«, informierte ihn die frisch eingestellte vorübergehende Empfangsdame über die Sprechanlage. Anders als Roberta hatte diese junge Frau, die er eingestellt hatte, um den Schein zu wahren, nicht die geringste Ahnung, dass Seven und seine Firma etwas anderes waren, als sie zu sein vorgaben.

»Vielen Dank, Allison«, erwiderte er. »Ich bin gleich da.« Er drückte auf einen Schalter an seinem Schreibtisch, und die Beta-5-Computerstation mit ihrem glänzenden Metall und ihren blinkenden Lichtern fuhr in ihr Versteck in der Wand. Als das futuristische Gerät verschwunden war, schob sich ein Bücherregal davor. Dort, wo bis vor Kurzem noch Enzyklopädien und Nachschlagewerke gestanden hatten, waren nun wissenschaftliche Handbücher und

65

Kataloge zu sehen: ein weiterer Teil der Fassade, die Seven so sorgfältig aufgebaut hatte.

Er nahm sich einen Moment, um sich im Büro umzusehen und sich zu versichern, dass alles dem Standard des Jahres 1974 entsprach. Dann richtete er seine Krawatte und trat in den Empfangsbereich hinaus, um seinen Besucher zu begrüßen.

»Guten Morgen, Mr. Offenhouse«, sagte er. Eine Uhr an der Wand zeigte an, dass es genau fünf Minuten nach neun morgens war. Sein Gast war auf jeden Fall sehr pünktlich. »Vielen Dank, dass Sie vorbeigekommen sind.«

»Hoffentlich ist es das auch wert«, antwortete der andere Mann unwirsch und marschierte auf Seven zu. Ralph Offenhouse war ein typisch amerikanischer Geschäftsmann Ende dreißig mit festem Händedruck. *Typisches Alphamännchenverhalten,* erinnerte sich Seven, *ähnlich einem klingonischen Begrüßungsritual, nur weniger blutig.* Wie es die Sitten dieser Zeit von ihm erwarteten, drückte er ebenso fest zurück. »Warum kommen wir dann nicht gleich zum Geschäftlichen und gehen in mein Büro?«, schlug er vor. »Allison, bitte keine Anrufe durchstellen.«

Er erwartete zwar nicht, von irgendjemandem außer Roberta oder Isis zu hören, aber Seven fand, dass es wichtig war, den Anschein einer florierenden Firma zu erwecken.

»Klingt gut«, stimmte Offenhouse zu. Er trat durch die Tür in Sevens persönliches Büro. Wache braune Augen inspizierten den Raum und seine Einrichtung. Er schien den Wert der Möbel abzuschätzen. »Nicht schlecht«, räumte er schließlich ein. Ohne Einladung setzte er sich auf das Sofa und wartete, dass Seven seinen Platz hinter dem Schreibtisch einnahm. Auf falschen Berichten und Abrechnungen lag ein transparenter grüner Würfel als Briefbeschwerer.

»Kann ich Ihnen etwas zu trinken anbieten?«, fragte Seven.

Offenhouse schüttelte den Kopf. »Nein danke«, sagte er und warf einen Blick auf seine teure Rolex. »Ich bin ein viel beschäftigter Mann, also lassen Sie uns keine Zeit mit Formalitäten verschwenden.« Er starrte Seven direkt in die Augen. »Wie ich schon am Telefon sagte, habe ich in einem Magazin Ihre Anzeige gesehen. Meinen Sie diese Preise ernst?«

Da Seven wusste, dass jedes Projekt, das sich mit groß angelegter Gentechnik beschäftigte, massenhaft spezielle Apparaturen benötigte, hatte er in einer Reihe bekannter Wissenschaftsmagazine eine auffällige Anzeige geschaltet, in der er hoch entwickelte Biotech-Ausrüstung zum Spottpreis anbot. Die meisten durch die Anzeige erzielten Anfragen waren von Instituten und Individuen gekommen, die sich als vollkommen ehrlich und harmlos herausgestellt hatten. Diese Transaktionen hatte er einfach unter den Tisch fallen lassen, abgesehen von ein paar besonders unterstützenswerten Kliniken und Forschungsprojekten, die er gerne indirekt förderte. Offenhouse war eine ganz andere Nummer. Schon bei ihrem ersten Telefongespräch hatte Seven etwas Verstohlenes, Ausweichendes und vielversprechend Illegales am Verhalten des Mannes gespürt.

Die anschließende Recherche hatte ergeben, dass Offenhouse ein Selfmademan mit einigen dubiosen Geschäften in seiner Vergangenheit war. Er hatte zum Beispiel Thalidomid, auch bekannt als Contergan, in der Dritten Welt vermarktet, lange nachdem die zu Missbildungen bei ungeborenen Kindern führende Wirkung des Beruhigungsmittels in den fortschrittlicheren Industrienationen festgestellt worden war. Darüber hinaus hatte er in primitive

Kryotechnik-Projekte investiert, die an verzweifelte, ängstliche und todkranke Menschen ein höchst zweifelhaftes Versprechen verlängerter Existenz verkauften. Außerdem hatte er keinerlei Verbindung zu irgendeiner angesehenen wissenschaftlichen Organisation. *Angenommen, Offenhouse will die Apparaturen gar nicht für sich selbst,* überlegte Seven, *wessen Strohmann ist er dann?*

»Die Preise in der Anzeige sind korrekt«, informierte er Offenhouse. Dabei zog er seinen Servo aus seiner Jacketttasche und spielte damit, als würde es sich um einen gewöhnlichen Füller handeln. Auf diese Weise wies er den Kristallwürfel auf seinem Schreibtisch an, das Gespräch zur späteren Auswertung aufzuzeichnen. Nachdem Offenhouse gegangen war, würde er das Stimmmuster seines Besuchers untersuchen, um zu bestimmen, wann und ob der streitsüchtige Geschäftsmann die Wahrheit gesagt hatte.

»Ist das so?«, sagte Offenhouse. Unter buschigen schwarzen Brauen funkelten seine dunklen Augen misstrauisch. »Wo ist der Haken? Wie können Sie dieses Zeug so billig raushauen?«

»Ein Überschuss«, log Seven. »Es kostet uns zu viel, diese großen Mengen an Ausrüstung langfristig zu lagern. Außerdem verkaufe ich lieber jetzt den Großteil meines Bestands, bevor durch die nächste Generation der Technik alles veraltet ist.«

Offenhouse schien Sevens Erklärung nur teilweise zu befriedigen. »Was ist mit der Qualität?«, verlangte er zu wissen. »Ich werde kein gutes Geld für Müll zum Fenster hinauswerfen. Ich bestehe darauf, die Ware vor einer Zahlung zu überprüfen.«

»Natürlich«, pflichtete Seven ihm bei. »Meine Produkte sind alle hochmodern und in ausgezeichnetem Zustand, wie Sie bei Lieferung sehen werden.«

Offenhouse sah sich im Büro um, als erwarte er, in einer Ecke des Raums einen Stapel Elektronenmikroskope zu sehen. Er erhob sich vom Sofa, zog ein gefaltetes Stück Papier aus der Innentasche seines Jacketts und reichte es Seven. »Hier ist eine Übersicht der Sachen, die wir brauchen, und die benötigten Mengen. Könnten Sie diese Bestellung erfüllen?«

Seven faltete das Blatt auseinander und überflog seinen Inhalt. Er nickte. Es war ungefähr das, was er erwartet hatte. *Wenn ich mithilfe der besten mir zur Verfügung stehenden Technik des zwanzigsten Jahrhunderts auf der Erde genetische Sequenzierung durchführen wollte,* dachte er, *wäre das die eher primitive Ausrüstung, die ich erwerben würde.* Die großen Mengen benötigter Apparaturen waren ebenso verdächtig und deuteten auf Experimente in verstörend großem Rahmen hin. »Eine ziemlich beeindruckende Liste«, kommentierte er. »Darf ich fragen, wofür Sie das alles brauchen?«

»Das geht Sie, offen gesagt, einen feuchten Kehricht an«, erwiderte Offenhouse schroff. »Und um genau zu sein, mich ebenso wenig. Sie müssen lediglich wissen, dass ich von einem privaten Konsortium damit beauftragt wurde, in seinem Namen diverse geschäftliche Transaktionen durchzuführen, vorzugsweise ohne dabei viel Aufsehen zu erregen.«

Seven täuschte einen besorgten Gesichtsausdruck vor. »Es geht hier doch nicht um etwas Illegales, oder?«

»Wir sprechen hier nicht von südamerikanischen Drogenbaronen, wenn es das ist, worüber Sie sich Sorgen machen.« Offenhouse starrte Seven weiter unnachgiebig an, als wolle er ihn damit herausfordern, ihm zu widersprechen. »Es geht hier nur um Wissenschaft und Forschung, und darum, nicht von irgendwelchen Eierköpfen ausgestochen zu werden, bevor man bereit ist, mit seiner großen Entdeckung an die Öffentlichkeit zu gehen. Unter uns, Seven, solange ich meine Kommission bekomme, ist es mir vollkommen egal, ob meine Klienten versuchen, den Schnupfen zu bekämpfen, oder Elvis Presley klonen wollen. Wenn Sie schlau sind, sorgen Sie sich auch nicht darum, sondern nehmen einfach das Geld.«

»Ich weiß nicht«, wich Seven aus. Er hoffte, seinem Besucher auf diese Weise weitere Informationen zu entlocken. »Das klingt alles ein wenig ... unorthodox.«

Offenhouse schlug mit der flachen Hand auf den Schreibtisch zwischen sich und Seven und schob ihm sein finster dreinblickendes Gesicht entgegen. »Hören Sie, Mann, ich lege jetzt die Karten auf den Tisch. Ich bin bereit, Ihnen das *Doppelte* von dem zu bezahlen, was Sie für alles auf der Liste verlangen, vorausgesetzt, es gibt keine weiteren Fragen mehr. Also, kommen wir ins Geschäft oder nicht?«

Je mehr er hörte, desto überzeugter war Gary Seven davon, dass dieser dreiste und überhebliche Bursche eine Verbindung zu dem geheimen Projekt darstellte, das für das Verschwinden so vieler hervorragender Wissenschaftler verantwortlich war. Nun musste er sich von Offenhouse nur noch einen Schritt näher an die Wahrheit heranführen lassen.

»Also gut, Mr. Offenhouse«, sagte er schließlich. »Wir sind im Geschäft.«

Chrysalis-Basis
Standort: Unbekannt

»Sie wollten mich sprechen, Direktor?«

»Ja«, antwortete Sarina Kaur inmitten des Chrysalis-Gemeinschaftsgartens. Kühles Wasser spritzte aus der lotusblütenförmigen Fontäne im Zentrum eines gekachelten Innenhofs, der von Farnen und duftenden Orchideen umgeben war. Kaur, die inzwischen im sechsten Monat schwanger war, saß auf einer weißen Holzbank unter den schattigen Blättern eines Mangobaums, der genetisch verbessert worden war, sodass er das ganze Jahr lang frische Früchte trug. Solarlampen in der hohen gewölbten Decke simulierten das Licht eines angenehmen Frühlingsnachmittags. Kaur fand, dass man in der friedlichen Atmosphäre des Gartens besonders gut nachdenken konnte. Sie kam oft her, wenn sie wie jetzt eine schwierige Entscheidung treffen musste.

»Danke, dass Sie gekommen sind, Dr. Singer«, fuhr sie fort und stellte den Teller mit Hähnchen-Tikka beiseite, das sie sich als spätes Mittagessen mitgenommen hatte. Trotz eines schwachen indischen Akzents war ihr Englisch tadellos. »Und das auch noch so kurzfristig und zu dieser Stunde.«

»Natürlich, kein Problem«, sagte Joel Singer ein wenig zu schnell. Sein weißer Laborkittel war von den Experimenten des Tages fleckig, und er wich ihrem Blick nervös aus. »Äh, worum geht es denn überhaupt?«

Kaur betrachtete den jungen amerikanischen Biochemiker. Er war ein dünner Weißer mit lockigen schwarzen Haaren. Singer war direkt nach seinem Abschluss an der Columbia zu ihnen gestoßen. Damals hatte er wie ein ziemlich guter Fang gewirkt: talentiert, begeisterungsfähig und engagiert. Doch nun zweifelte sie an ihrer ursprünglichen Einschätzung, besonders was letztere Eigenschaft anging. *Zu schade, dass wir noch kein Loyalitätsgen isolieren konnten.*

Neben ihr auf der Bank lag ein Umschlag. Sie reichte ihn dem jüngeren Wissenschaftler, der einen Schritt auf sie

71

zugemacht hatte, um ihn entgegenzunehmen »Ich hatte gehofft, Sie könnten das vielleicht erklären«, sagte sie.

Es war angenehm kühl im Garten, und doch bildeten sich auf Singers Stirn plötzlich Schweißperlen. Er musste schlucken, als er den Umschlag öffnete und die Dokumente darin herauszog: mehrere vollgeschriebene Blätter, in seiner eigenen Handschrift. Unter der sorgfältig kultivierten Bräune wurde das Gesicht des Amerikaners blass.

»Woher haben Sie das?«, stieß er aus. »Sie überwachen meinen Briefverkehr?« Er bemühte sich, rechtschaffen empört zu wirken, war aber nur teilweise erfolgreich damit. »Sie haben nicht das Recht ... das ist privat, persönlich!«

Solch ein vorhersehbares Verhalten betrübte Kaur. »Joel, Sie wissen doch genau, dass wir hier die strengsten Sicherheitsmaßnahmen wahren müssen. Geheimhaltung ist für dieses Projekt unbedingt notwendig. Das hat man Ihnen doch am Anfang mitgeteilt.« *Vielleicht haben wir ihn vorschnell ausgesucht,* dachte sie mit mehr als nur einem Anflug von Reue. *Wenn ja, dann ist das hier teilweise unsere eigene Schuld.*

»Aber es ist nur ein harmloser Brief an einen Freund, einen alten Kommilitonen von der Columbia«, beharrte Singer. Er wedelte mit den Blättern wie mit einem Papierfächer vor ihr herum. »Lesen Sie ihn selbst. Es ist alles nur Small Talk.«

Kaur ließ sich von seinem Protest nicht umstimmen. »Erstens wurde angekündigt, dass jeder Kontakt mit der Außenwelt streng überwacht wird. So lauten die Regeln. Zweitens wissen wir beide, dass dieser Brief nicht annähernd so harmlos ist, wie Sie ihn erscheinen lassen wollen.« Sie sah Singer traurig an. »Haben Sie wirklich gedacht, wir vergessen, dass Kryptologie ein besonderes Hobby von Ihnen ist? Es steht in Ihrer Akte, Joel.«

Damit konfrontiert wirkte Singer plötzlich unsicher auf den Beinen. Er taumelte ein wenig und sah sich inmitten der blühenden Büsche nach etwas um, auf das er sich stützen konnte. Schließlich schwankte er rückwärts und setzte sich unbeholfen auf eines der Marmorblätter des lotusblütenförmigen Brunnens. »Ich kann das erklären«, murmelte er schwach. »Es ist nicht so, wie es aussieht.«

»Wir brauchten mehrere Wochen, um den Code zu knacken«, gab Kaur zu. Sie ignorierte Singers Schwächeanfall komplett. »Aber was wir dann fanden, ist verstörend. Sehr verstörend.« Sie brauchte den Brief nicht, um die belastendste Passage zu zitieren: »In diesem Brief vertrauen Sie Ihrem Freund an, dass Sie ›Zweifel‹ haben, dass Sie versehentlich etwas entdeckt haben, was Sie beunruhigt.« In ihrem Gesicht breitete sich ein Ausdruck extremer Enttäuschung aus. »Ich dachte, dass Sie unsere Hingabe an die Zukunft teilen, Joel.«

»Das tue ich doch!«, rief er trotzig aus, doch die Blätter in seiner Hand bewiesen das Gegenteil. »Zumindest größtenteils.«

»Aber ...?«, soufflierte sie ihm, da sie die Angelegenheit so schnell wie möglich abschließen wollte. *Wär's abgetan, so wie's getan, wär's gut, 's wäre schnell getan,* zitierte sie gedanklich *Macbeth,* aber zuerst einmal war es wichtig, herauszufinden, wie der junge Forscher vom Weg abgekommen war, wenn auch nur, um zukünftige Fehler - und Opfer - dieser Art zu vermeiden.

Dankenswerterweise vergeudete Singer ihre Zeit nicht mehr damit, seine Unschuld zu beteuern. »Sehen Sie, ich habe mich auf Ebene vier umgesehen, weil ich mal etwas Aufregenderes erleben wollte als das Routinezeug, an dem ich in letzter Zeit gearbeitet habe, als ich auf etwas stieß, das wie eines Ihrer Lieblingsprojekte wirkte.« Er hob seine Stimme, offenbar der Meinung, moralisch im Recht zu sein. »Warum zum Teufel züchten Sie antibiotikaresistente Streptokokken? Wissen Sie denn nicht, wie gefährlich das ist? Ich sah Laborratten im Endstadium einer Art vollständigen zellulären Zerfalls. Die Bakterien fraßen ihnen regelrecht das Fleisch von den Knochen!«

»Aber natürlich« erwiderte sie ruhig. Die Anschuldigungen des jungen Wissenschaftlers brachten sie keineswegs aus der Fassung. »Das war ja auch die Absicht.« Sie nahm sich vor, die Sicherheitsmaßnahmen auf Ebene vier zu erhöhen. »Sie brauchen sich deswegen keine Gedanken zu machen. All unsere besonderen Kinder verfügen über eine genetische Immunität gegen jedwede Form von Streptokokken.«

»Mir sind Ihre kostbaren Wunderkinder gerade herzlich egal!« Singers Nervosität wurde von Wut abgelöst, als er seinen zuvor unterdrückten Bedenken Luft machte. Er stand auf und ging auf den roten Betonplatten des Innenhofs auf und ab. »Verdammt, ich bin klüger als der Durchschnitt, neunundneunzig Perzentil und so weiter, und selbst ich habe Bammel vor diesen kleinen Megagenies, die wir hier herstellen, besonders vor diesem altklugen Vierjährigen, dem ersten Spross Ihrer unheimlichen Familie.« Sein Blick wanderte unwillkürlich zu dem geschwollenen Bauch der Direktorin, als stelle er sich darin ein noch unheilvolleres Kind vor. »Aber was ist mit uns anderen? Was ist mit den Milliarden normaler Menschen da draußen? Wissen Sie, was dieser Supererreger ihnen antun könnte?«

»Natürlich weiß ich das, Joel.« Sie wartete geduldig darauf, dass er die Puzzlestücke zusammensetzte, und war ein wenig überrascht, dass es so lange dauerte. War er vielleicht doch nicht so klug wie angenommen oder verschloss er nur die Augen vor der Realität? Sie ging von Letzterem aus.

Doch er konnte sich nicht für immer selbst belügen. Sie konnte praktisch zusehen, wie die Erkenntnis in sein Bewusstsein sickerte, während er langsam erbleichte. Es war eine interessante Fallstudie in körperlichen Reaktionen auf psychologischen Stress.

»Oh mein Gott, darum geht es hier also, oder? Die Herde keulen, um Platz zu schaffen für Ihre Herrscherrasse? Das Alte raus, das Neue rein.« Sein ganzer Körper zitterte vor Schock und Reue. »Von diesem Teil hat mir niemand erzählt! Ich dachte, wir würden daran arbeiten, der Menschheit zu *helfen* ...!«

»Das kommt darauf an, wie Sie ›Menschheit‹ definieren!«, sagte sie und studierte dabei sorgfältig seine Reaktion. In Wahrheit war sie viel mehr daran interessiert, den abtrünnigen Wissenschaftler zu analysieren, als ihn zu überzeugen. »Die Zukunft der Spezies liegt hier bei Chrysalis.«

»Nein, das ist unmenschlich! Das verstehe ich jetzt. An diesem ganzen wahnsinnigen Projekt ist nichts Menschliches.« Sein Tonfall schwankte irgendwo zwischen Entrüstung und Flehen. »Wir sprechen hier von fleischfressenden Bakterien. Millionen Unschuldiger hätten keine Chance.«

Ah, ich verstehe, dachte Kaur. Endlich verstand sie. *Eine fehlgeleitete Ehrfurcht vor individuellem menschlichem Leben, einhergehend mit einer überhöhten Identifizierung mit einer schon bald obsoleten Form der Menschheit. Darauf werden wir in Zukunft achten müssen, besonders bei amerikanischen Kandidaten.* Auf jeden Fall bewies seine unberechenbare emotionale Reaktion, dass gewisse langfristige Aspekte des Projekts besser nur den oberen Befehlsebenen der Chrysalis-Führung bekannt sein sollten. Warum jemanden wie Singer oder selbst Walter

Takagi mit dem Wissen um die bevorstehenden schrecklichen Opfer belasten?

Leider gab es nichts, was Singer an diesem Punkt noch retten konnte, urteilte sie. Seine kontraproduktiven Vorurteile waren zweifellos tief verwurzelt. »Danke, dass Sie so offen sprechen«, sagte sie aufrichtig. »Sie haben mir alles gegeben, was ich wissen muss.«

Die Endgültigkeit ihres Tonfalls erreichte ihn durch seinen Gefühlsausbruch hindurch. »Und was jetzt?«, fragte er trotzig. »Setzen Sie mich in den ersten Flieger zurück in die Staaten?«

Kaur schüttelte den Kopf. »Es tut mir leid, Joel. Ich wünschte, das könnte ich.« Sie zog eine kleine Messingglocke aus ihrer Tasche und klingelte einmal. Daraufhin erschienen zwei muskulöse Sikh-Sicherheitskräfte an beiden Seiten des Gartens und blockierten die Ausgänge. Ernste Gesichter unter Turbanen und dichten schwarzen Bärten starrten ihn unnachgiebig an. Ihre Uniformen waren blau, die Farbe des unaufhaltsamen Monsuns. Mit Maschinenpistolen in der Hand marschierten sie auf Singer zu, der wieder zu zittern begann, als er seine rapide schrumpfende Lebensspanne begriff.

»Was? Nein!« Verzweifelt sah er sich nach einem Fluchtweg um. Schnell nahm Kaur das Messer von ihrem Mittagessen in die Hand, nur für den Fall, dass der Wissenschaftler ihr gegenüber gewalttätig werden sollte, bevor ihn die Wachen gefangen nehmen konnten. »Das können Sie doch nicht tun!«, rief er heiser. Tränen liefen sein Gesicht hinunter. »Ich bin amerikanischer Staatsbürger! Ich habe nichts getan!«

Kaur weigerte sich, den Blick von den letzten erbärmlichen Momenten des Mannes abzuwenden. Sie fühlte sich verpflichtet, sich den Konsequenzen ihrer Entscheidungen zu stellen, ganz gleich wie unangenehm diese sein mochten. *Um die Natur zu übertreffen,* erinnerte sie sich nicht zum ersten Mal, *muss ich grausamer sein als die Natur.* Diese schmerzliche Wahrheit wurde zunehmend zu ihrem Mantra.

»Bitte«, flehte Singer, als ihn die Wachmänner fortzerrten. Sie fand, dass die Szene einer fehlerhaften DNA-Sequenz glich, die von zwei spezialisierten Enzymen von der Hauptsequenz abgetrennt wurde. »Ich werde niemandem etwas erzählen, ich schwöre! Lassen Sie mich einfach gehen und Sie werden nie wieder von mir hören.«

Das kann ich nicht riskieren, entschied sie. Ihr Gesicht war eine Maske kühler Distanziertheit. Es gab keine weitere Instanz. Sie hatte sich bereits mit den anderen Vorstandsmitgliedern des Projekts besprochen, und sie alle hatten ihrer letztendlichen Entscheidung zugestimmt. Singer war talentiert, aber nicht unersetzlich. Sie konnten nicht zulassen, dass er die Zukunft der menschlichen Evolution gefährdete.

Selbst nachdem die Wachen ihn abgeführt hatten, hallte sein Flehen um Gnade in der Stille des Gartens nach, oder zumindest schien es so. Sarina Kaur war wieder allein mit ihren Gedanken und inhalierte das genetisch verbesserte Aroma der Orchideen um sie herum ein. *Was für eine tragische Verschwendung guter Gene und einer hervorragenden Ausbildung,* dachte sie bedauernd. Ihr einziger Trost, neben der Gewissheit, dass alles, was getan werden musste, unerlässlich war, lag in dem Wissen, dass Singers überragende DNA, seine natürlichen mentalen und körperlichen Gaben dem Projekt weiterhin zugutekommen würden, noch lange nachdem der Mann selbst mit seiner Verwirrung und seinem fehlgeleiteten Mitleid aufgehört hatte zu existieren.

Was für eine Schande, dass wir Überzeugungen nicht genauso einfach ändern können, wie wir Gene neu arrangieren. Sie spürte, wie sich der in ihr entwickelnde Fötus rührte und sie damit sehr lebhaft an alles erinnerte, was auf dem Spiel stand. *Ich kann nur hoffen, dass sich unser nächster Rekrut dem Risiko, ihn in Chrysalis aufzunehmen, als würdig erweisen wird.*

Hotel Palaestro
Rom, Italien
15. Mai 1974

Okay, wo steckst du, Walter?, dachte Roberta ungeduldig
und nippte an einem überteuerten Glas 7-Up. Sie saß in
der Hotelbar auf einem Hocker in der Nähe des Eingangs
und durchsuchte die Menge nach Takagi. Doch sie konnte
keine Spur des jungen Mannes entdecken, den sie nachmittags auf der Spanischen Treppe getroffen hatte. *Tauch
schon endlich auf,* flehte sie den verspäteten Wissenschaftler an, während aus den Lautsprechern der Bar »The
Way We Were« dröhnte.

Nicht, dass sie alleine gewesen wäre. Takagis stummer
Partner, der Sohn von Kong, war nur ein paar Meter
entfernt, genau wie am Nachmittag. Im Moment nahm er
praktisch eine komplette Nische am hinteren Ende der
Bar ein. Er hatte eine Zigarette in der Hand und ein Glas
dunklen Rotwein vor sich auf dem Tisch. Roberta fragte
sich, ob er für das Privileg, sie von der Nische aus die
ganze Zeit beobachten zu dürfen, zumindest ein großzü-
giges Trinkgeld gab.

Sie tat ihr Bestes, um ihren scheinbar ständigen
Begleiter zu ignorieren, und warf einen verstohlenen Blick
auf ihre Uhr. Genau genommen war sie ein wenig früh

dran. Die vergangenen sechs Stunden, seit sie sich von Takagi auf der Spanischen Treppe getrennt hatte, waren für Roberta quälend langsam vorangegangen. Zuerst hatte sie versucht, ein paar weitere wissenschaftliche Vorträge zu besuchen, um ihre Tarnung aufrechtzuerhalten, doch die faszinierende Begegnung mit dem jungen Wissenschaftler hatte sie zu aufgekratzt und ruhelos zurückgelassen, um sich auf die Feinheiten der Nukleinsäure-Hybridisierung zu konzentrieren.

Stattdessen hatte sie das moderne (um nicht zu sagen übermoderne) Wunder der Materieübertragung genutzt, um ins Büro zurückzukehren und »Walter Takagi« mit dem Beta 5 zu überprüfen. Es war nicht ganz elf Uhr morgens New Yorker Zeit gewesen, als sie angekommen war. Seven war gerade nicht im Büro gewesen, aber sie hatte die stimmaktivierte Schreibmaschine genutzt, um einen schnellen Bericht über ihre Fortschritte zu diktieren, den sie ihm auf den Schreibtisch legte. Ein Blick auf den Bürokalender verriet, dass sich Seven am Morgen mit Mr. Offenhouse getroffen hatte. Hoffentlich hatte der Mann sich als genauso vielversprechender Hinweis entpuppt wie Takagi.

Verärgert hatte sie feststellen müssen, dass jemand ihren Schreibtisch durcheinandergebracht hatte, aber sie nahm an, dass Seven die Hilfskraft direkt nach seinem Treffen mit Offenhouse wieder fortgeschickt hatte. Und das war auch gut so, denn sie hatte keine Lust, jemandem erklären zu müssen, wie sie ohne Vorwarnung in Sevens Büro hatte auftauchen können. Das letzte Mal, als das passiert war, hatte sie das arme Mädchen betäuben und ihre Erinnerung löschen müssen, ein komplizierter und nervenaufreibender Vorgang, den Roberta nicht so schnell wiederholen wollte.

Die modifizierte Smith-Corona transkribierte gehorsam ihre verbale Zusammenfassung der Tagesereignisse. Als sie damit fertig war, hatte Beta 5 bereits alles ausgegraben, was über den jungen japanischen Genetiker zu finden war.

Wie sich herausstellte, war Takagi sein richtiger Name. Er war ein aufstrebender Experte auf dem Gebiet der Mikrobiologie an der Universität von Osaka und befand sich gerade in einem Sabbatjahr. Roberta erfuhr außerdem, dass er unverheiratet, das Älteste von vier Geschwistern, ein begeisterter Bridgespieler, rechtshändig, ein beitragszahlendes Mitglied im *Gamera*-Fanclub sowie allergisch auf Schellfisch war. (Der Beta 5 war außerordentlich gründlich.)

Nichts Auffälliges dabei, beschloss sie, aber andererseits konnten sie auch nicht mit Sicherheit sagen, dass etwas Illegales vor sich ging. Ihr wurde klar, dass sie sich nicht sicher sein konnte, dass zwischen Takagi und den verschwundenen Forschern ein Zusammenhang bestand. *Aber in Rom ist auf jeden Fall etwas faul,* rief sie sich ins Gedächtnis. Warum sonst sollte sie jemand beschatten lassen?

Roberta blieb noch ein wenig im leeren Büro und hoffte, dass Gary Seven zurückkehren würde. Sie wollte ihn nur ungern über ihren Servo kontaktieren, wenn es sich nicht um einen absoluten Notfall handelte. Wer wusste schon, was er gerade tat. Schließlich ließ sie sich doch wieder in ihr Hotelzimmer in Rom beamen, gerade rechtzeitig, um für Isis einen Teller *pesce* zu ordern, sich in ein schickes kurzes Kleid zu werfen, zu entdecken, dass ihr Schatten noch im Flur vor ihrem Zimmer lauerte, und hinunter in die Bar zu eilen, um auf Takagi zu warten.

Und zu warten und zu warten. Während Minute für quälende Minute verging, wurde Roberta immer nervöser.

Hatte sie sich irgendwie verraten? Zwanghaft ging sie ihre gesamte Unterhaltung noch einmal nach Punkten durch, die Takagis Misstrauen geweckt haben könnten. Was wenn diese ganze Verabredung nur ein Vorwand des auf den ersten Blick freundlich wirkenden Forschers war, um sie zu beschäftigen, während er die Stadt verließ? Wie um alles in der Welt sollte sie ihn jemals wieder aufstöbern? Sie konnte ja nicht den Rest ihres Lebens zu wissenschaftlichen Konferenzen gehen, immer in der Hoffnung, noch einmal Takagi zu begegnen. *Wenn er mir entwischt, dachte sie, wird Isis Seven niemals vergessen lassen, dass ich es versaut habe.*

Sie wusste zwar genau, wo sich Takagis Begleiter, der riesige Latino, befand, aber sie konnte kaum erwarten, dass er sie zu der Wahrheit führte, solange er wie eine Klette an ihr hing. *Wie verfolgt man die Person, die einen verfolgt?,* fragte sie sich und verzog bei dem Gedanken das Gesicht. Sie bekam von Paradoxa Kopfschmerzen. *Ich halte mich besser an Plan A und mache mich bei Takagi lieb Kind, vorausgesetzt, er taucht jemals auf!*

Ihr Blick war so auf den Eingang der Bar fixiert, dass sie gar nicht bemerkte, wie sich jemand von hinten näherte und ihr vorsichtig auf die Schulter tippte. Roberta wirbelte herum und hoffte, Takagi zu sehen.

Zu ihrer Überraschung und Enttäuschung entpuppte sich der Tipper jedoch als blonde Frau Anfang zwanzig, mit einem gequälten und entschieden verzweifelt wirkenden Lächeln auf ihrem beruhigend gesund wirkenden Gesicht. »Da bist du ja!«, sagte die blonde Fremde laut, dann lehnte sie sich vor und flüsterte: »Bitte tun Sie so, als seien wir zusammen hier.«

Was zum Teufel?, dachte Roberta überrumpelt. Doch als sie an der anderen Frau vorbeisah, bemerkte sie nur ein paar Meter entfernt eine kleine Gruppe junger männlicher Wissenschaftler, die die beiden Frauen anstarrten, als sei irgendwo in ihrem Dekolleté das Heilmittel gegen Krebs versteckt. Jeder Mann umklammerte eine Bierflasche, und sie posierten so lässig, wie es einem Haufen alkoholisierter Fachidioten möglich war. *Oh, ich verstehe.* Blitzschnell war Roberta die Situation klar.

»Da bist du ja endlich!«, rief sie aus. Sie klopfte auf den leeren Barhocker neben sich, der eigentlich für Dr. Takagi reserviert gewesen war. »Hier, ich habe dir einen Platz frei gehalten.« Dann lehnte sie sich zu den lauernden Party-löwen hinüber. »Tut mir leid, Jungs, wir haben uns eine Menge zu erzählen. Mädchengespräche, versteht ihr?«

Enttäuscht zogen die liebestollen Biologen ab, um sich neue potenzielle Kandidatinnen zu suchen. »Vielen Dank!«, sagte die junge Frau. Ihr Akzent war eindeutig amerikanisch. *Eine College-Studentin,* nahm Roberta an. Wahrscheinlich ist sie alleine auf der Konferenz. »Gillian Taylor«, stellte sich die dankbare Fremde vor.

»Ronnie Neary«, erwiderte Roberta und schüttelte Gillians Hand. »Kein Problem. Wir amerikanischen Mädels müssen zusammenhalten, besonders im Ausland.«

»Hört, hört!«, sagte Gillian. Ihre rosigen Wangen, ihr perlweißes Lächeln und ihr wohlgenährtes, gutes Aussehen verriet ihre Herkunft aus dem Herzen Amerikas. Roberta fühlte sich kurz an die Roboterhausfrauen erin-nert, über die sie und Seven ein paar Monate zuvor in Connecticut gestolpert waren - so perfekt wirkte Gillian -, aber es war klar, dass hinter ihren fröhlichen kastanien-braunen Augen eine lebhafte und authentische Persönlich-keit steckte. »Einige dieser ausgeflippten Genetiker sind ein bisschen zu scharf darauf, ihre DNA weiterzugeben, wenn Sie wissen, was ich meine.«

»Wem sagen Sie das«, erwiderte Roberta mitleidig. Sie selbst hatte ebenfalls schon ein paar unwillkommene Annäherungsversuche abwehren müssen. »Ich glaube, das Verhältnis von Männern zu Frauen auf dieser Konferenz liegt bei etwa zehn zu eins. Das erinnert mich an eine Science-Fiction-Convention, bei der ich mal war. Wenn ich so darüber nachdenke, meine ich auch ein paar Gesichter wiederzuerkennen.«

»Sie haben wahrscheinlich recht«, lachte Gillian. Der Barkeeper nahm ihre Bestellungen auf. Sie entschied sich für ein Glas Wein. »Sie sind also auch wegen der Konferenz hier?«

»Richtig«, antwortete Roberta aufrichtig, bevor sie die Wahrheit ein wenig verdrehte. »Gentechnik ist mein liebster Zeitvertreib. Zumindest hoffe ich, dass sie das mal sein wird.«

»Wirklich?«, fragte Gillian fasziniert. »Ich bin eigentlich Meeresbiologin, aber mich fasziniert die Idee, vom Aussterben bedrohte Arten durch Klonen zu retten. Man spricht von einem Gendepot, wo wir Gewebeproben der vielen Hundert gefährdeten Arten lagern können, vom Weißkopfadler bis zum Buckelwal. Theoretisch könnte es eines Tages sogar möglich sein, eine Spezies zurückzuholen, die bereits ausgestorben ist, natürlich vorausgesetzt, es ist noch genügend genetisches Material vorhanden, mit dem man arbeiten kann. Die Russen sprechen sogar davon, mithilfe von in Sibirien gefundenen gefrorenen Kadavern das Wollhaarmammut wiederzubeleben.«

Roberta war von Gillians offensichtlicher Leidenschaft und Begeisterung für den Schutz der Tierwelt beeindruckt. Sie würde Gary Seven später fragen, ob diese Idee mit dem Mammutklonen wirklich funktionieren konnte. »Klingt nach einem ehrenwerten Ziel.«

»Das ist es auch«, erwiderte Gillian. »Der menschliche Fortschritt hat das natürliche Habitat so vieler anderer Spezies zerstört. Es wäre schön, wenn wir unseren Einfallsreichtum und unsere Technologie dazu nutzen könnten, um ein paar der noch lebenden anderen Kreaturen auf dem Planeten zu retten. Sobald eine Spezies ausstirbt, ist sie für immer fort, außer jemand erfindet eine funktionierende Zeitmaschine.« Ihr Wein wurde serviert, und sie machte eine Pause, um einen Schluck zu nehmen. »Wie steht es mit Ihnen? An was für Projekten arbeiten Sie gerade?«

»Ach, Sie wissen schon«, versuchte Roberta Zeit zu schinden. »Das übliche Chromosomenzählen und Aminosäuremischen.« Es tat ihr leid, ihre neue Freundin so unverhohlen anlügen zu müssen, also versuchte sie die Unterhaltung von ihrer angeblichen Karriere in genetischer Forschung abzubringen, als Walter Takagi in die Bar gerannt kam. Er war außer Atem und entschuldigte sich vielmals.

»Es tut mir sehr leid, dass ich zu spät bin«, stieß er keuchend hervor. Er trug das gleiche Tweedjackett wie zuvor, hatte jedoch ein frisches T-Shirt angezogen. Auf diesem war eine grellbunte Abbildung von Astro Boy. »Es gab bei dem Projekt, das ich erwähnt hatte, eine Art Krise, was zu einer Menge Ferngespräche geführt hat.«

Roberta bot ihm einen Schluck von ihrer Limonade an. Dankbar nahm er sie entgegen. »Aber jetzt ist wieder alles in Ordnung. Ich hoffe, dass Sie nicht zu lange gewartet haben.«

»Kein Problem«, versicherte ihm Roberta. *Woher wohl diese Ferngespräche kamen?*, fragte sie sich. »Ich hatte Gesellschaft.« Sie stellte Takagi und Gillian einander vor und wandte sich dann entschuldigend an Gillian. »Ich befürchte, Dr. Takagi und ich haben etwas zu besprechen.«

»Schon in Ordnung«, sagte Gillian nachdrücklich. Sie

trank ihren Wein aus und sah sich in der Bar um. »Vielleicht werde ich mich in eine weniger gefährliche Umgebung zurückziehen. Zimmerservice und früh zu Bett gehen klingt momentan ziemlich verlockend.« Die junge Meeresbiologin machte ihren Barhocker für Takagi frei. »Noch einmal danke, dass Sie mich gerettet haben.«

»Gern geschehen«, sagte Roberta. »Viel Glück mit den Walen und so.«

Sobald Takagi saß, normalisierte sich auch seine Atmung schnell wieder. Das nutzte er, um sich für sein Zuspätkommen erneut zu entschuldigen. »Ich schwöre, es war wirklich nicht zu verschieben.«

»Ich kenne das«, erwiderte Roberta verständnisvoll. Sie war nur froh, dass Takagi überhaupt aufgetaucht war, auch wenn sie ihre Erleichterung vor dem wortgewaltigen Wissenschaftler zu verbergen versuchte. Schließlich sollte er nicht wissen, dass sie nur deswegen nach Rom gekommen war, um einige übereifrige Genetiker aufzuspüren. *Das könnte ihn endgültig abschrecken,* dachte sie.

Interessanterweise schien Takagis Erscheinen seinen Partner von seiner Verpflichtung zu erlösen, Roberta im Auge zu behalten. Während Takagi ein Bier bestellte, beobachtete sie aus dem Augenwinkel, wie der stets präsente Koloss seinen Wein austrank und die Bar verließ. Seine glühende Zigarette hatte er im Aschenbecher zurückgelassen. *Jetzt ist wohl die Nachtschicht dran,* folgerte Roberta und vermutete, dass Takagi als kompetent genug galt, um alleine auf sie aufzupassen.

Es tat ihr nicht leid, den anderen Mann gehen zu sehen. Der freundliche junge Mikrobiologe war eine viel bessere Gesellschaft. Allerdings fragte sie sich schon, wohin der riesige Latino jetzt ging.

Carlos Quintana, ein von der CIA ausgebildeter Überlebender der Schweinebucht, wusste nur zu gut, wo sich Veronica Nearys Hotelzimmer befand, da er den Großteil des Tages damit verbracht hatte, es zu observieren. Bis jetzt schien die attraktive Blondine genau das zu sein, was sie vorgab - eine amerikanische Wissenschaftlerin, die Rom besichtigte -, doch Carlos war noch nicht ganz überzeugt.

Er blieb vor Nearys Zimmertür stehen und sah sich im Gang um. Es war niemand zu sehen. *Gut,* dachte er. Dann klopft er leise an die Tür, doch es antwortete niemand. Nachdem er sich so davon überzeugt hatte, dass das Zimmer leer war und er nicht beobachtet wurde, zog er einen kleinen silbernen Dietrich aus seiner Tasche und steckte ihn ins Schlüsselloch. Die Sicherheitsvorkehrungen im Hotel waren nicht gerade auf dem neuesten Stand, also gelang es ihm recht schnell, das Schloss zu knacken. Er öffnete die Tür, die wie alles auf der Welt zu klein für ihn war, und schlich sich hinein.

Er achtete darauf, die Tür wieder ganz zu schließen, bevor er das Licht anschaltete. Zu seiner Überraschung musste er feststellen, dass er von einem Paar goldener Augen neugierig angestarrt wurde. Sie gehörten zu der schwarzen Katze, die es sich auf dem Bett bequem gemacht hatte. Sie hob ihren Kopf vom ordentlich wirkenden Bettlaken und miaute empört. Um den Hals trug das Tier ein diamantenbesetztes Halsband.

Was soll das denn?, dachte Carlos. Von einer Katze hatte ihm niemand etwas gesagt. Vor weniger als einer Stunde hatte Neary noch den Zimmerservice bestellt, aber er hatte angenommen, dass sie vor dem Treffen mit Takagi noch schnell etwas hatte essen wollen. Doch der Teller mit dem halb verspeisten Fisch deutete auf eine andere Erklärung hin. Dieser Katze ging es offenbar sehr gut.

Seine unerwartete Gastgeberin stolzierte gebieterisch über das Bett und baute sich vor ihm auf. Funkelnde Reißzähne blitzten auf, als die Katze den riesigen Eindringling anfauchte und ihr Rückenfell aufstellte. Carlos, der befürchtete, dass das dumme Tier laut genug sein könnte, um unerwünschte Aufmerksamkeit anzuziehen, packte die Katze grob. Die Lederhandschuhe, die er trug, um Fingerabdrücke zu vermeiden, beschützten seine Hände auch vor wütenden Klauen und Zähnen. Mit großen Schritten durchquerte er das Zimmer und warf die sich windende Katze in das angrenzende Badezimmer, schloss die Tür und sperrte das lästige Tier damit im anderen Zimmer ein, wo es so viel kratzen und fauchen konnte, wie es wollte.

Schon besser, dachte er. Diese unvorhergesehene Komplikation hatte ihn ziemlich irritiert. Am liebsten hätte er die elende Kreatur erwürgt, aber das hätte zu viele Fragen aufgeworfen, sobald die Amerikanerin das Ableben ihres Haustiers entdeckt hätte. Carlos sollte lediglich Dr. Nearys Gepäck überprüfen, ohne Spuren zu hinterlassen. Heimliche Einbrüche waren sogar schon vor dem Experiment eine seiner Spezialitäten gewesen und einer der Hauptgründe für Chrysalis, ihn zu beschäftigen.

Da er wusste, dass Takagi bei der Frau auf sein Okay wartete, inspizierte Carlos schnell den kleinen Raum. Abgesehen von der eigenartigen Tatsache, dass Dr. Neary ihr Haustier den ganzen Weg von Amerika mitschleppte, konnte er nichts besonders Auffälliges an ihren Habseligkeiten feststellen. Auf dem Nachttisch stapelten sich beeindruckend wirkende wissenschaftliche Magazine von der Art, die ein potenzieller Chrysalis-Rekrut wohl lesen würde, während ihr Koffer nicht mehr als Kleidung für ein paar Tage enthielt. Ein Anhänger an ihrem Gepäck gab eine Heimatadresse in Seattle, Washington, an. Carlos schrieb sich die Informationen für den Fall auf, dass Chrysalis einen weiteren Agenten in Nearys Zuhause schicken wollte. *So weit, so gut,* dachte er. Bis jetzt hatte er nichts gefunden, was darauf hindeutete, dass die Amerikanerin etwas anderes war als das, was sie vorgab.

Nur um sicherzugehen, platzierte er jedoch Abhörgeräte im Telefonhörer und hinter dem Kopfteil des Betts. Die Wanzen würden dafür sorgen, dass Chrysalis alles mithören konnte, was im Zimmer besprochen wurde. Nachdem er die Plastikabdeckung wieder über dem Hörer geschlossen hatte, hielt Carlos einen Augenblick lang inne, um über die andere blonde Frau nachzudenken, die Dr. Neary in der Bar angesprochen hatte. Soweit er beurteilen konnte, war es nur eine Zufallsbegegnung gewesen, aber es konnte nicht schaden, die zweite Frau ebenfalls zu überprüfen. Er nahm sich vor, herauszufinden, wo in Rom sie abgestiegen war.

Laut seiner Uhr war es neunzehn Uhr dreißig. Takagi würde ihn schon bald kontaktieren, um herauszufinden, ob er mit der vorsichtigen Anwerbung dieser neuen Kandidatin fortfahren sollte. Carlos sah sich noch einmal im Raum um und entschied, einen letzten Blick auf das Gepäck der Frau zu werfen, nur für den Fall, dass er zuvor etwas übersehen hatte.

Er kniete auf dem Boden neben dem offenen Koffer. Vorsichtig schob er seine Hand unter Dr. Nearys zusammengefaltete Kleidung, um das Innenfutter abzutasten. Als er darin eine versteckte Tasche entdeckte, lächelte er wissend. Gerissen, aber nicht gerissen genug. Während er sich die ursprüngliche Position jedes einzelnen Teils einprägte, nahm er die Kleidungsstücke aus dem Koffer. Ihm wurde klar, dass die Existenz des Geheimfachs wahrscheinlich überhaupt nichts bedeutete. Möglicherweise enthielt es lediglich den Pass und die Reisechecks der Frau, wie bei jedem anderen übervorsichtigen Touristen. Dennoch würde er nirgendwo hingehen, bevor er nicht herausgefunden hatte, was Dr. Veronica Neary zu verbergen hatte.

Nachdem er das letzte Kleidungsstück auf den Boden gelegt hatte, tastete er nach dem Reißverschluss des Geheimfachs. *Da ist er,* dachte er selbstgefällig. Doch genau in diesem Augenblick landeten fünf Kilo wütender Katze fauchend und beißend auf seiner Schulter.

»*Carajo*!«, fluchte er, während die Katzenkrallen über seine Wange fuhren, bis Blut floss. Er sprang auf, doch das verfluchte Biest hing wie eine große, haarige Zecke an seinem Rücken. *Wie zum Teufel ...,* dachte er. Die Katze war im Badezimmer eingeschlossen gewesen und hätte auf keinen Fall alleine entkommen können. Krallen so spitz wie Angelhaken gruben sich in seine linke Schulter, und sein Ohrläppchen wurde von kleinen Reißzähnen malträtiert. Er schrie vor Schmerz auf.

Mit vor Schreck weit aufgerissenen Augen blickte er zur Badezimmertür, die weit offen stand. Erneut versuchte Carlos, die strampelnde Katze zu fassen zu bekommen. Dabei taumelte er in das unbeleuchtete Badezimmer. Halb erwartete er, dort einen menschlichen Komplizen der Katze vorzufinden. »Wo bist du, du dreckiger *cabrón*?«, fauchte er.

Die Katze entkam seinem Griff, indem sie irgendwo hinter Carlos auf den Boden sprang. Doch der kubanische Agent war mehr daran interessiert, herauszufinden, wer die Katze freigelassen hatte. Er riss den Duschvorhang beiseite, doch dahinter war niemand. Verwirrt wirbelte er herum und hielt sich sein verletztes Gesicht. Hier war niemand außer ihm. Die Katze hatte sich wie durch Zauberhand selbst befreit.

Seine Wange und sein Ohr brannten höllisch, und als er seine Hand zurückzog, waren die Fingerspitzen hellrot gefärbt. Er wankte aus dem Badezimmer, stieß sich dabei den Kopf am Türrahmen an und entdeckte, dass die Lampe im anderen Zimmer irgendwie ausgegangen war. Überrascht blinzelte er in das dunkle Hotelzimmer und versuchte, die mitternachtsschwarze Katze in den Schatten zu erkennen. Das Licht von der Straße wurde durch die zugezogenen Vorhänge gefiltert und erhellte das Zimmer nur schwach.

Er tastete auf der Suche nach dem Lichtschalter an der Wand entlang, doch die Katze fand sein Bein zuerst. Ihre Krallen senkten sich durch den teuren Stoff seiner Anzughose in seine Wade. Das wilde Tier zischte wie ein dämonischer Teekessel und setzte nun auch seine Zähne ein, um die Hose mitsamt seinem Bein zu zerfetzen.

Ach, scheiß drauf!, dachte Carlos, der vor Wut und Schmerz brüllte wie ein Berggorilla. Er trat heftig mit seinem Bein, konnte die wütende Katze aber nicht abschütteln. Bösartige gelbe Augen starrten ihn von unter seinem Knie aus an. *Das ist mir einfach zu loco,* entschied er. *Ich hau ab!*

Er schlug mit der Faust nach der Katze. Diese sprang beiseite, um auszuweichen. Das reichte Carlos, um den Türknauf zu packen und aus der dunklen Folterkammer zu fliehen, zu der Dr. Nearys Hotelzimmer geworden war. Auf der anderen Seite der Tür konnte er noch immer das wütende Fauchen und Kratzen entschlossener Krallen hören, während er über den Flur davoneilte. Glücklicherweise war dort niemand unterwegs, um seinen erniedrigenden Rückzug zu beobachten.

Mit ein wenig Glück, dachte er verzweifelt, *wird die Lady ihre eigene verrückte Katze für das Chaos in ihrem Koffer verantwortlich machen.* Das wollte er zumindest glauben, denn die Alternative bedeutete, in dieses Höllenloch zurückgehen zu müssen.

Seine fleischige Hand schwebte über dem Türknauf, als er kurz darüber nachdachte, in das Zimmer der Amerikanerin zurückzukehren. Das elektronische *Bing* eines Aufzugs, der auf diesem Stockwerk anhielt, gefolgt vom Geräusch näher kommender Schritte, nahm ihm die Entscheidung ab.

»Dämliche Katze!«, brummte er leise, während er sich von Zimmer 11-G und seinem verabscheuungswürdigen Katzenwächter entfernte. Dafür schuldete ihm Chrysalis etwas. Sein Bein und seine Wange stritten darum, was mehr schmerzte. »Mist – autsch – verdammt!«

»Bitte entschuldigen Sie«, sagte Takagi mit einem Blick auf seine Uhr. »Ich muss nur kurz einen Anruf erledigen. Es dauert nur eine Minute, ich verspreche es.«

Roberta sah dem japanischen Biochemiker nach, als er die Bar verließ. Seltsamerweise ignorierte er die freie Telefonzelle an der Tür. Er schien es vorzuziehen, diesen Anruf von woanders zu tätigen. Roberta seufzte. Leider war es das Verdächtigste, was Takagi den ganzen Abend getan hatte.

Ungeduldig spielte sie mit ihrem Strohhalm und verknotete ihn zu einer Schleife. Bis jetzt war ihr Rendezvous mit dem gut aussehenden jungen Wissenschaftler eine Enttäuschung, zumindest was ihre Undercover-Mission anging. Trotz ihrer sanften Aufforderungen hatte Takagi das Gespräch bis jetzt auf harmlose Plauderei – und einen einseitigen Informationsaustausch – beschränkt. Unter dem Vorwand beiläufigen Small Talks hatte er sie über Einzelheiten ihres Privatlebens ausgefragt: Freunde,

Familie, Beziehungsstatus und so weiter. Roberta hatte ihr Bestes getan, um vielversprechend ungebunden zu wirken, fragte sich aber zwischendurch, ob er sie nicht vielleicht doch nur aufreißen wollte.

Nein, versicherte sie sich selbst. Ihre Instinkte und Intuition - ihr sogenannter Stimmungsdetektor - sagten ihr, dass sie auf der richtigen Spur war. Takagi war in etwas Großes verwickelt, das wusste sie einfach. Warum sonst hätte er sie den ganzen Tag beschatten lassen sollen? Und was war mit diesem äußerst geheimen Projekt, auf das er bei ihrer ersten Begegnung angespielt hatte? *Gib noch nicht auf,* mahnte sie. *Rom wurde auch nicht in einem Tag unterwandert ...*

Als Takagi ein paar Minuten später zurückkam, dröhnte Paul McCartneys »Live and Let Die« aus den Lautsprechern. »Tut mir wirklich leid«, rief er über die Musik hinweg. Anstatt auf seinen Barhocker zu klettern, sah er sich in der rauchgeschwängerten Bar um. Diese leerte sich, weil Konferenzteilnehmer wie Einheimische auf die Suche nach einem typisch römischen späten Abendessen gingen. »Haben Sie Hunger?«, fragte er sie. »Warum gehen wir nicht woanders hin?«

Roberta meinte, eine neue Bestimmtheit in Takagis Benehmen festzustellen, als hätte er während seiner kurzen Abwesenheit eine wichtige Entscheidung getroffen. *Habe ich eine Art Test bestanden?,* überlegte sie. Wenn dem so war, hatte sie keine Ahnung, wie sie das gemacht hatte, aber einem geschenkten Biochemiker sah man nicht ins Maul. »Klingt toll«, spielte sie mit. »Ich habe heute Nachmittag ein nettes kleines Restaurant gesehen, in der Nähe des Trevi-Brunnens.«

Takagi schüttelte den Kopf. »Ich habe da an etwas Besseres gedacht. Weniger touristisch. Und etwas intimer.«

Das klingt ja immer vielversprechender, dachte sie. *Vielleicht kommen wir jetzt mal endlich weiter.*

Andererseits könnte es sich aber auch einfach nur um eine Falle handeln.

Wohin Takagi sie auch führte, es lag auf jeden Fall abseits der Touristenströme. Sie verließen die größeren und belebteren Straßen und wanderten durch ein erstaunliches Labyrinth von Nebenstraßen und kleinen Gässchen, bis Roberta vollkommen die Orientierung verloren hatte. Gelegentlich erhaschte sie in der Ferne einen Blick auf das Kolosseum. Seine beeindruckende, von Flutlichtern angestrahlte Fassade bot zumindest einen unverkennbaren Orientierungspunkt, doch Roberta bezweifelte, dass sie den Weg zum Hotel zurück finden würde - nicht einmal, wenn ihr Leben davon abhing. Blieb zu hoffen, dass das nicht genau das war, was Takagi im Sinn hatte.

»Äh, sind Sie sicher, dass wir hier richtig sind?«, fragte Roberta skeptisch. Sie sah keinen Grund, ihre Besorgnis zu verbergen. Zweifellos würde ihre gegenwärtige Umgebung »Veronica Neary« genauso nervös machen wie sie. Italienische Graffiti, von politisch bis obszön, prangten an den schmalen Wänden und verrammelten Fenstern der kleinen Gasse, in der sie sich momentan befanden. Aus übervollen Mülleimern quoll Unrat auf das unebene Pflaster. Ölige Pfützen reflektierten das Licht einer einsamen Straßenlaterne, die viel zu weit entfernt schien und die Gasse für Robertas Geschmack auch nicht ausreichend beleuchten konnte. Etwas weiter entfernt waren hupende Autos zu hören, aber das schmale Gässchen selbst war auf unheimliche Weise still und verlassen. So unauffällig wie möglich fischte sie ihren Servo aus der Handtasche und hielt ihn fest umklammert.

»Keine Sorge«, sagte Takagi zuversichtlich. Roberta fand es unfair und auch ein wenig ärgerlich, dass er sich nicht um sein Leben zu fürchten schien. »Wir sind fast da.«

»Da« entpuppte sich als eine winzige Trattoria im Keller einer geschlossenen Autowerkstatt. Auf einem Schild an der Tür stand CHIUSO - italienisch für »geschlossen« -, doch Roberta konnte einen Lichtschimmer durch eine Glasscheibe in der Kellertür erkennen. Takagi ignorierte das handgeschriebene Schild, ging die paar Stufen zur Tür hinunter und klopfte an. »Ich bin's«, rief er. Seine Stimme schien auf der leeren Straße widerzuhallen. »Takagi.«

Die Tür öffnete sich einen Spalt, und der Strahl einer Taschenlampe (oder war es eine Kerze?) fiel auf Takagis Gesicht. Einen Moment später hörte Roberta, wie eine Kette abgenommen wurde. Die Tür schwang nach innen auf, enthüllte aber nicht mehr als den schattigen Eingang zum Restaurant. »Da sind wir«, erklärte Takagi fröhlich und sah zu Roberta hoch, die die Stufen heruntereilte, um sich ihm anzuschließen.

Nachdem sie den Kopf eingezogen hatte, um durch den niedrigen Eingang zu kommen, entdeckte sie, dass das namenlose Restaurant ausgesprochen gemütlich wirkte - auf eine heruntergekommene, ungewohnte Art und Weise. Das halbe Dutzend leerer Tische war mit karierten Tischdecken« gedeckt und auf etwa einem Drittel standen brennende Kerzen, die wie kleine Inseln des Lichts in pechschwarzer Nacht wirkten. Soweit sie sehen konnte, gab es nur einen anderen Gast, eine einsame Gestalt, die im hintersten Winkel saß. Sein Gesicht befand sich, vielleicht absichtlich, außerhalb des Lichtscheins seiner Kerze.

Wer ist das?, fragte sich Roberta. *Und warum will er nicht gesehen werden?*

»Okay, das ist mir hier alles ein bisschen zu verrückt«,

rief sie, nachdem sie sich entschieden hatte, dass eine überraschte Reaktion angebracht war. Sie sah sich in der leeren Trattoria um und versuchte erfolglos, das Halbdunkel zu durchdringen. »Sagen Sie mir nicht, dass wir den ganzen Laden für uns alleine haben?«

»Irgendwie schon«, gab Takagi zu und zuckte mit den Schultern. »Kommen Sie mit, da drüben ist jemand, den ich Ihnen vorstellen möchte.«

»Wen denn? Deep Throat?«, fragte sie scherzhaft. Bis jetzt hatte sie niemand nach dem Passwort gefragt, aber das war die einzige Sache, die in diesem ganzen Krimi-Szenario noch fehlte. »Ich meine den Watergate-Informant. Nicht den Pornofilm.«

Ein heiseres Lachen kam von der dunklen Gestalt in der Ecke. »Ich befürchte, dass keine der beiden Beschreibungen auf mich zutrifft, junge Dame.« Es war die Stimme eines älteren Mannes mit einem deutlichen osteuropäischen Akzent. Takagi führte Roberta zu dem Tisch im hinteren Bereich, und sie setzten sich dem Mann gegenüber. Sie hoffte, dass sich ihre Augen schnell an das Halbdunkel gewöhnen würden, aber es war noch immer schwierig, seine Gesichtszüge zu erkennen.

»Das ist Dr. Fjodor Leonow, mein Kollege und Mentor«, erklärte Takagi und deutete auf den Fremden. Roberta kam der Name von ihrer Recherche nicht bekannt vor. Das war aber nicht weiter verwunderlich, denn man konnte kaum von ihr erwarten, den Namen jedes Wissenschaftlers auswendig zu können, der auf dem Gebiet der Gentechnik arbeitete. »Dr. Leonow, das ist Veronica Neary von der Universität von Washington.«

»Es ist mir eine Freude, Sie kennenzulernen, Doktor«, begrüßte Leonow sie und neigte seinen Kopf leicht in ihre Richtung. Das Kerzenlicht gewährte ihr einen kurzen Blick auf schneeweißes Haar. »Walter spricht in den höchsten Tönen von Ihnen.«

Ein mürrisch dreinblickender blasser Kellner kam an ihren Tisch und verteilte wortlos drei schäbige laminierte Speisekarten, bevor er sich wieder in die Küche zurückzog. »Bitte wählen Sie, was immer Ihnen zusagt«, sagte Leonow. »Das Essen geht über mich.«

»Auf mich«, korrigierte ihn Takagi.

»Ja, natürlich. *Auf mich.* Entschuldigen Sie.« Der ältere Wissenschaftler hatte eine höfliche, onkelhafte Art an sich, die Roberta sehr charmant fand. Er sprach langsam und bedacht, aber nicht zu förmlich. »Leider ist mein Englisch nicht besonders gut.« Er sah zu der Schwingtür, die in die Küche führte. »Aber hier können wir frei sprechen. Die Angestellten verstehen überhaupt kein Englisch.«

»Was soll diese ganze Geheimniskrämerei?«, fragte Roberta.

»Unsere Arbeit ist nicht unumstritten«, antwortete Leonow ernst, »aber das wissen Sie ja bestimmt.« Nachdem sich ihre Augen allmählich an die trübe Beleuchtung gewöhnt hatten, sah Roberta, dass Leonow einen dunklen Anzug, Krawatte und eine Brille trug. Sie hatte den vagen Eindruck, dass er etwa sechzig bis siebzig Jahre alt sein musste. »Walter hat mir gesagt, dass Sie dafür plädieren, das volle Potenzial neuer Durchbrüche der genetischen Manipulation zu erforschen.«

»Oh ja!«, sprudelte es aus ihr heraus, genau wie am Nachmittag gegenüber Takagi. »Die Möglichkeiten sind einfach erstaunlich. Die Entschlüsselung des menschlichen Codes eröffnet uns unzählige neue Möglichkeiten in Medizin und menschlicher Entwicklung. Ich glaube fest daran, dass wir am Rand einer sozialen und wissenschaftlichen Transformation stehen, die die Industrielle Revolution wie einen kleinen Schluckauf wirken lassen wird.«

»Ich stimme Ihnen bei«, sagte Leonow, der die Redewendungen erneut durcheinanderbrachte. »Es ist gut, einen jungen Menschen mit einer solchen Begeisterung für die Zukunft zu treffen.« In seine Stimme schlich sich ein wehmütiger Ton. »Diejenigen von uns, die die ... Wirrungen dieses Jahrhunderts durchlebt haben, können nur darauf hoffen, dass die nachfolgenden Generationen eine sicherere Welt erleben werden.«

Seltsamerweise fand Roberta, dass Leonow ein wenig wie Gary Seven klang, der immer wieder bemerkte, dass die derzeitige Menschheit ihr volles Potenzial noch nicht ausschöpfte. »Oh, ich bin sicher, das werden sie«, erwiderte sie.

»Den Fortschritt kann man nicht aufhalten.«

Sie musste ihren Optimismus nicht einmal vortäuschen. Da sie bereits ein paar sehr nette Individuen aus zumindest einer möglichen Zukunft hatte treffen können, hatte sie inzwischen viel mehr Vertrauen darauf, dass die menschliche Rasse - wie lautete diese Redewendung noch mal? - ach ja, lange und in Frieden leben würde.

Natürlich vorausgesetzt, Seven und ich versauen es nicht vorher.

Der zombiehafte Kellner tauchte wieder auf, um ihre Bestellungen entgegenzunehmen, auch wenn seine seltsame schlafwandlerische Art ihre Zuversicht in die Kochkünste der Angestellten nicht gerade verstärkte. Sie kämpfte mit der Speisekarte (ihr automatischer Übersetzer war bei gedrucktem Material keine Hilfe) und bestellte schließlich die Spaghetti mit Muscheln. Um einen kühlen Kopf zu bewahren, verzichtete sie auf Wein. Würden ihr Takagi und sein sogenannter Mentor das alles abnehmen?

Das schien der Fall zu sein, da sich Leonow vorbeugte und Roberta anlächelte. Sein Gesicht war nun zum ersten Mal innerhalb des Kerzenscheins. »Amerikanischer Mut und Optimismus in Reinkultur«, sagte er anerkennend. »Ein bewundernswerter Wesenszug, besonders für eine Wissenschaftlerin.«

Roberta hätte fast ihre Augen weit aufgerissen, als sie das Gesicht des Mannes endlich richtig sah. *Ach du heiliger Bimbam!*, dachte sie, doch es gelang ihr, äußerlich ruhig zu bleiben. *Bleib cool!*, schrie ihr Gehirn. *Du darfst dich nicht verraten.*

Sie hatte guten Grund, so aufgeregt zu sein. Bei dem Mann, der ihr gegenübersaß und den Takagi als jemanden namens Leonow vorgestellt hatte, handelte es sich in Wirklichkeit um Dr. Viktor Lozinak, einen gefeierten ukrainischen Genetiker, der vor mehr als einem Jahr aus der Öffentlichkeit verschwunden war. Soweit Seven und Beta 5 hatten herausfinden können, war Lozinaks Aufenthaltsort, seit er im letzten Herbst aus seiner einfachen Datsche in Kiew verschwunden war, sowohl den Amerikanern als auch den sowjetischen Behörden unbekannt.

Roberta war sich absolut sicher. Die nachdenklichen braunen Augen hinter der Gleitsichtbrille waren unverkennbar. Das schneeweiße Haar sah genauso aus wie auf dem Foto in seiner Akte, die Roberta in ihrem Hotelzimmer versteckt hatte. Jetzt, wo sie wusste, worauf sie achten musste, bemerkte sie sogar den Gehstock, den Lozinak den Berichten nach benutzte und der jetzt gegen den Stuhl des Wissenschaftlers gelehnt war. *Sie können mich nicht täuschen, Doktor,* dachte Roberta triumphierend. *Ich hab Sie.*

Sie fand, dass Lozinak nicht wirkte, als hätte man ihn gegen seinen Willen entführt. Vielleicht verschwanden all diese vermissten Wissenschaftler ja aus freien Stücken.

»Oh, ich bin sicher, dass wir Amerikaner kein Monopol auf eine positive Grundeinstellung haben«, erwiderte sie fröhlich. »Ich wette, die Ukrainer sind genauso optimistisch.«

Lozinak blinzelte überrascht, und Roberta wurde klar, dass sie einen Fehler gemacht hatte. Er lehnte sich zurück und brachte ein wenig mehr Abstand zwischen sich und Roberta. Dann sah er die Amerikanerin misstrauisch an.

»Woher wissen Sie, dass ich aus der Ukraine komme?«, fragte er sie. Es klang nicht feindselig, aber interessierter an ihrer Antwort, als er vielleicht sein sollte. Er tauschte einen besorgten Blick mit Takagi aus. Dieser wirkte von der Wendung, die das Gespräch genommen hatte, ziemlich überrascht.

Roberta ärgerte sich über sich selbst. »Hab nur geraten«, improvisierte sie. »Ich bin mal im College mit einem Ukrainer ausgegangen.« *Kauft er mir das ab?* Sie begann zu schwitzen. »Ihr Akzent klingt wie seiner.«

»Ah«, erwiderte Lozinak. Er dachte kurz über ihre Antwort nach, dann schien er sich wieder zu entspannen. Erneut schob er den Stuhl näher an den Tisch und kam in den Lichtschein zurück. »Ich verstehe.«

Es folgte eine peinliche Stille, glücklicherweise unterbrochen von der Ankunft der Vorspeisen. Nachdem sie die Antipasti, die nicht so schlecht waren, wie Roberta befürchtet hatte, probiert hatten, kam Takagi zur Sache. »Was, wenn ich Ihnen sagen würde – theoretisch natürlich –, dass menschliche Genmanipulationen viel näher vor der Vollendung stehen, als die meisten Leute ahnen, dass viele der intelligentesten Köpfe bereits an dem Projekt arbeiteten?«

»Ich würde sagen, dass das sehr aufregende Nachrichten sind«, erwiderte Roberta vorsichtig, um genauso neugierig zu wirken, wie Dr. Ronnie Neary es an diesem Punkt sein würde. »Von wie viel näher sprechen wir?«

»Sehr viel näher«, antwortete Takagi nachdrücklich. Seine Augen funkelten. Roberta nahm an, dass er sich danach verzehrte, jemandem von diesem geheimnisvollen Projekt zu erzählen, und sich wahrscheinlich seit Beginn der Konferenz auf die Zunge hatte beißen müssen. »Sagen wir einfach, dass die gute alte Evolution auf dem besten Wege ist, passé zu sein. Genau in diesem Moment ...«

Lozinak hustete und unterbrach Takagi, bevor er zu viel verraten konnte. Der Genetiker mit der falschen Identität war eindeutig vorsichtiger als sein redefreudiger Kollege. Er wechselte das Thema: »Vielleicht möchte uns Dr. Neary gerne von ihrer eigenen Arbeit erzählen?«

Oh oh, dachte Roberta. *Jetzt haben wir wohl den Bewerbungsgesprächsteil erreicht.* Glücklicherweise hatte sie ihre Hausaufgaben gemacht.

»Nun, in letzter Zeit habe ich mit neuen Möglichkeiten experimentiert, um DNA mithilfe von Restriktionsenzymen in Bereiche zu unterteilen«, sagte sie und betete, dass ihr Lozinak nicht zu viele Detailfragen stellen würde. Sie betrachtete es schon als kleines Wunder, dass sie genug genetisches Wissen aufgeschnappt hatte, um zusammenhängende Sätze bilden zu können. »Außerdem suche ich nach einer besseren Technik, um die isolierten Gensequenzen in bakterielle Plasmide einzufügen, damit ich die veränderten Bakterien als Vektor benutzen kann, um fremde Gene an eine Wirtszelle zu liefern.«

Lozinak nickte nachdenklich. Zu Robertas Erleichterung schien er ihre imaginären Experimente nicht zu unplausibel zu finden. »Ein vielversprechendes Feld«, kommentierte er. »Woher wissen Sie, ob die Rekombination gelungen ist?«

Ist das eine Fangfrage?, sorgte sich Roberta. »Das weiß ich nicht. Zumindest noch nicht.« Sie erinnerte sich, etwas über eine neue Technik gelesen zu haben, die noch nicht ganz perfektioniert worden war, und durchforstete ihr Gedächtnis nach Einzelheiten. »Ähm, idealerweise markiere ich das Rekombinantplasmid mit einer radioaktiven Sonde, aber ich habe noch nicht die richtige Trägersequenz gefunden.«

»In dieser Hinsicht könnten wir Ihnen Hilfe anbieten«, erwiderte Lozinak langsam. Seinem freundlichen Gesichtsausdruck nach zu urteilen, hatte sie die Prüfung bis jetzt nicht vermasselt. »Was halten Sie von Intronfunktion?«

Wenn sich Roberta richtig erinnerte, waren Introns DNA-Segmente - Nukleotide, um genau zu sein -, die keine nützliche genetische Information zu enthalten schienen. Es gab diverse Theorien, welchem Zweck sie eigentlich dienten, einschließlich der Auffassung, dass es sich um nichts anderes als mikrobiologisches Füllmaterial handelte. *Ich kann mir bei dieser speziellen Frage bestimmt irgendetwas aus den Fingern saugen,* dachte sie, *aber ich muss eine Möglichkeit finden, diese Unterhaltung in andere Bahnen zu lenken, bevor mir der Alte doch noch auf die Schliche kommt.*

»Einen Moment mal«, protestierte sie. »Wofür dieses Kreuzverhör? Um ehrlich zu sein, würde ich gerne ein bisschen mehr über Ihr Projekt erfahren, bevor ich mich einer Art Eignungstest unterziehe.«

»Oh, das ist es ganz und gar nicht«, erwiderte ein verlegener Takagi reichlich unglaubwürdig. »Bitte glauben Sie mir, wir wollten wirklich nur ein wenig plaudern und auf keinen Fall eine Art Verhör führen. Du lieber Himmel, nein.«

Takagi hätte es wahrscheinlich immer weiter abgestritten, aber schließlich hob Lozinak seine Hand und brachte den jüngeren Mann zum Schweigen. »Nein, Dr. Neary hat recht. Es handelte sich tatsächlich um ein - wie haben Sie es genannt? - Kreuzverhör.« Er starrte Roberta durchdringend an. »Vergeben Sie einem alten Mann sein Misstrauen, aber es steht viel auf dem Spiel, und es ist für uns sehr wichtig, dass Sie auch wirklich das sind, was Sie zu sein scheinen.«

»Das sagt ja der Richtige ... Dr. Lozinak«, erwiderte Roberta. Takagis Unterkiefer klappte herunter, doch Lozinak selbst nickte nur und kratzte sich am Kinn. Nun betrachtete er Roberta mit einer Mischung aus Respekt und Vorsicht.

Die Tarnung des alten Mannes auffliegen zu lassen, war ein kalkuliertes Risiko, aber es war die beste Möglichkeit, die ihr eingefallen war, um den Spieß umzudrehen und Lozinak selbst in die Verteidigung zu drängen. »Haben Sie wirklich geglaubt«, fuhr sie fort, »dass ich den gefeierten Dr. Viktor Lozinak nicht erkenne? Ich bitte Sie!«

Er lächelte reumütig, nahm seine Brille ab und legte sie auf den Tisch. »Schuldig im Sinne der Anklage, befürchte ich. Die anderen sagten, es sei zu gefährlich für mich, persönlich nach Rom zu kommen, aber ich war sicher, dass ich unauffallend bleiben würde.«

»Unauffällig«, verbesserte ihn Roberta. »Aber wo haben Sie die letzten paar Monate gesteckt?« Jetzt setzte sie alles auf eine Karte. »Sie gelten als vermisst, wissen Sie?«

Lozinak seufzte und zuckte mit den Schultern. Er schien der Meinung zu sein, dass er sich nun auch nicht mehr zurückzuhalten brauchte. »Sie müssen verstehen, meine amerikanische Freundin, dass es auf der Welt viele Personen gibt, einige von ihnen hochrangige Politiker, die große Angst davor haben, wohin uns die Wissenschaft gebracht hat. Sie hören ›Gentechnik‹ und denken an Eugenik, Hitler und Frankenstein. Diejenigen von uns, die die Menschheit auf eine neue Stufe heben wollen, indem wir den genetischen Code neu schreiben, der uns zu dem macht, was wir sind, müssen ihre Arbeit im Geheimen verrichten.«

»Das müssen Sie mir nicht sagen«, erwiderte Roberta mit gespielter Anteilnahme. »Glauben Sie mir, ich habe jeden Witz über verrückte Professoren gehört, den man sich nur vorstellen kann, manchmal sogar von meinen eigenen Kollegen an der Uni.«

Lozinak schüttelte traurig seinen Kopf. »Es ist keine Angelegenheit zum Lachen. Wenn die anderen wüssten, wie weit wir bereits gekommen sind, würden sie drastische Maßnahmen ergreifen, um uns aufzuhalten. Darum waren meine Kollegen und ich auch gezwungen, wie sagt man noch, unterzuschwimmen?«

»Unterzutauchen«, bot Roberta an, der das Konzept nur allzu gut vertraut war.

»Ja, unterzutauchen. Vielen Dank«, fuhr der ehrwürdige ukrainische Forscher fort. »Wir müssen uns verstecken, unsere Arbeit fernab der Öffentlichkeit durchführen und unsere Fortschritte selbst vor Kollegen wie Ihnen geheim halten.«

»Welche Fortschritte?«, hakte sie nach und wünschte sich, ein verstecktes Aufnahmegerät dabeizuhaben. Seven würde alles darüber hören wollen. »Wie weit *sind* Sie gegangen?«

Es folgte eine weitere lange Pause, während der Lozinak wieder einmal darüber nachzudenken schien, wie viel er enthüllen konnte. Roberta hielt den Atem an, genau wie Takagi, und sie hätte am liebsten frustriert aufgeheult, als der Kellner genau diesen Moment wählte, um ihre Hauptgerichte zu bringen, und die Spannung damit noch weiter hinzog. Nachdem der Kellner sie wieder allein gelassen hatte, brach Lozinak sein Schweigen.

»Bezeichnen wir es mal als das Projekt«, sagte er. »Und ich glaube fest daran, dass es die beste Überlebenschance unserer Welt ist. Unsere Technologie hat sich schneller entwickelt als unsere Fähigkeit, sie weise einzusetzen. Die einzige Lösung besteht darin, einen Übermenschen zu erschaffen, der intelligenter und besser in der Lage ist, mit den Herausforderungen und Möglichkeiten der Zukunft umzugehen. Diesem Ziel haben ich und ein paar Kollegen den Rest unseres Lebens gewidmet: dem nächsten Schritt in der Evolution der Menschheit.«

»Ziemlich fantastisch, oder?«, stieß Takagi hervor. Vor dem jungen Wissenschaftler stand ein noch unberührter Teller mit heißen Calamari. »Als ich das erste Mal davon gehört habe, konnte ich es kaum glauben.«

Roberta riss die Augen auf. Ihr Erstaunen war nur teilweise gespielt. »Und das alles geschieht tatsächlich irgendwo?« Sie lehnte sich neugierig vor. »In diesem Moment?« Sie entschied, dass ein wenig Skepsis ange-bracht war. »Woher soll ich wissen, ob das auch alles stimmt? Ich bilde mir ein, auf dem Stand der Forschung zu sein, aber das, worüber Sie hier sprechen, ist noch Jahr-zehnte entfernt. Wir werden frühestens im einundzwan-zigsten Jahrhundert so weit sein. Ohne Ihnen zu nahe treten zu wollen«, fügte sie hastig hinzu.

»Schon gut«, versicherte ihr Lozinak. Er schenkte ihr ein verschwörerisches Lächeln und zog ein kleines Paket unter dem Tisch hervor, das ungefähr die Größe einer Schuhschachtel hatte und mit einem dunklen Samttuch bedeckt war. Er stellte das Paket zwischen ihnen auf den Tisch. Roberta hörte, wie darin etwas raschelte, und musste unwillkürlich schlucken. Bilder von Tarantulas, Ratten und noch viel grausigeren Kreaturen schossen ihr durch den Kopf. *Oh Junge,* dachte sie, *in was hab ich mich hier nur reingeritten?*

»Wir haben Ihre Skepsis erwartet«, erklärte Lozinak. »Daher diese kleine Demonstration.« Mit einer theatralischen Handbewegung zog er das Tuch von dem mysteriösen Gegenstand. Es handelte sich um einen rechteckigen Glasbehälter, in dem sich eine einzelne weiße Maus befand. Der Boden war mit Sägespänen ausgelegt, ein Drahtgitter ließ Luft in den Behälter. Die winzige Maus huschte in ihrer gemütlichen Behausung hin und her. Entweder schien sie ihre neue Umgebung aufregend zu finden oder nur den Geruch des Abendessens.

Okay, mit einer Maus komme ich klar, dachte Roberta. Sie war dankbar, dass Isis nicht dabei war, um das kleine Kerlchen zu erschrecken. »Ähm, ganz süß«, kommentierte sie, da sie nicht wusste, was genau die Anwesenheit des Nagetiers beweisen sollte. »Aber, äh, ich weiß ja nicht, wie das bei Ihnen ist, doch ich kann ihre DNA von hier nicht erkennen.«

Vielleicht ist sie superschlau, überlegte sie, *so wie die Maus in diesem Film mit Cliff Robertson?* Roberta erinnerte sich, dass sie geweint hatte, als die Maus im Film gestorben war.

»Nur Geduld«, erwiderte Lozinak. Er hob eine Ecke des Drahtgitters an und fütterte die Maus mit einem Stückchen Käse von seinem Teller. »Die Demonstration ist noch nicht abgeschlossen.« Er senkte seinen Kopf, bis sich seine Lippen auf gleicher Höhe wie die flackernde Kerzenflamme befanden. »Passen Sie auf.«

Er blies die Kerze aus und hüllte den Tisch damit in vollkommene Dunkelheit - zumindest dachte sie das.

Stattdessen drang zu ihrer Überraschung ein schwaches weißliches Leuchten aus dem Inneren des Behälters. Sie schnappte nach Luft, als sie begriff, dass es die Maus war, die im Dunkeln leuchtete, während sie vollkommen unbeeindruckt an dem Stückchen Käse knabberte, das ihr der Wissenschaftler gegeben hatte. »Ach du meine Güte!«, rief Roberta.

Eifrig lieferte Takagi die Erklärung: »Wir haben bei einem gewöhnlichen Glühwürmchen das Gen für Biolumineszenz isoliert und es dann in die DNA der Mutter dieser Maus gespleißt. Zumindest die Hälfte des Nachwuchses leuchtet so wie diese.« Er gelang ihm kaum, seine überschwängliche Freude darüber zu verbergen, diese Entdeckung endlich mit jemandem teilen zu dürfen. »Ist das nicht einfach unglaublich?«

»Kann man so sagen«, gab sie zu. Ihr Blick war auf die leuchtende Maus geheftet. Verstandesmäßig war ihr klar, dass es möglich war, solch eine Demonstration zu fälschen, indem man ein nichtsahnendes Labortier in selbstleuchtende Farbe tauchte, aber im Herzen wusste sie, dass es kein Betrug war, nicht mit diesem ganzen wissenschaftlichen Talent, das involviert war. »Das nenne ich mal eine Demonstration.« Sie sah zu Dr. Lozinak auf, dessen Kopf und Schultern in der Dunkelheit kaum zu erkennen waren. »Okay, ich bin überzeugt«, sagte sie vollkommen ernst. »Und was nun?«

Der ältere Wissenschaftler zog ein Streichholzheft aus der Tasche seines Jacketts und zündete die Kerze wieder an. Dann platzierte er das Samttuch wieder über dem Behälter und stellte ihn auf den Boden zurück. Roberta bezweifelte, dass es die einzige Maus war, die sich auf dem Boden dieses Restaurants herumtrieb. Lozinak sah Roberta nachdenklich an und blickte ihr direkt in die Augen.

»Das Projekt braucht junge Menschen wie Sie und Dr. Takagi«, begann er, »um es sicher in die bevorstehenden Jahrzehnte zu führen. Um ehrlich zu sein, haben wir bereits Ihre Qualifikationen überprüft und fanden sie mehr als zufriedenstellend.«

»Vielen Dank«, antwortete sie nervös. Sie war erleichtert, dass der falsche Hintergrund, den Seven für Veronica Neary fabriziert hatte, offenbar einer oberflächlichen Überprüfung hatte standhalten können. »Ihr Jungs habt es eilig.«

»Da die moderne Zivilisation immer schneller auf den Abgrund zurast«, erwiderte Lozinak traurig, »können wir uns kaum etwas anderes leisten.« Die Ironie in den Worten des alten Mannes, die auch ebenso gut von Gary Seven hätten stammen können, blieb Roberta nicht verborgen. »Ich biete Ihnen die Gelegenheit, sich dem Projekt anzuschließen und an unserer Arbeit teilzuhaben, aber ich muss gleichzeitig eine Warnung aussprechen. Wenn Sie sich uns anschließen, müssen Sie bereit sein, ebenso zu verschwinden wie wir. Sie müssen sich von der Außenwelt lossagen und Ihre Geheimnisse und Erfolge nur mit Ihren Projektkollegen teilen sowie den wenigen Individuen, die wir beschäftigen, um unsere Operationen zu beschützen und diverse logistische Aufgaben zu erledigen.«

Er lehnte sich vor und ließ das flackernde Licht der Kerze seinen ernsten Gesichtsausdruck beleuchten. Die Augen unter zusammengezogenen grauen Brauen fixierten Roberta, und er betonte jede Silbe seiner düsteren Warnung: »Ich sage Ihnen das jetzt ganz deutlich: Sollten Sie unser Angebot annehmen, gibt es kein Zurück mehr. Das ist Ihre letzte Gelegenheit, um … wie sagt man … wegzusteigen.«

»Auszusteigen«, korrigierte Roberta. Seine Botschaft

war trotz des falschen Ausdrucks angekommen. Nun war nur noch die Frage offen, ob sie wirklich würde gehen können, wenn sie Nein sagte. Weder Lozinak noch Takagi wirkten besonders bedrohlich, und sie nahm an, dass sie mit beiden fertigwerden würde, sollte es darauf hinauslaufen, aber es fiel ihr schwer, sich vorzustellen, dass sie sie einfach so gehen lassen würden, nachdem sie bereits so viel erfahren hatte. Roberta warf einen nervösen Blick auf die ramponierte Metalltür, die zur Küche führte, und wünschte sich erneut, zu wissen, was aus King Kong geworden war. »Ich nehme nicht an, dass ich ein paar Tage bekomme, um darüber nachzudenken?«, versuchte sie, Zeit zu schinden.

Letztendlich spielte es keine Rolle, wie Plan B der beiden Forscher aussah, da sie sich wohl kaum die Gelegenheit entgehen lassen konnte, dieses geheimnisvolle Projekt zu infiltrieren. *Warte nur, bis Seven davon hört!,* freute sie sich im Stillen. *Diese Undercover-Sache läuft noch besser, als wir erwartet haben.*

»Sie müssen sich noch heute Abend entscheiden«, informierte sie Lozinak. Er benutzte einen Kugelschreiber, um eine Adresse auf ein Stück Serviette zu kritzeln, dann legte er es umgedreht auf den Tisch. »Wenn Sie sich dem Projekt anschließen wollen, kommen Sie morgen Abend zu diesem Treffpunkt. Genaue Adresse und Uhrzeit stehen hier. Kommen Sie allein und bringen Sie nur das mit, was unbedingt nötig ist. Wir können Ihre restlichen Sachen später in Seattle abholen lassen. Haben Sie verstanden?«

Roberta nickte langsam. *Sei nicht zu überschwänglich,* dachte sie. *Ronnie Neary wäre jetzt ein wenig überwältigt.* »Zumindest kann ich eine Nacht darüber schlafen«, murmelte sie zögerlich. »Das ist viel, über das ich nachdenken muss.«

»Ich hoffe, dass Sie sich dafür entscheiden, sich uns anzuschließen«, sagte Takagi nachdrücklich. Sein junges Gesicht strahlte bei der Aussicht, und in seiner Stimme klang aufrichtige Wärme und Herzlichkeit mit. »Es wäre großartig, mit Ihnen zusammenzuarbeiten.«

Darauf wette ich, dachte Roberta und fragte sich, wie wohl das Geschlechterverhältnis der Projektteilnehmer aussah. *Wahrscheinlich ziemlich genau wie bei der Tagung.*

»Ich hoffe ebenfalls, dass Sie ernsthaft über unser Angebot nachdenken«, fügte Lozinak hinzu. Er schob die umgedrehte Serviette über den Tisch. Plötzlich hielt seine knochige, altersfleckige Hand inne. Roberta biss sich auf die Lippe, um ihre Ungeduld zu vertuschen, auch wenn die Spannung sie fast umbrachte. »Entschuldigen Sie«, sagte der alte Forscher, »aber bevor wir fortfahren, muss ich Ihnen noch eine letzte Frage stellen: Haben Sie irgendwelche Leichen im Keller?«

»Nein«, log sie fröhlich. »Nur eine Katze im Koffer.«

6

Brooklyn, New York
Vereinigte Staaten von Amerika
15. Mai 1974

Isis würde dieser Ort nicht gefallen, dachte Gary Seven, als er einige Stunden später an der Kreuzung zweier schlecht beleuchteter und unansehnlicher Straßen stand. Diese spezielle Ecke von Brooklyn wirkte weder gemütlich noch sauber genug, um den peniblen Ansprüchen der Katze zu genügen. Tagsüber handelte es sich um ein belebtes Geschäftsviertel, nachts war es jedoch wie ausgestorben. Heruntergezogene Gitter voller Graffiti bedeckten die Schaufenster der Läden, während am Rand der Dächer Stacheldraht Herumtreiber abschrecken sollte. Eine leichte Brise verwehte den auf der Straße und dem Bürgersteig verteilten Müll. Seven sah auf den Boden, als ein Stück Zeitung gegen seinen Knöchel geweht wurde. Eine schwarze Schlagzeile informierte ihn darüber, dass die Polizei noch immer auf der Suche nach der erst entführten und nun zur Terroristin gewordenen Millionärserbin Patty Hearst suchte. FBI AN »TANIA« STELL DICH!, schrie die *New York Post.* Seven schüttelte den Kopf und musste sich selbst so etwas wie einen leichten Kulturschock eingestehen. Selbst nach den sechs Jahren, die er inzwischen unter diesen primitiven Menschen lebte, empfand er manchmal noch

Unbehagen über das ungezügelte Elend und die Irrationalität dieser Ära. Die Erde des zwanzigsten Jahrhunderts war weit entfernt von der aufgeklärten Gemeinschaft, in der er aufgewachsen und ausgebildet worden war. Manchmal erinnerte er sich voller Wehmut an dieses urbane Utopia, in dem sich eine stimulierende Mischung intelligenter Wesen gegenseitig angespornt hatte, ihr volles Potenzial auszuschöpfen, ohne die sinnlose Aggression und den wetteifernden Unsinn, der jede Beziehung – egal ob persönlich oder politisch – auf der Erde einzufärben schien. Er vermisste die regelmäßige Gesellschaft alter Freunde und Kollegen, ganz zu schweigen von den diversen kleinen Bequemlichkeiten, die das Leben in einer fortschrittlichen, technisierten Gesellschaft mit sich brachte. Dieser Planet hingegen war noch Jahrhunderte davon entfernt, solche alltäglichen Helfer wie persönliche Replikatoren oder tragbare Nano-Intelligenzen zu entwickeln ...

Doch andererseits, gab er zu, *kann ich nicht leugnen, dass die präzivilisierte Erde auf ihre eigene Weise seltsam faszinierend ist, ganz egal was Isis sagt.*

Unter ihm ratterte eine nach Norden fahrende U-Bahn vorbei und erschütterte den Bürgersteig. Gelegentlich fuhr ein Auto durch den ansonsten verlassen wirkenden Block, ohne groß an der kaputten Ampel an der Kreuzung zu halten. Seven warf einen Blick auf seine Uhr. Es war ungefähr fünf Minuten vor Mitternacht. *Spät genug,* dachte er.

Nachdem er sich davon überzeugt hatte, dass ihn niemand beobachtete, ging er auf den Eingang eines fünfstöckigen Backsteinbaus zu. Er betrachtete die Metallziffern, die über der Tür prangten, und verglich sie mit der Adresse, die auf Ralph Offenhouse' Visitenkarte stand. Theoretisch sollte sich sein Büro im obersten Stockwerk des Gebäudes befinden.

Er versuchte, die Tür zu öffnen, doch sie war verschlossen. Seven zog seinen Servo aus der Jackentasche. Ein Paar feiner Zielsensoren sprang wie Antennen aus den gegenüberliegenden Seiten des schmalen Werkzeugs. Seven wählte die geeignete Einstellung aus und richtete den Servo auf den widerspenstigen Türknauf. Ein kurzes Summen, dann verkündete ein befriedigendes Klicken, dass die Tür entriegelt war. Seven wartete ein vorbeifahrendes Auto ab, bevor er das Gebäude betrat.

Er nahm die Treppe bis in den fünften Stock, wo ihm der Servo Zugang zu einem verschlossenen Büro gewährte, auf dem Offenhouse' Name stand. Von draußen hatte er in den oberen Fenstern kein Licht bemerkt, daher war er zuversichtlich, dass die Räume leer sein würden. Dennoch lauschte er kurz an der Tür, bis er sicher war, dass es dort drin keine Aktivität gab.

Sobald er drinnen war, stellte er den Servo so ein, dass er einen sehr hellen Lichtstrahl aussandte. Die so entstandene kleine Taschenlampe zeigte ihm genau die Einrichtung, die er erwartet hatte: ein teurer Walnussholzschreibtisch, Telefone, ein zweiter Arbeitsplatz für eine Sekretärin oder Empfangsdame, ein Sofa für Besucher, die neuesten Ausgaben des *Wall Street Journals* und Aktenschränke. Seven seufzte beim Anblick der Letzteren, da sie zeitraubendes Durchsuchen von Papieren verhießen. *Hoffentlich erfindet auf diesem Hinterwäldlerplaneten mal endlich jemand den Personal Computer,* dachte er. Das würde diese Art heimlicher Informationsbeschaffung um einiges erleichtern.

Nachdem Offenhouse am Vormittag Sevens Büro an der achtundsechzigsten Straße verlassen hatte, war von Beta 5 eine gründliche Stimmenanalyse seiner Aussagen durchgeführt worden. Dieser Prozess war viel genauer als die lächerlich unzuverlässigen Lügendetektoren, die an diesem Punkt der Menschheitsgeschichte verwendet wurden. Der Computer war zu dem Schluss gekommen, dass Offenhouse die Wahrheit gesagt hatte, soweit er sie kannte, aber Seven spürte, dass es von dem streitlustigen Kapitalisten noch mehr zu erfahren gab, daher diese nächtliche Expedition.

Er begann mit dem Aktenschrank, der direkt vor Offenhouse' Schreibtisch stand. Das oberste Fach war verschlossen, was Seven äußerst vielversprechend fand. Sein Servo öffnete es leicht, und er entdeckte mehrere datierte Akten mit der Aufschrift *Chrysalis-Projekt*. Seven nickte zufrieden. Er war ziemlich sicher, dass sich die Dokumente auf das gleiche geheimnisvolle Projekt bezogen, zu dem Roberta vor ein paar Stunden in Rom eingeladen worden war. Glücklicherweise hatte ihr der Zeitunterschied zwischen dort und hier die Gelegenheit gegeben, ihn über ihr Treffen mit Lozinak in Kenntnis zu setzen. *Unsere getrennten Ermittlungen greifen ziemlich schnell ineinander,* dachte er. *Das kann kein Zufall sein.*

Er begann mit dem aktuellsten Ordner und wurde mit Rechnungen und Lieferbestätigungen für große Mengen wissenschaftlicher Apparaturen belohnt: alles von Reagenzgläsern und Petrischalen bis hin zu Computern und Geräten zur Röntgenbeugungsanalyse. *Wie Roberta sagen würde,* dachte Seven, *Bingo.*

Er sah, dass ein Großteil des Equipments durch eine Reihe von Strohfirmen gekauft worden war, um ihr letztendliches Ziel zu verschleiern, das ein Standort im nordwestlichen Indien zu sein schien. *Interessant,* dachte Seven. Der indische Kontinent hatte bereits eine Reihe herausragender Biochemiker hervorgebracht, insbesondere Har Gobind Khorana, der für seine Mitarbeit an der

Erforschung des genetischen Codes und dessen Funktion bei der Proteinsynthese den Nobelpreis verliehen bekommen hatte. Seven erinnerte sich, dass es Khorana erst vor vier Jahren gelungen war, ein künstliches Hefegen aus seinen rohen chemischen Bestandteilen zu erschaffen, ein wichtiger erster Schritt in der Entwicklung der Gentechnik. Khorana selbst war nicht unter den vermissten Wissenschaftlern, aber vielleicht waren einige seiner Landsmänner entschlossen, seine Arbeit zu neuen Höhen zu bringen.

Als wäre die Bedrohung durch rücksichtslose genetische Manipulation nicht beunruhigend genug, entdeckte Seven zu seiner Bestürzung Lieferbestätigungen für große Mengen Pepton, eine Substanz, die man bei der Kultivierung von Bakterien einsetzte. Die Menge Pepton, die nach Indien verschifft worden war, lag weit über dem, was man für gewöhnliche Forschungszwecke benötigte. Eine typische Universität verbrauchte pro Jahr vielleicht einen Liter Pepton. Laut dieser Bestandsliste hatte Offenhouse über zweitausend Liter davon in fast zweihundert großen Metallfässern nach Indien importiert. Seven wurde klar, dass es nur einen Grund gab, warum jemand so viele Bakterien züchten würde: ein biologischer Angriff im großen Stil.

Genmanipulation gemischt mit bakteriologischer Kriegsführung? Nervös fragte er sich, auf welches albtraumhafte Szenario Chrysalis hinarbeitete. Was für ein Schlangennest versuchten Roberta und Isis gerade zu infiltrieren?

»Also gut, Seven. Treten Sie von den Akten zurück.«

Der scharfe Befehl, begleitet von dem plötzlichen Aufleuchten der Deckenlampen, erwischte Seven eiskalt. Er sah von den Dokumenten auf und erblickte Ralph Offenhouse in der Tür, der mit einer Schusswaffe auf ihn zielte.

Seven schalt sich selbst für seine Nachlässigkeit. Er war so sehr in Offenhouse' hoch informative Akten vertieft gewesen, dass er nicht gehört hatte, wie der waffenschwingende Geschäftsmann den Raum betreten hatte. Aber was zum Kosmos tat Offenhouse hier nach Mitternacht? Der gesamte Block hatte den Anschein erweckt, nachts vollkommen verlassen zu sein.

»Ich sagte, treten Sie von den Akten zurück«, wiederholte Offenhouse wütend. Er schien ebenso überrascht zu sein wie Seven, jemand anders hier vorzufinden, und viel empörter darüber. »Ich dachte, wir hätten eine Abmachung: keine Fragen. Also was zum Teufel treiben Sie hier in meinem Büro?«

Angesichts der späten Stunde und der Gegend fand es Seven nicht weiter verwunderlich, dass Offenhouse bewaffnet war. Um den Mann nicht weiter zu provozieren, hob er seine Hände und trat langsam vom Aktenschrank zurück. Sein Servo blieb weiter fest in seiner rechten Hand. Dessen schmaler Lichtstrahl war durch die Deckenbeleuchtung nun unnötig geworden. Er rollte den silbernen Stab zwischen seinen Fingerspitzen hin und her und änderte dabei seine Einstellung minimal. Sein Gesichtsausdruck blieb neutral, während er den erbosten Erdenmann beobachtete.

»Sie haben mich gehört, Seven. Ich will Antworten und ich will sie jetzt. Die Mündung von Offenhouse' Pistole folgte Seven, während sich dieser von dem Metallaktenschrank entfernte. »Ich hätte das Recht, Sie zu erschießen«, warnte Offenhouse. »Das ist ein Einbruch, wissen Sie?«

»Hier wurde gar nichts gebrochen«, stellte Seven ruhig fest. »Was den Rest angeht, ich bin Agent der Regierung und untersuche eine mögliche Bedrohung der nationalen

Sicherheit.« Er hatte gelernt, dass er im Zweifel an den paranoiden Nationalismus dieser Ära appellieren konnte.

Seine falsche Erklärung schien dem Mann den Wind aus den Segeln zu nehmen. »Nationale Sicherheit?«, wiederholte Offenhouse unsicher. Er klang wie ein Mann mit vielen Gründen, besorgt zu sein. Dann kehrte sein aggressives Draufgängertum zurück, als hätte er sich entschlossen, aus dieser Konfrontation durch Unverschämtheit als Sieger hervorzugehen. »Woher soll ich wissen, dass das stimmt?«, fragte er vorwurfsvoll.

»Ich kann mich ausweisen«, erwiderte Seven und ließ langsam seine Hände sinken. Für solche Umstände trug er immer einen gefälschten CIA-Ausweis bei sich. Ganz zu schweigen vom FBI, der NSA, der IRS und einer Auswahl nationaler und internationaler Presseausweise, die alle in unterschiedlichen Geheimtaschen verborgen waren.

Doch Offenhouse nahm es ihm nicht ab. »Behalten Sie Ihre Hände dort, wo ich sie sehen kann!«, blaffte er und deutete mit seiner Waffe eine Aufwärtsbewegung an. Er presste die Zähne aufeinander, als überlege er, was er als Nächstes tun sollte. Seven war nicht überrascht, dass es Offenhouse nicht in den Sinn kam, die Polizei zu rufen. Der skrupellose Geschäftsmann hatte zu viele eigene Geheimnisse.

»In Ordnung«, erwiderte Seven und hob erneut seine Hände. »Lassen Sie mich Ihnen die Telefonnummer meines Vorgesetzten geben. Dann können Sie mich selbst überprüfen.« Er warf dem selbsternannten Entrepreneur einen ernsten Blick zu. »Vertrauen Sie mir, Mr. Offenhouse, es liegt auch in Ihrem Interesse, zu kooperieren. Sie wollen schließlich nicht noch tiefer in Schwierigkeiten geraten, als Sie ohnehin schon sind.«

Trotz seiner offensichtlichen Bemühungen, eine selbstsichere und unbesorgte Fassade aufrechtzuerhalten, hüpfte Offenhouse' Adamsapfel nervös auf und ab. »Also gut«, sagte er schließlich und schob Seven einen leeren Notizzettel über den Schreibtisch hinweg zu. »Schreiben Sie nur die Nummer auf. Versuchen Sie nichts anderes.«

»Daran würde ich nicht einmal denken«, versprach Seven. Er senkte seine Schreibhand, bis die Spitze seines »Stifts« direkt auf Offenhouse' Schädel gerichtet war. »Sie werden es nicht bereuen«, log er.

Der Servo summte nicht mal eine Sekunde lang, aber die Wirkung auf Offenhouse war unmittelbar. Sein Blick wurde leer, und seine verkrampfte Haltung entspannte sich zu seliger Behaglichkeit. Er sackte in sich zusammen und ging zu Boden. Nachdem Seven den Servo wieder in die Tasche zurückgesteckt hatte, trat er schnell vor und entfernte die geladene Pistole aus dem schlaffen Griff des anderen Mannes. Dann zog er Offenhouse sanft in eine sitzende Position und lehnte ihn gegen den Türrahmen. »Bleiben Sie einfach hier«, instruierte er den betäubten Geschäftsmann, von dem er genau wusste, dass er nirgendwo hingehen würde. »Ich bin sofort wieder da.«

Seven sicherte die Waffe, bevor er sie auf Offenhouse' Schreibtisch legte, außerhalb seiner Reichweite. Er schaltete das Licht aus, um zu verhindern, dass es das Interesse vorbeifahrender Streifenwagen erweckte. Er setzte sich neben Offenhouse und blickte in seine leeren Augen. *Dann kann ich jetzt auch genauso gut das Beste aus dieser Situation machen,* entschied Seven. Der Betäubungsstrahl des Servos rief einen beeinflussbaren Zustand hervor, ziemlich genau wie Thiopental, aber ohne die krassen chemischen Nebenwirkungen.

»Erzählen Sie mir mehr über Chrysalis«, soufflierte er. »Wer sind die? Und was wollen sie?«

»Ein Haufen eierköpfiger Gutmenschen«, murmelte Offenhouse. Er lallte ein wenig. »Versuchen, mit Chemie oder so eine bessere Welt zu schaffen. Keine Ahnung, ist mir egal. Bringt mir aber eine Menge Kohle ein. Steuerfrei. Ein Haufen Risikokapital, genau was ich brauche. Hab Großes vor mit der Knete, echt Großes. Werde Millionär, bevor ich vierzig bin ...«

Seven runzelte die Stirn. Wann würden die Menschen lernen, dass es wichtigere Dinge gab als Profit? Er versuchte, die Erinnerungen des Mannes in eine weniger finanzielle Richtung zu lenken. »Chrysalis«, wiederholte er. »Wie heißen sie? Wo kann ich sie finden?«

»Die ganze Sache wird von dieser Inderin geleitet«, enthüllte sein unfreiwilliger Informant. »Ich kenne ihren richtigen Namen nicht, hab sie nur einmal getroffen. Echt einschüchternder, superintelligenter Freak. Hat irgendwo in Indien ein geheimes Labor. Alles geht durch Delhi, ihre Leute holen es dann von dort ab. Am Morgen geht eine neue Lieferung raus, vom JFK ...«

An diesem Morgen?, dachte Seven. Das klang vielversprechend. Er wollte Offenhouse gerade weiter nach Informationen ausquetschen, da klingelte plötzlich das Telefon. Seven zog fragend eine Augenbraue in die Höhe. Ein Anruf nach Mitternacht? Dieses Büro hatte wirklich seltsame Arbeitszeiten.

Dann begriff er: *Indien.* Der Zeitunterschied zwischen Brooklyn und Indien betrug zehneinhalb Stunden, es war dort also ungefähr halb elf morgens. *Darum ist Offenhouse so spät hier. Er hat diesen Anruf erwartet.*

Das Telefon klingelte erneut. Das schrille Geräusch erreichte Offenhouse selbst in seinem hypnotisierten Zustand. Er regte sich und machte einen halbherzigen Versuch, auf die Beine zu kommen. Seven legte eine Hand fest auf seine Schulter und hinderte ihn so am Aufstehen. »Keine Sorge«, versicherte er dem betäubten Geschäftsmann, während er Offenhouse wieder zu Boden drückte. »Ich gehe schon ran.«

Dieses Mal log er nicht. Wenn dieser Anruf tatsächlich von Chrysalis war, wie er gefolgert hatte, war Seven sehr daran interessiert, herauszufinden, wer anrief und warum. Er griff nach dem Hörer. »Hallo?«, sagte er in einer perfekten Nachahmung von Offenhouse. Meisterhafte Stimmenimitation war eine weitere Fertigkeit, die die Aegis Gary Seven gelehrt hatten.

»Offenhouse?«, sagte eine männliche Stimme am anderen Ende der Leitung. Seven hörte einen britisch klingenden Akzent. Oberschicht, vielleicht Oxford oder Eton. »Hier ist Williams. Ich rufe nur an, um mir bestätigen zu lassen, dass die heutige Lieferung planmäßig verlaufen wird.«

Laut Offenhouse zumindest, erinnerte sich Seven. »Es ist alles vorbereitet«, imitierte er den schroffen Tonfall des Geschäftsmanns. Er blätterte durch den aktuellsten Ordner und suchte nach den entsprechenden Details. »Vom JFK, genau nach Zeitplan.«

Williams klang nervös, als wäre er für Heimlichtuerei und Intrigen grundsätzlich ungeeignet. Ein Wissenschaftler, kein Spion. »Und diese Leitung ist wirklich sicher? Niemand kann uns abhören, oder?«

»Richtig«, improvisierte Seven, der annahm, dass Offenhouse Vorkehrungen gegen Wanzen getroffen hatte. Der Watergate-Skandal hatte der gesamten Nation gerade erst die Gefahren belastender Audioaufnahmen bewusst gemacht. »Sie können frei sprechen«, ermutigte er Williams.

»Ich hoffe, dass Sie recht haben«, erwiderte Williams

und klang nur ein wenig entspannter. »Haben Sie die Ersatzteile für diese Hochgeschwindigkeitszentrifugen bekommen? Es ist furchtbar ärgerlich, wenn die verdammten Dinger immer wieder kaputt gehen.«

»Kein Problem«, antwortete Seven. »Sie sind auf dem Weg.« *Ah, da haben wir es ja,* dachte er, als er die relevanten Informationen zwischen Offenhouse' Papieren fand. Ein Privatjet, der den John F. Kennedy Airport um zwei Uhr morgens Richtung Delhi verlassen würde, mit einem Zwischenstopp in Rom. *Für Roberta und ihre neuen Arbeitgeber?,* fragte er sich. *Alle Wege scheinen tatsächlich nach Delhi zu führen, aber wohin geht es als Nächstes?*

»Ich muss jetzt aufhören«, sagte er Williams. Je länger sie miteinander sprachen, desto größer war die Wahrscheinlichkeit, dass er einen nachlässigen Fehler machte und Williams' Misstrauen erweckte. Er betrachtete die Fotokopie auf dem Schreibtisch. »Erwarten Sie die Lieferung um halb fünf nachmittags Ihrer Zeit.«

Und mich können Sie ebenfalls erwarten, dachte er. Blitzschnell führte er die notwendigen Kalkulationen im Kopf aus und kam zu dem Schluss, dass Williams oder seine Agenten den Flug in etwa siebzehn Stunden in Empfang nehmen würden. Glücklicherweise kannte Seven eine schnellere Möglichkeit, um nach Delhi zu kommen, selbst wenn Roberta einen langen Flug vor sich hatte. *Ich nehme an, sie wird sehr überrascht sein, wenn sie erfährt, dass es nach Indien geht.*

»Einen Moment!«, warf Williams plötzlich ein, bevor Seven auflegen konnte. »Was ist mit dem Uran? Ich habe der Leiterin versprochen, dass ich Sie daran erinnern würde, wie dringend wir das angereicherte Erz brauchen.«

Uran? Auf Sevens ansonsten so unergründlichem Gesicht breitete sich ein erschrockener Ausdruck aus. Er hatte in Offenhouse' Akten nichts über radioaktives Material gefunden, außer diese besondere Fracht war irgendwie getarnt worden. Schnell blätterte er die Ladeliste durch, bis er einen höchst verdächtigen Punkt fand: eine große Menge bleihaltiger »Baustoffe«. *Das muss es sein,* schloss er, aber was hatten Offenhouse – und Chrysalis – mit potenziell spaltbarem Uran vor? Diese Entdeckung verlieh einer ohnehin äußerst gefährlichen Situation eine zusätzlich beunruhigende nukleare Dimension.

Genmanipulation, biologische Kriegsführung, potenzielle Atomwaffen. *Manchmal,* dachte er düster, *scheint es wie ein Wunder, dass sich die Menschheit bis jetzt noch nicht selbst ausgelöscht hat ...*

»Was? Wer ...?«

Als Ralph Offenhouse wieder zu sich kam, saß er in seinem Büro in Brooklyn an seinem Schreibtisch. Verwirrt blinzelte er und schüttelte den Kopf, um den Nebel aus seinen Gedanken zu vertreiben. Ein nachklingendes Gefühl seligen Wohlseins entschwand gerade aus seinem Kopf und ließ Unsicherheit und Verwirrung zurück.

Ich muss bei der Arbeit eingeschlafen sein, sagte er sich. Das Seltsame war nur, dass er keine Erinnerung mehr daran hatte, sich hierhin gesetzt oder das Licht eingeschaltet zu haben. Die letzte Erinnerung, die er hatte, war, wie er die Treppe zu seinem Büro hinaufgestiegen war – danach war sein Kopf komplett leer. *Verrückt,* dachte er. *Ich habe doch wohl nicht zu viel gearbeitet in letzter Zeit?*

Eine Sekunde lang befürchtete er, einen Herzanfall gehabt zu haben. Das lag in der Familie, sodass es kein vollkommen unwahrscheinliches Szenario war, auch wenn er noch keine vierzig war. Nervös bewegte er seine Finger, um eine Lähmung oder ein Zittern auszuschließen.

»Hallo«, flüsterte er, um sicherzugehen, dass er noch sprechen konnte.

Alles schien in Ordnung zu sein. Darüber hinaus fühlte er sich überhaupt nicht schwach oder beeinträchtigt. Wenn überhaupt fühlte er sich so entspannt und ausgeruht wie schon seit Wochen nicht mehr. Er hatte auch keinen Kater, was ein für ihn untypisches Besäufnis ausschloss. *Aber was zum Teufel ist dann mit mir passiert?* Ihm kam ein Gedanke, und er griff nach seiner Pistole, doch sie befand sich wie immer sicher in seiner Tasche, wo sie hingehörte. *Das ist eine Erleichterung,* dachte er. *Man kann heutzutage nicht zu vorsichtig sein, besonders in diesem Teil der Stadt.*

Er hob eine Hand, um sich den Schweiß von der Stirn zu wischen. Dabei warf er einen Blick auf seine Rolex. *Einen Moment mal. Wie spät ist es?* Er sah genauer hin.

Viertel nach eins ... lange nachdem ihn Williams von Chrysalis wegen der Lieferung anrufen wollte. »Verdammt«, murmelte er. Hatte er den verdammten Anruf verpasst?

Es gab nur einen Weg, das herauszufinden. Er lehnte sich vor und zog die untere rechte Schublade seines Schreibtischs auf. Darin befand sich neben einem Aschenbecher und einer Schachtel Kleenex etwas, das aussah, wie eine gewöhnliche Zigarrenkiste. Er schob den Kram, der darauf lag, beiseite und öffnete die Kiste. Im Inneren versteckte sich ein Aufnahmegerät. Laut einer Anzeige auf der Maschine hatte diese heute Nacht bereits einen Anruf aufgezeichnet, auch wenn Offenhouse überhaupt keine Erinnerung daran hatte. *Das wird ja immer seltsamer,* dachte er. Als er damit angefangen hatte, seine Telefongespräche aufzunehmen, um möglicherweise später etwas gegen Chrysalis in der Hand zu haben, hätte er nie gedacht, dass er die Bänder einmal brauchen würde, um eine Lücke in seinem eigenen Gedächtnis zu schließen. *Wie zum Teufel bin ich zu einer achtzehneinhalb Minuten langen Gedächtnislücke gekommen?*

Er spulte die Aufnahme bis zum Anfang des letzten Gesprächs zurück und drückte dann auf Play. »Hallo?«, hörte er seine eigene Stimme sagen, dann lauschte er erstaunt, wie er und dieser nervöse Brite Williams eine Unterhaltung führten, an die sich Offenhouse überhaupt nicht erinnern konnte. Besonders überrascht war er, als er hörte, wie er selbst Williams sagte, dass diese dämlichen Ersatzteile auf dem Weg seien, obwohl er gar nicht in der Lage gewesen war, sie irgendwo zu einem annehmbaren Preis zu bekommen.

Das bin ich nicht, wurde Offenhouse mit einer Sicherheit klar, die aus seinem tiefsten Inneren kam. Die Stimme auf dem Band klang genau wie seine, aber irgendwie wusste er auf einer fast unbewussten Ebene, dass er diese Worte niemals gesagt hatte. Jemand anders hatte seinen Platz eingenommen. *Hat mich wahrscheinlich betäubt,* nahm er an, *und dann am Telefon so getan, als sei er ich.* Jemand wusste nun alles über die Lieferung, die in weniger als einer Stunde vom JFK aus starten würde.

Sein Herz begann plötzlich wild zu schlagen, und er schaltete den Rekorder aus. Dann er griff nach dem Telefon und wählte hastig die Nummer seiner Kontaktperson bei Chrysalis. »Williams?«, sagte er ein paar Momente später. »Hier spricht Offenhouse. Ich glaube, wir haben ein Problem ...«

7

Irgendwo über Europa
16. Mai 1974

»Autsch!«, rief Roberta aus, als ihr Takagi mit einer Spritze in den Oberarm stach. Sie zuckte zusammen und schenkte dem jungen Wissenschaftler ein verlegenes Lächeln. »Tut mir leid. Ich mag keine Nadeln. Ziemlich komisch für eine Biochemikerin, nehme ich an.«

»Keineswegs«, versicherte er ihr, während er die Nadel geschickt herauszog. Er beugte sich über Roberta, wobei er sich mit einer Hand an der Lehne ihres Erste-Klasse-Sitzes abstützte, nur für den Fall, dass das Flugzeug, in dem sie reisten, in unerwartete Turbulenzen geraten sollte. Was Impfungen in luftiger Höhe anging, war seine Technik makellos und so gut wie schmerzfrei. »Ich bekomme selbst auch nicht besonders gern Spritzen, aber diese Impfungen sind dort, wo wir hinfliegen, eine gute Idee.«

»Wo immer das auch sein mag«, sagte sie treuherzig, obwohl sie genau wusste, dass der Flieger nach Delhi flog. Beim Vergleichen ihrer Ergebnisse in der Nacht zuvor hatte ihr Gary Seven den Reiseplan durchgegeben, den er in Offenhouse' Akten erspäht hatte. Aber natürlich musste sie sich gegenüber Takagi und Lozinak dumm stellen. *Es hat vor ein paar Monaten eine Pockenepidemie gegeben,* erinnerte sie sich, darum bestehen sie wahrscheinlich auf diesen Impfungen.

Außer natürlich, es hatte etwas mit dem geheimen biologischen Anschlag zu tun, den Seven vermutete. Es fiel ihr schwer, zu glauben, dass ihre beiden neuen Freunde Walter und Viktor in so etwas Böses und Barbarisches verwickelt sein könnten. Superbabys zu züchten, war eine Sache, aber tonnenweise Bakterien? Wie passte das in die utopische Vision dessen, was Seven als das Chrysalis-Projekt bezeichnet hatte?

In der Kabine des Privatjets waren die Sonnenblenden an allen Fenstern heruntergezogen, wahrscheinlich um zu verhindern, dass »Ronnie Neary« die Flugroute über Europa und Asien mitbekam. Die Kabine roch schwach nach Zigarettenrauch, aber zumindest hatte sie jede Menge Beinfreiheit. Mit nur vier Passagieren an Bord - sie selbst, Takagi, Lozinak und der große Latino, der, wie sie erfahren hatte, Carlos hieß - hatte jeder von ihnen eine komplette Reihe bequemer Ledersitze für sich, einschließlich Isis in ihrer Plastiktransportbox. Alles war vom Feinsten. Chrysalis stand offensichtlich eine Menge Geld zur Verfügung, und ihre Heimlichtuerei grenzte an Paranoia. *Ich hoffe, dass sie nicht vorhaben, mir ab Delhi die Augen zu verbinden,* dachte sie.

»Das war's«, verkündete Takagi fröhlich. Er stülpte eine Plastikhaube über die Spitze der Nadel und legte die Spritze in den schwarzen Arztkoffer zurück, der auf dem Sitz neben Roberta stand. Dann schnallte er sich wieder auf seinem eigenen Sitz an, der sich auf der anderen Seite des Gangs befand. »Machen Sie es sich bequem«, sagte er. »Wir haben einen langen Flug vor uns.«

Was du nicht sagst, dachte Roberta mürrisch. Es dauerte mindestens sieben Stunden, von Rom nach

Delhi zu fliegen. Sie krempelte den Ärmel ihrer Bluse wieder herunter und warf einen kurzen Blick auf ihre Armbanduhr. Nachdem der Flug aus New York angekommen war, hatten sie den Flughafen in Rom um ungefähr 16 Uhr verlassen, was bedeutete, dass sie immer noch sechseinhalb Stunden vor sich hatte. Sie versuchte, die Ankunftszeit in Delhi zu berechnen, aber sie bekam den kniffligen Zeitunterschied nicht hin. *Wahrscheinlich auch egal,* dachte sie. Ronnie Neary würde ohnehin keine Ahnung haben, wie lange die Reise dauern würde.

»Und Sie können mir wirklich nicht verraten, wohin wir fliegen?«, fragte sie, um in ihrer Rolle zu bleiben. »Mir scheint, dass ich hier einen ziemlich großen Vertrauensvorschuss leisten muss.« Sie warf Takagi den wehleidigsten Blick zu, den sie in ihrem Repertoire hatte. »Wann wollen Sie denn endlich anfangen, mir auch ein wenig zu vertrauen?«

Der liebenswürdige japanische Forscher rutschte nervös auf seinem Platz hin und her. »Es ist nicht so, dass wir Ihnen nicht vertrauen«, sagte er nachdrücklich. »Es ist nur, dass ... na ja.« Er kaute unsicher auf seiner Unterlippe herum, als fiele es ihm schwer, die richtigen Worte zu finden.« Ich meine, Sie wissen schon, so wie die Dinge liegen ...«

»Nein«, blaffte Carlos vom Platz hinter ihr. »Sagen Sie ihr nichts.« Der ernst dreinblickende Latino war Roberta als Lozinaks Leibwächter und »Sicherheitsberater« vorgestellt worden. Sie wiederum hatte vorgegeben, ihn noch nie zuvor gesehen zu haben, da Ronnie Neary niemals bemerkt hätte, dass sie in Rom von einem riesigen, stummen Phantom verfolgt worden war. *Ganz schön nachlässig von mir,* gab sie zu, *aber hey, ich bin nur eine verkopfte Genetikerin ohne Lebenserfahrung.*

»Das ist nichts Persönliches«, fügte Takagi hastig hinzu. »Unser Freund Carlos ist nur sehr korrekt, wenn es um Sicherheitsfragen geht.« Er zuckte verlegen mit den Schultern und machte einen ungeschickten Versuch, das Thema zu wechseln: »Wussten Sie, dass Carlos praktisch einzigartig ist? Er war der Proband eines unserer ersten Versuche einer transgenen Therapie bei Erwachsenen. Wir haben DNA des afrikanischen Berggorillas in seine chromosomalen Sequenzen gespleißt und dadurch Muskeln und Knochen stärken können. Wirklich! Ob Sie es glauben oder nicht, als wir ihn aus diesem furchtbaren kubanischen Gefängnis geholt haben, war er nicht größer als ich.«

Ach du meine Güte, dachte Roberta erstaunt. *Der große Kerl ist also wirklich ein halber Gorilla!* Sie musste dem plötzlichen Drang widerstehen, über ihre Schulter hinweg einen genaueren Blick zu riskieren. *Ich wusste es! Und zu was macht ihn das jetzt genau? Zu einem* Homo simiae?

»Leider war das Experiment im Ganzen kein durchschlagender Erfolg«, gab Takagi mit einer Spur von Bedauern zu. »Von den fünfzig ursprünglichen Testpersonen, die alle vor lebenslänglichen Haftstrafen aus Gefängnissen in der ganzen Welt gerettet wurden, war Carlos der Einzige, der die Prozedur überlebt hat, und er wurde leider unfruchtbar, was natürlich so ziemlich jede Chance auf eine natürliche Weitergabe seiner neu erworbenen Eigenschaften vereitelt.«

Carlos stieß vom hinteren Sitz ein warnendes Knurren aus, um den taktlosen Japaner darauf hinzuweisen, dass er möglicherweise eine Grenze überschritten hatte. Roberta verstand, dass der Affenmann empfindlich auf gewisse Themen reagierte. »Aber seitdem haben wir enorme Fortschritte gemacht«, fügte Takagi hinzu.

Als da wären? Roberta wollte Walter weitere Einzelheiten entlocken, aber ihr fiel ein, dass Ronnie Neary noch immer keine Antwort auf ihre ursprüngliche Frage bekommen hatte. »Das ist alles wahnsinnig faszinierend«, entgegnete sie, »aber so leicht können Sie mich nicht ablenken. Ich will einfach nur wissen, wo wir hinfliegen.«

Takagis Mund öffnete sich vielversprechend, aber bevor er etwas sagen konnte, unterbrach ihn eine älter klingende Stimme mit ukrainischem Akzent von einem der Sitze vor Roberta. »Entschuldigung«, sagte Dr. Lozinak ruhig, aber nachdrücklich. »Wir haben in der Tat schon viel von Ihnen verlangt, aber bitte gewähren Sie uns noch diese eine Sache. Bitte glauben Sie mir, es ist viel sicherer für alle, wenn Sie den genauen Standort unserer zentralen Einrichtung nicht kennen, bis wir alle sicher an unserem Ziel angekommen sind.«

»Gut«, knurrte Carlos zustimmend. Seine Stimme war einige Oktaven tiefer als die von Lurch aus der *Addams Family*. Als sie sich am Flughafen getroffen hatten, waren Roberta im Gesicht des Leibwächters Kratzspuren aufgefallen. Zweifellos handelte es sich um Hinweise auf eine kürzliche Auseinandersetzung mit einer gewissen angriffslustigen schwarzen Katze, und soweit es Roberta anging, war das der Beweis dafür, dass der griesgrämige Gorillamensch tatsächlich derjenige war, der in ihr Hotelzimmer eingedrungen war, ihr Telefon verwanzt und ihre Sachen durchwühlt hatte. *Als ob ich das nicht merken würde!*, dachte sie empört. *Ich wette, ich hätte die Wanze auch alleine gefunden, wenn Isis nicht wie eine Irre um das Telefon gelaufen wäre, sobald ich durch die Tür kam.* Glücklicherweise waren sie und Seven nicht auf Telefone angewiesen, da sie ihre Servos als Kommunikatoren nutzen konnten - und das ganz ohne Ferngesprächsgebühren zahlen zu müssen.

»Tut mir leid«, entschuldigte sich Takagi mit einem Schulterzucken. »Aber Dr. Lozinak hat recht.«

Frustriert unterdrückte Roberta das Verlangen, laut zu fluchen. »Wovor genau haben Sie denn Angst?« Sie nahm an, dass sie noch ein wenig weiter nachhaken könnte, ohne ihre Tarnung auffliegen zu lassen. »Dass mich jemand verhören könnte, sobald wir aus dem Flugzeug gestiegen sind?«

»Vielleicht«, erwiderte Lozinak. Sie konnte von ihrem Sitz aus sein Gesicht nicht sehen, aber sie konnte sich den ernsten, leicht bedauernden Ausdruck im großväterlichen Gesicht des Wissenschaftlers vorstellen. »Oder wir könnten Sie irgendwo zwischen dem Flugplatz und unserer Basis - wie sagt man noch auf Englisch? - aus dem Gesicht verlieren. Bitte verstehen Sie, dass wir nicht nur uns selbst in Gefahr begeben, sondern auch unsere Kollegen bei diesem Projekt und alles, wofür wir in den letzten Jahren gearbeitet haben, wenn wir Ihnen voreilig Informationen geben.« Er machte eine Pause, wahrscheinlich um seine Erklärung sacken zu lassen. »Verstehen Sie, das ist keine Entscheidung, die wir auf die leichte Schulter nehmen.«

»Oh«, sagte Roberta leise. »Ich nehme an, wenn Sie es so darstellen ...« Sie sprach den Satz nicht zu Ende und traf die strategische Entscheidung, die Angelegenheit fürs Erste fallen zu lassen. Schließlich wusste sie bereits viel mehr, als jedem ihrer Mitreisenden klar war, einschließlich der Tatsache, dass Seven sie in Delhi erwarten würde.

Sie verspürte einen Anflug von Neid auf ihren unnahbaren und enigmatischen Chef. Anders als sie würde Seven nicht sieben Stunden lang in einem Jet die Füße stillhalten müssen, um ins weit entfernte Indien zu gelangen. *Transporter haben mich für Flugreisen definitiv verdorben,* begriff sie. *Was würde ich in diesem Moment nicht für eine Wolke aus leuchtendem blauem Rauch geben!*

Isis in ihrer engen Transportbox musste etwa das Gleiche denken, denn sie stieß plötzlich ein grelles Jaulen aus. Carlos hatte - nicht weiter überraschend - darauf bestanden, dass die Katze während des Flugs eingeschlossen blieb. Trotz der zahllosen kleinen Schmähungen der Katze konnte Roberta nicht anders, als ein wenig Mitleid für sie zu empfinden.

Ich weiß, wie sie sich fühlt, dachte die junge Frau. Auf ihrem Schoß lag eine Taschenbuchausgabe von *Die Möwe Jonathan*. Der schmale Buchrücken und die magere Seitenzahl kamen ihr für die öde Reise, die vor ihr lag, plötzlich schrecklich unzureichend vor. *Ich hätte ein dickeres Buch mitbringen sollen,* dachte sie.

Ein viel dickeres.

8

Palam International Airport
Delhi, Indien
17. Mai 1974

Die Metalldetektoren am Eingang des internationalen
Terminals waren erst vor Kurzem eingeführt worden,
als notwendige Reaktion auf die Welle von Flugzeugentführungen, die es in der letzten Zeit gegeben hatte. Gary
Seven reichte einem Sicherheitsmitarbeiter in blauer
Uniform seinen Servo, zusammen mit einem Schlüs-
selring und einer Handvoll Münzen, bevor er durch die
primitive Abtastvorrichtung ging. Wie es schien, gaben
sich die Umstände alle Mühe, ihn an den Hang des zwanzigsten Jahrhunderts für sinnlose Gewalt zu erinnern.
*Und diese Leute glauben tatsächlich, sie hätten die nötige
Weisheit, um ihre eigene DNA neu zu schreiben?*, staunte
er ungläubig. *Sie können ja nicht einmal den Himmel von
Terrorismus und Erpressung frei halten.*

Da der Servo mehr oder weniger wie ein gewöhnlicher
Füller wirkte, erregte er kein weiteres Aufsehen bei dem
Sicherheitsbeamten, der Seven seine persönlichen Gegen-
stände ungerührt zurückgab. Er steckte sie in die Taschen
seines grauen Anzugs zurück und ging unaufgeregt, aber
stramm auf das Gate zu, das in Ralph Offenhouse' Akte
erwähnt worden war. Er orientierte sich dabei an den Schil-

133

dern, die in Hindi und Englisch verfasst waren. Es war kurz nach vier Uhr morgens. Theoretisch würde der Flug aus Rom in weniger als einer halben Stunde ankommen und unter anderem Roberta und ihre neuen Kollegen mit sich bringen, ganz zu schweigen von einer großen Menge angereichertem Uran für unbekannte Zwecke.

Trotz der frühen Stunde war der Terminal eine typisch indische Szenerie voller Trubel und Menschenmassen. Familien verabschiedeten sich von abreisenden Verwandten mit variierenden Mischungen aus Tränen und Jubel, während diejenigen, die auf ihre Flüge warteten, zusammengesunken auf abgenutzten Plastiksitzen hockten, unbequem vor sich hin dösten oder darum kämpften, wach zu bleiben. Wütende Passagiere, die vielleicht erfahren hatten, dass ihre Flüge verspätet und/oder überbucht waren, stritten sich lauthals mit dem Personal der Fluglinien an den Check-in-Schaltern vor mehreren Gates. Unablässig weinten erschöpfte Babys, und ein Hindi-Popsong plärrte aus den Lautsprechern über den Lärm hinweg, ohne Rücksicht auf die unglückseligen Reisenden, die gehofft hatten, ein wenig schlafen zu können, bevor das Boarding begann. Der würzige Geruch von heißem Chai-Tee stieg aus mehr als einer Tasse oder Thermoskanne in den Händen vorausschauender Passagiere.

Seven selbst war ungemein dankbar, dass er dank seines Teleporters einen grässlichen Vierzehn-Stunden-Flug von Amerika hatte umgehen können. *Ich könnte mich von Vulkan nach Alpha Centauri teleportieren,* dachte er ehrfürchtig, *und zwar in einem Bruchteil der Zeit, die eine primitive 747 braucht, um die Hälfte des Planeten zu umrunden.*

Unglücklicherweise für die Masse an Nachtfliegern hatte noch keiner der Imbisse, Snack Shops oder Zeitungskioske geöffnet. Seven bahnte sich seinen Weg durch den überfüllten Terminal und tat sein Bestes, das nervenaufreibende Gedränge zu ignorieren. Nach ein paar Minuten hatte er das richtige Gate erreicht. Da es sich um einen rein privaten Flug handelte, stand hier kein Personal einer Fluggesellschaft. Links und rechts vom unbemannten Check-in-Schalter saßen Reihen von Passagieren, die wahrscheinlich auf den nächsten planmäßigen Flug warteten. Hinter dem Schalter befand sich eine geschlossene Tür, die den Eingang zum Flugsteig blockierte. Seven blickte durch die breiten Glasfenster und sah, dass der Flug aus New York bereits gelandet war. Ein, wie er annahm, BAX-146-Jetliner rollte auf das Terminal zu. Der Jet war leuchtend orange lackiert, ein scharfer Kontrast zu dem kobaltblauen Zeichen auf der Heckflosse des Flugzeugs. Das stilisierte Logo ähnelte einem Schmetterling, der seine Flügel ausstreckte. *Frisch geschlüpft,* vermutete er. Der Name der geheimnisvollen Organisation, mit der sie es zu tun hatten, war schließlich der englische Ausdruck für den Kokon, in dem sich eine Raupe in einen Schmetterling verwandelt. Ein angemessenes Symbol für eine Einrichtung, die mit Genmanipulation zu tun zu haben schien, entschied er, und auch nicht ganz so offensichtlich wie zum Beispiel ein DNA-Strang.

Seven beobachtete, wie Roberta mit Isis und ihren drei Mitreisenden den Jet über den Flugsteig verließen. Roberta wirkte erschöpft, aber ansonsten in Ordnung. Das Gleiche galt für Isis, die die Erniedrigung ihres Aufenthalts in der klaustrophobischen Transportbox mit Fassung trug. Seven war neugierig, zu erfahren, was seine beiden Agentinnen während der Reise von Rom erfahren hatten, aber jetzt war eindeutig nicht die Zeit, um sie zu befragen. Vielleicht konnten sie sich später, wenn es einer von ihnen oder beiden gelingen sollte, sich lange genug von ihren Aufpassern zu entfernen, um ihn auf ihrer privaten Frequenz zu kontaktieren, auf den neuesten Stand ihrer jeweiligen Missionen bringen. In diesem Moment war sein Hauptziel, mehr darüber zu erfahren, was Chrysalis Roberta *nicht* zeigte, selbst wenn das für ihn bedeutete, allein zu ihrem endgültigen Ziel zu reisen.

Ob das Pepton wohl in der gleichen Einrichtung benutzt wird, zu der Roberta und Isis gebracht werden?, fragte er sich. *Oder wird das mutmaßliche Programm zur Herstellung biologischer Kampfstoffe irgendwo anders in Indien durchgeführt?* Die einzige Möglichkeit, das herauszufinden, bestand darin, Offenhouse' belastende Fracht bis zum Ende ihrer Reise zu verfolgen.

Fürs Erste begnügte er sich damit, den beiden weiblichen Agenten unauffällig zuzunicken, als er im überfüllten Wartebereich kurz Blickkontakt herstellen konnte. Wenn schon nicht mehr möglich war, wollte er sie doch zumindest wissen lassen, dass er wie geplant in Indien angekommen war und seine eigenen Erkundigungen weiterführte, die immer stärker mit Robertas verdeckter Ermittlung verzahnt zu sein schien. Wenn das so weiterging, würden er, Roberta und Isis praktisch gleichzeitig in der versteckten Basis von Chrysalis ankommen. Dann würde leider der waghalsigste Teil ihrer Mission beginnen.

Welche Fortschritte hat Chrysalis bei seinen Experimenten bereits gemacht?, fragte er sich wieder einmal besorgt. *Und was werden wir vorfinden, sobald wir ihren dichten Schleier aus Intrigen und Irreführung beiseitegeschoben haben?* Er befürchtete, dass es viel herausfordernder werden würde, sich mit den von Chrysalis geschaffenen Kreationen auseinanderzusetzen, als ihre Geheimnisse zu enthüllen.

Seven richtete seine Aufmerksamkeit von Roberta und Isis zu ihren Begleitern. Er erkannte Viktor Lozinak trotz des tief ins Gesicht gezogenen Huts sofort. Der vermisste Wissenschaftler humpelte langsam neben seinen Mitreisenden her und hielt gelegentlich an, um zu Atem zu kommen. Walter Takagi, dessen jungenhafte Gesichtszüge den Fotos glichen, die Roberta aus der umfangreichen Datenbank von Beta 5 erhalten hatte, half dem älteren Herren mit seinem Gepäck. In der einen Hand trug er einen Koffer, in der anderen eine schwarze Reisetasche. Der dritte Mann, der die restlichen Koffer schleppte, war Seven unbekannt, auch wenn er Robertas erste Einschätzung, dass es sich bei diesem großen und muskulösen Mann um eine Art professionellen Agenten oder Söldner handelte, teilte. Beim Anblick der parallelen Kratzspuren auf der linken Wange unterdrückte er ein wissendes Lächeln. *Gutes Mädchen,* dachte er. Er nahm an, dass Isis sicher ihre Gründe gehabt hatte.

Keiner aus der Gruppe, einschließlich Roberta, schien etwas von Ralph Offenhouse' wissenschaftlicher Schmuggelware bei sich zu führen, die sich wahrscheinlich im Frachtraum des Flugzeugs befand. *Also gut,* dachte er, als Roberta und die anderen von der Menge verschluckt wurden. *Dann folge ich der Fracht, während die Damen bei unseren Verdächtigen bleiben.* Er wartete, bis die Besatzung des Fliegers ebenfalls gegangen war, dann studierte er den Grundriss des Terminals. *Wie komme ich nach unten zum Jet?* Der Flugsteig war verlockend, aber wahrscheinlich nicht unauffällig genug. Er brauchte eine etwas umständlichere Route, und zum Glück wusste Seven genau, wohin er gehen musste.

Vergangene Erfahrungen hatten ihn gelehrt, dass das Cateringpersonal oftmals das schwächste Glied im Sicher-

heitssystem von Flughäfen war. Ankommende und abrei-
sende Passagiere wurden häufig gründlich überprüft, aber
Köche und Servicepersonal konnten sich meistens frei
bewegen, weil sie eine notwendige Funktion erfüllten, um
die Reisenden bei Laune zu halten. Also schlich Seven um
einen in der Nähe befindlichen, praktischerweise geschlossenen Imbiss, bis er einen unauffälligen Hintereingang
gefunden hatte, und setzte den Servo ein, um hineinzu-
kommen. Das Restaurant, das erst in ein paar Stunden
öffnen würde, war leer und in Schatten gehüllt. Seven ging
an stillen Sitzecken und Tischen vorbei, wobei er darauf
achtete, keine Aufmerksamkeit von draußen Vorüberge-
henden auf sich zu ziehen. Er schlüpfte hinter die Theke
und bahnte sich seinen Weg zum Lagerraum, wo er neben
einem Stapel leerer Getränkebehälter wie erwartet einen
Aufzug entdeckte. Er lächelte wissend. *Nächster Halt: Roll-
feld*, dachte er.

In einer idealen Welt hätte er sich natürlich direkt auf
den Asphalt unter sich teleportiert, doch traurigerweise
konnte er nicht riskieren, einen so gewaltigen Mate-
rietransportstrahl in der Nähe der empfindlichen Elek-
tronik der Flugzeuge und des Towers anzuwenden. Daher
hatte er sich auch in einem Parkhaus außerhalb des Flughafens materialisiert. Ein weiteres kleines Zugeständnis
an die primitive Technologie dieser Zeit – und die Notwendigkeit, bei Missionen auf unterentwickelten Planeten
unauffällig zu bleiben.

Der Aufzug brachte ihn in ein Ladedock nur ein paar
Treppenstufen vom eigentlichen Flugfeld entfernt. Als
er aus der klimatisierten Umgebung des Flughafens trat,
wurde er augenblicklich von der Wärme und dem Smog
der indischen Nacht eingehüllt. Obwohl es noch einige
Stunden bis zum Sonnenaufgang waren, betrug die Tempe-

ratur mindestens siebenundzwanzig Grad Celsius. Die Luft roch nach Staub und Benzindämpfen. *Offenbar hat die Monsunzeit noch nicht begonnen,* vermutete Seven. Auch gut. Sintflutartige Niederschläge würden seine Mission nur noch unbehaglicher machen, als sie es ohnehin schon war.

Er duckte sich hinter einen großen, rostigen Abfallcontainer und scannte die Umgebung. Ein paar Meter entfernt luden Flughafenangestellte zahlreiche Holzkisten aus dem orange-blauen Jet und auf die Ladefläche eines schwarzen Pick-ups. Daneben standen große, ernst dreinblickende Männer in dunklen Anzügen, die die Prozedur überwachten. Zweifellos angeheuerte Schläger oder *goondas,* wie man sie in diesem Teil der Welt nannte. Seven überlegte kurz, wie Chrysalis all diese teure Ausrüstung (mitsamt dem versteckten Uran) an den indischen Zollbeamten vorbeischmuggeln wollte.

Mond und Sterne waren durch den Smog nicht zu sehen, aber erhöhte Flutlichter erhellten das Flugfeld. Seven wandte seinen Blick vom schwarzen Pick-up und seiner Fracht ab und richtete seinen Servo auf die nächstgelegenen Lampen. Nach wenigen Sekunden verlosch eine nach der anderen, und das parkende Flugzeug wurde in Dunkelheit gehüllt. Er hörte ein paar Männer etwas rufen, doch sie klangen eher verärgert als alarmiert. Seven konnte sich vorstellen, dass Stromausfälle und durchgebrannte Glühbirnen in diesem Flughafen nicht gerade selten vorkamen. *Umso besser,* dachte er zufrieden.

Um den Stromausfall zu nutzen, ließ er sich lautlos vom Ladedock auf den Asphalt hinunter und schlich sich auf das Flugzeug zu. Einige der aufmerksameren Gepäckabfertiger hatten bereits ihre Taschenlampen herausgeholt, doch Seven duckte sich, um ihren Lichtkegeln auszu-

weichen. Wenn er Glück hatte, würden die Flughafen-
mitarbeiter und ihre wachsamen Aufseher nicht einmal
bemerken, dass sich unter ihnen ein Eindringling befand.

Seine Augen, die ein optimales menschliches Sehvermögen hatten, gewöhnten sich fast sofort an die Dunkelheit. Sie wanderten über den wartenden Pick-up und
die Gruppe desorientierter Arbeiter. Das Innere des Jets
mehrere Meter über dem Flugfeld war beleuchtet, aber
Seven achtete darauf, außerhalb des Lichtscheins zu
bleiben. Als er das Heck des Lieferwagens erreicht hatte,
kletterte er schnell auf die bereits überfüllte offene Ladefläche. Er quetschte sich zwischen zwei schwere Kisten,
setzte sich hin und zog ein Stück Plane über seinen Kopf
und seine Schultern. Nicht gerade der komfortabelste
Platz, den er je in einem primitiven Fahrzeug des zwanzigsten Jahrhunderts eingenommen hatte, aber auch nicht
der schlechteste. Auf einer seiner ersten Missionen auf der
Erde hatten er und Isis sich im Kofferraum eines weißen
Plymouth verstecken müssen, um eine Abschussrampe auf
der McKinley-Raketenbasis zu erreichen. Das war *wirklich*
klaustrophobisch gewesen. Isis hatte sich noch Wochen
später darüber beschwert.

Auf der Beifahrerseite des Pick-ups wurde geräusch-
voll eine Tür geöffnet, und Seven hörte einen vertrauten
britischen Akzent. »Was zum Teufel?«, rief Williams
wütend aus. »Was ist mit den verdammten Scheinwerfern
passiert?« Er stieg nervös aus und tigerte hin und her, nur
ein paar Meter von Sevens Versteck entfernt. »Das ist alles
Offenhouse' Schuld, da bin ich mir sicher! Wie konnte er
unsere Sicherheitsvorkehrungen nur so unterlaufen?«

Die Lichtkegel der Taschenlampen fielen auf Sevens
schützende Zeltplane, als die Gepäckabfertiger ihre unter-
brochene Aufgabe wieder aufnahmen, die kostbare Chry-

salis-Fracht vom Jet zum Lieferwagen zu transportieren. Seven wartete ungeduldig darauf, die Endstation des Urans zu erfahren. Doch dann wurde ohne Vorwarnung die Plane zurückgezogen, und das grelle Licht mehrerer Taschenlampen blendete ihn. Er blinzelte und hob eine Hand, um seine Augen abzuschirmen. Sekunden später zerrten ihn kräftige Hände von der Ladefläche und auf den Boden. Finster dreinblickende *goondas* zogen ihre Waffen und umstellten ihn. »Denk nicht mal dran, zu zucken«, knurrte einer von ihnen überflüssigerweise.

Williams selbst, der sich als glatzköpfiger, birnenförmiger Engländer mit wieselähnlichen Gesichtszügen und vergilbten Zähnen entpuppte, durchsuchte Seven grob. Er war wie ein Überbleibsel der britischen Kolonialherrschaft gekleidet, einschließlich eines Tropenhelms und khakifarbener Safarikluft. Der nervöse Brite mittleren Alters nahm Seven zwar die Brieftasche ab, schien aber überrascht zu sein, dass er keine offensichtlichen Waffen bei sich trug. Er blickte zu den wachsamen Schlägern und zuckte mit den Schultern. Dann ließ er sich von einem der sichtlich verwirrten Gepäckabfertiger eine Taschenlampe reichen und studierte Sevens Ausweis. Als er den Namen seines Gefangenen auf dem gefälschten Pass und Führerschein las, riss er erstaunt seine Augen auf.

»Seven?«, stieß er aus. »Der Gary Seven, aus Amerika?« Er warf einen kurzen Blick auf seine Armbanduhr. Offenhouse und seine Männer haben am Kennedy Airport nach Ihnen Ausschau gehalten ... wie zum Henker haben Sie es geschafft, vor unserem Flugzeug in Delhi zu sein?«

»Woher wollen Sie wissen, dass ich nicht doch im Flieger war«, erwiderte Seven, um Williams auf eine falsche Fährte zu locken. Er sah keinen Grund, seinen Zugang zu einer Materietransportkammer an die große Glocke zu hängen.

Die von der gewaltsamen Auseinandersetzung, die sich vor ihren Augen abspielte, beunruhigten Gepäckabfertiger begannen, laut miteinander zu sprechen, während sie Williams und seine Schläger mit Fragen in drei verschiedenen Sprachen bombardierten. Der Tumult war Williams, der mit den Ereignissen bereits überfordert zu sein schien, offenbar zu viel. »Jemand soll sich gefälligst um diese plappernden Kulis kümmern«, blaffte er einen seiner Handlanger an. Auf seinem glänzenden Schädel glitzerten Schweißperlen, und er tupfte seine Stirn mit einem zerknitterten Taschentuch ab. An seiner Schläfe pulsierte eine Ader. »Zahlen Sie ihnen, was immer nötig ist, um ihnen das Maul zu stopfen. Lassen Sie sich auch die Namen geben, für den Fall, dass später weitere Überredungsmaßnahmen nötig sind.«

Einer der *goondas*, der indischer wirkte als seine Kollegen, wandte sich ab, um sich den aufgeregten Arbeitern zu widmen. Leider befand sich Seven damit noch immer am falschen Ende zweier geladener Schusswaffen. »Was sollen wir mit ihm anstellen?«, fragte einer der Handlanger mit einem Nicken auf Seven. Auch wenn er irgendwie deutsch wirkte, sprach er Hindi, vielleicht weil er (fälschlicherweise) annahm, dass ihr amerikanischer Gefangener nicht verstehen würde, was er sagte.

»Keine Ahnung. Lassen Sie mich nachdenken!« Williams wirkte jetzt noch nervöser als vor ein paar Stunden am Telefon. Er kaute an seiner Unterlippe und tupfte sich immer wieder den Schweiß von Stirn und Hals. »Wer sind Sie?«, verlangte er von Seven zu wissen. Er war mindestens dreißig Zentimeter kleiner als sein Gefangener und musste daher seinen Kopf in den Nacken legen, um Seven ins Gesicht zu sehen. »Wer hat Sie geschickt? Für wen arbeiten Sie?«

Das würdest du mir selbst dann nicht glauben, wenn ich es dir erzählen würde, dachte Seven. *Nicht dass ich das vorhätte.*

Sein Schweigen verärgerte Williams, der Seven mit dem Handrücken hart ins Gesicht schlug. Der Angriff hallte durch die Nacht wie ein Pistolenschuss. »Reden Sie!« Williams kreischte praktisch. »Für wen arbeiten Sie? Wie viel wissen Sie über uns?«

»Eine ganze Menge«, antwortete Seven unheilverkündend. Seine Wange brannte dort, wo Williams ihn geschlagen hatte, und doch bewahrte er einen ruhigen Tonfall und einen stoischen Gesichtsausdruck. »Doch das hier scheint mir weder der richtige Ort noch die richtige Zeit zu sein, um diese Diskussion fortzuführen.«

Die letzte Bemerkung schien bei Williams Wirkung zu zeigen. Er sah sich auf dem dunklen Flugfeld um, als wäre ihm plötzlich eingefallen, dass er und seine Männer gerade dabei waren, radioaktive Schmuggelware in Indiens betriebsamsten Flughafen zu bringen. Sein Gesicht zuckte, und sein Fuß tappte unruhig auf dem Asphalt. Ihm war deutlich anzumerken, dass er sich zu einer Entscheidung durchzuringen versuchte. Seven blieb still, da er den gestressten Wissenschaftler nicht zu sehr reizen wollte. Trotz der auf ihn gerichteten Waffen und der ungewohnten Hitze schwitzte er deutlich weniger als Williams.

»Darum wird sich die Leiterin kümmern müssen«, verkündete Williams schließlich nach mehreren Sekunden der Unentschlossenheit. Er klang, als wolle er nicht nur sich selbst, sondern auch seine Untergebenen überzeugen. »Außerdem haben wir in der Basis Drogen. Die bringen ihn schon zum Reden.« Er trat zurück und ging zur Vorderseite des Lieferwagens. »In Ordnung, fesselt ihn. Wir nehmen ihn mit.«

Seven unterdrückte ein Lächeln. Bis jetzt war alles mehr oder weniger nach Plan gelaufen, seit er sich in Offenhouse' Büro in Brooklyn absichtlich hatte aufnehmen lassen. *Nächster Halt: Chrysalis.*

Er war gespannt darauf, die geheimnisvolle Leiterin des Projekts kennenzulernen.

9

Palam International Airport
Delhi, Indien
17. Mai 1974

Roberta hatte Horrorgeschichten über die langsame bürokratische Tortur des indischen Zolls gehört, aber zu ihrer Überraschung und Erleichterung wurden sie und der Rest ihrer Gruppe einfach an den langen Schlangen und umringten Kontrollschaltern vorbeigewunken, was ihnen böse Blicke der anderen im Terminal Ankommenden einbrachte. Es bat sie nicht mal jemand, ihren zugegebenermaßen gefälschten Pass vorzuzeigen. Sie fühlte sich zwar ein wenig schuldig, sich so vorzudrängeln, aber schließlich war sie hier, um die Welt zu retten.

Die überwältigende indische Hitze stürzte in dem Augenblick auf sie ein, als sie den klimatisierten Terminal verließen. *Wenn es hier um halb fünf Uhr morgens so heiß ist,* dachte sie, *wie zum Teufel sehen dann die Nachmittage aus?* Sie betete darum, dass Chrysalis, wo auch immer es hingehen mochte, jede Menge Klimaanlagen hatte. Da sie im feuchtkühlen Klima des Pazifischen Nordwestens aufgewachsen war, machte ihr extreme Hitze stark zu schaffen. Ihre schwitzigen Finger krallten sich um den Griff von Isis Transportbox, und sie fragte sich unwillkürlich, wie die eingesperrte Katze mit den bedrückenden

145

Temperaturen zurechtkam. Wer wusste schon, von welcher Art Planet Isis stammte?

Wie der überfüllte Terminal selbst war auch der Bürgersteig davor ein wimmelndes Chaos voller übereifriger Kofferträger und Taxifahrer, die um die Aufmerksamkeit der vielen erschöpften und von Jetlag geplagten Reisenden buhlten. »Bitte, Sir, Miss, Boss, hier drüben! Sehr billig!«, riefen die Fahrer, die man hier als Taxi-*wallahs* kannte, jedem potenziellen Fahrgast zu, während sie an ihrem Gepäck oder ihren Armen zerrten. Reisemüde Männer in langen weißen Hemden, begleitet von Frauen in bunten Saris, wirkten von der Herausforderung, ihre Taschen und sich selbst durch die laute, drängelnde Masse zu schieben, fast ebenso überwältigt wie die eher westlichen Touristen. »Nein, nein, den wollen Sie nicht, Boss!«, rief ein Taxi-*wallah*, um einem Konkurrenten den Kunden zu stehlen. »Ein sehr schlechter Fahrer ... sehr unsicher! Hierher! Kommen Sie mit mir!« Der beleidigte Taxifahrer antwortete auf die gleiche Art und Weise, es wurden unschöne Beleidigungen und auch Handgreiflichkeiten ausgetauscht, bis Wachleute des Flughafens einschritten, aber erst nachdem ein dritter Fahrer mit seinen verständlicherweise erschütterten Gästen davongefahren war. *Ich werde mich nie wieder über die Penn Station beschweren,* schwor sich Roberta, die der Lärm und der Tumult vor dem Flughafen aus der Fassung brachte.

Carlos setzte seine beträchtliche Masse ein, um für sich und die übrige Gruppe einen Weg durch die Menge zu bahnen, und seine einschüchternden Gorilla-Proportionen, um einen Großteil der Horde in Schach zu halten, sodass sie nicht annähernd so bedrängt wurden wie die anderen ankommenden Fluggäste, die praktisch unter Belagerung des habgierigen Pulks von Möchtegernhelfern standen.

»Hier drüben! Hier drüben! Sehr billig!«

Dennoch rannte ein besonders furchtloser Kofferträger vorwärts und wollte sich den Griff von Isis' Transportbox schnappen. Roberta musste ihren Griff verstärken, um nicht von ihrer unfreiwilligen Spionagepartnerin getrennt zu werden. »Finger weg!«, rief sie und entriss dem aggressiven Träger die Box. »Das ist meine Katze.«

Die Luft war heiß und feucht und stank nach Benzin. Auch wenn sie nicht mehr als ein paar Hundert Meter zu Fuß gegangen waren, schnappte Roberta nach Luft und schwitzte stark, als sie endlich eine wartende Limousine erreichten. Der Chauffeur, ein ernst wirkender Inder mit einem sauberen kurzärmeligen Hemd und brauner Hose, hielt die Tür für sie auf, während sie auf den Rücksitz zwischen Lozinak und Takagi schlüpfte. Sie balancierte Isis' Box auf ihrem Schoß, während Carlos auf dem Beifahrersitz Platz nahm. Der Leibwächter sah Roberta über seine Schulter hinweg an. »Hier«, sagte er barsch und gab ihr ein zusammengerolltes Stück Stoff. »Legen Sie das an.«

Sie rollte den Stoff auseinander, der schwarz war und ungefähr die Größe eines Taschentuchs hatte. Eine Augenbinde? »Das soll doch wohl ein Witz sein«, sagte sie.

»Nein«, grunzte Carlos. Die Kratzer auf seinem Gesicht ließen ihn wie einen Bilderbuchschurken aussehen. »Binden Sie sie um. Jetzt sofort.«

Wie zuvor wandte sie sich direkt an den älteren Wissenschaftler, der neben ihr saß. »Hören Sie, das ist doch lächerlich. Es ist ziemlich offensichtlich, dass wir uns irgendwo in Indien befinden. Am Flughafen von Delhi, wenn ich die Schilder richtig deute. Sie müssen mir nicht sagen, wohin es als Nächstes geht, wenn Sie das nicht wollen, aber es gibt keinen Grund, mich die ganze Fahrt über im Dunkeln sitzen zu lassen. Selbst wenn wir an der ersten Kreuzung von der DNA-Polizei angehalten würden, was könnte ich ihnen schon sagen? Dass das Projekt irgendwo auf dem indischen Subkontinent ist? Mehr weiß ich nicht, und soweit ich gehört habe, ist Indien ein ziemlich großes Land.«

Lozinak seufzte und rieb sich unter seiner Brille die Augen. Auch wenn er den Flug größtenteils schlafend verbracht hatte, schien die nächtliche Reise den alten Mann doch ziemlich mitgenommen zu haben. Sein Atem ging schwer, und sein Gesicht war blass und erschöpft. »Ich weiß nicht«, keuchte er unsicher. »Vielleicht können wir ja eine Ausnahme machen ...«

»Das würde der Leiterin nicht gefallen«, warnte Carlos. Er warf Roberta einen finsteren Blick zu. »Sie weiß bereits viel zu viel.«

Sagt Mr. Ich-breche-gerne-in-Hotelzimmer-ein, dachte Roberta gereizt. Ohne den mürrischen Leibwächter einer direkten Antwort zu würdigen, wandte sie sich hilfesuchend an Takagi: »Meine Güte, ich werde nicht mal erkennen, wo wir sind, wenn wir dort ankommen. Ich war noch nie in Indien, und ich kann Punjab nicht vom Taj Mahal unterscheiden.«

Das stimmte sogar. Diese Mission war ihr erster Besuch in Indien, auch wenn Seven ihr am Abend zuvor ein paar Karten und Hintergrundinformationen hatte zukommen lassen, die sie sorgfältig studiert hatte, bevor sie sie im Papierkorb ihres Hotelzimmers verbrannt hatte. *Ich wünschte, ich hätte mehr Vorbereitungszeit gehabt,* dachte sie. Trotz ihres Crashkurses in Rom bestand der Großteil ihres Wissens über Indien aus Kindheitserinnerungen an Kipling und ein paar Filmen von Sayajit Ray. *Anders gesagt, ich habe keine Ahnung.*

»Das ist ein gutes Argument«, sagte Takagi zu Robertas

Freude. Der japanische Biochemiker hatte den Flug besser überstanden als sein gealterter Mentor, wirkte aber dennoch erschöpft. Seine Tweedjacke war noch zerknitterter als sonst, und er gähnte, während er sprach. »Wir haben sie doch auf dem ganzen Weg zur Basis im Blick.«

»Das stimmt«, fiel Roberta mit ein. Sie war froh, dass Takagi auf ihrer Seite war. »Wem genau soll ich denn überhaupt etwas verraten? Dem Fahrer?«

Doch Carlos ließ sich nicht erweichen. »Wir sollten kein Risiko eingehen«, beharrte er. »Es gibt bereits dieses Problem in New York. Da schnüffelt jemand herum.«

Äh, das ist dann wohl mein Boss, dachte Roberta, zog es aber vor, diese Information für sich zu behalten. Und sie erwähnte auch nicht, dass sie Seven im Terminal gesehen hatte, sondern verlegte sich auf Sarkasmus. »Kommen Sie schon, das nächste Mal soll ich wohl auch meiner Katze die Augen verbinden.«

Die bloße Vorstellung ließ Isis lautstark protestieren.

»Vielleicht könnten wir dieses eine Mal eine Ausnahme machen«, verkündete Lozinak erschöpft. »Wir haben eine lange Fahrt vor uns, und es wäre tatsächlich nicht besonders gastfreundlich, Dr. Neary die ganze Zeit mit Augenbinde dasitzen zu lassen.«

Wie lang ist die Fahrt denn?, überlegte Roberta besorgt. Sie hoffte, dass das geheime Chrysalis-Hauptquartier nicht irgendwo im Himalaya lag. *Ich bin fürs Bergsteigen nicht richtig angezogen.*

»Bitte geben Sie mir das«, sagte Lozinak, nahm Roberta die Augenbinde ab und reichte sie an Carlos zurück. Trotz seiner Erschöpfung machte er deutlich, dass die Diskussion zu Ende war. »Sie sind eine geschätzte Kollegin, keine Gefangene.«

»Danke sehr!«, erwiderte Roberta froh. »Ich habe mich

langsam schon ein wenig wie Patty Hearst vor ihrer Gehirnwäsche gefühlt.« Sie grinste triumphierend zu Carlos, der den beiden Wissenschaftlern und ihrer angeblichen neuen Rekrutin den Rücken zuwandte. *Eins zu null für die Amerikanerin,* dachte sie zufrieden, während die Limousine losfuhr. *Wenn das so weitergeht, leite ich Chrysalis bis Dienstag.*

Theoretisch zumindest.

Lozinak hatte nicht gescherzt, als er die lange Fahrt erwähnte, die vor ihnen lag. Nach mehreren Stunden auf der Straße nahm Roberta an, dass sie bereits auf halbem Weg nach Pakistan sein mussten.

Die getönten Scheiben und die erstklassige Klimaanlage der Limousine schirmten sie von der exotischen, aber sengend heißen Umgebung draußen ab, was Roberta als zweifelhaften Segen betrachtete. Einerseits wollte sie mehr von Indien selbst sehen und erleben, andererseits erinnerte ihr Körper sie daran, dass es inzwischen weit nach Mitternacht römischer Zeit war und dass sie seit inzwischen mindestens elf Stunden unterwegs war. Unter diesen Umständen war es allzu verlockend, einen Großteil der Fahrt einfach zu verschlafen und nur aufzuschrecken, wenn der Fahrer auf die Bremse treten oder hupen musste, was mit alarmierender Regelmäßigkeit der Fall zu sein schien.

Tatsächlich hatte Roberta schnell entschieden, dass sie umso besser schlafen konnte, je weniger sie vom Verkehr auf den überfüllten und schlecht beleuchteten Straßen mitbekam. Indien hatte die höchste Verkehrstotenrate der Welt, zumindest laut Beta 5, und Roberta war vollkommen klar warum. Busse, Taxis, Kühe, Ochsenkarren, Fahrräder, Wasserbüffel, Motorräder, Lastwagen und motorisierte

Rikschas kämpften um Platz auf den überlasteten Straßen, wobei der Vortritt den größten Fahrzeugen und lautesten Hupen gebührte. Konvois riesiger Lastwagen, die ihre Fracht von Delhi in weit entfernte Teile des Subkontinents brachten, dröhnten an der Limousine vorbei, während öffentliche Busse durch die Last ihrer dichtgedrängten Passagiere, die sich an Seiten und Dach der wackligen Fahrzeuge klammerten, hin und her schlingerten. Die verbogenen und zerstörten Überreste diverser Verkehrsunfälle rosteten am Straßenrand vor sich hin. Diese stummen Zeugen vergangener Automobilkatastrophen tauchten etwa alle fünfzig Kilometer auf - regelmäßiger, als es Roberta lieb war.

Sie musste daran denken, dass ihre unmittelbaren Vorgänger, Sevens ursprüngliche Erdagenten beide in einem unvorhergesehenen Verkehrsunfall gestorben waren. *Wollen wir hoffen, dass sich die Geschichte nicht wiederholt.* Sie fragte sich, wie Seven auf die Nachricht ihres Ablebens reagieren würde, ganz zu schweigen von dem der Katze. *Wahrscheinlich würde er sich einfach nur etwas mehr über die sinnlose Barbarei des zwanzigsten Jahrhunderts beschweren.*

Ihr Fahrer blieb auf der Autobahn, die an Großstädten und kleinen ländlichen Dörfern vorbeiführte. Die Slums und Barackenstädte des südlichen Delhi wurden schließlich von endlosen verstopften Landstraßen abgelöst, die durch Berglandschaften und schattige Schluchten führten. In der Dunkelheit des frühen Morgens erhaschte Roberta gelegentlich einen Blick auf weit entfernte Lagerfeuer, undeutliche Silhouetten kleiner Bauernhöfe und Tempel, und - weitaus seltener - das Leuchten elektrischer Lichter. Gelegentlich fuhren Züge parallel zu den staubigen Straßen, auf denen sie reisten, und sie bekam den Eindruck, dass die Limousine grob südlich fuhr, konnte aber die Schilder nicht lesen. *Was liegt im Süden?*, versuchte sie sich zu erinnern und wünschte, dass sie eine Karte hätte mitbringen können, ohne Verdacht zu erregen. *Agra? Kalkutta? Wahrscheinlich etwas Abgelegeneres,* überlegte sie.

Das Frühstück bestand aus einer Thermoskanne milchigem Chai-Tee und ein paar Bananen-Pfannkuchen und war vom Chauffeur für sie eingepackt worden. Der Tee war heiß, würzig und wahrscheinlich koffeinhaltig, aber selbst das half ihr nicht dabei, die Augen aufzuhalten. Schon bald war sie an einem anderen Ort, weit weg von der engen und holpernden Limousine.

In ihren Träumen war sie wieder in dem schummrigen italienischen Restaurant, aber dieses Mal wurden die Spaghetti auf ihrem Teller lebendig und formten sich zu einer Doppelhelix, die Roberta aus all den Biologiebüchern und -artikeln erkannte, die sie in der letzten Zeit hatte lesen müssen. Die Doppelhelix, das zentrale menschliche Genom, erhob sich vor ihr und drehte sich langsam um eine unsichtbare Achse, wie eine moderne Skulptur auf einem beweglichen Podest. Verblüfft beobachtete sie die schiere Eleganz und trügerische Schlichtheit der ineinander verschlungenen Form, die aus sich heraus zu leuchten schien. *So sieht also das Grundrezept für Menschen aus,* staunte sie und fragte sich, warum jemand an etwas so Vollkommenem herummanipulieren wollte.

Dann begann sich die Helix zu verändern. Zu *mutieren.* Vor ihren Augen fiel das Genom auseinander. Die einzelnen Stränge zuckten wie unter Strom stehende Drähte und verknoteten sich zu einem Durcheinander unwahrscheinlicher chromosomaler Verbindungen. Es bildete sich eine neue Doppelhelix, aber anders als die anmutigen Sprossen der ursprünglichen Form wurde diese mutierte Helix durch etwas zusammengehalten, das wie eine verrückte Version eines Spinnennetzes aus Pasta aussah. *Das kann unmöglich richtig sein,* dachte Roberta entsetzt. In der Hoffnung, das Chaos ordnen und die nicht zusammenpassenden Gene und Chromosomen wieder in ihre ursprüngliche Form bringen zu können, streckte sie die Hände aus, doch das schlängelnde Genom schlüpfte ihr durch die Finger und entzog sich so ihrem Griff.

Die nun hässliche und deformierte Doppelhelix zog sich wie eine wütende Kobra zurück und stürzte sich dann auf Robertas Kehle. Sie riss ihre Hände nach oben, um sich zu schützen, aber das schlangenähnliche Monster durchdrang ihre Arme wie ein Phantom, bevor es gegen ihre Halsschlagader prallte und sich in ihrem eigenen Blutstrom auflöste. *Oh mein Gott,* erkannte sie entsetzt. *Es ist jetzt in mir!*

Die mutierte DNA strömte wie Gift durch ihr System und schrieb ihren genetischen Code neu. Roberta wurde von Krämpfen und Zuckungen ergriffen. Sie konnte spüren, wie sich ihre Knochen und Organe bewegten und veränderten, während der rekombinante Eindringling ihre pure Existenz transformierte. Visionen von leuchtenden Mäusen und armlosen Contergan-geschädigten Kindern suchten ihre Vorstellungskraft heim, aber als sie auf ihre Hände sah, in der Angst, nur noch Schwimmflossen vorzufinden, entdeckte sie, dass sich ihre Finger immer mehr in die Länge zogen und ungewöhnlich biegsam wurden. Es formten sich neue Knöchel, und sie bemerkte, dass sie ihre Finger nun an Stellen knicken konnte, wo das zuvor niemals möglich gewesen wäre. *Soll das eine Verbesserung sein?,* überlegte sie und war sich nicht sicher, ob sie beeindruckt oder angewidert sein sollte. Dann sprossen plötzlich zusätzliche Finger aus ihren Handballen und sie begann zu schreien …

»Dr. Neary? Ronnie?«

Sie schreckte aus dem Schlaf auf und stellte fest, dass die Limousine stehen geblieben war. Takagi rüttelte vorsichtig an ihrer Schulter, während Isis auf ihrem Schoß saß und ungeduldig miaute. »Tut mir leid, dass ich Sie wecken muss«, sagte der junge Wissenschaftler. »Aber wir müssen jetzt aus dem Wagen aussteigen.«

Roberta blinzelte verwirrt. Der Chauffeur öffnete ihnen die hintere Tür des Wagens und ließ dabei eine Welle schockierend heißer Luft hinein. Roberta schüttelte den Kopf. Sie war zwar froh, wieder wach zu sein, aber es fiel ihr schwer, das von ihrem Albtraum verursachte Unbehagen abzustreifen. *Du lieber Himmel, was für ein Traum!,* dachte sie und versuchte, sich zu erinnern, wann sie das letzte Mal etwas so Surreales erlebt hatte. *Vielleicht in Woodstock, aber wer braucht schon Acid, wenn der eigene Verstand so einen Trip produzieren kann?* Sie bemühte sich, in die Realität zurückzukehren. »Sind wir da?«

»Fast«, versprach Takagi, während er aus dem Wagen stieg. Als sie an seinem Rücken vorbeispähte, erhaschte sie einen Blick auf eine Art Dorf direkt vor der Limousine. »Wir müssen nur unser Transportmittel wechseln.«

Isis' Transportbox fest in der Hand kletterte sie hinter Takagi vom Rücksitz und sah sich blinzelnd im grellen Morgenlicht um. Die sengende Sonne, die während ihrer Fahrt aufgegangen war, strahlte auf ein isoliertes Dorf strohgedeckter Hütten und gelber Sandsteingebäude. Heiße, staubige Luft, die nach Gewürzen und Kameldung roch, hüllte Roberta wie ein schwerer rötlich brauner Mantel ein. Dürre weiße Kühe und blökende Ziegen wanderten frei über die unbefestigten Straßen des Dorfs, während Frauen in leuchtend bunten Saris, einige von ihnen mit Tonschalen auf dem Kopf, stehen blieben, um Roberta und die anderen mit offener Neugier zu bestaunen. Barfüßige Kinder spielten auf ausgetrockneten dreckigen Wegen Fangen. Ihre hellen Stimmen wetteiferten mit dem Gemurmel und Flüstern ihrer Mütter. Alte Männer, deren weiße Bärte einen krassen Gegensatz zu ihren weisen braunen Gesichtern bildeten, saßen auf Matten vor ihren Hütten und beobachteten die Neuankömmlinge argwöhnisch. Wie ihre Alten hielten auch die Frauen und Kinder Abstand, ganz anders als die hyperaggressiven Kofferträger und Taxi-*wallahs* am Flughafen. *Die bekommen wohl nicht oft Besuch hier,* dachte Roberta ein wenig unwohl. *Besonders keine Blondinen.*

Hinter dem Dorf erstreckte sich ein scheinbar endloser Horizont aus sanft geschwungenen Sanddünen unter einem türkisfarbenen Himmel. Vereinzelt kämpften spärliche Wüstengewächse um das Überleben in dieser ausgedörrten Landschaft. »Das ist dann wohl die Wüste Thar«, stellte Roberta fest, der einfiel, so etwas gestern auf der Landkarte gesehen zu haben.

Takagi nickte. »Die Einheimischen nennen sie Marusthali.« Er schwitzte bereits stark vor Hitze, schien aber bereit zu sein, den Reiseführer zu spielen. »Das Land der Toten.«

Hübscher Name, dachte Roberta. Sie schirmte ihre Augen mit der Hand ab (die dankbarerweise nur die übliche Anzahl von Fingern und Knöcheln hatte) und betrachtete nachdenklich die riesige Wüste. Soweit sie sehen konnte, endete die Straße, auf der sie gekommen waren, am Rande eines sandigen Ödlands. Könnte hier das Ziel ihrer Reise sein? Doch ihr fiel ein, dass Takagi davon gesprochen hatte, das Transportmittel zu wechseln.

Nervös wanderte ihr Blick zu den Kamelen zurück, die unweit der ersten Hütte an einem Bündel trocken aussehenden Strohs kauten. Ein männlicher Dorfbewohner mit einem großen orangen Turban und einem grimmigen Gesichtsausdruck nahm die Zügel zweier Kamele, während er beobachtete, wie Carlos und der Chauffeur Dr. Lozinak aus der Limousine halfen, die jetzt eindeutig nicht mehr weiterfahren konnte. *Bitte sagt mir nicht, dass ich den Rest des Wegs auf einem Kamel zurücklegen muss,* flehte sie inständig.

Laut ihrer Uhr war es kurz nach zehn Uhr morgens, was bedeutete, dass sie bereits seit mehr als dreizehn Stunden unterwegs war, sieben in der Luft und weitere sechs im Wagen. Kein Wunder, dass sie sich so erschöpft fühlte. Roberta sah sich zwar als überdurchschnittlich abenteuerlustige Person, die immer bereit war, etwas Neues auszuprobieren, aber in diesem Moment rief die Aussicht, weitere lange Stunden zwischen den wackelnden Höckern eines schwerfälligen Kamels verbringen zu müssen, aufrichtige Verzweiflung hervor. »Sind das unsere Transportmittel?«, fragte sie und nickte düster in Richtung der Tiere. Einem von ihnen lief ein dunkelbrauner Sabberfaden aus dem Maul.

Igitt.

»Vielleicht ein anderes Mal.« Lozinak, der sich auf seinen Stock stützte, schmunzelte. »In meinem Alter bevorzuge ich einen Jeep.« Er blickte zum Horizont, wo Roberta nun eine sich nähernde Staubwolke ausmachen konnte. »Ah, da ist er ja. Pünktlich auf die Minute.«

Sie fühlte sich unfassbar erleichtert, als das Fahrzeug mit Vierradantrieb aus der Wüste auftauchte und dabei Staub und Sand aufwirbelte. Der Jeep blieb vor der Limousine stehen, und sein Fahrer - ein bärtiger Inder,

der aussah, als könne er der Cousin des enttäuschten Kamelbesitzers sein - machte sich daran, das Gepäck der Reisenden aus dem einen Wagen in den anderen zu laden. Außerdem bot er Roberta eine Sonnenbrille und einen Strohhut an, um sich vor dem gleißenden Licht und der Hitze zu schützen. Sie nahm beides dankbar an. *Okay, es ist offiziell,* dachte sie mit Blick auf die Wüste, aus der der Jeep gekommen war. *Unser Ziel liegt also am Ende der Welt.*

Sie hoffte nur, dass Seven ihnen folgte.

10

Südwestlich von Delhi
Indien
17. Mai 1974

Ironischerweise wäre Gary Seven genauso zur geheimen
Chrysalis-Basis gereist, wenn er nicht von Williams und
seinen Handlangern entdeckt worden wäre: Versteckt
unter einer Plane auf der Ladefläche des Pick-ups. *Ich
muss sagen,* dachte er ironisch, *ich bevorzuge doch den
Transporter.*

Gefesselt, geknebelt und unter der Plane verborgen
befand er sich inzwischen schon mehrere Stunden auf
der Straße. Ausreichend Zeit für die Sonne, um die Ladefläche des Wagens in einen regelrechten Backofen zu
verwandeln. Durch bloßes Pech war Sevens Mission mit
dem Höhepunkt der heißen Saison in Indien zusammen-
gefallen, wenn die Tagestemperaturen locker vierzig Grad
Celsius erreichen konnten. Selbst mit seiner herausra-
genden körperlichen Verfassung und geistigen Disziplin
war die Fahrt zu einer quälenden Tortur geworden. Sein
Hemd und die Hose waren nass geschwitzt, und er fühlte
sich dehydriert. Mund und Kehle dürsteten nach etwas zu
trinken, vorzugsweise mit Eis. Er konnte nur hoffen, dass
er nicht zu geschwächt sein würde, wenn der Lastwagen
sein endgültiges Ziel erreichte.

Er lag auf der Seite, seine Hände waren mit Paketband hinter seinem Rücken gefesselt, und er konnte nichts sehen außer der Holzkiste direkt vor sich. Obwohl sein Blickfeld eingeschränkt war, war es ihm dennoch aufgrund dessen, was er gehört hatte, gelungen, einige wichtige Rückschlüsse zu ziehen.

Erstens, und vielleicht am interessantesten, war ihm aufgefallen, dass sie das Flugfeld ohne irgendwelche Verzögerungen oder Inspektionen verlassen hatten. Daraus konnte Seven nur schließen, dass Chrysalis als Organisation beträchtliche Geldmittel und/oder Einfluss besaß. Die Leichtigkeit, mit der Williams' Schmuggelware den Zoll umgangen hatte, deutete auf systematische Bestechung im großen Stil und mögliche Freunde in hohen Positionen hin.

Das war ziemlich beunruhigend. Solche Ressourcen erhöhten das Potenzial gefährlicher wissenschaftlicher Versuche. *Sie spielen mit dem Feuer.* Seven dachte an die Kriege und Verwüstungen, die genetische Manipulation über so viele andere Zivilisationen gebracht hatte. *Die Minjo versuchen nach den letzten Genkriegen immer noch, ihre Gesellschaft wieder aufzubauen.*

Ganz zu schweigen von dem ganzen Uran und dem Trägermittel zur Bakterienzüchtung.

Während Seven also alles analysierte, was er bisher über Chrysalis wusste, versuchte er gleichzeitig, die Route des Wagens und ihre Umgebung mitzubekommen. In den letzten paar Stunden hatte das Fahrzeug die lauten, verstopften Straßen Delhis für die nur marginal freieren Straßen jenseits der Stadt und ihrer davor liegenden Slums hinter sich gelassen. Die Luft war zwar auch hier heiß und feucht, aber weniger verschmutzt, und roch nun mehr nach Eukalyptusbäumen und brennendem Dung als nach Industrieabwässern, was ihn zu der Annahme führte, dass sie den urbanen Knotenpunkt Delhi weit hinter sich gelassen hatten. Im Verlauf der nächsten Stunden dünnte der Verkehr immer mehr aus, wenn man von dem Hupen ausging, das Seven von seinem unbequemen Platz auf der Ladefläche aus hören konnte.

Sein außergewöhnlich guter Orientierungssinn sagte ihm, dass sie Richtung Südwesten fuhren. *Durch den Bundesstaat Haryana und Richtung Rajasthan,* schätzte er. Sie waren nun seit mindestens sechs Stunden unterwegs. Inzwischen musste sich der Wagen der riesigen unwirtlichen Wüste nähern, die zwischen Indien und Pakistan lag. Ein ziemlich abgelegener Standort, so viel war klar. Abgeschiedenheit schien für Chrysalis oberste Priorität zu haben. *Was haben sie zu verstecken?,* überlegte er. *Und wie weit sind sie schon gekommen?*

Sein Servo, der in einer Innentasche seines Jacketts steckte, stach ihn in die Seite. Seven wünschte, er könne an ihn herankommen, und wenn es nur war, um mit Roberta oder Isis zu kommunizieren und sie über seine derzeitigen Umstände zu informieren. Er hatte am Flughafen in Delhi nicht mehr als Augenkontakt mit ihnen herstellen können und fragte sich, wie sich das leicht inkompatible Duo auf seinem eigenen Ausflug quer durch Indien schlug. *Mit ein wenig Glück werden sie von Chrysalis immer noch bevorzugt behandelt,* dachte er und hoffte, dass seine Agenten noch ein wenig länger ihre Tarnidentitäten beibehalten konnten. Wie er durch persönliche Erfahrung gerade lernte, waren sich die Mitarbeiter von Chrysalis nicht zu schade für Entführungen und Gewaltandrohungen, wenn man ihnen in die Quere kam. *Andererseits kann Isis in gefährlichen Situationen sehr gut auf sich selbst aufpassen, und auch Roberta hat verborgene Talente,* rief er sich ins Gedächtnis.

Das Fahrzeug hielt an einer Kreuzung an, und Seven meinte, Ziegen oder Kamele blöken zu hören. Wahrscheinlich fahren wir durch ein abgelegenes Dorf in Rajasthan, vermutete er. Es war unwahrscheinlich, dass der Wagen hier halten würde. Er konnte sich kaum vorstellen, dass dieser Ort angereichertes Uran und Hochgeschwindigkeitszentrifugen brauchte. Um seiner eigenen körperlichen Bequemlichkeit willen hoffte er, dass es nicht notwendig sein würde, den Rest der Reise über den Rücken eines schaukelnden Kamels hängend zurückzulegen. *Es gibt schließlich primitiv und* richtig *primitiv ...*

Glücklicherweise setzte der Pick-up kurz darauf seine Reise fort. Die ländliche Geräuschkulisse des unbekannten Dorfs verstummte, während der Wagen weitere Kilometer dieser scheinbar endlosen Reise zurücklegte. Die Straße wurde immer unebener, und mit jedem Schlagloch bekam Seven weitere blaue Flecken, bis sie mehr oder weniger vollkommen verschwand. Seven hörte, wie der Allradantrieb um Bodenhaftung auf den sandigen Dünen der, wie er annahm, Wüste Thar kämpfte. Er konnte kein Hupen oder die Motoren anderer Fahrzeuge mehr hören, sondern nur noch das beständige Dröhnen des Getriebes, während es ihn immer tiefer in die heiße und öde Einsamkeit der Wüste trug.

Er schluckte, doch sein ausgetrockneter Mund produzierte keinen Speichel mehr. Seine verkrampften Arme und Beine schmerzten. Dunkelheit überzog sein eingeschränktes Blickfeld, aber er wandte eine Reihe mentaler Übungen an, angelehnt an alte vulkanische Lehren, um zu verhindern, dass er das Bewusstsein verlor. Konzentration erforderte eine beträchtliche Anstrengung, und doch gelang es ihm, auf seine Mission konzentriert zu bleiben. Er war gespannt darauf, die sogenannte Leiterin von Chrysalis kennenzulernen, wahrscheinlich die »einschüchternde« Inderin, die Ralph Offenhouse in Brooklyn erwähnt hatte.

Vielleicht ist es noch nicht zu spät, mit diesen Leuten vernünftig zu reden, dachte er, *sie davon zu überzeugen, ihre riskanten Experimente zu beenden.* Seit er in die Heimat seiner Vorfahren zurückgekehrt war, hatte Seven genug über die menschliche Natur gelernt, um zu begreifen, dass Vernunft oftmals nicht ihre Hauptmotivation war. Doch es war einen Versuch wert, bevor er gezwungen sein würde, auf drastischere Maßnahmen zurückzugreifen, um ihre Operation zu sabotieren.

Die Sonne knallte auf ihn herab, selbst durch den willkommenen Schutz der Zeltplane. Seven wusste, dass er trotz seiner hervorragenden Ausbildung nicht mehr viel länger ohne Wasser durchhalten würde. *Wie weit ist es denn noch?,* überlegte er, eine Frage, die mit jeder vergangenen Stunde dringender wurde.

Schließlich, gerade als er begonnen hatte, wehmütig an die Minustemperaturen des bajoranischen Eiskaps zu denken, blieb der Pick-up irgendwo tief in der Wüste stehen. Autotüren wurden aufgestoßen, und Seven hörte Schritte auf dem Sand vor dem Wagen. Minuten später wurde die Plane weggezogen, und er war der sengenden Sonne ausgesetzt. Seven kniff seine Augen zusammen, um sich vor dem grellen Mittagslicht zu schützen. Er wurde von kräftigen Armen an den Schultern gepackt, hochgerissen und von der Ladefläche gezerrt.

Als er sich zum ersten Mal seit ungefähr sieben Stunden wieder in einer vertikalen Position befand, spürte Seven den Wüstensand unter sich. Er versuchte, aufrecht zu stehen, doch die strapaziöse Reise hatte ihm zu viel abverlangt. Seine Beine fühlten sich an wie ungekochtes klingonisches *gagh*, und er musste sich von zwei Handlangern stützten lassen. Jemand schob ihm widerwillig eine Feldflasche zwischen die Lippen, und er schluckte gierig. Das Wasser war lauwarm, aber er hatte selten etwas so Erfrischendes getrunken. Die Flüssigkeit stärkte ihn ein wenig, und er öffnete seine Augen, allerdings nur langsam, damit sich seine Pupillen an das gleißende Licht gewöhnen konnten. Dann betrachtete er seine Umgebung.

Der Lastwagen parkte vor etwas, das wie die Ruinen einer alten Rajputen-Festung aussah. Rotbraune Sandsteinmauern, die von Jahrhunderten der Erosion und des Verfalls gezeichnet waren, wurden von teilweise eingestürzten Wachtürmen beschützt, die über Kilometer verteilt aus den zerbröckelnden Überresten der stummen Zitadelle ragten. Alles sah aus, als sei es seit Jahrhunderten verlassen.

Seven wusste, dass solche Festungen in Rajasthan nicht ungewöhnlich waren. Es handelte sich um das Erbe einer kriegerischen Tradition, die sich bis ins sechste Jahrhundert zurückverfolgen ließ, aber er nahm an, dass diese speziellen Ruinen weit weniger verlassen waren, als sie aussahen. Warum sonst würden diese Leute Offenhouse' gesamte teure Ausrüstung an diesen scheinbar verlassenen Ort transportieren? Er suchte die verwitterten Sandsteinmauern nach einem Hinwies auf das Hightech-Labor ab, das sich hier irgendwo verstecken musste. Doch er sah nichts außer der alten Festung und den wandernden Sanddünen, die sich unter einem wolkenlosen saphirblauen Himmel in alle Richtungen erstreckten.

Eine vertraute Stimme lenkte seine Aufmerksamkeit von den rätselhaften Ruinen ab. »Ich hoffe, Sie hatten eine angenehme Reise, Mr. Seven«, verhöhnte ihn Williams, während er ihm die Feldflasche entriss. Seine glänzenden

Augen starrten Seven an. Offenbar hatte er dem neugierigen Amerikaner noch nicht vergeben, dass dieser sein Leben verkompliziert hatte. »Vielleicht wollen Sie ja jetzt endlich sprechen?«

»Sie haben Glück, dass ich überhaupt noch dazu in der Lage bin«, krächzte Seven. Seine Stimme war vor Erschöpfung und Dehydration ganz heiser. »Dort, wo ich herkomme, würden sich Menschen niemals einfallen lassen, eine andere lebende Kreatur so zu behandeln.«

Williams verzog sein Gesicht. Er war über Sevens Trotz und Hochmut sichtbar verärgert. Die Zornesader an seiner Schläfe begann erneut zu pulsieren. »Sie sind kaum in der Lage, andere zu verurteilen. Ich weiß nicht, für wen Sie sich halten oder für wen Sie arbeiten, aber Sie haben sich ganz schön in die Scheiße geritten, das versichere ich Ihnen.«

Das werden wir noch sehen, dachte Seven. Trotz der körperlichen Entbehrungen war er genau dort, wo er sein wollte - fast. »Sie haben mich hergebracht, damit ich Ihre Leiterin kennenlerne«, erinnerte er Williams. »Also vielleicht könnten wir dann jetzt mal damit weitermachen.«

Williams, der mindestens einen Kopf kleiner war als Seven, ballte seine Hände zu Fäusten und starrte mit einer Mischung aus Frustration und Unsicherheit zu dem anderen Mann hoch. Sein wutverzerrtes Gesicht war röter als die ausgedörrten Mauern der verlassenen Festung. Er wollte unbedingt die Oberhand gewinnen, wusste aber offensichtlich nicht, wie er das anstellen sollte. Also schindete er Zeit, während er nach einer angemessen scharfsinnigen und vernichtenden Antwort suchte. Doch die sengende Sonne machte einen längeren Aufenthalt im Freien unratsam, und schon bald gab Williams auf. »Äh, vielleicht sollten wir aus der Sonne gehen«, murmelte er und wischte sich mit einem Taschentuch den Schweiß aus dem Gesicht. »Ihr habt's gehört«, sagte er zu seinen Schergen. »Bringen wir ihn rein.«

Auch wenn die äußeren Mauern der Festung hier und dort von Kanonenkugeln durchbrochen worden waren, führte Williams die Gruppe auf das offene Haupttor der Zitadelle zu. Als Seven hindurchtrat, bemerkte er weibliche Handabdrücke, die in Steintafeln neben dem Tor geritzt waren. Dabei handelte es sich um Gedenkstätten für die Generationen von Frauen, die *sati* begangen hatten, den uralten und barbarischen Ritus der Selbstverbrennung nach dem Tode ihrer Ehemänner. Die Handabdrücke waren durch Wind und Zeit teilweise verblasst, aber Seven konnte sich denken, wie Robertas Reaktion auf *sati* aussehen würde. Es war kaum vorstellbar, dass sich diese unabhängige junge Frau um einer Tradition willen in Brand setzen würde. Diese Feststellung gab ihm beträchtliche Hoffnung, dass sich die Menschen tatsächlich auf eine höhere Zivilisationsstufe zubewegten, wenn auch nur langsam.

Als sie durch den Haupteingang gingen, sah er, dass die Wände vormals über drei Meter dick gewesen waren und es an manchen Stellen immer noch waren. Das Tor selbst führte zu einem großen, mit Steinen gepflasterten Hof voller Schutt und widerspenstigem Unkraut. Dahinter lagen verlassene Tempel und Türme in verschiedenen Stadien des Verfalls, während ein einstöckiges Gebäude, bei dem es sich Sevens Vermutung nach um eine eingestürzte Gießerei handelte, nicht mehr als ein Haufen Trümmer war. Williams dachte gar nicht daran, den Fremdenführer zu spielen, und kommentierte keine der faszinierenden Ruinen, während er auf den majestätischen Palast zuschritt, der dem Tor gegenüberlag.

Der Palast schien in deutlich besserem Zustand zu sein als die ihn umgebenden Gebäude, auch wenn Seven in der oberen Kuppel ein paar Löcher entdeckte.

Das Bauwerk schien die Residenz eines mächtigen Prinzen oder Maharadscha gewesen zu sein und erinnerte in seiner Bauweise an eine geschmückte Hochzeitstorte aus Marmor und Sandstein. Kunstvolle Paravents, die einst die Frauen des Palastes vor Blicken geschützt hatten, füllten viele der Fenster im zweiten und dritten Stock. Seven und seine Geiselnehmer stiegen eine steile Treppe zu einer schweren Doppeltür aus wie Holz wirkendem Granit hinauf. Ein einzelner silberner Handabdruck, der denen an der Mauer neben dem Eingang glich, schmückte die Stelle, an der sich die beiden Türen trafen. Williams legte seine rechte Hand auf das Relikt. Seine Finger passten perfekt in den Umriss der Hand. Seven hörte, wie ein verborgener Mechanismus in Bewegung kam. *Interessant,* dachte er. Hinter diesen Ruinen steckte offenbar mehr, als auf den ersten Blick zu erkennen war.

Williams zog seine Hand zurück, als die massiven Türen wie durch Zauberhand aufschwangen. Eskortiert von den drei *goondas,* folgte Seven dem untersetzten Engländer in einen geräumigen, schattigen Rundbau, der nur von den vereinzelten Sonnenstrahlen erhellt wurde, die durch die löchrige Kuppel über ihnen fielen. Teppiche und kunstvoll verzierte Spiegel verliehen ihm noch immer einen Rest seiner ursprünglichen Eleganz, obwohl er im Großen und Ganzen leer war. Säulen stützten die hohe Decke, während ein großer Wandfries den oberen Teil des Raums schmückte. In kleinen Alkoven, die in regelmäßigen Abständen in die Wand eingelassen waren, befanden sich Abbilder jeweils eines Hindu-Gottes.

Alles in allem wirkte die Szenerie noch immer täuschend

antiquiert, trotz der sich automatisch öffnenden Türen. Chrysalis war offensichtlich große Mühen eingegangen, um seine Anwesenheit zu verschleiern, selbst hier draußen in der Einöde. Zufällig Vorbeikommende, wie zum Beispiel neugierige Touristen, die einen Ausflug auf Kamelen durch die verbotene Wüste machten, würden nicht mehr bemerken als eine weitere farbenprächtige alte Festung, weder so gut erhalten noch so beeindruckend wie die viel berühmteren Zitadellen in Jodphur und Bikaner. *Diese ganze Geheimniskrämerei deutet darauf hin, dass Chrysalis viel zu verbergen hat.* Er dachte besorgt an die großen Mengen Pepton und Uran, die Offenhouse hergeschickt hatte. *Aber was ist das Langzeitziel dieser ganzen Verschwörung?*

Williams ignorierte die anderen Altäre und ging direkt auf die düstere Nische zu, die Ganesha gewidmet war, dem elefantenköpfigen Gott der Weisheit und des Reichtums. Auf der Bronzeskulptur lag kunstvoll verteilter Staub, doch Seven bemerkte, dass Ganeshas einzelner Stoßzahn neben seinem Rüssel viel weniger staubig wirkte als der Rest des Schreins, sodass er nicht besonders überrascht war, als Williams das Elfenbein packte und drehte, sodass es nach unten zeigte. Ein metallisches Klicken begleitete die Geste, und der gesamte Altar hob sich zur Decke. Dahinter kam eine weiße Zelle zum Vorschein, die groß genug war, um drei oder vier Erwachsene aufzunehmen.

Sehr ausgeklügelt, dachte Seven, auch wenn das Fehlen von Staub auf dem Stoßzahn schon ein wenig verräterisch gewesen war. Das Ganze erinnerte ihn an sein eigenes Büro in Manhattan, dessen futuristische Ausstattung schnell hinter einer Fassade verschwinden konnte, die wie die typische Inneneinrichtung des zwanzigsten Jahrhunderts gestaltet war. Was dieses zerfallende Gemäuer wohl noch verbarg?

Williams zog seine Pistole aus der Tasche seines schweißfleckigen Jacketts. »Also gut«, sagte er höflich zu seinen Schergen. »Ihr werdet jetzt die Kisten ausladen. Und seid besonders vorsichtig, wenn ›zerbrechlich‹ draufsteht.« Er stieß Seven mit der Mündung seiner Browning in die Rippen und trat in den zuvor verborgenen Aufzug. »Sie kommen mit mir«, befahl er.

Das hoffe ich doch, dachte Seven und folgte Williams in den Aufzug. »Abwärts?«, fragte er unnötigerweise, da sich das tödliche Chrysalis-Labor kaum irgendwo anders befinden konnte. Sekunden später begann die ganze Zelle im Boden zu versinken, und er beobachtete geduldig, wie die Sicht auf den Rundbau verschwand und von der schwarzen Wand des Aufzugsschachts ersetzt wurde.

»Sie halten sich wohl für sehr schlau«, schnaubte Williams, »aber warten Sie nur, bis die Leiterin mit Ihnen fertig ist.« Er blieb ein paar Schritte von Seven entfernt. Die Mündung der Browning blieb starr auf die Brust seines Gefangenen gerichtet. »Man stampft so etwas wie Chrysalis nicht aus dem Boden und hält es geheim, ohne etwas darüber zu lernen, wie man mit kleinen Spionen wie Ihnen umgeht. Sie nimmt keine Gefangenen, das kann ich Ihnen sagen.«

Klingt wie ein romulanischer Kommandant, den ich mal kannte, dachte Seven. Er hätte Williams natürlich leicht entwaffnen können, aber das war wohl kaum das Ziel der Übung. Es würde später genug Möglichkeiten geben, seine Freiheit wiederzuerlangen - nachdem er das Nervenzentrum dieser ambitionierten Verschwörung erreicht hatte. *Wenn ich nicht bereits zu spät bin.*

Leise kam der Aufzug zum Halten, und Roberta fand sich in einer Umgebung wieder, die sich von den bröckelnden Ruinen, die sie gerade verlassen hatte, deutlich unterschied. *Wir müssen Hunderte von Metern unter der Festung sein,* schätzte sie angesichts der Geschwindigkeit des Aufzugs und der Länge ihres Abstiegs. *Das ist mal abgeschieden!,* dachte sie und gab sich keine Mühe, ihre Überraschung vor Lozinak, Takagi und selbst Carlos zu verbergen. *Ich war schon in Bombenschutzräumen, die dichter an der Oberfläche waren.*

Noch beeindruckender als die Tiefe war die Größe der Einrichtung, die Roberta erwartete, als sich die makellosen weißen Aufzugtüren beiseiteschoben und einen geräumigen Innenhof inmitten eines riesigen vertikalen Schachts enthüllten, der etwa anderthalb Kilometer in die Höhe reichte. »Wow!«, rief sie und trat aus dem Lift, um alles zu betrachten. Sie staunte mit offenem Mund, und selbst Isis miaute aufgeregt. »Ich meine, wow.«

»Willkommen bei Chrysalis«, sagte Dr. Lozinak stolz und enthüllte damit endlich den Codenamen, den sie schon von Seven kannte.

171

Wie die Blüten einer gigantischen Lotusblume führten fünf Tunnel von dem gekachelten Innenhof tief in den Fels unter der Wüste. Zwischen den Tunneleingängen befanden sich entlang des zentralen Schachts Leitern und Laufplanken, die offenbar zu anderen Ebenen über der Grundetage der komplizierten Anlage führten. Dutzende Männer und Frauen diverser Hauttöne und Ethnizitäten strömten durch den riesigen Komplex und erledigten ihre täglichen Aufgaben. Roberta sah sowohl Techniker in weißen Laborkitteln als auch Wartungsarbeiter in orangen Uniformen. Als sie sich umblickte, bemerkte sie erstaunt eine Gruppe kleiner Kinder, die von drei aufmerksamen Betreuern in farbverschmierten Arbeitskitteln über einen Laufsteg geführt wurden. Die plappernden Vorschüler wirkten glücklich und schienen sich in der gigantischen Anlage vollkommen zu Hause zu fühlen. *Chrysalis hat sogar seinen eigenen Mitarbeiter-Kindergarten?*, staunte sie. *Das ist ja noch viel größer, als ich erwartet hatte.*

Eines der Kinder, ein gepflegter indischer Junge, vielleicht drei oder vier Jahre alt, bemerkte die Erwachsenen, die vor dem offenen Aufzug standen. Vielleicht war er von Robertas unbekanntem Gesicht fasziniert, denn er blieb stehen und lächelte der blonden Fremden zu. Roberta erwiderte das Lächeln und war erstaunt über die Ernsthaftigkeit im Gesicht des Jungen und die offensichtliche Intelligenz in seinen dunklen Augen. Auf eine seltsame und undefinierbare Art und Weise erinnerte dieses kleine Kind sie an Gary Seven. Doch bevor ihr einfiel, was genau der Junge und ihr Chef gemein hatten, zog einer der Betreuer sanft an seiner Hand, um ihn dazu zu bringen, mit den anderen Kindern Schritt zu halten. Roberta sah zu, wie die ganze Klasse, die sich vielleicht auf einer Art Schulausflug befand, in einem der oberen Tunnel verschwand. *Bis dann, Junge,* dachte sie.

Fest angebrachte Strahler simulierten Tageslicht, auch wenn es viel sanfter war als das der höllischen Sonne, die sie an der Oberfläche zurückgelassen hatten. Ein leises und effizientes Lüftungssystem sorgte für eine milde Brise, die sich nach der drückenden Hitze der ausgedörrten Wüste herrlich kühl anfühlte. Die Marmorfliesen unter ihren Füßen wiederholten das Schmetterlingsmotiv, das sie zuvor schon auf dem Privatjet bemerkt hatte, mit dem sie aus Rom angereist waren. *Nettes Design,* fand sie. Jemand hatte sich offenbar die Mühe gemacht, dieses abgeschiedene Versteck ebenso hübsch wie funktional einzurichten.

Sie fühlte sich angesichts ihrer futuristischen Umgebung seltsam demütig. Die Chrysalis-Basis ließ Gary Sevens und ihr Hauptquartier wie einen besseren Limonadenstand wirken. »Ähm, weiß die indische Regierung, dass Sie hier unten Ihre eigene kleine Stadt haben?«, fragte sie ihre Mitreisenden.

Hinter ihr stieg der Lift wieder zur Oberfläche auf, womit ihre einzige Fluchtmöglichkeit verschwand. Roberta bemühte sich, sich nicht wie eine Gefangene zu fühlen. Doch Carlos blieb weiter hinter ihr wie ein Gefängniswärter. *Er klebt an mir wie Superkleber,* dachte sie irritiert. *Und ich habe kein Lösemittel.*

»Zahlreiche Regierungsmitglieder wurden dafür bezahlt, es nicht zu wissen«, erklärte Lozinak. Sein Stock tippte gegen die blau-weißen Kacheln, die den Boden des Innenhofs bedeckten. »Traurigerweise können wir uns selbst in dieser schönen neuen Welt manchmal nur mit altmodischer Bestechung behelfen.«

»Chrysalis hat ziemlich tiefe Taschen, was?«, fragte sie, fast peinlich berührt, etwas so Offensichtliches auszusprechen. So wie das hier aussah, musste das Budget von Chrysalis dem der NASA entsprechen.

173

»Sie wären überrascht, wie viele erfolgreiche Milliardäre und Großindustrielle bereit sind, großzügig dafür zu bezahlen, dass wir ihren Kindern einen genetisch besseren Start ermöglichen, als sie selbst ihn hatten«, erklärte Takagi. »Es geht ihnen darum, ein Vermächtnis zu hinterlassen und zu garantieren, dass ihre Erben unter den Besten der Besten sind.« Er grinste schelmisch. »Ich kann mir sogar ein paar königliche Familien vorstellen, die durchaus geneigt wären, ihre kostbaren Blutlinien aufzuwerten, vorausgesetzt, es geschieht heimlich.«

»So viele Vorteile - und erstklassige DNA -, wie man mit Geld kaufen kann, was?«, sagte Roberta nickend. »Ich verstehe, dass das für Emporkömmlinge mit zu viel Geld interessant sein könnte.« Sie zwinkerte Takagi verschwörerisch zu, als sie auf ein Bogentor zugingen, das in einen Tunnel direkt vor ihnen führte. »Also, von wem reden wir hier? Howard Hughes? Die OPEC? Die Kennedys?«

Takagi wirkte, als könne er es kaum erwarten, alles auszuplaudern, aber wie zuvor griff sein vorsichtigerer Kollege ein, bevor Walter zu viele Geheimnisse verraten konnte. »Ich denke, das ist mehr, als Sie wissen müssen«, betonte Lozinak und zuckte entschuldigend mit den Schultern. Er warf Takagi einen warnenden Blick zu. Der junge Wissenschaftler lief rot an. Carlos schien Takagis Verlegenheit zu genießen und grinste grausam. »Zumindest fürs Erste«, fügte Lozinak hinzu.

Spielverderber, dachte Roberta, die eine enttäuschte Miene unterdrückte. *Ich werde Takagi mal irgendwann zur Seite nehmen und ausquetschen, vorzugsweise ohne Mata-Hari-Drill!*

»Kommen Sie«, sagte der ältere Forscher zu Roberta, während sie auf die Glastüren am Eingang des Tunnels zugingen. »Es gibt jemanden, der Sie kennenlernen sollte.«

In die Wand neben der Tür waren ein rotes Telefon und ein schwarzer Bildschirm eingelassen, ungefähr auf Augenhöhe. Lozinak hob den Hörer ab und gab einen Code in das glänzende Display ein. Einen Augenblick später erschien das Gesicht einer Frau auf dem Monitor. *Ein Videotelefon,* begriff Roberta. *Cool.*

»Viktor, willkommen zurück«, begrüßte ihn die Frau. Ihre Stimme kam vom Bildschirm. Es handelte sich um eine attraktive Inderin, wahrscheinlich Anfang dreißig, mit großen braunen Augen und kurzem Haar im Twiggy-Stil. Sie kam Roberta bekannt vor, aber sie wusste nicht, woher. War dies die berühmt-berüchtigte Leiterin des Projekts, von der Carlos gesprochen hatte? Roberta ging ein paar Schritte näher an Lozinak, um zu lauschen, aber der Ukrainer drückte auf einen anderen Knopf und stellte den Ton damit auf den Hörer um. Er senkte seine Stimme und drehte Roberta den Rücken zu, während er auf die Begrüßung der unbekannten Frau antwortete.

Verdammt, dachte Roberta. Sie konnte nicht mehr hören, was gesagt wurde. Lozinaks erfolgreicher Versuch, seine Privatsphäre zu schützen, machte sie nervös, hauptsächlich deswegen, weil es darauf hindeutete, dass ihr der alte Wissenschaftler noch immer nicht ganz vertraute. War irgendwie ihre Tarnung aufgeflogen? Sie drückte instinktiv die Daumen und betete, dass sie auf eine herzliche Begrüßung hoffen konnte statt eines Kreuzverhörs.

Nach einer kurzen, frustrierend unhörbaren Diskussion hängte Lozinak den Höhrer ein. »Ausgezeichnet«, verkündete er heiter. Sein herzlicher Tonfall half, Robertas paranoide Ängste zu überwinden. »Wie es scheint, kommen wir gerade rechtzeitig, um mit der Leiterin zu Mittag zu essen.« Er lächelte in ihre Richtung. »Zweifellos könnten Sie nach unserer langen Reise ein ganzes Gefährt verdrücken.«

»Ich glaube, Sie meinen ein ›Pferd‹«, korrigierte sie Lozinak. Um ehrlich zu sein, war sie eher erschöpft als hungrig, aber sie würde keine Gelegenheit ausschlagen, die sagenumwobene Leiterin von Chrysalis persönlich kennenzulernen. Außerdem war es ohnehin fast Mittag, also war es wahrscheinlich keine schlechte Idee, etwas zu essen. Es war einige Stunden und Hunderte von Kilometern her, dass sie auf dem Rücksitz der Limousine gefrühstückt hatte. »Mittagessen klingt toll«, stimmte sie fröhlich zu. Isis miaute laut, um alle Beteiligten daran zu erinnern, dass sie ebenfalls etwas essen musste.

»Also gut«, sagte Lozinak. Die Glastüren öffneten sich automatisch, um die Gruppe in den zentralen Tunnel zu lassen. An der linken Seite des Gangs befand sich ein Laufband. Lozinak betrat es vorsichtig und ließ sich davontragen. Roberta und die anderen folgten seinem Beispiel. Als sie an Lozinak vorbeispähte, konnte sie das Ende des Tunnels nicht erkennen, auch wenn sie schon bald an mehreren Kreuzungen und abgehenden Gängen vorbeikamen. *Wie groß ist dieser Ort hier eigentlich?*, fragte sie sich und verspürte den irrationalen Drang, eine Spur aus Brotkrumen zu hinterlassen. *Sich hier unten mit Seven zu treffen, wird so schwierig, wie an einem überfüllten Sonntag das Smithsonian zu besuchen.*

Sie gönnte ihrem Arm eine Pause, indem sie die Transportbox mit Isis auf das Laufband stellte. Da ihr gerade nichts anderes übrig blieb, als die Touristin zu spielen, betrachtete sie ihre Umgebung, während das Laufband sie immer weiter in die unterirdischen Tiefen von Chrysalis transportierte.

Für das geheime Hauptquartier eines Haufens verrückter Wissenschaftler war die Einrichtung viel weniger steril und zweckmäßig, als sie erwartet hatte. Die Wände des

Tunnels waren in einem leuchtenden Türkis gestrichen, und der Gang war regelmäßig mit regionalen Gemälden und Wandteppichen geschmückt. Das alles war eine Wohltat für Robertas erschöpfte Augen. Besonders bewunderte sie ein in kräftigen Farben gehaltenes Wandgemälde, auf dem stilisierte Pfauen, Elefanten und Kamele durch einen kunstvoll gemalten Dschungel sprangen, der aus Ranken und blühenden Blumen bestand. *Chrysalis könnte jeder durchschnittlichen bösen Untergrundorganisation etwas über Innendesign beibringen,* dachte sie anerkennend. Vielleicht war die ganze Operation ja gar nicht so schlimm, wie Seven vermutete? Je mehr sie von Chrysalis und den Menschen dahinter kennenlernte, desto unsicherer war sie, ob sie tatsächlich aufgehalten werden mussten. Abgesehen von einem leichten Hang zur Heimlichtuerei, verkörpert durch den stets präsenten Carlos, schienen alle Beteiligten nur von den besten und humanistischsten Motiven geleitet zu werden. *Ich werde auf jeden Fall mit Seven sprechen müssen,* entschied sie, *bevor ich aktiv versuche, die Sache hier zu sabotieren.*

Fluoreszierende Lichter an der Decke, die parallel zum Laufband verliefen, sorgten für ausreichend Beleuchtung und ließen leicht vergessen, dass sie sich in Wirklichkeit viele Hundert Meter unter der Erde befanden. »Woher bekommen Sie den Strom, um das alles am Laufen zu halten?«, fragte sie Takagi. »Ich dachte, wir hätten eine Energiekrise.«

»Wir haben unser eigenes Atomkraftwerk«, erklärte er, »eine Ebene unter uns.« Er deutete auf eine Karte der gesamten Basis, die vor dem nächsten Knotenpunkt an der Wand angebracht war. Roberta bemerkte einen großen roten Pfeil, der ihre gegenwärtige Position anzeigte, sowie eine weitere Ebene, die mit dem universalen Symbol für

Atomenergie gekennzeichnet war. *Das erklärt das Uran, von dem Seven erzählt hat, wenn auch noch nicht diese Ausstattung für biologische Kriegsführung.*

»Spaltung oder Fusion?«, fragte sie mit einem Hauch von Besorgnis in der Stimme. Gary Seven hatte immer wieder seine geringschätzige Meinung über die derzeitige Generation von Spaltungsreaktoren ausgedrückt, die er als gefährlich plump und unzuverlässig ansah. *Er wird alles über diesen Reaktor wissen wollen,* dachte sie, *wenn er ihn nicht bereits entdeckt hat.*

»Nur Spaltung, befürchte ich.« Takagi lächelte verschämt. »Schließlich können wir nicht auf allen Gebieten bahnbrechend sein, besonders da wir all unsere Zeit und Ressourcen darauf verwenden, die Grenzen der modernen Genforschung zu überschreiten.«

»Was? Sie meinen, das hier ist gar keine universelle wissenschaftliche Renaissance?« Sie spielte entsetzte Enttäuschung vor. »Ich bin am Boden zerstört!«

»Geben Sie uns noch nicht ganz auf«, scherzte Takagi zurück. »Warten Sie, bis Sie die richtige Führung bekommen und vor allem die Leiterin getroffen haben.« Er blickte nach vorn, um sich zu orientieren. »Ah, da sind wir ja.«

Das Laufband endete vor einer großen gläsernen Doppeltür, in die das Symbol einer aufsteigenden Doppelhelix geätzt war. Roberta zuckte unwillkürlich zusammen. Das Bild weckte Erinnerungen an den schrecklichen Albtraum, den sie in der Nacht gehabt hatte. Sie konnte immer noch vor sich sehen, wie die spiralförmigen Chromosomen wie eine Kobra nach ihr geschnappt hatten, um ihre DNA mit mutierendem Gift zu infizieren. *Man muss kein Siegmund Freud sein, um diesen Traum zu deuten,* dachte sie, während sich die Gruppe dem Ende des Laufbands näherte. Offenbar tat sich ihr Unterbewusstsein schwer mit dem Gedanken an die *Schöne Neue Welt* von Chrysalis, trotz der überzeugenden Argumente ihrer Gastgeber.

»Äh, ich habe doch nicht im Schlaf gesprochen, oder?«, fragte sie abrupt, da sie plötzlich Angst hatte, etwas verraten zu haben, während sie gedöst hatte. »Auf dem Weg hierher, meine ich.«

»Nicht dass ich wüsste«, versicherte ihr Takagi. »Aber ich war selbst ziemlich erschöpft.« Er nickte zu Isis in ihrer Transportbox, die momentan zwischen ihm und Roberta auf dem Laufband stand. »Sie sollten sie besser wieder hochnehmen. Und stolpern Sie nicht.«

Oh ja, richtig, dachte sie, obwohl es ihr nicht wirklich leid tat, die elende Katze mal für ein paar Minuten vergessen zu haben. Sie nahm den Henkel der Transportbox gerade rechtzeitig in die Hand, um hinter Takagi und Lozinak das Laufband zu verlassen. Erleichtert stellte sie fest, dass dem älteren Wissenschaftler der Übergang auf den Boden ohne größere Schwierigkeiten gelang. Carlos folgte Roberta so dicht, dass sie ihm am liebsten einen Strafzettel wegen zu dichten Auffahrens verpasst hätte. *Werde ich froh ſein, den Kerl loſzuwerden,* dachte sie ungeduldig. *Hoffentlich iſt eſ bald ſo weit.*

Die Doppeltür schwang auf und teilte die aufgemalte Doppelhelix entzwei. Noch bevor Roberta hindurchgetreten war, erreichte sie der köstlich würzige Duft von indischem Essen. *Mmmmh,* dachte sie und war überrascht, wie hungrig sie sich plötzlich fühlte. Vielleicht war sie doch nicht zu erschöpft, um etwas zu essen.

Der Raum, den sie betraten, war nicht nur für die Nase, sondern auch für die Augen eine Wohltat. Es handelte sich um einen gemütlichen, im indischen Stil eingerichteten

Wohnzimmerbereich mit kühlen vanillegelben Wänden. Statt Sofas oder Sesseln lagen matratzenartige Polster sowie eine Auswahl kleinerer Kissen auf dem Boden, alle farbenprächtig bestickt oder mit glitzernden Pailletten überzogen. Auf einem niedrigen Messingtisch, der metallisch glänzte, war das Essen angerichtet. Der Boden unter dem Tisch bestand aus Marmor mit Intarsien aus Türkis und Jade. *Wow,* dachte Roberta, beeindruckt von der eleganten und exotischen Einrichtung. *Nicht schlecht ...*

Die einzige verdächtige Sache - nämlich die Anwesenheit zweier Leibwächter - wurde teilweise von zwei Weidenparavents verborgen, die mitten im Raum aufgestellt waren. Durch die Zweige konnte Roberta lediglich zwei große Gestalten mit Turban erkennen. Unwillkürlich fragte sie sich, ob diese neuen Wachen freundlicher als Carlos waren. *Eher nicht,* nahm sie an. Ihrer Erfahrung nach wurden Sicherheitsmitarbeiter dafür bezahlt, verkrampft und misstrauisch zu sein. *Man muss sich ja nur ansehen, was an der Kent State passiert ist.*

Die Wachen waren wahrscheinlich hier, um die Sicherheit der einzigen in diesem Raum befindlichen Person zu garantieren: Auf einem der hinteren Polster saß entspannt eine hübsche Inderin. Sie war überraschend hellhäutig, was ihre großen dunklen Augen noch faszinierender wirken ließ. Roberta erkannte sie als die Frau vom Videotelefon, bemerkte nun aber erstaunt, dass die mutmaßliche Chrysalis-Leiterin schwanger war. Der weite weiße Laborkittel, den sie trug, konnte die verräterische Wölbung um ihre Taille nicht kaschieren. *Zuerst die Kindergartentruppe und jetzt das.* Roberta war von der zur Schau gestellten Fruchtbarkeit leicht bestürzt. *Niemand hat mir gesagt, dass dieser Ort hier der Ausgangspunkt einer Bevölkerungsexplosion ist.*

»Willkommen«, sagte die schwangere Frau in einem leicht akzentuierten Englisch, während sie auf die Polster auf der anderen Seite des Tischs deutete. »Ich freue mich, dass Sie sich mir zum Mittagessen anschließen konnten.«

Takagi und Lozinak zogen ihre Schuhe aus, bevor sie sich auf die Bodenkissen setzten, also tat es Roberta ihnen nach. »Vielen Dank«, erwiderte sie aufrichtig. Sie war von der großen Gastfreundschaft hier bei Chrysalis mehr als nur ein wenig überwältigt. Roberta beschlichen Schuldgefühle bei dem Gedanken daran, wie gründlich sie diese unaufhörlich entgegenkommenden und großzügigen Menschen getäuscht zu haben schien. *Das ist nicht fair,* dachte sie mürrisch, während sie es sich auf einem der Polster bequem machte. *Warum müssen sie auch so verdammt sympathisch sein?*

»Dr. Neary«, begann Lozinak, »es ist mir eine Ehre, Ihnen Dr. Sarina Kaur vorzustellen, die Leiterin von Chrysalis.«

Endlich wusste Roberta, woher sie die Frau kannte. Sie gab ihr Bestes, um ihre Überraschung zu verbergen. Doktor Sarina Kaur war eine der Personen auf Gary Sevens Liste vermisster Wissenschaftler. Roberta erinnerte sich daran, ein paar alte Fotos von ihr sowie eine kurze Zusammenfassung ihrer Karriere gesehen zu haben. Kaur war wohl eine Art Wunderkind, die mit ein paar bemerkenswerten genetischen Entdeckungen Furore gemacht hatte, bevor sie vollkommen untergetaucht war. Ein aufsteigender Stern am Wissenschaftshimmel, rief sie sich ins Gedächtnis. Dann entschied sie, dass »Ronnie Neary« ebenfalls von Kaur gehört haben würde.

»*Die* Sarina Kaur?«, fragte sie voll beruflicher Bewunderung. »Ich habe mich immer gefragt, was aus Ihnen geworden ist.«

»Dr. Kaur hat bei Khorana persönlich studiert«, erklärte

Lozinak, während Kaur die überschwängliche Vorstellung durch ihren Kollegen ein wenig peinlich zu finden schien. »Dann hat sie sich selbstständig gemacht, um die Basis für Chrysalis zu schaffen. Es war vor allem Dr. Kaurs Vision und Entschlossenheit sowie ihr einzigartiges wissenschaftliches Genie, die dieses Projekt möglich gemacht haben. Ich glaube, ihr Amerikaner würdet sagen, sie hat die Sache zum Rennen gebracht.«

Zum Laufen gebracht, übersetzte Roberta für sich, ohne sich die Mühe zu machen, Lozinak laut zu korrigieren. »Mit anderen Worten«, sagte sie, »sind Sie der Verstand, der all das hier möglich gemacht hat.« Sie sah sich in dem prachtvollen Raum um. »Ich muss zugeben, dass ich bis jetzt überaus beeindruckt bin.«

»Danke sehr«, erwiderte Kaur. Anmutige Hände deuteten auf das köstliche und aromatische Festessen, das vor ihnen auf dem Tisch stand. »Bitte bedienen Sie sich.«

Das Essen stand auf einem großen Tablett, wobei sich die Gerichte in einzelnen Porzellanschüsseln befanden: Lamm in einer würzigen Joghurtsauce, scharfes Tandoori-Huhn, Reis, Kichererbsen und zahlreiche einladend aussehende Stücke von heißem, luftigem Brot. Roberta begann damit, eine kleine Portion von allem auf ihren Teller zu schaufeln. Außerdem füllte sie eine Schale mit frischem Joghurt für Isis, die sie mit Kaurs Erlaubnis aus ihrer Transportbox ließ. Aus dem Augenwinkel bemerkte sie, wie sich Carlos sichtbar verspannte, als die Katze die Kiste verließ, aber zur Abwechslung benahm sich Isis mal einwandfrei und machte keine Szene.

Während Roberta und ihre Gastgeber ihr Mittagessen genossen, erklärte Dr. Kaur die Chrysalis zugrunde liegende Philosophie: »Jemand fragte einmal Ghandi - Mohandas, nicht Indira -, was er über die westliche Zivili-

sation denke. Er erwiderte, er hielte sie für eine gute Idee.«
Sie lächelte traurig, was Roberta ebenfalls amüsierte. »Wie
so viele andere unserer Generation träumte ich davon, die
Welt zu einem besseren Ort zu machen. Doch schon bald
wurde mir klar, dass eine bessere Welt unmöglich sein
würde ohne bessere Menschen, um darin zu leben. Demokratie, Sozialismus, Psychologie, Religion ... all diese Wege
zu Utopia enden an den inhärenten Beschränkungen der
menschlichen Natur, zumindest so, wie wir sie gegenwärtig kennen. Nur indem wir die menschliche Spezies
durch kontrollierte genetische Manipulation selbst verbessern, können wir darauf hoffen, die Übel zu überwinden,
die die Völker der Welt unaufhörlich heimgesucht haben:
Armut, Krieg, Seuchen und so weiter.«

Roberta trank einen Schluck eiskaltes Wasser. »Ich bin
nicht sicher, ob Sie den gewöhnlichen Menschen nicht
unterschätzen«, erwiderte sie. »Wir haben in den letzten
paar Jahrtausenden ziemlich große Fortschritte gemacht.«
Und wir haben eine ziemlich rosige Zukunft vor uns, dachte
sie bei sich, *wenn Captain Kirk und Mr. Spock ein Anhalts-
punkt sind.* »Ganz normale Leute können Erstaunliches
erreichen, ganz ohne Manipulation ihrer DNA-Stränge.«

*Sagt die Frau, die für einen von Aliens aufgezogenen
Gutmenschen aus dem All arbeitet!,* erinnerte sie sich und
fühlte sich dabei ein klein wenig scheinheilig. War Gary
Sevens Geheimoperation mit dem Ziel, die Menschheit
vor sich selbst zu schützen, weniger radikal oder versnobt
elitär als die Kaurs?

Die ambitionierte indische Wissenschaftlerin wirkte
erfreut, dass ihre Thesen zur Abwechslung mal infrage
gestellt wurden. »In der Tat«, stimmte sie zu. »Aber wie
viele dieser Fortschritte beruhen auf den Errungenschaften einiger weniger außergewöhnlicher Personen?

Eines Einsteins oder eines Martin Luther Kings? Wie oft können wir uns auf Umwelt und Vererbung verlassen, um durch Zufall solche Individuen zu produzieren?« Sie hob ihre ausgebreiteten Hände, um auf die riesige Anlage um sie herum zu zeigen. Roberta bemerkte, dass Kaur das Schmetterlingslogo von Chrysalis auf ihre Handflächen tätowiert hatte. »Hier in dieser hochmodernen Einrichtung streichen wir den Zufall aus der Gleichung und produzieren eine ganze Generation von überlegenen Individuen, die dazu fähig sind, die Zivilisation, wie wir sie kennen, vollkommen zu transformieren.«

Roberta lief ein Schauer über den Rücken, als sie Kaurs Zukunftsvision hörte. So sehr sich Gary Seven auch hinter den Kulissen aktueller Ereignisse einmischte, hatte er niemals versucht, die Weltherrschaft zu erringen. Aber wenn sie sich eine ganze Armee von Gary Sevens vorstellte, alle begierig darauf, einen Eindruck in der Welt zu hinterlassen ... *Wir Übrigen könnten gleich jede Hoffnung darauf aufgeben, unser eigenes Schicksal zu bestimmen,* folgerte sie. Eine nicht besonders hoffnungsvolle Aussicht.

Doch ihr war klar, dass sie ihre Zweifel nicht allzu offensichtlich äußern durfte. Schließlich spielte sie eine übereifrige neue Rekrutin. »Ein gutes Argument«, sagte sie zu Kaur und den anderen. »Ich nehme an, dass ich nicht hier wäre, wenn ich nicht tief in meinem Inneren wüsste, dass die Welt so etwas wie Chrysalis dringend braucht.«

»Ich bin froh, dass Sie das auch so sehen«, erwiderte Kaur nickend. Sie nahm einen Schluck Wasser und blickte Roberta über den Rand ihres Glases hinweg an. »Es sieht aus, als hätten Viktor und Walter eine hervorragende Entscheidung getroffen, als sie Sie in unsere Gemeinschaft einluden.« Sie studierte Roberta einen Augenblick nachdenklich. »Vielleicht können Sie mir mehr über Ihre eigenen einzigartigen Talente und Fachgebiete erzählen?«

»Nicht nach einer vierzehnstündigen Reise und ohne Schlaf!«, antwortete Roberta hastig. Sie wollte nicht direkt auffliegen. Sie schüttelte den Kopf und gähnte theatralisch. Dann streckte sie ihre Arme über dem Kopf aus, bis die Gelenke knackten. »Könnten wir das Bewerbungsgespräch vielleicht noch aufschieben?«, bat sie. »Ich habe gerade einen so furchtbaren Jetlag, dass ich ein Peptid nicht von einer Pepsi unterscheiden könnte.«

Zeit für einen Themenwechsel ... schnell!, entschied Roberta. »Mir ist aufgefallen, dass Sie ein Kind erwarten, Dr. Kaur. Darf ich fragen, ob es sich dabei auch um einen Teil des Projekts handelt?«

Die Mutter in spe schien ihrem Gast die Nachfrage nicht übel zu nehmen. Stattdessen schenkte sie Roberta ein verlegenes Mona-Lisa-Lächeln und legte eine schützende Hand auf ihren Bauch. »Natürlich«, erwiderte sie. »Als Leiterin von Chrysalis könnte ich wohl kaum andere Frauen darum bitten, bei der Erschaffung einer neuen Generation verbesserter menschlicher Wesen zu helfen, ohne mich selbst ebenfalls bereitzustellen.« Sie dippte ein Stück Brot in eine Schale mit Mango-Chutney. »Dies ist bereits meine zweite Schwangerschaft. Sie werden meinen ersten großen Triumph später kennenlernen.«

»Es wäre mir eine Freude«, sagte Roberta, auch wenn sie von dem, was Kaur ihr gerade erzählt hatte, schockiert war. Hatte Chrysalis etwa bereits damit begonnen, genetisch aufgewertete Superkinder zu erzeugen? *Das wird Seven ganz und gar nicht gefallen.* Sie fragte sich, was in aller Welt sie und Seven nun noch tun konnten, da der Übermensch sozusagen aus der Flasche war?

Plötzlich erinnerte sie sich an die Gruppe von Kleinkindern, die sie zuvor gesehen hatte, und besonders an die dunklen, seelenvollen Augen des indischen Jungen. Jetzt, wo sie darüber nachdachte, hatte der Junge eine frappante Ähnlichkeit mit Sarina Kaur.

Gleichermaßen dunkle Augen mit der gleichen Intelligenz starrten Roberta nun an und schienen Jugend und Gesundheit der Amerikanerin aufzunehmen. »Vielleicht möchten Sie ja ebenfalls eines der Produkte unserer kollektiven Bemühungen austragen?«, schlug Kaur vor.

Fast verschluckte sich Roberta an ihrem Puri. »Einen Moment«, stieß sie aus, sobald sie wieder zu Atem gekommen war. »Ich meine, ich finde das, was Sie hier tun, ganz außerordentlich, und ich kann es kaum abwarten, ein Teil davon zu werden, aber Sie müssen mir ein wenig Zeit lassen, um mich an diesen letzten Teil zu gewöhnen. Laborarbeit ist eine Sache, aber das ...« Sie schüttelte zweifelnd ihren Kopf. Nach Unterstützung suchend sah sie zu Takagi und Lozinak. »Ich bin nicht sicher, ob ich schon bereit bin, mich in einen menschlichen Inkubator verwandeln zu lassen.«

Kaur schien sich von Robertas entsetzter Reaktion nicht abschrecken zu lassen. »Wir werden sehen«, sagte sie mit enervierender Gelassenheit.

Keiner der beiden anderen Wissenschaftler widersprach ihr.

Wo zum Teufel sind Sie, Seven?, dachte Roberta nervös. *Es wird hier langsam ein wenig unheimlich ...*

Chrysalis-Basis
Indien
17. Mai 1974

Weiße Mäuse fiepten und Affen schrien, während Gary Seven auf seine Audienz bei Williams' ungenannter Vorgesetzter wartete. Eine Menagerie von Tieren, die, wie er annahm, für Versuchszwecke gedacht waren, teilte seine Gefangenschaft in einem überfüllten Lagerraum irgendwo in einer der unteren Ebenen des unterirdischen Komplexes. Er fand es nicht besonders ermutigend, dass die Chrysalis-Experimente bereits zu Primaten vorgedrungen waren. *Das ist viel zu nah an menschlicher DNA,* dachte er. Seven wusste, dass es nur ein paar kleine chromosomale Unterschiede waren, die den *Homo sapiens* von seinen äffischen Vettern trennte.

In diesem Moment fühlte er mehr als die übliche Verwandtschaft mit den größten Erdenaffen, angesichts der Tatsache, dass er in einem Käfig eingesperrt war, der stark nach Schimpanse roch. Auf dem Betonboden zu seinen Füßen lag Stroh. Beide Handgelenke waren an die Stangen an der Vorderseite des Käfigs gefesselt. Glücklicherweise hatte er diesen Käfig für sich allein, auch wenn ein großer Bengalischer Tiger in der angrenzenden Zelle ruhelos hin und her schlich und seinen neuen zweibeinigen Nachbarn gelegentlich anfauchte. Leider war diese große Katze kein so guter Gesprächspartner wie Isis.

Ein imposanter Wärter, den Seven aufgrund seines langen Barts, dem stählernen Armband und dem rituellen Dolch schnell als Sikh identifizierte, stand wachsam vor dem Käfig, zusammen mit Williams, der ungeduldig in der Nähe des Eingangs wartete und immer wieder auf seine Uhr sah. »Wo bleibt sie nur?«, fragte Williams wohl schon zum zehnten Mal. »Ich dachte, sie wollte sofort kommen.« Auch wenn sie der drückenden Hitze der Oberfläche entkommen waren, schwitzte der untersetzte Wissenschaftler noch immer stark. »Können Sie diese dämlichen Viecher nicht zum Schweigen bringen?«, blaffte er den Turban tragenden Wärter an. »Von diesem ganzen Gejaule bekomme ich Kopfschmerzen.«

Der Wachmann zuckte gelassen mit den Schultern. Unruhige Labortiere ruhig zu stellen, gehörte eindeutig nicht zu seinem Aufgabengebiet. Seven teilte die fatalistische Einstellung des Sikh zu ihrem lauten Umfeld. Verglichen mit einigen anderen Umgebungen, die er in der Vergangenheit auf der Erde und anderswo besucht hatte, war dieses zoologische Gefängnis ziemlich leicht zu ertragen. Er war eher darüber besorgt, was sich jenseits dieses Lagerraums befand.

Seine eigene Uhr hatte man ihm abgenommen, aber Seven schätzte, dass es nach indischer Zeit ungefähr halb zwei am Nachmittag war, als die Tür aufschwang. Eine große Inderin in einem weißen Laborkittel und mit einer schwarzen Arzttasche kam herein. Er erkannte ihr Gesicht fast sofort. *Sarina Kaur,* dachte er. Er kniff seine Augen zusammen, als er das vermisste Wunderkind mit seinen Fotos verglich. *Natürlich, ich hätte mir gleich denken können, dass sie die Frau ist, die Offenhouse beschrieben hat.*

Ihre offensichtliche Schwangerschaft beunruhigte Seven. Er hoffte, dass Kaur nicht so unbesonnen gewesen war, an ihrem eigenen ungeborenen Kind Gentechnik anzuwenden, befürchtete aber das Schlimmste. *Das macht meine Aufgabe zehn Mal schwieriger,* wurde ihm klar, *und bringt die Zukunft dieses Planeten in noch viel größere Gefahr.* Er zwang sich, seinen Blick vom vorstehenden Bauch der Frau abzuwenden.

Kaur musterte ihn ebenfalls, wirkte dabei aber eher neugierig als besorgt über ihren ungebetenen Gast. »Entschuldigen Sie bitte Ihre zugegebenermaßen unmenschliche Unterbringung«, sagte sie ruhig. Ihre Stimme war von an Arroganz grenzender Selbstsicherheit erfüllt. Sie sprach perfektes Englisch, wahrscheinlich ihm zuliebe. »Ich befürchte, dass dieser Basis angemessene Gefängniseinrichtungen fehlen. Rückblickend betrachtet ein Planungsfehler, jedoch einer, von dem wir niemals dachten, dass wir ihn einmal bedauern würden.« Sie seufzte und klatschte leicht in die Hände. »Um ehrlich zu sein, Mr. Seven, sind Sie viel weiter gekommen, als ich einem Außenstehenden jemals zugetraut hätte.«

»Ihre Einrichtung ist beeindruckend abgeschieden«, gab Seven zu, um ihr Kompliment zu erwidern. »Und bemerkenswert gut verborgen.« Wenn Kaur ungeachtet der Tatsache seiner Gefangenschaft eine Fassade höflicher Konversation aufrechterhalten wollte, war er bereit, fürs Erste mitzuspielen. *So erfahre ich wahrscheinlich mehr.*

Hinter Kaur standen zwei finster dreinblickende Leibwächter in blauen Uniformen und ließen den bereits engen Lagerraum noch überfüllter wirken. Williams zappelte an der Seite nervös herum und beobachtete die charismatische Leiterin mit einer offensichtlichen Mischung aus Bewunderung und Unbehagen. »Das ist alles Offenhouse'

Schuld«, stieß er hervor und gab sein Bestes, um empört zu wirken. »Er hat diesen Spion alles über den Flug herausfinden lassen.«

Trotz Williams' hastiger Verurteilung schien Kaur nicht an Schuldzuweisungen interessiert zu sein, zumindest vorläufig nicht. »Wurde er durchsucht?«, fragte sie, ohne Williams dabei anzusehen. Ihr gebieterischer Ton ließ wenig Zweifel daran, wo der pummelige Brite in Chrysalis' Hackordnung stand.

»Ja, natürlich«, versicherte er ihr. Er nahm vom ursprünglichen Wärter einen durchsichtigen Plastikbeutel in Empfang und reichte ihn Kaur, die wiederum ihre Arzttasche einem ihrer Männer gab. »Nur allerlei Kleinkram«, erklärte Williams abschätzig.

Kaur musterte den Inhalt des Beutels sorgfältig: Sevens Uhr, Brieftasche, Schlüssel und Stift. »Keine Waffe?«, fragte sie mit erhobener Augenbraue. »Das kommt mir ziemlich unwahrscheinlich vor.«

»Wir haben ihn gründlich durchsucht«, wiederholte Williams und zupfte nervös an seinem Hemdkragen. Die Leiterin von Chrysalis schien ihrem Angestellten eine Heidenangst einzujagen. »Er ist unbewaffnet.«

Kaur schien nicht überzeugt zu sein. »Ist das so?«, murmelte sie. Seven sah zu, wie sie den Beutel öffnete und seine Habseligkeiten persönlich inspizierte. Sein Gesicht blieb unbewegt, als sein Servo an der Reihe war. »Ein hübscher Stift«, kommentierte sie und drehte den schmalen silbernen Gegenstand zwischen ihren Fingern. »Um sich über unsere Operation Notizen zu machen?« Sie warf Seven durch die Gitterstäbe einen fragenden Blick zu.

»Etwas in der Art«, antwortete er knapp.

Einen Moment lang dachte er, Kaur würde den Servo beiseitelegen, ohne seine wahre Natur zu entdecken. Dann schenkte sie dem angeblichen Stift einen zweiten Blick und drehte seine silberne Hülle so lange, bis, begleitet von einem elektronischen Piepsen, ein Paar Metallantennen aus den Seiten des Geräts sprossen. Ein triumphierendes Lächeln verlieh Kaurs attraktiven Gesichtszügen etwas Diabolisches. »Sie mal einer an«, sagte sie verschmitzt. »Was haben wir denn da?«

Williams' gewöhnlich rotes Gesicht wurde ganz blass. »Darauf bin ich nicht gekommen … ich meine, wie sollte ich auch?« Es war augenscheinlich, dass er keinen guten Tag hatte. Kaurs persönliche Leibwachen warfen ihm grimmige Blicke zu, weil er die Sicherheit der Leiterin gefährdet hatte, während der erste Wachmann nur froh war, dass nicht er, sondern Williams verantwortlich gemacht wurde. »Das Wichtige ist doch, dass wir das verdammte Ding *konfisziert* haben«, stieß Williams nicht besonders überzeugend hervor.

Kaur schenkte den Ausreden des Briten keine Aufmerksamkeit. Stattdessen richtete sie die Spitze des Servos auf Seven, während sie an der Bedienung herumspielte. »Sie sollten damit lieber vorsichtig sein«, warnte er sie, wobei er bemüht war, sich seine Besorgnis nicht anmerken zu lassen. Von seinem Käfig aus war es unmöglich zu erkennen, wie Kaur die Einstellung verändert haben mochte. Möglicherweise war der Servo jetzt auf Töten gestellt. Die beiden Antennen vibrierten und piepten und zielten auf Seven. Er wartete ab und hielt dabei den Atem an.

Im letzten Moment, kurz bevor sie einen Schuss abgegeben hätte, richtete Kaur den Servo auf den Tiger. Kurz summte unsichtbare Energie auf. Das betäubte Raubtier fiel auf den strohbedeckten Boden seines Käfigs, wo es ein langes Nickerchen halten würde. Seven sah, dass sich der gestreifte Leib des Tiers mit jedem Atemzug hob und senkte. Er war erleichtert, dass niemand - einschließlich des Tigers - ernsthaft verletzt worden war.

»Sie hätten ihn töten können«, schalt er Kaur. »Ich dachte, Tiger wären eine vom Aussterben bedrohte Art.«

Sie deaktivierte den Servo, woraufhin seine Antennen wieder im silbernen Gehäuse verschwanden. »Momentan sind Sie hier die gefährdetste Art, Mr. Seven.« Amüsiert betrachtete sie den getarnten Servo, dann steckte sie ihn in die Tasche ihres Laborkittels. »Oder sollte ich Sie besser Mr. Bond nennen?«, scherzte sie.

Wie Seven klar wurde, hatte Kaurs Demonstration zwei Dinge erreicht: die Fähigkeiten des Servos auszutesten, aber auch zu zeigen, wie weit Kaur zu gehen bereit war, um ihr Projekt zu schützen. *Sehr effizient,* staunte er und nahm sich vor, diese Frau niemals zu unterschätzen.

»Ich bin kein Regierungsagent«, informierte er sie nüchtern und sah ihr direkt in die Augen. »Und das hier ist kein Film.« Er war entschlossen, vernünftig mit seiner Geiselnehmerin zu reden, wenn das möglich war. »Was Sie hier tun, könnte sehr große Auswirkungen auf die ganze Welt haben.«

»Das hoffe ich doch«, erwiderte sie. »Haben Sie den derzeitigen Zustand der Welt gesehen? Sie kann eine gute Portion Rationalität und überlegene Intelligenz gut vertragen.« Sie tätschelte ihren geschwollenen Bauch auf eine Art und Weise, die Sevens schlimmste Befürchtungen bestätigte.

»Seien Sie vorsichtig, Dr. Kaur«, warnte er. »Das rücksichtslose Streben nach genetischer Überlegenheit führt fast immer zu Unfrieden und versuchter Tyrannei, wenn die Anbeter der Perfektion gegen diejenigen vorgehen, die sie als unterlegen betrachten.« Er beobachtete Kaurs

Gesicht genau und hoffte, im abstoßenden Selbstbewusstsein der Frau Risse zu entdecken. *Zu schade, dass ich ihr nicht von den Borg erzählen kann,* dachte er. Sie waren ein hervorragendes Beispiel, auch wenn sie Kybernetik der Gentechnik vorzogen. »Finden Sie nicht, dass die Menschheit bereits gespalten genug ist, auch ohne neue und künstliche Begründungen für Diskriminierung und Konflikte?«

Kaur runzelte die Stirn. Ihr schien eine unmittelbare Widerlegung zu fehlen. »Ich wäre beträchtlich stärker daran interessiert, diese Dinge mit Ihnen zu diskutieren«, entgegnete sie kühl, »wenn ich wüsste, wer Sie sind und wen Sie repräsentieren.« Sie trat näher an den Käfig, sodass sie nur noch von den Gitterstäben getrennt wurden. Er hätte sie packen können, wenn er das gewollt hätte und seine Hände nicht an das Gitter gefesselt gewesen wären. »Genug geplaudert«, erklärte sie und musterte ihn, als wäre er ein genetisch instabiler Retrovirus. »Sagen Sie mir, wer Sie geschickt hat.«

»Ich bin selbstständig«, sagte er, was im terrestrischen Rahmen der Wahrheit am nächsten kam. Die Person, die er am ehesten als Vorgesetzten bezeichnet hätte, war etliche Lichtjahre entfernt und nicht annähernd menschlich.

»Und zu was macht Sie das?«, hakte sie nach. »Zu einem Söldner? Einem Opportunisten?«

»Zu einem besorgten Bürger«, erwiderte er. »Und zwar einem, der jeden Grund hat, die unverantwortlichen Experimente, die Sie hier durchführen, abzulehnen.« Tatsächlich musste er noch herausfinden, was für Experimente das genau waren, aber er wollte Kaur den Eindruck geben, dass sie nichts mehr vor ihm zu verbergen hatte. *Je mehr sich Kaur bemüht, ihre Arbeit zu verteidigen, desto mehr erfahre ich.*

»An unserer Forschung ist überhaupt nichts Illegales«, betonte sie. »Auch wenn ich zugeben muss, dass wir hier und da ein wenig die Vorschriften umgangen haben, was die Finanzierung und die Beschaffung der nötigen Ausrüstung angeht. Soweit ich weiß, ist es nicht verboten, Übermenschen zu erschaffen, weder hier in Indien noch in Ihrem Heimatland Amerika.« Sie sah ihn nachdenklich an. »Dort kommen Sie doch her, Mr. Seven, oder? Aus den Vereinigten Staaten?«

»Ich sehe mich selbst eher als Weltenbürger«, antwortete er. *Und zwar wortwörtlich.*

»Wie kosmopolitisch von Ihnen«, erwiderte sie sarkastisch. Seven bemerkte eine Spur Verärgerung in ihrer Stimme. »Ich verliere die Geduld mit Ihnen, Mr. Seven, wenn das überhaupt Ihr richtiger Name ist.« *Auf diesem Planeten schon,* dachte er. »Ihnen ist natürlich klar, dass ich Ihnen nicht gestatten kann, zu gehen, bevor Sie meine Fragen beantwortet haben. Die Sicherheit des Projekts hängt davon ab.«

Irgendwie bezweifle ich so oder so, dass ich irgendwo hingehen werde, dachte Seven. Er bemerkte in Kaur einen Hang zur Skrupellosigkeit, die ihn viel zu sehr an die vielen anderen Fanatiker und Größenwahnsinnigen erinnerte, die ihm und Roberta in den letzten Jahren begegnet waren. *Ist es die allgegenwärtige Bedrohung durch atomare Auslöschung, die diese Extremisten hervorbringt,* überlegte er, *oder ist dieser ethische Tunnelblick einfach Teil der menschlichen Natur?* Um der Zukunft willen hoffte er, dass Kaur und ihre Art nur ein vorübergehendes Symptom des schmerzhaften Übergangs der Menschheit zu wahrer Zivilisation waren.

»Was ist mit den riesigen Mengen Bakterien, die Sie horten? Ist das zum Besten der Menschheit, oder nur zu dem Ihrer auserkorenen Erben?« Überraschung breitete sich auf Kaurs zuvor so gefasst wirkendem Gesicht aus. Seven wusste nun, dass er einen Nerv getroffen hatte, auch wenn er aufrichtig hoffte, dass er sich irrte. *Genau wie auf Lanac VI,* dachte Seven. Er bedauerte, mit ansehen zu müssen, wie sich die Geschichte wiederholte. »Was für ein schreckliches Toxin haben Sie hier zusammengebraut, Dr. Kaur? Wie viele Menschen werden sterben müssen, um die Bühne für Ihre kleinen Messiasse frei zu machen?«

Kaur verschwendete keine Zeit damit, den Vorwurf abzustreiten. »Die Evolution ist ein grausamer Prozess, Mr. Seven. Warum zukünftige Generationen mit dem erdrückenden Versagen unserer Überpopulation belasten?« Auch wenn sie kurz darüber irritiert gewesen war, dass Seven von ihren Plänen wusste, hatte sie ihr ruhiges Selbstvertrauen schnell wiedergefunden. »Ohne mein entschiedenes Eingreifen wird die Bevölkerung allein in Indien im Jahr 2000 eine Milliarde überschreiten. Können Sie sich die schiere Unmöglichkeit vorstellen, all diese Menschen mit Nahrung und Kleidung zu versorgen oder zu regieren, ganz zu schwiegen von der Population der übrigen Welt? Das ist nicht das Vermächtnis, das ich meinen Kindern hinterlassen möchte.«

»Ihr Plan ist keine Lösung«, warnte Seven, »sondern nur eine Einladung zu totaler Auslöschung.« Er wünschte, dass es ihm irgendwie gelingen würde, Zweifel in Kaurs Gedanken zu säen, aber er fürchtete, dass dort nichts wachsen würde außer ihren eigenen unerschütterlichen Überzeugungen. »Wann haben Sie vor, das Virus freizusetzen?«

»Bakterien«, berichtigte sie ihn. »Genetisch modifizierte Streptokokken, um genau zu sein. Dazu in der Lage, weiches Gewebe mit erstaunlicher Schnelligkeit zu verschlingen.« Angesichts der stummen Billigung von Williams und den Wachleuten schien Kaurs innerer Kreis nicht überrascht zu sein. »Was die Freisetzung angeht, so haben wir uns noch nicht endgültig entschieden. Um ehrlich zu sein, ist die Kontaminierung noch in der Entwicklung. Ich bin mit der Übertragungsrate noch nicht zufrieden. Wir stehen allerdings kurz davor, die Bakterien in ausgewählten Ballungsräumen zu testen, also verhandle ich gerade mit Maulwürfen im sowjetischen Programm für bakteriologische Kriegsführung über eine Lieferung von Interkontinentalraketen mit spezialisierten Spreng-köpfen.«

Seven nickte ernst. Auch wenn die Sowjetunion kürzlich die Biowaffenkonvention unterschrieben und sich damit verpflichtet hatte, die Entwicklung und den Einsatz von biologischer Kriegsführung zu ächten, war er nicht über-rascht, dass die Russen ihre Bemühungen auf diesem Gebiet heimlich fortsetzten. *Darum muss ich mich später kümmern. Wenn und falls ich die derzeitige Mission über-lebe.*

»Letztendlich werden wir die endgültige Version unseres zauberhaften fleischfressenden Bakteriums erst frei-setzen, wenn die Kinder von Chrysalis bereit sind, die Erde zu übernehmen.« Wieder tätschelte sie ihren runden Bauch. »Aber ich muss zugeben, Mr. Seven, dass mich Ihre erfolgreiche Überwindung unserer Sicherheitsvorkeh-rungen dazu tendieren lässt, lieber früher als später damit zu beginnen.«

»Meinetwegen brauchen Sie sich bestimmt nicht zu beeilen«, erwiderte er nüchtern. »Ich an Ihrer Stelle würde mir weniger um die Sicherheit als um die Langzeitwir-kungen Ihrer Pläne Sorgen machen.« Auch wenn er sich Mühe gab, verlor er doch zunehmend die Hoffnung, Kaur durch Logik und Argumente überzeugen zu können. *Ich muss Roberta und Isis kontaktieren,* begann er, die nächste Phase dieser Mission zu planen, *und herausfinden, was sie erfahren haben.* Sich mit den beiden Agenten auszutauschen, würde nicht leicht sein, nachdem Kaur seinen Servo eingesteckt hatte, aber Seven war zuversichtlich, dass er sie schon finden würde, nachdem es ihm gelungen war, aus diesem Käfig zu entkommen. Schließlich hatte er es auch geschafft, Roberta inmitten eines fünfdimensionalen Spiegellabyrinths zu finden, also sollte dieses Untergrundlaboratorium keine große Herausforderung darstellen. Jetzt musste er nur noch dafür sorgen, dass ihn Kaur und die anderen für ein paar Minuten allein ließen.

Er widerstand der Versuchung, bereits nach einem Fluchtweg zu suchen. *Nicht während Kaur mich noch so genau beäugt,* dachte er. Hoffentlich würde sie von diesem ergebnislosen Verhör bald gelangweilt sein und ihm ein wenig mehr Privatsphäre geben. Er zweifelte nicht daran, dass es ihm gelingen würde, ein oder zwei Leibwächter zu überlisten.

»Sie scheinen eine genetische Veranlagung zu Sturheit zu haben«, bemerkte sie mit etwas, das Seven als verheißungsvollen Grad von Ungeduld betrachtete. »Eine ärgerliche Eigenschaft, zumindest wenn sie mit einem reaktionären Wunsch einhergeht, die Zukunft aufzuhalten.« Sie trat ein paar Schritte vom Käfig zurück, um Seven mit größerer Distanz zu betrachten. »Glücklicherweise verfügen wir über effektive Methoden, um diese Sturheit zu überwinden.« Sie drehte sich zu einer der Wachen um. »Die Tasche bitte, Sanjit.«

Seven gefiel das nicht. War Kaur wirklich besessen genug, um auf körperliche Folter zurückzugreifen? Das passte kaum zu der utopischen Vision, die sie anstrebte, aber andererseits wäre sie wohl kaum der erste Reformer in der Geschichte der Erde, der bereit war, sein Paradies auf den Knochen unzähliger Opfer zu errichten. Wie Seven auf die harte Tour gelernt hatte, war die unterentwickelte Menschheit zu den entsetzlichsten Widersprüchen fähig.

Glücklicherweise hatte er von Folter kaum mehr zu befürchten als den tatsächlichen körperlichen Schmerz. Sorgfältig konstruierte psychologische Blockaden, die in seinen Geist implantiert worden waren, bevor man ihn auf diesen hinterwäldlerischen Planeten geschickt hatte, würden ihn davor bewahren, die gefährlichen Geheimnisse der Aegis zu enthüllen, ganz gleich wie brutal man ihn behandelte. Seine einzige wirkliche Sorge, neben einem angeborenen Selbsterhaltungstrieb, bestand darin, dass ihn die Tortur zu schwach zurücklassen könnte, um seine Mission zu beenden, ganz zu schweigen davon, Roberta und Isis zu helfen. *Sie haben beide jede Menge Erfahrungen auf diesem Gebiet,* rief er sich ins Gedächtnis. *Wenn es zum Schlimmsten kommen sollte, können sie Chrysalis allein aufhalten.*

»Vielleicht sollten Sie nicht nur Ihre Ziele, sondern auch Ihre Methoden erneut betrachten.« Noch immer versuchte er, Kaur zu überzeugen. »Wenn eines davon suspekt erscheint, ist das andere vielleicht ebenfalls grundlegend falsch.«

Kaurs selbstsicheres Auftreten blieb unerschütterlich. »Sie brauchen sich über Folter keine Gedanken zu machen, wenn es das ist, was Sie denken«, versicherte sie Seven. »Körperlicher Zwang ist ein barbarisches Überbleibsel der Vergangenheit.« Sie griff in ihre Tasche und holte ein kleines Fläschchen und eine Spritze heraus. »Wie immer bevorzuge ich den biochemischen Ansatz.«

In dem kleinen Behälter schwappte eine dunkelrote Flüssigkeit, die ihn an Klingonenblut erinnerte. »Thiopental?«, riet Seven unsicher. Die Farbe passte nicht zu den Arten von Wahrheitsserum, die er kannte, und sicherlich zu nichts, das es momentan auf der Erde gab.

»Nichts so Plumpes«, erklärte Kaur stolz, während sie sorgfältig die Spritze aufzog. »Wir haben etwas viel Besseres: einen künstlich hergestellten Neurotransmitter, der gewisse Bereiche im Hirn stimuliert.« Sie hielt die Spritze gegen das Licht, um sie auf unerwünschte Luftblasen zu überprüfen, dann drückte sie eine kleine Menge des Serums aus der Nadelspitze. »Ein nützliches Nebenprodukt unserer Erforschung der Hirnchemie.«

Dann reichte sie die Tasche zurück an ihren Leibwächter und trat mit erhobener Spritze auf Seven zu. Der andere Wachmann reagierte auf ein kleines Nicken der Leiterin und ging ebenfalls einen Schritt nach vorne. Er griff durch die Gitterstäbe und packte Sevens rechten Arm. »Bitte wehren Sie sich nicht«, riet Kaur ihrem Gefangenen. Sie wartete geduldig, bis der Wärter Sevens Ärmel hochgekrempelt hatte und sein Unterarm frei war. »Es wird weniger wehtun, wenn ich die Spritze sauber setzen kann.«

Seven versuchte nicht, seinen Arm aus dem Griff des Wachmanns zu befreien. Solange er an den Käfig gefesselt war, ganz zu schweigen von in der Unterzahl und unbewaffnet, hatte es wenig Sinn, Widerstand zu leisten. *Dann werden wir jetzt wohl herausfinden,* dachte er, *wie effektiv Kaurs Serum ist.*

Mit ihrer freien Hand strich Kaur über die große dunkelblaue Vene an Sevens Ellbogen, bis sie deutlich hervortrat. Er zuckte zusammen, als die Nadel seine Haut durchstach. Dem kurzen Pieksen folgte ein unangenehm brennendes Gefühl, als sich das Serum in seinem Blutkreislauf verteilte.

Kaur trat einen Schritt zurück. Sie schien zufrieden zu sein, dass die Prozedur so glatt verlaufen war. »Es wird nicht allzu lange dauern«, erklärte sie Williams und den anderen. »Unseren bisherigen Ergebnissen zufolge sollte die Droge innerhalb weniger Minuten Wirkung zeigen.«

Da wäre ich mir nicht so sicher, dachte Seven.

Chrysalis-Basis
18. Mai 1974

»Das ist er. Der Reaktorkern.« Takagis Stimme klang stolz. Er und Roberta starrten durch eine dicke Plexiglasscheibe auf einen großen Betonzylinder von ungefähr dreißig Metern Durchmesser. Enorme Röhren, durch die entweder Kühlmittel oder heißes Plasma strömte, verbanden den hermetisch abgeschirmten Atomreaktor mit den gewaltigen, Dampf getriebenen Turbinen und dem Generator, der Chrysalis' gesamten elektrischen Strom lieferte. Jedenfalls behauptete das der japanische Biochemiker ihr gegenüber.

»Zu Hochzeiten produziert der Generator derzeit über fünfundzwanzigtausend Volt.«

Roberta unterdrückte ein Gähnen. Man hatte ihr hier in der Chrysalis-Basis einen eigenen Raum zur Verfügung gestellt, und obwohl sie diese Tatsache ausgenutzt und letzte Nacht ganze fünfzehn Stunden geschlafen hatte, spürte sie den Jetlag noch immer in den Knochen. Außerdem machte sie sich Sorgen um Gary Seven. Seit sie ihn gestern auf dem Flughafen in Delhi gesehen hatte, hatte sie nichts mehr von ihm gehört. Sie hatte versucht, ihn mit ihrem Servo zu erreichen, sowohl heute Morgen als auch kurz bevor sie gestern Abend schlafen gegangen war, aber er hatte nicht auf ihre Rufe geantwortet. *Ich hoffe, es ist alles in Ordnung,* dachte sie unruhig. Sie erinnerte sich an die trockene und unwirtliche Wüste, die sie hatten durchqueren müssen, um diesen Ort hier zu erreichen.

Eigentlich ließ die Tatsache, dass er auf keinen ihrer Rufe geantwortet hatte, keinen eindeutigen Schluss zu. Seven hatte schon öfter die Kommunikatorfunktion seines Servos abgeschaltet, wenn er eine besonders geheime Mission durchführte, schließlich riskierte er nur ungern, sich durch ein Piepsen zur falschen Zeit zu verraten. Dennoch hatte er seinen Kommunikator bisher selten so lange abgeschaltet. Sicher hatte er in den letzten wer weiß wie vielen Stunden irgendwann einmal die Gelegenheit gehabt, mit ihr zu sprechen? *Das ist nicht gut,* wiederholte sie und spielte mit dem Servo in ihrer Hosentasche herum.

Sie hatte die letzte Dreiviertelstunde damit verbracht, die Laboreinrichtungen von Chrysalis zu besichtigen, die zumindest auf ihr ungeschultes Auge sehr eindrucksvoll und hochmodern wirkten. Sie hatte angesichts der Ansammlung von Elektronenmikroskopen, Inkubatoren, Strahlungsmessern, Teströhren, Petrischalen, Maßanalysevorrichtungen und anderen Apparaten, deren Zweck sie nicht einmal erraten konnte, pflichtschuldigst »Oh!« und »Ah!« von sich gegeben. Soweit sie es beurteilen konnte, war keines dieser Labore darauf ausgerichtet, große Mengen an Killerbakterien zu züchten. Nicht, dass sie das hätte erkennen können, wenn es so gewesen wäre. Ihre Beine waren müde von der Wanderung durch die unterirdische Basis, und doch war sie mit den Versuchen, Gary Seven zu kontaktieren, keinen Schritt weiter gekommen. *Er muss doch schon längst hier sein,* sagte sie sich. *Was hat er nur vor?*

»Ronnie? Dr. Neary?« Takagi wedelte mit einer Hand

vor ihrem Gesicht herum, und sie erkannte, dass sie ihre Gedanken etwas zu offensichtlich hatte abschweifen lassen. *Auweia.*

»Tut mir leid!«, entschuldigte sie sich hastig. Ihr Gesicht nahm einen aufmerksameren Ausdruck an. »Der Reaktor. Richtig.«

Dieser Hightech-Kontrollraum, von dem aus man den Reaktor überblicken konnte, war der neueste Halt auf der Tour. Sie und Takagi standen im hinteren Teil des Raums, während Industrietechniker eine beeindruckende Anzahl erleuchteter Konsolen und Anzeigen überwachten. Zahlreiche schematische Darstellungen zeigten die internen Funktionen des Reaktors an, der sich hinter mehrere Meter dicken Betonwänden verbarg. Das unbekannte Gesicht zog ein paar neugierige Blicke der Wartungstechniker im Raum auf sich, aber anscheinend reichte Takagis Anwesenheit aus, um für Roberta zu bürgen. Sie war kein Sicherheitsrisiko. *Wenn die wüssten, weshalb ich wirklich hier bin*, dachte sie und fühlte sich wieder einmal schuldig. Immerhin nutzte sie das Vertrauen dieser Leute aus. *Geheimoperationen sind manchmal wirklich mies.*

»Ich muss mich noch einmal dafür entschuldigen, dass weder Viktor noch Dr. Kaur uns heute Früh begleiten können«, betonte Takagi. »Aber beide haben eine Menge Verpflichtungen, denen sie nachkommen müssen.« Gerade wurde ein Strahlungsmesser, der etwa so groß war wie ein Sicherheitsausweis, an seinem T-Shirt befestigt.

»Natürlich«, erwiderte Roberta und fragte sich, wie sie Takagi wohl lange genug abschütteln konnte, um ungestört nach Gary Seven suchen zu können. Sie ließ ihren Blick durch den Kontrollraum schweifen und gab vor, an den blinkenden Lichtern und Schaltern interessiert zu sein. Der steril wirkende weiße Raum mit den langen

Konsolen und Computern erinnerte sie an die Mission Control in Cape Kennedy. »Ich fürchte, ich weiß nicht sonderlich viel über Atomkraft«, log sie. Immerhin hatte sie bereits selbst ein oder zwei Atombomben entschärft. »Wo ist der Selbstzerstörungsknopf?«, witzelte sie. »In den Filmen gibt es so was immer: Einen Schalter, der alles in die Luft jagt.«

Takagis Gesicht nahm einen ernsten Ausdruck an, der den jugendlichen Übermut des freundlichen jungen Wissenschaftlers dämpfte. »Ob Sie es glauben oder nicht, aber es gibt wirklich eine Selbstzerstörungssequenz, nur für den Fall, dass ein neu entwickeltes rekombinantes Virus oder Bakterium Gefahr läuft, zu entkommen und freigesetzt zu werden. Wenn die Direktorin entscheidet, dass die Bedrohung zu groß wird, hat sie die Möglichkeit, eine unumkehrbare Reaktionskette im Reaktorkern auszulösen. Das Resultat wäre eine Atomexplosion, die das Areal vollständig sterilisieren und den Keim daran hindern würde, sich auszubreiten.«

»Wie in *Andromeda - Tödlicher Staub aus dem All*«, erwiderte Roberta und nickte verständnisvoll. Sie hatte diesen unheimlichen Film über Superbakterien letztes Jahr gesehen. In dem Film hatte ein übereifriger Computer beinahe eine thermonukleare Sprengung ausgelöst, um den titelgebenden Andromedastaub daran zu hindern, aus einem sehr viel futuristischeren unterirdischen Labor als diesem zu entkommen. Wenn Sevens schreckliche Theorien zutrafen, arbeiteten Kaur und ihre Kollegen bereits an einer Art tödlichem Chrysalisstaub. »Aber solche Keime züchten Sie hier doch nicht, oder?«

Na toll, Roberta, dachte sie. *Das war ja mal echt subtil.*

»Nun, sicherlich nicht mit Absicht«, sagte Takagi. Seine Stimme klang überzeugend und ernst. »Auch wenn es nicht schadet, auf Nummer sicher zu gehen.« Er versuchte, die Stimmung zu lockern, indem er Roberta ein beruhigendes Lächeln schenkte. »Das ist ja auch nur der allerletzte Ausweg. Das wird nie passieren. Wir sind mit gefährlichen Materialien extrem vorsichtig, besonders wenn es um genetisch modifizierte Mikroben oder Ähnliches geht.«

Warum finde ich das nicht so beruhigend, wie es sein sollte?, fragte sich Roberta. Vor ihrem inneren Auge bildete sich nur allzu deutlich eine pilzförmige Wolke über der Wüste Thar in Rajasthan. Vielleicht weil sie wusste, dass es ein potenzieller Saboteur bereits ganz einfach geschafft hatte, die wasserdichten Sicherheitssysteme von Chrysalis zu überwinden?

Nämlich ich.

Kaur hatte gelogen, als sie Seven versprochen hatte, dass Chrysalis Folter ablehnte. Den Wirkungen dieses Neurotransmitters zu widerstehen, stellte sich jedenfalls als ein ausgesprochen schmerzhaftes Martyrium heraus. Die Berührungen eines klingonischen Wahrheitsfinders wären eine sanfte Gnade dagegen gewesen.

Er hatte seit Stunden, vielleicht einem ganzen Tag, nicht mehr geschlafen oder gegessen, und seine Kiefer taten schon weh, weil er ständig die Zähne zusammenbiss. Kaurs überaus raffiniertes Wahrheitsserum hatte mit seiner tückischen Alchemie seine Gehirnzellen durchdrungen und ließ in ihm das beinahe unwiderstehliche Verlangen entstehen, seine Geheimnisse allen zu verraten, die sie hören wollten. In diesem Falle waren das Williams und der einzige übrig gebliebene Wächter. Er konnte nicht einmal den Mund öffnen vor lauter Furcht, dass lebenswichtige Geheimnisse, wie zum Beispiel Robertas wahre Identität, aus ihm herausströmten.

Seven wartete darauf, dass die Wirkung des Serums abklang, aber stattdessen wurde das Verlangen nur stärker, wie Flutwellen, die immer wieder auf einen schon beschädigten Damm prallten. Es war nur eine Frage der Zeit, bis der Damm dem immer weiter steigenden Druck nachgab. Der ausgeklügelte synthetische Neurotransmitter schien einen Reflex zu stimulieren, der nicht verschwinden würde, bis er befriedigt war. *Wie ein Kitzeln in der Nase, das nicht weggeht,* dachte er, *nur hundert Mal stärker.*

Wie er es seit Beginn seines Martyriums getan hatte, verließ sich Seven auf eine uralte vulkanische Meditationstechnik, um dem Drang, den das Serum verursachte, zu widerstehen. *Mein Geist ist außerhalb meines Körpers,* wiederholte er mantraartig und hielt sich dabei im Stillen immer wieder die Weisheit des Kolinahr vor Augen. *Ich habe meinen Geist unter Kontrolle.* Er versuchte, sich selbst aus einer distanzierten Position zu betrachten, und sah dabei sowohl die Erschöpfung seines Körpers als auch die künstlich induzierte Besessenheit, die sein Gehirn umfangen hielt, wie etwas, das jemand anderem geschah. *Ich schließe die Furcht aus,* rezitierte er wieder und wieder. *Ich schließe das Verlangen aus.*

Sein erschöpfter Körper zitterte vor Müdigkeit und mentaler Erschöpfung, aber er behielt seine Gedanken für sich, trotz des unablässigen Angriffs der fremden Chemikalien, die auf seine Hirnzellen einstürmten. Eine Flucht erschien in seinem gegenwärtigen Zustand immer unwahrscheinlicher. Er musste also lange genug durchhalten, damit Roberta und Isis alles tun konnten, was nötig war. Die kalten Handschellen rieben seine Handgelenke wund, seine Beine waren in der unbequemen Position, in der er schon seit Stunden verharren musste, eingeschlafen. Und doch zwang er sich mit eisernem Willen, seine physische Pein zu ignorieren, genau wie er sich dazu zwang, gegen den unwiderstehlichen zerebralen Druck des Wahrheitsserums anzukämpfen.

Mein Geist ist außerhalb meines Körpers. Ich habe meinen Geist unter Kontrolle ...

Kaur und ihre Leibwächter waren vor einigen Stunden gegangen. Nur Williams und eine andere Wache waren geblieben, um das Verhör weiterzuführen, aber jetzt wurde die Tür zum Lagerraum wieder aufgestoßen und die selbstsichere Direktorin von Chrysalis kam herein. Sie sah im Gegensatz zu Seven noch genauso frisch und energiegeladen aus wie einen Tag zuvor. »Immer noch keine Fortschritte?«, wollte sie von Williams wissen.

In ihrer Stimme schwangen Frustration und Faszination mit.

Williams dagegen war nur frustriert. »Nicht mal ein Piep«, brummte er. Auf seinen unrasierten Wangen zeigten sich Bartstoppeln. Er ließ sich auf einem Metallstuhl nieder, den eine der Wachen ihm zu seiner Bequemlichkeit hingestellt hatte, auf seinem Schoß lagen in einer Tüte die Reste eines nur zum Teil gegessenen Imbisses. »Wenn ich nicht sehen könnte, dass er atmet, würde ich mich fragen, ob er überhaupt noch am Leben ist.«

»Faszinierend«, gab Kaur unwillkürlich beeindruckt zu. »Einen solchen Widerstand, der auch noch derart lange aufrechterhalten wird, habe ich wirklich noch nie erlebt.« Sie kniete neben dem Käfig nieder, um Seven genauer zu betrachten. »So etwas ist während all unser klinischen Tests nie vorgekommen.«

»Sind Sie sicher, dass Sie ihm das richtige Mittel gegeben haben?«, fragte Williams gereizt. Der Engländer hatte die Situation offenbar mehr als satt, nahm Seven an, wenn er bereit war, Kaur so offen infrage zu stellen. Der Gefangene beobachtete die Reaktionen seiner Geiselnehmer durch herabfallendes Stirnhaar und halbgeschlossene Augenlider. Sich tot zu stellen, schien der beste Weg zu sein, eine noch grausamere Befragung zu vermeiden, wenigstens fürs Erste, also gab er vor, Kaurs Rückkehr nicht zur Kenntnis zu nehmen.

»Ziemlich sicher«, erwiderte sie auf Williams Frage. Sie ging nicht auf seine Unverschämtheit ein und schien vielmehr an Sevens mysteriösem, anhaltendem Schweigen interessiert zu sein. »Können Sie mich hören, Mr. Seven?«, wollte sie wissen und stieß ihm durch die Gitterstäbe des Käfigs den Finger in die Brust. Er rührte sich nicht, aber sie betrachtete ihn misstrauisch, schob ihm unerwartet sanft das Haar aus dem Gesicht und versuchte, ihm in die Augen zu sehen. Seven starrte stur auf den Boden, um ihrem Blick auszuweichen. Trotzdem fühlte er den beinahe überwältigenden Drang, ihr alles zu sagen, was er wusste.

Ich schließe die Furcht aus. Ich schließe das Verlangen aus.

Sie packte sein Kinn und riss grob seinen Kopf in ihre Richtung, sodass er sich nicht länger vor ihrem unerträglich forschenden Blick verstecken konnte. »Ja, ich glaube, Sie hören mich«, sagte sie scharfsinnig. »Auch wenn es anders aussieht.«

Sie hielt seinen Kopf aufrecht und bedrängte ihn mit einer Reihe Fragen, dass er es kaum aushalten konnte: »Wer sind Sie? Woher kommen Sie? Wie schaffen Sie es, dem Serum zu widerstehen?«

Er starrte sie so ausdruckslos an, wie er nur konnte, aber dennoch schlüpfte ein schmerzerfülltes Stöhnen durch seine zusammengebissenen Zähne. Jede unbeantwortete Frage war wie eine neuerliche Welle, die gegen den schon bröckelnden Damm prallte, den er um seinen belagerten Verstand errichtet hatte. Seine Zunge zuckte spasmisch zwischen seinen Kiefern, als könne sie dem chemisch induzierten Drang, Kaur alles zu erzählen, kaum noch widerstehen.

»Wer sind Sie?«, wollte sie wissen. Ihr Gesicht war nur Zentimeter von seinem entfernt. Sie sezierte mit den Augen seinen Willen. »Sagen Sie es mir. Jetzt.«

Mein Name ist Gary Seven, dachte er, ohne es zu wollen. Die Worte erschienen einfach so in seinem Bewusstsein. *Meine Bezeichnung ist Agent 194, und ich wurde in einem getarnten Sonnensystem geboren, das fünfzigtausend Lichtjahre von hier entfernt ist. Ich wurde von den Aegis ausgebildet und auf die Erde geschickt, um sicherzustellen, dass die Menschheit ihre technologische und soziale Jugend überlebt. Meine primären Mitarbeiter sind Roberta Lincoln, eine menschliche Frau dieser Zeit, und Isis, meine ...*

»Nein!«, rief er heiser und brach so sein langes Schweigen. Er biss sich auf die Lippe, bis Blut floss, und schluckte die aufschlussreiche Flut der Worte, die aus seinem Mund zu strömen drohte, wieder hinunter. Sein ganzer Körper erbebte krampfartig, während er darum kämpfte, einen Wasserfall von Worten hinter seinen Fähigkeiten, sich zu kontrollieren oder zu zensieren, zu verbergen. *Mein Geist ist außerhalb meines Körpers. Mein Geist wurde von einer fremden Rasse von ... Nein! Ich habe meinen Geist unter Kontrolle.*

In Kaurs dunklen Augen glommen Triumph und Erwartung auf.

»Seine Kehle ist trocken«, rief sie zu Williams hinüber. »Geben Sie mir etwas zu trinken. Schnell!«

Der britische Wissenschaftler stand steif von seinem

Stuhl auf, um sein eigenes Getränk der Sache zu opfern. Er reichte Kaur seinen lauwarmem Tee. Sie hielt den Becherrand an Sevens rissige, blutige Lippen. »Hier«, sagte sie tröstend. »Trinken Sie das.«

Der verführerische Duft des Chais war mehr als verlockend. Sein ganzer Körper fühlte sich ausgetrocknet an, und er wollte den Tee genauso dringend hinunterspülen, wie er seine Zuhörer mit allen Details seiner Mission auf der Erde überschütten wollte. Seine ausgedörrte Kehle war andererseits die letzte Verteidigung gegen den bösartigen Einfluss des Wahrheitsserums, also wusste er, dass er nicht einmal einen einzigen Schluck riskieren durfte. Er versuchte, seinen Mund von der Tasse abzuwenden, aber Kaur hielt seinen Kopf mit ihrer freien Hand fest. Sie kippte den Becher leicht an und er spürte, wie der Tee gegen seine Zähne und Lippen floss, die er fest zusammengepresst hatte. Die warme, braune Flüssigkeit tropfte auf sein Kinn und auf sein schweißgetränktes weißes Hemd hinab.

Mein Name ist ... mein Name ist ... Zu seinem absoluten Ärger spürte Seven, wie sein Mund begann, diese Worte zu formen. Seine Zunge zuckte, als habe sie einen eigenen Willen, und er erkannte, dass er trotz all seiner strengen Disziplin und seines Trainings drauf und dran war, Kaur alles zu sagen.

Vielleicht spürte Kaur ihren Sieg nahen, denn sie beugte sich zu ihm vor. »Ja, so ist es recht«, drängte sie ihn. »Nur weiter so. Ich höre Ihnen zu.«

Erst im letzten Augenblick, als seine angefeuchteten Lippen sich unwiderruflich zu öffnen begannen, erkannte Seven, dass es immer noch eine Möglichkeit gab, seine Geheimnisse für sich zu behalten.

»[Mein Name ist Gary Seven]«, gab er auf Klingonisch zu. »[Meine Bezeichnung ist Agent 194, und ich wurde in einem getarnten Sonnensystem geboren, das fünfzigtausend Lichtjahre von hier entfernt ist ...]«

Wut und plötzliche Frustration verzerrten Kaurs elegante Gesichtszüge. Trotz ihres enormen Wissens ergaben die gutturalen Laute, die aus Sevens Kehle drangen, für sie überhaupt keinen Sinn. Für ihr an Erdensprachen gewohntes Ohr klangen sie eher wie das Knurren wilder Hunde als eine sinnvolle menschliche Sprache.

»Verdammt noch mal!«, rief Williams aus. »Jetzt ist er völlig verrückt geworden!«

»Nein, das glaube ich nicht«, sagte Kaur langsam. Sie ging wieder zu einem geduldigeren Verhalten über und schenkte ihrem knurrenden Gefangenen einen Blick von hoher Wertschätzung, bevor sie den Kopf respektvoll neigte. »Sehr schlau, Mr. Seven. Ich muss zugeben, ich ahne nicht einmal, was das für eine Sprache ist.« Sie wartete, bis Sevens unverständlicher Wortschwall endete und der eingesperrte Mann wieder schwieg. »Aber glauben Sie ja nicht, dass Sie so leicht gewinnen können.« Sie lächelte in Erwartung seiner endgültigen Niederlage. »Ein wahrer Wissenschaftler erklärt ein Experiment nicht schon nach einem Fehlschlag für gescheitert.«

Sie warf Williams einen Seitenblick zu. »In der rechten Tasche meines Laborkittels finden Sie eine Spritze«, informierte Kaur ihren Lakaien. »Holen Sie sie her und injizieren Sie den Inhalt in den Arm des Subjekts.« Sie drückte den Becher erneut an die Lippen ihres Gefangenen. »Ich möchte dem hervorragenden Mr. Seven noch eine große Dosis des Serums geben.«

»Ist das klug?«, wollte Williams nervös wissen. Er suchte hastig nach der Spritze. Er zog die Kanüle aus Kaurs fleckenlosem Kittel und nahm die Gummikappe von der Nadel.

»Ich weiß es nicht«, gestand sie. »Das ist eines der Dinge, die ich herausfinden will.« Sie hielt ihren analytischen und intensiven Blick auf Sevens Gesicht gerichtet, als Williams eine weitere Dosis des Serums in seine Armbeuge injizierte. »Erinnern Sie mich nachher daran, dass ich ihm ungeachtet des Serums eine Gewebeprobe entnehme. Ich will unbedingt einen Blick auf die DNA des Subjekts werfen.«

Seven hieß den schmerzhaften Stich der Nadel willkommen, die sich in seine Vene bohrte, denn sie lenkte ihn für einen Augenblick von dem konstanten psychischen Druck ab, Kaurs Fragen beantworten zu müssen. Dann wurde die Nadel wieder herausgezogen und hinterließ ein nur allzu bekanntes brennendes Gefühl. Die grauenvolle Befragung ging weiter.

»Wer sind Sie?«, fragte ihn die Direktorin erneut. Innerhalb von Sekunden konnte Seven spüren, wie der konzentrierte Neurotransmitter in seine Gehirnzellen eindrang und dem ohnehin schon überwältigenden Drang eine neue Schärfe und Intensität verlieh.

»Wer hat Sie geschickt?«, drängte Kaur.

Er spürte, wie sich die Muskeln seines Kiefers gefährlich lockerten. Seine Zunge drückte sich gegen seinen Gaumen und verführte ihn dazu, in dem Moment zu sprechen, indem sich seine Lippen teilten.

»Und dieses Mal sprechen wir keine fremden Sprachen. Ich möchte Englisch. Nur Englisch.«

»[Mein Name ...]« Er versuchte, sich Kaurs neuen Anweisungen zu widersetzen, aber die harten klingonischen Worte blieben ihm im Halse stecken. Er suchte hastig nach einer anderen, noch fremderen Sprache, doch die seltsamen, unirdischen Worte wollten ihm nicht über die Lippen kommen. Verzweifelt versuchte er, sich wieder auf die alten vulkanischen Weisheiten zu konzentrieren: *Mein Geist ist, mein Geist ist, mein Geist ist … was?* Er konnte sich an den Rest des Mantras nicht mehr erinnern. Das Pochen in seinem Schädel war zu laut. Alles, was er noch hören konnte, waren die Fragen, die in seinem Kopf ein lautes Echo erklingen ließen, und die Antworten, die er nicht länger zurückhalten konnte.

»Mein Name ist Gary Seven«, begann er.

»Hier sind wir also«, erklärte Takagi großspurig und erinnerte Roberta damit etwas an einen Marktschreier.

»Das spirituelle, wenn nicht sogar das geographische Herz von Chrysalis. Machen Sie sich bereit, zu sehen, worum es bei diesem Projekt geht.«

Die Weltherrschaft?, spekulierte Roberta und hoffte, dass das nicht der Fall war. Sie stand vor einem Paar türkisfarbener Stahltüren, die den nächsten Programmpunkt der Chrysalis-Tour verbargen. Bevor Takagi sie jedoch durch diese mysteriösen Türen führte, wurde ihre Besichtigungstour, oder besser ihre Aufklärungsmission, von einem indignierten und nur zu bekannten Miauen unterbrochen.

»Na toll«, murmelte Roberta. Sie fuhr herum und sah wie erwartet eine rund sechs Kilo schwere, vierbeinige Wichtigtuerin, die gerade ihre Undercover-Schnüffelei torpedierte.

»Was zum Teufel …«, rief Takagi aus. Er starrte durch seine Brillengläser auf die schwarze Katze, die auf dem Boden hinter ihnen saß. »Wie ist Ihre Katze denn hierhergekommen?«

»Ich vermute mal, sie vermisst mich«, erwiderte Roberta trocken. Sie funkelte Isis zornig an, die sich ihrerseits nicht um den bösen Blick der Menschenfrau zu kümmern schien.

Was ist los?, dachte Roberta ärgerlich. *Habe ich deiner Meinung nach nicht schnell genug herumspioniert?*

Isis hatte sie heute Morgen gnadenlos als Langschläferin gescholten und wortreich protestiert, als Roberta sie im Zimmer zurückgelassen hatte. *Ich habe kein Problem damit, dass sie sich Sorgen um Seven macht. Ich mache mir auch Sorgen um ihn. Aber dass sie mich nervt, ist nicht gerade hilfreich.*

»Was macht sie hier?«, wollte Takagi wissen. Er war noch immer verwirrt angesichts der Tatsache, dass die Katze so plötzlich aufgetaucht war. »Wie konnte sie denn aus Ihrem Zimmer entkommen?«

Roberta zuckte mit den Schultern. »Glauben Sie mir, sie hat ein erstaunliches Talent dafür, an Stellen aufzutauchen, an denen niemand mit ihr rechnet.« Nicht gerade vorsichtig hob sie Isis vom Boden auf, die prompt ebenso grob auf ihre Schulter kletterte. *Na, dann ist sie ab jetzt wohl mit dabei,* dachte Roberta und zuckte zusammen, als die Katze ihre Krallen in sie schlug. Um das Thema zu wechseln, wies sie mit dem Kinn auf die türkisfarbenen Türen vor sich. »Also, wollen Sie mir nun zeigen, was sich dahinter befindet?«

Takagi beäugte die Katze noch einmal unsicher, dann warf er resigniert die Hände in die Luft. »In Ordnung, ich denke, es ist nicht weiter schlimm, die kleine Isis auf diesen Teil unserer Tour mitzunehmen. Es ist ja nicht so, als wäre irgendetwas Prekäres oder Gefährliches dort drin.«

»Nur das Herz von Chrysalis«, foppte ihn Roberta.

»Genau«, grinste er und kehrte damit zu seinem marktschreierischen Tonfall zurück. Er trat vor und drückte einen Plastikschalter, der sich neben den Doppeltüren befand. Sie glitten vor ihr auf, und Takagi bedeutete ihr mit einer Geste, einzutreten. Isis, die angespannt auf Robertas linker Schulter saß, spähte aufmerksam hinein.

Noch bevor sie eine Chance hatte, einen Blick auf das zu werfen, was sich in dem Raum hinter den offenbar schalldichten Türen befand, fiel ihr der Lärm auf: Das Gequake von einem Dutzend aufgeregter Stimmen, die im Gegensatz zu der Konzentration, die im ruhigen Reaktorkontrollraum geherrscht hatte, eine Wand aus Lärm bildeten. Roberta war für einen kurzen Augenblick verwirrt, doch sie erkannte beinahe sofort das sorglose Durcheinanderrufen von kleinen spielenden Kindern.

Das Herz von Chrysalis stellte sich als ein geräumiger Klassen- oder Spielraum heraus, der von den gleichen Kleinkindern bevölkert wurde, die sie schon zuvor gesehen hatte. Er war im typisch indischen Stil eingerichtet, es gab keine Tische und Stühle, sondern eine Vielzahl von Matten und Kissen, auf denen die Kinder arbeiten und spielen konnten. Wenigstens ein Dutzend Kinder spielte hier, beaufsichtigt von drei erwachsenen Erziehern, die zwischen den Kindern umhergingen, ihnen Ratschläge gaben oder sie ermutigten, etwas zu tun. Die Klasse war bewundernswert heterogen, wie Roberta bemerkte, und schloss Kinder verschiedener Völker und Ethnien ein. Jedes Kind schien sich unter der freundlichen Aufsicht der mit sanfter Stimme sprechenden und lächelnden Erzieher mit einem eigenen Projekt zu beschäftigen. Roberta hörte verschiedene Sprachen, darunter auch Hindi und Esperanto. Ihr Übersetzer, der an einer Kette um ihren Hals hing, konnte natürlich die verschiedenen Dialekte und Sprachen übersetzen, aber der Lärm der einander übertönenden Sprachen bildete eher ein weißes Rauschen.

Auf den ersten Blick sah die Szenerie aus wie ein typischer Kindergarten oder eine Kindertagesstätte, auch wenn sie internationaler wirkte als die meisten ihrer Art. Aber als sich ihr Blick auf einzelne Kinder und ihre Aktivitäten zu konzentrieren begann, wurden Robertas Augen groß und ihr Unterkiefer klappte vor Überraschung herunter.

Nur einen knappen Meter vom Eingang und der Stelle entfernt, an der Roberta stand, malte ein kleines japanisches Mädchen, das kaum älter als drei zu sein schien, mit Wasserfarben eine fehlerfreie Kopie der Mona Lisa. Nicht nur das, sie schien das Bild aus dem Gedächtnis zu malen. Neben ihr schrieb ein schlanker, blonder Junge quadratische Gleichungen kreuz und quer auf eine gewaltige schwarze Tafel, während ein eindeutig beeindruckter Tutor mit ihm Schritt zu halten versuchte. Zwei weitere Kinder hockten auf einem mit Farbflecken übersäten persischen Teppich und bauten eine minutiöse Miniaturversion des Taj Mahal aus Legosteinen, ohne dass sie eine Vorlage benutzt hätten. Ein niedliches kleines Mädchen mit rotem Haar und Sommersprossen sang eine Arie aus *La Bohème* (fehlerlos), während sie gleichzeitig Seil sprang.

Das glaube ich nicht, dachte Roberta. Es war eine Sache, in der Theorie darüber zu spekulieren, ob man mithilfe von kreativer Biochemie klügere Kinder erschaffen konnte, aber sich einem ganzen Raum solcher Superkinder gegenüberzusehen, war eine völlig andere. *Als ich in diesem Alter war,* dachte sie völlig fassungslos und verlegen, *habe ich mich wie ein Wunderkind gefühlt, weil ich das Alphabet aufsagen konnte, ohne es zu vermasseln!*

Sie erinnerte sich an den hübschen kleinen indischen Jungen, mit dem sie gestern ein paar Blicke getauscht hatte. Roberta sah sich im Spielzimmer um. Sie entdeckte ihn schnell, er saß im Schneidersitz auf dem Boden und hatte die Nase in ein großes gebundenes Buch gesteckt, das für ein einfaches Kinderbuch wie *Wo die wilden Kerle wohnen* oder *Die kleine Raupe Nimmersatt* viel zu dick war. Sie sah genauer hin, um den Titel des Buchs auszumachen. Sie schluckte hörbar, als sie erkannte, dass es Dantes *Göttliche Komödie* war. Und sogar das italienische Original!

»Du liebe Zeit!«, platzte sie heraus und konnte noch immer nicht ganz glauben, was sie beobachtete. Sie suchte in Takagis Gesicht nach Bestätigung. »Bitte, bitte sagen Sie mir, dass das hier die Fortgeschrittenen-Klasse ist.«

Takagi lachte leise. Er genoss ihre fassungslose Reaktion. »Sie sind alle fortgeschritten«, erklärte er ihr.

»Alle?« Ihre Stimme zitterte, als ihr die Bedeutung von Takagis Antwort bewusst wurde. »Es gibt noch mehr?«

»Ein paar Hundert«, begann er heiter. »Chrysalis ist vollgepackt mit Erziehungseinrichtungen wie dieser hier. Natürlich bedeutete das intensivere bauliche Maßnahmen, aber die kleineren Gruppen erlauben individuellere Förderung und Aufmerksamkeit.« Er zwinkerte Roberta freundschaftlich zu. »Es ist einfacher, unseren Fortschritt zu dokumentieren, wenn wir jede Kindergruppe einzeln beobachten.«

Stichwort Qualitätskontrolle, dachte Roberta sarkastisch. Trotz seines angenehmen Benehmens klang Takagi plötzlich ein gutes Stück kalblütiger und steriler, als ihr lieb war. Das hier waren Kinder, keine Versuchsobjekte. Glückliche, gesunde Kinder.

Vielleicht sogar *besonders* gesunde Kinder, wenn man schon dabei war. Als sie den Blick erneut durch den Klassenraum schweifen ließ, erkannte sie, dass jedes der Kinder geradezu perfekt zu sein schien, ohne offen erkennbare Behinderungen oder Geburtsfehler. Keines trug eine Brille oder brauchte eine Zahnklammer. Keines der Kinder war zu dünn oder kränklich oder hatte Übergewicht oder litt auch nur an einem leichten Schnupfen. *Ich wette, sie haben nicht einmal Karies,* dachte sie, gleichzeitig alarmiert und auch neidisch. Sie konnte sich nicht dazu bringen, zu bedauern, dass diese Kleinkinder zu perfekt waren. Wie hätte sich auch jemand über die zu gute Gesundheit eines Kindes beschweren können? Doch die einheitliche körperliche Fitness der Klasse hatte auch etwas Unheimliches an sich.

Eine der Erzieherinnen hatte Takagis und Robertas Ankunft bemerkt. Es war eine Frau in den Dreißigern mit strengen Zügen und weißblondem Haar, das sie zu einem festen Knoten gebunden hatte. Sie löste sich nun von dem kleinen Genie, dem sie geholfen hatte, und kam auf den Eingang zu.

»Hallo, Walter«, sagte sie herzlich. Aufmerksame blaue Augen betrachteten Roberta mit Neugier. »Wer ist deine Freundin?«

»Sie unterstützt unser Projekt«, erwiderte er und stellte »Dr. Veronica Neary« der hochqualifizierten Erzieherin und Psychologin Maggie Erickson vor. Laut Takagi hatte Erickson eine vielbeachtete Doktorarbeit über die Pflege und Erziehung von hochbegabten Kindern geschrieben. »Ich konnte es kaum erwarten, Ronnie zu zeigen, wie beeindruckend unsere Kinder sind!«

»Das kann ich dir nicht verdenken«, sagte Erickson. Sie sprach so akzentfrei, dass Roberta sie automatisch als amerikanisch einordnete. »Auch wenn ich eigentlich keine Eigenwerbung betreiben will: Wir wirken hier Wunder. Diese Kinder sind nicht nur intellektuell fortgeschritten, auch ihre körperliche Entwicklung ist der eines durchschnittlichen Kindes weit überlegen. Sie haben zum Beispiel sowohl fünfzig Prozent mehr Lungenvolumen als auch ein erheblich verbessertes Kreislaufsystem.« Sie lächelte. Es sah ehrlich aus, offensichtlich freute sie sich über die Möglichkeit, ihre geliebten Schützlinge präsentieren zu können.

»Kommen Sie, lassen Sie mich Ihnen einen unserer Starschüler vorstellen.«

Die stolze Lehrerin ging voraus, als die drei langsam durch den Raum schlenderten, immer darauf bedacht, nicht auf eine der geradezu beängstigend ambitionierten Arbeiten der Kinder zu treten. Roberta jagte der Anblick der Projekte Angst ein, wenn sie zum Beispiel ein drei Jahre altes Kind dabei beobachtete, wie es ein Puzzle mit fünfhundert Teilen in weniger als zehn Sekunden zusammensetzte und dabei noch dazu die Augen geschlossen hielt. Ein paar Sekunden später entdeckte sie ein anderes Kleinkind, das sie intensiv beobachtete. Dann fiel ihr auf, dass die Kleine, die kaum mehr war als ein Baby, eine perfekte Roberta-Skulptur aus Knetmasse geschaffen hatte.

Das sieht mir ähnlicher als ich mir selbst, dachte sie überrascht, als die kleine Michelangelo-Kopie gerade letzte Hand an die Skulptur anlegte. Die viel zu junge Künstlerin betrachtete ihre Schöpfung kritisch und entdeckte einen winzigen Fehler in Robertas Abbild. Ein leiser Schauder rann ihren Rücken hinab, als das Kind sein Miniaturmeisterwerk fröhlich zerquetschte und von Neuem begann.

So viel zum Thema Unsterblichkeit, dachte Roberta in dem vergeblichen Versuch, ihrer wachsenden Unbehaglichkeit Herr zu werden.

Die kleine Skulpturenmeisterin war nicht das einzige Kind, das Roberta im Vorbeigehen anblickte, aber keines schien sich durch die Fremde in ihrer Mitte gestört zu fühlen. Viele lächelten angesichts der eleganten, schwarzen Katze, die auf Robertas Schulter lag. Sie fragte sich, ob man Schüchternheit und Zurückhaltung aus ihrem Genom entfernt hatte. Oder waren die Kinder von Chrysalis einfach nur in einer besonders sicheren Umgebung aufgewachsen, in der sie nichts bedrohte? Letzteres war durchaus die weniger Furcht einflößende Erklärung.

Sie war nicht allzu überrascht, als Dr. Ericksons Klassenbester sich als ihr spezieller Freund erwies, der neugierige indische Junge, den sie tags zuvor getroffen hatte. Selbst in einem Raum, in dem das Genie seiner Kameraden gleichwertig war, ragte dieser Junge mit seinem einzigartigen Charisma heraus.

Er wird als Erwachsener wirklich etwas Besonderes sein, überlegte Roberta. Sie war jedoch nicht sicher, ob das etwas Gutes war oder nicht. *Welche Art von Einfluss wird er wohl auf die Welt haben?*

Erickson stellte Roberta den Jungen vor. »Wir nennen ihn einfach Noon«, fügte sie hinzu und wandte sich dann wieder an das Kind. »Noon, Dr. Neary möchte gern mehr über dich und die anderen Kinder erfahren.«

»Nenn mich Ronnie«, sagte Roberta. Sie kniete sich auf den Teppich, sodass sie auf Augenhöhe mit Noon sprechen konnte. Er sah seinem Alter entsprechend kindlich aus, und so musste sie der Versuchung widerstehen, in eine kind- oder babygerechte Sprache zu verfallen. »Hallo. Ich vermute, du kannst sehr gut Englisch.«

»Ich spreche Englisch, Arabisch, Hindu, Punjabi, Mandarin, Französisch, Deutsch, Spanisch und Japanisch«, antwortete er in sehr sachlichem Tonfall. Die Gelassenheit und die unbewusste Würde, die er zur Schau stellte, hätte bei einem anderen Kind seines Alters lächerlich gewirkt - ähnlich einem Kleinkind, das die übergroßen Kleider seiner Eltern anprobiert. Doch irgendwie wirkte dieser Junge authentisch. Er spielte nicht nur eine Erwachsenenrolle, das erfasste Roberta intuitiv, er war wirklich so selbstbewusst und furchtlos.

Ich frage mich, ob Gary Seven als Kind ebenso war.

»Wie gefällt dir das Buch?«, wollte sie wissen. Sie wusste noch immer nicht genau, was sie von der Auswahl des Jungen halten sollte.

»Faszinierend«, erwiderte er in nüchternem, ernstem Tonfall. »Das *Inferno* ist natürlich der unterhaltsamste Teil, auch wenn ich *Das verlorene Paradies* lieber mag.« Seine ernsten dunklen Augen sahen Roberta furchtlos an. Offensichtlich beeindruckte ihn der Altersunterschied zu Roberta nicht. »Haben Sie Milton gelesen?«

»Nur die vereinfachte Ausgabe«, gestand sie. Wieder einmal fiel ihr Noons unverkennbare Familienähnlichkeit mit Sarina Kaur auf. *Ich glaube, trotz all dem Hightech-Herumgefummel in seinen Genen ist doch noch etwas natürliche Vererbung im Spiel.*

Sie fühlte sich angesichts der Tatsache, dass Noon kein Produkt eines vollständig künstlich geschaffenen Genoms war, schon gleich viel besser.

Isis nutzte die Gelegenheit, um zwischen der knienden Roberta und Noon auf den Teppich zu springen. Sie streckte ausgiebig ihren Rücken und ihren Schwanz, so weit es ging, und grub dabei ihre Krallen in den Teppich. Ihr glänzend schwarzes Fell hob sich stark von den bunten, fröhlichen Farben des Klassenraums ab.

»Gehört sie Ihnen?«, wollte Noon wissen und legte dabei eine ermutigend kindliche Neugier der Katze gegenüber an den Tag. Isis flirtete schamlos mit ihm, schnurrte und rieb ihren Kopf an seinem Bein. Er erwiderte die Geste damit, dass er den Kopf der Katze mit einer pummeligen Kinderhand liebkoste. »Wie heißt sie?«

»Ich glaube, irgendwie gehört sie schon mir«, erwiderte

Roberta. Die plötzliche Geselligkeit der Katze verwirrte sie ein wenig. Ihre temperamentvolle Katzengefährtin war normalerweise zurückhaltender. »Sie heißt Isis.«

»Wie die ägyptische Göttin?«, fragte der geradezu unheimlich gut belesene Vierjährige. Die anderen Kinder hatten nun entdeckt, dass er fröhlich mit der Katze spielte, und eilten herbei, um es ihm gleichzutun. Plötzlich war Isis der Mittelpunkt eines Ein-Katzen-Streichelzoos. Überraschenderweise schien die Katze die Aufmerksamkeit zu genießen und hob sogar den Kopf, damit die eifrig streichelnden Finger sie auch unter dem Kinn kraulen konnten.

Ich wusste schon immer, dass du im Grunde deines Herzens ein kleines, verwöhntes Biest bist, dachte Roberta bissig, stand auf und trat zurück, um der wachsenden Kindermenge Platz zu machen.

Sie stieß einen erleichterten Seufzer aus. Die enthusiastische Reaktion der Kinder auf Isis überzeugte sie mehr als alles andere davon, dass es sich bei ihnen, so unglaublich talentiert und klug sie auch sein mochten, nicht um Besucher aus dem *Dorf der Verdammten* handelte. Sie machte sich eine gedankliche Notiz, Gary Seven - falls sie jemals wieder Kontakt zu ihm herstellen konnte - daran zu erinnern, dass diese Kinder mehr als nur eine unerwartete Komplikation im großen Plan der Aegis für den Fortschritt der Menschheit waren. Es waren unschuldige Kinder, die verdienten, auch so behandelt zu werden, ganz egal was Seven hinsichtlich Chrysalis auch entscheiden würde.

»Sieht aus, als wäre Ihre pelzige Freundin der große Hit bei den Kindern«, bemerkte Dr. Erickson. Isis war buchstäblich ihren Blicken entschwunden, begraben unter einem Haufen aufgeregter Kinder, die sich um das Privileg stritten, ihre Katzenbesucherin als Nächstes streicheln zu dürfen.

»Ich würde uns nicht gerade als Freundinnen bezeichnen«, murmelte Roberta und wandte sich zu Erickson und den anderen Erziehern um, um sich zu entschuldigen. »Es tut mir leid, den Unterricht auf diese Weise zu stören.«

»Kein Problem«, wehrte Erickson ab. »Die Kinder haben hart an ihren individuellen Projekten gearbeitet, sie haben sich eine Pause verdient.« Sie zog ein kleines Notizbuch aus der Jackentasche und kritzelte einige Bemerkungen zum Verhalten der Kinder hinein. »Um ehrlich zu sein, hatten wir schon vor, einige Haustiere in ihre Umgebung einzubringen, um ihre Fähigkeiten, sich in genetisch unterlegene Lebensformen einzufühlen, zu fördern.«

Wie den Rest der Menschheit zum Beispiel?, übersetzte Roberta den Satz. Doch sie verbiss sich die schneidende Bemerkung, die ihr durch den Kopf ging. Sie fragte sich im Stillen, ob es wohl irgendeinen Aspekt im Leben dieser Kinder gab, der nicht einem zumindest ansatzweise wissenschaftlichen Zweck oder Protokoll entsprach.

Sie antwortete diplomatisch: »Das klingt nach einer ausgezeichneten Idee.«

»Danke«, erwiderte Erickson. »Frühe Studien weisen klar darauf hin, dass ...«

Die amerikanische Lehrerin wurde von schrillen Warnrufen der Kinder unterbrochen, die sich eilig vom Ort des Geschehens zurückzogen. Zuerst fürchtete Roberta, Isis habe schließlich die Geduld verloren und jemanden gekratzt oder gebissen, aber sie erkannte schnell, dass die Situation weit ernster war. Das hier waren wirklich verängstigte Kinder, die echte Tränen des Schreckens in den Augen hatten, die ihnen nun die Wangen hinabliefen. Geradezu panisch hasteten sie in die entferntesten Ecken des Klassenraums, bis die einzigen an Ort und Stelle verbliebenen Kinder Noon selbst und ein kleines Mädchen waren, das auf dem Rücken lag und dessen Glieder in Krämpfen zuckten. Noon hielt schützend die Katze im Arm.

Verwirrt stellte Roberta fest, dass es sich um die kleine Bildhauerin handelte, die sie selbst noch vor wenigen Minuten so frappierend ähnlich aus Knetmasse modelliert hatte. Nun sah es so aus, als halte ein epileptischer Anfall die kleine Künstlerin fest im Griff. Glasige blaue Augen starrten ins Leere, die Pupillen waren auffällig erweitert. Speichel bildete in den Winkeln des kleinen Mundes Schaum, während der ganze Körper sich heftig schüttelte, als würden in einem fort Stromstöße hindurchfahren.

»Verflixt nochmal!«, fluchte Erickson laut und ging sofort neben dem krampfenden Kind in die Knie. »Helfen Sie mir, sie festzuhalten!«, rief sie Roberta zu und ließ ihre Finger schnell in den Mund der Kleinen gleiten, um diese daran zu hindern, an der eigenen Zunge zu ersticken.

»Holen Sie das Sedativ, schnell!«, rief sie den anderen beiden Lehrern zu, die sofort auf den Notfall reagierten. Roberta griff nach den zuckenden Beinen der kleinen Künstlerin. Sie hatte den Eindruck, als sei das für die Erzieher nicht der erste Vorfall dieser Art.

Ihr Verdacht wurde umgehend bestätigt, als sie Erickson in passablem Hindi leise fluchen hörte: »Verdammt, nicht schon wieder!« Die Erzieherin war sich der Tatsache nicht bewusst, dass das Friedenssymbol, das ihre Besucherin um den Hals trug, ihr eine simultane Übersetzung lieferte. Roberta hielt die Knöchel des epileptischen Kindes fest und gab vor, nicht zuzuhören.

Während sich einer der Lehrer um die restlichen Kinder kümmerte und sein Bestes gab, um sie zu beruhigen, kam der andere, ein dunkelhäutiger Afrikaner, zu ihnen und dem krampfenden Kind. Er ließ geschmeidig eine

Nadel in den Arm des Kindes gleiten. Roberta hatte keine Ahnung, welches Medikament die Spritze enthielt, aber es half. Sekunden später spürte sie erleichtert, dass sich die verkrampften Muskeln in den Beinen des kleinen Mädchens endlich entspannten. Die Atmung des Kindes beruhigte sich, die Augenlider schlossen sich langsam, als sie in einen von dem Medikament induzierten tiefen Schlaf fiel.

Der Lehrer sprach Hindi mit Erickson. Es war ein deutlicher Versuch, ihr die Diskussion vorzuenthalten. »Ich hatte befürchtet, dass so etwas geschieht«, sagte er ernst. »Die Medikation wirkt nicht, die neurologische Abweichung ist zu hoch. Sie sollte in die Abteilung für abweichende Entwicklungen gebracht werden, sobald sie sich erholt hat.«

Erickson nickte widerwillig und ließ die Zunge des Kindes vorsichtig los. Roberta bemerkte die tiefen Bissspuren auf den Fingerknöcheln der Erzieherin. »Ich hatte gehofft, das würde nicht notwendig sein«, gab die Lehrerin sichtlich traurig zu. »Aber Sie haben recht, diese Anfälle werden nicht besser.« Sie saugte kurz an ihrem Finger, bevor sie das abschließende Urteil über den Zustand des Kindes sprach: »Was für eine Verschwendung. Sie ist so talentiert.«

Obwohl Roberta vorgab, nichts zu verstehen, mochte sie nicht, was sie hörte. Eine Abteilung für abweichende Entwicklungen? *Klingt, als wäre die genetische Zucht in Chrysalis noch nicht hundertprozentig fehlerfrei,* dachte sie. *Aber was genau tun sie mit denen, die ihren Ansprüchen nicht genügen? Und will ich das überhaupt herausfinden?*

Eine sanfte Hand legte sich auf ihren Oberarm und versuchte, sie hochzuziehen und von dem komatösen

Kind fortzubringen. »Kommen Sie, Ronnie«, drängte Takagi. »Wir sollten vielleicht besser gehen. Geben wir Dr. Erickson und ihren Kollegen ein wenig Raum, um mit diesem kleinen Notfall fertigzuwerden.«

Roberta hatte Takagis Anwesenheit beinahe vergessen. »Was war denn überhaupt los?«, verlangte sie zu wissen. Sie stand auf, um Takagi zu konfrontieren. »Was ist mit diesem kleinen Mädchen passiert?«

»Ich ... bin nicht sicher«, stammelte er nervös. »Ich bin Biochemiker, kein Kinderarzt.« Er zerrte auch weiterhin an ihrem Arm und versuchte, sie zum Ausgang zu bugsieren. »Es gibt aber keinen Grund zur Sorge. Maggie und die anderen wissen, was zu tun ist, vertrauen Sie mir.«

Genau das wird immer schwerer, dachte sie grimmig, aber jetzt war wahrscheinlich wirklich nicht der richtige Zeitpunkt, Takagi mit dieser Ansicht zu konfrontieren - nicht, bevor sie nicht herausgefunden hatte, was mit Gary Seven passiert war. »In Ordnung«, gab sie zähneknirschend nach. »Lassen Sie mich noch meine Katze holen.«

Von allen Kindern war allein Noon nicht vor der krampfenden Klassenkameradin zurückgewichen. Selbst jetzt stand er noch gelassen neben ihr und streichelte Isis' Kopf, während er schweigend und nachdenklich auf die bewusstlose Klassenkameradin hinabblickte. Seine unbewegte Miene war nicht zu deuten, und nichts darin wies darauf hin, was in seinem genetisch verbesserten Gehirn vorging.

Ist er nur mutiger oder stoischer als die anderen Kinder, überlegte Roberta, als sie Isis still aus Noons Armen nahm. *Oder ist er unmenschlicher und weniger einfühlsam?*

Sie wünschte, sie hätte es gewusst.

»Wer sind Sie?«, fragte Sarina Kaur den mysteriösen Mr. Seven. »Wer hat Sie geschickt?«

Wissenschaftliche Neugier mischte sich mit eher praktischen Überlegungen, als sie den amerikanischen Spion in seinem Käfig betrachtete. Ein Teil von ihr hoffte, dass er dem Serum auch weiterhin widerstehen könnte, nur um zu sehen, wo seine ultimativen Grenzen lagen. Aber sie wurde auch zunehmend ungeduldig, dem Gefangenen ein paar der so dringend benötigten Antworten zu entlocken.

Wer war dieser Gary Seven und wie hatte er von der Existenz von Chrysalis erfahren, trotz der angestrengten Bemühungen, das gesamte Projekt vor der Öffentlichkeit zu verbergen? Was hatte ihn bewogen, ihre New Yorker Verbindung zu überprüfen und für wen tat er das? Die CIA? Den KGB? Interpol? Es gab zu viele beunruhigende Möglichkeiten und nicht genug handfeste Informationen, die ihr die Richtung wiesen.

Das war einfach nicht hinnehmbar. *Wir sind zu weit gekommen und haben zu hart gearbeitet,* dachte sie leidenschaftlich, *um uns von unbekannten Gegnern das Projekt verderben zu lassen.*

Williams saß nervös hinter ihr. Sie richtete ihre Aufmerksamkeit auf den Gefangenen. Sevens Hemd war fleckig von Schweiß und dem vergossenen Tee, und er lehnte sich erschöpft gegen die Gitterstäbe des Käfigs. Die Bartstoppeln überzogen sein Gesicht, das zu einer Grimasse verzerrt war. Er biss die Zähne fest zusammen. Sevens Willenskraft war phänomenal, musste sie zugeben, aber er musste einfach bald zusammenbrechen. Keiner konnte zwei vollen Dosen des Serums widerstehen. Das war physiologisch unmöglich.

Wer bist du?, überlegte sie. Sie war fasziniert von seiner übermenschlichen Widerstandskraft, trotz der Bedrohung, die das sowohl für das Projekt als auch für ihren Seelenfrieden bedeutete. Wen auch immer er repräsentierte, er hatte ganz klar erhebliche Ressourcen zur Verfügung. Eine oberflächliche Untersuchung seines angeblichen Füllers hatte einen Technologiegrad ergeben, der selbst den von Chrysalis um ein Vielfaches überstieg. Seine psychologische Disziplin legte ein fortgeschrittenes Training und möglicherweise sogar eine posthypnotische Ausbildung nahe.

Er war als Testsubjekt in der Tat interessanter als als Spion oder potenzieller Saboteur. *Wenn ich es nicht besser wüsste*, überlegte sie, *würde ich schwören, dass er selbst genetisch aufgewertet wurde.* Aber das war natürlich lächerlich, Seven war sicher schon um die dreißig und das bedeutete, dass er in den Vierzigern geboren worden war. Der Gedanke war absurd. Watson und Crick hatten damals noch nicht einmal erkannt, was eine Doppelhelix war. Keiner auf Erden war auf die Idee gekommen, auch nur einzellige Organismen zu erschaffen. Geschweige denn verbesserte Menschen.

Keiner auf Erden …

Sie war so verblüfft von Sevens unerwarteter Ausdauer, dass ihre Gedanken sich mit exotischeren Erklärungen zu beschäftigen begannen. Konnten Sevens einzigartige Qualitäten möglicherweise außerirdischen Ursprungs sein? Sie hatte Gerüchte über ein außerirdisches Raumschiff gehört, das angeblich damals im Jahr 1947 an einem Ort namens Roswell vom US-Militär sichergestellt worden war. Eine ganz gewiss wahnwitzige Annahme, aber ihre Kontakte zum US-Geheimdienst hatten ihr versichert, dass in den Gerüchten doch ein Körnchen Wahrheit steckte.

Konnte es möglich sein?

Sie hatte den Hinterkopf des Gefangenen fest im Griff, sodass er sich nicht von ihr fortdrehen konnte. War der unmögliche Mr. Seven vielleicht von amerikanischen Wissenschaftlern der Area 51 geschaffen und ausgebildet worden? Oder kam er vielleicht von noch weiter her und stammte vielleicht sogar aus einem anderen Sonnensystem? Der Gedanke allein ließ ihr Herz höher schlagen. Was hätte sie nicht alles gegeben, um ein wenig außerirdische DNA in die Finger zu bekommen! Wer wusste schon, was für revolutionäre Erkenntnisse sich in einem solchen Genom verbergen konnten.

Sag mir, wer du bist, dachte sie drängend und starrte gierig in die glasigen Augen und auf die zusammengebissenen Zähne des Mysteriums, das sich Gary Seven nannte. Ihre freie Hand umklammerte den Henkel der Porzellantasse mit Tee so fest, dass er beinahe zerbrach. Die Kiefermuskeln begannen unter der straffen Haut ihres mit Drogen vollgepumpten Gefangenen zu mahlen, was seinem Gesicht ein groteskes Aussehen gab. *Sprich mit mir,* verlangte ihr Blick. *Sag mir, woher du kommst. Ich muss es wissen!*

Endlich, nach einer gefühlten Ewigkeit, schien Seven der

Erschöpfung und dem unwiderstehlichen Druck der Neuro-transmitter nachzugeben. Sein Kiefer sackte nach unten und ein trockenes Flüstern drang zwischen seinen Lippen hervor. »Mein Name ist Gary Seven«, fing er an.

»Du liebe Zeit«, rief Williams aus. Er sprang von seinem Stuhl auf. »Das wird auch Zeit! Ich dachte schon, er bricht nie zusammen.«

»Still!«, wies Kaur ihn brüsk zurecht. Sevens Flüstern war kaum mehr als ein heiseres Krächzen, da brauchte sie keinen Williams, der ihr auch noch die Ohren voll-quatschte. »Weiter«, ermutigte sie Seven. »Erzählen Sie mir mehr.«

Seine Lippen und seine Zunge schienen der einzige Teil von Seven zu sein, der noch lebte. Der Rest seines Körpers hing kraftlos von den Handschellen herab, in denen seine Hände weit über seinem Kopf festgehalten wurden. »Mein Name isssst Gary Sseven«, nuschelte er so schwach, dass Kaur sich anstrengen musste, um zu verstehen, was er sagte. »Agent 194, gegenwärtig auf dem Planeten Erde ssstationiert, spätesss sswanssigstess Jahrhundert. Miss-sion: Die menssliche Rassse davor ssu bewahren, ssich in dieser gefährlisssen Ära sselbsst zu ssersstören ...«

Kaur konnte nicht glauben, was sie da hörte. Plötzlich wurden ihre wildesten Träume wahr. Wenn weder sie noch Seven verrückt geworden waren, dann stand Chrysalis am Beginn, evolutionäre Entwicklungen von noch größerer Bedeutung implementieren zu können, als sie je erwartet hätte. Visionen von menschlich-außerirdischen Hybriden, die die besten Eigenschaften zweier völlig unterschiedli-cher, empfindungsfähiger Wesen in sich vereinten, ließen ihre Vorstellungskraft Purzelbäume schlagen. »Woher kommen Sie?«, fragte sie Seven weiter. »Woher?«

Sie hielt den Atem an, als die entscheidende Information mit quälender Langsamkeit aus Seven heraustropfte, immer ein Wort nach dem anderen: »Ein getarnter Planet, Lichtjahre entfernt. Befindet sich im Ssysstem Sseta-Gamma-Fünf-Drei-Ssie...«

»Warten Sie, bis Sie unsere neue Gel-Transfer-Hybridi-sierungs-Einheit gesehen haben!«, versprach Takagi in einem ungeschickten Versuch, nicht über den hässlichen und beunruhigenden Zwischenfall im Klassenraum spre-chen zu müssen. Er bugsierte Roberta rasch einen langen Korridor entlang und bemühte sich offenbar, so viel Abstand wie möglich zwischen »Dr. Neary« und die verstö-rende Szene zu bringen. »Nachdem wir Isis wieder in Ihr Zimmer gebracht haben, können wir ein paar Labors auf Ebene fünf besichtigen. Wir warten immer noch auf ein paar fehlende Geräte aus Amerika«, plapperte er nervös weiter. »Aber wenn wir die haben, können wir richtig loslegen.«

Doch in diesem Moment konnte Roberta nicht einmal mehr so tun, als interessiere sie sich für Chrysalis' hoch-poliertes Gel-was-auch-immer-Labor. »Warten Sie mal«, protestierte sie und blieb mitten in dem breiten Gang stehen. Ein dreirädriges Lieferfahrzeug, auf dem drei mit Overalls bekleidete Techniker saßen, flitzte auf seinem Weg in eine andere Abteilung des gewaltigen unter der Erde liegenden Komplexes an Roberta und ihrem nervösen Führer vorbei.

»Was war das gerade?«, wollte sie wissen. »Da in dieser Kindertagesstätte für kleine Genies? Was war mit diesem kleinen Mädchen los?«

Zuerst wich Takagi ihrem Blick aus und betrachtete die Spitzen seiner Turnschuhe genauer. Aber er merkte bald, dass er um die Beantwortung der Frage nicht herumkam.

»Das hätte kein Teil unserer Besichtigungstour sein sollen«, erklärte er unnötigerweise. »Aber ich bin sicher, dass es nicht so schlimm war, wie es aussah.«

»Dieses Kind hatte einen richtig schweren Anfall, Walter.« Roberta blieb hartnäckig. So wie es wohl jede vernünftige Person unter diesen Umständen getan hätte. »Was war da los? Ich dachte, diese Superkinder seien perfekt.«

»Das sind sie auch!«, versicherte er hastig. Sein Kinn schob sich vor, so heftig versuchte er, den Vorwurf in ihrer Stimme abzublocken. »Es ist nur ... nun, manchmal haben die genetischen Resequenzierungen unerwartete Nebenwirkungen. Viktor glaubt, es hat etwas mit der beschleunigten Bildung von kritischen Neuronenverbindungen zu tun, die vielleicht auch die Proteinsynthese auf eine Art und Weise beeinflussen, die wir noch nicht ganz verstehen. Aber bisher ...«

Roberta unterbrach den Vortrag, bevor Takagi sie zu sehr vom großen Ganzen ablenken konnte. »Über welche Art von Nebenwirkungen sprechen wir hier?«, bohrte sie nach. »Und wie oft ist Ihnen dieses kleine Problem schon begegnet?«

»Na ja, die genaue Statistik ist mir nicht bekannt.« Takagi blieb schwammig. »Aber ich bin sicher, dass wir die Schlüsselfaktoren bald herausfinden werden. Wir lernen mit jeder neuen Gruppe von Kindern mehr, also ist es nur eine Frage der Zeit, bis wir jede Variable einbeziehen können.«

Und wie viele fehlerhafte Kinder werden aussortiert, fragte sich Roberta nüchtern, *während ihr versucht, das durch reines Herumprobieren herauszufinden?* Wieder einmal tauchten in ihrem Kopf die schrecklichen Bilder von gliederlosen Contergan-Babys auf.

Takagi brachte ein dünnes Lächeln zustande. Er gab sein Bestes, der Situation etwas Positives abzugewinnen. »Wenn Sie sich wirklich dafür interessieren, können Sie Dr. Kaur vielleicht dazu überreden, dass Sie das Projekt übernehmen. Wer weiß, vielleicht sind Sie ja diejenige, die diese besondere Herausforderung meistert.«

Roberta wusste, dass das sicher nicht geschehen würde, aber sie entschied sich, wissenschaftliche Neugier vorzutäuschen, in der Hoffnung, dass Takagi noch ein wenig mehr verriet. »Hmmm. Das klingt verführerisch«, sagte sie nachdenklich. »Aber Sie haben mir immer noch nicht gesagt, welcher Art die Nebenwirkungen sind, die auftreten. Sind es nur epileptische Anfälle?«

»Oh, meist ist es nichts so Dramatisches«, versicherte er ihr überschwänglich. »Nur ein paar geringe Persönlichkeitsstörungen und/oder neurologische Fehlfunktionen: Autismus, Hyperaktivität, vielleicht auch eine leichte Tendenz zur Schizophrenie. ... Die Basisprozedur funktioniert allerdings grundsätzlich«, beteuerte er. »So frustrierend es auch sein mag, selbst mit diesen selten - ich betone - selten auftretenden Komplikationen ist jedes einzelne unserer Kinder einem durchschnittlichen Kind körperlich und physisch überlegen.«

Na toll, dachte Roberta im Stillen. *Eine ganze Generation von emotional gestörten Supermännern und -frauen!* Sie fing an zu verstehen, warum Chrysalis Gary Seven ein solcher Dorn im Auge war. *Gerade, als ich dachte, dass Seven Takagi und die anderen falsch eingeschätzt hat ...*

»Ich verstehe«, meinte sie unverbindlich. Sie beschloss, es darauf ankommen zu lassen, sah Takagi direkt in die Augen und erklärte mit so viel Überzeugung, wie sie aufbringen konnte: »Ich glaube, ich würde als Nächstes gern die Abteilung für abweichende Entwicklungen sehen.«

233

»Was? Woher wissen Sie ...« Ihre Frage brachte Takagi sichtlich aus dem Konzept. Überraschung stand deutlich in sein Gesicht geschrieben, und er schluckte laut, bevor er sich an eine Antwort wagte. »Ich weiß nicht, was Sie meinen.«

»Ich verstehe Hindi«, klärte Roberta ihn unverblümt auf. Ihr war klar, dass sie einen taktischen Vorteil verschenkte, indem sie das zugab, aber sie hoffte, dass es das wert war, wenn sie nur einen Blick auf das schmutzige kleine Geheimnis von Chrysalis werfen konnte. »Ich möchte die Abteilung für abweichende Entwicklungen sehen. Jetzt.«

Takagi war sichtlich unbehaglich angesichts dieses Wunsches. »Ich bin nicht sicher, ob das eine so gute Idee ist«, sagte er ausweichend. »Sind Sie sicher, dass Sie nicht erst eine Pause einlegen möchten?« Er trug den Vorschlag so hoffnungsvoll an sie heran, dass es ihr beinahe wehtat, es mit anzusehen. »Wir haben auf Ebene drei eine sehr gute Cafeteria. Vielleicht sollten wir erst einmal dorthin gehen, bevor wir weitermachen?«

Robertas Magen knurrte verräterisch und erinnerte sie so daran, dass die Mittagszeit schon vorüber war, aber sie blieb hartnäckig. »Schleichen Sie nicht weiter um den heißen Brei herum, Walter. Oder haben Sie etwas zu verbergen?«

»Natürlich nicht!« Seine Ablehnung klang schriller als beabsichtigt, und er kaute nervös auf seiner Unterlippe herum. Er sah von Sekunde zu Sekunde verlegener aus. Schließlich zuckte er mit den Schultern und warf Roberta in dem vergeblichen Versuch, das Unvermeidliche hinauszuzögern, ein dümmliches Grinsen zu. »Sollten wir das nicht erst mit Dr. Kaur absprechen?«

Im direkten Vergleich der Willenskraft hatte der junge Wissenschaftler keine Chance. Nicht gegen eine Frau, die sich auch gegen zeitreisende Sternenflottenoffiziere zu wehren wusste. *Isis ist nicht die Einzige, die stur sein kann,* dachte Roberta in dem Wissen, dass Takagi nachgeben würde, wenn sie den Druck aufrechterhielt. »Sie sollten mich doch herumführen, oder? Wie soll ich mich denn als ein vollständiges Mitglied von Chrysalis fühlen, wenn Sie mich schon jetzt von wichtigen Informationen ausschließen?«

Sie sah ihn mit einem entschlossenen Gesichtsausdruck an und hatte die Arme vor der Brust verschränkt, sodass klar war: Sie würde nicht um ein Jota nachgeben, bis sie bekam, was sie wollte. »Um Himmels willen, Walter, ich bin Wissenschaftlerin, keine Touristin. Sie müssen mir nicht die klinisch reine Rosarote-Brillen-Version des Projekts zeigen.«

»Okay, okay«, gab er schließlich nach. »Ich nehme nicht an, dass Sie erst Ihre Katze in Ihr Zimmer bringen wollen?«

Roberta antwortete nicht und sah ihn böse an.

»Nein, das habe ich mir gedacht.« Er runzelte die Stirn und ließ den Kopf mit jämmerlicher Miene hängen. An der nächsten Kreuzung änderte er die Richtung, in die sie gingen, und führte Roberta einen weiteren langen Gang entlang, an einer Reihe von nummerierten Türen vorbei. Im Gegensatz zu der freundlich gestalteten Lobby, in der sie Sarina Kaur getroffen hatte, war dieser Bereich von Chrysalis wesentlich funktioneller und eher wie eine Institution gestaltet: grellweiße Wände, ein abgetretener Boden und geschlossene graue Türen, in denen auf Augenhöhe Fenster eingelassen waren.

»Gleich um die Ecke ist ein Aufzug«, erklärte Takagi, während Roberta mit Isis auf der Schulter hinter ihm herhastete.

Gerade, als Roberta glaubte, sie hätte die Situation

unter Kontrolle, erwachte die gelangweilte und scheinbar knochenlose Katze plötzlich zum Leben. Sie ließ ein hochfrequentes Miauen direkt neben dem ungeschützten linken Ohr der jungen Frau erklingen, dann wand Isis sich aus dem Griff ihrer menschlichen Gefährtin und sprang mit so viel Kraft von Robertas Schulter, dass sie einen guten Meter hinter den beiden verwirrten Menschen auf dem Boden landete. Isis rannte davon und verschwand im Korridor.

»Hey!«, schrie Roberta frustriert. Isis plötzlicher aufgeregter Absprung hatte schmerzhafte Kratzer auf ihrer Schulter hinterlassen, aber das unerwartete Benehmen der Katze beunruhigte sie noch mehr, ganz zu schweigen von Takagis Reaktion auf die überstürzte Flucht des Tiers.

Was um alles in der Welt ist jetzt schon wieder in diese dreimal verdammte Katze gefahren?, fragte sie sich wütend und warf Takagi nur kurz einen überraschten Blick zu. Sie zuckte mit den Schultern und jagte ihrer nicht gerade mitteilungsfreudigen Katzengefährtin hinterher.

»Warte! Komm her, du verflixtes Katzenvieh!«, rief sie. Hinter sich hörte sie Takagis Turnschuhe auf dem Boden. *Ich schwöre*, dachte sie wütend, *diese Katze liebt es, mich dumm dastehen zu lassen!*

Falls Isis Robertas Rufe hörte, achtete die Katze wie üblich nicht darauf. Sie erreichte eine Kreuzung am anderen Ende des Gangs und bog in einem beinahe akkuraten Neunzig-Grad-Winkel nach rechts ab. Roberta versuchte fieberhaft, Schritt mit der flüchtenden Katze zu halten, und sah gerade noch einen Stück des gekrümmten schwarzen Schwanzes hinter einer Ecke verschwinden. Wohin es ging, wusste wohl nur Isis selbst. Robertas Herz pochte, ihre Beine taten weh. *Das ist wirklich der Gipfel*, schimpfte sie zornig vor sich hin. *Mir ist egal, was Seven sagt. Diese schnurrende Primadonna kommt an die Leine.*

»Lassen Sie sie nicht entkommen!«, rief Takagi. Er bemühte sich, mit ihr Schritt zu halten, und klang aufgeregter, als Roberta lieb sein konnte. Zweifellos stellte er sich vor, wie dieses wildgewordene Katzenvieh in eines der Labore rannte und dort wichtige und fragile Experimente durcheinanderbrachte. Sie konnte sein Keuchen hören und nahm an, dass das Laufen wahrscheinlich mehr körperliche Ertüchtigung war, als der verschrobene Wissenschaftler seit Jahren bekommen hatte.

Roberta war dank ihres anstrengenden Lebensstils in besserer Verfassung und ließ Takagi schnell hinter sich. Sie bog mit Hochgeschwindigkeit um eine Ecke und holte Isis langsam ein, die offenbar auf eine geschlossene graue Tür am Ende dieses Gangs zulief.

»Du entkommst mir auf keinen Fall!«, murmelte Roberta in sich hinein. Ihre Arme streckten sich der davonlaufenden Katze entgegen und bekamen sie am Schwanz zu fassen, um sie zurückzuzerren, aber vorher stemmte Isis ihre Pfoten heftig genug gegen die Tür, sodass diese nach innen aufschwang. Die Katze, die anscheinend genau wusste, wohin sie wollte, verschwand im Inneren des Raums. Roberta war ihr so dicht auf den Fersen, dass sie durch die offene Tür lief, bevor diese zurückschwang.

Roberta blieb stolpernd mitten in dem Raum stehen, in den Isis gelaufen war. »Ach du liebe Zeit«, stieß sie laut hervor, den Blick auf das gerichtet, was sie auf der anderen Seite der geheimnisvollen Tür entdeckt hatte.

Sie hatte endlich Gary Seven gefunden: Eingesperrt in einen Käfig wie ein Tier im Zoo. Er sah fürchterlich aus und glich überhaupt nicht seiner sonst so makellosen Erscheinung. Sein unordentliches Haar fiel ihm in die Augen, sein Hemd und seine Hosen waren zerknittert und schweißgetränkt. Blut war auf seinen Lippen zu sehen, und ein beunruhigend wirkender brauner Fleck zierte die Vorderseite des Hemds. Er kauerte in einem Käfig und war an den Gitterstäben zusammengesackt, die Arme unbequem über sich ausgestreckt. Roberta brauchte angesichts des schockierenden Anblicks einen Moment, um zu erkennen, dass seine Handgelenke mit Handschellen an den Käfig gefesselt waren.

Seven war allein in seinem Käfig, nicht aber im Raum, der, wie Roberta jetzt bemerkte, voller in Käfige gesperrter Tiere war. Auch ein voll ausgewachsener Tiger war darunter, der knurrte und bedrohlich seine Zähne zeigte. Sarina Kaur kniete außerhalb von Sevens Käfig, drei Wachen und ein ungepflegt aussehender Mann mittleren Alters, den Roberta noch nie gesehen hatte, waren bei ihr. Alle starrten Roberta an, offenbar überrascht von ihrem plötzlichen Auftauchen. Kaur ließ den Keramikbecher fallen, der auf dem Betonboden zerbrach. In das Knurren des Tigers mischte sich nun der Lärm bellender Hunde und kreischender Affen, die sich über Isis' Anblick und ihren Geruch und den ihrer menschlichen Verfolgerin aufregten. Der Lärm der Tiere wurde schnell ohrenbetäubend.

Unter diesen Umständen fühlte Roberta sich nicht berufen, die Tatsache, dass sie wie vom Donner gerührt war, zu verbergen. »Was in aller Welt ...?«, rief sie und schlug sich vor Schreck die Hand vor den Mund. »Ich verstehe nicht ...!«

Zwei der Wachen traten vor, offenbar in der Absicht, sie von diesem Ort zu entfernen. Aber Kaur winkte mit einer knappen Geste ab. Die verwirrte Direktorin gewann ihre Fassung mit erstaunlicher Geschwindigkeit zurück. »Es tut mir leid, dass Sie das mit ansehen mussten, Dr. Neary«, sagte sie kühl und stand auf. Trotz ihres ungerührten

Benehmens hörte Roberta in ihrer Stimme ganz klar, wie frustriert Kaur war.

Was habe ich denn nun schon wieder unterbrochen?, fragte sich Roberta.

Isis, die zwischen den beiden Frauen stand, fauchte Kaur wütend an. Das ebenholzschwarze Rückenhaar der Katze stellte sich auf ihrem Buckel auf, was sie beinahe so wild aussehen ließ wie den zornigen Tiger, dessen Käfig nur wenige Meter entfernt stand. Roberta trat schnell vor und nutzte die Gelegenheit, nach Isis zu greifen und diese vom Boden aufzuheben, bevor die aus guten Gründen erregte Katze ihre Tarnung auffliegen lassen konnte. Sie hielt das angespannte Tier so fest sie konnte, während sie eine Entschuldigung stammelte. »Ähm, ich habe nach meiner Katze gesucht«, erklärte sie.

»Offensichtlich«, entgegnete Kaur trocken. Ihr Begleiter, der stämmige Weiße, sah Roberta misstrauisch an.

»Aber wer ist dieser Mann?«, wollte Roberta dann in angemessen beunruhigtem Tonfall wissen. Isis hatte sich ihrem festen Griff ergeben und beschränkte sich nunmehr darauf, Kaur böse anzustarren. »Was machen Sie da mit ihm?«

»Dieser Spion«, begann Kaur mit Betonung auf »Spion«, »hat versucht, sich in Chrysalis einzuschleichen, aus Gründen, die wir gerade herauszufinden versuchen.« Sie machte eine umfassende Geste, um Robertas Aufmerksamkeit auf die eingesperrten Versuchstiere zu lenken. »Wie Sie unschwer an dieser Umgebung erkennen können, entspricht es durchaus nicht unserer Gewohnheit, Menschen gegen ihren Willen festzuhalten. Dieser veterinäre Lagerraum ist das, was auf Chrysalis einem Gefängnis am nächsten kommt, das versichere ich Ihnen.«

Kaur hatte die Stimme erhoben, sodass man sie über die

Kakophonie der Tierstimmen hören konnte, aber weder sie noch Robertas Worte riefen eine Reaktion in dem Gefangenen vor. Sein Kopf blieb hängen, er schwieg, sein Kinn ruhte stumm auf seiner Brust. Roberta konnte nur hoffen, dass ihr sonst so geschickter Boss im Interesse der Mission nur so tat, als nehme er ihre Anwesenheit nicht zur Kenntnis, und dass er nicht so bewusstlos war, wie er schien. Aber es war unmöglich, das mit Sicherheit festzustellen. *Ich habe ihn noch nie in einem so schlechten Zustand gesehen,* dachte sie, *seit damals, als seine Lebenskraft in die Vierte Dimension gesaugt wurde.*

Sie tastete nach dem Servo in ihrer Tasche, denn sie war stark versucht, Seven hier und jetzt zu befreien. Doch die Chancen standen gegen sie. Drei Wachen, Kaur, der Brite ... selbst wenn sie von Isis ein wenig Hilfe bekam, waren sie den anderen beinahe drei zu eins unterlegen. Vielleicht konnte sie, da sie das Überraschungsmoment auf ihrer Seite hatte, einen oder gar zwei der Wachen ausschalten, bevor Kaur und die anderen realisierten, was geschah, aber jemand würde sie entwaffnen, bevor sie alle Personen im Raum ausschalten konnte. Das würde bedeuten, dass sie ihre Tarnung für nichts aufgegeben hätte.

Das ist einfach nicht der geeignete Zeitpunkt, mit dem Servo herumzuschießen, erkannte sie widerwillig. Doch sie hasste es, Seven in einem so schrecklichen Zustand zurückzulassen, und sei es auch nur für eine kleine Weile. Aber sie sah keine andere Alternative. *Ich bin gut, aber ich bin nicht Dirty Harry.*

Hinter Roberta schwang die Tür ein weiteres Mal auf. Ein zerzauster Takagi stolperte herein. »Haben Sie sie?«, stieß er keuchend hervor. Doch er schwieg sofort, als sein erstaunter Blick auf die bizarre Szene fiel, in die er gerade hineingeplatzt war.

»Dr. Kaur!«, rief er eine Sekunde später, als er seine anfängliche Verständnislosigkeit überwunden hatte. »Es tut mir leid, es war nicht meine Absicht ...«

»Es ist in Ordnung, Walter«, unterbrach ihn Kaur. »Wir reden später darüber.«

Roberta sah kurz auf den stummen Gefangenen in seinem kläglichen Zustand hinab und versuchte dann, herauszufinden, wie sehr Takagi von der grauenvollen Situation abgestoßen war, in die Isis ihn geführt hatte. War er ehrlich über Sevens harte Behandlung entsetzt oder war er einfach nur beunruhigt, weil Ronnie Neary zufällig über die Wahrheit gestolpert war? *Was weiß er darüber und wann hat er es erfahren?*, fragte sie sich. *Um diese allgemeingültige Frage mal zu stellen.*

Sie wünschte, sie hätte sicher sein können, dass man den freundlichen Takagi im Dunkeln darüber gelassen hatte, dass man Seven eingesperrt hatte und warum. Aber sie musste wohl vom Schlimmsten ausgehen. Wahrscheinlich bedeutete Takagis Ankunft hier nichts weiter, als dass ihre Chancen, Seven zu befreien, noch schlechter standen als zuvor. »Wie lange ist dieser Mann schon gefangen?«, wollte sie von Kaur wissen und sah besorgt auf die zusammengesunkene Gestalt ihres Vorgesetzten.

»Höchstens einen Tag«, versuchte Kaur, sie zu besänftigen. »Wir nehmen sogar an, dass er mit dem gleichen Flug nach Indien gekommen ist, mit dem Sie auch hier eintrafen.«

»Das muss er wohl«, ließ sich nun der andere Wissenschaftler vernehmen und enthüllte damit seinen gehobenen britischen Akzent. »Wie sonst hätte er in so kurzer Zeit von New York nach Delhi kommen sollen?«

Ich denke mal, Sie haben wohl noch nie vom Blauer Rauch Express gehört, dachte Roberta. Nach allem, was sie bisher in der Chrysalis-Basis gesehen hatte, war der Gedanke, dass sie und Seven den hier versammelten verrückten Genies noch einiges an Technik voraushatten, beruhigend.

»New York?«, fragte sie betont harmlos.

»Nichts, um das Sie sich Sorgen machen müssten«, tat Kaur den Hinweis ab. »Wichtig ist, dass unser ungeladener Besucher einiges riskiert hat, um unsere Sicherheit zu durchbrechen.« Sie packte Roberta sanft am Arm und versuchte, die jüngere Frau zum Ausgang des Lagers zu bugsieren. »Ich weiß, was Sie gesehen haben, muss ziemlich barbarisch und alarmierend wirken, aber Sie müssen verstehen, dass es unbedingt notwendig ist. Es gibt Mächte auf dieser Welt, die bereit sind, alles, was wir erreicht haben, zu vernichten. Alles, was wir zu erreichen hoffen. Wir haben keine andere Wahl, als uns gegen Spione und Saboteure wie diesen Mann zu wehren.«

Sie blickte auf Seven zurück und sah dabei eher sorgenvoll aus als ärgerlich, dann richtete sie ihre Aufmerksamkeit wieder auf Roberta. »Um die Natur zu übertreffen, Veronica, müssen wir manchmal so rücksichtslos wie die Natur selbst sein. Das ist eine Wahrheit, die Sie verstehen werden, wenn Sie mit unserer Arbeit vertrauter werden.«

Roberta erschrak, als sowohl Takagi als auch der britische Wissenschaftler verständnisvoll nickten.

»Ich weiß nicht«, sagte sie und schützte Unsicherheit vor, während Kaur auch weiterhin versuchte, sie aus dem Raum zu komplimentieren. *Ich muss jetzt vorsichtig sein,* erkannte sie und versuchte, die perfekte Balance zwischen ihrem Gewissen und Komplizenschaft zu finden. *Wenn ich jetzt nicht laut genug gegen Kaurs drakonische Maßnahmen protestiere, wird diese verrückte Direktorin misstrauisch. Aber wenn ich zu viele Einwände habe, werde ich bei Seven in diesem Käfig landen.*

»Sie können ihn wohl nicht einfach den Behörden über-geben«, schlug Roberta in einem, wie sie hoffte, überzeu-genden Tonfall vor. »Aber was passiert auf lange Sicht mit ihm?«

Kaur beantwortete die Frage nicht direkt. »Keine Sorge«, versicherte sie Roberta. »Unser Gast wird schlussendlich mit uns kooperieren. Auf die eine oder andere Weise.«

Das persönliche Quartier in der Chrysalis-Basis, das man Roberta zur Verfügung gestellt hatte, war durchaus behaglich. Pfirsichfarbene Wände gaben dem Raum ein freundliches Ambiente, frische Blüten, die zweifellos aus einem künstlich beleuchteten unterirdischen Garten stammten, schwammen in einer Porzellanschüssel auf dem Nachttisch, der kunstvoll aus dunklem Teakholz geschnitzt war. Das überaus bequeme Bett war in ihrer Abwesenheit ordentlich gemacht worden, was nahelegte, dass das Projekt neben Genetikern, die den Nobelpreis gewonnen hatten, auch Hausmädchen anstellte. Kurzum: Es war ein schöner Ort für einen Besuch, aber Roberta hatte nicht die Absicht, länger zu bleiben.

Vor einigen Minuten hatte Takagi sie hierher gebracht, am Schluss ihrer mehr als ereignisreichen Tour durch Chrysalis. Jetzt plante sie, sich zurückzuschleichen und Seven zu befreien, sobald die Luft rein war. Falls - mit ein wenig Glück - Kaur und ihre Wachen die Befragung bereits beendet hatten, hätte das Robertas Chancen auf eine erfolgreiche Befreiung verbessert. Das war ein sehr großes ›Falls‹, das wusste sie, aber irgendetwas musste sie schließlich unternehmen. *Ich lasse Gary auf keinen Fall auch nur eine Minute länger als notwendig in diesem Käfig.*

Isis lief rastlos auf den Laken des breiten Betts herum und maunzte Roberta ungeduldig an. Diese nahm an, dass die Katze Seven genauso dringend aus seinem höllischen Käfig befreien wollte wie sie selbst, wenn nicht mehr. »Ja ja, Isis, ich höre dich ja«, sagte Roberta gelassen für den Fall, dass jemand sie belauschte. Nach allem, was in Rom passiert war, traute sie Chrysalis zu, dass man auch diese Unterkunft verwanzt hatte. »Ich weiß, du willst, dass Mami mit dir spielt, aber das geht jetzt nicht. Mami geht jetzt erst mal unter die Dusche.«

Die südliche Wand des kombinierten Schlaf-/Wohnraums war vollständig von einem großen Spiegel bedeckt. Der Spiegel ließ den Raum geräumiger wirken, aber Roberta hatte den Verdacht, dass er ebenso ein Einwegfenster war, durch das die sicherheitsbewussten Wachen sie heimlich beobachten konnten. Sie hatte am Abend zuvor darauf geachtet, nichts Verdächtiges vor dem Spiegel zu tun. Ihre Versuche, mit Seven in Kontakt zu treten, hatte sie in die (hoffentlich!) private Duschkabine verlegt, während sie auch Isis unauffällig auf die verspiegelte Wand aufmerksam gemacht hatte (»Sieh mal, wie hübsch du bist, Miez!«). Am Ende beobachteten die bösen Jungs die Katze noch dabei, wie sie sich in eine besonders sexy aussehende Zweibeinerin verwandelte, wenn sie glaubte, dass niemand hinsah.

Allerdings würde es ein wenig mehr Mühe kosten, sich aus dem Quartier zu schleichen, um Seven zu retten. Roberta trat in das angrenzende Badezimmer und ging rasch vom Waschbecken zur Duschkabine hinüber. Überall drehte sie die Heißwasserhähne voll auf und sang dabei beiläufig vor sich hin, um allen Verdacht zu zerstreuen. Sie ließ die Badezimmertür weit offen und warf hin und wieder Kleidungsstücke ins Wohnzimmer, damit es so aussah, als zöge sie sich aus. Sie hatte »Crocodile Rock« wie geplant halb fertig gesungen, als die Dampfwolken jeden Spiegel im Zimmer hatten beschlagen lassen. Einschließlich des großen Spiegels zwischen ihr und dem Ausgang.

Sie ließ die Dusche laufen und nutzte aus, dass der große Spiegel »zufällig« beschlagen war, indem sie Isis vom Bett schnappte und zur Tür hastete. Sie schlüpfte schnell in den Gang hinaus und war dankbar, dass niemand auf Chrysalis paranoid genug gewesen war, sie einzusperren. Sie sah den Korridor hinab, erblickte aber keine Anzeichen dafür, dass jemand ihr Entkommen beobachtet hatte, der sich darüber hätte aufregen können.

Bereit oder nicht, wir kommen! Sie drückte Isis an ihre Brust und ging rasch den Korridor hinunter. Sie hatte sich die Route von ihrer Unterkunft zu der unangenehm riechenden Menagerie, in der man Seven festhielt, sorgfältig eingeprägt und eilte nun so schnell sie konnte, dorthin, ohne dabei zu fehl am Platz oder auffällig zu wirken.

Okay, dachte sie und ging im Stillen ihren Plan noch einmal durch. *Ich gehe in den Lagerraum, schalte die Wachen aus und teleportiere uns wieder in den Big Apple, damit wir uns überlegen können, was wir als Nächstes unternehmen.* Sie hatte die Koordinaten von Chrysalis bereits in den Speicher des Servos eingegeben, sodass sie den Blauer Rauch Express immer wieder nehmen konnten, wenn sie wollten. *Wir haben für dieses Mal genug erfahren,* entschied sie. *Es wird verdammt nochmal Zeit, dass wir hier abhauen.*

Die Korridore von Chrysalis waren an diesem Nachmittag mäßig bevölkert und Roberta kam auf ihrem Weg durch ein Labyrinth von Tunneln, Treppen und Aufzügen an einigen Gruppen von Technikern und Laboranten vorbei, die ihrer Arbeit nachgingen. Sie zeigte Selbstsicherheit und Gelassenheit, als gehöre sie wie jeder andere hierher. Das funktionierte ziemlich gut. Ihr unbekanntes Gesicht zog einige wenige neugierige Blicke auf sich, aber keiner sah sich veranlasst, Alarm zu schlagen. Vielleicht war das ein Anzeichen dafür, wie viel Vertrauen die durchschnittlichen Arbeiter in das strenge Sicherheitsnetz und die sorgfältig aufrechterhaltene Anonymität von Chrysalis hatten. *Ich schätze, die nehmen alle an, dass ich nicht hier wäre, wenn ich nicht eingeladen wäre,* vermutete sie. Und das war ja auch mehr oder weniger der Fall.

Die Katze auf ihrem Arm ließ sie ein wenig verdächtiger aussehen, als es ihr lieb sein konnte, aber Roberta wusste, dass Seven ihr nie vergeben hätte, wenn sie Isis zusammen mit ihrem Gepäck zurückgelassen hätte, auch wenn das glitzernde Halsband der Katze ein mikroskopisch kleines Peilgerät enthielt. Sie hasste es, das zuzugeben, aber manchmal war die anspruchsvolle Katze eben doch nützlich. Betrachtete man die Umstände, besonders den, dass sie allein war und sich mitten in feindlichem Territorium befand und versuchte, eine ganze Reihe von genialen Wissenschaftlern samt ihrer Söldnerarmee auszutricksen, nahm Roberta an, dass sie alle Hilfe annehmen musste, die sie kriegen konnte.

Aber das hieß noch lange nicht, dass ihr das gefallen musste.

»Es hat keinen Sinn«, betonte Williams. »Er hat das Bewusstsein verloren.«

Verdammt! Sarina Kaur betrachtete Gary Sevens schlaffen Körper mehr als nur frustriert. Sie hatte so kurz davor gestanden, dem Gefangenen seine außerirdischen Geheimnisse zu entreißen, als diese idiotische Amerikanerin und ihre Katze sie unterbrochen hatten. Und jetzt schien es, als sei Seven in einen komatösen Zustand gefallen, in dem er nicht mehr in der Lage war, all die Fragen zu beantworten, die sie ihm so dringend stellen wollte. *Dr. Neary ist hoffentlich eine erstklassige Wissenschaftlerin*, dachte Kaur gereizt, *nach all dem Ärger, den sie verursacht hat.*

»Können Sie ihn nicht wiederbeleben?«, wollte sie wissen.

»Ha!« Williams schnaubte bitter. Er ging neben Sevens Käfig in die Hocke und leuchtete ihm mit einer Lampe in die Augen. Doch die Pupillen reagierten nicht. Dann kontrollierte er noch einmal Sevens Puls, bevor er die schlaffe Hand des Gefangenen fallen ließ. Die Hand hing leblos von den Handschellen herab. »Nach einer doppelten Dosis dieses vermaledeiten Neurotransmitters wäre ich nicht überrascht, wenn seine graue Substanz komplett durchgebraten wäre.«

Er stand auf und wischte sich die Hände ab, als könne er sich so von der Verantwortung für den ernsten Zustand des Gefangenen befreien. »Für mich sieht es so aus, als müssten wir ihn loswerden.«

»Das ergibt doch keinen Sinn«, protestierte Kaur und ignorierte dabei die zunehmende Insubordination des Engländers. »Das Serum hatte noch nie diese Wirkung.«

Allerdings, überlegte sie dann, hatte auch noch nie jemand der Droge so lange widerstanden oder gar eine zweite Dosis benötigt. Hatte die Anstrengung, der Wirkung des Serums zu widerstehen, wirklich bleibenden neurologischen Schaden angerichtet, oder hatte Sevens Nachgeben schließlich irgendeine tief verwurzelte mentale Sperre ausgelöst? Es war möglich, dachte sie weiter, dass die lange Bewusstlosigkeit des Eindringlings einen letzten Blockademechanismus gegen eine derart intensive und übermächtige Befragung darstellte. Solche Vorsichtsmaßnahmen waren theoretisch möglich, tatsächlich hatte Kaur selbst einmal die Möglichkeit untersucht, ähnliche Blockaden hypnotisch in die Hirne der wichtigsten Chrysalis-Mitarbeiter zu implantieren. Doch schließlich hatte sie die Technik angesichts der derzeitigen Grenzen solcher psychologischer Konditionierung als nicht zuverlässig aufgegeben. *Aber vielleicht kennt Mr. Seven ein paar Tricks, die selbst die modernsten Ärzte nicht kennen?*

»Nun, es macht vielleicht keinen Sinn«, sagte Williams. »Aber eines ist sicher: Sie werden aus diesem armen Kerl in der nächsten Zeit nichts herausbekommen.« Er gähnte laut und massierte sich die verspannten Nackenmuskeln. »Um ehrlich zu sein, Frau Direktor, wir verschwenden hier unsere Zeit, und ich für meinen Teil könnte eine Pause gebrauchen.«

Traurig erkannte Kaur, dass Williams recht hatte. Sie selbst musste sich um einige dringende Pflichten kümmern, während der rätselhafte Mr. Seven unzweifelhaft im Land der Träume weilte. Jedenfalls für die nächste Zeit.

Vielleicht können wir versuchen, ihn später wiederzubeleben, überlegte sie. *Nachdem sein Verstand und sein Körper die Möglichkeit hatten, sich von dieser Sache zu erholen.*

»Also gut«, informierte sie Williams. »Sie können fürs Erste gehen.«

Sie wandte sich an den Wachmann, der für den Lagerraum zuständig war. »Bhajan, bitte behalten Sie den Gefangenen unbedingt im Auge. Rufen Sie mich sofort, wenn sich sein Zustand ändert.«

»Ja, Direktorin«, erwiderte der stämmige Sikh.

Williams verlor keine Zeit, das kombinierte Lagerraumgefängnis zu verlassen. Doch Kaur blieb noch ein paar Minuten länger. Sie konnte es nicht über sich bringen, den Gefangenen sich selbst zu überlassen, wo er noch so viele Geheimnisse für sich behielt, die es zu lösen galt. Ihre persönlichen Leibwachen warteten geduldig, während sie mit dem stiftförmigen Instrument herumspielte, das sie Seven zuvor abgenommen hatte.

Ob in diesem Gerät außerirdische Technologie verarbeitet ist?

Ihr kam der Gedanke, dass dieses kleine Artefakt, wenn Gary Seven sich nie von seinem derzeitigen vegetativen Zustand erholte, sich als der einzige verwertbare Hinweis darauf herausstellen könnte, dass Seven nicht von der Erde stammte. Das und die Erkenntnisse, die man durch seine DNA und eine postmortale Untersuchung gewinnen konnte.

Sie betrachtete das Instrument näher. Die verführerische Einfachheit der Tarnung war beeindruckend, das Gerät glich einem einfachen Schreibinstrument aufs Haar. Kaur hielt die Spitze der Waffe sorgfältig von sich fort und spielte an den Kontrollen herum, die anscheinend dadurch aktiviert wurden, dass man die äußere Hülle des Stifts in verschiedene Richtungen drehte.

Plötzlich entdeckte sie, dass die Hülle in mehr als eine Richtung gedreht werden konnte. Ein leises Klicken erklang, dann ein etwas lauteres elektronisches Piepen.

Hmm, dachte sie fasziniert. *Was haben wir denn da?*

Nach eigener Einschätzung hatte Roberta bereits zwei Drittel des Wegs in den veterinären Lagerraum hinter sich gebracht, als der Servo in ihrer Tasche zu piepen begann.

Hey, dachte sie aufatmend. Ihre Stimmung stieg in unge-ahnte Höhen, als sich der Servo unerwartet meldete. *Seven muss sich selbst aus seinem Käfig befreit haben.* Sie fühlte sich auf einmal ziemlich albern, dass sie ihn nach all den Jahren so unterschätzt hatte. *Ich schätze, er hat sich einfach nur tot gestellt.*

Isis kletterte auf Robertas Schulter, sodass die junge Frau nun die Hände freihatte. Um sicherzugehen, dass niemand sie beobachtete, schaute Roberta sich rasch um, zog den Servo aus der Tasche und aktivierte die Antwort-funktion. »Hallo, Seven? Junge, was bin ich froh, von Ihnen zu hören!« Die Situation war ja wohl viel zu dringlich, als dass Zeit mit albernen Codenamen verschwendet werden musste. »Isis und ich sind auf dem Weg zu Ihrem letzten Aufenthaltsort. Bitte um Instruktionen.«

Ein enervierend langes Schweigen folgte, das schließlich von einer Stimme unterbrochen wurde, die Roberta nur allzu bekannt war.

»*Dr. Neary?*«, fragte Sarina Kaurs Stimme mit dem indischen Akzent. »*Sind sie das?*« Eine kalte, süffisante Freude, der jegliche Wärme und Gutmütigkeit fehlten, kroch in die Stimme der Wissenschaftlerin. »*Was für eine außerordentlich … aufschlussreiche Entwicklung. Ich freue mich, Sie wiederzusehen, Dr. Neary, und das so bald wie möglich.*«

Roberta konnte spüren, wie das Blut aus ihrem Kopf in die unteren Extremitäten sackte. *Oje.* Sie schaltete den Servo mit Rekordgeschwindigkeit ab, aber der Schaden war bereits angerichtet. *Das war's dann wohl,* erkannte sie und schluckte hart. Die Zeit der komplizierten Tarniden-titäten und des cleveren Improvisierens war vorbei. *Jetzt bleibt uns nur noch flüchten, um uns schießen und über-flüssige Gewalt.* Sie stellte den Servo auf Betäubung, Isis sprang von ihrer Schulter auf den Boden. *Hoffen wir mal, dass Chrysalis die Scharfschützen der Sicherheitsgarde nicht auch genetisch aufgewertet hat.*

Sie holte tief Luft, hielt kurz inne, um dem Adrenalin Gelegenheit zu geben, seine Wirkung zu entfalten, dann rannte sie in Höchstgeschwindigkeit den Flur hinunter. Isis lief neben ihr her, ihre Pfoten berührten den gebohnerten Boden kaum. Mit ein wenig Glück, hoffte Roberta, konnte sie Gary Seven immer noch befreien, bevor Kaur ihre Sicherheitsleute rufen konnte, vorausgesetzt sie kam zuerst zum Lagerraum. »Komm schon, komm schon!«, drängte sie sich selbst und rannte so schnell, dass sie ihr Herz in der Brust hämmern hörte. Ihre wachsamen Augen schweiften auf der Suche nach Problemen immer wieder über den Korridor und die angrenzenden Türen. Sie wusste, sie war auf der Chrysalis-Liste der meistgesuchten Personen gerade ganz nach oben gerutscht.

Verwirrte Laboranten schnappten überrascht nach Luft, als die unbekannte blonde Frau, begleitet von einer neben ihr herflitzenden schwarzen Katze, die Korridore hinabhastete. »Achtung, ich komme!«, rief sie immer wieder und zwang so ganze Gruppen von Chrysalis-Mitarbeitern, ihr hastig auszuweichen.

So weit, so gut, dachte Roberta. Im Augenblick waren die Bewohner des streng geheimen Labors zu verwirrt und überrascht, um auch nur zu versuchen, sie aufzuhalten, aber es handelte sich ja auch nur um Zivilisten. Professionelle Sicherheitsleute waren zweifellos schon unterwegs. Sicher hatte man auch schon die leere Dusche in ihrem behaglichen unterirdischen Hotelzimmer entdeckt, und Kaur hatte auch schon längst erraten, wohin sie und Isis unterwegs waren. *Halten Sie durch, Seven,* dachte sie verzweifelt. Sie zählte die Türen und Abzweigungen hastig ab, während sie an ihnen vorbeirannte. *Wir sind beinahe da.*

Doch sie hatte kein Glück. Gerade, als sie an einer Metalltreppe vorbeikam, an die sie sich noch gut erinnerte, kamen zwei Sicherheitstrupps aus entgegengesetzten Richtungen auf sie zu und blockierten den Weg zur Treppe.

»Halt!«, rief der Anführer und richtete eine automatische Pistole auf sie. Vier weitere Sicherheitsleute hielten graue Schlagstöcke aus Stahl in der Hand, die Roberta unangenehm an elektrische Viehtreiber erinnerten. »Ergeben Sie sich. Wir haben Befehl, Sie in Gewahrsam zu nehmen.«

»Tut mir leid, das geht nicht«, murmelte Roberta und richtete ihren Servo auf den bewaffneten Anführer, während sie versuchte, abzubremsen, um nicht mitten in den Wachtrupp hineinzurasen. Ein elektronisches Summen hallte im Raum zwischen Roberta und ihrem Gegner wider, dann entspannte sich der angriffslustige Wachmann sichtlich. Seine strenge, Furcht einflößende Miene verwandelte sich in ein dümmliches Grinsen, sein Blick nahm einen träumerischen Ausdruck an, der Arm mit der Waffe sank nach unten. Seine Gefolgsmänner waren fassungslos, als ihr Vorgesetzter seine Pistole losließ und sich dann auf dem Boden ausstreckte, um ein Nickerchen zu halten. Laute Schnarcher waren statt der harschen Befehle zu hören, die der Wachmann nur ein paar Sekunden zuvor von sich gegeben hatte.

Roberta dagegen nahm sich nicht die Zeit, die Wirkung ihrer Betäubungswaffe auf den Söldner zu untersuchen. Sie änderte die Richtung ihres Laufs und lief dorthin zurück, von wo sie gekommen war. Isis war ihr um ein ganzes Stück voraus und führte Roberta auf einem improvisierten Umweg durch das Labyrinth von Chrysalis. Stiefel stampften über den Boden hinter ihr, als der Rest des Sicherheitsteams die Verfolgung aufnahm.

»Anhalten! Ergeben Sie sich auf der Stelle!«, riefen sie in wenigstens drei verschiedenen Sprachen und Dialekten.

Was Roberta anging, hätten sie auch Marsianisch sprechen können. Sie beabsichtigte nicht, den Befehlen Folge zu leisten. Der Wettlauf zu Sevens Rettung hatte sich in eine Jagd verwandelt, bei der sie selbst zur Beute geworden war.

Wie in Berlin, dachte sie und erinnerte sich an die aufregende und ermüdende Mission, die sie und Seven überhaupt erst auf die Spur dieser unterirdischen Anlage hier gebracht hatte, die so tief unter der Oberfläche der indischen Wüste versteckt war. *Warum endet es immer damit, dass ich vor Waffen schwingenden Verrückten davonlaufe?*

Obwohl sie den Kopf gesenkt hielt, entdeckte sie eine kleine Gruppe von Wissenschaftlern, die sich in einem Atrium aufhielt. Auch ein marmorner Springbrunnen, der wie ein Delfin geformt war und sich aus fein gemeißelten Wellen erhob, war zu sehen. Viele der Arbeiter in ihren weißen Kitteln schienen eine Nachmittagszigarette zu genießen, weit entfernt von den empfindlichen Chemikalien in den Laboren, die sie zu beaufsichtigen hatten.

»Hier drüben!«, rief Roberta Isis zu, bevor sie sich in die Mitte der verblüfften Forscher begab. Sie eilte mit Höchstgeschwindigkeit durch die Menge und hoffte, ihre zornigen Verfolger so vom Schießen abhalten zu können. Aber ihr Plan ging daneben, als die Wachen den Zivilisten mit wütender Stimme zuriefen: »Haltet sie fest!«.

»Lasst sie nicht entkommen!«

Ein paar mutige Wissenschaftler griffen nach Roberta, in der Hoffnung, sie lange genug festzuhalten, bis die Wachen die offenbar Flüchtige eingeholt hatten. »Hey, passen Sie auf, was Sie mit Ihren Händen machen!«, protestierte Roberta empört.

Zu ihrem Glück waren ihre mühselig erworbenen Selbstverteidigungskünste denen der übereifrigen Forscher weit überlegen. Einen schickte sie mit einem Schulterwurf zu Boden, während sie ihren Ellbogen einem anderen in den beachtlichen Bauch rammte. Für einen Augenblick glaubte sie, sie habe es geschafft, und begann wieder zu rennen, aber ein anderer Techniker, der entweder entschlossener oder waghalsiger war als der Rest, griff nach ihren Haaren und hielt sie so schmerzhaft fest. Sie zuckte zusammen, Tränen traten in ihre Augen, als er gnadenlos an ihren Haaren zog, bis Isis herankam und den Widerling, der nicht loslassen wollte, in den Knöchel biss.

»Au!«, schrie er auf, ließ ihr Haar los und hüpfte auf einem Bein davon.

Roberta machte sich auf den Weg, bevor noch jemand sich dazu berufen fühlte, die angeblich Flüchtende einzufangen. »Danke für die Hilfe«, murmelte sie Isis zu, als sie aus der Menge davonschoss und in einen angenehm wenig bevölkerten Korridor einbog. Isis miaute kurz zur Bestätigung.

So viel zu meiner Idee, mich unter die Belegschaft zu mischen, sagte sie sich und beschloss, sich von Kaurs loyalem Personal von jetzt an fernzuhalten. In diesem Moment kam ihr eine Idee. Sie kehrte um und richtete die Einstellungen des Servos neu aus, bis der elegante Marmor-Springbrunnen wieder in Sichtweite kam.

Zap! Der marmorne Delfin explodierte, getroffen von einem unsichtbaren Energiestrahl. Eine unkontrollierte Wasserfontäne schoss in die Höhe und flutete das bisher so stille Atrium. Die überraschten Schreie der durchnässten Techniker mischten sich mit ärgerlichen Flüchen, doch Roberta wandte sich von dem von ihr verursachten Chaos ab und rannte den nächstbesten Tunnel hinab. *Klasse,* dachte sie und grinste begeistert von ihrer brillanten Improvisation in sich hinein. *Ich glaube, der Monsun kommt dieses Jahr früher.*

»Das sollte sie ein wenig aufhalten«, murmelte sie. Sie war dankbar für die kurze Verschnaufpause. Ihre Beine schmerzten bereits vom vielen Rennen, und sie bemerkte, dass sie keuchte wie Bobby Riggs, der Billie Jean King über den Tennisplatz gescheucht hatte. Ihr ging langsam die Puste aus, das wusste sie, aber es würde wohl reichen. *Ich muss nur noch ein wenig mehr Abstand zwischen die bösen Jungs und mich bringen,* versprach sie ihren erschöpften Beinen und Lungen. *Dann kann ich nach einer ruhigen Ecke suchen und mich wegteleportieren.*

Gary Seven hatte ein ehernes Gesetz, das sich aus der Erfahrung ergeben hatte: Sich niemals, außer in den extremsten Augenblicken, vor Zeugen wegzutransportieren, da man sonst die primitiven Hirne des zwanzigsten Jahrhunderts der futuristischen Realität des Materietransports aussetzte. Roberta hastete einen verlassen aussehenden Nebenflur hinab und hielt nach einer Telefonzelle oder einem Wandschrank oder irgendeinem anderen Ort Ausschau, an dem sie und Isis sich wegtransportieren konnten, ohne in Gefahr zu geraten, von einem Passanten dabei beobachtet zu werden. *Warum ist niemals ein verlassener Bunker oder so was in der Nähe, wenn man einen braucht?*

»Dr. Neary! Ronnie! Halt!«

Zwei Gestalten tauchten vor ihr auf und schnitten ihr den Fluchtweg ab. Roberta hätte sie beinahe mit einem Betäubungsstrahl außer Gefecht gesetzt, dann erkannte sie, dass die Männer vor ihr Dr. Takagi und Dr. Lozinak waren.

»Rühren Sie sich nicht von der Stelle!«, warnte sie sie und hielt sie mit dem Füller auf Abstand. Wahrscheinlich sah sie dabei ziemlich lächerlich aus, kam ihr vage in den Sinn.

»Ich mein's ernst. Vertrauen Sie mir, das ist mehr als nur ein Füller.«

»Wir haben Ihnen vertraut, Veronica«, betonte Lozinak. In seinen alten Augen waren Traurigkeit und Resignation zu sehen, als er sich auf seinen hölzernen Stock stützte. »Das ist eine sehr große Enttäuschung.«

Schuldgefühle versetzten Roberta einen kurzen Stich. »Hören Sie, mein Name ist nicht Veronica«, erklärte sie, als würde das irgendwie ihren Betrug erklären. »Sie haben keine Ahnung, wer ich wirklich bin.«

»Sieht wohl so aus«, sagte Lozinak in tadelndem Tonfall, was ihrem Gewissen erneut einen Schlag versetzte.

»Ich kann es nicht glauben!« rief Takagi aus. Er war sichtlich aufgeregt. Sein Gesicht war rot angelaufen, und seine Hände zitterten. »Wie können Sie so etwas nur tun?«

Spannung lag in der Luft, die die Klimaanlage in diesem unterirdischen Tunnel ausspuckte. Diese Unterhaltung unterschied sich erheblich von dem geselligen Abendessen in Rom vor nur wenigen Tagen. *Das scheint Wochen her zu sein.*

»Tut mir leid, Jungs«, sagte sie so kalt und abgebrüht, wie sie konnte, und tat dabei ihr Bestes, um wie eine knallharte Doppelagentin zu klingen. Als ob Modesty Blaise irgendwelche Skrupel gehabt hätte, ein paar verrückte Wissenschaftler zu hintergehen. *Bestimmt nicht!,* schalt Roberta sich selbst, aber sie hatte Mühe, Victor Lozinak in die Augen zu sehen.

»Das ist nichts Persönliches«, versicherte sie. Isis miaute ungeduldig und rieb ihren Kopf an Robertas Bein, um ihre Aufmerksamkeit zu erregen. Die Katze hatte recht, erkannte sie, sie hatte keine Zeit für so etwas.

»Machen Sie den Weg frei«, befahl sie den beiden Forschern und unterstrich die Worte mit einem Wink ihrer freien Hand nach links. »Mit ein wenig Glück sehen Sie mich nie wieder.«

»Nein«, sagte Lozinak fest. Er humpelte vorwärts und hielt seinen Stock nun wie eine Waffe fest. »Wer auch immer Sie sind, ich kann nicht erlauben, dass Sie unsere Arbeit gefährden. Die Zukunft der Menschheit steht auf dem Spiel. Alles andere, unsere kleinen Vertrautheiten und auch Betrügereien, sind dagegen ... wie sagt man? ... Winzigkeiten?«

»Nichtigkeiten«, korrigierte Roberta automatisch. Hinter ihr, nicht sehr weit entfernt, hörte sie Stiefeltritte und Rufe. Die Geräusche ihrer Verfolger kamen näher. »Bitte, Victor, gehen Sie mir aus dem Weg.« Sie warf einen kurzen Blick über ihre Schulter. Noch konnte sie die Sicherheitsleute nicht sehen, aber sie wusste, sie waren auf dem Weg. Isis' Maunzen wurde dringlicher. »Das ist nicht der richtige Zeitpunkt, sich mit mir anzulegen.« Sie schwenkte den Servo wie einen Talisman vor sich her, aber das hielt den alten Mann nicht davon ab, ihr immer näher zu kommen. »Zwingen Sie mich nicht dazu.«

Lozinak kam mit dem Stock in der Hand auf Roberta zu. Die Stiefel und das Rufen klangen nun viel näher. Isis gebärdete sich wie eine Wilde, um Roberta wieder zur Flucht zu bewegen, aber die Menschenfrau zögerte mit dem Finger auf den verborgenen Kontrollen des Servos.

»Um Chrysalis aufzuhalten, müssen Sie zuerst mich aufhalten«, erklärte Lozinak sachlich. Er hob den Stock, vielleicht in der Absicht, ihr den Servo aus der Hand zu schlagen.

Du verrückter alter Mann, dachte sie traurig. Der Servo summte einmal, und Lozinak brach zusammen. Er hielt den Stock noch immer mit einer knochigen Hand umklammert. Roberta opferte eine kostbare Sekunde, um den ältlichen Wissenschaftler aufzufangen, dann stand sie rasch auf, um sich Takagi zu widmen.

Der jüngere Mann starrte fassungslos auf seinen zusammengesunkenen Mentor, dann sah er schockiert Roberta an. Der Unglauben stand ihm ins Gesicht geschrieben. Er trat einen einzigen Schritt vor und öffnete den Mund.

»Tun Sie's nicht!«, schnitt sie ihm das Wort ab. Sie warf ihm einen warnenden Blick zu, der sicher auch einen wildgewordenen Cybernauten aufgehalten hätte. Takagi begriff und nickte langsam. Dann schloss er den Mund und trat an die Wand zurück, während sie an ihm vorbeilief. Roberta erreichte die Kreuzung am Ende des Tunnels, dann sah sie noch einmal zu Takagi zurück. »Noch eins, Walter. Wenn mir etwas passiert, sorgen Sie bitte dafür, dass meiner Katze nichts geschieht.«

Takagi nickte erneut.

Nur eine kleine Absicherung, dachte sie.

»Anhalten! Oder wir schießen!« Zwei Wachen erschienen am anderen Ende des Flurs. Sie hoben die Waffen, aber Roberta und Isis waren bereits um die Ecke gebogen und versuchten, außerhalb der Sichtweite ihrer gnadenlosen Verfolger zu bleiben. Roberta schlug einige Haken in einem Labyrinth von gleich aussehenden Tunneln und änderte wahllos die Richtung in der Hoffnung, die hartnäckigen Wachen abzuschütteln.

Das war schwerer, als es aussah. Egal wie schnell sie rannte oder wie oft sie auch die Richtung änderte, sie konnte den ständigen Lärm der Sicherheitsleute in der Ferne hören, nie weniger als ein paar Abzweigungen von ihr entfernt.

»*Achtung!*«, dröhnte es plötzlich aus einem der Lautsprecher über ihr. Das jagte ihr noch mehr Angst ein. Roberta erkannte die vertraute Stimme von Sarina Kaur. »*Eindringlingsalarm! Achten Sie auf eine blonde Amerikanerin, ungefähr zwanzig Jahre alt. Sie ist wahrscheinlich bewaffnet und gefährlich. Melden Sie alle Sichtungen sofort der Sicherheit!*«

Okay, das läuft jetzt echt aus dem Ruder, dachte Roberta, während Kaur ihre Worte in Hindi und Japanisch wiederholte. Die Netze zogen sich immer enger zusammen, je müder sie wurde. Das Adrenalin würde nicht mehr lange vorhalten, das wusste sie. Ihre Beine waren bereits so schwer, als wögen sie einen Zentner, und ihr Atem ging immer keuchender. Die unermüdlichen Sicherheitsleute ließen ihr keine Verschnaufpause, geschweige denn Zeit, um den Blauer Rauch Express zu rufen.

Ich muss durchhalten, trieb sie sich selbst an. *Nur noch ein wenig länger.*

Gleich darauf führte ihre Flucht sie in einen Sektor von Chrysalis, von dem sie glaubte, ihn noch nie gesehen zu haben. Der einsame Korridor war verdächtig leer, die nackten Betonwände völlig schmucklos und ohne Verzierung.

Scheint wirklich abseits zu liegen, schlussfolgerte sie. *Vielleicht genau das, was ich brauche.* Sie konnte hören, dass die Wachen aufholten, und erkannte mit Schrecken, dass sie vielleicht in eine Sackgasse gelaufen war.

Der nackte Flur führte zu einer einzigen, nicht beschrifteten Tür an seinem Ende. Es gab keinen Hinweis darauf, was sich dahinter befand, aber Roberta hatte keine Wahl. Der einzige Ausweg führte durch die Tür.

Sie versuchte, die Tür zu öffnen, und fluchte stumm in sich hinein, als sich herausstellte, dass sie verschlossen war. Doch das hielt sie nur einen Augenblick lang auf. Sie öffnete das Schloss mit einem Schuss aus ihrem Servo, drehte den Knauf erneut und stellte fest, dass er dieses Mal kooperativer war.

Das Ding ist besser als ein Schweizer Taschenmesser, lobte sie ihr nützliches außerirdisches Allzweckgerät und lächelte angesichts des kleinen Erfolgs. Sie schloss die Tür eilig wieder, nachdem sie hindurchgeschlüpft war, und sah augenblicklich zurück, um sicherzugehen, dass sie nicht Isis' gekrümmte Schwanzspitze eingeklemmt hatte.

Bitte, dachte sie. *Lass hier niemanden sein.*

Stattdessen bemerkte sie, dass eine ganze Menge kleiner, weit aufgerissener Augenpaare sie anstarrten. »Ach du liebe Zeit«, murmelte sie.

Zuerst dachte Roberta, dass sie einfach in einen dieser Klassenräume voller genialer, genetisch konstruierter Superkinder geraten war, wie der, den sie schon besichtigt hatte. Doch sehr schnell erkannte sie mit sinkendem Herzen, dass es sich hier um eine ganz andere Ansammlung von Kindern handelte.

Die Wände des Raums waren gepolstert und mit unverständlichem Graffiti bedeckt. Die Wandpolsterung war offenbar eine Notwendigkeit, wenn man die Tatsache bedachte, dass eines der Kinder, ein kleiner Junge mit seltsam löwenartig wirkenden Gesichtszügen, seine mutierte Stirn immer wieder gegen die Wand schlug. Keiner unternahm ernsthaft etwas dagegen. Ein paar Kinder kreischten angesichts von Robertas plötzlichem Auftauchen hysterisch auf, aber genauso viele achteten überhaupt nicht auf sie. Sie starrten autistisch ins Leere oder unterhielten sich mit sich selbst, oft in bizarren Idiomen, mit denen selbst Robertas Übersetzer nichts anfangen konnte. Ein kleines asiatisches Mädchen, das wohl ungefähr fünf Jahre sein mochte, schaukelte auf ihren Knien vor und zurück und sang dabei eintönig abgerissene Sätze in verschiedenen Sprachen vor sich hin. Ein blasses, koboldartiges Kind, dessen Wange unkontrolliert zuckte, zählte immer wieder seine eigenen Zehen, wobei es beängstigend konzentriert aussah. Es sah von seiner Beschäftigung nur so lange auf, um Robertas Anwesenheit zur Kenntnis zu nehmen, dann zählte es mit neuer Energie weiter. In der Nähe saß auch ein kleiner Junge mit schwarzem Pony, der alles nachmachte, was das Kind tat, das seine Zehen zählte. Selbst das Wangenzucken hatte er übernommen.

»Mr. Eygor!«, krähte eine kleine Plaudertasche. »Jarod macht wieder Leute nach. Machen Sie, dass er damit aufhört! Jetzt!«

Irgendwo in dem überfüllten Raum beschrieb ein unermüdliches Kleinkind mit einem dicken schwarzen Stift die Wände. Roberta konnte in dem Gekritzel keinen Sinn erkennen. An einigen Stellen sah es aus, als handele es sich um mathematische Formeln, dann wieder um ägyptische Hieroglyphen, obszöne Strichmännchen oder irgendeine verdrehte Form davon. Allein der Anblick der Kritzeleien, die einander überlagerten und sich sogar auf den dick gepolsterten Boden erstreckten, ließ Roberta schwindeln. Ein paar Meter weiter war ein anderes Mädchen nicht zufrieden damit, die Wände oder den Boden zu beschreiben, und bemalte seine eigenen Arme und Beine mit verschlungenen Wirbeln und Schnörkeln. In einem anderen Kontext hätten die Verzierungen hübsch ausgesehen, aber umgeben von all dem merkwürdigen Benehmen ihrer Klassenkameraden war es schwer, diese so harmlose Bemalung nicht als Beweis für eine tiefere pathologische Störung zu sehen.

Was sie sah, war verstörend und abstoßend. Doch

Robertas Herz drohte, endgültig zu brechen, als sie die kleine epileptische Künstlerin aus dem Klassenraum zuvor entdeckte. Sie saß in einer Ecke und schluchzte verloren vor sich hin. Es war deutlich zu sehen, dass sie Angst hatte und sich zwischen den beunruhigenden neuen Klassenkameraden und in der Umgebung fürchtete.

»Lasst mich raten«, stieß Roberta bitter hervor. In ihren Augen brannten zornige Tränen. »Das ist dann wohl die Abteilung für abweichende Entwicklungen.«

Im Gegensatz zu den Versicherungen der Chrysalis-Mitarbeiter, sie hätten kleinere Gruppen und Einzelförderung, war hier nur ein Lehrer anwesend, der wenigstens zwei Dutzend gestörte Kinder beaufsichtigte. Er war eher ein Aufseher, zumal Roberta nicht den Eindruck hatte, dass hier irgendjemandem irgendetwas beigebracht wurde. Der einzige Erwachsene, der hier Aufsicht führte, war dieser vierschrötige, gebückte Mann mit schlaffer Haut, einer grauenvollen Haltung und seltsam vorstehenden Augen. Er stand schnell hinter einem billigen Schreibtisch aus Aluminium und Sperrholz auf und ließ ein Taschenbuch voller Eselsohren fallen. Er sah nicht aus, als wäre er ein Raketenwissenschaftler oder erstklassiger Lehrer. Roberta vermutete, dass die misslungenen Experimente von Chrysalis zu beaufsichtigen, nicht gerade zu den begehrtesten Jobs des Projekts gehörte. *Kein Wunder, dass sie diesen Raum so weit ab wie möglich versteckt haben,* schoss ihr durch den Kopf. *So muss sich der Rest des Teams nicht an die gelegentlichen Rückschläge erinnern.*

»Stehen bleiben, mein Lieber!«, warnte sie ihn und streckte ihm den Servo wie einen Revolver entgegen. »Sie haben die Warnung ja gehört. Ich bin bewaffnet und gefährlich.«

Diese Erklärung rief noch mehr Schreckensschreie der aufmerksameren Kinder hervor, aber Eygor hob gehorsam die Hände und nahm ihre eigentlich nur vorgeschützte Drohung damit offenbar so ernst, wie sie gehofft hatte. Roberta sah sich im Raum um und suchte nach Alarmauslösern oder Sicherheitskameras. Sie war versucht, den unheimlichen Aufseher mit den vorstehenden Augen zu betäuben und sich dann vor den Kindern hinauszuteleportieren.

Diese Kinder sind verrückt und gestört. Wer wird ihnen schon glauben, wenn sie sagen, ich habe mich in Luft aufgelöst? Oder in einer leuchtenden blauen Wolke?

»Hallo, *bonjour*, hello!« Eine überraschend kraftvolle kleine Hand zog an ihrem Rock. Ein kleiner, engelhafter Junge, der vielleicht fünf Jahre alt war, sah mit begeisterten und enthusiastischen Augen zu ihr auf. Sein ganzer Körper strahlte vor kaum verhohlener Energie, als habe er eine Jahresportion Frosties auf einen Schlag verdrückt. »WersindSie? WokommenSieher? MeinNameistOliver.« Er überfiel sie mit Fragen und sprach dabei so schnell, dass die Worte sich geradezu überschlugen. »IchhabSiehiernochniegesehen. WieheißenSie? HabenSiemirwasmitgebracht? IchbinderKlügstehier. KannichIhrenStifthaben?«

»Äh, freut mich, dich kennenzulernen«, erwiderte Roberta geistesabwesend und versuchte, den Aufseher im Auge zu behalten, während sie weiterhin den Raum nach versteckten Kameras absuchte. Das Letzte, was sie wollte, war, dass Kaur und ihre fanatischen Mitarbeiter den Blauer Rauch Express auf Film hatten. Ihre Fähigkeit, sich überall hinzutransportieren, war ein As in ihrem Ärmel, das Roberta noch nicht ausspielen wollte, besonders, da Seven noch immer ein Gefangener von Chrysalis war.

Wenn ich ihn holen komme, schwor sie sich, *werden Sie nicht wissen, dass ich komme.*

Doch Oliver ließ sich nicht so leicht abschütteln. »Mein-NameistOliver. WieheißenSie?« Er zerrte jetzt so heftig an ihrem Rock, dass sie den Rockbund packen musste, damit er ihr das Kleidungsstück nicht bis zu den Knien zog. »WersindSie? WarumsindSiehier?«

»Ich heiße Veronica«, log sie, fast schon aus Gewohnheit.

»HabenSiemirwasmitgebracht? KannichIhrenStifthaben?«

»Ähm, nein, jetzt nicht«, spielte Roberta auf Zeit. Zwischen Olivers hartnäckigen Versuchen, ihre Aufmerksamkeit auf sich zu ziehen, und dem immer lauter werdenden Weinen und Jammern der anderen Kinder fand sie es schwer, sich auf die Notwendigkeit zu konzentrieren, unauffällig von hier zu verschwinden. Isis fauchte Oliver bedrohlich an, sodass Roberta sich demonstrativ zwischen den Jungen und die Katze stellte, in der Hoffnung, dass sie den hyperaktiven Jungen davor bewahren konnte, mit Isis' immer bereiten Krallen und Zähnen Bekanntschaft zu machen. »Warum schütteln wir uns nicht einfach die Hände?«

Sie streckte Oliver die Hand hin, die er mit unerwarteter Stärke ergriff. *Aua.* Roberta zuckte zusammen, als der kleine, lästige Dampfplauderer ihre Hand fester drückte als ein hundert Kilo schwerer Quarterback, der sich etwas beweisen wollte. *Das muss die genetisch verstärkte Muskelentwicklung sein,* schlussfolgerte sie. *Ich Glückspilz.*

»GebenSiemirIhrenStift!«, verlangte er und hüpfte an Robertas Arm auf und ab. Sie versuchte, ihre Hand zu befreien, aber Oliver hielt sie fest wie ein Schraubstock. Er griff jetzt auch nach ihrem anderen Arm und versuchte, ihr den Servo abzunehmen. »GebenSieher! GebenSieher! GebenSieher!«

»Oliver! Hör auf! Lass mich los!« Das aufgeregte Kind verstärkte seinen Griff noch und drückte ihre gefangene Hand jetzt so fest, dass sie spürte, wie die Knochen aneinandergepresst wurden. Zum ersten Mal begriff sie, welche Gefahr von diesem verrückt gewordenen Superkind ausging. Oliver trat ihr fest vors Schienbein und ließ sie stolpern, aber trotzdem brachte sie es nicht über sich, den kleinen Jungen körperlich anzugreifen. *Es ist nicht seine Schuld,* dachte sie, zwischen Mitgefühl und Panik hin- und hergerissen. *Er ist einfach emotional gestört!*

Sie hielt den Servo hoch über ihren Kopf, außerhalb von Olivers Reichweite. Die Spitze der Waffe wies nun nutzlos auf die Decke, trotzdem versuchte sie, den schmerzhaften Druck, in dem sich ihre andere Hand befand, zu ignorieren und die Einstellungen des Servos mit den Fingern zu verändern. Ein Test ihrer Fingerfertigkeit, auf den sie gerne verzichtet hätte.

Hoffentlich schaffe ich das, dachte sie verzweifelt, *ohne das verdammte Ding fallen zu lassen oder mich selbst damit abzuschießen ...!*

Dann sprang Oliver hoch und biss in den Bizeps ihres hochgestreckten Arms. Roberta schrie vor Schmerz auf, als sie spürte, dass seine Kiefer sich durch den Stoff ihres Laborkittels hindurch in ihr Fleisch gruben. Der Servo fiel ihr aus den Fingern und landete ein paar Meter von ihr entfernt in einer Gruppe Kinder, die sofort begannen, sich um die schimmernde silbrige Beute zu streiten.

»Neinneinnein!«, rief Oliver, ließ Roberta los und jagte hinter dem heruntergefallenen Servo her. Roberta riss ihre verletzte linke Hand aus seinem Griff und schüttelte sie fest, um die Blutzufuhr zu ihren Fingern wieder anzuregen. Anscheinend war nichts gebrochen, aber es war knapp gewesen. Sie sah sich rasch nach Isis um. Sie fragte sich kurz, warum ihre katzenhafte Gefährtin nicht gekommen war, um ihr zu helfen. Dann sah sie, dass Isis mit einer anderen Krise fertigwerden musste. Eygor hatte Robertas Zwangslage ausgenutzt, die Hände sinken lassen und griff nun nach einem Knopf an seinem Schreibtisch. Isis sprang den gebückten Mann wie ein Miniaturpanther an, aber es war zu spät. Der Alarm erklang, ein Metallgitter ratterte von der Decke hinab und versiegelte so den Ausgang.

Sie saß in der Falle. Roberta starrte düster auf den Haufen streitender Kinder, die sich des Servos bemächtigt hatten und damit auch ihrer Möglichkeit, sich selbst und Isis in Sicherheit zu bringen. Spitze Schreie und wütende Rufe mischten sich in den heulenden Alarm und ließen den Krach zu einem Lärm anschwellen, der es schwer machte, klar zu denken. Sie ging vorsichtig auf die tretenden und um sich schlagenden Kinder zu. Sie war nicht sicher, wie sie gefahrlos voneinander zu trennen waren, geschweige denn, wie sie ihren Servo wieder in die Finger bekommen sollte. Sie starrte den einzigen anderen Erwachsenen an, den buckligen Aufseher mit den vorstehenden Augen, und hoffte, dass er der Gewalt unter den Kindern Einhalt gebieten würde. Doch er starrte nur mit angewidertem Ausdruck in seinem hässlichen Gesicht zur Decke.

Ihr Blick folgte dem seinen, und sie war schockiert, als sie erkannte, dass aus Öffnungen in der Decke Wirbel eines dichten weißen Gases austraten. *Das ist nicht gut,* dachte sie, holte instinktiv tief Luft und hielt den Atem an. Doch ihr schneller Reflex hatte ihr nur so viel Zeit verschafft, dass sie sich fragen konnte, ob jeder Raum in Chrysalis aus Gründen der inneren Sicherheit mit Betäubungsgas geflutet werden konnte, oder ob es sich hier um eine Notfallmaßnahme handelte, falls die Kinder mit den abweichenden Entwicklungen außer Kontrolle gerieten.

Immerhin ließ das austretende Gas den brutalen Kampf, der um den Besitz des Servos ausgebrochen war, ruhiger werden. Roberta versuchte angestrengt, nicht zu atmen, und sah zu, wie die zankenden Kinder eines nach dem anderen dem narkotisierenden Effekt der wirbelnden, weißen Dämpfe zum Opfer fielen, bis die ganze Gruppe der verhaltensgestörten Kinder schlief. Sie konnte nicht umhin, gerührt festzustellen, wie engelsgleich, wie ausgesprochen normal die misslungenen Chrysalis-Kinder im Schlaf aussahen.

Sie stürzte auf die Kinder zu und schob ihre erschlafften Körper auf der panischen Suche nach ihrem Servo vorsichtig auseinander. Die reglosen Körper der Kinder waren totes Gewicht, und so kämpfte sie nicht nur gegen die Schwerkraft, sondern auch gegen die Zeit. *Wenn ich ihn nur rechtzeitig finde, kann ich uns hier rausteleportieren*, dachte sie verzweifelt.

Doch die Anstrengung kostete sie nur ihren letzten Atem. Ihre Wangen bliesen sich mit dem ausgeatmeten Kohlendioxid auf. Sie erhaschte noch einen kurzen, enervierenden Blick auf metallisches Silber, das unter einem Haufen von schlaffen Kinderkörpern hervorblinkte, bevor sie nach Luft schnappte und ihre Lungen das Gas einsogen, das sie schwindeln ließ und ihre Beine in zu weich gekochte Spaghetti verwandelte. Sie versuchte, ihren zunehmend verschwimmenden Blick zu fokussieren, der sich hilflos auf einen schwarzen Fleck auf dem Schreibtisch des Aufsehers richtete.

Isis war bereits bewusstlos, als Robertas Welt vollständig dunkel wurde.

16

»Wissen Sie, wenn man es genau betrachtet, dann hat sie eigentlich eher Verwirrung gestiftet, als wirklichen Schaden angerichtet.«

Walter Takagi zog unbehaglich am Kragen seines T-Shirts. Er und Dr. Kaur betrachteten die mit Gas betäubte Gestalt der Frau, die er als Dr. Veronica Neary kennengelernt hatte und die auf dem gepolsterten Boden der Abteilung für abweichende Entwicklungen lag. Um sie herum waren Gruppen von Sicherheitsleuten und Pflegern dabei, sich um die unglücklichen Kinder zu kümmern, die mit Ronnie und ihrem Aufseher zusammen betäubt worden waren. *Als ob diese armen gestörten Kinder nicht schon genug Probleme hätten!*, dachte er bitter. »Schließlich wurde das Projekt nur infiltriert, nicht irreparabel gestört.«

»Das ist nur ein schwacher Trost, Walter«, erwiderte Kaur nüchtern. Die Direktorin von Chrysalis beobachtete die bewusstlosen Kinder, die nun in die Krankenstation gebracht wurden. Auf ihren feinen Zügen lag Unzufriedenheit. »Nach Jahren der Geheimhaltung und der sorgfältigen Vorbereitung sind wir nun innerhalb von zwei Tagen von zwei Spionen infiltriert worden. Und einen davon haben wir sogar in unserer Mitte willkommen geheißen.«

Ihr mit einem Slipper bekleideter Fuß tappte ungeduldig auf dem Boden und zeigte den Grad der Verärgerung an, der sich hinter Kaurs gelassenem Äußeren verbarg. »Eine überaus beunruhigende Wendung der Dinge.«

Takagi schluckte nervös. Er hatte Gerüchte darüber gehört, was denen passiert war, die die strengen Geheimhaltungskriterien von Chrysalis verletzten. *Wie dieser Amerikaner Singer, der ohne Erklärung verschwunden ist, als ich in Rom war,* erinnerte er sich. *Keiner spricht mehr von ihm.*

»Ich übernehme die volle Verantwortung«, bot er schließlich an und hoffte dabei im Stillen, dass der gute Wille, für seinen Fehler einzustehen, ihm zu seinen Gunsten angerechnet wurde. Vielleicht konnte er damit eine harte Disziplinierungsmaßnahme, wie sie Kaur vorschwebte, abmildern. »Sie hat mich ganz und gar hinters Licht geführt.«

»So sieht es aus«, stimmte Kaur zu.

Takagi wartete auf das Urteil. Er würde es mit so viel Würde aufnehmen, wie er aufbringen konnte. Grausige Visionen von Seppuku, die hauptsächlich aus den Samurai-Filmen stammten, die er als Kind gesehen hatte, tauchten in seinem Geist auf. Doch zu seiner Überraschung seufzte Kaur nur und schenkte ihm ein dünnes Lächeln voller Reue.

»Unglücklicherweise wurden Dr. Lozinak und ich genauso getäuscht. Man kann Sie auch nicht für die unwillkommene Ankunft Mr. Sevens belangen. Unsere Sicherheit wurde schon zu einem früheren Zeitpunkt kompromittiert, möglicherweise durch unsere Operationen in New York.« Sie runzelte nachdenklich die Stirn. »Ich glaube, es ist das Beste, wenn wir zunächst aufhören, neue Talente für Chrysalis anzuwerben, bis wir den Grund dieser Störungen herausgefunden haben und möglicherweise noch mehr.«

»Absolut!«, erwiderte Takagi hastig. Ein überwältigendes Gefühl der Erleichterung erfasste ihn und ließ seinen Kopf beinahe zu leicht werden. *Sieht so aus, als sei ich doch noch nicht tot!* »Das ist natürlich eine hervorragende Idee.«

Ungefähr einen Meter entfernt hoben die Sicherheitsleute das letzte der unvollkommenen Kinder vom Boden auf. Ein silbriges Glitzern fiel ihm ins Auge, und er erkannte den dünnen Metallstift, mit dem Ronnie Dr. Lozinak betäubt hatte. Und ging man von der Aufmerksamkeit aus, die plötzlich in Dr. Kaurs Blick getreten war, hatte sie das verdächtige Gerät ebenfalls entdeckt.

Ohne darauf zu warten, dass einer ihrer Leibwächter die getarnte Waffe aufhob, nahm sie sie selbst an sich. Sie hatte auf dem Boden gelegen, versteckt unter den betäubten Kinderkörpern. Jetzt hielt Dr. Kaur sie ins Licht und betrachtete sie genau von allen Seiten. »Natürlich«, murmelte sie, als stünde sie unter Hochdruck. Ihre Augenbrauen zogen sich ärgerlich zusammen. »Ich wusste, es muss eine Verbindung geben.«

Zu Takagis Verblüffung zog sie einen identischen Stift aus der Tasche ihres Laborkittels. Sie hielt beide nebeneinander vor sich, legte sie dann beide in eine Hand und packte sie wieder in ihre Tasche. »Es scheint, als arbeiteten Mr. Seven und Dr. Neary oder wie auch immer die beiden wirklich heißen, für die gleiche Institution«, erklärte sie knapp.

Takagi war versucht, nach mehr Details zu fragen, aber er entschied sich nach raschem Überlegen, es nicht darauf ankommen zu lassen. *Es ist wohl besser, wenn ich mich für eine Weile bedeckt halte, bis über dieses ganze Fiasko etwas Gras gewachsen ist,* schlussfolgerte er, obwohl er sehr neugierig war, zu erfahren, wer dieser Gary Seven sein mochte. *Falls das je geschieht.*

In Zeiten wie diesen konnte er nicht anders, als sich zu fragen, ob er nicht besser seinen komfortablen Lehrstuhl in Osaka behalten hätte.

Nun begann Ronnie, sich auf dem gepolsterten und mit Kritzeleien übersäten Boden der AAE zu bewegen, als habe sie einen Anfall. Sie hustete heiser, bevor sie wieder in den vom Gas induzierten Schlaf fiel. Trotz allem war Takagi froh, zu sehen, dass sie sich von dem starken Betäubungsgas erholte. Kaur nickte ihren persönlichen Leibwächtern zu. Die beiden Sikhs packten Ronnie an den Handgelenken und Knöcheln und hoben sie vom Boden auf. »Was sollen wir mit ihr machen?«, fragte der Ranghöhere.

Kaur starrte Ronnie an, als betrachte sie einen besonders infektiösen Bakterienstamm. »Stecken Sie sie zu ihrem Partner«, sagte sie schneidend. »Ich werde mich beizeiten um die beiden kümmern.«

Eine weitere Wache, ein Überlebender der erst vor kaum vier Wochen gestürzten autoritären Diktatur in Portugal, hob ein Häufchen schwarzes Fell vom Schreibtisch des Aufsehers auf. »Was ist mit der Katze?«, fragte er kurz angebunden.

»Diese verflixte Katze kümmert mich nicht im Geringsten«, erwiderte Kaur bissig. Ihre Geduld näherte sich offenbar ihrem Ende. Zornig ballte sie die Fäuste und richtete einen Teil ihrer zurückgehaltenen Frustration auf den unglücklichen Sicherheitsmann. »Adoptieren Sie sie. Kochen Sie sie. Sezieren Sie sie. Machen Sie mit dem widerlichen Vieh, was Sie wollen.«

Takagi erinnerte sich unwillkürlich an Ronnies letzte

Worte an ihn, Sekunden, bevor sie von ihrem unglückseligen Treffen mit Dr. Lozinak geflüchtet war. *»Wenn mir etwas passiert, sorgen Sie bitte dafür, dass meiner Katze nichts geschieht.«* Zwischen seinen Gefühlen hin- und hergerissen sah er zu, wie Kaurs Leibwachen Ronnies leblosen Körper aus der deprimierenden Enge der AAE brachten.

In dem Wissen, dass er das bedauern würde, holte er tief Luft und trat einen Schritt vor. »Ich werde die Katze nehmen«, sagte er.

»Tatsächlich?« Kaur richtete einen fragenden Blick auf Takagi. Es schien, als sei sie nicht sicher, ob sie amüsiert oder verärgert sein sollte. »Und was um alles in der Welt werden Sie mit dem Tier anstellen, Walter?«

Takagi wand sich unter dem geradezu radioaktiven Blick der Direktorin. Er konnte spüren, wie sich auch das letzte Bisschen Glaubwürdigkeit verflüchtigte, das er noch besessen haben mochte, doch wundersamerweise schaffte er es, den Faden nicht zu verlieren. »Ähm, ich dachte, vielleicht könnte ich die Katze zu den Kindern in Abteilung Epsilon bringen.«

Kaur betrachtete ihn weiterhin zweifelnd, und Takagi rang um einen plausiblen Grund für seinen Wunsch. »Sie waren von dem Tier wirklich angetan, als ... äh ... ›Dr. Neary‹ und ich die Abteilung vorhin besichtigten. Noon war besonders begeistert.«

»Noon? Wirklich?« Wie er gehofft hatte, schien Kaurs abweisende Miene sich sofort zu entspannen, als er ihren brillanten und hochbegabten Schützling erwähnte. Sie zuckte mit den Schultern und nickte der portugiesischen Wache zu. »Gut, überlassen Sie die Katze den Kindern.« Ein giftiger Unterton kroch in ihre Stimme. »So kann die scheinheilige Dr. Neary doch einen kleinen Beitrag zu unserem Projekt leisten, auch wenn sie ihr Bestes getan hat, um uns zu hintergehen.«

Takagi nahm das schlaffe, leblose Tier von dem grinsenden Sicherheitsmann entgegen und hastete aus dem Raum, bevor Dr. Kaur die Gelegenheit hatte, ihre Meinung zu ändern.

Ich hoffe, Ronnie weiß das zu schätzen, dachte er gereizt. *Was auch immer mit ihr geschieht.*

Quaken, Zirpen, Bellen und Jaulen weckten Roberta aus ihrem drogeninduzierten und traumlosen Schlaf. Zuerst dachte sie, es sei Isis, die ihr wie immer auf die Nerven ging.

»Verschwinde, du lästige Katze«, murmelte sie und versuchte, die nicht existierende Katze zu verscheuchen. Dann wurde ihr allerdings allmählich klar, dass nicht einmal Isis wie ein ganzer Zoo klingen konnte. *Auweia,* dachte sie, als sich in ihrem Verstand eine entmutigendere Vorstellung breit machte.

Mit beträchtlicher Anstrengung schaffte sie es, die Augen zu öffnen. Sie fand sich auf einem Strohlager wieder, trockene Halme drückten sich in ihre Wange. Das Licht schmerzte in ihren Augen und ließ ihren Kopf dröhnen. *Ich fühle mich, als hätte ich einen Kater,* erkannte sie. *Aber woher hab ich den?*

Sie erinnerte sich nicht, überhaupt irgendetwas getrunken zu haben. *Ach ja, das Gas,* fiel ihr ein. Dann wurde Robertas Gedächtnis von Bildern überschwemmt: die erschreckende Ungerechtigkeit, die die Abteilung für abweichende Entwicklungen darstellte, die giftigen weißen Dämpfe, die in ihre Lungen eingedrungen waren. Jetzt war alles wieder da. Jedenfalls bis zu ihrem gegenwärtigen brutalen Erwachen.

Ihr erster Versuch sich aufzusetzen, misslang völlig. In der Sekunde, in der sie ihren Kopf vom Stroh hob, wurde sie von Schwindel erfasst und musste sich wieder in die Horizontale begeben. *Zu schnell aufgestanden,* schlussfolgerte sie erschöpft. *Das ist nicht gut.* Sie nahm sich für den nächsten Versuch mehr Zeit und kam nach und nach auf die Knie. Der Schwindel erfasste sie erneut, aber diesmal war sie vorbereitet. In ihrem Kopf drehte sich alles, sie schloss die Augen und wartete darauf, dass die Übelkeit verging.

Okay, dachte sie nach ein paar schwierigen Augenblicken. *Das ist schon besser.* Vorsichtig öffnete sie wieder die Augen. Was sie vermutet hatte, bestätigte sich: Sie war wieder bei Gary Seven und den Versuchstieren, aber diesmal auf der falschen Seite der Gitterstäbe.

Genau genommen hatte man sie in den gleichen Käfig gesperrt wie Seven, der zu ihrem Entsetzen genauso aussah wie das letzte Mal, als sie ihn gesehen hatte. Er hing vollkommen leblos von den Handschellen herab, die seine wunden und geröteten Handgelenke am Gitter festhielten. Ein einziger Sicherheitsmann beobachtete die beiden Gefangenen. Eine seiner Hände lag auf dem Griff seiner Pistole, die im Holster hing.

Doch Roberta achtete jetzt nicht auf ihn. »Gary?«, sprach sie ihren Mitgefangenen an. Trotz sechs Jahren, die sie gemeinsam verbracht hatten, war es ihr immer unangenehm gewesen, ihn beim Vornamen zu nennen. Doch manchmal rutschte er ihr heraus, besonders in Momenten wie diesem. »Gary? Können Sie mich hören?«

Sein Schweigen beunruhigte sie. Hier war etwas ganz und gar nicht in Ordnung. Sie hatte schon erlebt, dass Seven bewusstlos war, aber selten so lange. Wie sie aus Erfahrung wusste, hatte er fünf Mal so viel Ausdauer und

Kraft wie ein durchschnittlicher Mensch des zwanzigsten Jahrhunderts.

Im Gegensatz zum mit Handschellen gefesselten Seven konnte Roberta sich in ihrem Käfig frei bewegen. Sie versuchte, die Übelkeit, die sie bei jeder schnellen Bewegung erfasste, unter Kontrolle zu bringen, und kroch zu der Stelle hinüber, an der Sevens regloser Körper hing. Sie beugte den Kopf, um ihm ins Gesicht sehen zu können, und versuchte eindringlich, ihn zu wecken.

»Gary? Ich bin es, Ro...« Sie warf dem Wachposten einen Seitenblick zu. »Ich bin's, Agentin 368. Können Sie mich hören? Sind Sie okay?« Sie schlug ihm sanft ins Gesicht, dann erneut mit etwas mehr Kraft. Doch trotz ihrer Bemühungen blieb Sevens Kinn auf seiner Brust liegen. Seine geschlossenen Augenlider flatterten nicht einmal. »Kommen Sie schon, Gary! Wachen Sie auf! Geben Sie mir ein Zeichen, dass Sie noch da drin sind.«

Robertas Herz sank. Seven war nicht einfach nur bewusstlos, er befand sich entweder in Trance oder gar im Koma, und sie hatte keine Ahnung, wie sie ihn da rausholen konnte. Sie prüfte seine Vitalzeichen und musste sich anstrengen, um überhaupt einen Puls oder Herzschlag ertasten zu können. *Das letzte Mal, als ich einen so schwachen Puls gespürt habe, stellte sich raus, dass der Kerl ein Untoter war.*

Nicht gerade ein aufmunterndes Zeichen.

Sie warf dem einzelnen Wachposten einen zornigen Blick zu. Seine stumme Gleichgültigkeit gegenüber Sevens desolatem Zustand machte sie zornig. »Stehen Sie da nicht einfach so rum!«, schrie sie ihn an. Instinktiv suchte sie ihre Taschen nach dem Servo ab und stellte fest, dass er verschwunden war.

»Ich weiß, dass es hier eine Menge Ärzte gibt, vielleicht

sogar die besten der Welt. Warum rufen Sie keinen? Dieser Mann hier braucht medizinische Hilfe!«

Für einen Augenblick dachte sie, dass ihr Schimpfen Erfolg hatte. Die nicht gerade gesprächige Wache behielt Roberta im Auge und ging zu einem Videotelefon, das sich an der Wand neben dem Ausgang befand. *Wird auch Zeit,* dachte sie und nahm an, dass er, wenn auch spät, einen Arzt für Seven rief.

Doch ihre Hoffnungen wurden zerstört, als das strenge, makellose Gesicht Sarina Kaurs auf dem Bildschirm erschien. »Die Frau ist wach, Direktorin«, meldete der Wachposten mürrisch.

»Und der Mann?«, wollte Kaur wissen.

Der Sicherheitsmann schüttelte den Kopf. »Immer noch still wie der Tod.«

Kaur seufzte enttäuscht. »Ich verstehe.«

Roberta versuchte, es nicht persönlich zu nehmen, dass Kaur sich nun offenbar dazu entschied, vorerst mit ihr vorlieb zu nehmen. »Danke, dass Sie mir Bescheid gegeben haben, Bhajan. Ich komme gleich.«

Wegen mir müssen Sie sich nicht beeilen, dachte Roberta. Die Respekt einflößende Direktorin von Chrysalis war keine Florence Nightingale, das stand fest. Roberta wartete angespannt auf ihr nächstes Treffen mit Kaur.

Warum nur vermute ich, dass wir dieses Mal nicht zusammen indisch essen werden?

17

»Man sagt, eine Katze darf den König angucken. Guckst du mich deshalb so aufmerksam an?«

Obwohl er erst vier Jahre alt war, wusste Noon bereits, dass er zu Großem bestimmt war. Seine Mutter hatte es ihm immer wieder gesagt, und sie war die Direktorin des gesamten Projekts. Seine Gene machten ihn stärker und klüger als die anderen Kinder. Selbst unter seinen ähnlich hochbegabten Klassenkameraden war Noon etwas Besonderes. Seine Mutter behauptete, er habe »echtes Führungspotenzial«, und sie musste es wissen. Sie hatte ihn selbst geschaffen.

Kein Wunder, dass die schlanke, schwarze Katze direkt zu ihm gekommen war, nachdem Dr. Takagi das Tier im Klassenraum abgesetzt hatte. Dr. Takagi hatte erklärt, dass die Besitzerin der Katze, Dr. Neary, derzeit unpässlich sei und sich nicht um ihr Haustier kümmern könne. Noon hatte sich sofort des Tiers bemächtigt und überwachte nun die anderen Kinder, die die Katze betrachten und sie der Reihe nach auf den Arm nehmen wollten. »Sei vorsichtig. Mach ihr keine Angst«, ermahnte er einen offenbar aufgeregten kleinen Jungen namens Joaquin. Obwohl diese

Katze nicht gerade den Eindruck machte, überhaupt Angst zu haben. Stattdessen schnurrte sie ständig und genoss die Aufmerksamkeit, ohne Noon und seine Spielgefährten deshalb aus den Augen zu lassen. Das ungerührte Verhalten der Katze erinnerte das belesene Kind an ein uraltes Zitat, das man Montaigne zuschrieb: *»Wenn ich mit meiner Katze spiele, wer weiß, ob sie sich nicht noch mehr mit mir die Zeit vertreibt als ich mit ihr?«*

Wie wahr, überlegte Noon und streichelte den samtigen Kopf der Katze. Dr. Neary hatte sie Isis genannt, erinnerte er sich. Seiner Ansicht nach ein angemessen majestätischer Name.

Dr. Erickson stand hinter Noon und beobachtete die Kinder dabei, wie sie Isis willkommen hießen. Die Ankunft der Katze hatte die alltägliche Erziehungsarbeit vollständig unterbrochen, aber weder Dr. Erickson noch die anderen Lehrer hatten viel Protest eingelegt. Noon vermutete, sie alle hofften, dass die Aufregung über die Katze der Klasse helfen würde, zu vergessen, was vorhin mit Shirin passiert war. Bisher schien es zu funktionieren.

Nicht dass Noon selbst vergessen hätte, was mit dem kleinen Mädchen geschehen war, das man aus der Klasse entfernt hatte, nachdem sie erneut einen dieser schrecklichen Anfälle gehabt hatte. Er fühlte sich schlecht wegen Shirin, von der er annahm, dass er sie nie wiedersehen würde. Aber er konnte nichts dagegen unternehmen. Seine Mutter hatte ihm erklärt, es sei unvermeidlich, dass eine bestimmte Menge von Experimenten fehlschlug und dass darum einige wenige unglückliche Kinder auch mentale oder körperliche Gebrechen hatten, die man nicht korrigieren konnte. Er hatte verstanden, dass es nicht fair war, diese armen gestörten Kinder in der gleichen Klasse zu behalten wie ihn selbst. Auf lange Sicht gesehen wäre

Shirin bei den anderen minderwertigen Kindern glücklicher. *Vielleicht sollte jemand den fehlerhaften Kindern ebenfalls eine Katze schenken,* dachte er großzügig. *Ich wette, das würde sie aufmuntern.*

»Wisst ihr, Kinder«, begann Dr. Erickson und versuchte so, die Faszination der Kinder die Katze betreffend in eine Lernerfahrung umzumünzen. »In der Welt draußen, wo die Dinge viel primitiver und die Umstände viel schlechter sind als hier, gibt es viele Jungen und Mädchen, die einer Katze wegen einer Allergie nicht einmal nahe kommen dürfen.«

»Was ist eine Allergie?«, fragte Suzette Ling, die sich viel mehr für Maschinen und Mathematik interessierte als für Bücher. Noon rollte mit den Augen. Er hatte schon vor Monaten alles über Allergien gelesen.

»Allergien sind ein Gendefekt, der dafür sorgt, dass Leute krank werden, wenn sie einem allgemeinen Stoff ausgesetzt sind, wie etwa Fell oder Blumen«, erklärte die Lehrerin. »Um euch die Wahrheit zu sagen, ich bin sehr allergisch gegen Pfefferminz. Ich bekomme jedes Mal einen wunden Hals und Ausschlag, wenn ich auch nur einen Hauch von Pfefferminz zu mir nehme.«

Ein paar der Kinder schnappten erschrocken nach Luft, aber Dr. Erickson schenkte ihnen ein beruhigendes Lächeln. »Ihr Kinder habt großes Glück. Ihr alle seid sorgfältig konzipiert worden, sodass ihr alles essen und berühren könnt, ohne krank zu werden. Habt ihr dazu Fragen?«

Suzettes Hand schoss in die Höhe, wie die Raketen, die sie so liebte. »Was heißt ›krank‹?«

Die Fünf-Uhr-Glocke unterbrach die Lektion in menschlichen Gebrechen, die Noon als zu lang und einigermaßen unnötig ansah. Er wusste bereits, dass normale Menschen um einiges empfindlicher waren als er und seine Klassenkameraden, selbst wenn dieser offensichtliche Punkt der Aufmerksamkeit von Suzette und auch anderen Kindern entgangen war. »Ihr Essen kommt tatsächlich aus dem Hals und dem Mund wieder heraus?«, fragte Liam McPherson. Er war von der grotesken Vorstellung fasziniert, dass man Dinge wieder hervorwürgen konnte. »Und sie können nichts dafür?«

»Nein«, erwiderte Dr. Erickson. »Auch wenn jetzt möglicherweise nicht der richtige Zeitpunkt ist, darüber zu sprechen.« Sie klatschte in die Hände, um die Aufmerksamkeit aller auf sich zu ziehen. »Für heute beenden wir den Unterricht. Stellt euch alle am Eingang auf, sodass wir schnell und reibungslos in den Speisesaal gehen können.«

Die Kinder in Noons Nähe kamen eilig heran, um ihre Katzenbesucherin noch ein paar Mal zu streicheln, bevor sie den Klassenraum verließen. Noon drückte die Katze schützend an seine Brust und wandte sich hoffnungsvoll an Dr. Erickson. »Kann ich sie zum Essen mitnehmen?«, fragte er.

Die Lehrerin dachte einen Augenblick nach und schüttelte dann den Kopf. »Das ist wahrscheinlich nicht sehr hygienisch«, sagte sie und löste damit ein enttäuschtes Stöhnen und Betteln der Klasse aus. »Aber ich sage euch etwas. Wenn ihr euch beim Abendessen alle gut benehmt, darf die Katze vielleicht heute bei euch im Schlafsaal übernachten. Vielleicht.«

Noon wusste, dass er das Beste herausgeschlagen hatte, und setzte Isis wenn auch widerwillig auf den Boden. Dann gesellte er sich zu den Kindern am Ausgang. Dr. Erickson schaltete die Lichter aus, als sie und ihre Kollegen die Kinder aus dem Klassenraum in den Flur brachten. Sie ließen die Katze zurück. Dann gingen sie in einer Reihe den Korridor entlang. Noon war ganz gegen seine Gewohnheit der Letzte. Er blickte sehnsüchtig über die Schulter zurück, in der Hoffnung, dass es Isis gut gehen würde. Sein Magen knurrte in Erwartung des Abendessens, und er fragte sich, ob die Katze wohl auch Hunger hatte. *Vielleicht sollte ich ihr etwas von meinem Abendessen aufheben,* überlegte er. Dann fiel ihm ein, dass er noch einen ordentlich in eine Serviette gepackten Schenkel des Tandoori-Huhns vom Mittagessen in der Tasche hatte. *Das ist perfekt!*

In seiner Vorstellung war Isis schon ausgehungert, und er konnte es kaum abwarten, sie zu füttern. So heimlich er konnte, stahl er sich aus der Kindergruppe fort und hastete zurück zum Klassenzimmer. Er erreichte den Ausgang nur wenige Augenblicke nach seinem Aufbruch. Er stieß die Tür auf, den Hähnchenschenkel in der Hand, und hielt bei dem unerwarteten Anblick, der sich ihm bot, erschrocken inne.

Die Katze war fort. Stattdessen stand in der Mitte des Klassenraums, nicht weit von der Stelle, an der er Isis zurückgelassen hatte, eine exotisch aussehende Frau, von der Noon sicher war, dass er sie noch nie gesehen hatte.

Groß und schlank, mit üppigem schwarzem Haar, war sie in ein zweiteiliges Ensemble gekleidet, das mehr enthüllte als verbarg und das in keiner Weise der Kleidung ähnelte, die in Chrysalis besonders unter den Erwachsenen üblich war. Zwei samtschwarze Haarteile, die wie Katzenohren geformt waren, krönten ihr Haupt, während an ihrem blassen, alabasterfarbenen Hals ein überaus bekanntes Halsband glitzerte. Noon erkannte das Halsband sofort, genau, wie er den amüsierten, distanzierten Ausdruck in den goldenen mandelförmigen Augen der Frau erkannte.

»Isis?«

Die Frau lächelte ihn nur an. Dann nahm sie einen übrig gebliebenen weißen Laborkittel aus dem Lehrerschrank und zog ihn über ihre knappe schwarze Bekleidung. Die Katzenohren verschwanden in einer Tasche des Kittels, ein Tuch, das aus einer Schachtel auf dem Boden gezupft wurde, entfernte das meiste des überaus exotischen Make-ups der Frau. Verwirrt und wie gelähmt von Isis' wundersamer Verwandlung stand Noon sprachlos neben ihr. Die unmögliche Fremde tätschelte ihm sanft den Kopf, genau wie er die Katze zuvor gestreichelt hatte, und nahm ihm gierig den Hähnchenschenkel aus seinen Fingern. Er wehrte sich nicht. »Aber ... wie hast du ...«, stammelte er. Er fand es ungewöhnlich schwierig, eine zusammenhängende und passende Formulierung zu finden.

Die Katzenfrau hielt sich einen Finger an die Lippen und bedeutete ihm so, zu schweigen. Das erstaunte Kind bemerkte ganz unwillkürlich, dass ihr dunkel lackierter Nagel in einer Spitze wie einer Katzenkralle auslief. Er nickte nur, als sie aus der Tür schlüpfte und ihn allein im leeren Klassenzimmer zurückließ.

»Isis«, wisperte er verwundert. Wie die Göttin. Konnte es sein, dass die Katze in Wirklichkeit die Verkörperung der ägyptischen Gottheit war oder etwas noch viel Selteneres und Mysteriöseres?

Zum ersten Mal in seinem jungen Leben wusste Noon nicht, was er glauben sollte.

Isis selbst ging die Korridore von Chrysalis entlang. Gehüllt in den geborgten Laborkittel, der erheblich weniger bequem und angenehm zu tragen war als ihr üblicher, ebenholzfarbener Pelz, schritt sie durch das Labyrinth der Gänge und nahm die Gerüche in der Luft auf, während sie zierlich an dem würzigen Hähnchenschenkel knabberte. Der Geruch ihrer Beute lag noch in der sterilen Luft des unterirdischen Komplexes, sodass sie genau wusste, wohin sie gehen musste und warum.

Es war Zeit zum Abendessen, und so waren die Flure deutlich weniger bevölkert, so wie Isis es erwartet hatte. Die gelegentlichen Passanten sahen sie neugierig an, aber die getarnte Katzenfrau schritt mit so viel Leichtigkeit und Selbstbewusstsein voran, dass kaum Zweifel daran aufkamen, dass sie genauso hierher gehörte wie sie selbst. Sie widerstand der übermächtigen Versuchung, über die Leichtgläubigkeit dieser zweibeinigen Affen spöttisch zu lächeln, aber es war nicht einfach.

Auf diese Weise brauchte sie weniger als zehn Minuten, bis ihre Nase sie informierte, dass sie sich ihrer Beute näherte. Sie schnurrte vor Erwartung und warf den säuberlich vom Fleisch befreiten Hähnchenknochen in einen praktischerweise in der Nähe stehenden Abfalleimer. Dann umrundete sie die Beute, um sich von hinten anzuschleichen. Das erwies sich als wesentlich einfacher als gedacht. Es war wirklich ausgesprochen nett von Dr. Kaur, hier entlangzukommen.

Leise schlich sie über die abgewetzten Bodenfliesen und hörte Dr. Kaur und ihre unvermeidlichen Leibwächter, noch bevor sie sie den Korridor entlang auf sich zukommen sah. Falls sie sich korrekt an den Lageplan des Komplexes erinnerte, waren die drei Menschen auf direktem Weg zu dem Raum, in dem Seven eingesperrt war. Isis konnte die Ungeduld und kaum unterdrückte Wut riechen, die der Inderin aus allen Poren strömte. Isis hatte sie ganz klar genau im richtigen Moment abgepasst.

Die Menschen waren zudem in Eile, also musste sie ihre Schritte beschleunigen, um sie einzuholen, doch sie blieben im Unklaren darüber, dass sie sich wie ein Panther an sie heranschlich. Bei der Erinnerung an Seven, der wie eine primitive Lebensform in einen Käfig gesperrt war, wallte Zorn in ihr auf und sie entblößte ihre schimmernden Eckzähne. Isis hatte in der letzten Zeit als Haustier dieser albernen Blonden zu viel Zeit in Käfigen verbracht, was ihre glühende Verachtung der Art, wie man Seven behandelte, nur stärker werden ließ. Sogar in dieser tollpatschigen menschlichen Gestalt spannte sich jeder ihrer Muskeln an, bereit, sofort zuzuschlagen.

Sie bewegte sich schneller, als es jeder Terraner gekonnt hätte, und erwischte den linken Leibwächter zuerst. Geübte Finger fanden den Nervenknoten zwischen Nacken und Schulter des Mannes und ließen den überwältigten Menschen bewusstlos zusammensacken, bevor Kaur und der andere Leibwächter begriffen, was geschehen war. Die zweite Wache stieß einen wilden Ruf aus, als sein Kollege zusammenbrach, aber sein schwerfälliger Versuch, den anderen zu rächen, kam gegen Isis' katzenhafte Geschmeidigkeit nicht an. Ein Scherentritt an die Kehle des Mannes, gefolgt von einem professionellen Karateschlag an den bulligen Nacken ließen ihn neben seinen Kameraden fallen.

»Was ...« Kaur sah verständlicherweise verwirrt aus. Ihre beiden Wachen waren bereits ausgeschaltet worden, bevor sie überhaupt begriffen hatte, dass sie attackiert wurde. Sie wirbelte überrascht herum, doch sie sah nur zwei bewusstlose Leibwächter und die unbewaffnete Frau, die beide so mühelos außer Gefecht gesetzt hatte.

»Wer ... wer sind Sie?«, brach es aus Kaur heraus. Furcht und Verwirrung waren ihr ins Gesicht geschrieben.

Isis lächelte bösartig. In ihren Augen schimmerte die Lust an der Jagd. Sie schnüffelte probeweise in der Luft und schlug dann mit der flachen Hand nach Kaur. Kaur zuckte zusammen und schnappte erschrocken nach Luft, aber Isis' Klauen schlitzten nur den Stoff des Laborkittels der Direktorin auf, sodass der Inhalt ihrer Taschen auf den Boden fiel. Ihre Augen wurden noch größer, als sie die zwei Servos entdeckte, die auf den Bodenfliesen davonrollten. »Nein!«

Kaum hatte sie erkannt, dass die außerirdischen Waffen ihre einzige Verteidigung waren, stürzte sich Kaur auf die Servos, aber Isis' überlegene Reflexe traten die kleinen silbrigen Zylinder aus Kaurs Reichweite. Dann übte sie ebenso professionell Druck auf die Nervenknoten der menschlichen Frau aus, wie sie es bei der ersten Wache getan hatte. Sarina Kaur brach neben ihren bewusstlosen Beschützern zusammen.

Isis lächelte zufrieden. Doch sie gönnte sich nur einen Moment, um ihr Werk zu bewundern, bevor sie die davongerollten Servos aufhob. Die Geräte funkelten im Licht, aber Isis gestattete sich nicht, sich von dem hübschen Silberschimmer ablenken zu lassen. Sie hatte noch viel zu tun.

Sie hörte, wie Fremde nur wenige Gänge entfernt auf sie zukamen, und benutzte einen der Servos, um sowohl Kaur als auch ihre Wachen in den nächstbesten Lagerraum zu transportieren. Mit ein wenig Glück würden ihre schlafenden Körper für eine ganze Weile nicht gefunden werden.

Sie schnüffelte noch einmal, um so die Spur von Seven und der anderen aufzunehmen. Sie bedauerte nur, dass nicht mehr Zeit geblieben war, um mit ihrer Beute zu spielen, bevor sie sie hatte loswerden müssen.

Vielleicht später ...

Das Klopfen an der Tür überraschte Roberta. Sie wusste, dass Sarina Kaur unterwegs war, aber sie hatte nie geglaubt, dass die so förmliche Direktorin sich bemüßigt fühlen könnte, zu klopfen, bevor sie einen Lagerraum für Tiere betrat. Allerdings hatte wahrscheinlich jemand die Tür abgeschlossen, nachdem sie und Isis zuvor unangemeldet hier erschienen waren. *Das hätte ich zumindest getan,* dachte sie.

Sicher war, der Wachposten benahm sich, als erwarte er das Klopfen. Er behielt mit einem Auge Roberta im Blick, die sicher in ihrem Käfig eingesperrt war, und sah aus dem Augenwinkel durch das kleine, rechteckige Fenster in den Flur hinaus. Ein verwirrtes Grunzen entschlüpfte seinen Lippen, als er offenbar nicht die Person sah, die er erwartet hatte. Vorsichtig legte er eine Hand auf den Griff seiner Pistole, schloss die Tür auf und öffnete sie einen Spalt.

Eine Sekunde später glitt er mit einem dümmlichen Grinsen, das sich unter dem buschigen schwarzen Schnurrbart ausbreitete, zu Boden. Roberta sprang in ihrem Käfig auf und ergriff aufgeregt die Gitterstäbe. Sie erkannte die Wirkung eines Betäubungsstrahls, wenn sie

sie sah, also war sie überhaupt nicht überrascht, Isis in ihrer enervierend attraktiven Gestalt hereinschleichen und die Tür hinter sich absperren zu sehen. In den tödlich manikürten Fingern der Katzenfrau war ein Servo zu sehen.

Gott sei Dank!, dachte Roberta erleichtert über Isis' zeitiges Eintreffen.

Nicht, dass sie ihre katzenhafte Rivalin wissen lassen würde, wie sehr sie die Rettung zu schätzen wusste. Isis war ohnehin schon unerträglich. »Es wird auch Zeit, dass Ihr kommt, Eure Geschmeidigkeit«, grummelte Roberta. »Beeil dich und hol mich hier raus. Mit Seven ist etwas nicht in Ordnung.«

Die Außerirdische ignorierte Robertas Bemerkungen wie üblich. Roberta vermutete stark, dass Isis durchaus sprechen konnte, aber vorzog, es nicht zu tun, wenigstens nicht, wenn Roberta zuhörte. *Na gut,* dachte die gefangene Frau. *Hauptsache, sie befreit mich aus diesem Zoo.*

»Na los! Wir müssen Seven zu einem Arzt bringen!«

Aber Roberta war nicht die Einzige, die Isis laut etwas zurief. Die anderen Tiere reagierten äußerst heftig auf die Anwesenheit der Katzenfrau, wahrscheinlich, weil sie ihre außerirdische Natur spürten. Sie quiekten, heulten, japsten und bellten. Der Tiger brüllte entweder einen Gruß oder eine Herausforderung. Roberta kannte den Unterschied nicht, aber sie fürchtete, der primitive Aufruhr würde weitere Wachen herbeiholen. *Es klingt hier wie auf Noahs Arche,* dachte sie angespannt. *Und ich meine nicht die Bill-Cosby-Variante.*

Sie hätte sich keine Sorgen zu machen brauchen. Mit einem einzigen mitfühlenden Fauchen brachte Isis die rasende Menagerie zum Schweigen. Der bestialische Lärm verebbte. Roberta bewunderte unwillkürlich die Art und

Weise, in der Isis ihre vierbeinigen Gefährten zur Ruhe brachte, auch wenn es doch etwas Unheimliches hatte. Was wissen diese dummen Tiere über sie, das ich nicht weiß?

Isis stieg über den betäubten Wachposten, hastete zum Käfig und kniete neben dem komatösen Seven nieder. Bevor Roberta überhaupt fragen konnte, was Isis vorhatte, steckte die Katzenfrau ihre kräftigen Hände durch die Gitterstäbe und riss Sevens Kragen mit beiden Händen auf. Dann bearbeitete sie das Brustbein mit den Knöcheln einer Hand.

»Hey!«, rief Roberta beunruhigt angesichts Isis' rüden Handgriffen. »Was machst du da?«

Isis antwortete nicht, aber Robertas verwirrte Frage wurde von einem heiseren Husten Sevens beantwortet. Er blinzelte kurz und hob den Kopf von der Brust, dann sah er sich mit einem irgendwie vernebelten Gesichtsausdruck um. Er schüttelte heftig den Kopf, als wolle er seinen Verstand von Spinnweben befreien, und sah sich dann mit einem weit klareren Blick um. Wache graue Augen sahen erst zu Roberta, dann zu Isis und wieder zurück. »Ich sehe, dass wir alle hier sind«, kommentierte er trocken. »Aber leider erinnere ich mich nicht, dieses Treffen einberufen zu haben.«

»Gary! Sie sind wieder da!« Erleichterung breitete sich in Roberta aus. »Gott sei Dank! Ich dachte schon, Sie hätten einen auf Rip van Winkle gemacht. Ich habe immer und immer wieder versucht, Sie wiederzubeleben, aber nichts funktionierte. Ich hatte schon Angst, dass …«

»Ich weiß Ihre Besorgnis zu schätzen, Miss Lincoln«, unterbrach Seven. »Aber jetzt ist nicht die richtige Zeit für langatmige emotionale Ausbrüche.« Er sah auf sein Handgelenk, das noch immer in Handschellen steckte. Er bemerkte, dass man ihm die Uhr abgenommen hatte. »Wie lange war ich bewusstlos?«

Auch Roberta hatte man ihr Chronometer weggenommen, aber sie konnte die Zeit besser schätzen. »Es muss etwa fünf oder sechs Uhr abends sein, am Samstag«, vermutete sie. Trotz ihres Jubels angesichts von Sevens raschem Erwachen konnte sie diese neue Entwicklung nicht völlig ohne Erklärung hinnehmen. »Aber was war denn mit Ihnen los? Ich habe mich zu Tode geängstigt.«

»Dafür bitte ich um Verzeihung«, erwiderte er. »Mein Verstand und mein Körper haben sich tief in sich selbst zurückgezogen, um mich daran zu hindern, die wichtigsten Geheimnisse der Aegis preiszugeben.« Er stand langsam auf, doch seine Handgelenke waren noch an die Gitterstäbe gefesselt. »Das ist ein antrainierter Zustand, der nur von den grausamsten Verhörmethoden ausgelöst wird.« Schweißtropfen hatten sich auf seinen Brauen gebildet, was darauf schließen ließ, dass Seven sich noch nicht ganz von seinem Martyrium erholt hatte. »Ein ähnlicher Zustand kann von den fähigsten Yogis unserer eigenen Ära erreicht werden. Glücklicherweise besitzt Isis das Wissen und die Fähigkeiten, mich wieder in volles Bewusstsein zu holen.«

Roberta bemerkte eine kleine Prellung, die sich auf Sevens Brust bildete, wo Isis sie malträtiert hatte. Sie wusste nicht, ob sie mit Sevens Erklärung zufrieden sein oder sich darüber ärgern sollte, aber dennoch kroch ein aggressiver Ton in ihre Stimme. »Sie hätten mir den Trick ruhig auch verraten können«, protestierte sie. »Was, wenn Catwoman nicht in der Lage gewesen wäre, sich hier reinzuschleichen?«

Isis ließ ein verächtliches *Hmmph* hören und schenkte Roberta einen ganz besonders verächtlichen Blick. Aber

Gary Seven hob einfach nur die Augenbrauen, als er sie skeptisch fragte: »Und wären Sie in der Lage gewesen, der Versuchung zu widerstehen, mich aus dem katatonischen Zustand herauszuholen, während wir noch in der Hand der Gegner waren?«

»Vielleicht«, erwiderte Roberta vorsichtig. Um ehrlich zu sein, war sie nicht sicher, wie lange sie im Zweifelsfall Seven in einem dem Tode scheinbar so nahen Zustand hätte ertragen können. »Glaube ich.«

»Nun, das ist ein gutes Argument«, stellte Seven versöhnlich fest. Isis rümpfte zweifelnd die Nase. Offenbar fand sie, dass Roberta nicht besänftigt werden musste. »Aber vielleicht können wir Ihr Training, die Druckpunkte korrekt zu manipulieren ... zu einer anderen Zeit diskutieren. Im Augenblick gibt es Wichtigeres, um das wir uns kümmern müssen.«

Er zog an den Handschellen und rüttelte an der stabilen Kette, die sie verband. »Isis, wenn du so nett wärst?«

Der Servo summte für den Bruchteil einer Sekunde, und die beiden Kettenglieder aus Stahl, die die Schellen miteinander verbanden, lösten sich auf. Seven ließ die Arme sinken, zum ersten Mal seit wer weiß wie lange, und zog kurz eine Grimasse, als er seine Finger probeweise streckte, um herauszufinden, ob alles in Ordnung war. Einen Augenblick später summte der Servo erneut, und das Schloss, das den Käfig verschlossen hatte, fiel mit einem lauten Knall auf den Boden.

»Danke, Isis«, sagte Seven, als er aus seinem ehemaligen Gefängnis heraustrat. Isis überreichte die beiden Servos Seven, der Roberta ihren wiedergab. Die blonde Frau sah für einen Augenblick auf ihren Tweedrock herab, um einen Strohhalm wegzufegen, und als sie wieder aufsah, war Isis' menschliche Gestalt verschwunden. Stattdessen saß nun eine wachsame schwarze Katze überheblich auf dem zusammengeknüllten Stoff eines herabgefallenen Laborkittels. Isis miaute. Es klang dringend und spornte Roberta zur Eile an.

»Ich komme ja schon, ich komme!«, rief die menschliche Frau, trat aus dem Käfig und schlug die eiserne Tür hinter sich zu. Im Käfig daneben fauchte der Tiger, aufgescheucht von der plötzlichen Bewegung, und schlug mit der Tatze nach Roberta, die sich bemühte, außerhalb der Reichweite der großen Katze zu bleiben. *Das hat mir gerade noch gefehlt,* dachte sie gereizt. *Noch so eine lästige Katze.*

Seven nahm sich einen Augenblick Zeit, um seine ramponierte Kleidung zu richten, und streckte seine Gestalt, so gut es unter den gegebenen Umständen ging. Sein Jackett war verloren gegangen, sein einfaches weißes Hemd voller Schweißflecken. Stirnrunzelnd rieb er über die mittlerweile dichten Bartstoppeln. Zweifellos wünschte er sich eine Rasur. Roberta wusste, wie sehr er es hasste, wenn nicht alles ordentlich war, an sich selbst so sehr wie überall sonst.

Doch er kam schnell wieder zur Sache. »Also dann«, sagte er knapp zu seinen Gefährtinnen. »Erzählen Sie mir alles, was Sie über das Chrysalis-Projekt in Erfahrung bringen konnten.«

Roberta und Isis antworteten sofort. Das Miauen der Katze mischte sich mit Robertas hastigem Abspulen ihres Abenteuers. Seven hielt angesichts des chaotischen Lärms die Hand hoch. »Sie zuerst«, sagte er zu Roberta.

»Es ist genauso schlimm, wie ich dachte«, erklärte Seven, nachdem sowohl Roberta als auch Isis alles erzählt hatten. Roberta hatte natürlich kein Wort von den Äußerungen der Katze verstanden, aber Seven hatte aus dem tierischen

Miauen und Maunzen offenbar wichtige Informationen gezogen.

»Im Moment sind Kaurs Killerbakterien nicht wichtig. Chrysalis muss auf der Stelle geschlossen werden. Es dürfen keine genetisch verbesserten Kinder mehr entstehen.« Sein Gesichtsausdruck war grimmiger und besorgter, als Roberta ihn je gesehen hatte, soweit sie sich erinnerte. »So wie die Dingen stehen, stellen die übermenschlichen Schützlinge, die sie bisher geschaffen haben, bereits ein potenziell destabilisierendes Element in dieser kritischen Zeit der menschlichen Geschichte dar.«

»Aber wir ... wir müssen doch nichts Schlimmes mit den ... Kindern anstellen, oder?«, fragte Roberta ängstlich. Sie konnte sich nicht vorstellen, dass Seven ernsthaft in Erwägung zog, Dutzende unschuldiger Kinder zu eliminieren, nur weil sie den Zeitplan durcheinanderbrachten, den die Aegis für die Menschen entworfen hatten. Aber die Tatsache, dass Kaur und ihre Wissenschaftler bereits mehrere Gruppen von beängstigend schlauen Superkindern geschaffen hatten, schien ihn nicht sonderlich glücklich zu machen.

Ich habe nur Angst, dass Kaur wirklich eine globale Epidemie auslösen will. Weiß Walter von diesem Teil des Plans? Oder Lozinak?

»Es ist nicht ihre Schuld, dass ihre Eltern an ihrer DNA herumgespielt haben«, sagte sie und versuchte, sich auf das Schicksal von Noon und den anderen Kindern zu konzentrieren.

Seven schüttelte den Kopf. »Wir sind keine Killer«, versicherte er ihr. »Die Existenz einer bestimmten Menge gentechnisch veränderter Kinder ist einfach nur eine Herausforderung, mit der wir im Lauf der kommenden Jahre fertigwerden müssen. Aber wir können sicherstellen, dass dieses wahnwitzige Projekt auf der Stelle beendet wird und dass die Kinder dem fanatischen Einfluss und der Ideologie Kaurs und ihrer Kollegen entzogen werden.«

Eine Spur echter Abneigung kroch in seine Stimme, als er Kaur und ihre Zukunftsvision erwähnte. »Das Letzte, was wir jetzt brauchen, ist, dass Chrysalis diese Kinder ermutigt, sich selbst als losgelöst von der Masse der Menschen zu sehen.«

Roberta stieß einen Seufzer der Erleichterung aus. Sie war froh, zu hören, dass das Wohlergehen der Chrysalis-Kinder zumindest ein Faktor in Sevens Überlegungen war. »Also, was machen wir jetzt?«

»Dieser Reaktor, den Sie erwähnt haben, scheint mir der effektivste Weg zu sein, die Welt sowohl von dieser Einrichtung als auch von Kaurs mutierten Bakterien zu befreien«, verkündete Seven. »Wenn ich seine Selbstzerstörung einleiten kann, werden Kaur und die anderen keine andere Wahl haben, als Chrysalis und seine gesamte Infrastruktur zu verlassen.«

Roberta schluckte hörbar. Sie erinnerte sich an den Betonsilo, der den unterirdischen Reaktor beherbergte. »Eine nukleare Explosion? Ist das nicht ein wenig ... na ja, extrem?«

»Vertrauen Sie mir, Miss Lincoln«, sagte Seven ernst. »Extreme Maßnahmen sind notwendig, um die schreckliche Bedrohung, die Chrysalis für die sichere Zukunft dieses Planeten darstellt, abzuwenden. Glücklicherweise kommt uns in diesem Fall die Abgelegenheit dieser Örtlichkeit zupass. Ob zum Guten oder Schlechten, unterirdische Nukleartests sind in dieser Ära ein Teil des Lebens. Einer mehr oder weniger wird im Gesamtbild kaum einen Unterschied machen.«

Er rieb sich die wunden Handgelenke, die von der grausamen Fesselung mit den Handschellen rot und aufgeschürft waren. »Ich wünschte nur, es gäbe einen sichereren Weg, um das Wissen um Kaurs speziell gezüchtetes Bakterium auszulöschen. Unglücklicherweise ist es schwerer, einmal entdeckte wissenschaftliche Forschungen auszulöschen, als das bei physischen Institutionen der Fall ist. Wir haben keine Ahnung, wie viele von Kaurs Leuten die exakte genetische Sequenz des Bakteriums kennen oder wie viele Kopien des Bauplans irgendwo auf dem Planeten existieren.« Seven nahm sich wie immer wenig Zeit, um zu bedauern, was er nicht ändern konnte, und konzentrierte sich lieber auf das anstehende Problem. »Wenigstens wird die Atomexplosion auch verhindern, dass Kaur in der Lage ist, das Bakterium in großer Menge herzustellen. Ebenso wird sie alle bereits existierenden Vorräte vernichten.«

»Okay, wenn Sie das sagen«, gab Roberta nach. Die Vorstellung, absichtlich eine Atomexplosion auszulösen, selbst wenn es mitten in der Wüste war, jagte ihr Angst ein, aber sie hatte gelernt, Seven in solchen Dingen zu vertrauen. Zum Teufel, das erste Mal, als sie ihn getroffen hatte, hatte er den nuklearen Sprengkopf einer Rakete nur hundertvier Meilen über der Erde zur Explosion gebracht. Und es war gut ausgegangen. Was war schon eine weitere Atompilzwolke unter Freunden?

»Was soll ich tun?«

»Ihr Job ist es, sicherzustellen, dass jedes Kind in diesem Komplex in Sicherheit ist, bevor die Explosion stattfindet. Ich werde versuchen, den Erwachsenen genügend Zeit zur Evakuierung zu geben, aber diese Kinder sind unsere oberste Priorität.« Er hob fragend eine Augenbraue. »Ich nehme an, Sie haben die geografischen Koordinaten in Ihren Servo eingegeben?«

Roberta nickte. Der Servo war in der Lage, das Magnetfeld der Erde zu nutzen, um seine exakte Position überall auf dem Planeten festzustellen. »Bei der erstbesten Gelegenheit.«

»Gut«, bestätigte Seven. »Ich möchte, dass Sie und Isis sofort nach New York zurückkehren. Wenn Sie Beta 5 die korrekten Koordinaten gegeben haben, sollte er in der Lage sein, Chrysalis mit den Langstreckensensoren zu erfassen. Sie können den Computer benutzen, um die Kinder auf einen Schlag an einen sicheren Ort zu transportieren.«

»Verstanden«, bestätigte sie und machte sich eine gedankliche Notiz, die unglücklichen Kinder in der Abteilung für abweichende Entwicklungen nicht zu vergessen. »Was ist mit der Akademie in Puyallup?«, schlug sie vor. »Dort haben wir doch schon einmal Waisen hingebracht. Sie sollten in der Lage sein, sich um die Kinder zu kümmern, wenigstens für eine gewisse Zeit.«

»Eine ausgezeichnete Idee«, stimmte Seven zu und nickte feierlich. Er hatte klar erkannt, dass es sich bei diesem Vorschlag bestenfalls um eine temporäre Lösung handeln konnte. »Wir können uns später um die endgültige Unterbringung der Kinder kümmern, nachdem wir sichergestellt haben, dass hier keine weiteren Problemkinder geschaffen werden.«

Isis miaute wieder eindringlich, was Seven dazu veranlasste, die eingesperrten Tiere um sie herum zu betrachten. »Danke, Isis«, sagte er. »Ich hatte diese anderen Lebensformen hier übersehen.«

Er wandte sich wieder an Roberta. »Nachdem Sie die Kinder aus der Gefahrenzone herausgebracht haben, transportieren Sie bitte auch diese Tiere hier aus der unmittelbaren Zone der Explosion heraus.« Er hielt kurz inne, bis ihm die ideale Lösung des Problems einfiel. »In Rajastan gibt es das Sariska-Naturschutzgebiet.« Er wies auf den

Tiger. »Unser gestreifter Freund hier sollte sich dort wie Zuhause fühlen, zusammen mit dem Rest der hier anwesenden Kreaturen.«

»Geht klar«, versicherte Roberta bereitwillig. Ihr Käfigaufenthalt hatte für ein wenig zusätzliche Empathie mit den eingepferchten Versuchstieren gesorgt, die einfach nur zur falschen Zeit am falschen Ort gelandet waren. Sie hob Isis auf und wandte sich zum Gehen. »Gibt es noch etwas, was ich tun ...«

Die Tür wurde aufgestoßen und schnitt Roberta mitten im Satz das Wort ab.

»Stehen bleiben!«, befahl Carlos. Der riesenhafte kubanische Schläger war mit einer gezückten Beretta aus blauem Stahl durch die Tür gebrochen. Er sah giftig zu Roberta. Noch immer trug er die hässlichen Kratzspuren auf der Wange. »Lassen Sie Ihre Waffen fallen - und denken Sie nicht einmal daran, diese *gato cabrón* auf mich zu hetzen!«

Isis fauchte zornig, blieb aber klugerweise auf Robertas Arm sitzen. *Igitt!*, dachte die menschliche Frau. *Was macht denn der jetzt hier?* Ihre Gedanken drehten sich im Kreis, als sie versuchte, herauszufinden, welches unglückselige Geschick Carlos hergebracht hatte, um einen Strich durch ihre Rechnungen zu machen. *Hat er vielleicht nach Dr. Kaur gesucht?*, fragte sie sich, *oder wollte er sich einfach nur darüber lustig machen, dass ich gefangen genommen wurde?*

Was auch immer der Grund sein mochte, der grimmige Affenmann sah nur allzu glücklich darüber aus, sie und Seven bei ihrem Gefängnisausbruch erwischt zu haben. »Ich wusste, dass Sie Ärger machen würden«, schnaubte er in Robertas Richtung. »Von Anfang an. Ich habe den Doktoren gesagt, dass sie Narren seien, wenn sie Ihnen vertrauen!«

Wirklich?, dachte Roberta. *Das Szenario, in dem er nur seine Schadenfreude bei mir loswerden will, wird damit schlagartig plausibler.* Aus dem Augenwinkel warf sie einen Blick durch den Lagerraum. Sie suchte etwas, das sie benutzen konnte, um das Blatt gegen Carlos zu wenden. Sevens Servo lag nun zu seinen Füßen, ihr eigener lag nutzlos in ihrer Tasche. Sie hätte ihn nicht ungesehen herausziehen können, ohne dass Carlos einen von ihnen - oder beide - erschoss. *Ich glaub es nicht!,* grummelte sie innerlich. *Wir hatten es fast geschafft.*

Carlos betrachtete verächtlich den betäubten Wachposten am Boden. »Was haben Sie mit ihm gemacht?«, wollte er wissen. Er versuchte, Roberta und Seven im Auge zu behalten, und warf dabei einen feindlichen und misstrauischen Blick auf den nun leeren Käfig hinter ihnen. »Wo ist die Direktorin? Was haben Sie mit ihr gemacht?«

Da fragen Sie wohl besser Isis, vermutete Roberta. Sie kannte keine Details, aber sie wusste, dass die Katzenfrau irgendwie die Servos zurückbekommen hatte. »Ich habe keine Ahnung«, erwiderte sie, was ja mehr oder weniger der Wahrheit entsprach. »Dr. Kaur war schon seit Stunden nicht mehr hier.«

»Lügnerin!«, sagte Carlos anklagend. »Ich weiß, dass sie auf dem Weg hierher war.« Er wedelte mit seiner Waffe vor ihrer Nase herum. »Sagen Sie's mir sofort, *gringa*! Wo ist sie?«

Seven räusperte sich und lenkte Carlos so ab.

»Was soll das?«, wollte der Schläger wissen. »Wollen Sie irgendetwas sagen, Spion?«

Seven ignorierte Carlos und nahm Augenkontakt mit Roberta auf. Dann warf er einen raschen Blick auf einen Punkt am Boden vor den Füßen des mutierten Kubaners. Roberta folgte Sevens Blick und sah, dass er mit einer

Spitze seiner polierten, schwarzen Schuhe auf dem zusammengeknüllten Laborkittel stand, den Isis hatte liegen lassen. *Aha!*, dachte Roberta und setzte ein Pokerface auf. So unauffällig sie konnte, begann sie, das andere Ende des Laborkittels um den Absatz ihres zweckmäßigen weißen Pumps zu wickeln. *Nur für eine Sekunde wegsehen!*, suggerierte sie Carlos mit ihren (traurigerweise nicht existierenden) psychischen Kräften.

»Ich rede mit Ihnen, Spion!«, versuchte Carlos, Seven zu reizen.

Sehen Sie jetzt, womit ich es in Rom zu tun hatte?, dachte Roberta, nun, da Seven aus erster Hand Carlos' mangelnde zwischenmenschliche Fähigkeiten zu spüren bekam. »Ich will Antworten und ich will sie jetzt!«

»Ich habe Ihnen nichts zu sagen«, begann Seven fest. Er ließ sich von der geladenen Waffe in der Hand des Leibwächters nicht einschüchtern. Sevens eiskaltes Verhalten angesichts der Bedrohung mit der Waffe erinnerte Roberta an all die Gelegenheiten, in denen sie sich mit verrückt gewordenen Supercomputern hatte auseinandersetzen müssen. »Vielleicht sollten Sie Ihre Vorgesetzten bezüglich weiterer Anweisungen kontaktieren.«

Carlos spuckte vor Seven auf den Boden. Sein verwundetes affenähnliches Gesicht war nur noch eine Maske der frustrierten Aggression. Aber Roberta sah auch, wie die bösartigen schwarzen Augen zu dem Videotelefon an der Wand wanderten. Es war kaum wahrscheinlich, dass es auf Sevens Vorschlag zurückzuführen war, aber Carlos musste erkannt haben, dass eine Rückversicherung gar keine so schlechte Idee war. »Bleiben Sie, wo Sie sind!«, befahl er und wandte sich dem Videotelefon zu, was dazu führte, dass er seinen Fuß nur noch weiter auf den am Boden liegenden Laborkittel stellte.

Roberta wartete, bis Carlos die Hand nach dem Videotelefon ausstreckte, und riss dann ihren Fuß mit aller Kraft zurück und damit den Laborkittel unter Carlos weg.

»Wa...«, entfuhr es ihm, als er das Gleichgewicht verlor und rückwärts stolperte.

Seven nutzte das Schwanken des Affenmanns, um Carlos unversehens die Beretta aus der Hand zu schlagen. Carlos stieß einen spanischen Fluch aus und knallte mit der Schulter gegen die Wand. Dabei fiel er beinahe vollständig vornüber, bevor er wieder zum Stehen kam. Doch nun hatte Gary Seven die Pistole fest in der Hand.

»Bitte bleiben Sie, wo Sie sind«, sagte Seven kalt. Die Mündung der Beretta ruhte auf Carlos. »Ich verteidige mich nicht gern auf diese Weise, aber ich versichere Ihnen, dass ich sehr wohl in der Lage bin, mit dieser primitiven Feuerwaffe umzugehen.«

Carlos knurrte wütend, doch er hob die Hände und lehnte sich mit dem Rücken an die Wand. Seven kniete nieder, um seinen Servo aufzuheben, dann zielte er auch mit dem schlanken, silbrigen Zylinder auf ihn. Er wollte den angriffslustigen Kubaner auf bewundernswert menschliche und zivilisierte Weise ausschalten.

»Warten Sie!«, platzte Roberta heraus. »Lassen Sie mich das tun.« Sie ließ Isis grob auf den Boden plumpsen und machte einen Schritt auf Carlos zu. Seven hätte erwartet, dass sie nun ihren eigenen Servo hervorholte und benutzte, aber stattdessen ballte Roberta eine Hand zur Faust und versetzte dem Schläger einen kräftigen linken Haken unter das vorstehende Kinn. Carlos schnappte vor Schmerz nach Luft, seine Augen traten aus ihren Höhlen, von einer Platzwunde in seiner Lippe tropfte Blut. Roberta lächelte zufrieden, als sie von dem Leibwächter zurücktrat, und rieb ihre Knöchel. »Okay«, sagte sie zu Seven.

»Jetzt können Sie ihn zappen.«

Einen Augenblick später brach Carlos auf dem Boden zusammen, direkt neben der Wache, die Isis zuvor betäubt hatte. »Das ist wohl kaum eine vernünftige Antwort auf aggressives Verhalten«, kommentierte Seven amüsiert.

Roberta zuckte trotzig mit den Schultern. »Dann bin ich eben ein unterentwickelter Erdling des zwanzigsten Jahrhunderts«, erwiderte sie. Sie empfand überhaupt keine Reue. »Verklagen Sie mich doch.«

Zu ihrer Überraschung schnurrte Isis zustimmend.

Wer hätte das gedacht? Wir sind tatsächlich mal einer Meinung über etwas.

Da er sich überstimmt sah, ließ Seven das Thema fallen. »Sie gehen besser, bevor sich ein anderer lästiger Angreifer blicken lässt«, empfahl er ihr. »Ich kümmere mich um den Reaktor.«

Unwillkürlich stellte Roberta fest, dass Seven trotz seiner Entschiedenheit noch ziemlich mitgenommen aussah. Violette Schatten lagen unter seinen Augen, die selbst rot und blutunterlaufen waren. Die Erschöpfung und die Verantwortung ließen ihn im Gegensatz zu seiner sonst so makellosen Haltung gebeugt wirken. Seine Wangen waren grau und blutleer, seine Hände zitterten leicht, aber doch sichtbar. Roberta glaubte sogar, weiße Haare zu erkennen, an die sie sich nicht erinnerte. *Was hat Kaur ihm nur angetan?*, dachte sie besorgt. Doch vielleicht wollte sie das gar nicht wissen.

»Sind Sie sicher, dass Sie das schaffen?«, fragte sie ihn beunruhigt. »Vielleicht sollten wir alle nach New York zurückteleportieren, und erst dann wiederkommen, wenn Sie sich etwas erholen konnten.«

Seven schüttelte ernst den Kopf. »Kaur weiß jetzt, dass ihr Geheimnis gelüftet ist. Wir können nicht riskieren, dass sie ihre Sicherheitsmaßnahmen verstärkt oder die Kinder an einen anderen Ort bringt.«

Mit reiner Willenskraft brachte er seinen zitternden Körper unter Kontrolle. »Es muss heute geschehen, bevor ein weiterer DNA-Strang in etwas anderes, viel Gefährlicheres umgemodelt werden kann, als man sich vorstellen kann. Ich wünschte nur, wir hätten Chrysalis schon vor Jahren gestoppt, bevor es so weit kommen konnte.«

Das gilt für uns beide, dachte Roberta.

19

Nur ein paar verlorene Schwaden von leuchtend blauem Nebel waren über den beiden betäubten Gaunern noch zu sehen, als Seven den Lagerraum für Versuchstiere, wie er dachte, ein für alle Mal verließ. Zuerst allerdings zerstörte er das Videotelefon, für den Fall, dass sie vorzeitig wieder zu Bewusstsein kamen. Er überlegte auch, ob er das Schloss in der Tür hinter sich zuschweißen sollte, doch dann fiel ihm ein, dass er kaum jemanden innerhalb eines Ortes einsperren konnte, den er mit einer Atomexplosion in die Luft jagen wollte. Selbst der nicht ganz menschliche kubanische Handlanger, den sowohl Isis als auch Roberta anscheinend so verabscheuten, verdiente eine Chance, diesen Ort zusammen mit dem restlichen Personal zu verlassen.

Seven kontrollierte aufmerksam den Korridor vor dem Lagerraum. Theoretisch sollten Roberta und Isis bereits wieder in Manhattan sein und ihren Teil des Plans ausführen. *Jetzt bin ich auf mich allein gestellt,* machte er sich energisch klar. Das war in Ordnung. Die Vernichtung von Chrysalis war zu wichtig, um sie einer weniger erfahrenen Agentin anzuvertrauen, egal wie einfallsreich oder unternehmungslustig sie auch sein mochte.

Wie ist dieser terranische Ausdruck? Wenn es richtig gemacht werden soll, dann mach es selbst.

Isis' geborgter Laborkittel war ihm einige Nummern zu klein, aber er musste reichen. Schlecht sitzende Tarnung war besser als gar keine. Er rieb sich wieder über sein stoppeliges Kinn in der Hoffnung, dass seine unrasierte Erscheinung keine unwillkommene Aufmerksamkeit erregte. Er hielt den Servo fest umklammert, aber verborgen in der Tasche des viel zu engen Kittels, und ging rasch den steril aussehenden Flur hinab. Dabei hielt er nach der nächstbesten Treppe Ausschau. Robertas Berichten zufolge befand sich der Reaktor auf der untersten Ebene des Komplexes. Seven waren Treppen lieber als Aufzüge. Letztere erinnerten für seinen Geschmack zu sehr an Zellen. *Ich werde mich nicht in einem geschlossenen Ort fangen lassen,* resümierte er. *Nicht, wenn ich es verhindern kann.*

Seine Entscheidung erwies sich als klug: Seven war erst knapp fünfzig Meter vom Lagerraum entfernt, als ein Alarm aus den Lautsprechern über ihm ertönte: *»Achtung! Eindringlingsalarm! Halten Sie nach drei nicht autorisierten Personen Ausschau: Eine dunkelhaarige Frau, eine blonde Amerikanerin und ein großer, brünetter Amerikaner. Die Eindringlinge sind bewaffnet und extrem gefährlich. Alle Sichtungen müssen sofort an die Sicherheitskräfte gemeldet werden. Ich wiederhole: Alle Verdächtigen müssen sofort den Sicherheitskräften gemeldet werden. Das hat höchste Priorität.«*

Seven runzelte die Stirn, aber er verschwendete kaum mentale oder physische Energie darauf, diese ärgerliche Wendung der Ereignisse zu bedauern. *Bisher hatten wir Glück, aber unsere Entdeckung war unvermeidlich.*

Entweder hatte jemand die Bewusstlosen im Lagerraum entdeckt, vermutete er, oder Kaur und ihre Leibwächter hatten sich bereits von Isis' Angriff erholt.

Höchstwahrscheinlich Letzteres, vermutete er. Wie auch immer es sich verhielt, seine Aufgabe war soeben zu einer noch größeren Herausforderung geworden. Er beschleunigte seine Schritte, denn die Durchsage wurde in mehreren Sprachen wiederholt. Seven amüsierte sich über die Tatsache, dass zwei der beschriebenen Eindringlinge, Isis und Roberta, sich Kaurs Zugriff bereits entzogen hatten. Mit ein wenig Glück würden die Sicherheitskräfte des Instituts einen Teil ihrer Anstrengungen auf die vergebliche Suche nach den beiden weiblichen Delinquenten verschwenden. Ganz zu schweigen von einer vermissten schwarzen Katze.

Sevens eigenes Glück schien allerdings schon an der nächsten Kreuzung aufgebraucht. Er lief einer Gruppe von Technikern und Forschern über den Weg, die die beunruhigende Durchsage, die durch die Gänge hallte, aufgeregt diskutierten. »Noch ein Eindringling?«, rief ein deutscher Biochemiker (den Seven anhand seiner Vermisstenliste erkannte) erregt und gestikulierte wild. »Was zum Teufel ist hier los? Wenn wir in irgendeiner Gefahr stecken, sollten wir darüber informiert werden!«

Beiläufig ließ Seven seinen Servo aus der Tasche gleiten und hielt eine normale Schrittgeschwindigkeit aufrecht, während er auf die Gruppe verwirrter und aufgeregter Chrysalis-Mitarbeiter zuging. Vielleicht konnte er sich wie geplant unerkannt an den versammelten Männern und Frauen vorbeischleichen? Nach allem, was Roberta und Isis ihm erzählt hatten, waren die Mitarbeiter von Chrysalis zahlreich genug, sodass man Fremde nicht immer sofort als solche erkannte. Beide Frauen hatten es geschafft, das weitverzweigte Labyrinth des Komplexes weitgehend unerkannt zu durchqueren.

Aber das war, bevor wiederholte Durchsagen jedermanns Nerven zum Zerreißen gespannt hatten.

»Hey!«, rief der unzufriedene Deutsche aus, als Seven versuchte, an ihm vorbeizugehen. Seine fleischige Hand umschloss fest Sevens Oberarm. »Wer sind Sie? Ich habe Sie nie zuvor gesehen!«

Ein paar der versammelten Zivilisten wichen ängstlich vor Seven zurück, doch unglücklicherweise leisteten einige mutigere dem Deutschen Schützenhilfe und nahmen vor und hinter dem Geheimagenten drohende Posen ein. »Mein Name ist Kirk«, improvisierte Seven. »James T. Kirk. Ich bin von der Abteilung für abweichende Entwicklungen.«

»Der AAE, ja?«, wiederholte der Deutsche skeptisch.

Der Deutsche verwendete die Abkürzung der einzigen Abteilung, die Seven tatsächlich mit Namen kannte.

»Wie kommt es, dass ich noch nie von Ihnen gehört habe?« Er umklammerte Sevens Oberarm fester. Die anderen rückten dem Verdächtigen näher. »Lassen Sie mich Ihren Ausweis sehen.«

»Ja!«, rief ein anderer Wissenschaftler. Zorn schwang in seiner Stimme mit. Er stieß Seven grob in den Rücken. »Zwingen wir ihn, seinen Ausweis zu zeigen!«

So viel zum Thema ›inkognito‹, dachte Seven und seufzte tief. Offenbar würde er sich aus dieser Lage nicht herausreden können. *Na gut.*

»Lassen Sie mich ihn herausholen«, gab er nach und schützte so Kooperation vor. Doch ohne Vorwarnung schoss er dem Deutschen mit dem Servo in die Brust. Die kräftigen Finger des Biochemikers wurden schlaff wie der Rest seines Körpers, sodass ein sanfter Stoß ausreichte, um ihn rückwärts in seine verblüfften Kollegen fallen zu lassen, die sofort herbeisprangen, um ihren Kollegen aufzufangen. Gleichzeitig rammte Seven seinen Ellbogen in das unfreundliche Individuum hinter sich, sodass diesem der Atem aus den Lungen getrieben wurde. Seven wirbelte herum und feuerte erneut. Der mit Stößen so freigebige Wissenschaftler sackte in seliger Betäubung in sich zusammen.

Seven glaubte, er habe freie Bahn, sich aus dem Staub zu machen, als zwei starke Arme sich auf einmal von hinten um ihn schlangen. »Lassen Sie das fallen, was auch immer es ist!«, befahl eine ängstliche Stimme in schrillem Tonfall. Der Brooklyner Akzent passte nicht zu diesem abgelegenen Ort in der indischen Wüste. »Ruft die Sicherheit - pronto!«

Der letzte Satz ließ Seven die Stirn runzeln. *Das dauert mir hier zu lange.* Er musste fort sein, bevor echte Gegner hier auftauchten. Selbst in dem geschwächten Zustand, in dem er sich befand, war er diesem Mob von hysterischen Wissenschaftlern und Wartungstechnikern dank seinem Training und seiner physischen Ausdauer weit überlegen. Er machte sich vielmehr Sorgen um Kaurs vornehmlich aus Sikhs bestehende Sicherheitswache. Die altehrwürdige Bruderschaft der Sikhs war seit dem siebzehnten Jahrhundert berühmt für ihre militärische Effizienz und Disziplin. Sie hatte sogar hin und wieder als Rückgrat der Verteidigungskräfte des Subkontinents gedient.

Mit diesen Wachen werde ich nicht so leicht fertig.

Er holte tief Luft und sammelte seine paramenschlichen Kräfte, dann schüttelte er den amateurhaften Griff seines Angreifers mit einer einzigen geschmeidigen Bewegung ab. Er drehte sich in der Hüfte, bereit, ihn mit einem Schuss aus dem Servo zu betäuben. Doch er erkannte, dass diese Maßnahme gar nicht nötig war. Beim ersten

Anzeichen ernsthaften Widerstands floh der verängstigte Wissenschaftler und folgte damit seinen Kollegen, die ebenfalls vor dem erwiesen gefährlichen Eindringling in ihrer Mitte davonliefen. Seven hörte das rasche Trappeln ihrer Schritte durch die Korridore hallen und ihre furchtsamen Rufe um Hilfe.

Seine Tarnung war damit ganz und gar hinfällig, und so rannte Seven in entgegengesetzter Richtung wie die entsetzten Wissenschaftler den rechten Korridor hinab. Er war überrascht, als er feststellte, dass die kurze Auseinandersetzung, die kaum zwei Minuten gedauert hatte, ihn außer Atem gebracht hatte. *Ich bin offenbar in schlechterer Verfassung, als ich dachte,* ärgerte er sich. *Erschöpfung und Dehydrierung fordern ihren Preis.*

Ein Lageplan, der bequemerweise gerade an dieser Stelle an der Wand angebracht war, bildete eine willkommene Ergänzung zu Robertas fragmentarischen Wegbeschreibungen. Seven keuchte, seine Brust hob sich bei jedem Atemzug schwer, und so nahm er sich einen Augenblick Zeit, die schematische Darstellung auswendig zu lernen. Dem Lageplan nach gab es kaum fünfzig Meter entfernt einen Gang, hinter dem sich die Galerien befanden, die um und über den zentralen Schacht führten, um den herum Chrysalis sich ausbreitete. Seven erinnerte sich daran, genau diese Stege schon gesehen zu haben, als er zum ersten Mal durch den verborgenen Aufzug in der Ruine der Rajput-Festung an der Oberfläche hierher gebracht worden war. Er würde auf den Galerien unangenehm exponiert sein, erkannte er mit Unbehagen, aber es schien der kürzeste Weg zu den unteren Ebenen des Komplexes zu sein.

Ich werde es riskieren müssen, entschied er.

»Halt! Bleiben Sie, wo Sie sind!«, schrie eine tiefe Stimme

mit starkem englischem Akzent. Seven wandte sich um und sah einen Trupp Sicherheitsoffiziere, die direkt auf ihn zukamen. Beinahe ein Dutzend Männer rannten hinter einem kleinen Wagen mit Elektromotor her, in dem zwei weitere Wachen saßen und der eigens für die langen Korridore von Chrysalis entwickelt worden war. Die meisten der Männer schienen Sikhs zu sein, aber Seven entdeckte einige europäische und asiatische Individuen zwischen den bärtigen indischen Turbanträgern.

»Nehmen Sie die Hände hoch und ergeben Sie sich!«, rief der Anführer laut.

Statt dem Befehl zu gehorchen, nahm Seven schnell den Servo zur Hand und feuerte in die Menge der herankommenden Sicherheitsleute. Mit professioneller Zielgenauigkeit traf er die beiden Wachen hinter dem Steuer des kleinen, dreirädrigen Vehikels. Der Fahrer sank sofort über dem Lenkrad zusammen, was das Fahrzeug ausbrechen ließ. Die Fußsoldaten mussten sich hastig in Sicherheit bringen und die Verfolgung von Seven aussetzen, ihre Linie brach in der Panik vor dem außer Kontrolle geratenen Fahrzeug vollkommen auseinander. Die Wache auf dem Beifahrersitz griff nach dem Lenkrad, aber das Gewicht seines leblosen Kameraden behinderte die panischen Versuche des Beifahrers, den Wagen unter Kontrolle zu bekommen.

»Aufpassen!«, schrie er in Punjabi.

Seven nahm sich nur einen Augenblick Zeit, das Chaos in der Wachtruppe zu begutachten. Er wusste, in den engen Fluren konnte man diese Zwei-Personen-Karren nicht auf eine tatsächlich tödliche Geschwindigkeit beschleunigen. Der Fahrer und sein Passagier würden höchstens bewusstlos werden, sobald der Wagen gegen eine Wand fuhr. *Wann immer möglich, halte die Feindverluste auf einem Minimum,* erinnerte er sich selbst.

In der Zwischenzeit wollte er das Beste aus seiner Gnadenfrist machen und rannte so schnell er konnte den leeren Gang entlang. Hin und wieder feuerte er über die Schulter hinweg auf seine Verfolger. Betäubte Wachen fielen wie die Knickblüten auf Equinox IV, während ihre Gefährten sich duckten. Die Hartnäckigsten allerdings begannen nun ungeachtet der unsichtbaren Strahlen und dem außer Kontrolle geratenen Wagen Sevens Feuer zu erwidern. Schüsse hallten durch den langen Gang. Seven beugte sich im Laufen vor, um ein so kleines Ziel wie irgendmöglich zu bieten. Kugeln pfiffen an ihm vorbei und schlugen Staub und Trümmer aus Boden und Wänden des Gangs. Seven wusste, gleichgültig wie abgelenkt die Wachen auch sein mochten oder wie eilig sie es hatten, er konnte ihrem Kugelhagel nicht lange entkommen.

Vor ihm versprach der nächste Gang einen dringend benötigten Fluchtweg. Er mobilisierte noch einmal seine Kräfte und verließ sich dabei nur noch auf sein Adrenalin, um die von seiner Gefangenschaft verursachte Schwäche auszugleichen. Seine Lungen brannten, und die Schwerkraft der Erde fühlte sich an, als sei sie in den letzten Minuten um einige g stärker geworden. Eine Kugel schlug nur wenige Zentimeter über ihm in die Wand und spuckte pulverisierten Putz in sein Gesicht. *Beinahe geschafft*, feuerte er seine schmerzenden Beine an und hielt dabei den Blick unbeirrt auf das Ausgangsschild gerichtet. *Nur noch ein, zwei Meter!*

Aus dem Augenwinkel erhaschte er einen Blick auf einen kirschroten Feueralarm, den man rechts von ihm an der Wand angebracht hatte. Instinktiv wandte er sich rasch um und feuerte eine Thermalentladung darauf. Natürlich nicht genug, um wirklich ein Feuer auszulösen, aber genug, um die unsichtbare, doch wahrscheinlich vorhandene Sprinkleranlage in der Decke auszulösen.

Der schrille Ton einer Sirene war der Lohn seiner Mühen, gefolgt von einem sofortigen Wasserguss, der aus versteckten Düsen an der Decke hervorbrach. Ärgerliche Flüche mischten sich in die Sirene, als die Sicherheitswachen, die ihn verfolgten und von dem außer Kontrolle geratenen Wagen noch immer abgelenkt waren, plötzlich auf dem glitschig gewordenen Boden ausrutschten. Der künstliche (und vollkommen unnötige) Guss störte ebenfalls ihre Zielgenauigkeit und verschaffte Seven die Zeit, die er brauchte, um den nahen Ausgang zu erreichen. *Gut zu wissen, dass Kaur und ihre Architekten sich um anständigen Feuerschutz gekümmert haben,* überlegte er ironisch, *aber wie hätte es auch anders sein sollen, wo doch zukünftige Generationen von Supermenschen auf dem Spiel stehen?*

Der Ausgang war versperrt, wahrscheinlich wegen des Alarms, aber Seven rammte seine Schulter gegen das Hindernis und das Schloss brach. Er ließ die schrille Sirene und den Sprinklerregen, der ihn durchnässt hatte, hinter sich und fand sich auf einem schmiedeeisernen Steg wieder, der einige Stockwerke über dem Boden entlangführte. Er lehnte sich erschöpft auf das Geländer, das in einem trostlosen Industriegrün gestrichen war, und versuchte sich dann einen Überblick über den gewaltigen Schacht zu verschaffen, der das Zentrum von Chrysalis senkrecht durchlief. Nach den langen Stunden, die er in einem winzigen Käfig und abgeschlossenen Tunneln verbracht hatte, war es irritierend, sich in einem so gewaltigen Raum zu befinden. Aufzugskabel hingen aus der Höhe herab. Sie kamen aus einem kreisrunden Loch in der Decke und führten durch den Schacht in die unteren Ebenen hinab. *Dort muss ich hin,* dachte Seven und nahm sich einen Augenblick Zeit, um den atemberaubenden Blick, der sich ihm von seinem günstigen Standpunkt aus offenbarte, in sich aufzunehmen. Auf den fünf Stockwerke unter ihm liegenden Boden hatte man das Schmetterlings-Logo von Chrysalis gekachelt und so für etwas Deko in der gewaltigen Halle gesorgt.

Schade, dass dieser von Menschen geschaffene Kokon wahrscheinlich eher gefährliche Wespen ausspucken wird als schöne Lepidoptera, überlegte er, *deren Schwarm die zerbrechlichen Hoffnungen der Erde auf Frieden verschlingen könnte.*

Das Netzwerk der Stahlbalkone und -galerien, das sich rund um den gewaltigen Schacht hinaufzog, wirkte seltsam leer. Seven vermutete, dass die meisten der Projektmitarbeiter in ihren eigenen Quartieren und Laboren blieben, bis die gegenwärtige Sicherheitskrise überstanden war. Allerdings patrouillierten zahlreiche Sicherheitstrupps auf den Stegen und der untersten Ebene und ließen dabei keinen Sektor von Chrysalis auf ihrer Suche nach den Eindringlingen undurchsucht. Seven bedauerte kurz, dass er den weißen Kittel der Wissenschaftler trug und nicht die blaue Uniform der Sicherheit. Nun, da mehr Wachen als Zivilisten unterwegs waren, war er auffällig wie ein bunter Hund.

Ein erschöpfter und verletzter bunter Hund, um genau zu sein. Die Jagd hatte ihn ermüdet, er hätte mehr als nur ein paar Sekunden gebraucht, um wieder zu Atem zu kommen, doch er wusste, er konnte es sich nicht leisten, auch nur einen Herzschlag länger hier zu verweilen. Die Sprinkleranlage würde seine hartnäckigen Verfolger nicht lange aufhalten, und schon hatten die ersten Sicherheitsleute ihn auf seinem Steg entdeckt. Auf der anderen Seite des riesigen Schachts, ungefähr hundert Meter entfernt, begann ein bärtiger Sicherheitsposten zu schreien und mit seiner Waffe auf ihn zu zeigen. Wachen fuhren zu ihm herum, sowohl auf den anderen Stegen als auch auf der untersten Ebene. Hinter sich, durch die aufgebrochene Tür, hörte er das Plätschern der Sprinkleranlage und die Schreie der ersten Verfolger, beides kam immer näher. *Keine Zeit für eine Pause,* erkannte er und wischte sich den Trümmerstaub von der Wange. *Das Beste wird sein, auch weiterhin ein bewegliches Ziel zu bleiben.*

Trotz der Müdigkeit, die sich wie Gift in die Muskeln seiner viel zu erschöpften Beine schlich, begann Seven nun, die eiserne Treppe hinab zu den unteren Stockwerken der Galerien zu klettern. Er nahm zwei der in langweiligem Grün gestrichenen Stufen auf einmal und umklammerte dabei die kalten metallenen Geländer, um sich von einem Treppenabsatz auf den nächstunteren zu schwingen. Seine Fersen schlugen so hart auf dem fest montierten Gitter auf, dass er die Erschütterung in seinen Beinen bis hinauf in die Hüfte spüren konnte. *Zumindest geht es bis zum Reaktor die ganze Zeit nach unten,* dachte er.

Kaum hatte er die erste der unteren Plattformen erreicht, kam das ursprüngliche Sicherheitsteam durch die erst vor wenigen Augenblicken aufgebrochene Tür. Seven war vorbereitet. Er richtete seinen Servo den Weg entlang, den er gekommen war, desintegrierte den Absatz an der Tür und schnitt so die Wachleute, wie er hoffte, von den unteren Ebenen ab. Die eiserne Plattform glühte und leuchtete hell auf, um dann völlig zu verschwinden. Sie war nur noch ein Strom von freifliegenden Atomen.

Aber die spontane Auflösung des Absatzes hielt seine Verfolger nicht vollständig auf. Zu Sevens Ärger versuchte einer der Wachen, von der Kante des neu entstandenen Abgrunds auf den zu springen, auf dem Seven selbst sich nun aufhielt. Erschrocken sah Seven zu, wie der entschlossene Soldat knapp an seinem anvisierten Ziel vorbeisprang und stattdessen über fünfzehn Meter hinab auf den Boden des Schachts fiel, wo sein Körper auf den hübschen blauweißen Fliesen leblos liegen blieb. Seine Kollegen am Boden stürzten auf seine zerschmetterten Überreste zu, aber Seven wusste, sie kamen zu spät, um medizinische Hilfe oder spirituellen Beistand leisten zu können. Kein gewöhnlicher Sterblicher hätte einen solchen Sturz überlebt.

Seven bedauerte den Tod des Mannes zutiefst, doch er weigerte sich, die volle Verantwortung für diese Tragödie zu übernehmen. *Ich kann nicht jeden* Homo sapiens *vor seiner eigenen Dummheit bewahren,* dachte er traurig. *Die gesamte Menschheit zu retten, ist schwer genug.*

Die Überlebenden schienen die Lektion aus dem tödlichen Fehler ihres Kameraden gelernt zu haben. Sie blieben dicht am Türrahmen und feuerten von dort auf Seven, der sich bemühte, dem gnadenlosen Beschuss immer einen Schritt voraus zu sein. Kugeln prallten von den metallenen Stufen und dem Geländer ab und sprühten Funken in alle Richtungen. Der Lärm der Schüsse übertönte die zornigen und aufgeregten Rufe der Wachen, ob sie nun in der Nähe waren oder weit entfernt.

Von unten kam neuer Ärger auf Seven zu. Als er durch das Gitter unter seinen Füßen spähte, sah Seven ein weiteres Team von Sicherheitsleuten die Stufen heraufkommen, um ihm den Weg abzuschneiden. Innerhalb von Sekunden waren sie nur noch ein oder zwei Ebenen unter ihm und kamen in rasender Geschwindigkeit immer näher. Der Kugelhagel aus dem oberen Türrahmen ließ schlagartig nach, die aufgeregten Schützen dort hatten widerwillig den Beschuss eingestellt, um nicht ihre eigenen

Kollegen zu treffen. *Ein Silberstreif am Horizont einer ansonsten überaus ernsten Situation,* bemerkte Seven dankbar.

»Ergreift ihn!«, riefen die Sicherheitsleute einander zu. Zahlreiche Stiefel trampelten über die eisernen Treppen und kletterten dem exponierten Eindringling entgegen. »Lasst ihn nicht entkommen!«

Seven hatte die Brücken hinter sich buchstäblich abgebrannt und erkannte jetzt, dass er gar nicht hätte zurückgehen können, selbst wenn er gewollt hätte. Erneut kam ein weiterer Trupp Sikhs auf ihn zu, und Seven richtete den Strahl seines Servos auf die Treppen und den Absatz direkt unter sich, um so die Wachen, die zu ihm hinaufkamen, aufzuhalten. Zwei Ebenen unter ihm wichen die Sicherheitsleute nun angesichts Sevens mächtiger Waffe alarmiert zur Seite. Sie wussten ja nicht, dass er den Strahl lieber auf sich selbst gerichtet hätte, bevor er die unwürdigen menschlichen Wesen hier eliminierte. *Es sind nur Fußsoldaten, die ihren Job erledigen. Unglücklicherweise kommt ihr Job meinem eigenen in die Quere.*

Seine Taktik hatte ihm noch einige Sekunden erkauft, aber sie hatte auch dazu geführt, dass er nun auf einer Stahlplattform festsaß, die sich rund zwölf Meter über dem Boden befand. Zudem stand er nun mitten im Kreuzfeuer zweier Sicherheitstrupps. Seven kam zu dem Schluss, dass es sich um keine sehr haltbare Position handelte, und suchte in seiner Umgebung nach sicheren Alternativen. Sein kühler, analytischer Blick fiel auf die herabhängenden Aufzugkabel, die sich von der Wüste oben über der ersten Ebene bis hinunter in die unsichtbaren unteren Stockwerke des unterirdischen Komplexes zogen. Die Kabel waren ungefähr fünfzehn Meter von der Kante der Stahlplattform entfernt. Ein beträchtlicher Sprung, selbst für ihn. Zwölf Meter unter ihm sprach der See von Blut, der sich unter der abgestürzten Wache ausbreitete, lebhaft von den tödlichen Konsequenzen, die auf ihn warteten, sollte der Sprung fehlgehen. Es war ein langer Weg bis zum Boden.

»Mir bleibt keine Wahl«, murmelte Seven. Ein schneller Schuss aus seinem Servo desintegrierte das Geländer, das ihn vom Abgrund zwischen dem Treppenabsatz und den Kabeln trennte. Dann steckte er die Waffe in seine Hosentasche, riss sich hastig den engen Laborkittel vom Leib und wickelte sich den weißen Stoff um die Handflächen. Nun verband ein Streifen weißen Stoffs seine Hände wie Handschellen miteinander. Er drückte sich mit dem Rücken an die Wand des Schachts, um so viel Anlauf wie möglich nehmen zu können, doch es war nur wenig mehr als ein Meter. Dann rannte er zum Rand der Plattform und zwang seine ohnehin schon überbeanspruchten Beine zu einem mehr als olympiareifen Absprung.

Seine Füße verließen die Sicherheit und den festen Stand des Absatzes. Seven warf sich mit ausgestreckten Armen in den Abgrund. Der Schwung trug seine zerbrechliche menschliche Gestalt in Richtung der herabhängenden Kabel, obwohl die Schwerkraft an ihm zerrte und ihn in einem langen Bogen nach unten stürzen ließ. Erstaunte Beobachter schnappten überrascht nach Luft angesichts dieses todesverachtenden Sprungs. Seven konzentrierte sich auf die lebensrettenden Aufzugkabel. Der Luftzug seines Sprungs blies ihm ins Gesicht, aber er hielt die Augen offen, bis er ungefähr sechs Meter über dem Boden in Reichweite der Kabel kam. Seine in den schützenden Stoff gewickelten Hände griffen nach einem der dicken Stahlseile, was seinen Sturz abrupt unterbrach. Der plötzliche Stopp riss ihm beinahe die Arme aus den Schultergelenken, aber er hielt die schmierigen Kabel durch den Stoff des Laborkittels hindurch fest und schwang für ein paar Sekunden gefährlich hin und her, bevor er auch mit dem Knöchel eines der Kabel zu fassen bekam.

Geschafft! Obwohl er seine Mission noch nicht annähernd beendet hatte, erlaubte er sich einen Augenblick der Euphorie. *Solche riskanteren Kunststücke leiste ich mir normalerweise nicht,* gab er sich selbst gegenüber zu. Gut, dass Isis nicht hatte mit ansehen müssen, wie waghalsig er gewesen war, sie hätte es ihm für den Rest seines Lebens unter die Nase gerieben. *Von jetzt an werde ich die todesverachtenden Sprünge Evel Knievel überlassen.*

Er benutzte den nun öligen Kittel dazu, kontrolliert an den Kabeln hinabzurutschen und seine Hände vor der Reibung zu schützen, und glitt hinab zum Loch im Boden, durch das sie verschwanden. Vollkommen überrascht ließen die Wachen ihn gewähren, ohne einzugreifen. Sie begriffen viel zu spät, was er vorhatte. Kugeln schlugen in die Bodenfliesen ein, um Seven im letzten Moment zu erwischen, bevor er verschwand. Der Beinahe-Saboteur war erleichtert, dass Kaur noch keine Gelegenheit gehabt hatte, eine Generation perfekter Schützen heranzuzüchten.

Seven hielt den Kopf gesenkt, als er an den Kabeln durch die Mitte des Schmetterlingslogos rutschte, das den Boden schmückte. Der Lärm des Kugelhagels wurde schwächer, denn der Aufzugsschacht führte durch mehr als einen Meter dicken Beton, der Decke eines großen, nüchtern aussehenden Betonbunkers. Eine einzelne Aufzugskabine befand sich am Boden des Schachts. Glücklicherweise war sie im Augenblick ungenutzt. Seven wartete, bis er nur noch wenige Meter über dem Dach der Kabine war, bevor er sich darauf fallen ließ.

Er landete auf allen vieren auf der Kabine und rollte schnell zur Seite. Gerade rechtzeitig, denn eine Etage über ihm waren die frustrierten Sicherheitsleute darauf gekommen, ihre Waffen direkt durch den Aufzugsschacht abzufeuern. Dauerfeuer durchlöcherte das Dach des Aufzugs, doch Seven war bereits auf den Betonboden neben der Kabine gesprungen. Er drückte den Knopf, der die durchlöcherte Kabine nach oben schickte und hielt die Wachen so erfolgreich davon ab, es ihm gleichzutun und an den Kabeln hinabzuklettern, wenigstens für ein paar Augenblicke.

Er sah sich rasch um. Sowohl Roberta als auch dem Lageplan im Korridor zufolge befand sich der Reaktor auf dieser Ebene des Komplexes. Die großen Warnhinweise, die man an die Wand gepinselt hatte, bestätigten seine Vermutung:

ACHTUNG! ATOMARES KRAFTWERK
ZUTRITT FÜR UNBEFUGTE VERBOTEN!

Die Warnungen hatte man in Englisch, Hindi, Punjabi und Chinesisch angebracht und daneben das grellgelbe, universale Zeichen für Atomkraft gemalt. Noch einschüchternder waren die beiden bewaffneten Wachposten, die neben dem offenbar einzigen Zugang zum Kraftwerk postiert waren.

»Halt«, befahl einer der beiden. Er hob sein Gewehr und trat zwischen Seven und ein herabgelassenes Stahltor. »Identifizieren Sie sich!«

Seven wusste, er konnte nicht beide Wachen mit seinem Servo außer Gefecht setzen. So schnell waren seine Reflexe nicht. Also klickte er stattdessen die Transportfunktion seines Servos an und aktivierte so eine Wolke von wirbelndem, leuchtendem Plasma. Sie bildete sich zwischen Seven und den Wachen und verbarg ihn so vor ihren Blicken. Aufgeschreckt durch den schimmernden Nebel feuerten beide Wachposten ziellos hinein. Sie bemerkten gar nicht, dass ihre Kugeln in dem Augenblick dematerialisierten, in dem sie in den Nebel eintraten, und sofort in pure Energie verwandelt wurden. Beide feuerten in dem vergeblichen Versuch, den Eindringling auf der anderen Seite der leuchtenden Wolke zu treffen, ein komplettes Magazin in den Nebel ab. Seven nutzte den Lärm der Waffen, um schnell den Servo zu zücken und dann erst auf einen, dann den anderen Posten zu schießen. Der Betäubungsstrahl, der nicht aus Materie bestand, durchdrang den Nebel ungehindert und schaltete beide Schützen innerhalb von Augenblicken aus.

Seven schaltete den Transporterbefehl ab und verbannte den unnatürlichen Nebel zurück in den Subraum. Dann hastete er durch die letzten blauen Schwaden hindurch zu dem versiegelten Reaktoreingang. Die ausgeschalteten Wachposten waren an beiden Seiten des heruntergelassenen Tors zusammengesunken und schlummerten selig. Seven durchsuchte systematisch ihre Taschen und zog rasch einen elektronischen Schlüssel heraus, den er in einen Schlitz neben der Tür einführte.

»Sesam öffne dich«, murmelte er und enthüllte damit seine profunden Kenntnisse in terranischer Folklore und Literatur.

Verborgene Motoren brummten, als das Tor nach oben glitt und in der Decke verschwand. Seven wartete nicht, bis das Hindernis vollständig aus dem Weg war, sondern duckte sich schon in dem Augenblick unter dem Tor hinweg, als es ihm genug Raum dazu bot. »Keiner bewegt sich!«, befahl er und kündigte so den Wartungstechnikern des Kontrollraums seine Ankunft an. Er hielt den Servo auf offenbar bedrohliche Weise im Anschlag. »Wie die letzten Durchsagen bestätigten, bin ich in der Tat bewaffnet und gefährlich.«

Das halbe Dutzend Techniker wich nervös vom Eingang zurück. Die meisten verließen ihren Posten an den Kontrollen. Doch ein Einzelner von ihnen riskierte Sevens Zorn, schlug mit der Handfläche auf einen großen roten Knopf und löste damit einen sofortigen Alarm aus. Seven wandte sich geschmeidig zu dem sicherheitsbewussten Störenfried um und ließ das Individuum augenblicklich in seinem Sessel zusammensinken. Doch der Schaden war angerichtet. Sirenen heulten über ihm auf und alarmierten zweifellos ganz Chrysalis über sein Eindringen in den Reaktorkontrollraum.

Seven seufzte und zuckte mit den Schultern. *Egal,* dachte er. *Kaur und ihre Sicherheitskräfte mussten ja irgendwann meine Absichten erkennen. Besonders, nachdem sie gesehen haben, dass ich die Kabel benutze, um hier runterzukommen.* Er bedeutete den übrigen Technikern mit dem Servo, sich an das andere Ende des Raums zurückzuziehen, vor die verstörend altmodisch aussehenden kühlschrankgroßen Computergehäuse mit den ständig rotierenden Spulen darin.

»In Ordnung«, wies er die eingeschüchterten Techniker an. »Ich möchte, dass Sie alle so schnell wie möglich verschwinden und diesen Herrn hier mitnehmen.« Er wies mit dem Kinn auf den betäubten Verräter, der über seiner Kontrollkonsole zusammengesunken war. Sevens Blick richtete sich auf einen der Techniker, der ihm älter vorkam als die anderen und der wahrscheinlich die Verantwortung hatte. »Außer Ihnen«, fügte er hinzu und grenzte damit seinen Auserwählten von den anderen ab. Es handelte sich um einen schlanken Europäer, dessen Sicherheitsausweis ihn als Chefingenieur Ryan Johnson auswies. »Ich muss mit Ihnen sprechen.«

Die anderen Techniker brauchten keine weitere Aufforderung, sich zu verdünnisieren, und verließen den Kontrollraum in Rekordzeit. Seven wartete, bis auch die letzten beiden Ingenieure verschwunden waren, die den schlafenden Kollegen in ihre Mitte genommen hatten. Dann benutzte er den gestohlenen elektronischen Schlüssel dazu, das Metalltor wieder herunterfahren zu lassen. Zumindest für Seven war die Kontrollkonsole neben der Tür von rudimentärer Bauart. Er brauchte nur einen Moment, um den Schließmechanismus neu zu programmieren und so den Kontrollraum wirkungsvoll vor den Sicherheitstrupps zu versiegeln, die wahrscheinlich jeden Augenblick hier sein würden. *Sie werden einen Schweißbrenner brauchen, um durch die Tür zu kommen,* dachte er zufrieden. *Das sollte mir die Zeit geben, die ich brauche.*

»Es tut mir leid wegen der Verzögerung«, sagte er zu seiner letzten verbliebenen Geisel. »Ich danke Ihnen, dass Sie gewartet haben.« Er ging schnell zwischen den Konsolen hindurch und machte sich mit den Kontrollen vertraut. Die zutiefst primitive und antike Bauart der Kontrollen machte ihm die Aufgabe leichter, aber sie war auch überaus beunruhigend. Er warf einen Blick durch die Plexiglasscheibe hinaus auf den gewaltigen Betonsilo, in dem sich die Reaktorkammer verbarg, und schauderte. *Ich kann nicht glauben, dass die Leute dieser Ära glauben, sie könnten so gedankenlos mit Kernspaltung herumspielen. Bei der Rate, in der die Menschheit diese Kernkraftwerke zusammenstoppelt, werden sie innerhalb von einer Dekade ein oder zwei ernsthafte Kernschmelzen produzieren.* »Wie initiiere ich die Selbstzerstörung?«, wollte er von Johnson wissen.

»Was?« Das verwitterte Gesicht des Mannes wurde blass. »Das können Sie nicht ernst meinen!«

»Ich war selten ernster«, versicherte ihm Seven. »Wenn Sie mir nicht zur Hand gehen, dann werde ich selbst eine explosive Kettenreaktion auslösen müssen, die mir möglicherweise weniger Kontrolle über den resultierenden Feuersturm gibt, als andernfalls möglich wäre. Es liegt an Ihnen, Mr. Johnson. Wollen Sie den Bewohnern von Chrysalis die Gelegenheit zur Evakuierung geben, oder soll ich anfangen, an den Kontrollen herumzuspielen?« Er schlenderte auf die nächstgelegene Konsole zu und legte die Finger auf ein kompliziert aussehendes Bedienfeld voller Schalter, Knöpfe und Hebel. »Ich vermute, die hier regulieren den Kühlwasserdruck. Wollen wir schauen, ob ich das richtig sehe?«

Johnsons Adamsapfel hüpfte auf und ab wie eine Vakuumboje in einem kosmischen Sturm. »Aber das geht doch nicht«, schluckte er. Erschrockene Augen verfolgten, wie Sevens Finger über die Schalter der Konsole glitten. »Ich könnte Ihnen nicht einmal helfen, wenn ich es wollte. Nur die Direktorin kann die Selbstzerstörungssequenz anordnen.«

Natürlich, dachte Seven. Sarina Kaur kümmerte die Möglichkeit, ihre sorgsam geschaffenen Bakterien könnten freikommen, wenig. Diese ganze Selbstzerstörungssequenz hier war ohne Zweifel den Sicherheitsbedürfnissen der Techniker geschuldet, die keine Ahnung davon hatten, dass Kaur einen Genozid plante.

Seine Augenbrauen zogen sich zusammen. »Zeigen Sie's mir«, verlangte er.

Ein zischender Ton erklang über ihm und unterbrach sein Verhör des Chefingenieurs. Johnson sah mit sichtbarer und entschiedener Erleichterung nach oben. Seven erinnerte sich an Robertas Erzählung ihrer eigenen Gefangennahme und so war er nicht überrascht, als er sah, dass dicke, weiße Dämpfe durch die Decke in den Kontrollraum gepumpt wurden.

Er legte seine Hand über Mund und Nase und richtete seinen Servo auf die Ecken des Fensters aus Plexiglas, das den größten Teil der südlichen Wand einnahm. Er stellte den Strahl auf *Desintegrieren*, dann löste er auf der Molekularebene die Bindungen auf, die den massiven Block des transparenten Plastiks hielten, sodass ein einziger Stoß es aus dem Rahm auf den Betonboden eine Ebene unter dem Kontrollraum fallen ließ.

Seven hörte den Knall, als es aufschlug. Sofort strömte frische Luft in den vorher hermetisch abgeriegelten Raum, als sich das Betäubungsgas in der gewaltigen Halle des Reaktorsilos verlor. Das Brüllen der Turbinen rauschte nun in den vorher schalldichten Kontrollraum und mischte sich mit dem Summen und Klicken der Computer und anderen Apparate.

Seven hustete, um auch den letzten Rest des in seine Lungen eingedrungenen Gases loszuwerden. »Also, Mr. Johnson«, erinnerte er den Chefingenieur. »Ich glaube, Sie wollten mir gerade zeigen, wie wir Chrysalis zerstören können.«

Große Augen starrten auf die Stelle, an der sich das unzerbrechliche Fenster befunden hatte. Johnson nickte schwach und führte Seven an eine Konsole, die sich direkt neben dem nun leeren Fensterrahmen befand. Er setzte sich vor ein Mikrofon und schaltete es an. »Aktiviere Selbstzerstörungssequenz«, sagte er und schluckte hart.

Sprachgesteuerte Kontrollen im Jahr 1974? Seven war beeindruckt, Kaur hatte anscheinend die modernsten Entwicklungen der hervorragendsten Wissenschaftler des Planeten verwandt, um ihren ehrgeizigen Plan umzusetzen. *Was für eine Schande,* dachte er, *dass so viel Genie und Kreativität auf so ein gefährliches Unterfangen verschwendet werden.*

Eine neuerliche Salve Kugeln pfiff an Sevens Kopf vorbei und schlug in die Wand hinter ihm ein. Offenbar waren die Wachen auf der Ebene unter ihm darauf gekommen, das Verschwinden des Plexiglasfensters auszunutzen. Der Kugelhagel, der seinen Ursprung rund zwanzig Meter unter ihm hatte, zwang Seven, sich hinter einer schützenden Konsole zusammenzukauern.

»Sind die verrückt geworden?«, fragte ein panischer und abgelenkter Johnson. »Was, wenn sie etwas Wichtiges treffen und wir die Kontrolle über den Reaktor verlieren?«

»Bitte bewahren Sie Ruhe, Mr. Johnson«, ermahnte Seven ihn und hielt den Servo weiter auf den Nacken des Mannes gerichtet. Trotz der Kühle, die dank der Klimaanlage herrschte, war der Kragen des Technikers schweißdurchtränkt. Er begann zu hyperventilieren. Seven hoffte, dass Johnsons nicht mehr ganz junges Herz der Strapaze, unter Beschuss eine nukleare Explosion auszulösen, standhielt. »Fahren Sie mit der Prozedur fort.«

So schnell er begonnen hatte, hörte der Kugelhagel auch schon wieder auf. Wahrscheinlich hatten klügere Köpfe die beträchtlichen Risiken bemerkt, die ein Beschuss des Reaktorkontrollraums beinhaltete. Johnsons Atmung wurde ein wenig ruhiger, als das Feuer verebbte, aber seine Hände zitterten, als er den gewundenen Griff des Mikrofons ergriff. »Ich wiederhole: Aktiviere Selbstzerstörungssequenz. Verantwortlicher im Kontrollraum: Johnson Slash Zeta.«

Computer surrten, die Zugtraktoren der Endlosdrucker ratterten, als die automatischen Kontrollen Johnsons

Anfrage verarbeiteten. *»Verantwortlicher im Kontrollraum akzeptiert«*, erklang eine gesichtslose Stimme aus dem eingebauten Lautsprecher. Der Antwort des Computers fehlte jeder Anflug einer Persönlichkeit – ganz im Gegensatz zu Sevens eigenem Beta-5-Computer. *»Benötige Autorisierung eines Vorgesetzten.«*

Johnson wandte sich vom Mikrofon ab und flüsterte Seven, der neben ihm kauerte, zu: »Das ist der Teil, vor dem ich Sie gewarnt habe, nur die Direktorin kann den letzten Befehl geben. Der Computer ist darauf programmiert, nur ihre Stimme zu erkennen.«

»Das ist kein Problem«, flüsterte Seven zurück und bedeutete Johnson, beiseitezutreten. Seven setzte sich vor das Mikrofon und massierte seine Kehle, während er sich die einzigartigen Kadenzen und Flexionen von Sarina Kaurs Sprache ins Gedächtnis rief. *Immerhin hatte ich ja genug Zeit, mir ihre Stimme anzuhören*, dachte er mit einer Spur Bitterkeit.

Johnson kritzelte auf Sevens Geste hin den verlangten Wortlaut des Befehls auf die Rückseite eines grün-weißen Computerausdrucks. Seven nickte und las die Sequenz in einer perfekten Imitation von Kaurs Stimme laut vor: »Leitende Verantwortliche bestätigt: Kaur Slash Zeta Zeta.«

»Selbstzerstörungssequenz bestätigt«, nahm die mechanische Stimme die Sequenz ungerührt an. *»Bitte Zeit bis zur Selbstzerstörung eingeben.«*

Neben dem Mikrofon befand sich eine digitale Anzeige, die von einem numerischen Tastenfeld für die einzelnen Ziffern kontrolliert wurde. Sie war in leuchtendem Rot auf 00:00:00 eingestellt und zeigte wahrscheinlich die Sekunden, Minuten und Stunden an, bevor die verlangte Selbstzerstörungssequenz einsetzte.

»Schnell«, drängte Seven. »Wie viel Zeit brauchen Sie, um Chrysalis vollständig zu evakuieren?«

Er warf dem erschütterten Ingenieur einen strengen Blick zu, der kein Ausweichen und auch keine Täuschung gestattete. »Sie müssen doch entsprechende Übungen durchgeführt haben. Sagen Sie die Wahrheit. Wie viel Zeit?«

»Zwanzig Minuten«, stammelte Johnson. »Ohne jede Warnung vielleicht dreißig.« Er sah sehnsüchtig auf die versiegelte Tür des Kontrollraums, möglicherweise fragte er sich, wie oder ob er Gelegenheit haben würde, den zum Untergang verdammten unterirdischen Komplex zu verlassen. »Es gibt für den Notfall Hochgeschwindig-keitsaufzüge an die Oberfläche, dort stehen vollgetankte Wüstenfahrzeuge bereit, die in der alten Festung versteckt sind.«

»Eine bemerkenswerte Vorbereitung«, kommentierte Seven und war ehrlich dankbar für Kaurs Umsicht. Die Tatsache, dass die in die Irre geführten, aber nicht unbe-dingt bösartigen Wissenschaftler und auch der Stab von Chrysalis einen umsetzbaren Fluchtplan besaßen, erleich-terte sein Gewissen, was die bevorstehende Atomexplosion betraf.

Schade nur, dass so das Geheimnis der fleischfressenden Bakterien wahrscheinlich ebenso entkommen wird, dachte er. *Doch daran kann man nichts ändern.* Dieser spezielle Geist war bereits unwiderruflich aus der Flasche. Seven ging auf Nummer sicher und gab einen dreißigminütigen Countdown in die Kontrollkonsole ein, dann ließ er sich von Johnson zeigen, wie man die Sprechanlage bediente.

»Ich bitte um Ihre Aufmerksamkeit«, sprach er ganz Chrysalis an. Auf dem digitalen Display hatte der Count-down bereits begonnen.

Er stand schon bei 00:29:16.

»Hier spricht der Eindringling, vor dem Ihre Vorgesetzten Sie gewarnt haben. Ich habe die Kontrolle über das Kernkraftwerk übernommen und die Selbstzerstörungssequenz aktiviert. Sie haben dreißig Minuten Zeit, um Chrysalis zu verlassen, bevor die gesamte Institution zerstört wird. Das ist keine Übung. Das ist kein Trick. Sie haben ab jetzt dreißig Minuten Zeit, um zu fliehen.«

Glücklicherweise, überlegte er, *werden die vorangegangenen Störungen, die von Roberta, mir und Isis ausgegangen sind, die gesamte Mannschaft von Chrysalis in Alarmbereitschaft versetzt haben. Das sollte die Evakuierung beschleunigen.* Er sah auf die rotglühenden Ziffern des Countdowns.

00:28:45.

Er erhob sich rasch von dem Sitz an der Konsole und durchquerte den Raum zu einem Feuerwehrschlauch nahe dem Ausgang. Er zerschlug die Schutzscheibe mit dem Ellbogen, zog einen Teil des zusammengerollten Schlauchs heraus und warf das Ende durch den Rahmen, in dem sich das Fenster befunden hatte. Die Düse fiel außer Sicht und zog mehrere Meter Schlauch hinter sich her. Verwirrte Rufe erklangen vom Boden der Turbinenhalle, als die Metalldüse auf dem Betonboden auftraf.

»Sie können nun gehen, Mr. Johnson«, erklärte Seven und wies auf den grauen Schlauch, der sich über den Boden schlängelte. Es war nicht der eleganteste Weg für eine Geisel, den Kontrollraum zu verlassen, aber es würde ausreichen. Seven dagegen wusste, dass er bis zum letzten Augenblick würde bleiben müssen. Er musste sicherstellen, dass niemand, besonders nicht Sarina Kaur, die Selbstzerstörungssequenz beenden oder überschreiben konnte.

»Nicht schießen! Ich bin's! Nicht schießen!«, schrie Johnson zu den Wachposten unter ihm, als er über den Rahmen des offenen Fensters krabbelte. So schnell sein nicht mehr ganz junger Körper es vermochte, ergriff er den abgerollten Schlauch, zog kurz daran, um sicherzugehen, dass dieser sein Gewicht halten würde, und ließ sich dann über die Kante rollen.

»Nicht schießen!«

Seven hatte nun den Kontrollraum für sich. Er sah auf das leuchtende rote Zahlenfeld.

00:27:18.

Noch siebenundzwanzig Minuten.

20

Obwohl es in Indien Zeit fürs Abendessen war, war es in New York erst halb acht am Morgen. Roberta wusste, dass der Transporterlag sie irgendwann erwischen würde, aber im Moment war sie viel zu beschäftigt, um ihren Biorhythmus umzustellen. Sie setzte Isis auf Sevens Schreibtisch ab und schaltete rasch den Beta-5-Computer an. »Computer ein!«

Wie die Geheimtür in einem alten Spukhaus eines Gruselfilms verschwanden die Regale mit den hauptsächlich Dekorationszwecken dienenden Büchern in der Wand und wurden durch das ebenso große Computerterminal ersetzt. Ein runder Bildschirm von etwa einem halben Meter Durchmesser ragte aus einer spiegelnden schwarzen Konsole, die sich im mattgrauen Gehäuse von Beta 5 befand und über dem vorstehenden Kontrollfeld lag. Bunte Farbwellen zogen sich durch die Anzeige zur kosmischen Strahlung über dem runden Bildschirm, links daneben blitzten farbige Lichter auf und verschwanden wieder im rechten Winkel, um die mentale Aktivität der künstlichen Intelligenz des Beta 5 anzuzeigen. *»Computer ist angeschaltet!«*, erwiderte der Supercomputer. Mit jeder

Silbe rekonfigurierten sich die blinkenden Lichter.

»Verarbeite eingegebene Daten«, wies Roberta die Maschine hastig an. Sie richtete die beiden Antennen ihres Servos auf die Empfängerstation des Kontrollfelds und klickte die Transmitterfunktion an. Theoretisch hätte das die exakten geografischen Daten von Chrysalis direkt in den Computerspeicher übertragen sollen, auch wenn Roberta fand, dass dieser Vorgang immer etwas Magisches an sich hatte.

»Du musst diesen Ort sofort scannen!«

»*Benötige Autorisation, um Scan durchzuführen.*« Die elektronische, aber doch als weiblich erkennbare Computerstimme hatte einen schnippischen Unterton, den Roberta nur allzu gut kannte. »*Bitte identifizieren Sie sich.*«

»Du weißt doch, wer ich bin!«, stieß Roberta kochend vor Ungeduld hervor. Egal worum es ging, der Beta 5 ließ es immer so klingen, als würde Roberta etwas weitaus Wichtigeres als zum Beispiel die Rettung des Planeten unterbrechen. »Wir haben für so etwas keine Zeit«, protestierte sie. Sie warf einen Blick auf ihr Handgelenk, dann fiel ihr wieder ein, dass die Wachen in Chrysalis ihr die Uhr abgenommen hatten. Aber ob sie nun eine Uhr hatte oder nicht, sie konnte förmlich spüren, wie lebenswichtige Sekunden verstrichen. »Tu einfach, was ich dir sage!«

»*Bitte identifizieren Sie sich.*« Der Beta 5, die Verkörperung kybernetischer Sturheit, blieb hartnäckig.

Roberta ballte die Fäuste an ihrer Seite und zerbrach dabei beinahe den Servo. »Roberta Lincoln. Agentin 368.« Ihre Fußspitze tappte gereizt auf dem orangen Flokati. »Zufrieden?«

»*Beginne Scan*«, teilte der Computer überheblich mit. Ein Farbbild erschien auf dem Schirm und zeigte den Sonnenuntergang über der verlassenen Rajput-Festung. Violette Schatten krochen in die bröckelnden Sandsteinmauern.

Schon besser, dachte Roberta. *Wir kommen voran.* Sie hoffte, dass wenigstens ein paar Mauern dieser großartigen Ruine die unterirdische Explosion überlebten. »Tiefer«, instruierte sie Beta 5. »Unter die Oberfläche.«

»Bestätigt. Der Exceiver loggt sich in das vorhandene Überwachungssystem ein.«

Zahlreiche Ansichten von Chrysalis' Innenleben huschten über den Schirm und ermöglichten Roberta so Einblicke in die vielen Labore und Gänge des Komplexes.

»Bitte Suchparameter spezifizieren.«

Roberta nickte nachdenklich. *Zuerst die Kinder,* rief sie sich ins Gedächtnis. *Dann die Tiere.*

»Bereite Ferntransport vor. Peile alle humanoiden Lebensformen ... oh, unter fünfzig Kilogramm an.« *Damit sollte jedes der Kinder erfasst sein,* war sie sicher. *Ich habe definitiv keine monströs großen Kinder in der AAE gesehen, und dort wären derart immens große Kinder wohl unweigerlich gelandet.*

»*Erfassung erfolgt*«, meldete der Beta 5. Einen Moment später huschte eine Reihe von Bildern über den Monitor. Sie zeigten Ansichten verschiedener Gruppen von kleinen Kindern. Beinahe alle saßen auf ihren Betten und sahen verstört und verschlafen aus. Sie sahen sich verwirrt um. Die geraden Bettenreihen wiesen auf Schlafsäle hin. Roberta musste die Alarmsirenen nicht hören, um zu wissen, dass Seven genau nach Zeitplan Chaos in Chrysalis ausgelöst hatte.

»Transportermatrix ausgerichtet auf zweihundertvier-undsechzig Lebensformen.«

Roberta stieß angesichts dieser hohen Zahl von Super-kindern, die sich in der Institution befanden, einen anerkennenden Pfiff aus. Selbst mit vereinten Kräften hätten sie und Seven es niemals geschafft, so viele Kinder aus Chrysalis hinauszutransportieren. Ein oder sogar zwei Servos hatten ihre Grenzen. Doch die Fähigkeiten eines Beta 5 überschritt es nicht. *Ein großes Dankeschön an die gute alte Alien-Technologie,* dachte sie. *Auch wenn sie zickig ist.*

Sie starrte auf die Bilder der Überwachungskameras auf dem Bildschirm und schluckte, als die Kinder darauf erschienen, die sich abweichend entwickelt hatten. »Computer, hier anhalten«, befahl sie rasch. Sie hatte das Verlangen, sich diesen Schlafsaal genauer anzusehen. Selbst jetzt schienen sich ein paar der »nicht perfekten« Kinder der Krise in ihrer direkten Umgebung nicht bewusst zu sein. Roberta sah den kleinen Jungen, der seine Zehen immer wieder zählte und dessen Wange wild zuckte, auch jetzt unerschütterlich seine Extremitäten durchzählen, während seine Gefährten mit Furcht auf den Aufruhr reagierten. Tränen rannen die Wangen der Kinder hinab, die in der Lage waren, ihre Umgebung wahrzunehmen. Ein verängstigtes Kind zog sich sämtliche Decken, die es besaß, über den Kopf, der Junge, dessen Gesicht an einen Löwen erinnerte, zerfetzte sein Kissen mit klauengleichen Fingern und ließ einen Sturm von Federn über seine Umgebung herabschneien.

Verstört von den zahlreichen Gebrechen der AAE-Kinder wandte Roberta sich von der Szenerie ab.

»Fahre mit dem Bilderzyklus fort«, bat sie den Beta 5. Sie hatte einen Kloß im Hals. Das Bild auf dem Schirm änderte sich und zeigte eine andere Ansicht. Roberta wandte sich dem Schirm wieder zu und erkannte prompt ein weiteres vertrautes Gesicht, das ihrem kleinen Freund Noon gehörte. Dr. Kaurs bemerkenswerter Nachwuchs wurde der Lage mit wesentlich mehr Stoizismus gerecht, als man bei einem Kind seines Alters hätte erwarten können, was Roberta jedoch kaum überraschte. Barfuß und im Schlafanzug stand er still auf dem Teppichboden zwischen den Betten, auf dem aufmerksamen kleinen Kindergesicht einen wachen, aber doch nachdenklichen Ausdruck. Er sah angesichts der ungewöhnlichen Vorkommnisse eher fasziniert als erschrocken aus und auch irgendwie neugierig auf das, was als Nächstes passieren würde. Ein Schauder rann Roberta den Rücken hinab, als der kleine indische Junge direkt in die Linse der Überwachungskamera starrte, die an der Decke hing. Einen Herzschlag lang war sie sicher, dass seine durchdringenden schwarzen Augen sie ansahen.

Sei nicht albern, schalt sie sich selbst. *Wahrscheinlich fragt er sich nur, wo seine Aufpasser bleiben.* Trotz der unnatürlichen Würde, die Noon unter diesem Druck an den Tag legte, war Roberta entsetzt darüber, dass Sarina Kaur angesichts des Notfalls nicht da war und sich um ihn kümmerte. *Er ist doch ihr Sohn,* dachte Roberta empört. *Wo zum Teufel ist sie?*

»*Transportermatrix eingestellt*«, erinnerte sie der Beta 5 spitz. »*Bitte Zielort des Transports der ausgewählten Lebensformen eingeben.*«

Roberta riss sich von dem achtfachen Anblick der verwirrten und panischen Kinder los und gab hastig die Koordinaten der sicheren Unterkunft ihres Mitarbeiters in Puyallup ein. Obwohl sie wusste, dass sie tat, was notwendig war, besonders wenn man Sevens Absicht mit Chrysalis in Betracht zog, fühlte sie sich unwillkürlich wie eine Kidnapperin. »Transporter aktivieren«, befahl sie dem Computer.

Leuchtdioden blinkten auf dem polierten schwarzen Feld

des Beta 5. Über dem Bildschirm leuchtete die Anzeige für kosmische Strahlung auf wie ein Nordlicht.

Isis maunzte auf dem Schreibtisch laut.

»Ja ja«, erwiderte Roberta. Sie wusste genau, warum die gottverdammte Katze sie so nervte. »Keine Sorge. Ich werde den Tiger nicht vergessen.«

21

Chrysalis-Basis
Indien

»Achtung. Fünfundzwanzig Minuten bis zur atomaren Sterilisation.«

Die automatische Warnung hallte durch jede Ebene von Chrysalis und trieb Maggie Erickson vorwärts in Richtung der Kinderschlafsäle. *Ich kann nicht glauben, was hier geschieht,* dachte sie voller Angst. Das Herz schlug ihr bis zum Hals, als sie durch die Gänge lief und dabei an verzweifelten Männern und Frauen vorbeilief, die ihren eigenen dringenden Missionen nachgingen. Sie starrte überrascht auf die hektische Aktivität und die verwirrten Gesichter um sich herum. *Wie?,* fragte sie sich ungläubig. *Wie konnte sich die wohlgeordnete, wissenschaftliche Routine von Chrysalis in diesen verrückten, ungeplanten Exodus verwandeln?*

Alles war so schnell geschehen. Sie hatte in einer der Mitarbeitercafeterias mit ihrem Kollegen und Verlobten, Dr. Everett Walsh, einen Kaffee getrunken, als plötzlich diese bizarre und erschreckende Ankündigung über das Lautsprechersystem erklungen war. Irgendein Fremder, der sie informiert hatte, dass Chrysalis zum Untergang verdammt sei und sie alle weniger als eine halbe Stunde

Zeit hätten, den gesamten Komplex zu räumen. *Das ist doch völliger Wahnsinn!,* entschied sie.

Und doch rannte sie nun zu ihren Schülern, während der automatische Countdown auf schauderhafte Weise die grauenvolle Durchsage des Eindringlings bestätigte. Everett rannte neben ihr her und sah so verwirrt und erschrocken aus wie alle anderen.

Zugegeben, sie alle hatten für so einen Notfall geplant und geübt, was zu tun war, aber Maggie hätte nie erwartet, dass Chrysalis je evakuiert werden müsste. Nicht nach all den Vorsichtsmaßnahmen, die schon allein die Existenz des Projekts vor der Welt verbargen.

Die beiden Erzieher erreichten den Kinderschlaf-saal Nummer 5 innerhalb von Minuten. Die Erzieherin, die derzeit Dienst hatte, hatte bereits begonnen, die in Pyjamas gekleideten Kleinkinder auf die Flucht vorzube-reiten, holte sie aus den Betten und half ihnen in Haus-schuhe und Morgenmäntel. Maggie schickte ein stilles Dankgebet an die Götter dafür, dass sie nur für die Sicher-heit der Epsilon-Klasse, einer Gruppe, die gerade einmal fünfzehn Schüler umfasste, persönlich verantwortlich war. *Fünfundzwanzig Minuten*, dachte sie. Das sollte gerade genug Zeit sein, um alle Kinder zum nächsten Notausgang zu bringen.

»Okay«, sagte sie laut und klatschte in die Hände, um die Aufmerksamkeit der Kinder auf sich zu ziehen. »Alle sind jetzt mal still und hören gut zu.« Sie machte eine Pause, die lang genug war, um das Geschnatter und den allge-meinen Aufruhr zur Ruhe kommen zu lassen. Außer ein paar leisen Schluchzern und Schniefern, die Jessica und Everett so gut wie möglich zu beruhigen versuchten, wurde es still. »Alles kommt wieder in Ordnung«, versicherte Maggie ihrem minderjährigen Publikum. »Aber ihr müsst genau das tun, was wir geübt haben. Bitte stellt euch an der Tür auf, schnell, aber ruhig. Nicht vergessen: Nicht schubsen!«

Zu ihrer Erleichterung folgten ihr die Kinder bereitwillig und mit nur wenig Zank und Unordnung. Wie üblich war Noon der Erste in der Reihe, eine Position, die ihm keines der anderen Kinder streitig machte. *Er hat ein natürliches Führungstalent,* bemerkte sie. *Genau wie seine Mutter.* Dass Noon zur Gruppe Epsilon gehörte, verstärkte Maggies Verantwortungsgefühl in dieser Situation nur noch. *Die Direktorin würde mir nie verzeihen, wenn ihrem Jungen etwas zustieße.*

Der Gedanke allein ließ ihr einen Schauder über den Rücken laufen.

»Sehr gut«, lobte sie die Klasse und verdrängte das Albtraumszenario aus ihrem Kopf. Ein stolzes kleines Lächeln erschien auf ihrem Gesicht, als sie sah, dass die Kinder ihren Anweisungen aufs Wort gehorchten. Sie bezweifelte, dass irgendwelche anderen Vierjährigen, deren Empfängnis durch eine zufällige Mischung von Genen und Chromosomen zustande gekommen war, auch nur halb so gut mit einem Notfall wie diesem zurechtgekommen wären. »Also dann«, wies sie die Kinder an und öffnete die Tür zum Gang. »Ich möchte, dass ihr mir folgt, so schnell ihr könnt.«

Sie sah über die zerwühlten und ungekämmten Haarschöpfe der Kinder hinweg zu ihren Kollegen. »Jessica, Everett, ihr achtet darauf, dass keiner zurückbleibt oder trödelt.«

Doch bevor sie aus der Tür treten konnte, geschah etwas überaus Seltsames. Aus dem Nichts entstand ein bizarrer blauer Nebel und erfüllte den Schlafsaal. Er glühte wie radioaktiver Abfall. Für einige Sekunden blieb Maggie das Herz stehen, denn sie war sicher, dass der unter ihnen liegende Reaktor, der sich gerade selbst zerstörte, sein atomares Gift vorzeitig ausgestoßen hatte. *Es ist vorbei,* dachte sie verzweifelt. *Wir sind tot.*

Aber als die leuchtenden Schwaden ihnen nicht das Fleisch von den Knochen brannten, erkannte sie, dass das plötzliche Glühen keine spontane Selbstentzündung bedeutete. Auch griff der seltsame Nebel die Lungen nicht an, wie es ein feindlicher Gasangriff getan hätte. Sie lebte, konnte atmen und war noch immer bei Bewusstsein, sie wusste nur nicht, was hier passierte. Alles, was sie spürte, war ein merkwürdiges Kribbeln überall am Körper, wie statische Elektrizität. *Was ist das?,* fragte sie sich beunruhigt und wich beinahe automatisch vor dem Nebel zurück. *Das verstehe ich nicht.*

Der blaue Nebel breitete sich schnell aus und wurde von Sekunde zu Sekunde dichter und undurchsichtiger. Innerhalb von wenigen Augenblicken hatte er die Kinder und auch die anderen Erwachsenen eingeschlossen und verhinderte damit, dass sie einander sahen.

»Maggie?«, rief Everett in den dicken, undurchsichtigen Wirbeln. Seine Stimme klang zwischen all den ängstlichen Rufen und Fragen der verwirrten und orientierungslosen Kinder ganz verloren. Sie hörte, wie Dutzende kleiner Hausschuhe auf dem Teppich scharrten, als die ordentliche Reihe der Kinder völlig in Unordnung geriet.

»Maggie!«, rief Everett wieder. »Wo bist du?«

»Hier drüben!«, schrie sie zurück. Sie versuchte verzweifelt, wenigstens einen ihrer kostbaren Schützlinge zu retten, griff in den Nebel und bekam Noon zu fassen. Ihr Musterschüler war glücklicherweise nicht wie seine Klassenkameraden in Panik ausgebrochen. *Wie mutig*, dachte sie. *Wie überlegen er ist.* Sie zog Noon eng an ihre Hüfte und erdrückte ihn fast. »Keine Angst!«, rief sie hastig. »Ich halte dich fest.«

»Ich habe keine Angst«, betonte der Junge mit verletztem Stolz. Seine schmale Gestalt hielt sich gespannt und aufmerksam aufrecht. Er entzog sich Maggies Griff nicht, ergab sich aber auch nicht. »Aber wir sollten hier weggehen. Jetzt sofort.«

Ja, dachte sie. *Natürlich.* Sie konnte später zu den anderen Kindern zurückkehren, oder Everett und Jessica konnten sich um sie kümmern. Zuerst musste sie Noon in Sicherheit bringen, fort von diesem wahnsinnigen, unnatürlichen Nebel. Als sie gerade diesen Entschluss gefasst hatte, spürte sie, wie sich Noon buchstäblich in ihrer Umarmung auflöste. Sein sehr reales Fleisch und seine Knochen schienen dahinzuschmelzen und so unwirklich zu werden wie der Nebel, der sie umgab.

»Nein!«, schrie sie in Panik auf und versuchte, ihn mit aller Kraft festzuhalten, aber das Kind löste sich weiter auf und glitt wie Dampf durch ihre Finger, um sie allein und mit leeren Händen zurückzulassen. »Noon!«, schrie sie so laut, dass ihre Kehle wund wurde, aber es war zu spät. Der kleine Junge war fort.

Der mysteriöse Nebel verschwand mit ihm und löste sich so schnell und unerklärlich auf, wie er gekommen war. Er ließ die drei Erwachsenen rat- und fassungslos im leeren Schlafsaal zurück. Nicht nur Noon war im Nebel verschwunden, wie Maggie nun erkannte. Alle Kinder waren fort.

»Wo sind sie?«, fragte Jessica angespannt und legte die Hände zu Tode erschrocken an ihre Schläfen. Ihr schockiertes Gesicht war so weiß wie die Kreide, die sie manchmal noch im Unterricht benutzten. »Wo sind sie hin? Wohin?«

Maggie wusste genau, wie sich ihre Kollegin fühlte. Panik und Hysterie kratzten ebenso an ihrem Verstand. Wie konnte ein Zimmer voller Kinder einfach so verschwinden? Es war wie Magie, schwarze Magie, aber Maggie hatte nie an Magie geglaubt. *Ich bin Psychologin, verdammt,* dachte sie und versuchte, ihren Verstand zusammenzuhalten. Es war wie aus einem grauenvollen Märchen. Wie beim Rattenfänger, der die geliebten Kinder Hamelns entführt hatte.

»Zwanzig Minuten bis zur atomaren Sterilisation.«

Maggie war von dem wundersamen Verschwinden der Kinder so verblüfft, dass es einige Sekunden dauerte, bis ihr die volle Dringlichkeit der automatischen Warnung zu Bewusstsein kam. *Sterilisation, von wegen!,* dachte sie bitter. Sie wusste, dass das nur ein schwacher Euphemismus für eine nukleare Explosion mit all ihren Folgen war. *Und warum auch nicht? Jetzt, wo die Kinder fort sind, was gibt es hier noch zu retten?*

Everett zerrte an ihrem Arm. »Maggie, wir müssen uns beeilen.« Jessica lief bereits aus dem verlassenen Schlafsaal hinaus, als Everett seine Verlobte packte. »Wir haben keine Wahl, Maggie. Wir müssen fort.«

»Aber die Kinder ...«, murmelte sie. Ihre Augen durchsuchten sämtliche Winkel des mit Betten vollgestellten Raums, als wolle sie nicht akzeptieren, dass so viele Kinder einfach so verschwinden konnten. Aber ihr hoffnungsloser Blick erfasste nur leere Betten. »Die Epsilon-Gruppe ...«

»Sie sind fort, Maggie. Ich weiß nicht wie, aber sie sind fort.« Er warf einen ängstlichen Blick auf die Uhr über der Tür, die die Sekunden bis zur nuklearen Vernichtung von Chrysalis anzeigte. »Bitte, wir müssen uns beeilen!«

Widerwillig riss Maggie sich vom Anblick des leeren Schlafsaals los und ließ zu, dass die anderen Lehrer sie aus dem Kinderzimmer hinaus in den Korridor zerrten, wo sie sich in die panikartige Flucht zu einem sicheren Ort einreihten. Everett hatte recht, erkannte sie, es gab nichts, was sie tun konnten. Chrysalis war zu Hameln geworden, die wundervolle Zukunft, für deren Realisierung sie so hart gearbeitet hatten, war ihnen irgendwie von unbekannten Kräften vor der Nase weggeschnappt worden.

Noon und seine Klassenkameraden waren fort, irgendwo weit entfernt von dem radioaktiven Inferno, in das sich Chrysalis schon bald verwandeln würde.

Ich hätte diesen neunmalklugen Amerikaner umbringen sollen, als ich die Gelegenheit dazu hatte!, wütete Donald Archibald Williams in sich hinein, als er seinen Sicherheitscode in das elektronische Schloss eingab, das sein streng geheimes Bakterienlabor auf Ebene vier schützte. Sein gerötetes Gesicht war schweißüberströmt, und der hastige Lauf von seinem Quartier, wo er gerade ein wohlverdientes Schläfchen gehalten hatte, hierher ließ ihn keuchend nach Luft ringen. Die lärmenden Alarmsirenen schürten seine Migräne und schickten mit jedem neuen Aufheulen pochende Schmerzen durch seine Schläfen.

Er verfluchte auch Sarina Kaur dafür, dass sie ihn überhaupt in dieses verdammte Projekt gezerrt hatte. Nicht, dass er eine Wahl gehabt hatte. Nachdem sie seine rechtlich gesehen zweifelhaften Versuche, Menschen zu klonen, samt der damit einhergehenden Todesfälle entdeckt hatte, hatte Kaur ihn nur zu leicht erpressen können, sich Chrysalis anzuschließen. Jetzt, nachdem dieses ganze wahnsinnige Unternehmen anscheinend überall um ihn herum zusammenbrach, konnte er nicht anders, als sich zu fragen, ob er nicht gleich von Beginn an den Tatsachen hätte ins Auge sehen sollen.

Ein lautes Zischen war aus dem Labor zu hören, als die luftdichte Schleuse sich öffnete. Nur drei Personen hatten in Chrysalis Zugang zu den Laboren auf Ebene vier: Kaur, Lozinak und er selbst. Nun, da seine Zukunft plötzlich unsicher geworden war, beabsichtigte Williams, aus seinem privilegierten Status seinen Vorteil zu ziehen. Er würde ein essenzielles Stückchen Lebensversicherung mitnehmen, um ihm dabei zu helfen, jeden vor ihm liegenden Sturm zu überstehen. *Es geht doch nichts über eine einzigartige neue Biowaffe, die man als Handelsobjekt benutzen kann,* dachte er und schmiedete verzweifelt Pläne, während er lief. *Die Russen werden sich sicher für Kaurs Lieblingsbakterie interessieren und die Amerikaner vielleicht auch.*

»Achtung. Zweiundzwanzig Minuten bis zur atomaren Sterilisation«, kündigte das Lautsprechersystem an und setzte damit den unausweichlichen Countdown fort. Er war sich sehr wohl bewusst, dass ihm nicht mehr viel Zeit blieb, und so ignorierte Williams die Chemikalienschutzanzüge, die im Eingang von Ebene vier hingen, und eilte gleich weiter ins Innere des Labors. Leere Stahlbehälter, die darauf warteten, die riesigen Mengen Pepton aufzunehmen, die gerade erst aus Amerika geliefert worden waren, standen in den Gängen. Leitungen aus Plastik, die an den in sterilem Weiß gefliesten Wänden entlangführten, verbanden die Stahlbehälter.

Williams warf einen nervösen Blick über die Schulter und erwartete beinahe, entweder von Seven oder von Sarina Kaur überrascht zu werden, die ausgerechnet jetzt eintrafen, um ihn in flagranti zu erwischen. Er war nicht sicher, vor wem er mehr Angst hatte. Wahrscheinlich Kaur - soweit er wusste, hatte Seven niemals kaltblütig die Hinrichtung eines seiner Untergebenen angeordnet.

Eine weitere Schleuse befand sich zwischen ihm und dem Zielobjekt seiner Stippvisite. Vor Schweiß nasse Finger tippten eine frustrierend lange Ziffernfolge in das auf Augenhöhe angebrachte Sicherheitsschloss. Er wartete ungeduldig darauf, dass das Schloss seine Sicherheitsfreigabe anerkannte. Er riss heftig an der glänzenden Türklinke aus Chrom, kaum dass er das befreiende Zischen der entweichenden Luft hörte, und betrat hastig die erdbebensichere Kammer dahinter.

Die kalte, mit einer Klimaanlage versehene Stahlkammer, die einzig und allein Kaur und ihren engsten Vertrauten zugänglich war, enthielt nur einen verschlossenen Aktenschrank und einen Kühlschrank, der mit seinem eigenen Generator verbunden war. Williams trat zuerst an den Aktenschrank und schloss hektisch die oberste Schublade auf. Dann blätterte er durch einen Stapel dichtgepackter Mappen. Ein aufgeklebtes Etikett mit der Aufschrift *Carn-Strep - Gen. 18.7* sagte ihm, dass es sich bei dieser Akte um die handelte, die er suchte. *Ja!,* dachte er gierig. *Genau die, die ich gesucht habe.*

Darin befand sich die exakte genetische Sequenz für die jüngste Generation von Sarina Kaurs fleischfressender Streptokokke. Mit diesen Details und den richtigen Laboreinrichtungen würde, wie er wusste, jeder in der Lage sein, diese fürchterliche fleischfressende Bakterie zu reproduzieren. Und sie vielleicht sogar zu verbessern. Was ihn selbst anging, wollte Williams die Formel nur benutzen, um sich selbst eine bequeme Rente irgendwo fern von allen zu sichern, die nach ihm suchen mochten. Auf den Westindischen Inseln möglicherweise. Oder in Südamerika.

Er warf rasch einen Blick auf den neben ihm stehenden Kühlschrank, der Proben der modifizierten Strep-A-Bakterie enthielt. Er überlegte kurz, ob er vielleicht ein versiegeltes Röhrchen mit den bösartigen Mikroorganismen mitnehmen sollte, als zusätzliche Versicherung, aber er entschied sich sofort dagegen. Eine lebende Kultur dieses Bakteriums mitzunehmen, selbst in einem unzerbrechlichen Plastikbehälter, wäre einfach zu nervenaufreibend. Besonders, wenn er den ungewissen Ausgang der Flucht bedachte, die vor ihm lag.

»Man muss ja nicht zu gierig sein«, murmelte er. Die Formel für die Krankheit selbst war mehr als genug. Er steckte ein gefaltetes Papier in die Tasche, auf dem die maßgebliche genetische Sequenz verzeichnet war, und sah dann zum Ausgang. Sein Kopf schmerzte fürchterlich.

»Achtung. Einundzwanzig Minuten bis zur atomaren Sterilisation.«

Zeit zu verschwinden, erkannte er. In einem Moment perversen Trotzes zog er rasch die Tür des Kühlschranks auf und setzte damit die empfindlichen Bakterien der Zimmertemperatur und nicht zuletzt auch dem atomaren Holocaust aus. *Das hast du nun davon, du erpresserische Hexe,* dachte er. *Sollen deine mikroskopisch kleinen Monster mit dem ganzen verflixten Institut hier in Flammen aufgehen!*

Im Besitz der gestohlenen Formel eines biologischen Albtraums und nur halb ausgereifte Pläne für die Zukunft schmiedend eilte Williams aus dem Labor auf Ebene vier, auf dem Weg in die Sicherheit - und dem entgegen, was das Schicksal noch für ihn bereithalten mochte.

Weniger als zwanzig Minuten noch. Seven sah von seinem Sessel an der Kontrollkonsole aus auf die Uhr. Er verfolgte den Ziffernablauf auf der Anzeige und überwachte aufmerksam den Selbstzerstörungsprozess, der sich im Betonreaktor abspielte. Den Instrumenten nach näherten sich die Temperaturen im Reaktorkern nun rasch der Zweitausend-Grad-Marke. Die Kettenreaktion, die sich im Silo aufbaute, würde bald den Punkt erreichen, an dem sie unumkehrbar wurde, nämlich dann, wenn die Brennstäbe aus Uran zu einer kritischen Masse zerschmolzen waren. Seven beabsichtigte, bis zum allerletzten Augenblick bei den Reaktorkontrollen zu bleiben, für den Fall, dass Sarina Kaur und ihre Anhänger versuchten, die Explosion doch noch aufzuhalten.

Als er sich mit der Hauptenergiequelle von Chrysalis näher befasste, kam er nicht umhin, auf eine verquere Weise die Art, in der man den Reaktor offenbar konstruiert hatte, zu bewundern. Man hatte ausdrücklich darauf geachtet, im Fall des Falles den Untergang so spektakulär wie möglich zu gestalten. Normalerweise konnte ein primitiver Druckwasserreaktor wie dieser nichts weiter als eine katastrophale Kernschmelze produzieren, keine vollständige atomare Explosion, aber der Chrysalis-Reaktor war anders. Soweit Seven es den Schemata auf den Anzeigen des Kontrollraums nach beurteilen konnte, war das angereicherte Uran im Kern dieses Reaktors absichtlich in genau der Menge und Anordnung arrangiert worden, dass sich in so einem Fall tief unter den öden Sanddünen der Wüste Thar eine Nuklearexplosion ereignen musste.

»Typisch«, murmelte Seven in sich hinein. Die heimtückische Bauart des Reaktors schien bezeichnend für das Vorgehen des gesamten Projekts: Modernste Technik war untrennbar mit einem überwältigenden Katastrophenpotenzial verwoben. *Je schneller dieses ganze Unternehmen vernichtet wird,* resümierte er, *desto besser.*

»Fünfzehn Minuten bis zur atomaren Sterilisation.«

Die aufgezeichnete Ankündigung deckte sich mit der digitalen Anzeige vor ihm. Seven betete, dass die zahlreichen Bewohner von Chrysalis auf die vorangegangenen Warnungen gehört hatten und bereits auf dem Weg in Sicherheit waren. Um das Schicksal der Superkinder, die an diesem Projekt keine Schuld trugen, machte er sich weniger Sorgen. Er wusste, er konnte Roberta und Isis vertrauen, diesen Teil der Mission auszuführen. Wenn sie nur auch so leicht mit dem viel größeren Problem fertigwürden, das die bloße Existenz der Kinder bedeutete.

Ein blinkendes rotes Licht meldete Seven den beängstigenden Anstieg von Wasserstoff im Reaktorkern. Er reichte nicht aus, um die Kettenreaktion selbst aufzuhalten, aber der überflüssige Wasserstoff konnte dafür sorgen, dass sich innerhalb des Reaktorblocks vorzeitige Explosionen ereigneten, die vielleicht eine Gefahr für Seven bedeuteten. *Das behalte ich besser im Auge,* beschloss er, wenigstens so lange, bis es für ihn an der Zeit war, sich in ungefähr zehn Minuten aus dem dem Untergang geweihten Komplex hinauszutransportieren.

Zu seiner Überraschung explodierte einen Augenblick später nicht das Innere des Betonzylinders, der sich vor dem offenen Fenster befand, sondern etwas vor der versiegelten Metalltür am anderen Ende des Kontrollraums. Der gewaltige Krach ließ das schwere metallene Tor nach innen aus dem Türrahmen bersten. Die Druckwelle warf Seven aus seinem Sessel und auf den Boden. Schwarze Rauchwolken quollen in den Kontrollraum hinein und trieben ihm die Tränen in die Augen. Der scharfe Geruch von verbranntem Plastiksprengstoff stieg ihm in die Nase.

Was im Namen der Aegis ..., dachte er. Seine Ohren klingelten aufgrund der donnernden Explosion.

Mit benebelten Sinnen hob er seinen angeschlagenen Kopf gerade rechtzeitig, um Dr. Sarina Kaur durch den dichten Qualm hasten zu sehen. Sie hielt eine Walther PPK in der Hand und hatte eine entschlossene Miene aufgesetzt. Hinter ihr verzog sich der Rauch rasch, und Seven erhaschte einen Blick auf den nun offenen Türrahmen. Er konnte den Gang und auch den Aufzug in der Halle erkennen. Kaur bemühte sich, nicht auf die verbrannten und verbogenen Überreste des aus dem Rahmen gebrochenen Tors zu treten, und richtete den Lauf ihrer Waffe auf den betäubten und verteidigungslosen Mann auf dem Boden. »Bitte stehen Sie nicht auf, Mr. Seven«, wies sie ihn an. Ihr eisiger Tonfall strafte den glühenden Hass in ihren Augen Lügen. »Und behalten Sie Ihre Hände da, wo ich sie sehen kann, wir wollen doch keine weitere Demonstration ihrer einzigartig effizienten ... Handschrift riskieren.«

Sie spielte auf seinen Servo an, der tief in seiner Tasche steckte. Seven vermied jede rasche Bewegung, er wollte Kaur nicht zu weiterer Gewalt provozieren. »Hören Sie mir zu«, beschwor er sie heiser. Die Rauchschwaden, die noch immer die Luft durchzogen, reizten seine Kehle, während er sprach. »Sie müssen mir glauben, so ist es das Beste.«

»Schweigen Sie!«, stieß Kaur hervor. Sie hatte ihre allgegenwärtigen Sikhs nicht mitgebracht, Seven nahm an, dass Kaur sie mit dem Rest des Chrysalis-Personals fortgeschickt hatte. Es fiel ihm schwer, diese Sorge um ihre Leute mit der Rücksichtslosigkeit in Einklang zu bringen, zu der sie fähig war und die er am eigenen Leib erfahren hatte. Auf der anderen Seite, rief er sich bitter ins Gedächtnis, tendierten die Menschen des zwanzigsten Jahrhunderts, egal wie brillant sie auch sein mochten, oft dazu, die Welt in ›wir‹ und ›die anderen‹ einzuteilen. Und nur Erstere waren der Sorge wert. *Ich frage mich, ob Kaurs so herausragendes Team von Genies es fertiggebracht hat, diesen Charakterzug aus dem menschlichen Genom zu entfernen?,* überlegte er. *Irgendwie bezweifle ich das.*

Kaur hielt die Waffe weiterhin auf Seven gerichtet und eilte nun zu der Kontrollkonsole hinüber, die Seven gerade verlassen hatte. Sie machte sich nicht die Mühe, den umgekippten Stuhl wieder aufzuheben, drückte einen Schalter auf dem Bedienfeld und beugte sich über das dort angebrachte Mikrofon.

»Selbstzerstörungssequenz abbrechen«, kommandierte sie, ihre Stimme vibrierte vor Leidenschaft. »Ausführende Vorgesetzte Kaur Strich alpha alpha.«

War es wirklich möglich, die Kettenreaktion noch aufzuhalten? Seven war sich da nicht sicher, und ihrem besorgten Gesichtsausdruck nach zu urteilen, war Sarina Kaur das auch nicht. Wie hätte irgendjemand auch verlässliche Aussagen über derart archaische und instabile Atomtechnik machen können?

»*Versuche, die Selbstzerstörungssequenz abzubrechen*«,

meldete der Computer. *Offenbar leichter gesagt als getan.* Seven fiel auf, dass Kaur unbehaglich auf die Ziffern starrte, die vor ihr abliefen. Er selbst konnte die Anzeigen von seiner Position aus nicht sehen, aber er erriet, dass die Daten nicht gerade beruhigend waren. »Wir müssen hier raus«, drängte er Kaur. »Bitte glauben Sie mir, wenn schon nicht für sich, dann für das Kind in Ihnen. Helfen Sie mir auf, und ich bringe uns beide in Sicherheit.«

»Ruhe!«, schrie Kaur ihn an und unterstrich ihren Befehl mit einem Schuss aus ihrer Waffe, der ein Loch in den Boden vor Seven schlug. Die schwangere Genetikerin bearbeitete beinahe panisch die Kontrollen des Reaktors und versuchte, das Unvermeidliche zu verhindern.

»Zehn Minuten bis zur atomaren Sterilisation.«

Kaurs gesamte Aufmerksamkeit war nun auf die Reaktorkontrolle gerichtet. *Jetzt ist die Gelegenheit,* erkannte Seven. Er motivierte seine geschundenen und schmerzenden Muskeln zu einer weiteren übermenschlichen Anstrengung. Der außerirdische Agent sprang auf und stürzte sich aus dem leeren Fensterrahmen in den Turbinenraum.

»Nein!«, schrie Kaur zornig und feuerte die Walter PPK ab, aber sie erreichte nur, dass noch mehr Trümmerstücke aus dem Boden des Kontrollraums um sie herumflogen.

Seven fiel über fünfzehn Meter auf den Boden des Turbinenraums. Der Aufprall erschütterte ihn bis auf die Knochen, aber er kompensierte den Aufschlag, indem er seine Glieder um seinen Torso schlang und sich bei der Landung abrollte. Dann benutzte er den Schwung, um aufzustehen. Er war nicht weit vom Fuß des Sicherheitsbehälters aus Beton gelandet. Ein eisernes Gerüst umgab den gigantischen Zylinder und erstreckte sich bis zu den Turbinen, die immer ohrenbetäubender brüllten, je mehr der Reaktor überhitzte. Ein heißer Dampfstrom ergoss sich durch die Turbinen, die die Energie bereitstellten. Seven fragte sich, wie lange die gewaltigen Turbinen die Anstrengung noch aushielten.

»*Versuche, die Selbstzerstörungssequenz abzubrechen*«, verkündeten die Lautsprecher über das Brüllen der Turbinen hinweg. »*Sequenz bei zehn Minuten gleichbleibend.*«

Verdammt, dachte Seven. Kaur hatte die Kettenreaktion erfolgreich angehalten, wenn nicht sogar ganz abgebrochen. In seiner Vorstellung glitten die Steuerstäbe aus Grafit wieder an ihren Platz zwischen die halb geschmolzenen Uranbrennstäbe und hinderten das radioaktive Erz so daran, sich kritisch anzureichern. *Das darf ich nicht zulassen,* schwor er sich und kletterte rasch auf das Gerüst zwischen dem Sicherheitsbehälter und den Turbinen. *Ich muss dafür sorgen, dass der Reaktor in die Luft fliegt, egal was mit Kaur und mir selbst auch geschehen mag.*

Im Idealfall würde er einfach die Steuerstäbe aus dem Reaktorkern hinaustransportieren, aber die extrem hohe Strahlung, die im Kern herrschte, ganz zu schweigen von der Dichte des Behälters und den verstärkten Schilden machten eine solche Operation problematisch. Sevens Augenbrauen zogen sich finster zusammen, als er die gewaltigen Röhren betrachtete, die das notwendige Kühlwasser in den Sicherheitsbehälter pumpten. Glücklicherweise gab es mehr als nur eine Art, einen Reaktor zu grillen.

Er stellte den Servo auf einen Weitwinkelstrahl ein und zielte auf eine Röhre, die weniger als sieben Meter von ihm entfernt war. Die feste Metallverbindung, die man in einem langweiligen Grün gestrichen hatte, löste sich im Desintegrationsstrahl auf und spie einen Wasserfall von radioaktivem H2O auf den Boden der großen Halle. Obwohl er sich auf dem Gerüst befand, mehrere Meter über dem Boden, zuckte Seven bei dem Gedanken zusammen, was die unsichtbaren Röntgenstrahlen wohl mit seiner Zellstruktur anstellen mochten. *Ich muss mir selbst ein paar starke Antistrahlentabletten verschreiben,* erkannte er. *Vorausgesetzt natürlich, ich komme überhaupt jemals wieder nach Manhattan.*

Er sah mit grimmiger Zufriedenheit zu, wie das kostbare Kühlwasser des Reaktors auf den Boden platschte. Ohne frisches Kühlwasser, um die grauenvolle Hitze abzutransportieren, die von der kurz bevorstehenden Kernschmelze produziert wurde, würde sich die Temperatur des Reaktorkerns unweigerlich bis zur apokalyptischen Vernichtung weiter steigern. Und das trotz aller vergeblichen Versuche Kaurs, den instabilen Reaktor wieder unter Kontrolle zu bekommen. Er brauchte keinen Röntgenblick, um sich vorzustellen, wie das Kühlwasser aus dem Reaktor floss und so immer mehr der instabilen Brennstäbe freilegte. *Versuch doch mal, diese Katastrophe aufzuhalten, wenn du kannst,* forderte er Kaur im Stillen heraus. *Ich würde allerdings nicht auf dich wetten.*

»*Selbstzerstörungssequenz kann nicht aufgehalten werden*«, meldete die roboterhafte Stimme des Computers. »*Neun Minuten bis zur atomaren Sterilisation.*«

Innerhalb von Sekunden kamen die Turbinen knarrend zum Stillstand. Sie standen buchstäblich nicht mehr unter Dampf. Seven spürte, wie das Gerüst unter seinen Füßen erbebte, als die gewaltigen Maschinen erfolglos versuchten, sich wieder in Gang zu setzen. Er packte ein Geländer, um sich abzusichern, und umklammerte mit seinen Fingern fest das zitternde Metall.

»Kaur!«, rief er. Seine heisere Stimme war nun, da die

Turbinen endlich zum Stillstand gekommen waren, gut zu hören. »Es ist Zeit zu gehen. Lassen Sie mich Ihnen helfen, zu entkommen!«

Es widerstrebte ihm, Sarina Kaur zu viel von seinen Geheimnissen zu verraten, doch Seven erkannte, dass der einzige Weg, die ehrgeizige Wissenschaftlerin zu retten, wohl der war, sie an einen ungefährlicheren Ort zu transportieren. Aber würde die fanatische Direktorin mit diesem letzten Ausweg einverstanden sein?

Ein massiver Kugelhagel ließ Seven das Gegenteil annehmen. Er hallte unheimlich in dem plötzlich so stillen Turbinenraum wider. »Niemals!«, erklärte sie wütend und sah vom Sims des Kontrollraums auf Seven herab. Ihre schwangere Gestalt wurde vom Rahmen des fehlenden Fensterglases eingerahmt. »Ich gehe nirgendwo hin - und Sie auch nicht!«

Seven suchte hinter dem runden Sicherheitssilo Schutz vor Kaurs tödlichen Kugeln. Er wollte nicht darüber nachdenken, was die unkontrollierte Strahlung mit dem ungeborenen Kind dieser Frau anstellte.

»Nehmen Sie Vernunft an, Dr. Kaur«, rief er. Vorsichtig streckte er den Servo hinter der Betonwand des Silos hervor. Er versuchte, ihn auf Kaur einzustellen, aber die rasch ansteigende Strahlung machte es unmöglich, verlässliche Daten der Frau aus dieser Entfernung zu bekommen. Sie hätte ihn näher an sich heranlassen müssen, bevor er sie beide hätte in Sicherheit transportieren können. Ein Szenario, das von Minute zu Minute unwahrscheinlicher wurde. »Chrysalis ist dem Untergang geweiht«, schrie er, noch immer in der Hoffnung, dass er mit Kaur argumentieren konnte, bevor es zu spät war. »Sie können nichts mehr tun, und die Zeit läuft ab!«

»*Der Reaktorkern erreicht die kritische Masse*«, verkündete der Lautsprecher, als wolle er Sevens leidenschaftlichen Appell an Kaurs Vernunft unterstützen. *»Fünf Minuten bis zur atomaren Sterilisation.«*

Seven hoffte, dass die Warnungen des Computers sich als überzeugender erweisen würden als seine eigenen missachteten Worte. Würde Kaurs Überlebensinstinkt über ihre Rachsucht siegen? Er betete, dass ihr bemerkenswerter Verstand rechtzeitig wieder übernahm. »Hören Sie mir zu!«, rief er eindringlich. »Sie müssen hier nicht sterben!«

Kaur lachte bitter und hielt weiter die rauchende Walther PPK im Anschlag. »Ist Ihnen das Konzept des *jauhar* bekannt, Mr. Seven? Es ist eine altehrwürdige Rajput-Tradition, die in Festungen wie der über uns jahrhundertelang praktiziert wurde. Im Angesicht des sicheren Todes steckten Frauen und Kinder sich lieber selbst in Brand, als sich dem Feind zu ergeben.«

Sie schoss auf den Betonbehälter, bis sie keine Kugeln mehr hatte, dann warf sie die Waffe achtlos in die kochende radioaktive Wasserflut unter dem Fenstersims. »Vielleicht sind die alten Wege doch die besten ...«

Seven legte eine Handfläche auf die Wand des Sicherheitsbehälters und spürte in der dicken Betonmauer ein Zittern. Der Wasserstoff, erinnerte er sich, der sich im Kern ansammelte, stand kurz davor, sich zu entzünden. Das Gerüst, auf dem er stand, erzitterte ebenfalls besorgniserregend unter seinen Füßen, ein spinnennetzartiges Gewebe aus Rissen breitete sich auf dem Silo aus.

»Eine Minute bis zur atomaren Sterilisation.«

Keine Zeit mehr, erkannte er verzweifelt, als eine vorzeitige pränukleare Explosion im Reaktorinneren das Gerüst erschütterte und Seven heftig gegen das Sicherheitsgeländer prallen ließ. Er stöhnte vor Schmerz auf, als seine bereits verletzten Rippen erneut Prellungen davontrugen, und klickte seinen Servo.

Der leuchtende blaue Nebel erschien nur Sekunden vor der Atompilzwolke.

23

»*Die indische Regierung hat einen unterirdischen Atomtest bestätigt*«, erklang Walter Cronkites routinierte Stimme auf dem Bildschirm des Beta 5. »*Der erste Test in der Geschichte der indischen Nation fand gestern unter der Oberfläche der Wüste Thar in Rajasthan statt. Premierministerin Indira Gandhi betonte, dass der Test ausschließlich ein ›friedlicher Atomtest sei‹ und das ihre Regierung keine Absicht habe, offensive Atomwaffen zu entwickeln. Indiens Nachbarstaaten jedoch, besonders China und Pakistan, reagierten mit Misstrauen und Besorgnis.*«

»Stell die Audioübertragung leiser«, wies Gary Seven den Computer an. Anscheinend hatte er genug gehört. Er saß hinter seinem Schreibtisch aus Marmor und Mahagoni, sein Kinn ruhte nachdenklich auf seinen verschränkten Fingern. Violette Ringe lagen unter seinen Augen, und sein hageres Gesicht schien noch eingefallener als sonst zu sein. Doch sein Blick war klar und aufmerksam. Er hatte sich von seinem Martyrium in Indien noch nicht ganz erholt, aber Roberta war der Ansicht, dass er schon wieder mehr seinem alten Selbst glich. *Ich schätze, die Aegis wussten tatsächlich, was sie taten, als sie Seven und*

359

seinen Vorfahren diese Ausdauer anzüchteten.

»Also«, fragte sie vom Sofa aus, wo sie sich nach der erfolgreichen Mission entspannte. »Was glauben Sie, werden die Leute diese Geschichte glauben?«

»Warum sollten sie nicht?«, erwiderte Seven. »Traurigerweise ist ungehemmtes atomares Wettrüsten ein Markenzeichen dieser Ära. Viel wichtiger ist, dass es im besten Interesse aller Beteiligten geschah, einschließlich der indischen Regierungsmitglieder, die Verbindungen zum Chrysalis-Projekt hatten. Die Wahrheit sollte ein streng gehütetes Geheimnis bleiben.«

»Was ist mit Lozinak und den anderen?«, wollte Roberta wissen. »Werden sie das Projekt nicht einfach irgendwo anders wieder aufbauen?« Ihr gefiel der Gedanke, dass Viktor, Walter und ihre gutmütigen, aber fehlgeleiteten Kollegen die unterirdische Flammenhölle überlebt hatten (außer Sarina Kaur natürlich), aber sie wollte diese Mission nicht in einigen Jahren wiederholen müssen. Soweit es sie betraf, hatte Dr. Veronica Neary, die gefeierte Genetikerin, ihren letzten DNA-Strang sequenziert.

»Das wird wahrscheinlich kein Problem sein«, versicherte ihr Seven. Isis, die offenbar glücklich darüber war, wieder zu Hause zu sein, schlenderte über den Schreibtisch, um dann leichtfüßig auf den Teppich zu springen. »Ich beabsichtige, die Aktivitäten und Aufenthaltsorte der wichtigsten Mitverschwörer unseren Kontaktleuten in den jeweiligen Regierungen zu melden. Diese sollten in der Lage sein, die schuldigen Wissenschaftler von nun an unter Beobachtung zu halten. Das müsste ausreichen, um sie in Zukunft von ähnlichen Aktivitäten abzuhalten. Ich glaube, ich kann die National Academy of Sciences hier in den USA dazu bewegen, ein Moratorium gegen Gentechnik zu verfassen, wenigstens für die nächste Zeit.«

Ein Ausdruck tiefen Bedauerns huschte über sein Gesicht. »Ohne die Inspiration und die Führung Sarina Kaurs fürchte ich, dass Chrysalis für immer ausgelöscht ist.«

Seine hoffnungsvolle Prognose der Gesamtsituation wurde jedoch von einer Sorge überschattet. »Ich wünschte nur, ich wüsste, wer - wenn überhaupt jemand - im Besitz der genetischen Sequenz von Kaurs mutiertem Streptokokkenstamm ist.« Seine Finger trommelten unglücklich auf der polierten Schreibtischoberfläche. »Kaur sagte, dass der am weitesten entwickelte Bakterienstamm noch nicht hochansteckend war, aber ich fürchte, wir werden in den nächsten Jahrzehnten auf Ausbrüche von fleischfressenden Bakterien achten müssen.«

»Und die Kinder?«, fragte Roberta besorgt. Obwohl sie jedes der Superkinder erfolgreich von Chrysalis weggeholt hatte, bevor die Basis explodierte, konnte sie ihre Sorge um die Zukunft der Kinder nicht unterdrücken. *Ich bin jetzt irgendwie für sie verantwortlich.*

»Die stellen ein wirkliches Dilemma dar«, gab Seven zu. »Wir können ihre Identitäten den Behörden nicht preisgeben, und trotz ihres unseligen Potenzials kann man sie nicht für ihre Schöpfung verantwortlich machen.« Er seufzte müde und lehnte sich in seinem Ledersessel zurück. »Das Beste, was wir tun können, ist, die Projektkinder mittels Kindervermittlung in der Welt zu verteilen und das Beste zu hoffen. Nachdem wir die Kinder getrennt und sie aus Kaurs schädlichem Einfluss befreit haben, können wir ihren Einfluss auf die Zukunft der Menschheit vielleicht minimieren.«

»Glauben Sie das wirklich?« Um ehrlich zu sein, hatte sich Roberta eher um die Kinder selbst Sorgen gemacht und weniger um ihren Einfluss auf die Welt. Doch sie nahm an, dass Seven nicht unrecht hatte. Selbst als Kleinkinder waren die Chrysalis-Kinder verdammt beeindruckend gewesen. Der Himmel allein wusste, was aus ihnen werden würde, wenn sie erst erwachsen waren.

»Ich wünschte, ich wäre mir sicher«, antwortete Seven ernst. Die Sorge in seiner Stimme ließ Roberta aufschrecken. Es kam nicht oft vor, dass Gary Seven zugab, unsicher zu sein. »Die einzige Alternative ist jedenfalls inakzeptabel.«

Roberta wusste, was er meinte. Trotz seiner heimlichen Versuche, die Menschheit in die richtige Richtung zu lenken, kam offenes Töten für ihn nicht infrage. *Und dafür bin ich zutiefst dankbar,* dachte sie.

»Wir sollten natürlich auch weiterhin ein Auge auf die Kinder haben«, fügte Seven mit Blick auf die Zukunft hinzu. »Besonders auf den kleinen indischen Jungen, den Sie erwähnten, Sarina Kaurs Sohn. Wir können es uns nicht leisten, den genetisch verbesserten Nachwuchs Kaurs zu ignorieren.« Er beugte sich vor und kritzelte eine Notiz auf ein leeres Blatt Papier. »Wie hieß er noch gleich?«

»Noon«, erwiderte Roberta. Aus den Tiefen ihres Gedächtnisses sah er mit seinen intelligenten dunklen Augen zu ihr auf - ein Versprechen des Mannes, der er eines Tages werden würde. Oder vielleicht eine Drohung? Ein Schauer rann ihr trotz des angenehmen Frühlingswetters über den Rücken.

»Eine Kurzform für Khan Noonien Singh.«

Chandigarh
Punjab, Indien
Einige Wochen später ...

Blitze zuckten im Süden und kündigten den Monsun an. Noon saß mit einem Buch auf dem Schoß auf der Dachterrasse seines neuen Heims und starrte in den wolkenlosen blauen Himmel hinauf. Duftende Basilikumpflanzen und großblättrige Farne sprossen aus polierten Messingtöpfen, die man um die Terrasse herum aufgestellt hatte, um daraus einen Garten zu machen. Ein weiß-blaues Porzellanmosaik zierte den Boden der Terrasse und reflektierte den spätnachmittäglichen Sonnenschein.

Wenn er ehrlich mit sich selbst war, musste Noon zugeben, dass er den offenen Himmel, nachdem er unterirdisch aufgewachsen war, nach wie vor einschüchternd fand. Im Gegensatz zur behaglichen Sicherheit von Chrysalis fühlte er sich unter dem weiten Himmel ungeschützt und sowohl den Elementen als auch den unvorhersehbaren Wendungen des Schicksals ausgesetzt. Letztere hatte er erst kürzlich kennengelernt, sie konnten ohne vorherige Warnung zuschlagen und die gesamte Existenz auf den Kopf stellen. Manchmal hörte er abends, unmittelbar vor dem Einschlafen, noch die Alarmsirenen, die in der Nacht geheult hatten, die sein Leben für immer verändert hatte.

Doch er war nicht bereit, sich dem Schicksal oder der Furcht zu ergeben. Und so hatte er beschlossen, sich jedem Anflug von Agoraphobie zu stellen, indem er trotz seiner Bedenken und der drückenden Sommerhitze so viel Zeit wie möglich auf dem Dach verbrachte. *Nichts in dieser neuen Welt wird mich kleinkriegen,* schwor sich der unter der Sommersonne schwitzende Junge. *Nicht einmal ich selbst.*

Natürlich vermisste er seine Mutter, und seine Lehrer und seine Klassenkameraden noch mehr, aber er passte sich den veränderten Umständen an, wie es jedes wirklich überlegene Wesen tun würde. Seine neuen Pflegeeltern, entfernte Verwandte seiner verstorbenen Mutter, waren freundlich und in der Lage, ihm ein angenehmes Zuhause zu bieten. Prabhot Singh arbeitete als Techniker für die

Stadt, seine Frau Sharan illustrierte Kinderbücher. Sie selbst waren kinderlos und in den kürzlich verwaisten Noon vernarrt. Sie bewunderten sein offenbares Talent, seine Stärke und wie reif er für sein Alter war. Natürlich konnten ihm weder Prabhot noch Sharan intellektuell das Wasser reichen, aber sowohl die Herausforderung, eine völlig neue Welt erkunden zu können, als auch die hervorragend ausgestattete Bibliothek der Singhs versorgten Noon mit ausreichender mentaler Stimulation. Zumindest fürs Erste.

Noon senkte den Blick auf das dicke gebundene Buch, das aufgeschlagen auf seinem Schoß lag. Sicher, er konnte sich über das aktuelle Lesematerial nicht beklagen. *Das Leben Alexanders des Großen* war eine faszinierende Lektüre, und Noons eigenes Wissen, dass das alles genau der Wahrheit entsprach, machte es umso spannender. Gefesselt von der inspirierenden Erzählung von Eroberung und Ruhm, blätterte der Junge eifrig eine Seite nach der anderen um. In seiner Fantasie verwandelte sich das heutige Chandigarh für eine Weile in die blutigen Schlachtfelder des antiken Griechenlands und Persiens. Er sah sich selbst neben Alexander an der Spitze einer mächtigen Armee, die eine Stadt nach der anderen, eine Nation nach der anderen eroberte. Theben fiel, Tyros, Jerusalem und Babylon, bis die gesamte antike Welt bis hin zu den Fluten des Indus der Macht und dem Schicksal eines einzigen unbeugsamen Willens unterworfen war. Noons Herz, stärker und widerstandskräftiger als das jedes normalen Kindes, schlug im Takt mit den Trommeln dieses vergangenen Krieges. Sie hallten in seinem Geist wider, während Visionen eines großen Reichs seine Vorstellung erfüllten.

Es donnerte, dunkle Wolken sammelten sich am Horizont.

Der Monsun rückte näher.

24

»*Captain, wir erreichen Sycorax.*«

Spocks Stimme erklang aus dem Interkom in Kirks Quartier und ließ den Captain aus seinen historischen Recherchen aufschrecken. *Jetzt schon?* Es fühlte sich an, als sei er gerade erst in die gewaltige Datenbank der *Enterprise* abgetaucht. Allerdings fiel ihm nach einigem Nachdenken auf, dass volle drei Erdentage vergangen waren.

»Verstanden«, erwiderte er sofort, stand von seinem Schreibtisch auf und schaltete das Computerterminal ab. »Ich bin unterwegs.«

Auch wenn die alltäglichen Pflichten nun seine Aufmerksamkeit beanspruchten, blieben ihm die Ereignisse der fernen Vergangenheit im Gedächtnis und folgten ihm durch die Schiffskorridore bis zum nächsten Turbolift. *So hat also alles angefangen,* resümierte er. *Ich beneide Gary Seven und Roberta nicht um die Entscheidungen, denen sie sich 1974 gegenübersahen.* Natürlich hatte damals niemand wissen können, wie gefährlich Khan und seine Gefährten mit ihren Superfähigkeiten werden würden, aber selbst wenn Seven es gewusst hätte, was hätte er sonst tun sollen? Wie schützte man die Zukunft vor einer

Bedrohung, die aus unschuldigen Kindern bestand?

Das ist definitiv ein Dilemma, das wir im Gedächtnis behalten sollten, wenn wir es mit der Paragon-Kolonie zu tun bekommen, fand er. Der Turbolift hielt an, und Kirk trat auf die Brücke. Dort hatte sich McCoy bereits zu Spock und den anderen gesellt. Der vulkanische Erste Offizier räumte den Sessel des Captains für Kirk und kehrte an seinen eigenen Platz an der wissenschaftlichen Station zurück.

»Wie Sie sehen können«, informierte er Kirk, »ist Sycorax nun in Sichtweite.«

Auf dem Hauptschirm drehte sich ein einzelner Planet langsam vor dem dunklen, sternenübersäten Hintergrund. Wirbelnde, schmutzig gelbe Wolken bedeckten die näher rückende Kugel und verbargen die Planetenoberfläche. Immer wieder blitzten intensive elektrische Entladungen in den aufgewühlten Wolken auf. Kirk suchte vergeblich nach sichtbaren Anzeichen für die Bewohner des Planeten.

»Nicht gerade die einladendste Welt, die ich je gesehen habe«, kommentierte er laut.

»In der Tat«, bestätigte Spock. Das Licht seines Scanners warf ein blaues Licht auf seine feinen vulkanischen Züge. »Den Langstreckensensoren nach ist Sycorax ein Planet der Klasse K, in etwa vergleichbar mit der Venus im Sol-System. Die Atmosphäre besteht hauptsächlich aus Kohlendioxid mit Spuren von gasförmiger Schwefelsäure, die für eine dicke Wolkendecke in einer Höhe von ungefähr fünfzig bis sechzig Metern sorgen. Windgeschwindigkeiten in der oberen Atmosphäre betragen über dreihundertfünfzig Stundenkilometer. Die Temperatur an der Oberfläche kann auf über vierhundertsechzig Grad Celsius steigen, während der atmosphärische Druck etwa einundneunzig Komma vier Mal so hoch ist wie der auf der Erde auf Normalnull und ungefähr dem im Pazifischen Ozean in einem Kilometer Tiefe entspricht. Die Schwerkraft beträgt null Komma acht sieben drei g und der Planet selbst besteht hauptsächlich aus Eisen, Nickel und verschiedenen Silikaten. Erkaltete Lavaebenen bedecken fünfundsiebzig Komma acht Prozent der Oberfläche, der Rest des Geländes besteht aus einer Mischung aus Kratern, Bergen und Ebenen. Die Sensoren entdecken keine einheimischen Lebensformen ...«

»Danke, Mr. Spock«, unterbrach Kirk. Er stützte sein Kinn auf die Knöchel und betrachtete nachdenklich den nebelverhangenen Planeten. »Ich hab's begriffen. Sycorax ist nicht gerade ein Urlaubsparadies.«

»Der Planet lässt Sibirien wie ein Luxushotel am Schwarzen Meer aussehen«, meldete sich Ensign Chekov von seiner Navigationskonsole rechts vor dem Captain.

»Der letzte Ort, an dem ich eine Kolonie gründen würde«, grummelte McCoy. Der Doktor stand auf der Galerie hinter der Kommandoebene der Brücke und beugte sich über das kirschrote Geländer. »Ganz zu schweigen von einem gentechnischen Utopia.«

»Vielleicht gab es Gründe, Doktor«, erklärte Spock nüchtern. »Sicher ist, die Föderation hat Kolonien schon auf weniger gastlichen Planeten errichtet, wenn sie einen entsprechenden Vorteil daraus ziehen konnte.«

»Aber welcher Vorteil könnte die Leute dazu bringen, über hundert Jahre in so einem Höllenloch zu leben?«, hielt McCoy dagegen. Er war nicht bereit, Spock in diesem Punkt nachzugeben.

Kirk entschied, eine längere Diskussion im Keim zu ersticken. »Ich schätze, das werden wir schon bald herausfinden, Pille«, sagte er. »Mr. Sulu, bringen Sie uns in eine Umlaufbahn um den Planeten. Lieutenant Uhura, versuchen Sie, die Kolonie zu rufen.«

Sulu und Uhura führten seine Befehle mit der üblichen Geschwindigkeit und Gründlichkeit aus. Innerhalb von Minuten hatte die Kommunikationsoffizierin Kontakt mit dem Planeten auf dem Hauptschirm aufgenommen. »Die Regentin der Kolonie für Sie, Captain«, meldete sie.

»Danke, Lieutenant.« Kirk nickte zum Hauptschirm. »Auf den Schirm.«

Sycorax' stürmische, bernsteinfarbene Oberfläche machte dem Gesicht und den Schultern einer attraktiven Asiatin etwa Mitte sechzig Platz. Intelligente schwarze Augen betrachteten Kirk aus einem runden, sanftmütig aussehenden Gesicht, das von kurzen weißen Locken, die ihr in die Stirn fielen, umrahmt wurde. *Wenigstens sieht sie nicht aus wie Khan,* dachte Kirk, dann stellte er sich vor.

»*Willkommen in unserem System*«, erwiderte die Frau herzlich. »*Ich bin Masako Clarke, die derzeitige Regentin der Paragon-Kolonie. Danke, dass Sie unserer Einladung gefolgt sind.*«

»Danke, dass wir kommen durften«, antwortete Kirk diplomatisch. »Meine Offiziere und ich freuen uns darauf, mehr über Ihre Gesellschaft zu erfahren. Wann können wir uns mit einem Landetrupp zu Ihnen beamen?«

Clarke dachte einen Augenblick darüber nach, dann lächelte sie. »*Nun, hier ist es später Nachmittag. Warum geben Sie mir nicht eine Stunde Zeit, um uns vorzubereiten, dann können Sie jederzeit kommen. Allerdings muss ich Sie bitten, ein Shuttle anstelle der Transporter zu benutzen. Die Kolonie ist von einem permanenten Schutzschild umgeben, aus Gründen, die ich Ihnen während unseres Treffens ausführlicher darlegen kann. Ich hoffe, das bedeutet keine allzu großen Unbequemlichkeiten.*«

»Ganz und gar nicht«, versicherte Kirk. Ein Shuttle

durch die turbulente Atmosphäre des Planeten zu steuern, verhieß einen holprigen Flug, aber das würde den Deflektorschilden des Shuttles nichts ausmachen. »Also ein Shuttle. Ich sehe Sie dann in einer Stunde, Regentin Clarke.«

»*Bitte*«, bat sie, »*nennen Sie mich Masako.*«

Weniger als sechzig Minuten später versammelte sich der Landetrupp im Shuttlehangar. Für diesen ersten Kontakt hatte Kirk beschlossen, das Personal auf ein Minimum zu beschränken: nur er selbst, McCoy und ein Sicherheitsoffizier, der unauffällig mit einem kompakten Typ-1-Phaser bewaffnet war. Kirk selbst nahm den Pilotensitz der *Columbus 2* ein, während der Sicherheitsoffizier, Lieutenant Seth Lerner, auf dem Kopilotensitz Platz nahm. McCoy schnallte sich im Sitz hinter Kirk an. »Ein ganz schöner Aufwand, nur um uns eine Werbepredigt für Genmanipulation anzuhören«, beschwerte sich der Arzt.

Kirk startete den Impulsantrieb des Shuttles und benutzte den Schiffskommunikator, um Spock auf der Brücke zu kontaktieren. »Letzte Chance, Spock«, witzelte er über Funk. »Sind Sie sicher, dass Sie nicht mitkommen wollen?«

»*Vielleicht bei einer späteren Gelegenheit*«, erwiderte Spocks Stimme. Kirk konnte sich die kühle, nachdenkliche Miene des Vulkaniers gut vorstellen, während er seine Gründe erklärte: »*Soweit wir wissen, haben die Bewohner der Paragon-Kolonie das menschliche Genom über ein Jahrhundert hinweg verbessert, also ist es nicht undenkbar, dass ein menschlich-vulkanischer Hybrid sie verstört oder vielleicht sogar beleidigt.*« Spocks nüchterner Ton ließ vermuten, dass er sich selbst überhaupt nicht von irgendwelchen möglichen Vorurteilen auf Seiten der Paragon-Kolonisten angegriffen fühlte. »*Bis Sie und Dr. McCoy etwas anderes festgestellt haben, scheint es mir eine sinnvolle Politik zu sein, auf dem Schiff zu bleiben.«*

»Eine überaus vernünftige Sicht der Dinge, Mr. Spock.« Wie immer war Kirk nicht in der Lage, einen Fehler in Spocks Analyse zu finden. »Es ist gut zu wissen, dass ich das Schiff in so besonnenen Händen zurücklasse.«

»Ich wäre beunruhigt, wenn Sie gegenteilige Gedanken hegten«, erwiderte Spock. *»Ich wünsche Ihnen ein erfolgreiches Treffen mit der Regentin und ihrem Mitarbeiterstab.«*

»Das wird schon«, sagte der Captain. Er überprüfte mithilfe einiger Kontrollen den korrekten Luftdruck und die Versiegelung des Shuttles. »Bereit zum Start. Kirk Ende.«

»Wird auch Zeit«, brummte McCoy hinter ihm. »Bringen wir's hinter uns.«

»Pille!«, nahm Kirk den leicht erregbaren Arzt auf den Arm. »Ich dachte, du bevorzugst einen altmodischen Flug per Shuttle gegenüber Transporterstrahlen?«

McCoy schnaubte geringschätzig. »Nicht, wenn man dabei durch einen Gewittersturm von der Größe eines Kontinents fliegen muss! Wenn der Mensch dazu geschaffen wäre, durch einen derart giftigen Sturm zu fliegen, dann hätten wir uns auf der Venus entwickelt.«

Kirk bemerkte, dass Lieutenant Lerner ein wenig unbehaglich dreinschaute. Der Sicherheitsoffizier war relativ neu auf der *Enterprise* und erst vor Kurzem von der *U.S.S. Forge* versetzt worden. »Vergessen Sie Dr. McCoy und seine Kassandra-Unkereien, Lieutenant«, riet er dem Mann. »Seine Grundeinstellung zu allem ist kaum besser als sein Umgang mit Patienten.«

»Sagt der Mann, der einen Supercomputer in den Selbstmord argumentieren kann«, gab McCoy zurück und provozierte damit ein amüsiertes Grinsen bei Kirk.

»Touché, Doktor.« Kirk wartete ab, bis der Druck aus dem Shuttlehangar vollkommen abgelassen war, und sah zu, wie die Tore sich vor dem Shuttle öffneten und den Weg in die luftleere Weite, die die *Enterprise* umgab, frei gaben. Er zog den Starthebel zurück, das Shuttle hob vom Landeplatz ab und schwebte durch das offene Tor hinaus ins All. Künstliche Schwerkraft hielt den Landetrupp bequem in den Sitzen.

Kirk ließ das größere Raumschiff hinter sich und nahm sofort Kurs auf Sycorax. Der ungastliche, wolkenverhangene Planet sah aus dem Cockpit der *Columbus* entschieden größer und lebensfeindlicher aus, als es auf der geräumigen Brücke der *Enterprise* der Fall gewesen war.

Mit voller Impulskraft brauchten sie weniger als fünf Minuten, um in die Atmosphäre des Planeten einzutreten. Es war, als käme man aus einer klaren Sommernacht ins Zentrum eines Hurrikans. Zyklonische Stürme prallten auf das Shuttle und schüttelten Kirk und seine Gefährten in ihren Sitzen durch. Blitze zuckten um sie herum, der titanische Donner war selbst durch die isolierten Schotten des Shuttles hindurch hörbar. Schwefelsäureregen platschte in dicken Tropfen auf die Duraniumhülle der *Columbus*, auch wenn die Deflektoren des Schiffs die äußere Keramikbeschichtung vor der korrosiven Wirkung der Säure schützten. Kirk und Lerner kämpften mit den Kontrollen und arbeiteten gemeinsam daran, das Shuttle auf einem geraden Kurs in Richtung Oberfläche zu halten. Selbst mit den vorderen Scheinwerfern auf voller Leistung waren Kirk und sein Kopilot nicht in der Lage, den gelben Nebel zu durchdringen, durch den sie abstiegen. Kirk war gezwungen, allein anhand der Instrumente zu navigieren, und hielt dabei ein wachsames Auge auf den Astrogator, während er einem Peilsignal folgte, das von der Kolonie ausging. Plötzlich traf ein Blitz die *Columbus* und erschütterte das Shuttle so schwer, dass McCoy laut nach Luft schnappte. »Ich wusste, das war eine ganz schlechte Idee«, sagte er.

»Sind ja nur noch ein paar Meter«, versprach Kirk.

Als sie sich der Oberfläche näherten, stieg die Temperatur außerhalb des Shuttles dramatisch an. Es war, als koche die Hitze die wirbelnden Schwefelsäure-Regenwolken fort, sodass sich die Atmosphäre leicht klärte und die Sicht besser wurde. Kirk konnte nun durch die letzten Dampfschwaden die aufgerissene, trockene Landschaft erkennen. Ausgedehnte Basaltebenen, hier und da unterbrochen von gigantischen Kratern, erstreckten sich kilometerweit zwischen felsigen Bergen, denen Vegetation oder Schnee völlig fehlten. Schwaches Sonnenlicht, das durch die dichten weißgelben Wolken gedämpft wurde, tauchte die leblose Einöde in dumpfes Beige.

Spock hat bei der Beschreibung der öden Landschaft nicht übertrieben, dachte Kirk. *Kaum zu glauben, dass sich irgendjemand hier auf Dauer niederlässt.*

»Der atmosphärische Druck erreicht achttausend Kilopascal«, meldete Lerner.

McCoy stieß einen anerkennenden Pfiff aus. Dieser Druck war stark genug, einen menschlichen Körper gleich mehrfach zu zerquetschen. »Und er steigt weiter.«

Kirk nickte. Er machte sich noch nicht allzu viele Sorgen. Er hatte genug Vertrauen in die Technik der Sternenflotte. Dennoch erschienen kleine Schweißperlen auf seiner Stirn, als ein wenig der Hitze außerhalb des Shuttles ins Innere drang. »Die strukturelle Integrität hält?«

»Ja, Sir«, meldete der Sicherheitsoffizier.

»Sehr gut, Mr. Lerner. Lassen Sie mich wissen, wenn sich

etwas ändert.« Trotz seines Vertrauens in die Konstruktion des Shuttles wusste Kirk, dass es besser war, wenn sie so bald wie möglich ihren Zielort erreichten. Als er aus der Windschutzscheibe des Cockpits auf die karge Landschaft spähte, entdeckte Kirk, dass sich in einiger Entfernung, mitten auf der leeren Ebene, eine Struktur erhob. Die glatte Form und die perfekte Symmetrie wiesen eindeutig darauf hin, dass sie künstlichen Ursprungs war. »Seht mal, da vorn. Das muss die Kolonie sein.«

Die von Menschenhand geschaffene Struktur schien größer zu werden, je näher das Shuttle sich darauf zubewegte. Es zeigte sich, dass die Paragon-Kolonie aus einer gewaltigen Biosphäre bestand, die einen Durchmesser von ungefähr fünfzig Kilometern hatte und offenbar in einem immensen Krater gebaut worden war, der sich auf der gebrochenen und geborstenen Planetenoberfläche gebildet hatte. Die Kuppel war von einem blassen, halb durchsichtigen Grün und scheinbar ohne Naht aus einer Substanz geformt, die Kirk nicht sofort identifizieren konnte. *Irgendeine Art von transparentem Aluminium?*, überlegte er. Eine funkelnde, blaue Aura wies auf die Existenz eines Kraftfelds hin, das die Kuppel vor den gnadenlosen Umweltbedingungen des Planeten schützte.

Ein Traktorstrahl erfasste das Shuttle, und Kirk übergab die Kontrolle an die Navigatoren der Kolonie. Automatische Tore öffneten sich an der Basis der Kuppel, der Traktorstrahl sorgte für einen glatten Flug durch eine gewaltige Schleuse in einen riesigen Innenhangar. Kirk hatte Zeit, sich in dem höhlenartigen Landeplatz umzusehen, und entdeckte einen großen Shuttlepark, der die verschiedensten Modelle umfasste. Sowohl die kleinen Erkundungsshuttles als auch die geräumigen Frachtschiffe waren massiv verstärkt worden. Alle Schiffe schienen robust genug zu sein, um der intensiven Hitze und dem Druck außerhalb der Kuppel widerstehen zu können.

Die *Columbus* erzitterte noch einmal, als die Stabilisatoren und die Landestützen auf dem Boden des Hangars aufsetzten. Hinter Kirk ließ McCoy einen erleichterten Seufzer hören.

»Küss bloß nicht den Boden, sobald du ausgestiegen bist, Doktor«, warnte ihn Kirk. »Unsere Gastgeber könnten glatt auf falsche Ideen kommen.«

Die externen Sensoren zeigten an, dass es nun sicher war, das Shuttle zu verlassen, also löste Kirk die Versiegelung des Ausstiegs und trat hinaus. Die Schwerkraft auf Sycorax war nur minimal geringer als die der Erde, was seinen Schritten mehr Spannkraft verlieh. Die Luft war verglichen mit der im Inneren des Shuttles kühl und angenehm. McCoy und Lerner verließen die *Columbus* hinter ihm, gerade rechtzeitig, um die Delegation zu begrüßen, die man ihnen geschickt hatte.

Masako Clarke führte eine Gruppe von rund einem Dutzend Männern und Frauen an und kam durch den Hangar auf sie zu. Kirk bemerkte unwillkürlich, dass die Kolonisten auf den ersten Blick gleichförmig fit und attraktiv aussahen, selbst die älteren Bürger machten, obwohl weißhaarig, einen durchtrainierten und gesunden Eindruck. Ganz offenbar hatte man Adipositas, Glatzköpfigkeit und sogar eine gewisse Schlichtheit aus dem Genpool der Kolonie getilgt. *Armer Pille,* dachte Kirk, als er sich die verlebten Züge des Arztes ins Gedächtnis rief. *Er muss für diese Leute wie Quasimodo aussehen.*

»Willkommen auf Sycorax, Captain, meine Herren.« Wie auch der Rest der Delegation trug Regentin Clarke einen hautengen einteiligen Ganzkörperanzug, der wohl nur auf einer Welt zu einem allgemein anerkannten Kleidungsstück hatte werden können, auf der jeder einen makellosen Körper besaß. »Lassen Sie mich Ihnen einige Mitarbeiter meines engsten Stabs vorstellen«, sagte sie und wies auf die Individuen neben sich. »Das ist Aaron Rosenberg, Vorsitzender des Komitees für Genetische Entwicklung.« Der betreffende Würdenträger, ein athletisch gebauter älterer Herr mit kurzen braunen Haaren, verbeugte sich höflich vor Kirk und den anderen.

»Das hier ist Karen Jones. Ihr untersteht das Ministerium für Technik und Infrastruktur.« Eine weitere physisch perfekte Gestalt trat vor. Sie hatte eine makellose mahagonifarbene Haut und elegant frisiertes schneeweißes Haar.

»Es tut mir leid, wir waren so lange vom Rest der Galaxis abgeschnitten, dass wir derzeit kein diplomatisches Korps besitzen«, fuhr die Regentin fort. »Aber vielleicht ist das etwas, worüber wir in den kommenden Wochen nachdenken können.«

»Sie scheinen hervorragend mit der Diplomatie zurechtzukommen«, bemerkte Kirk. Es war ein Kompliment. Dann stellte er McCoy und Lerner vor. Der gute Doktor ging, wie Kirk erleichtert feststellte, mit nichts anderem als jovialem Südstaatencharme und Freundlichkeit auf ihre Gastgeber zu und ließ dabei seine persönlichen Ressentiments gegen die Kolonie und ihre Mission offenbar außer Acht. »Man würde nicht vermuten, dass Sie nicht jeden Tag Besuch bekommen.«

Clarke nahm Kirks Lob bescheiden entgegen. »Um ehrlich zu sein, ich konnte in der letzten Zeit ein wenig üben«, gab sie zu. Das Begrüßungskomitee hinter ihr teilte sich, sodass auch die hinten Stehenden nach vorn kommen konnten, um die Offiziere der Sternenflotte zu begrüßen. Kirk riss vor Überraschung die Augen auf, auch McCoy rang hörbar nach Luft.

»Was zum ...«, platzte Lerner unfreiwillig heraus, seine Hand fuhr instinktiv zu dem Phaser an seinem Gürtel.

Drei klingonische Soldaten in voller Uniform gesellten sich nun zur Regentin, die vor der Delegation stand. Der Anführer der Klingonen, dessen Hände arrogant in die Hüften gestemmt waren, lächelte Kirk kalt an. In seinen grauen Augen funkelte ein diebisches Vergnügen.

»Erlauben Sie mir, Ihnen unsere anderen Gäste vorzustellen«, sagte Clarke liebenswürdig. »Ich glaube, Sie kennen Captain Koloth bereits.«

25

»Mein lieber Captain Kirk! Wie schön, Sie wiederzusehen!«

Koloth begrüßte seinen alten Gegner mit gespielter Freundlichkeit. Mit seinen geschwungenen schwarzen Augenbrauen, dem spitzen Haaransatz und dem ordentlich gestutzten Ziegenbärtchen sah er sogar noch satanischer aus als Spock. Seine silber-schwarze Militäruniform glitzerte unter der hellen Hangarbeleuchtung. Zwei Lieutenants, die Kirk von dem Zwischenfall auf der Deep-Space-Station K7 wiederzuerkennen glaubte, flankierten Koloth und starrten die Sternenflottenoffiziere mit unverhohlenem Hass und Verachtung an.

»Captain?«, fragte Lerner, eine Hand auf seinem Phaser. Er klang, als würde er den Klingonen liebend gerne einen Kampf liefern, wenn es das war, was sie wollten. Kirk bewunderte seinen Kampfgeist, aber dies war nicht der passende Zeitpunkt.

»Bleiben Sie zurück, Lieutenant«, wies er Lerner an. Seine Gedanken rasten, um mit dieser unerwarteten (und unwillkommenen) Wendung der Ereignisse Schritt zu halten.

Klingonen?

Auf Sycorax?

Was bedeutete das?

»Ich muss gestehen«, sagte er zu Koloth, »es ist eine ... Überraschung, ... Sie ebenfalls hier zu treffen.«

Masako Clarke trat zwischen die beiden gegnerischen Raumschiffcaptains. Auch wenn sie eine zurückhaltende und neutrale Haltung einnahm, konnte Kirk genau erkennen, dass sie sich der Spannungen zwischen beiden Parteien bewusst war. »Das Klingonische Reich«, erklärte sie, »hat ebenfalls seinem Interesse Ausdruck verliehen, unsere Kolonie ... nun, ihrer Allianz hinzuzufügen.«

»Ich verstehe«, erwiderte Kirk skeptisch. Er war sich nur zu bewusst, dass eine »Allianz« mit den Klingonen höchstens ein Euphemismus für Eroberung und Tyrannei sein konnte. Er hatte den Verdacht, dass die Regentin sich dieser Tatsache ebenso bewusst war. *Also warum wurden die Klingonen dann hierher eingeladen?*, fragte er sich. *Es sei denn, dass sie keine Wahl hatte?*

»Wir glauben, es ist im besten Interesse der Paragon-Kolonie, den Schutz des Klingonischen Reichs zu akzeptieren«, stellte Koloth in täuschend friedfertigem Tonfall fest. Doch Kirk wusste es besser, als dieses friedvolle Benehmen ernst zu nehmen. Er erkannte eine Drohung, wenn man sie ihm präsentierte.

»Schutz?«, fragte er. »Schutz vor wem genau?«

Koloth schenkte Kirk ein teuflisches Grinsen. »Die Galaxis ist voller Gefahren, ich bin sicher, dass ich Sie daran nicht erinnern muss, Captain.«

Nach klingonischen Maßstäben war Koloth schlank und ein wenig schlaksig. Er war Kirk immer eher wie ein Intrigant als ein Krieger vorgekommen, aber er war sicher, dass Koloth durchaus töten konnte, wenn man ihm in die Quere kam. Man machte im klingonischen Militär keine Karriere, ohne dass man sich hin und wieder die Hände mit Blut besudelte.

»Ich bin hier, um die Regentin davon zu überzeugen, dass nur das Klingonische Reich ihrer Kolonie Sicherheit garantieren kann.«

»Sicherheit, von wegen!«, brummte McCoy bitter. »Das hieße ja wohl, den Bock zum Gärtner zu machen.«

»Das reicht, Doktor«, mahnte Kirk und griff damit weiteren allzu offenherzigen Bemerkungen McCoys vor. Er empfand ebenso, aber jetzt war weder die Zeit noch der Ort dafür. Kirk wollte die Situation erst besser erkunden, bevor er sich auf eine offene Konfrontation einließ. »Erinnere dich bitte, dass wir hier zu Gast sind.« Der Captain der *Enterprise* beäugte Koloth misstrauisch. »Also, was bekommt denn Ihr Reich im Tausch für Ihren viel gepriesenen ›Schutz‹?« Er ließ das letzte Wort unmissverständlich sarkastisch klingen. »Sycorax ist viel zu abgelegen, als dass es einen strategischen Wert hätte.«

»Ah, aber die wissenschaftliche Fachkenntnis gleicht die weit entfernte Lage doch mehr als aus!«, rief Koloth begeistert aus. »Unser Geheimdienst hat gemeldet, dass die Genetiker, die hier ausgebildet werden, ein unvergleichliches Wissen in der fortgeschrittenen Gentechnik besitzen.« Er warf der Regentin und ihrem Stab einen abschätzenden Blick zu, als wolle er ihre körperliche Perfektion beurteilen. »Das Reich würde es sehr begrüßen, ihr technologisches Wissen dem unseren hinzufügen zu können.«

»Darauf möchte ich wetten!«, rief McCoy aus, kaum weniger bitter als zuvor. »Ich kann mir auch nicht vorstellen, dass Ihre Anführer irgendwelche Skrupel hätten, Ihre eigenen Leute gentechnisch zu verbessern.«

Einer von Koloth' Leuten, ein jüngerer Klingone mit einer dichten Haarmähne aus wirren braunen Locken, lachte verächtlich. »Nur Erdlinge würden versuchen, eine Rasse von Eroberern zu entwickeln, und dann verbieten, sie einzusetzen!« Er schnaubte in Richtung von McCoy und den anderen Menschen. »Schwächlinge.«

Koloth unternahm keinen Versuch, die unbeherrschten Aussagen seines Untergebenen zu unterbinden. Er machte stattdessen eine Geste in Richtung des jungen Klingonen. »Sie erinnern sich natürlich an meinen Stellvertreter Korax?«

»Ja«, erwiderte Kirk trocken. »Ich glaube, er hatte mich mit einer parfümierten Blutwurst verglichen.«

Kirk war bei dieser Szene nicht dabei gewesen, doch die Beleidigung hatte zusammen mit einigen anderen, nicht besonders schmeichelhaften Vergleichen, pflichtbewusst Eingang in Scottys Bericht über den Zwischenfall gefunden. Diese Beleidigungen hatten eine zünftige Schlägerei zwischen diversen Mitgliedern von Kirks und Koloth' Mannschaften ausgelöst. Dem Schmunzeln nach, das sich nun auf dem dunkelhäutigen Gesicht des Klingonen zeigte, bereute Korax seine Rolle in dieser unsanktionierten Prügelei nicht, ebenso wenig wie seine verzweifelten Bemühungen, Kirk möglichst fantasievoll zu beschimpfen.

Ich darf nicht vergessen, Scotty dafür zu danken, dass er ihm einen Kinnhaken verpasst hat, dachte der Captain.

»Das ist doch alles Schnee von gestern!«, tat Koloth die ganze Episode ab. »Wir dürfen unsere Gastgeber nicht mit unseren staubigen alten Kriegsgeschichten langweilen. Immerhin müssen wir uns hier um wichtige diplomatische Geschäfte kümmern, oder etwa nicht?«

»Ja«, pflichtete Masako Clarke ihm bei. »Natürlich.«

Ohne es laut auszusprechen, schien ihr daran gelegen, dieses spannungsgeladene Treffen hinter sich zu bringen. »Natürlich werden wir das klingonische Angebot angemessen in Erwägung ziehen, aber bevor wir einen so bedeutenden Schritt unternehmen, schien es uns klug, ebenfalls die Föderation zu konsultieren. Besonders, da sich unser ursprünglicher Genpool aus dem der Erdenmenschen entwickelt hat.«

»Menschliche Gene, pah!«, grunzte Korax. »Klingonische DNA lässt den Samen der Föderierten wie wertlosen Abfall aussehen.«

Der dritte klingonische Soldat, ein gewaltiger, glatzköpfiger Krieger, dessen Gesicht von einer alten, unbehandelten Disruptorwunde halb verkohlt war, lachte leise und zustimmend.

»Wie dem auch sei«, stellte Clarke taktvoll fest. »Ich würde es zu schätzen wissen, Captain Kirk, wenn ich diese Angelegenheit bald ausführlicher mit Ihnen besprechen könnte. Privat.«

Koloth runzelte die Stirn, aber Kirk glaubte dennoch, dass er die zugrunde liegende Situation erfasste. Offenbar fühlte Clarke sich nicht in der Lage, dieses zweifelhafte Angebot eines klingonischen »Schutzes« einfach so abzulehnen, und hegte stattdessen die Hoffnung, der Föderation beizutreten. Die klingonische Drohung, vermutete er, war wahrscheinlich das, was die Paragon-Kolonie dazu veranlasst hatte, die Föderation überhaupt erst zu kontaktieren.

»Aber selbstverständlich«, versicherte er der Regentin. »Wann immer Sie wollen, ich würde mich sehr freuen.«

»Das würde ich auch.« Koloth blieb hartnäckig. »Ich bin sicher, dass ich ebenso überzeugend sein kann wie der gute Captain hier.«

»Das werden wir sehen«, entgegnete Kirk herausfordernd. Er war drauf und dran, Koloth daran zu erinnern, wer den kleinen Schlagabtausch auf K7 gewonnen hatte, als sein Kommunikator hektisch zu piepen begann. Zweifellos eine Nachricht von Spock.

»Entschuldigen Sie mich einen Augenblick«, sagte er und entfernte sich von Clarke, Koloth und dem Rest der Delegation. Eine rasche Bewegung seines Handgelenks öffnete den Deckel des Kommunikators in seiner Hand. »Kirk hier. Was ist los?«

Spock verschwendete keine Zeit und kam direkt zum Punkt: »*Ein klingonischer Schlachtkreuzer der D7-Klasse ist in der Umlaufbahn um Sycorax aufgetaucht. Er konnte sich bisher vor unseren Sensoren verbergen, indem er sich von der* Enterprise *aus gesehen hinter dem Planeten aufhielt, aber offenbar halten die Klingonen eine Tarnung nicht länger für notwendig.*«

Spocks Stimme klang ernst, während er Kirk die Neuigkeiten schilderte. »*Captain, die Logik gebietet, dass das Klingonische Reich ebenfalls Ansprüche auf die Paragon-Kolonie und ihre einzigartigen wissenschaftlichen Ressourcen erhebt.*«

Aus dem Augenwinkel sah Kirk, wie Koloth ihn überheblich beobachtete. Er war sich mit an Sicherheit grenzender Wahrscheinlichkeit der Lage in der Umlaufbahn, Hunderte von Kilometern über ihren Köpfen, bewusst.

»Was Sie nicht sagen, Spock«, murmelte Kirk.

26

Nai Sarak Basar
Delhi, Indien
1. November 1984

Die Monsunzeit war vorüber, aber ein neuer Sturm zog auf. Der vierzehn Jahre alte Khan Noonien Singh konnte die Spannung in der Luft spüren, als er sich durch die hohen Bücherstapel eines Stands am Rand der belebten Straße wühlte. Es war erst zehn Uhr morgens, aber der Basar war bereits vollgepackt mit Kauflustigen, Verkäufern, Bettlern und Touristen. Dutzende Stimmen feilschten um Juwelen, Bücher, Stoffe, Süßigkeiten und andere Dinge und lärmten mit dem lauten Hupen der Taxis und Fahrradrikschas um die Wette. Die Fahrzeuge schlängelten sich durch die Menschenmengen und den unglaublich dichten Verkehr und bliesen ihre Abgase in die bereits mit Smog belastete Stadtluft. Verkrüppelte Bettler, junge Mütter, die ihre Babys auf dem Arm hielten, und verarmte Alte bettelten um Brot oder Rupien, während schmutzige, barfüßige Kinder umherwuselten, um Schuhe zu putzen oder als Taschendiebe die Leute um ihre Wertsachen zu erleichtern. Werbebanner, die meist fantastische Angebote anpriesen, waren wie Wäsche über die Straße gespannt, zusammen mit zahllosen Schildern und Werbetafeln, die zumeist in Englisch verfasst waren. Der würzige Duft von Kardamom,

Kurkuma und Ingwer kitzelte Noons Nase. Schrille Popsongs schallten laut aus Transistorradios und Ladentüren und dröhnten in seinen Ohren. Streunende Hunde und heilige Kühe liefen über die mit Abfall übersäte Straße und verstärkten den Stau und das Gedränge nur noch mehr.

All das war vollkommen normal, beinahe Routine, doch heute war irgendetwas anders. Hinter all dem Lärm und der Hektik spürte Noon dunklere Impulse. Er hörte etwas in der kollektiven Stimme des Markts, eine beinahe greifbare Angst und dunkle Vorahnung, die sich um ihn herum aufbaute. Selbst die Bettler schienen abgelenkt und besorgt zu sein und sprachen die Touristen ohne ihren sonst zur Schau gestellten Eifer an. Der Eigentümer des Bücherstands beobachtete Noon misstrauisch und runzelte die Stirn, während der Teenager mit dem Turban vor ihm seine Bücher durchsuchte. *Vielleicht war es doch ein Fehler, heute einkaufen zu gehen,* dachte Khan. Spürte er tatsächlich feindliche Blicke, die ihm die Nackenhaare zu Berge stehen ließen, oder bildete er sich das nur ein?

Gestern, vor nicht einmal vierundzwanzig Stunden, war Indiens umstrittene Premierministerin Indira Gandhi in ihrem Garten von ihren eigenen Sikh-Leibwächtern getötet worden. Den Berichten zufolge hatte man sie mit über dreißig Kugeln umgebracht. Der Mord war die Rache für Mrs. Gandhis Militärschlag gegen eines der wichtigsten Sikh-Heiligtümer, den goldenen Tempel von Amritsar, gewesen. Tausende waren bei dem Angriff ums Leben gekommen, eine Bibliothek mit über tausend Schriften war niedergebrannt, und Noon befürchtete, dass das sektiererische Blutvergießen gerade erst begonnen hatte.

Seine Freunde an der Universität, an der er gerade an seiner Promotion in Ingenieurwissenschaften arbeitete, hatten ihren jungen Schützling davor gewarnt, den

Campus an diesem Morgen angesichts der durch die Ermordung der Premierministerin erhitzten Gemüter zu verlassen. Doch Noon war niemand, der seine Handlungen von Furcht bestimmen ließ. Nun allerdings begann er sich zu fragen, ob sein Stolz seine Urteilsfähigkeit beeinflusst hatte. Er strich sich nachdenklich über die Wange. Auch wenn kaum Flaum auf seinen Wangen wuchs, identifizierte ihn das wenige Haar, das zu sehen war, zusammen mit seinem Turban und seinem stählernen Armband als Sikh, auch wenn er noch nicht erwachsen war.

Ein unerwarteter Geruch lenkte seine Aufmerksamkeit auf sich. Zwischen den allgegenwärtigen Düften von Gewürzen und dem Smog ... war das Rauch, den er roch? Er schnüffelte vorsichtig. Ja, in der Nähe brannte definitiv etwas. Hatte ein Gebäude Feuer gefangen? Er suchte mit Blicken die geschäftige Straße ab, aber alles, was er sehen konnte, war die immer gleich bleibende wuselnde Menschenmenge. Er strengte seine Ohren an und hörte zornige Rufe aus der gleichen Richtung kommen, aus der auch der Rauchgeruch kam, dann Schreie und das Geräusch von zerbrechendem Glas. *Was geschieht da?*, fragte Noon sich besorgt, sein Herzschlag beschleunigte sich, und jeder Nerv seines Körpers schrie angesichts einer bevorstehenden Gefahr auf. *Was brennt da?*

Ohne Vorwarnung riss der Buchverkäufer Noon einen eselsohrigen Band aus der Hand. »Verschwinde hier, du dreckiger Sikh«, schrie der Mann Noon plötzlich an. Speichel flog ihm von den Lippen. In seinen Augen brannte mörderischer Hass. »Weg von meinen Büchern!«

Eiskalt erwischt vom wilden Zorn des Mannes trat Noon zurück auf die Straße. *Wie kann er es nur wagen, so mit mir zu sprechen?*, dachte er. Zorn hatte die Überraschung schnell verdrängt. Ohne es zu wollen, rempelte er einen

Fußgänger an, der gerade vorbeikam und ihn prompt heftig zurückschubste. »Pass auf, wo du hinläufst, du tollwütiger Hund!«, sagte der andere und spuckte Noon vor die Füße. »Du hast ja Nerven, deine hässliche Fresse an so einem Tag zu zeigen!«

Eine bissige Antwort lag Noon auf der Zunge, aber er beherrschte sich. Plötzlich wurden ihm die hasserfüllten Augen bewusst, die ihn von überallher anstarrten. Noons Hand fuhr instinktiv an den versilberten Dolch, der in seinem Gürtel steckte. Bis heute hatte er den glänzend polierten *kirpan* nur aus traditionellen Gründen getragen, niemals zur Selbstverteidigung. Er zögerte allerdings, die Klinge zu ziehen, um den Mob nicht noch weiter zu provozieren.

»Lasst mich in Ruhe!«, warnte er. Der Stimmbruch ließ seine Stimme umschlagen und untergrub damit den drohenden Tonfall darin. »Ich will euch nichts Böses!«

Aber es war schon zu spät, um einen Gewaltausbruch zu vermeiden. Der Geruch von brennendem Holz wurde stärker, Noon sah weniger als einen Block entfernt bereits Rauchschwaden und Asche über den Werbeplakaten aufsteigen, die an den Häusern befestigt waren. Er hörte Schüsse und die entsetzten und erschrockenen Rufe von Männern und Frauen, als wütende Schreie näher kamen.

»Blut für Blut!«, erklang es vielstimmig und zornig, was Noon einen Schauer über den Rücken jagte. Auch wenn er seit dem Tod seiner Mutter vor so vielen Jahren ein wohlbehütetes Leben geführt hatte, erkannte er einen Aufruhr, wenn er ihn hörte. »Tod allen Sikhs!«

Die Menge um Noon herum nahm den Ruf auf: »Blut für Blut!«

Frauen griffen nach ihren Kindern und brachten sich in Sicherheit, während ihre Männer dem einzelnen Teenager entgegenbrandeten. Brahmanen und Bettler, alte Männer und grinsende Jugendliche gehörten zu dem Mob, der Noon nun bedrohte und ihm Beschimpfungen und Spott entgegenschrie.

Na gut, beschloss er und zog die Klinge. *Die werden schon merken, dass ich weit mehr bin, als sie erwarten.*

»Zurück mit euch!«, rief er und fuchtelte mit dem Messer vor sich herum, als wolle er eine Lücke zwischen sich und dem Mob schneiden. Seine Augenbrauen zogen sich zusammen, er wartete darauf, dass seine Gegner den ersten Zug machten.

Er musste nicht lange warten. Ein Mann stürzte sich von hinten auf Noon und umfasste ihn mit voller Kraft, sodass er Noons Arme an den Seiten festhielt. Aber der Mann hatte nicht mit der verbesserten Muskeldichte des Teenagers gerechnet, und so befreite Noon sich mühelos aus der Umklammerung des Älteren und rammte ihm seinen Ellbogen in den Bauch. Das resultierende schmerzerfüllte Grunzen war Musik in Noons Ohren, und er genoss seinen leichten Sieg.

Das wird diesen Abschaum lehren, ein überlegenes Wesen zu belästigen!

Da traf ihn plötzlich ein Stein mitten ins Gesicht und verletzte seine Wange. »Ich hab ihn erwischt!«, schrie jemand. Die Menge brach in wildes Gelächter aus. Noch mehr Geschosse folgten: Steine, Flaschen, Bücher, Dosen, sogar faustgroße Stücke Dung, die man aus dem Müll der Straße gefischt hatte. Schroffe Steine und zerbrochenes Glas trafen seinen Körper. Er stolperte, während er gleichzeitig versuchte, sein Gesicht mit den Händen zu schützen. Schmerz traf ihn aus allen Richtungen, explodierte in seinem Rücken, den Schultern, den Rippen. Etwas Nasses und Klebriges tropfte von einem Schnitt oberhalb seines

Auges, dann schmeckte er Blut auf den Lippen. »Schnappt ihn euch!«, schrie die blutrünstige Menge. »Tötet den verdammten Sikh!«

So sehr es ihm in der Seele wehtat, Noon war klar, dass er um sein Leben rennen musste. Die Menge war außer Kontrolle geraten, und es waren einfach zu viele, um sie allein zu besiegen. *Ein verwundeter Löwe kann von Schakalen zerrissen werden*, dachte er, um so seine Flucht vernünftig zu begründen, während er durch das menschliche Netz zu schlüpfen versuchte, das ihn umgab. Dabei stieß er gestandene Männer zur Seite, als wären es Mehlsäcke. Sein Messer hatte er zwischen die Zähne geklemmt, er rannte ohne nachzudenken durch den Basar, durch den stockenden Verkehr und die kreischenden Touristen. *Sie hätten es besser wissen müssen, als ausgerechnet heute durch die Straßen zu schlendern,* dachte Noon. Er hatte kaum Mitleid mit den hysterischen Urlaubern.

Und ich auch.

Während sein athletischer Körper angetrieben vom Adrenalin durch die Straßen lief, erkannte er erschrocken, dass er nicht das einzige Opfer des heutigen Wutausbruchs war. Der hasserfüllte Mob nahm Rache an jedem Sikh, den er erblickte, setzte Läden und Stände in Brand, von denen man annahm, sie gehörten Sikhs. Die Luft war erfüllt von Rauch und dem Übelkeit erregenden Geruch von verbranntem Fleisch. Er rannte die Nai Sarak in Richtung Norden entlang und sah, wie ein graubärtiger Taxi-*wallah* aus seinem Fahrzeug gezerrt, mit Kerosin übergossen und angezündet wurde. Khan wollte zurückschlagen, seine unschuldigen Gefährten verteidigen, aber da war nichts, was ein einzelner Jugendlicher, selbst einer wie er, gegen den wahnsinnigen Flächenbrand tun konnte, der gerade in den Straßen ausbrach.

Eines Tages, schwor er sich und schluckte seine Tränen der Wut hinunter, *eines Tages werde ich diesem Wahnsinn ein Ende setzen.*

Aber wohin sollte er flüchten? Alt-Delhi, wie dieser Stadtteil genannt wurde, war ein Labyrinth von engen Gassen und übervölkerten Märkten, aber egal wie schnell er rannte, er konnte den Unruhen nicht entkommen. Sie breiteten sich schneller aus als das flammende Inferno, das sie hervorgebracht hatten. Rachsüchtige Finger griffen nach dem rennenden Noon, zerrissen die mit Dung befleckte Nehru-Jacke, die er trug, und zogen ihm den Turban vom Kopf, sodass sein langes schwarzes Haar hinter ihm herflog. Hasserfüllte Beleidigungen und Beschimpfungen wurden hinter dem fliehenden Jungen hergeschickt, während immer wieder Steine und Flaschen auf seinen wunden Rücken und seine Schultern prallten. Umgeworfene Autos und Lastwagen, aus deren Eingeweiden Flammen schlugen, blockierten seinen Weg, aber Noon wich ihnen aus und kletterte über jedes andere Hindernis hinweg, nur um festzustellen, dass noch mehr Chaos vor ihm lag. Plünderer raubten Sikh-Läden und -Wohnungen aus, bevor sie sie in Brand steckten.

Ich muss hier weg, dachte Noon. Seine Lungen versuchten, mit den extremen Anforderungen fertigzuwerden, die seine verzweifelte Flucht an sie stellte. Aber wo konnte er Schutz finden? Die Universität war zu weit weg, sie befand sich in einem neueren Teil der Stadt. Es gab keine Chance, lebend und unversehrt dorthin zurückzukehren, aber er wusste, er musste sobald wie möglich einen Unterschlupf finden. Selbst seine übermenschlichen Kräfte und seine Ausdauer hatten Grenzen, während der mörderische Blutdurst der Menge keine zu haben schien. Seine schmerzenden Muskeln in den Beinen wurden bereits langsamer.

Er durchforstete sein Gedächtnis und erinnerte sich an einen *gurudwara*, einen Tempel der Sikhs, am Chandni Chowk, vielleicht ein halbes Dutzend Blocks entfernt. Er fragte sich, ob ein solcher Ort in einer solchen Situation wirklich Schutz bieten konnte oder für den Zorn der Aufrührer vielleicht vielmehr ein Ziel darstellte? Möglicherweise eher Letzteres, fürchtete er, aber in der gleichen Straße war auch ein Polizeirevier, nur ein paar Türen vom Tempel entfernt. Vielleicht bot die Polizei dem *gurudwara* einen gewissen Schutz, angesichts des totalen Chaos und der Anarchie hier überall.

Es war eine geringe Chance, aber die beste, die ihm derzeit einfiel. Er hielt für einen Augenblick inne, um sich zu fangen, und benutzte sein Messer, um sich gegen Plünderer zu wehren, die noch mehr Sikh-Blut vergießen wollten. »Bleibt weg von mir!«, schrie er und hieb mit dem Messer in die Luft. »Lasst mich in Ruhe, oder ich schwöre, ich werde euch alle umbringen!«

Durch den Rauch und den Qualm überall sah er die glänzenden Minarette der Jama Masid, der größten Moschee in Indien. Sie ragten südwestlich von ihm in den Himmel. Das bedeutete, dass Chandni Chowk, die Hauptverkehrsstraße des Marktviertels, direkt vor ihm lag, im Norden.

Dann mal los, beschloss er. Bevor er seine Flucht jedoch wieder aufnehmen konnte, traf ihn ein Flüssigkeitsschwall im Gesicht, der alles durchtränkte, sein Haar, seinen gesamten Kopf, seine Schultern. Die ölige Feuchtigkeit brannte in seinen Augen, stechende Dämpfe drangen in seine Nase.

Nein!, dachte er. Erschrocken erkannte er, dass man ihn mit Kerosin übergossen hatte.

Eine kalte Furcht hatte sein Herz in ihrem Griff. Noon hielt sich für mutiger als die meisten, aber selbst er schauderte bei dem Gedanken daran, bei lebendigem Leibe verbrannt zu werden. Die lebhafte Erinnerung an den Taxi-*wallah*, den man lebendig verbrannt hatte, raste durch seine Gedanken, während er blinzelte und spuckte, da ihm der Geschmack von Kerosin auf der Zunge lang. Das kratzende Geräusch eines Streichholzes schickte einen Schreckensschauer durch seinen Körper. Sein feuriger Tod, erkannte er, war nur noch Sekunden entfernt.

Ohne nachzudenken, wandte er sich dem Geräusch zu und spuckte einen Mundvoll Kerosin auf das brennende Streichholz. Eine orangegelbe Flamme belohnte seinen verzweifelten Versuch, gefolgt vom entsetzten Schrei eines Mannes. Durch tränende Augen erkannte Noon verschwommen eine Gestalt nur wenige Schritte entfernt, die panisch mit einem in Flammen stehenden Arm hin- und herwedelte. Noon wich hastig vor dem Brennenden zurück. Er fürchtete, dass bereits ein einziger zu weit fliegender Funke auch ihn in Brand stecken könnte.

Halb blind durch das Kerosin in seinen Augen hastete er weiter die Gasse entlang und sorgte mit wilden Hieben seines Dolchs dafür, dass er freie Bahn hatte. Meist traf sein Messer nur die Luft, manchmal tat es das nicht. Der Gestank des Kerosins, das seine Haare und seine Kleidung durchtränkte, verlieh seiner Flucht vor dem Tod und der Suche nach Sicherheit eine neue Qualität. Nur Schnelligkeit und Wendigkeit konnten ihn noch retten. Ein Funke, ein Streichholz wären genug, um ihn wie einen Scheiterhaufen auflodern zu lassen. Er kümmerte sich nicht um den Protest seiner erschöpften Beine und schoss wie ein Pfeil durch die vom Aufstand erschütterten Basare.

Langsam klärte sich seine Sicht wieder, schließlich blinzelte er auch den letzten Rest von Kerosin aus den Augen. Schockierende Spuren des noch immer wütenden Massakers waren vor ihm in den Straßen verstreut. Leichen, viele verkohlt und noch rauchend, lagen in vor Schmerz verkrümmten Positionen auf dem Pflaster, zusammen mit zersplittertem Holz und zerbrochenem Glas, das von Dutzenden zerstörten Läden und Marktständen stammte. Teure Seidenbahnen und Saris in allen Farben des Regenbogens lagen achtlos verstreut herum und nahmen das Blut und Kerosin auf, das sich langsam in Pfützen sammelte, die aussahen, als habe es gerade geregnet. Noon musste aufpassen, wohin er trat, um nicht über eine verkohlte Leiche zu stolpern oder in einer sich ausbreitenden blutroten Pfütze auszurutschen.

Während er rannte, zog der Teenager hastig seine kerosingetränkte Jacke und sein Hemd aus und enthüllte dabei eine Brust, die viel muskulöser war, als es bei einem Vierzehnjährigen in der Regel der Fall war. Immer noch hing der Gestank von Kerosin in seinen Haaren und auf seiner Haut und machte ihn zu einem wahrscheinlichen Brandopfer.

»Schnappt ihn euch!«, schrien aufgeregte Stimmen hinter ihm her. »Verbrennt den dreckigen Sikh!«

Konnte er es bis zum Tempel schaffen, bevor seine wahnsinnig gewordenen Verfolger ihre Drohung wahr machen konnten? Noons zweifelnder Blick suchte die Straße vor sich ab, die voller Menschen und Trümmer war. Sein Messer bohrte sich in den Rücken eines Plünderers, der ihm nicht rasch genug auswich, und durchtrennte sowohl Stoff als auch Fleisch. *Ich hab's beinah geschafft,* spornte Noon sich an. Chandni Chowk konnte nicht mehr weit entfernt sein.

Er schwang seinen blutbefleckten *kirpan* wie eine Machete und hackte sich durch das Chaos, sprang dabei über Tote und wich allem aus, was nach offener Flamme aussah. Dann, als er sich der Chancen zu überleben gerade etwas sicherer zu werden begann, sah er etwas, das ihn auf der Stelle stehen bleiben ließ.

Ein verlassener Bus lag ausgebrannt und rauchend wie ein Vulkan auf der Seite und versperrte den Basar. Auch die Reifen brannten, der Geruch von verbranntem Gummi erfüllte die vom Smog durchdrungene Luft. Aber noch schlimmer war, dass das ruinierte Fahrzeug Noon den Weg und damit auch die Fluchtroute versperrte. *Nein!,* fluchte er zornig in sich hinein. *Das ist nicht fair!*

Als er über die Schulter sah, erkannte er, dass eine Bande von Aufständischen ihm rasch näher kam. »Verbrennt den Sikh-Bastard!«, schrie eine wütende Stimme. »Blut um Blut!« Viele der Männer trugen Fackeln, die aus zersplittertem Holz und erbeuteten Textilien gemacht waren. »Tod den Mördern!«

Noon überlegte kurz, über den umgestürzten Bus hinwegzusteigen, aber er erkannte schnell, dass das nicht möglich war. Zu viele kleine Feuer brannten noch auf dem abgefackelten Bus, als dass er hätte riskieren können, durch die rauchenden und verkohlten Trümmer zu klettern. *Ich könnte das Streichholz auch gleich selbst anzünden,* erkannte er bitter. Er sah sich hastig nach einer anderen Fluchtmöglichkeit um und ließ seinen Blick über den Basar schweifen, in der Hoffnung, eine winzige, vergessene Seitengasse zu entdecken, die ihm die so verzweifelt benötigte Fluchtmöglichkeit bieten würde. Aber alles, was er fand, waren die zerbrochenen Fenster und die zerstörten Fassaden der brennenden Gebäude. Rauch und Flammen schlugen aus dem oberen Stockwerk einer Schneiderei zu seiner Rechten, während ein seltsamer blauer Rauch, vielleicht von einem Gasleck, aus der Türöffnung im Erdgeschoss quoll. Die zerschlagene Tür

393

selbst hing nur noch an einer Angel. Verängstigte Schreie und barbarisches Brüllen drangen aus der Schneiderei zu seiner Linken, die einem Sikh gehörte. Eine Schaufensterpuppe, die einen Sari trug, lag unter einem zerrissenen Werbebanner auf dem Boden, das die niedrigsten Preise überhaupt anpries. In den geschminkten Augen der Puppe und dem unterwürfigen Blick lagen weder Hoffnung noch Sympathie.

Er war also in eine Sackgasse geraten.

Also schön, dachte er stolz. *Heute ist ein guter Tag zum Sterben.*

Er wandte sich dem herankommenden Mob zu, streckte ihnen die silberne Klinge des gewundenen Dolchs entgegen und nahm sich einen Moment Zeit, um sich um seine Pflegeeltern in Chandigarh Sorgen zu machen. Er betete, dass sie so weit wie möglich von dem virulenten Fieber entfernt waren, das Alt-Delhi verschlang. Dann wandte er seine volle Aufmerksamkeit den fackelbewehrten Verfolgern zu, grimmig entschlossen, so viele seiner Feinde wie möglich mit in den Tod zu reißen, bevor die Flammen ihn zu einem Menschenopfer werden ließen. »Nun magst dich wahren!«, flüsterte er und zitierte *Macbeth.* »Wer Halt! zuerst ruft, soll zur Hölle fahren!«

Aber bevor die mörderische Bande ihn erreicht hatte, rief eine Stimme ganz unerwartet: »Noon! Khan Noonien Singh! Hier drüben!« Überraschung mischte sich auf verwirrende und komplizierte Weise mit seiner Entschlossenheit, einen heroischen Tod zu sterben. Noon warf einen Blick nach rechts, wo ein blassgesichtiger Fremder in der Türöffnung der zerstörten Schneiderei stand. Der seltsame blaue Nebel wallte dem Neuankömmling um die Beine. Er war ein schlanker Mann, der in einen dunkelblauen Anzug im westlichem Stil gekleidet war. Noch ein ahnungsloser

Tourist, der in den hitzigen Religionskrieg Delhis hineingeraten war? Aber wieso kannte er Noons Namen? Wo war er so plötzlich hergekommen?

»Beeil dich!«, drängte der Fremde. Er sprach Englisch mit amerikanischem Akzent. »Wir haben keine Zeit für Erklärungen, aber du musst mir vertrauen!«

Jemand warf eine Colaflasche, die Noon am Kinn traf und den bereits geschwollenen Lippen noch eine Wunde zufügte. »Schnappt ihn euch!«, schrie ein junger Inder.

Schockiert erkannte Noon, dass der Rufer, dessen Gesicht rot angelaufen und blutrünstig verzerrt war, einer seiner Kommilitonen an der Universität war.

»Blut um Blut!«, schrie sein ehemaliger Klassenkamerad und hob eine weitere Glasscherbe der Straße auf. »Tötet den Sikh!«

Eine Fackel wirbelte auf Noon zu und zog Funken hinter sich her wie ein Komet. Noon sprang in Erwartung der Flugbahn zur Seite, aber der geworfene Brandsatz traf das Pflaster gefährlich dicht neben ihm. Er sah verwirrt und verzweifelt auf den Fremden. Der blaue Nebel schien nun den gesamten Eingang des geplünderten Ladens auszufüllen. »Beeil dich!«, wiederholte der Fremde. »Du musst mir vertrauen!«

Einem Fremden vertrauen, wenn er selbst einem Kommilitonen nicht mehr trauen konnte? Noon begriff die ganze Situation nicht, aber welche andere Möglichkeit hatte er?

Er hielt den inzwischen völlig blutigen *kirpan* fest umklammert und stürzte sich in die von Nebel verhangene Türöffnung, hinein ins Unbekannte.

27

Noon trat aus der Dusche.

Er hatte sich die letzten Überreste von Kerosin aus den Haaren und vom Körper gewaschen. Die Prellungen und zahlreichen kleineren Schnitte, die in seinem Gesicht und auf seiner Gestalt zu sehen waren, waren schwerer zu behandeln, aber er wusste, dass seine Verletzungen schlimmer hätten ausfallen können. Er fand im Bad frische Kleider und alles, was man zur Wundversorgung brauchte, einschließlich eines braunen Bademantels, der ihm wie angegossen passte. Noon waren in der letzten Stunde schon so viele Merkwürdigkeiten und Unmöglichkeiten geschehen, dass diese aktuellste seine Neugier nur noch wenig erregte.

Wer sind diese Leute?, fragte er sich. *Und warum interessieren sie sich für mich?*

Er war dankbar für seine wundersame Rettung, die ihn mit an Sicherheit grenzender Wahrscheinlichkeit vor einem äußerst schmerzhaften Tod gerettet hatte, doch sowohl sein Verstand als auch sein Körper blieben wachsam. Die Geheimnisse um ihn herum waren zu bizarr und beunruhigend, um sie einfach so hinzunehmen. Er war erleichtert, seinen Dolch und sein Armband auf dem Stapel Kleidung zu finden, der auf einem Hocker lag. Beide waren von Blut und Ruß gereinigt worden. Das Gewicht der Klinge hatte etwas Tröstendes, und er steckte sie in den Gürtel seines Bademantels.

Abgetrocknet, verbunden, wo es notwendig war, und angemessen bewaffnet kehrte er zu seinem unbekannten Retter in das Büro vor dem Badezimmer zurück. Die unauffälligen Möbel boten nur wenige Anhaltspunkte auf seinen neuen Aufenthaltsort, auch wenn er feststellte, dass alle Bücher im Regal anscheinend auf Englisch gedruckt waren. Es handelte sich zumeist um Enzyklopädien, dazu einige Standardwerke. Sein Blick glitt unfreiwillig zu dem schweren Stahltresor, den er durch den kühlen, leuchtenden Nebel betreten hatte. Seine Haut kribbelte beim Gedanken an das merkwürdige, statisch aufgeladene Gefühl, das er in dem seltsam blauen Nebel verspürt hatte. Jetzt wirkte der Tresor leer, sah man von einigen Stahlregalen ab. Noon konnte auch keinen anderen Ausgang entdecken, der den seltsamen Tresor mit den Straßen von Alt-Delhi hätte verbinden können. *Vielleicht eine Geheimtür?*, überlegte er. Er lauschte angestrengt, aber er konnte die panischen Schreie und Rufe des Aufstands nicht mehr hören.

»Guten Morgen, Noonien Singh«, begrüßte ihn der namenlose Amerikaner. Er saß hinter einem Schreibtisch, dessen Platte aus schwarzem Marmor bestand und auf dem verschiedene Aktenordner und Dokumente verstreut lagen. Ein durchsichtiger grüner Würfel diente als Briefbeschwerer auf einem Stapel Unterlagen.

»Ich hoffe doch, dass du jetzt nicht mehr so leicht entflammbar bist.«

»Ja, danke.« Noon lehnte den angebotenen Platz auf

der Couch oder dem nahen Plüschsessel ab. Er zog es vor, zu stehen und die Arme vor der Brust zu verschränken. *Genug der Freundlichkeiten ausgetauscht,* dachte er und entschied, direkt auf den Punkt zu kommen. »Wer sind Sie und warum haben Sie mich hergebracht?«

»Vernünftige Fragen«, stellte der Mann fest. »Auch wenn es dir vielleicht schwerfallen mag, einige der Antworten zu akzeptieren.«

Noon betrachtete ihn genauer. Der Mann war ein Weißer von vielleicht vierzig oder fünfzig Jahren. An den Schläfen begann sein Haar grau zu werden.

»Mein Name ist Gary Seven und auch wenn wir uns noch nie getroffen haben, weiß ich eine ganze Menge über dich.«

»Aber wie ...«, begann Noon, doch ein Klopfen an der Tür unterbrach ihn. Seine Muskeln spannten sich unwillkürlich an. Er fürchtete, dass der Mob ihn schließlich doch gefunden hatte.

Stattdessen rief eine Frauenstimme auf der anderen Seite der Tür: »Sind da drin alle anständig angezogen?« Es klang betont unbedrohlich. »Ich habe Kaffee.«

»Danke, Roberta«, antwortete Seven, und sein beiläufiger Tonfall ließ Noon annehmen, dass er von dem Neuankömmling nichts zu befürchten hatte. »Bitte kommen Sie herein und sagen Sie Hallo zu unserem Gast.«

Die Tür schwang auf, und eine blonde Frau kam herein. Sie balancierte ein Tablett mit drei Kaffeebechern. Zu seiner Überraschung trug sie einen Anzug, der ganz nach einem offiziellen Fliegeroverall der NASA aussah. Sie reichte Seven einen der Kaffeebecher, der ihn mit einem dankbaren Lächeln entgegennahm, und kam dann durch den Raum auf Noon zu. Sie zuckte angesichts seines verpflasterten Gesichts voller Prellungen zurück, aber sie lächelte ihn dennoch freundlich an und reichte ihm einen der Becher.

»Bedien dich«, sagte sie zu ihm. Wie Seven sprach sie Englisch mit amerikanischem Akzent.

Eine schlanke schwarze Katze war mit der Frau ins Büro gekommen und sofort hinter Sevens Schreibtisch verschwunden. Der Anblick der Katze brachte eine Saite in Noon zum Klingen, doch er konnte die Erinnerung nicht sofort erfassen. Nur ein kleiner Teil seines Verstands befasste sich mit diesem Rätsel. Seine Aufmerksamkeit konzentrierte sich hauptsächlich auf das Hier und Jetzt.

Verwirrt starrte er auf die so unpassend wirkende Kleidung der Frau. Ein Aufnäher, auf dem das Space Shuttle abgebildet war, war auf den Ärmel ihres mit Reißverschlüssen versehenen marineblauen Fliegeroveralls genäht, ein eingesticktes Namensschild auf der Brust wies sie als Sally Ride aus. *Die amerikanische Astronautin?*, fragte sich Noon vollkommen verblüfft. Was machte die denn in Delhi und warum hatte Seven sie Roberta genannt?

»Ach, beachte das Kostüm gar nicht«, sagte sie. Anscheinend hatte sie seinen verwirrten Gesichtsausdruck bemerkt. »Ich bin von einem Halloween-Umzug aus dem Village hergekommen. Wie du sehen kannst, gehe ich dieses Jahr als Sally Ride, die erste amerikanische Frau im All.« Sie zwinkerte Seven zu, als teilten beide einen geheimen Scherz. »Zumindest glaubt das die Allgemeinheit.«

Village? Parade? Die Erklärungen der Frau trugen kaum dazu bei, Noons Verwirrung zu verstreuen. Von welcher Stadt redete sie?

»Das hier ist meine Mitarbeiterin, Miss Roberta Lincoln«, erläuterte Seven. Im Gegensatz zu seiner weiblichen Gefährtin schien er sich nicht mit irgendwelchen albernen Verkleidungen abzugeben. »Sie ist mit deinem Fall ebenfalls sehr gut vertraut.«

Noon nahm die Tasse entgegen und roch an ihrem Inhalt. Er zog eigentlich Chai vor, aber er hatte schwarzen Kaffee bereits bei den amerikanischen Studenten an seinem College kennengelernt. Er nippte vorsichtig und stellte fest, dass der Kaffee sowohl heiß als auch wohltuend war.

»Hallo, Noon«, sagte Roberta Lincoln nun und trat einige Schritte von Noon zurück. Sie betrachtete ihn leicht nervös. »Ich weiß nicht, ob du dich an mich erinnerst.«

Tue ich das? Noon sah sich das Gesicht der Frau genauer an. Sie war jünger als Seven, vielleicht Mitte Dreißig, aber irgendetwas an ihr kam ihm auf beunruhigende Weise bekannt vor. Er durchforstete sein Gedächtnis und versuchte, ihre rosigen Wangen und die blaugrünen Augen einzuordnen. Nicht in Delhi, schlussfolgerte er. Auch nicht Chandigarh, aber irgendwo anders, vor langer Zeit, an einem anderen Ort ...

Eine uralte Erinnerung, die er schon lange vergessen hatte, tauchte auf einmal aus der Vergangenheit auf. »Chrysalis«, stammelte er mit großen Augen. »Sie waren in Chrysalis, unter der Wüste.«

»Das ist richtig«, bestätigte sie. Ihr Lächeln verschwand und machte einem nüchternen Gesichtsausdruck Platz. Sie ging langsam an einen Tisch an der Wand und stellte das Tablett dort ab, bevor sie wieder zu Noon hinübersah. Ihre eigene Kaffeetasse hielt sie in beiden Händen dicht an der Brust, als wolle sie einen plötzlichen Schauder unterdrücken.

»Du warst damals ein kleines Kind. Ich bin überrascht, dass du dich überhaupt daran erinnern kannst.«

»Ich vergesse nie ein Gesicht«, informierte er sie. Sein Herz und seine Seele kämpften darum, mit den mächtigen Gefühlen fertigzuwerden, die von der Erinnerung an diese Frau hervorgerufen worden waren. *Das ist so viele Jahre her* ... Seine Kindheit in Chrysalis, das strahlende Lächeln seiner Mutter und der Stolz in ihrem Gesicht, die panische Evakuierung und der plötzliche Ortswechsel ... Die Erinnerungen waren verschwommen, wie ein Traum, an den er sich kaum noch erinnern konnte. »Kannten ... kannten Sie meine Mutter?«, fragte er.

»Flüchtig«, erwiderte Roberta und vermied dabei seinen Blick.

»Ich war ebenfalls dort«, sagte Seven. »Auch wenn wir beide, wie ich schon sagte, uns niemals getroffen haben.« Er trank einen Schluck Kaffee, bevor er weitersprach. »Wichtig ist, dass Roberta und ich uns der besonderen Umstände deiner Geburt und deines einzigartigen Potenzials bewusst sind«, erklärte er. »Darum haben wir dich in den letzten zehn Jahren immer im Auge behalten.«

»Allerdings!«, unterstützte ihn Roberta und ließ sich auf eine flauschige orange Couch fallen, die gegenüber von Sevens Schreibtisch stand. »Die Zeitungen behaupten, dass diese ... wie hieß sie gleich? ... Louise Brown das erste in vitro empfangene Kind war, aber wir alle wissen es besser, nicht wahr?«

Ein Ausdruck aufrichtiger Erleichterung huschte über ihr Gesicht. »Gott sei Dank hat Seven von den Unruhen in Delhi gehört. Wir hätten dich ein für allemal verlieren können!«

Seven nahm das Lob der Frau bescheiden entgegen. »Glücklicherweise habe ich die politische Situation in Indien seit einigen Wochen beobachtet.« Er sah auf die Zeitungen auf seinem Schreibtisch hinab. »Es wird dich, Noon Singh, interessieren, dass Rajiv Gandhi, Mrs. Gandhis Sohn, als neuer Premierminister vereidigt wurde.«

Noon nickte. Sevens Nachricht war keine Überraschung für ihn. Es war bekannt, dass Indira ihren ältesten Sohn als Nachfolger herangezogen hatte. Sein Blick fiel auf das Telefon mit den weißen Tasten auf Sevens Schreibtisch. »Ich sollte meine Eltern anrufen«, sagte er. »Und mich vergewissern, dass sie in Sicherheit sind.«

»Ich glaube, ihnen ist nichts geschehen«, versicherte ihm Seven. »Die schlimmsten Unruhen erschüttern die Hauptstadt, nicht Chandigarh. Aber du kannst deine Familie natürlich in Kürze kontaktieren. Ich bitte dich allerdings, dir erst ein wenig mehr darüber erklären zu lassen, wo du dich befindest und wer wir sind.«

Khan nickte. Er musste zugeben, er war neugierig darauf, mehr zu erfahren. War Seven einfach nur eine Art amerikanischer Geheimdienstagent, und war dieser Ort vielleicht ein streng geheimer CIA-Unterschlupf mitten in Alt-Delhi? Oder konnte es möglich sein, dass das Chrysalis-Projekt, für das seine visionäre Mutter ihr Leben gegeben hatte, in Wirklichkeit gar nicht tot war? Seine Pflegeeltern hatten nicht gerne über das Projekt gesprochen und ihn gewarnt, ungenannte Personen in der Regierung würden dafür sorgen, dass ihm etwas zustieße, wenn er darüber spräche, so wie es auch seiner unglückseligen Mutter ergangen sei. Nichtsdestotrotz hatte er tief in seinem Herzen immer gewusst, dass er zu einem bestimmten Zweck geboren worden war, und dass seine angeborene mentale und physische Überlegenheit bedeutete, dass er schließlich Geschichte schreiben würde, genau wie Alexander, Cäsar oder Ashoka es getan hatten. Vielleicht begann diese goldene Zukunft ja genau jetzt ...?

»Fahren Sie fort«, sagte er.

»Ms. Lincoln und ich repräsentieren eine private Organisation, die von den derzeitigen Supermächten unabhängig operiert und ein wachsames Auge auf die Ereignisse der Erde hat. Wir versuchen ebenso, natürlich sehr diskret, den schwierigen Weg der Menschheit zu Frieden und Fortschritt zu fördern.« Seven wies mit einer Geste auf die Ansammlung von Aktenordnern und Dokumenten, die auf seinem Tisch ausgebreitet waren. Noon reckte vorsichtig den Kopf, um einen Blick auf die Zeitungen werfen zu können, und entdeckte Berichte über Hungersnöte in Äthiopien, den Präsidentschaftswahlkampf in den USA und eine ungeklärte Explosion auf einer sowjetischen Militär-Basis in Severomorsk.

»Wie du sehen kannst,« fuhr Seven fort, als er den neugierigen Blick des Teenagers bemerkte, »ist das ein Fulltime-Job. Glücklicherweise haben Roberta und ich Zugang zu einer Technologie, die dem Rest der Welt noch nicht zur Verfügung steht. Es war genau diese Technologie, die es mir gestattete, dich aus dem Chaos in Delhi hierher zu transportieren.«

»Und wo ist ›hier‹?«, wollte Noon wissen. Er wurde angesichts von Sevens rätselhaften Bemerkungen ungeduldig. Er wollte einfach nur wissen, wie sicher er hier vor der Gewalt da draußen war und ob und wie er dieses Büro verlassen konnte, wenn er es wollte.

»Bist du sicher, dass du dich nicht zuerst setzen möchtest?«, fragte der Ältere und wies erneut auf den leeren Stuhl. In diesem Augenblick kam seine Katze wieder hinter dem Schreibtisch hervor. Das glänzende schwarze Tier sprang mit einem Satz auf den Tisch und ließ sich dort nieder, um Noon mit glühenden gelben Augen zu betrachten. Wenn er es nicht besser gewusst hätte, hätte Noon glauben können, dass die Katze absichtlich die Reaktion des Besuchers auf Sevens Worte beobachten wollte.

Eine weitere lange vergessene Erinnerung kam an die Oberfläche, die einer eleganten schwarzen Katze, die dieser hier sehr ähnlich sah, und die gleichzeitig - was ganz unmöglich war - eine wunderschöne Frau war. Ganz klar eine kindische Annahme, die einer besonders lebhaften Fantasie, dem Stress und der Verwirrung dieser letzten Nacht in Chrysalis entsprungen war.

Seltsam, überlegte Noon. *Wie lebhaft uns die flüchtigen Gedankengebilde unserer Kindheit im Gedächtnis bleiben können, auch lange nachdem wir ihnen entwachsen sind.*

»Nein, danke«, wies er steif den Stuhl zurück, den Seven ihm angeboten hatte. »Bitte sagen Sie mir, wo ich bin.«

»Also gut«, sagte Seven. Seine markanten Gesichtszüge behielten einen zurückhaltenden und neutralen Ausdruck bei. »Du befindest dich in New York City, Noon Singh, in den Vereinigten Staaten.«

»Was?«, brach es aus Noon heraus. Zorn flammte in seinem Herzen auf. »Das ist doch absurd! Wir haben in diesem komischen Tunnel kaum fünf Minuten verbracht«, hielt er Seven vor und wies auf den leeren Stahltresor. »Glauben Sie, ich sei dumm? Was für ein Spiel spielen Sie hier?«

Seven beobachtete ungerührt den Zorn des jungen Mannes. Die Katze dagegen betrachtete ihn mit offener Belustigung.

»Vielleicht solltest du dich selbst überzeugen«, sagte Seven ruhig.

Noon fehlten selten die Worte, aber jetzt stand ihm der Mund offen, als er überrascht und wie vom Donner gerührt die Aussicht von der zu Sevens Bürogebäude gehörenden Dachterrasse aufzunehmen versuchte.

Er hatte erwartet, die bekannten Gebäude von Alt-Delhi zu sehen, vielleicht noch brennende Häuser. Doch stattdessen sah er unter sich das glitzernde Stadtbild von Manhattan in der Nacht. Zwischen den hoch aufragenden

Wolkenkratzern und den bekannten Betonschluchten erkannte er einige Wahrzeichen, die er aus unzähligen amerikanischen Filmen und Fernsehserien kannte. Den Central Park, das Empire State Building, das Chrysler-Building. Hupen erklangen, und Sirenen waren in den Straßen tief unter ihm zu hören. Die Herbstluft schien sauberer und sehr viel kälter zu sein als der überhitzte Smog Delhis.

Das ist doch unmöglich, schoss ihm durch den Kopf. Er war verblüfft und verwirrt, aber wie konnte er verneinen, was ihm seine eigenen Sinne bewiesen?

Ebenso verwirrend war der bewölkte Nachthimmel, der sich über ihm spannte und dessen blasse Mondsichel einen surrealen Schimmer auf die niemals schlafende Stadt warf. Es war nicht einmal Mittag gewesen, als die Unruhen ausgebrochen waren und ihn in diese blutigen Auseinandersetzungen hineingezogen hatten, doch nun stand der Mond hoch am Himmel und die Sonne war nirgendwo zu sehen.

»Wie viel Uhr haben wir?«, fragte er laut. So viele verlorene Stunden verunsicherten ihn.

Seven stand neben ihm auf der Dachterrasse und sah auf seine Armbanduhr. »In Delhi ist es viertel vor zwölf mittags. In New York haben wir viertel nach eins in der Nacht.«

»Mit anderen Worten, für mich ist schon lange Schlafenszeit«, gähnte Roberta. »Kaffee hin oder her.«

Im Gegensatz dazu sah die Katze, die um Sevens Beine herumstrich, hellwach aus.

Noon konnte seinen Blick nicht von der nächtlichen Skyline abwenden, die ihn umgab. Im Westen wirkte der dunkle Schatten des Central Parks wie eine Oase der Dunkelheit zwischen den blendenden Lichtern der Stadt, im Osten tanzte das Mondlicht auf den düsteren Fluten eines breiten Flusses. Trotz der späten Stunde spazierten bizarr als Vampire, als Zigeuner, Ghostbusters und andere Fantasiefiguren verkleidete Fußgänger durch die Straßen dort unten und feierten ein weitaus friedlicheres Halloween, als Indien es erlebt hatte.

Wie ist das möglich?, fragte er sich. Sein außerordentlicher Verstand kämpfte darum, in dem, was geschehen war, einen Sinn zu erkennen. War er vielleicht unter Drogen gesetzt worden? Von diesem unirdischen blauen Nebel bewusstlos gehalten, während man ihn um die halbe Welt gekarrt hatte, bevor er hier wieder erwacht war? Das schien ihm äußerst unlogisch zu sein, aber welche andere rationale Erklärung konnte es geben?

Keine, erkannte er. Und doch wusste er instinktiv, dass Seven ihn nicht angelogen hatte. Irgendwie war er auf eine erstaunliche Weise, die der modernen Wissenschaft noch gänzlich unbekannt war, innerhalb von Augenblicken von Delhi nach New York gekommen. Er wandte sich von der Dachkante ab und Seven und seinen Gefährten zu. Fragen brannten ihm auf der Zunge und standen ihm trotz der blauen Flecken und Kratzer ins Gesicht geschrieben.

»Wie?«, wollte er wissen. Der Techniker in ihm war von der bloßen Möglichkeit fasziniert. »Materieübertragung?«

»Etwas in der Art«, bestätigte Seven. »Allerdings fürchte ich, dass die Welt für das Geheimnis dieser Technologie noch nicht bereit ist. Und so leid es mir tut, du auch nicht.«

Das ist nicht fair!, dachte Khan zornig und frustriert angesichts von Sevens Verschlossenheit. *Er kann mir doch nicht seine fantastische Entdeckung unter die Nase reiben und dann die wichtigen Details darüber verschweigen, wie sie überhaupt funktioniert!*

Sevens Tonfall jedoch machte deutlich, dass er seine Meinung nicht ändern würde. Für eine lange Sekunde spielte Noon mit dem Gedanken, Seven oder Roberta dazu zu zwingen, das Geheimnis preiszugeben, aber er begriff schnell, dass das nicht ehrenhaft war. Der Mann hatte ihm immerhin das Leben gerettet. Widerwillig entschied Noon sich dazu, Sevens Entscheidung zu respektieren. Fürs Erste.

»Was wollen Sie von mir?«, fragte er stattdessen.

Seven schien erfreut darüber zu sein, dass der Junge keine Szene aus der Angelegenheit um den Materietransport machte. »Zurzeit möchten wir nur, dass du gesund und munter bleibst«, stellte er fest. »Eines Tages allerdings könnte es sein, dass du vielleicht in einer Position bist, in der du uns bei unseren Bemühungen helfen kannst.« Sein Blick ruhte auf dem jungen Mann. Seine Stimme klang nun sehr ernst. »Du bist eine bemerkenswerte Persönlichkeit, Noon Singh, die der Welt viel zu geben hat. Eines Tages können wir dir vielleicht helfen, dieses Potenzial auszuschöpfen.«

Ich verstehe, dachte Noon. Er war geschmeichelt von der so gut recherchierten Einschätzung seiner Fähigkeiten. So sehr er es hassen mochte, einer anderen Person gegenüber verpflichtet zu sein, so angetan war er von der Möglichkeit, Sevens verdecktem Feldzug für eine bessere Zukunft eines Tages beitreten zu können. Das heutige Blutvergießen in Delhi bewies ohne jeden Zweifel, dass die Menschheit dringend Ordnung und Sicherheit brauchte, und zwar in der Form, für die nur ein wirklich aufgeklärter Führer würde sorgen können. Er schuldete es seinem Land und nicht zuletzt der Welt, den Mut aufzubringen, das Elend der modernen Menschheit zu beenden.

»Ich stehe in Ihrer Schuld«, teilte er Seven ernst mit. »Und Sie haben mir viel zum Nachdenken gegeben.«

Es dauerte drei Tage, ehe die Unruhen in Delhi und in Indien generell abebbten und wieder eine Art Ordnung einkehrte. Doch endlich hielt Seven es für sicher genug, den jungen Noon wieder durch den Transportertresor zurückzuschicken. Roberta, die die letzten Tage mit ihm zusammen verbracht hatte und ihm New York und die Umgebung gezeigt hatte, war nicht sonderlich enttäuscht, ihn gehen zu sehen. *Er ist kein schlechter Kerl,* dachte sie, *aber, Junge, Junge, ist der eingebildet. Vermutlich passiert so was einfach, wenn man von Geburt an erzählt bekommt, dass man jedem anderen überlegen ist.* Sie winkte Noon zum Abschied zu, als er in die wirbelnden azurblauen Nebel des Transporters trat. *Hoffen wir mal, dass sich das verwächst.*

Sie und Seven sahen zu, wie der blaue Nebel sich in Nichts auflöste und den noch immer mit blauen Flecken übersäten Jugendlichen mit sich nahm. Seven justierte die Kontrollen auf seinem Schreibtisch neu, die als Stifteset getarnt waren, und die schwere Tresortür versiegelte sich automatisch. Isis sah gelangweilt aus und putzte sich gelassen ihre Pfoten.

»Das ging ja erfreulich glatt«, kommentierte Roberta und lehnte sich gegen Sevens Schreibtisch. Sie trug ein geripptes Baumwoll-T-Shirt, verwaschene Jeans und Joggingschuhe. »Besonders in Anbetracht der Tatsache, dass wir seine Mutter getötet haben.«

»Sie hat ihr Schicksal selbst gewählt«, erinnerte Seven Roberta. Sein finsterer Tonfall deutete darauf hin, dass er Sarina Kaurs tragischen Tod nicht vergessen hatte. »Es ist das Schicksal ihres Sohns, das mir nun am Herzen liegt.«

Roberta fummelte an den Kabeln ihres neuen Sony-Walkmans herum. »Denken Sie wirklich ernsthaft darüber nach, ihn zu rekrutieren?«, wollte sie wissen. Sie selbst war nicht sicher, was sie davon halten sollte. Auch wenn Sevens Kontakte und Informanten über die ganze Welt (und darüber hinaus) verteilt waren, war Roberta doch die einzige Agentin, mit der er alle seine außerweltlichen Geheimnisse teilte. Sie war daran gewöhnt, zu zweit zu arbeiten (nun gut, zusammen mit einer viel zu selbstgefälligen Katze). »Er ist doch nur ein Teenager.«

»Was bedeutet, dass er vielleicht noch jung genug ist, um positiv beeinflusst werden zu können«, stellte Seven klar. Sein nachdenklicher Blick starrte an Roberta vorbei ins Leere, als blicke er in die Zukunft. Manchmal fragte sie sich, wie viel ihr aus dem Weltall stammender Vorgesetzter wirklich über das wusste, was in den kommenden Jahren geschehen würde. »Vielleicht sollte ich Noon erst noch auf die Probe stellen. Sehen, ob seine außerordentliche Willenskraft und sein Intellekt auf ein Ziel gerichtet werden können, das größer ist als sein eigener Ehrgeiz. Mit ein wenig Zurückhaltung und Mitgefühl könnte er durchaus einen sehr wertvollen Agenten abgeben.«

»Kann gut sein«, meinte Roberta. Sie konnte noch immer nicht glauben, dass Seven tatsächlich seine eigenen Regeln gebrochen hatte, indem er Noon über das Geheimnis des Transporters aufgeklärt hatte. Zugegeben, es wäre schwierig gewesen, ihm das plötzliche Verschwinden aus Alt-Delhi auf andere Weise zu erklären. Noon war kein Narr. »Was ist mit all diesen anderen Superkindern?«

Seven runzelte die Stirn. Sein Blick kehrte in die Gegenwart zurück. Er zog die unterste Schublade seines Schreibtischs auf und holte einen dicken Aktenordner heraus, der vor Berichten und psychologischen Profilen überquoll. Er wurde von dicken Gummibändern zusammengehalten und landete nun mit einem dumpfen Knall auf dem Tisch.

»Unglücklicherweise ist Noon trotz all seiner Arroganz der psychologisch Gefestigtste unter ihnen. Obwohl jedes auf seine Weise unleugbar begabt ist, sind die anderen Chrysalis-Kinder alle emotional zu instabil, als dass man ihnen eines unserer Geheimnisse anvertrauen könnte.« Seven blätterte durch die Akte und schüttelte düster den Kopf. »Viele werden sich selbst zerstören«, prophezeite er, »während sehr wenige in der Bedeutungslosigkeit versinken werden, ohne die Geschichte zu beeinflussen. Der Rest wird uns, fürchte ich, für den Rest dieses Jahrtausends beschäftigt halten.«

»Oh«, sagte Roberta. Sie war alles andere als begeistert von der Aussicht, noch länger als ein Jahrzehnt Leibwächter für einen ganzen Planeten zu spielen. Das einundzwanzigste Jahrhundert schien sehr fern, und Seven wurde nicht jünger.

Ich allerdings auch nicht, dachte sie. *Egal, wie viel ich jogge oder Aerobic mache.* Ihr Blick fiel auf das Silber in Sevens Haaren und die immer tiefer werdenden Falten in seinem Gesicht.

Vielleicht brauchen wir ja doch etwas frisches Blut.

28

Paragon-Kolonie
Sycorax
Sternzeit 7004,1

Kirk sah von seinem Computer-Terminal auf, um eine Pause in seinen historischen Recherchen einzulegen. Er wünschte sich, er hätte in der Zeit zurückreisen und Seven vor Khan warnen können, doch das war unmöglich. Die Gefahr für die Zeitlinie war einfach zu groß. Unglücklicherweise schienen die Eugenischen Kriege etwas zu sein, womit die menschliche Geschichte zurechtkommen musste.

Er rieb sich die müden Augen und stand von der Arbeitsstation der Paragon-Kolonie auf, die man für ihn bereitgestellt hatte. Um zu viele gefährliche Flüge durch die turbulente Atmosphäre von Sycorax zu vermeiden, hatte Kirk sich entschlossen, mit dem Landetrupp auf dem Planeten zu bleiben, bis alles erledigt war. Die Gästequartiere, in denen man sie untergebracht hatte, nachdem es Regentin Clarke endlich gelungen war, Koloth und seine klingonischen Helfershelfer abzuschütteln, waren sauber und bequem, aber Kirk war froh, dass er eine Kopie der *Enterprise*-Dateien über Khan, Gary Seven und ihr offenbar miteinander verwobenes Schicksal mitgebracht hatte. Wenigstens hatte er so etwas Sinnvolles zu tun, während er auf sein nächstes Treffen mit der Regentin wartete.

Er sah sich in der VIP-Suite um, die nur ein wenig größer war als sein persönliches Quartier auf der *Enterprise*. Doch im Gegensatz zu dem funktionalen, stromlinienförmigen Stahldekor eines Raumschiffs besaßen die Räume in der Paragon-Kolonie eher ein organisch wirkendes Ambiente. Nun, wo er es genauer betrachtete, fiel ihm auf, dass beinahe alles, was er ansah, sowohl die Möbel als auch die Suite selbst, aus biologisch generiertem Material zu bestehen schien. Die Böden waren aus einem Hartholz, Teak vielleicht oder Eiche, die Wände waren mit lasierten Walnuss-Paneelen getäfelt. Knäufe, Schalter und Waschbecken waren aus polierten Knochen oder aus Elfenbein. In der Decke schimmerte eine natürliche Biolumineszenz und erinnerte Kirk an die in der Dunkelheit leuchtende Maus, die Roberta Lincoln vor beinahe dreihundert Jahren in Rom gesehen hatte. Auf einer weichen Matratze lag Bettwäsche aus Seide und Baumwolle, und sogar die Arbeitsstation, an der er gesessen hatte, sah aus, als habe man sie aus irgendeiner Art von versteinerter Koralle geschnitzt. Kirk musste lange suchen, um etwas aus Plastik oder Metall zu finden. Vielleicht das Innere des Computerterminals?

Das ergibt Sinn, dachte er. Die Gründer der Paragon-Kolonie hatten sich auf biologische Wissenschaften spezialisiert, genau wie ihre Vorfahren im Geiste es in Chrysalis getan hatten. Also war es nur folgerichtig, dass sich die Architektur und Technologie in diese Richtung entwickelt hatten. *Ich frage mich, in welchen Bereichen ihr wissenschaftliches Know-how das der Föderation in den letzten hundert Jahren überholt hat und in welchen sie hinterherhinken.*

Ein bescheidenes Klopfen an der Kiefernholztür unterbrach seine Überlegungen. Kirk drückte auf einen Elfen-beinschalter und die Tür glitt automatisch auf. Dahinter stand eine junge, etwas nervös aussehende Assistentin in einem olivfarbenen Overall. »Die Regentin ist nun bereit, Sie zu empfangen«, informierte ihn die Kolonistin.

Kirk und McCoy trafen sich mit Masako Clarke auf einem hoch gelegenen Balkon, der die Kolonie überblickte. Sonnenlicht wurde durch die gewaltige grüne Kuppel gefiltert und tauchte die Umgebung in blassgrünes Licht.

»Bitte entschuldigen Sie die Verzögerung, meine Herren. Captain Koloth hatte es nicht eilig damit, mich mit Ihnen allein zu lassen.«

»Was Sie nicht sagen«, murmelte McCoy. Im Gegensatz zu der Szene im Hangar, mit der aus vielen Menschen bestehenden Kolonisten-Delegation und den Klingonen, war dieses Treffen auf ein Minimum an Teilnehmern beschränkt. Die Regentin wurde nur von einem Sekretär und Gregor Lozin begleitet, einem streng dreinblickenden Mann, den sie als den Vorsitzenden des Komitees für die interne Sicherheit der Kolonie vorgestellt hatte. Kirks eigener Sicherheitsoffizier, Lieutenant Lerner, wurde außerhalb des Büros der Regentin postiert, zusammen mit zwei von Lozins Leuten.

»Eine beeindruckende Kolonie«, teilte Kirk Clarke mit und bewunderte die Aussicht, die sich von diesem Balkon aus bot. Viele Meilen von Gebäuden, Parks und hydroponischen Gärten erstreckten sich bis an die Ränder der Kuppel. Kirk sah Dutzende von Männern, Frauen und Kindern, die ihrer täglichen Arbeit auf friedliche und geordnete Weise nachgingen. Ein Untergrund-Einschienenbahnsystem, hatte man ihm erzählt, verband jeden Teil der runden Kolonie mit den anderen und reduzierte so den Verkehr auf der Oberfläche. »Ich muss Sie allerdings fragen, warum Sie so einen lebensfeindlichen Planeten gewählt haben, um sich niederzulassen?«

Clarke schenkte Kirk ein gequältes Lächeln. »Eine gute Frage«, gab sie zu und schien Kirk seine unfreundliche Beschreibung ihrer Heimatwelt nicht übel zu nehmen. »Ehrlich gesagt hatten unsere Gründer eigentlich Miranda kolonisieren wollen, den dritten Planeten dieses Systems. Miranda ist eine Klasse-M-Welt, ohne irgendwelche einheimischen intelligenten Wesen oder feindlichen Lebensformen, was diesen Planeten ideal für eine Kolonie erscheinen ließ. Unglücklicherweise hatten die ersten unbemannten Erkundungsdrohnen nicht festgestellt, dass der einzige Mond Mirandas eine instabile Umlaufbahn hat. Zu der Zeit, als das Schiff unserer Großväter, ein alter Frachter der *Daedalus*-Klasse, sein Ziel erreichte, verlief der Orbit von Mirandas Mond gefährlich nah am Roche-Limit des Planeten und verursachte so massive tektonische Verschiebungen, Flutwellen und vernichtende vulkanische Aktivitäten auf dem ganzen Planeten. Unsere Pioniere zeichneten sogar Wellen von fester Materie auf der Oberfläche Mirandas auf, die tägliche Fluktuationen des Erdbodens von zehn Zentimetern oder mehr verursachten.«

»Du lieber Gott!«, stieß McCoy hervor. »Das klingt extrem instabil, um nicht zu sagen, unsicher.«

»Genau«, seufzte Clarke und drückte so ihre Sympathie mit den frustrierten Pionieren aus. »Um die Sache noch schlimmer zu machen, hatten unsere Gründer nicht die Möglichkeit, woanders nach einer passenderen Welt zu suchen. Ihre Vorräte an Dilithium und anderen Ressourcen waren so gut wie verbraucht. Es war zu spät, um umzukehren, also hatten sie keine andere Wahl, als sich umzusehen und den nächstbesten Planeten dieses Systems zu besiedeln.«

Sie hob den Blick zum Zenit der Kuppel, die sie vor der grauenvollen Hitze und dem Druck außerhalb schützte. »Und das war Sycorax.«

Kirk nickte. Er erinnerte sich an ähnliche Geschichten aus den frühen Tagen der interstellaren Entdeckungsreisen. Fremde Welten zu kolonisieren, war immer ein riskantes und unsicheres Unterfangen. »Ich muss die Hartnäckigkeit und den Einfallsreichtum Ihrer Vorfahren loben«, sagte er in ernstem Tonfall zu Clarke. »Sich hier ein Heim zu schaffen und eine funktionierende Kolonie aufzubauen, kann nicht einfach gewesen sein.«

»Nein, das war es nicht«, versicherte Clarke. »Besonders, wenn Sie bedenken, dass die erste Generation der Pioniere im Gegensatz zu ihren Erben nicht genetisch aufgewertet war.« Allein der Gedanke schien ihr unbegreiflich. »Ich bewundere oft, wie gewöhnliche Menschen, die nur eine simple DNA besaßen, all das erreichen konnten, was sie dann taten.«

Es lag etwas eindeutig Arrogantes, um nicht zu sagen, Khanartiges, in den Worten der Regentin über die »gewöhnlichen« Vorfahren, aber Kirk beschloss, das aus diplomatischen Gründen unkommentiert zu lassen. Allerdings fragte er sich nun auch das erste Mal seit Jahren, wie sich Khan und seine eigene Gruppe von Supermenschen auf der ungastlichen Welt im Mutara-Sektor schlugen. Wenn die ursprünglichen Paragon-Siedler es geschafft hatten, zu überleben und sich schließlich sogar auf einem Planeten der Klasse K, wie Sycorax es war, zu vermehren, was hatten dann Khan und seine Leute wohl auf Ceti Alpha V alles erreicht?

Wie ich Khan kenne, hat er wahrscheinlich schon ein ganzes Imperium aus dem Boden gestampft.

Vielleicht um das Thema zu wechseln, sah McCoy zu der

grünen Kuppel auf, die sich über ihren Köpfen befand. »Warum ist diese Kuppel eigentlich so grün?«, wollte er wissen. »Ich fühle mich, als befände ich mich in der Smaragdstadt des Zauberers von Oz oder vielleicht in einer der Unterseestädte auf Celadon Prime.«

»Die Kuppel ist eine unserer größten Errungenschaften, Doktor.« Clarke schien entzückt, noch mehr erklären zu können. »Ob Sie es glauben oder nicht, die Kuppel ist ein lebendiger Organismus, der von einigen unserer fähigsten Wissenschaftler genetisch geschaffen wurde. Der Organismus basiert auf Chlorophyll, was bedeutet, dass er das diffuse Sonnenlicht von Sycorax nutzen kann, um sich so selbst zu versorgen und zu erhalten. Zusätzlich absorbiert er Kohlendioxid aus der Atmosphäre draußen und verwandelt es in Sauerstoff. Derzeit wird der größte Teil dieses Sauerstoffs von der Bevölkerung der Kolonie verbraucht, aber in unsere Umgebung wird immer noch genug abgegeben, sodass die Atmung dieser Kuppel uns vielleicht helfen kann, im Verlauf einiger Jahrhunderte den Planeten zu terraformen.«

»Eine lebendige Biosphäre«, murmelte McCoy und klang ehrlich beeindruckt. »Das ist erstaunlich!«

»Das denken wir auch«, entgegnete Clarke stolz. »Die Basis der Kuppel erstreckt sich bis tief in den Boden der Planetenoberfläche und absorbiert dort lebenswichtige Mineralien, Nährstoffe und sogar frisches Wasser aus unterirdischen Lagern.« Sie forschte in den Gesichtern ihrer Gäste nach Reaktionen auf die Enthüllungen über die Kuppel. »Die Kuppel ist vollständig an ihre Umwelt angepasst.«

»Was ist mit dem Kraftfeld?«, fragte Kirk. »Soll es die Kuppel gegen den extremen atmosphärischen Druck verstärken?« Er konnte sich noch daran erinnern, wie der vernichtende Luftdruck von Sycorax die Hülle und die Schilde des Shuttles belastet hatte.

»Teilweise«, gestand Clarke. »Aber die Deflektoren dienen auch einem noch wichtigeren Zweck, nämlich unsere eigene, sorgfältig konstruierte DNA vor ultraviolettem Licht, vor kosmischer Strahlung und allem anderen zu schützen, das vielleicht zufällige Mutationen auslösen könnte.« Sie zog angesichts des Gedankens eine Grimasse, die sich jedoch sofort wieder glättete. Sie zuckte mit den Schultern. »Wir können nach all der hingebungsvollen Arbeit über Generationen hinweg nicht einfach zulassen, dass wir unvorhergesehenen Faktoren ausgesetzt werden, die wir nicht kontrollieren können.«

»Aber zufällige, ungeplante Mutationen sind doch die Ursache für die Weiterentwicklung jeder lebendigen Spezies«, wandte McCoy ein. »Indem Sie den Zufall eliminieren, nehmen Sie sich doch aus dem elementaren Prozess der natürlichen Selektion heraus.« Sein mürrischer Tonfall und Gesichtsausdruck machten deutlich, auf welcher Seite er stand. »Sie riskieren völlige genetische Stagnation.«

Mit einer ausdrucksvollen Geste ihres Arms wies die Regentin auf die Kolonie unterhalb ihres Balkons. »Wir sind weit davon entfernt, zu stagnieren, Doktor.« Sie lachte leise. »Genau genommen haben wir uns innerhalb zweier Generationen weiter entwickelt als die gesamte Spezies Mensch in zweihunderttausend Jahren. Natürliche Evolution hat eine sehr hohe Fehlerquote. Als Arzt sind Sie sich sicher bewusst, was alles schiefgehen kann, wenn Chromosomen mutieren.«

Sie wandte sich Kirk zu, um ihr Argument dem höchsten anwesenden Sternenflottenoffizier nahezubringen. »Captain, wie lange glauben Sie, würde es dauern, bis sich etwas wie unsere Kuppel von allein entwickelt?«

Kirk erkannte, worauf sie mit der Frage hinauswollte. »Ich denke, etwa siebenhunderttausend Jahre.«

»Wir haben die Kuppel, angefangen von der Petrischale bis hin zum endgültigen Organismus, in weniger als einem Jahrhundert entwickelt«, prahlte Clarke im Namen ihrer Leute. Sie warf Kirk einen bedeutungsvollen und überlegten Blick zu. »Natürlich wären wir bereit, die genaue genetische Sequenz der Kuppel mit Ihren Wissenschaftlern zu teilen, wenn wir in die Föderation aufgenommen werden.«

Das ist in der Tat verführerisch, dachte Kirk, aber war es auch genug, um die genetischen Experimente der Kolonie an Menschen vergessen zu machen? Das Chrysalis-Projekt hatte zweifellos ebenfalls seine wissenschaftlichen Erfolge und Durchbrüche gehabt, aber sein bedeutendstes Erbe waren immer noch die Eugenischen Kriege.

»Ich glaube, fürs Erste haben Sie genug gesagt«, mischte sich nun Gregor Lozin in das Gespräch ein und bremste so die Regentin. Sein strenger Tonfall und das missbilligende Benehmen bildeten einen krassen Gegensatz zu Clarkes freundlichem Verhalten. »Wir sollten nicht alle unsere Geheimnisse mit diesen Fremden teilen, bevor wir nicht sicher sind, dass es wirklich in unserem Interesse liegt.«

»Captain Kirk und Dr. McCoy sind eher geehrte Gäste als Fremde«, schalt Clarke Lozin. »Aber vielleicht sollten wir zur Sache kommen.«

Das Gespräch verlagerte sich nach drinnen, wo Clarke hinter einem soliden Korallenschreibtisch Platz nahm. Kirk und McCoy setzten sich jeder auf einen Stuhl aus Eichenholz, der mit organischem Schwamm gepolstert war, während Lozin rastlos im Büro der Regentin auf und ab ging. Clarkes Sekretär saß in einer Ecke und machte sich Notizen auf einem personalisierten Daten-Padd.

»Wie Sie vielleicht schon bemerkt haben«, begann die Regentin, »hat Vorsitzender Lozin seine eigenen Vorbehalte gegenüber unserer Verbindung mit der Föderation. Vielleicht sollte er diese ein wenig ausführen.«

»Danke, Regentin«, sagte Lozin knapp. »Nichts für ungut, meine Herren, aber ich bin nicht allein in meinen Vorbehalten bezüglich der Übergabe unserer Kolonie an die Hegemonie der Föderation.« Er stand steif neben dem Korallenschreibtisch der Regentin. Seine Haltung entsprach seiner vorsichtigen und undurchschaubaren Natur. »Diese Kolonie besteht seit Jahrzehnten, ohne dass sich äußere Mächte in unsere Angelegenheiten eingemischt hätten. Man kann sogar mit Fug und Recht behaupten, dass wir trotz der antiquierten und irrationalen Regeln der Föderation, was Gentechnik am Menschen angeht, gedeihen. Einige von uns haben nicht vergessen, dass genau diese lächerlichen Vorurteile und der Aberglaube der Föderation es waren, die unsere Gründer überhaupt erst vor einem Jahrhundert aus dem Raum der Vereinigten Föderation der Planeten vertrieben haben. Und wenn man Dr. McCoys Bemerkungen in Betracht zieht, hat sich an dieser Einstellung der Föderation seither nicht wirklich etwas geändert.«

Kirk fragte sich kurz, ob Lozin vielleicht von dem verstorbenen Viktor Lozinak abstammte, der einer der Gründer des Chrysalis-Projekts gewesen war. Es war sicher möglich, überlegte er, dass Lozinak seinen Traum einer gentechnisch geschaffenen Gesellschaft an seine Nachkommen weitergegeben hatte, zusammen mit einer gesunden Portion Verfolgungswahn, wenn es um äußere Kräfte ging.

»Strikte Kontrollen der Manipulation der menschlichen DNA sind wohl kaum lächerlich«, erwiderte Kirk. »Je mehr ich über die Eugenischen Kriege erfahre, die beinahe die Menschheit vernichtet hätten, desto mehr kann ich die Gefahren dessen einschätzen, was Sie hier tun. Und übrigens auch die potenziellen Vorteile.«

»Sehen Sie!«, wandte sich Lozin an Clarke. Er stützte seine Handflächen auf dem Schreibtisch ab und wandte der Regentin ein zorniges Gesicht zu. »Ich habe Ihnen doch gesagt, dass die Föderation noch nicht bereit ist für uns. Ihre Gedanken sind nach wie vor auf die Fehler der Vergangenheit gerichtet. Sie sind nicht offen für eine neue und revolutionäre Vision der Zukunft.« Er trat vom Schreibtisch zurück und warf einen kritischen Blick auf die beiden Offiziere der Sternenflotte, die vor ihm saßen. »Wir hätten sie nie hierher einladen dürfen.«

»Wissen Sie«, teilte Kirk ihm mit einer Spur von Humor in der Stimme mit, »für ein gentechnisch entwickeltes Utopia scheint es hier ein erstaunliches Potenzial für Auseinandersetzungen zu geben.« Er milderte seine Bemerkung mit einem gutmütigen Lächeln ab. »Vielleicht haben Sie die gewöhnliche menschliche Natur doch noch nicht so weit überwunden, wie Sie glauben.«

Clarke schüttelte den Kopf. »Im Gegenteil, Captain. Eine exakt festgelegte Zahl von unterschiedlichen Temperamenten und Ansichten wurde absichtlich in unsere Gesellschaft eingebaut, damit wir ein gesundes Gleichgewicht unterschiedlicher Meinungen bilden.« Sie nickte ihrem eher konservativen Kollegen zu. »Mein Freund, der Vorsitzende Lozin, erfüllt einfach die Funktion, für die er ausdrücklich geschaffen wurde.«

»So etwas wie eine gentechnisch geschaffene loyale Opposition«, übersetzte McCoy und klang dabei sowohl fasziniert als auch schockiert.

»Genau«, stellte Clarke fest. »So wie meine DNA sorg-

422

fältig zusammengestellt wurde, um mir dabei zu helfen, eine führende Rolle in der Gesellschaft einzunehmen.«

Erneut richtete sie ihre Worte an Kirk: »Sehen Sie, Captain, bei uns gibt es keine außer Kontrolle geratenen genetischen Tyrannen wie die, die einst in den schlechten alten Zeiten des zwanzigsten Jahrhunderts so viel Leid verursacht haben. Wir sind für die Föderation keine Bedrohung. Aber vielleicht sind wir die Zukunft der Föderation.«

»Ich glaube immer noch, dass das ein Fehler ist«, protestierte Lozin. Seine Stimme wurde lauter und drängender. Seine dichten Brauen zogen sich über seiner Nase zusammen, die Furchen in seiner Stirn vertieften sich. »Sowohl die Föderation als auch die Klingonen können die fortgeschrittene Gesellschaft, für deren Schöpfung wir so hart gearbeitet haben, nur kontaminieren. Sie sind zufällige Variablen, die in der Lage sind, all unsere Bemühungen und Vorsichtsmaßnahmen vollständig zu vernichten.«

»Wir haben die Klingonen nicht gerade eingeladen«, erinnerte ihn Clarke resolut. »Obwohl Captain Koloth Höflichkeit vortäuscht, müssen wir mit der sehr realen Möglichkeit eines Angriffs rechnen.«

Ihr Gesicht nahm einen grimmigen Ausdruck an, als sie sich vorbeugte, um Kirk ins Gesicht zu sehen. »Lassen Sie mich ganz offen zu Ihnen sein, Captain. Trotz einiger isolationistischer Tendenzen sind wir keine Narren. Wir wissen, was und wer die Klingonen sind. Wenn wir vor die Wahl gestellt werden, würden wir viel lieber der Föderation beitreten. Aber, und bitte verstehen Sie mich nicht falsch, wenn die Föderation nicht willens ist, uns zu akzeptieren, dann werden wir nicht anders können, als uns an die Seite des Klingonischen Reichs zu stellen, unter den besten Bedingungen, die wir verhandeln können.«

Sie machte eine Pause, um die Folgen ihres Ultimatums gebührend wirken zu lassen. »Das wären keine guten Neuigkeiten für uns, aber für die Föderation wären sie noch schlechter. Verstehen Sie, was ich damit sagen will?«

»Absolut«, erwiderte Kirk und runzelte die Stirn. Die Aussicht auf genetisch verbesserte Klingonen, die die Galaxis überschwemmten, war so besorgniserregend wie die Möglichkeit eines neuen Eugenischen Kriegs.

Vielleicht sogar noch schlimmer.

29

Das gefrorene Ödland kam Gary Seven kälter vor als Rura Penthe. Sich in die antarktische Wüste zu transportieren, war, als reise man zurück ins Eiszeitalter der Erde – etwas, von dem Seven hoffte, dass er es niemals wieder würde tun müssen. Fast erwartete er, eine Herde wolliger Mammuts über die leere Ebene dieser Polarlandschaft trotten zu sehen.

Gut, dass ich Isis mit Roberta in Moskau zurückgelassen habe, überlegte er. *Trotz ihres Fells fände sie diese eisige Umgebung nicht sonderlich einladend.*

Selbst jetzt, mitten im arktischen Sommer, wenn der endlose weiße Schnee den gleißenden Schein einer nie untergehenden Sonne reflektierte, lagen die Temperaturen hier draußen noch weit unter null. Ein grimmiger Wind, der ihm die Haut vom Gesicht zu schälen schien, blies ihm entgegen. Seven konnte die beißende Kälte des Winds selbst durch mehrere Lagen Nylon-Isolierung und Thermounterwäsche hindurch spüren. Eine schmierige schwarze Fettsalbe schützte seine unbedeckten Wangen vor Erfrierungen, aber der ständig wehende Schneesturm reduzierte die Sicht. Er schätzte, dass er nicht weiter als höchstens hundert Meter sehen konnte. Unter seinem Parka zitterte sein zweiundfünfzig Jahre alter Körper unkontrolliert, ein Überlebensmechanismus, der Körperwärme erzeugen sollte. In einer solchen Umgebung musste man sich wohl erst Sorgen machen, wenn man die Kälte nicht mehr fühlte und die tödliche Taubheit einsetzte.

Die pelzbesetzte Kapuze seines Parkas verhinderte, dass er zur Seite blicken konnte, also musste er den Kopf drehen, um nach seinem Partner auf dieser Mission zu sehen. Wie er selbst trug Noon Singh schwere Kleidung, die an die arktischen Bedingungen angepasst war, auch eine Schutzbrille gegen Schneeblindheit fehlte nicht.

»Alles in Ordnung, Mr. Singh?«, fragte Seven. Sein Atem bildete Nebel vor dem Gesicht. Das eisige Klima war ein krasser Gegensatz zur Schwüle Indiens, an die der junge Mann gewöhnt war. »Ist alles okay?«

Noon musste seine Stimme heben, damit Seven ihn über den heulenden Wind hinweg hörte. »Mir geht's so weit gut«, behauptete er. Offensichtlich war er nicht gewillt, sich irgendwelche Anzeichen von Schwäche anmerken zu lassen, obwohl seine Zähne verräterisch klapperten. »Wo ist dieses Laboratorium, von dem Sie sprachen?«

Vor weniger als zwei Stunden hatte Seven Noon überraschend in der indischen Stadt Bhopal aufgesucht, wo der junge Student sich während des jährlichen Nanak Jayanti, eines Sikh-Festes, bei Freunden aufgehalten hatte. Seven wollte den Gefallen, den der begabte Junge ihm schuldete, einfordern. Damit verfolgte er eine doppelte Absicht: Einerseits schien gerade diese Mission eine gute Gelegenheit zu sein, den Jugendlichen zu testen. Andererseits brauchte er Verstärkung bei dieser Operation, und Noons genetisch verbesserte Ausdauer ließ ihn geeigneter erscheinen, mit dem antarktischen Klima fertigzuwerden, als Roberta oder Isis. Außerdem waren die beiden ohnehin anderweitig beschäftigt. Die beiden weiblichen Agentinnen beobachteten die Situation in Moskau, wo der Parteichef der KPdSU Konstantin Tschernjenko Gerüchten nach im Sterben lag. Seven setzte große Hoffnungen auf einen der möglichen Nachfolger Tschernjenkos, einen Mann namens Gorbatschow, aber nur, wenn dieser Reformen zugewandte Apparatschik es schaffte, die erbitterten Kämpfe hinter den geschlossenen Türen des Kremls zu überleben. Roberta und Isis sollten dafür sorgen, dass er es tat.

Daher mussten er und Noon mit der aktuellen Krise hier allein fertigwerden. Seven benutzte seinen Servo, um zu bestätigen, dass sie auch weiterhin nach Süden auf ihr Ziel zugingen, das noch etwa fünf Minuten zu Fuß entfernt war. Die Sensoren des kleinen Zauberstabs erfassten den atomgetriebenen Generator, der die streng geheime amerikanische Wissenschaftsstation mit Energie versorgte, und gaben ihm so die Richtung vor, in die sie gehen mussten.

Ein Stirnrunzeln ließ die gefrorene Creme auf Sevens Gesicht knacken. Bedachte man die immensen Schwierigkeiten, konventionelle Energiequellen über die mit ewigem Eis und Schnee bedeckten Wüsten hinweg herzubringen, war Atomenergie die einzig sinnvolle Art und Weise, um die Da-Vinci-Basis mit Wärme und Strom zu versorgen. Trotzdem war es für Seven schwer, dabei nicht an die tragischen letzten Augenblicke Sarina Kaurs zu denken, besonders, wo ihr verwaister Sohn nur einen knappen Meter neben ihm stand. *Wenn es nach mir geht, wird Noon Singh eine bessere Zukunft haben,* schwor sich Seven.

Er schob die Erinnerung beiseite. »Hier entlang«, sagte er und wies mit einem Finger in die Richtung, die der Servo ihm anzeigte. Beide stemmten sich gegen den

Wind, hielten dabei die Gesichter zum Schutz gegen die beißenden Böen gesenkt und trotteten durch den wirbelnden Schneesturm. Ihre isolierten Stiefel sanken tief in die Verwehungen aus Pulverschnee ein, die unter ihren Schritten knirschten. Seven wusste, dass dieser Schnee einfach nur die oberste Schicht eines immensen Eispanzers war, der sich unter ihnen bis in eine Tiefe von rund dreieinhalb Kilometern erstreckte und die Kontinentalplatte tief ins Erdinnere drückte. Nahezu neunzig Prozent allen Eises auf der Welt war in der antarktischen Eiskappe gebunden. Zumindest hatte ihm der Beta 5 das mitgeteilt. Er musste die Entschlossenheit und die Hartnäckigkeit der Männer und Frauen, die einen wissenschaftlichen Außenposten hier am kältesten und isoliertesten Ort der Erde eingerichtet hatten, bewundern. *Zu schade, dass ihre Arbeit hier so gefährlich für den Frieden und die Sicherheit des gesamten Planeten ist.*

Noons Sicht stellte sich gleich darauf als so hervorragend heraus wie der Rest seiner physischen Attribute. »Sehen Sie!«, rief er aus. Er hatte das Ziel entdeckt, bevor Seven es tat.

Der Ältere beeilte sich, zu Noon aufzuschließen, und spähte dann durch seine Schneebrille auf den Anblick, der sich ihm bot. Er sah von einer leichten Anhöhe auf eine Ansammlung von vorgefertigten Aluminiumhütten, die wahrscheinlich durch ein Netz von unterirdischen Tunneln unter dem Schnee miteinander verbunden waren. Ein kleiner, ungefähr tausend Kilowatt starker Atomgenerator befand sich am äußeren Rand des Lagers, eine große Satellitenschüssel war auf dem zentralen Gebäude installiert worden. Zwei große Sno-Cat-Pistenraupen parkten außerhalb der Basis. Der Schneefall hatte die lange Landebahn neben dem Flugplatz noch nicht zugeschneit, die von den Pistenraupen in die dicke polare Eisdecke gegraben worden war. Ein einzelner Helikopter stand unbemannt auf dem Landeplatz und wartete wohl klugerweise auf das Ende des Schneesturms. Kein Mensch war zwischen den Hütten zu sehen. In diesem Wetter setzte man sich den Elementen nur aus, wenn es unbedingt nötig war, und nur so kurz wie möglich.

Seven nickte anerkennend. Einen Vorteil hatte das strenge Klima: Außerhalb des zentralen Labors waren keine Wachen postiert worden. Immerhin befand sich dieses Lager Hunderte von Kilometern von der nächsten menschlichen Behausung entfernt. Wer, der noch alle Sinne beisammen hatte, kam hierher zum Südpol, um herumzuschnüffeln?

Nur ich und mein potenzieller Protegé, dachte er trocken. »Vorsicht«, warnte er Noon und legte dem Teenager eine Hand auf die Schulter, als dieser loslaufen wollte. »Sehen Sie, dort drüben.«

Trotz des entlegenen Ortes war die Da-Vinci-Station nicht vollkommen unbewacht. Sicherheitskameras waren in regelmäßigen Abständen um das Camp herum montiert worden und suchten die schneebedeckte Umgebung wie elektronische Augen ab, die nie blinzelten. Noon nickte und bestätigte so, dass nun auch er die Kameras bemerkt hatte.

Glücklicherweise schränkten die wirbelnden Schneeflocken die Überwachungskameras ein. Seven schätzte, dass er und Noon sich noch außerhalb des Erfassungsbereichs der wachsamen mechanischen Wachen befanden, was ihm genug Zeit und Ungestörtheit gab, angemessene Maßnahmen gegen den Kameraring zu ergreifen.

Sein Knie brach durch den Harsch, als er sich knapp außerhalb des Erfassungsbereichs der Kameras niederließ.

Seine Hände, die in dicken Handschuhen steckten, formten nun den gefallenen Schnee, während er schnell die Reflexionswinkel zwischen den Linsen, seinen Schneeskulpturen und der beinahe stillstehenden arktischen Sonne über sich einschätzte. Noon stand daneben und beobachtete aufmerksam, wie Seven seine dick eingepackte Handfläche benutzte, um die Oberfläche von zwei genau positionierten Schneehaufen zu polieren.

Kaum war er fertig, reflektierten die beiden gefrorenen Schneesäulen das blendende Sonnenlicht direkt in die Linsen der beiden nächstgelegenen Kameras und machten sie so praktisch schneeblind. *Perfekt,* dachte Seven zufrieden und erhob sich wieder. Zugegeben, er hätte die Kameras auch mit seinem Servo problemlos ausschalten können, aber das hätte vielleicht die Bewohner des Lagers alarmiert, dass hier ein Eindringling am Werk war. Es war besser, das natürliche Phänomen eines südpolaren Whiteouts zu simulieren, als gleich zu Beginn der Operation eine Enttarnung zu riskieren.

»In Ordnung«, informierte er Noon, als sie sich um die schneeblinden Kameras keine Sorgen mehr machen mussten. »Los geht's.«

Sie gingen schnell und schweigend auf die ahnungslose Basis zu. Seven hatte den Verdacht, dass die zentrale Hütte, die mit der Satellitenschüssel auf dem Dach, das Nervenzentrum des Camps darstellte. Aber er benutzte dennoch seinen Servo, um festzustellen, ob das fragliche Gebäude tatsächlich mehr Energie benötigte als irgendeine der anderen Unterkünfte. Er gab Noon ein Zeichen und wies auf das Zentralgebäude. *Dort werden wir unser Ziel finden,* dachte er, *vorausgesetzt, meine Information ist korrekt.*

Offiziell existierte die Da-Vinci-Basis nicht. Vor ihnen

lag tatsächlich ein den meisten Behörden unbekannter Außenposten, und das verlieh den Gerüchten, die er über das hier durchgeführte Experiment gehört hatte, beträchtliche Glaubwürdigkeit.

Und ich hatte schon gehofft, dass Guinan diesmal danebenläge, gab er sich selbst gegenüber zu. Er hätte es besser wissen müssen, denn die ins Exil geflohene El-Aurianerin war eine unbedingt verlässliche Quelle.

Der heulende Wind verbarg praktischerweise jedes Geräusch ihres Herankommens, als die beiden Männer zwischen den äußeren Gebäuden herumschlichen, vorsichtig nach weiteren Sicherheitskameras Ausschau hielten und sich weiter zum Hauptlaboratorium vorarbeiteten. Seven fiel auf, dass Noon bereits den modifizierten Servo gezogen hatte, den er dem indischen Jugendlichen gegeben hatte. Im Gegensatz zu den vielen Funktionen, die Sevens Servo aufwies, war Noons Gerät nur in der Lage, zwei einfache Funktionen auszuführen: einen leichten Betäubungsstrahl und, für den Notfall, ein vorprogrammiertes Kommando, das den jungen Mann automatisch in eine versteckte Gasse in Bhopal transportieren würde. Seven erinnerte sich daran, dass dieses besondere Gerät einst Roberta gehört hatte, die es damals, bevor sie zu einem eigenen voll funktionsfähigen Servo »befördert« worden war, abfällig als »Stützrad« bezeichnet hatte.

Seven sah, dass Noon die ausdrücklich nicht tödliche Waffe fest in seinen Fingern hielt. *Gut, dass er Handschuhe trägt*, bemerkte Seven trocken. Anderenfalls wäre in den zweistelligen Minustemperaturen das Fleisch des jungen Mannes am kalten Stahl des Servos festgefroren.

Aus dem gleichen Grund konnte keiner von ihnen ein Ohr an die vorgefertigten Metallwände des Zentrallabors legen. Seven versuchte, die Zahl der menschlichen Lebensformen, die sich gerade im Inneren befanden, festzustellen, aber der extreme Kontrast zwischen der eiskalten Außenwelt und dem geheizten Inneren des Labors machte thermale Anzeigen sehr unzuverlässig. Es hätten sich gerade genauso gut eine wie ein Dutzend Personen drinnen aufhalten können.

Also gut, schlussfolgerte er. *Wir müssen uns einfach auf das Überraschungsmoment verlassen.*

Sie fanden schnell heraus, wo sich der Vordereingang des Gebäudes befand. Ein handgebasteltes Schild mit der Aufschrift HQ - SPIONE VERBOTEN war schief auf die rostige Metalltür genagelt worden. Seven machte Noon auf das Schild aufmerksam und entlockte dem sonst so stoisch und überheblich wirkenden Jugendlichen ein seltenes Grinsen.

Gut zu wissen, dass er Sinn für Humor besitzt, urteilte Seven. *Ein wichtiges Zeichen einer gefestigten Persönlichkeit.*

Während Noon mit dem Servo in der Hand Wache hielt, versuchte Seven, den Türknauf zu drehen. Die Tür war unverschlossen. Ein weiteres Anzeichen, dass die abgelegene und bemerkenswert unzugängliche Lage das Personal der Basis anscheinend dazu verführt hatte, einen trügerischen Sinn für Sicherheit zu entwickeln. Sevens Mission wurde dadurch nur einfacher. *Hoffen wir, dass unser Glück weiter anhält,* dachte er.

Lautlos signalisierte er Noon, sich bereitzuhalten. Seven holte tief Luft und trat die Tür auf.

»Keine Bewegung!«, schrie er und stürmte gleichzeitig ins Labor, den Servo gezückt wie eine Pistole. Um dessen Wirkung zu demonstrieren, feuerte er einen unsichtbaren Strahl auf die Decke ab, löste die isolierenden Schaumstoff- und Metallschichten auf und hinterließ ein rundes

Loch von rund 15 Zentimetern Durchmesser, durch das sofort Wind und Schnee in die Unterkunft drangen. Geschickt und unauffällig schaltete er die Einstellungen des Servos wieder auf Betäubung und zielte mit der Waffe auf die perplexen Anwesenden. »Alle bleiben, wo sie sind«, befahl er. »Bitte kooperieren Sie. Dann wird keinem etwas geschehen.«

Ein uniformierter Soldat ignorierte Sevens Anweisung und zog seine Waffe. Seven hätte die Bedrohung prompt neutralisiert, aber Noon war schneller: Er stürmte hinter Seven in das Labor, ohne tatsächlich seine Schritte zu beschleunigen, und schaltete den Soldaten mit dem Betäubungsstrahl aus. *Ausgezeichnete Arbeit,* befand Seven. Er war beeindruckt von Noons Zielgenauigkeit und seinen Reflexen. Der junge Mann hatte tatsächlich das Zeug zu einem erstklassigen Agenten.

Die Servos gezückt hielten die beiden Eindringlinge die kleine Ansammlung von Wissenschaftlern und Soldaten in Schach. Ein schneller Scan des Labors machte klar, dass weniger als ein halbes Dutzend Personen anwesend waren, meist Techniker, auch wenn Seven noch eine weitere bewaffnete Wache ausmachte. Er instruierte Noon, den verbliebenen Soldaten zu entwaffnen, während die besorgten und verwirrten Forscher den bewusstlosen Soldaten auf dem Boden betrachteten, der selig vor sich hin lächelte.

»Keine Sorge«, informierte Seven seine misstrauischen Gefangenen. »Ihm geht es gut.«

Diese Art von Überfall war weniger subtil als Sevens übliche Methoden, aber unter diesen Umständen war nichts anderes zu machen, denn eine streng geheime Militärbasis am Südpol war nicht gerade der ideale Ort für eine verdeckte Infiltrierung. Glücklicherweise verbargen die

Kapuzen, die Schneebrillen und der schmierige Gesichtsschutz wirkungsvoll ihre Identitäten und machten so eine weitere Tarnung unnötig.

Obwohl der eisige Wind sowohl durch den offen stehenden Vordereingang als auch durch das Loch in der Decke hereinwehte, spürte Seven, wie viel wärmer es hier drinnen im Vergleich zu draußen war. Schon jetzt schwitzte er heftig unter seinem Parka. Er stellte sich direkt unter das Loch in der Decke. Der fallende Schnee und der eiskalte Wind boten etwas Erleichterung, aber dennoch war er eindeutig zu dick angezogen.

Zu schade, dass wir nicht direkt in dieses Gebäude hineintransportieren konnten, dachte er. *Aber es gab zu viele Unbekannte in der Gleichung.*

Gewaltige Computerbänke standen an jeder Wand des antarktischen Labors. Seven beschloss, die Hardware im Augenblick zu ignorieren, um sich auf seine widerwilligen Gefangenen zu konzentrieren. Er suchte in den Gesichtern der versammelten Wissenschaftler und Techniker nach einer bestimmten Person, von der er wusste, dass sie die Verantwortung über die gefährlichen Experimente hier in der Da-Vinci-Basis innehatte. Er entdeckte sie schnell: Ein durchtrainierter älterer Mann in den späten Vierzigern mit ordentlich geschnittenem grauem Haar und kühlen, intelligenten Augen. Er wurde von einem olivfarbenen Rollkragenpullover und Hose und Stiefeln gleicher Farbe warm gehalten. Im Gegensatz zu vielen seiner jüngeren Kollegen sah er nicht besonders besorgt oder beunruhigt über Sevens überraschenden Besuch auf diesem entlegenen Außenposten aus. Stattdessen beobachtete er die Eindringlinge aufmerksam und wartete neugierig darauf, wie sich das Drama entwickelte.

Seven kam zu dem Schluss, dass dieser Mann nicht

leicht zu erregen war. *Gut. Das sollte alles ein bisschen weniger kompliziert machen.*

Er ging auf den Wissenschaftler zu, der weder Sevens Blick auswich, noch sich hinter seinem verängstigten Stab zu verstecken versuchte.

»Dr. Wilson Evergreen, nehme ich an«, sagte Seven ruhig. Der Grauhaarige nickte und bestätigte so seine Identität. »Wir haben viel zu besprechen, Doktor«, fuhr Seven fort. »Aber zuerst ...« Er wies auf die übrigen Gefangenen. »... gibt es in der Nähe einen Ort, an dem diese Leute sicher und warm festgesetzt werden können?«

Evergreen lenkte Sevens Aufmerksamkeit auf eine Treppe am anderen Ende des Labors, die in die Tiefe führte. »Ein Tunnel verbindet das untere Stockwerk dieses Gebäudes mit den angrenzenden Hütten«, erklärte er unbeeindruckt. Er sprach mit einem Midatlantic-Akzent, der Seven leicht gekünstelt vorkam. Er konnte Evergreens Herkunft nicht verorten, der anerkannte Wissenschaftler hatte es geschafft, seine linguistischen Wurzeln hinter einem absichtlich neutralen Sprachduktus zu verstecken.

Ich frage mich, was er zu verbergen versucht.

»Ungefähr fünfzig Meter östlich von hier befindet sich ein Lagerraum, der Ihren Ansprüchen genügen dürfte.«

»Sehr gut«, stimmte Seven zu. Je weniger Zeugen es für seine Diskussion mit Evergreen gab, desto besser, aber er konnte diese Unbeteiligten wohl kaum dem eisigen Wetter draußen aussetzen.

»Agent Singh«, befahl er, »bitte bringen Sie diese Damen und Herren in den Lagerraum, den Dr. Evergreen beschrieben hat.« Angesichts der Tatsache, dass der Name Singh das indische Äquivalent zum englischen Smith darstellte, sah er kein Problem darin, den jungen Mann mit seinem Namen anzusprechen. »Stellen Sie sicher, dass sie alle ruhiggestellt sind, und kommen Sie umgehend zurück.«

»Verstanden«, bestätigte Noon. Er war sich bewusst, dass Seven von ihm verlangte, den Rest der Gefangenen zu betäuben, sobald sie sicher weggesperrt waren. Er richtete seinen Servo auf die miteinander flüsternden Zuschauer, trieb sie so die Treppe hinunter und aus der Sichtweite, und ließ Evergreen und den betäubten Soldaten hinter sich.

Seven wartete mit der Befragung des älteren Wissenschaftlers, bis die Schritte der Geiseln verklungen waren.

»Also«, ergriff Evergreen brüsk das Wort. Er hielt einen dampfenden Kaffeebecher in einer und einen Taschenrechner in der anderen Hand. »Mein Stab ist fort, und dieser Wachmann ist außer Gefecht. Was wollen Sie von mir?«

»Ich bin an Ihrer Arbeit interessiert, Doktor«, erwiderte Seven. Die Hitze im Parka wurde fast unerträglich, aber Noon musste erst wieder da sein, bevor er es riskieren konnte, an seinen äußeren Kleidungsschichten herumzufummeln. »Ich fand Ihre Artikel über künstlich erzeugtes Wetter ihrer Zeit weit voraus, wenigstens bis Sie mysteriöserweise vor zwei Jahren in Schweigen verfielen.«

»Meine Arbeiten derzeit unterliegen der Geheimhaltung«, sagte Evergreen. »Dessen sind Sie sich zweifellos bewusst.« Er betrachtete Seven abwägend und versuchte offensichtlich, die Motive des Eindringlings und sein Gewaltpotenzial einzuschätzen. »Wie viel wissen Sie bereits darüber?«

»Ich weiß etwas über das Ozonloch in der Erdatmosphäre«, erklärte Seven in vertraulichem Tonfall und bemerkte den erstaunten Ausdruck in Evergreens klaren blauen Augen. »Es befindet sich direkt über uns. Ich weiß ebenso, dass Sie beabsichtigen, etwas gegen dieses Loch zu unternehmen, etwas, das mit einem sogenannten Wetter-satelliten zu tun hat, den das Space Shuttle *Discovery* vor weniger als zwei Monaten in eine geostationäre Umlauf-bahn gebracht hat.«

Evergreen sah angesichts von Sevens Wissen äußerst perplex aus. »Wie?«, fragte er und klang eher fasziniert als ungehalten. »Die bloße Existenz dieses Lochs ist der Öffentlichkeit noch nicht mitgeteilt worden.«

»Ich habe meine Quellen«, bemerkte Seven rätselhaft. Es gab keinen Grund, Evergreen - oder selbst Noon, was das anging - darüber aufzuklären, dass eine weise und wohlwollende Außerirdische aus persönlichen Gründen beschlossen hatte, unter der Erdbevölkerung zu leben. Er respektierte Guinans Privatsphäre ebenso wie ihre Ratschläge.

Schnelle Schritte auf den Stufen kündigten Noons Rückkehr an. »Die Gefangenen sind versorgt«, berichtete er stolz. Seine Kapuze war ihm vom Kopf gerutscht und enthüllte ein schweißglänzendes Gesicht. »Der Soldat versuchte, mich zu überrumpeln«, erklärte er und hob eine geballte Faust. »Aber seine Kraft konnte sich nicht mit meiner messen.«

Seven fand, dass Noon ein wenig zu begeistert über seinen Sieg war, aber er war ja auch erst vierzehn. *Es bleibt Zeit genug, ihn später noch Demut und Zurückhaltung zu lehren,* entschied er. *Vorzugsweise nicht während einer lebenswichtigen Mission.*

»Hervorragend«, kommentierte er. »Warum schließen Sie nicht die Tür, Dr. Evergreen zuliebe, und ziehen dann diesen dicken Parka aus?«

»Mit Freuden!«, verkündete Noon und überquerte den Holzboden des Labors mit erstaunlicher Geschwindigkeit.

Er schlug die rot angestrichene Tür zu, schloss so den heulenden arktischen Wind aus und schälte sich hastig aus seinem Parka, den er dann achtlos auf den Boden fallen ließ. Er nahm auch die Schneebrille ab und verließ sich damit darauf, dass die schwarze Fettcreme seine ohnehin unbekannten Züge verdeckte. »Viel besser! Ich bin in dieser monströsen Jacke fast erstickt.«

Seine siegreiche Auseinandersetzung mit dem Wachsoldaten hatte Noons Stimmung sichtlich verbessert. *Darauf werden wir achten müssen,* dachte Seven besorgt. *Wir wollen doch nicht, dass er Geschmack an physischer Gewalt findet.*

Er runzelte die Stirn, als er den silbernen Zeremoniendolch in Noons Gürtel entdeckte. Er war sichtbar geworden, nachdem der junge Mann seine Kälteschutzkleidung von sich geworfen hatte. Seven missbilligte, dass Noon die Waffe zu dieser Mission mitgebracht hatte, aber er wusste, dass männliche Sikhs durch ihren Glauben dazu gezwungen waren, solche Klingen immer und zu jeder Zeit zu tragen. Zugegeben, Seven hatte nicht den Eindruck, dass Noon besonders religiös war, aber er konnte den jungen Mann schlecht bitten, die jahrhundertealten Traditionen seines Volkes zu missachten. Jedenfalls nicht ohne guten Grund.

»Ich bin froh, dass du dich wohler fühlst«, stellte er fest und nahm seine eigene Schneebrille ab. »Und nun halte den Doktor in Schach, während ich es mir selbst etwas bequemer mache.«

Evergreen nippte nachdenklich an seinem Kaffee, während Seven sich effizient seines Parkas entledigte. Seine überhitzten Gliedmaßen waren dankbar, die dicke Kleidung so plötzlich los zu sein. »Ich nehme an, Ihnen ist die Bedeutung des Ozonlochs bewusst?«, erkundigte sich

Evergreen, während er an seinem Taschenrechner herumspielte.

Seven war sich der Bedeutung des Ozonlochs sehr wohl bewusst. »Es ist der alarmierende Beweis dafür, dass der weitverbreitete Gebrauch von Fluorchlorkohlenwasserstoffen ernste Auswirkungen auf die oberen Atmosphärenschichten der Erde hat. Darüber hinaus ...«

Ein Stöhnen der betäubten Wache unterbrach Seven. Er warf einen raschen Blick auf die bäuchlings daliegende Gestalt, um sich zu vergewissern, dass der Mann nicht vorzeitig erwachte. Ihm fiel wieder ein, dass Noons Servo auf eine sehr niedrige Betäubungsstufe eingestellt war. Dennoch hätte der Soldat noch etwa eine halbe Stunde besinnungslos bleiben sollen. *Vielleicht falscher Alarm*, vermutete Seven, als auch Noon sich dem Wachposten zuwandte.

Evergreen nutzte die Ablenkung, um Seven den Inhalt seiner Kaffeetasse ins Gesicht zu schütten und gleichzeitig seinen Taschenrechner auf Noon zu richten. Bizarrerweise schoss ein kleiner Pfeil aus dem Rechner, der einen dünnen Draht hinter sich herzog. Das Geschoss schlug in die Schulter des überraschten Teenagers ein und ließ ihn heftig zusammenzucken, als erhalte er einen kräftigen elektrischen Schlag. Sein Servo flog ihm aus den krampfenden Fingern und landete ein paar Meter von ihm entfernt auf dem Boden. Noons Lippen formten einen stummen Schmerzensschrei.

Gleichzeitig taumelte Seven zurück, überwältigt von dem Schwall heißen Kaffees in seinem Gesicht. Die Fettcreme auf seinem Gesicht bewahrte ihn vor ernsten Verbrennungen, aber der Schreck ließ ihn für einen Augenblick angreifbar werden. Evergreen nutzte die Gelegenheit, ließ den so exotisch ausgestatteten Taschenrechner fallen, kam auf ihn zu und schlug Seven den leeren Kaffeebecher gegen die Schläfe. Dann ergriff er mit unerwarteter Kraft Sevens Handgelenk. Blinzelnd und spuckend versuchte Seven, seinen Servo in der Hand zu behalten, doch Evergreen schob den Arm, der den Servo hielt, von sich weg nach oben und somit von seinem eigenen Körper fort.

»Ich weiß nicht, wer Sie sind«, stieß der Wissenschaftler hervor. Sein Gesicht war von Sevens nur wenige Zentimeter entfernt. »Aber Sie wären überrascht, wie viele Spione und Attentäter schon versucht haben, mich zu überwältigen.« Mit seiner freien Hand boxte er Seven kräftig in die Nieren. »Ich habe sie alle überwunden.«

Seven rang mit dem gefeierten Wissenschaftler, dem ein Kampf Mann gegen Mann offenbar nicht unbekannt war, und stöhnte unter den wiederholten Schlägen vor Schmerz auf. *Zum Teufel!,* verfluchte er sich selbst für seine Sorglosigkeit. *Diese ganze Mission gerät aus den Fugen!* Aber wie hätte er auch wissen sollen, dass ein respektierter Wissenschaftler, der Tausende von Meilen von jeder möglichen Bedrohung entfernt war, eine versteckte Taser-Waffe trug?

Ironischerweise stellte sich nun heraus, dass der namenlose Wachmann, dessen unpassendes Gestammel Seven überhaupt erst abgelenkt hatte, wohl nur im Schlaf gesprochen hatte. Nachdem der letzte Kaffee ihm aus den Augen getropft war, spähte Seven über Evergreens Schulter hinweg und sah, dass der betäubte Soldat sich zufrieden von einer Seite auf die andere drehte und wieder ins Land der Träume glitt. *Den Aegis sei Dank für die kleinen Dinge!,* dachte er und parierte einen von Evergreens linken Haken in seinen Rumpf. *Ich habe schon genug Ärger mit dem Mann, den der Soldat bewachen sollte.*

Evergreen erwies sich als ein schwieriger Gegner, aber Sevens überlegene Kraft, das Produkt von selektiver

440

Züchtung über Generationen hinweg auf einem fremden Planeten, begann sich langsam auszuzahlen. Seven erholte sich allmählich vom ersten Angriff des Wissenschaftlers und schaffte es, die freie Hand des Mannes zu packen, obwohl dieser um die Kontrolle des Servos rang. Sevens Waffenhand sank trotz Evergreens kraftvollem Widerstand langsam herab, während der kämpferische Wissenschaftler unfreiwillig rückwärts stolperte und an Boden verlor. Seven wollte den Mann nicht mit dem Servo betäuben, denn er brauchte Informationen zu dessen verheerendem Experiment, aber er begriff, dass das vielleicht der einzige Weg war, dem einfallsreichen Forscher Herr zu werden. Sein Daumen schwebte über den druckempfindlichen Kontrollen des Servos. »Wir müssen das nicht durch einen Kampf austragen, Doktor«, versuchte er, seinen Gegner zu überzeugen. »Ich will nur ...«

Sein dringlicher Appell an die Vernunft wurde von einem rachsüchtigen Kampfruf Noons übertönt: »Du Hundesohn!«

Seven drehte sich und seinen Feind im Uhrzeigersinn, sodass er den schreienden Jungen über Evergreens Schulter hinweg im Blick hatte, und sah, dass Noon heftig den elektrischen Pfeil aus seiner Schulter riss. Sein Gesicht war in mörderischer Wut verzerrt. »Dafür wirst du zahlen, alter Mann!«

»Noon! Nein!«, schrie Seven, erschrocken über die Katastrophe, die sich anbahnte. »Tu das nicht!«

Aber es war zu spät. Der zornige Jugendliche schleuderte den Dolch, den er aus dem Gürtel gezogen hatte, mit all seiner übermenschlichen Kraft und Treffsicherheit auf Evergreen. Seven spürte, wie der Dolch den Wissenschaftler direkt in den Rücken traf. Der erstochene Forscher versteifte sich auf der Stelle und fiel gegen

Seven, der hastig den Körper des Mannes ergriff, damit sie beide nicht fielen. Helles arterielles Blut tropfte von Evergreens Lippen, während seine Augen sich im Schock weiteten. Er versuchte, etwas zu sagen, aber nur ein schwaches Gurgeln entrang sich seiner Kehle. Seven sah mit Schmerz und Entsetzen, wie der brillante Wissenschaftler seinen letzten Atemzug tat.

Ich kann nicht glauben, dass das passiert!

So vorsichtig wie möglich legte er Evergreens Leiche auf den Boden und drehte ihn sorgfältig auf die Seite. Das silbern glänzende Heft von Noons Dolch, der bis zum Anschlag im Rücken des Mannes steckte, war das Zentrum eines immer größer werdenden scharlachroten Flecks, der Evergreens dicken Wollpullover durchtränkte. Eine hastige Untersuchung der Wunde ließ Sevens schlimmste Befürchtungen zur Gewissheit werden: Die Wunde war eindeutig tödlich. Noon hatte, wenn auch nur knapp, die Wirbelsäule verfehlt, doch der Dolch hatte von hinten Evergreens Herz durchbohrt. Er konnte nicht mehr gerettet werden.

Seven war übel. Aufgebracht steckte er jetzt seinen Servo ein und zog das blutverschmierte Messer zwischen Evergreens Schulterblättern heraus. Er betrachtete die tödliche Waffe voller Trauer, dann stand er von der Seite des Ermordeten auf, um dem jungen Krieger ins Gesicht zu sehen, den er selbst aus Torheit mit zum Südpol gebracht hatte. »Was hast du getan?«

Er stellte fest, dass Noon ein wenig erschüttert wirkte von dem, was sich soeben ereignet hatte. Nun, da seine rasende Wut ein Opfer gekostet hatte, starrte er Evergreens leblosen Körper mit dem entgeisterten Blick eines Menschen an, der offenbar nie zuvor jemanden getötet hatte.

»Ist er …«, fragte er Seven zögernd.

»Ja.« Seven massierte sich die Stirn und verschmierte so die ölige Substanz. *Was mache ich denn jetzt?*, überlegte er ratlos. Ein eisiger Schauder, der noch betäubender war als die antarktische Gletscherkälte, ergriff sein Herz und breitete sich in seinem Körper aus. *Mit der Mission und mit Noon?* »Er ist tot.«

Kurz flackerte Panik in den braunen Augen des jungen Sikhs auf, nur um kurz darauf von kaltem Trotz ersetzt zu werden. Sein Gesichtsausdruck wurde ebenso wie seine Körpersprache hart und unnachgiebig, als Noons jugendlicher Stolz jede Schuld, die er empfinden mochte, verdrängte. »Er hat zuerst zugeschlagen«, stellte der Jugendliche fest und verschränkte die Arme vor der Brust. Dann entdeckte er den entladenen Taser-Rechner auf dem Boden, ging hinüber zu der Waffe, die ihn so beleidigt hatte, und zertrat sie unter seinem Absatz. »Er hat es so gewollt.« Er zuckte mit einer selbstverständlichen Indifferenz die Schultern, wie sie wohl nur ein Vierzehnjähriger aufbringen konnte. »So etwas passiert eben im Krieg.«

»Das war kein Krieg!«, stellte Seven mit Nachdruck klar. »Unsere Mission besteht darin, Kriege zu verhindern und nicht noch mehr Blut zu vergießen. Noch dazu umsonst.« Trotz seines strengen Tonfalls gab er eher sich selbst die Schuld als Noon. *Ich hätte ihn nie auf eine so prekäre Mission mitnehmen sollen. Er ist zu jung, zu gewalttätig.* Evergreens Blut tropfte an der silbrigen Klinge hinab und ließ das Heft in Sevens Hand nass und klebrig werden. Seine Finger waren schon rot gefärbt. *Das ist eine absolute Katastrophe. Für jeden von uns.*

Noon weigerte sich stur, seinen Fehler zuzugeben oder Bedauern an den Tag zu legen. »Sie wurden angegriffen. Ich habe diese Bedrohung eliminiert.« Er ließ die

443

zerschmetterten Überreste von Evergreens gut bewaffnetem Taschenrechner liegen, wo sie waren, und ging hinüber zu der Stelle, an der er seinen Servo hatte fallen lassen. »Sie sollten dankbar sein, nicht eingeschnappt.«

Ich wäre mit Evergreen auch selbst fertiggeworden, dachte Seven bitter. *Und ich hätte ihn nicht töten müssen!* »Es gibt andere Wege«, begann er in der Hoffnung, Noon wenigstens ansatzweise dazu bringen zu können, die gewaltigen Folgen anzuerkennen, die sein Tun hatte. »Es gibt immer Alternativen zum Töten.«

Ein raues, ersticktes Husten vom Boden ließ Seven aufschrecken. Er sah überrascht auf Evergreen, der sich auf den Holzdielen bewegte. Der Erstochene war blass und rang nach Luft, sein Gesicht war vor Schmerz verzerrt, aber er war ganz klar und völlig unmöglicherweise am Leben. Nicht nur das, er schien sich rasend schnell von einer Wunde zu erholen, die tödlich hätte sein müssen. Selbst aus dem Schnitt in seinem Rücken floss offenbar kein Blut mehr, wenn man bedachte, dass sich der scharlachrote Fleck dort nicht weiter ausbreitete. Das Geräusch seiner angestrengten Lungen hallte von den Wänden des arktischen Labors wider und führte die Wahrscheinlichkeit mit jedem neuen Atemzug ad absurdum.

»Sie sagten doch, er sei tot!«, rief Noon anklagend. Seine rebellische Haltung brach angesichts Evergreens unglaublicher Wiederauferstehung zusammen. Der Teenager starrte auf das stöhnende Ziel seiner Wut, in seinem geschwärzten Gesicht spiegelten sich sowohl Überraschung als auch Erleichterung.

Er sollte erleichtert sein, dachte Seven. Er war dankbar, dass wenigstens ein Teil von Noon froh über die Wiederauferstehung seines Opfers war. *Diese Wunde hätte sogar Noon oder mich selbst sofort getötet. Es gibt keine Möglich-*

*keit, wie ein normales menschliches Wesen das hätte über-
leben können. Es sei denn ...*

Als Evergreen noch immer zitternd und nach Luft
ringend versuchte, aufzustehen, war Seven so fassungslos
von der schieren Unmöglichkeit des Geschehens, dass
er beinahe vergaß, dem Verletzten Hilfe anzubieten. Im
letzten Augenblick erinnerte er sich daran, Evergreen
die Hand hinzustrecken und ihm vorsichtig auf die Füße
zu helfen. Der Forscher stöhnte laut und nahm sich eine
Sekunde Zeit, sein Gleichgewicht zu finden, dann griff er
über seine Schulter und versuchte, nach seiner Wunde zu
tasten. »Wo?«, murmelte er und sah ehrlich überrascht
aus, als er feststellte, dass das Messer fort war. Als er die
blutverschmierte Waffe in Sevens Hand entdeckte, trat
er vorsichtig von seinem Gegner zurück und warf einen
argwöhnischen Blick auf Noon. Dieser stand einige Meter
entfernt und machte einen sehr verwirrten Eindruck.

»Verdammt«, grummelte Evergreen. Er wirkte eher wie
ein Krimineller, den man auf frischer Tat ertappt hatte,
nicht wie ein Mann, der gerade äußerst knapp dem Tod
entronnen war.

»Sie müssen uns nicht fürchten«, behauptete Seven.
»Keiner wird Sie erneut angreifen.« Er ließ den Dolch auf
den Boden fallen, dann stieß er ihn mit einem Tritt in Noons
Richtung. Er hob langsam die Hände, um zu zeigen, dass er
nicht bewaffnet war. »Was geschehen ist, war ein Fehler.«

»Das kann man wohl sagen«, schnaubte Evergreen und
sah Seven böse an, während er die Hände aneinander rieb,
um seinen Kreislauf anzuregen. Er bekam bereits wieder
Farbe, was ihn für jemanden, den man gerade ins Herz
gestochen hatte, bemerkenswert gesund und frisch wirken
ließ. »Ich schätze, Sie fragen sich, warum ich noch am
Leben bin.«

Seven hatte da einen Verdacht. »Sie sind ein Unsterblicher, nicht wahr?«

Nun war es an Evergreen, überrascht auszusehen. Er fuhr auf, um Seven verdattert anzusehen. »Wie zum Teufel können Sie das wissen?«

»Es ist die einzig logische Erklärung«, erwiderte Seven. Auch wenn die Möglichkeit verschwindend gering war, war ihm diese einzigartige menschliche Mutation schon einmal begegnet. »Ich nehme an, dass Ihre Verletzungen bereits geheilt sind?«

»So etwas in der Art«, gab Evergreen zu, dessen Name wohl, wie Seven nun annahm, ein heimlicher Scherz war. »Wenn es eine Möglichkeit gibt, mich umzubringen, dann habe ich sie noch nicht gefunden.«

»Nein!«, stieß Noon plötzlich hervor. Er hielt den Dolch an der Seite und schien nicht gewillt, ihn wieder in die Scheide zu stecken, obwohl er sich bewusst sein musste, dass er Evergreen keinen dauerhaften Schaden zufügen konnte. »Das ist ein Trick! Das ist nicht möglich!«

»Doch, das ist es«, korrigierte Seven ihn barsch. »Und jetzt steck endlich diese barbarische Waffe weg.« Er wandte sich wieder Evergreen zu, den Seven nun mit offener Neugier und Respekt ansah. »Wenn ich fragen darf, Doktor, wie alt sind Sie genau?«

Evergreen zuckte mit den Schultern. Anscheinend sah er keinen Sinn darin, dem anderen weiter etwas vorzumachen. »Ich wurde vor über sechstausend Jahren in Mesopotamien geboren«, verriet er. »Und ich habe Schlimmeres durchgemacht als die Messerwurfkünste Ihres jungen Gefährten dort. Ich habe viele Leben gelebt, als Salomon, Alexander, Methusalem und so weiter. Glauben Sie mir, bevor ich Ihnen all meine vergangenen Identitäten und Errungenschaften aufgezählt habe, geht die ewige Sonne dort draußen unter.«

Er lachte leise und spöttisch. »Betrachten Sie sich als privilegiert, meine Herren. Sie befinden sich in der Gegenwart lebendiger Geschichte.«

Es scheint so. Seven war nachdenklich. Die einzig andere mögliche Erklärung, dass Evergreen eine außerirdische Entität war, war noch unwahrscheinlicher. Seven hatte große Anstrengungen unternommen, sich über alle außerweltlichen Besucher dieser Ära zu informieren, auch wenn die Q hin und wieder seiner Aufmerksamkeit hatten entkommen können. Seven fielen die zerschmetterten Überreste des höchst ungewöhnlichen Taschenrechners des alterslosen Wissenschaftlers ins Auge. Er stupste die Plastiktrümmer mit der Stiefelspitze an. »Für einen Mann, der tödlichen Wunden gegenüber immun ist, sind Sie überraschend gut bewaffnet.«

Evergreen schnaubte bitter. »Man überlebt nicht sechs Jahrtausende menschlicher Geschichte, von denen die meisten blutig waren, ohne dass man lernt, sich jederzeit selbst zu verteidigen. Ich fürchte, Paranoia ist die natürliche Konsequenz einer langen Bekanntschaft mit der menschlichen Rasse.« Er seufzte angesichts der Trümmer, in die Noon seine so erfinderisch versteckte Taser-Waffe verwandelt hatte. »Außerdem bin ich ein unverbesserlicher Tüftler. Nun, zumindest seit der Renaissance.«

Seven fragte sich, was der Mann, den er als Evergreen kannte, wohl in den letzten sechzig Jahrhunderten alles erfunden hatte. »Ich wünschte, ich hätte mehr Zeit, mich mit Ihnen über Ihre persönliche Geschichte zu unterhalten, Dr. Evergreen. Ich nehme großen Anteil an der Zukunft der Menschheit und wüsste daher Ihre Perspektive der Vergangenheit sehr zu schätzen.«

Trotz der gelegentlichen Zeitreisen, die er und Roberta unternahmen, gab es für ihn noch viele Ereignisse der turbulenten Erdgeschichte, die sich seinem Verständnis entzogen.

»Dennoch, ich muss mich wieder der aktuellen Angelegenheit widmen.« Strenge graue Augen richteten sich auf die Computer und Kontrollkonsolen, die an den Wänden aufgestellt waren. »Ich gestehe, ich finde es verwirrend, dass ausgerechnet Sie mit all Ihrer Erfahrung sich für ein so rücksichtsloses Unternehmen engagieren. Sie sind sich doch sicher darüber im Klaren, dass militärische Aktivitäten in der Antarktis von den internationalen Verträgen ausdrücklich verboten werden?«

»Militär?« Evergreen wandte sich, offenbar von der bloßen Annahme verletzt, einem Bedienfeld mit zahlreichen Schaltern, Knöpfen und Verbindungen zu. »Im Gegenteil, mein Herr, meine Arbeit hier ist ausdrücklich dazu gedacht, die Menschheit vor ihrer eigenen Torheit zu schützen. Übertriebener Missbrauch von FCKW in Sprays oder Ähnlichem zerfrisst buchstäblich die schützende Ozonschicht der Erde. Tatsächlich sind allein in den letzten fünf Jahren schon fast drei Prozent der Ozonschicht verschwunden. Wenn nichts unternommen wird, wird die verstärkte UV-Strahlung die Raten für Hautkrebs drastisch erhöhen, den lebenswichtigen Phytoplankton, der die Basis für die Nahrungskette in den Meeren bildet, abtöten und sogar die Erderwärmung beschleunigen.«

Seven wusste die Voraussicht des Wissenschaftlers zu schätzen, doch er hatte nur wenig Zeit, derartig rudimentären Vorträgen über die Erhaltung der Atmosphäre zuzuhören. »Ich bin mir über den Treibhauseffekt und seine Auswirkungen im Klaren, Doktor. Ich habe nur die Befürchtung, dass Ihr Heilmittel genauso gefährlich ist wie die Katastrophe, die Sie zu verhindern suchen.«

»Unsinn«, behauptete Evergreen verächtlich. »Meine Lösung ist pure Eleganz.«

Er wies auf die stattliche Anzahl von Computern und Apparaten, die sie umgaben. »Durch die Manipulation des irdischen Magnetfelds mittels des geostationären Satelliten, der vom Space Shuttle *Discovery* in die Umlaufbahn gebracht wurde, hoffe ich, dass wir den Van-Allen-Strahlungsgürtel, der den Planeten umgibt, benutzen können, um den Schaden, der unserer Atmosphäre zugefügt wurde, zu reparieren.« Er blickte zur Decke und durch sie hindurch. »Wenn ich das Loch über uns schließen kann, und ich habe allen Grund, zu glauben, dass ich das kann, wird die Menschheit die Möglichkeit haben, die Wunden zu schließen, die von unserem sorglosen Umgang mit der Chemie verursacht wurden.«

»Das ist ja alles gut und schön, Doktor«, gab Seven zu. »Aber gestatten Sie mir eine Frage: Könnte die gleiche Technik nicht auch dazu benutzt werden, dass Löcher in der Ozonschicht überhaupt erst entstehen, sagen wir, über einer feindlichen Nation?«

Evergreen kratzte sich am Kinn. Offenbar verstörte ihn diese Möglichkeit. »Das ist möglich, denke ich, aber sicher würde niemand, der seine Sinne beisammen hat, wollen ...« Seine Stimme wurde leiser, als ihm die ernsten Folgen eines solchen Szenarios langsam klar wurden.

»Was würde niemand wollen, Dr. Evergreen?«, fragte Seven. Er war auf der Zielgeraden. »Eine ökologische Katastrophe in einem anderen Land auslösen, einschließlich Krebs-Epidemien, Blindheit, Hunger und dergleichen? Oder wenigstens damit drohen können?«

Er sah den unsterblichen Wissenschaftler eindringlich an. »Nach sechstausend Jahren müssen Sie sich doch der menschlichen Fähigkeit bewusst sein, Krieg zu führen, und zwar mit allen Mitteln.«

»Aber darum geht es bei diesem Experiment überhaupt

nicht!«, protestierte Evergreen in die Defensive gedrängt. »Unsere Mittel kommen direkt von der Umweltschutzbehörde und dem National Institute of Science. Wir haben nichts mit dem Pentagon zu tun.« Er warf einen Blick auf den schlummernden Soldaten. »Abgesehen von dem nötigen Schutz natürlich.«

Seven wusste, dass er trotz der sehr heftig vorgebrachten Widerrede des Wissenschaftlers zu ihm durchdrang. *Zu ärgerlich, dass ich ihm nicht erklären kann, was solche ozonlöschenden Waffen mit der Heimatwelt der Vyyoxi angestellt haben,* überlegte er nüchtern, *oder wie die Zakpro es geschafft haben, ihre Umwelt vollkommen zu zerstören.* Stratosphärische Kriegsführung hatte sich auf allen Planeten, auf denen man sie eingesetzt hatte, als desaströs erwiesen, und deshalb hatte Seven nicht die Absicht, die Menschheit diese Richtung einschlagen zu lassen, nicht, wenn er es verhindern konnte.

»Es tut mir leid, dass ich Sie noch weiter desillusionieren muss, Doktor.« Seven zog eine Diskette aus einer der Innentaschen seiner isolierten Nylonweste und gab sie Evergreen. »Wie Sie dieser Diskette entnehmen können, kommt nicht nur der größte Teil Ihrer Mittel, wenn auch indirekt, vom Verteidigungsministerium der USA, militärische Anwendungen Ihrer Technologie werden bereits entwickelt und von den Topstrategen des Pentagon analysiert.«

Evergreen, der von Minute zu Minute unglücklicher aussah, schob die Diskette in den nächstgelegenen PC und begann, durch die Dokumente zu scrollen, die auf dem Bildschirm erschienen. Seine Miene wurde finsterer, als er die verschiedenen als geheim eingestuften Berichte und Memos durchsah, die Seven sich mit zum Teil einigen Schwierigkeiten aus den dunkelsten Winkeln der Militärindustrie besorgt hatte.

»Diese Schweinehunde«, murmelte Evergreen zornig. Das phosphorartige Glühen des Schirms warf leuchtende Muster auf sein bemerkenswert gut erhaltenes Gesicht. »Diese lügenden, hinterhältigen ...«

Sein von Herzen kommender Strom von Schimpfworten endete mit einer uralten mesopotamischen Obszönität. Zumindest nahm Seven an, dass es sich um eine solche handelte, seine Informationen über terranische Kulturen und Geschichte waren zwar umfangreich, jedoch nicht *so* umfassend.

Nach mehreren Minuten sah Evergreen endlich vom Bildschirm auf. »Ich nehme nicht an, es besteht irgendeine Möglichkeit, dass es sich hier um meisterliche Fälschungen handelt?«, fragte er missmutig.

Seven schüttelte den Kopf. »Wenn Sie wollen, kann ich Ihnen weitere Beweise beschaffen, die den Ursprung dieser Dokumente untermauern, aber ich denke, das wird nicht nötig sein. Sie wirken auf mich verständig genug, um die Wahrheit zu erkennen, wenn Sie sie sehen, egal wie beunruhigend sie sein mag.«

»Sie wollen Beweise?«, mischte Noon sich in die Diskussion. Er wies mit der Spitze seines Dolchs, dessen Klinge noch immer rötlich glänzte, auf den besinnungslosen Wachposten. »Lassen Sie mich den da wecken. Ich kriege die Wahrheit aus ihm heraus.«

Sehr zu Sevens Missfallen ließ ein grausames Funkeln in seinen Augen keinen Zweifel an seinen Absichten. Jetzt wollte der Jugendliche auch noch einen hilflosen Gefangenen quälen oder schlagen, um Informationen zu erhalten? Seven war nicht sicher, was ihn mehr erschreckte: Noons gefühllose Rücksichtslosigkeit oder sein eigenes Unvermögen, diesen Charakterzug seines Protegés früher zu entdecken. *Ist das etwas, das er von seiner machiavellistischen Mutter geerbt hat?*, fragte Seven sich voller Trauer, *oder ist das eine Reaktion darauf, dass er vor ein paar Monaten beinahe bei lebendigem Leib verbrannt worden wäre?*

Wenn es Ersteres war, dann war Sarina Kaur vielleicht doch diejenige, die zuletzt lachte, indem sich die Gefühllosigkeit ihres Sohns als ein entmutigendes Zeugnis der Macht der Genetik erwies. Wie es schien, war Noon diese tödliche Arroganz bereits in die DNA geschrieben.

Evergreen blockte Noons brutale Absichten ab, bevor Seven eine Gelegenheit bekam, den indischen Jungen zurechtzuweisen. »Das wird nicht nötig sein, junger Mann«, sagte der alterslose Wissenschaftler. In seiner Stimme schwangen sowohl Resignation als auch tiefes Bedauern mit. Er ließ den Kopf hängen und massierte seine Nasenwurzel, dann stützte er den Kopf in die Hände. »Wie konnte ich nur so naiv sein?«, klagte er sich selbst an. »Ich schätze, ich wollte daran glauben, dass sich die Menschheit über solche Dinge hinaus entwickelt hat und dass für uns eine friedvollere und aufgeklärtere Zeit anbricht.«

»Diese Zeit wird bald kommen«, versicherte ihm Seven. »Aber jetzt noch nicht.«

Er warf einen schiefen Blick auf die hochmoderne Technik, mit der die metallene Hütte vollgepackt war. »Und Waffen wie diese werden die Erfüllung dieses wunderbaren Versprechens an die Menschheit nur aufhalten.«

Evergreen zuckte ergeben mit den Schultern. »Ich habe sechs Jahrtausende auf das Utopia gewartet. Ich schätze, ich kann noch eine Weile weiter warten.«

Er erhob sich langsam von dem Stuhl vor dem PC und schien plötzlich das volle Gewicht seiner unzähligen Jahre und Identitäten zu spüren. Ein melancholischer Tonfall schlich sich in seine Stimme, als er weitersprach: »Doch je länger ich lebe, desto mehr möchte ich mich von der Geschichte distanzieren. Mich selbst auf eine einsame Insel oder einen Planetoiden zurückziehen, weit fort vom unablässigen Sturm und Drang der sterblichen Männer und Frauen.« Er lachte freudlos. »Ich denke, nach allem, was ich erfahren und gesehen habe, ist es ein Wunder, dass ich mich nicht in einen hartherzigen alten Misanthropen verwandelt habe.«

Seven sympathisierte mit der tief sitzenden Enttäuschung des Unsterblichen. *Wenn ich schon manchmal die Geduld mit der instabilen Reise des zwanzigsten Jahrhunderts in ein neues Jahrtausend verliere, wie sehr muss dann jemand, der sich von Anfang an durch die Wachstumsschmerzen der Menschheit gekämpft hat, diese Welt leid sein?* »Ob Sie es glauben oder nicht, Dr. Evergreen, ich habe Vertrauen in die menschliche Rasse, sich zu einer Spezies und auch zu einer Gesellschaft zu entwickeln, die Ihren größten Hoffnungen entspricht.«

Er ging an Evergreen vorbei, nahm die Diskette wieder aus dem Laufwerk und löschte die Daten vom PC des Forschers. »Aber die Gesellschaft ist noch nicht bereit für diese Technologie. Es tut mir leid.«

»Mir ebenso«, sagte Evergreen. »Nachdem ich das Loch über uns repariert habe, werde ich alle meine Daten zerstören und erneut meinen Tod vortäuschen.« Er seufzte düster und klang eher gelangweilt als verärgert über diese Aussicht. »Gott weiß, ich bin schon oft genug ›gestorben‹. Ich bin bereits an einem Punkt angelangt, an dem ich es zu einer Kunst entwickelt habe.«

»Das kann ich mir vorstellen«, erwiderte Seven und fragte sich, wie viele verschiedene Leben und Identitäten der Unsterbliche schon durchlebt hatte. *Kein Wunder, dass ich nicht herausfinden konnte, woher er stammt.* »Bevor Sie jedoch Maßnahmen ergreifen, das Loch in der Ozonschicht zu schließen, bedenken Sie bitte Folgendes: Wäre es nicht klüger, das Loch so zu belassen, wie es ist, als eine Warnung an die Menschheit?«

»Was?«, rief Evergreen erstaunt über Sevens Vorschlag aus. Er starrte Seven ungläubig an. »Das können Sie nicht ernst meinen!«

»Ich spreche selten im Scherz«, betonte Seven. Offenbar brauchte Evergreen doch noch etwas Überzeugungsarbeit. »Es gibt neben den potenziellen militärischen Anwendungen noch ein weiteres Problem mit Ihrer Technik, Doktor: Sie gibt den Bewohnern dieser Welt nur wenig Grund, ihr sorgloses Benehmen der Umwelt gegenüber zu ändern. Sie bieten der Welt eine technologische Sofortreparatur, ein bequemes Wundpflaster, könnte man sagen. Doch das, was sie wirklich braucht, ist ein tiefer gehendes globales Bewusstsein der langfristigen Auswirkungen von chemischer Umweltverschmutzung.«

Widerwillig dachte Evergreen über Sevens Argumente nach. »Ich verstehe, was Sie meinen. Das Ozonloch würde als ein warnendes Beispiel dienen, sollte seine Existenz der Öffentlichkeit bekannt werden.« Er zog eine Grimasse, als hinterließe dieses Zugeständnis einen bitteren Nachgeschmack in seinem Mund. »Allerdings muss ich sagen, ich hasse die Vorstellung, den Himmel so verwundet zu lassen, wenn es in meinen Fähigkeiten liegt, diese Wunde zu heilen.«

»Aber das Ozonloch zu reparieren, würde auch ohne den Schatten eines Zweifels beweisen, dass Ihre Technik effektiv funktioniert«, wandte Seven ein. »Und das hätte sicher zur Folge, dass Ihre Geldgeber im Verteidigungsministerium sich das Recht herausnähmen, Ihre Arbeit zu kopieren.« Er zerdrückte die Diskette in seiner Faust, dann zerbrach er das primitive Speichermedium in zwei Teile. »Besser, Sie lassen Ihre Theorien ungetestet, wenigstens soweit es die Welt angeht.«

»Sie haben an alles gedacht, nicht wahr?« Evergreen bemühte sich nicht, die Zweifel in seiner Stimme zu unterdrücken. »Was würden Sie denn tun, wenn ich mich mit diesem Szenario nicht einverstanden erkläre?« Er sah misstrauisch auf den jungen Sikh, der noch immer sein Messer gezückt hatte und neben ihm stand. »Ist er deshalb hier?«

»Meine Aufgabe beinhaltet keine Attentate«, versicherte Seven dem bedrückten Forscher. Es war verständlich, dass er argwöhnisch war, wenn man bedachte, dass Seven ihn dazu zwang, die Arbeit von vielen Jahren aufzugeben. »Hätten Sie nicht kooperiert, dann hätte ich die Kontrolle über Ihre Apparate übernommen und damit einen massiven elektronischen Impuls kreiert, der auf dem gesamten Kontinent sämtliche elektronischen Geräte zeitweise hätte ausfallen lassen. Auf diese Weise wären alle anderen wissenschaftlichen Außenposten der Antarktis davon in Kenntnis gesetzt worden, dass Sie hier nicht sanktionierte Experimente betreiben. Ich hätte auch dieses Kommandozentrum dazu benutzt, die Selbstzerstörungssequenz des Satelliten über uns in Gang zu setzen, was Sie um Monate, wenn nicht gar Jahre zurückgeworfen hätte.«

Evergreen zuckte bei dem Gedanken, seinen besonders konstruierten Satelliten zu verlieren, zusammen. Aber Seven führte seinen Ersatzplan weiter aus, wenn auch nur, um das skeptische Genie davon zu überzeugen, wie weit er wirklich gehen würde, um die Ausführung dieses gefährlichen wissenschaftlichen Unternehmens zu verhindern. »Mit ein wenig Glück würde der internationale Aufschrei dazu führen, dass das ganze Projekt für immer beendet wird. Oder zumindest hätte ich mir und der Welt ein wenig Zeit erkauft, andere Wege zu entwickeln, die Bedrohung, die Ihre Entwicklungen darstellen, zu eliminieren.«

Evergreen starrte Seven völlig verwundert an. »Wer sind Sie überhaupt?«, fragte er mit mehr Erstaunen, als der abgebrühte Unsterbliche wahrscheinlich sonst empfand. »Wo sind Sie hergekommen?«

»Das können wir zu einem anderen Zeitpunkt erörtern«, erwiderte Seven. Er kniete nieder, um die Taschen seines Parkas zu durchwühlen, der auf dem Boden lag. Er zog eine Handvoll winziger Explosivladungen hervor. »Wichtig ist, dass ich mich lieber Ihrer Mitarbeit versichern würde, als einen internationalen Zwischenfall zu provozieren. Aber wir müssen schnell machen, bevor Ihre betäubten Kollegen und die Wachposten dazwischenfunken können.«

»Ja, ich glaube, Sie haben recht«, sagte Evergreen stirnrunzelnd. In dem Wissen, dass er es wohl nie wieder sehen würde, sah er sich wehmütig in seinem Südpol-Labor um. *Oder zumindest nicht für ein oder zwei Jahrhunderte,* korrigierte Seven sich. Vielleicht konnte das unsterbliche Genie eines Tages, wenn die Zivilisation dazu bereit war, hierher in die Antarktis zurückkehren, um sein Experiment zu beenden.

Seven wollte daran glauben.

Weniger als fünfundvierzig Minuten später sahen die drei Männer, die hinter einer Schneeverwehung Deckung gesucht hatten, dabei zu, wie die Metallhütte, die Evergreens einmaligen Apparat beherbergte, vor ihren Augen in sich zusammenfiel und zu einem rauchenden, schwelenden Loch in der Mitte des streng geheimen Außenpostens wurde. Seven hatte die Minen sorgfältig konstruiert, sodass ihre zerstörerische Kraft auf das nun zerstörte Labor beschränkt blieb und der Rest der Gebäude dem Personal der Basis weiter als Unterkunft dienen konnte.

Mission erfüllt, dachte Seven. Ein eisiger Wind trug den Geruch verbrannter Kabel und verkohlter Isolierung über die vereiste Ebene zu ihnen herüber. *Und das trotz allzu vieler unerfreulicher Überraschungen.* Ihr Abschied hatte sich ein wenig verzögert, weil Seven darauf bestanden hatte, den betäubten Wachmann persönlich an einen sicheren Ort zu transportieren, der innerhalb der Basis lag. Nach Noons mörderischem Angriff auf Evergreen war Seven nicht willens, dem gnadenlosen jungen Supermann erneut die Betreuung eines Gefangenen anzuvertrauen. Nur eine kaum vorstellbare Laune des Glücks, erkannte er, hatte diese Mission davor bewahrt, einen unnötigen Tod zu provozieren. *Ich kann wohl kaum darauf zählen, dass Noons nächstes Opfer ebenfalls unsterblich ist.*

Mürrisch und schweigend stand Noon ein paar Meter entfernt im Schnee und hielt betont Abstand zu den beiden älteren Männern. Der Stolz des Jugendlichen war offenbar noch durch Sevens Zurechtweisungen zuvor verletzt. Er hatte allerdings aufmerksam zugesehen, wie Seven den Plastiksprengstoff platziert hatte, etwas, das sein potenzieller Mentor mehr als nur ein wenig beunruhigend fand.

Aber jetzt war nicht der richtige Zeitpunkt, sich mit Noons offensichtlicher Veranlagung für Sabotage und Kriegsführung zu befassen, nicht hier unter offenem Himmel und bei Minusgraden. »Wie viele Kopien Ihrer Forschungsunterlagen und Baupläne existieren?«, wollte Seven von Evergreen wissen. Er musste schreien, um den heulenden antarktischen Wind zu übertönen. Er wusste, irgendwo über ihnen befand sich ein einzigartiger Satellit bereits im Sturzflug zur Erde und würde beim Wiedereintritt verglühen. Evergreen selbst hatte den Selbstzerstörungsbefehl an das Allheilmittel in der Umlaufbahn geschickt, nur Minuten bevor er aus dem Kontrollraum geflohen war.

»Nur eine, in meinem Büro in Los Alamos.« In dem verzweifelten Versuch, sich selbst warmzuhalten, rieb Evergreen heftig die Hände aneinander. »Ich sagte ja schon, dass ich über die Jahre hinweg paranoid geworden bin. In all der Zeit haben zu viele gierige Leute die Lorbeeren für meine Entdeckungen und Erfindungen eingeheimst. Kommen Sie mir bloß nicht mit Edison! Heutzutage sieht keiner mehr meine Arbeiten, bis ich wirklich bereit bin, sie selbst zu enthüllen.«

»Gut.« Seven nahm das zur Kenntnis. Das machte es wesentlich leichter, das Wissen geheim zu halten. »Wir können Sie nach New Mexico bringen, bevor die Nachricht von diesem Ereignis Amerika erreicht und lange bevor irgendjemand bemerkt, dass Sie die Explosion überlebt haben. Danach bin ich mehr als bereit, Ihnen bei allem zu helfen, was Sie für den Aufbau einer neuen Identität irgendwo anders benötigen.«

»Das wird nicht nötig sein«, stellte Evergreen fest. »Ich habe bereits alle notwendigen Arrangements getroffen, um neu anzufangen.« Er betrachtete wehmütig die verbrannten Überreste eines Lebenswerks. »Ich dachte nur nicht, dass ich es so rasch tun müsste.«

Nach diesen ernüchternden Worten transportierte Seven sie alle drei aus der Kälte. Gewöhnlich setzte er alles dran, den Materietransport vor Zivilisten nicht zu verwenden, aber die Abgelegenheit der Da-Vinci-Basis ließ ihm kaum eine Wahl. Er glaubte, Evergreen vertrauen zu können. Der alterslose Wissenschaftler hatte zu viele eigene Geheimnisse, als dass er hätte riskieren können, die Sevens zu enthüllen. *Ein Unsterblicher, ein gentechnisch konstruierter Supermann und ein weiterentwickelter Mensch, der auf einer anderen Welt aufwuchs. Wer hätte gedacht, dass sich auf der Erde des zwanzigsten Jahrhunderts so unwahrscheinliche Verbündete zusammenfinden könnten?*

Was für eine Schande, dachte Seven, *dass Noon sich als so gefährlich und unzuverlässig erwiesen hat.* Er hätte das Potenzial gehabt, ein exzellenter Agent zu werden, eines Tages vielleicht sogar ein planetarer Hüter. Gab es irgendeinen Weg, die außerordentlichen Fähigkeiten des Jugendlichen positiv anzuwenden ... oder waren all seine außergewöhnlichen Gaben dazu verdammt, verschwendet zu sein?

Oder Schlimmeres.

30

Bhopal
Zentral-Indien
3. Dezember 1984

Es war Viertel nach eins, als Noon zusammen mit Gary Seven in den vom Mond hell erleuchteten Straßen von Bhopal ankam. Der leuchtende Nebel löste sich auf und ließ den schmollenden Teenager und den älteren Amerikaner in einer dunklen Gasse zwischen zwei modernen Appartementhäusern aus Beton zurück. Eine kühle Brise wehte aus Nordwest, und Noon bedauerte fast, dass er seinen schweren Parka in Sevens Büro zurückgelassen hatte. Evergreen hatten sie nach ihrem Abenteuer in der Antarktis dort abgesetzt.

Ratten huschten in der Gasse umher und versteckten sich in den rostigen Mülltonnen. Das quiekende Ungeziefer kam Noon ungewöhnlich rastlos und aufgeregt vor. Es nervte ihn.

»Ruhe!«, rief er, hob eine leere Suppendose vom dreckigen Pflaster auf und warf sie in die nächstbeste Rattenhorde, die sich in einem Gewimmel von fliehenden grauen Körpern auflöste.

Seine Rückkehr nach Indien trug wenig dazu bei, Noons wirbelnde Gedanken zu ordnen, die sich noch immer um Sevens offenbare Missbilligung drehten. Selbst jetzt betrachtete ihn der lästige Amerikaner mit traurigen Augen und einer säuerlichen Miene. Noon wusste, Seven war darüber enttäuscht, dass er seinen Dolch auf Evergreen geworfen hatte, egal wie berechtigt seine Rache angesichts der hinterhältigen Taser-Attacke des Wissenschaftlers gewesen war. *Wie kann er es wagen, mich zu verurteilen?,* dachte Noon wütend und bedachte Seven mit einem bösen Blick. *Ich wusste, was ich tat!*

Das Licht der Hamidia Road, die am nördlichen Ende der Gasse lag, warf lange Schatten auf den schmutzigen Asphalt. Ferne Stimmen und Schritte drangen von den umliegenden Blocks herüber, was angesichts der späten Stunde seltsam war, aber Noons verwundeter Stolz verdrängte jegliche Neugier, die er hätte empfinden können.

»Also?«, forderte er Seven heraus und brach damit das unbehagliche Schweigen zwischen ihnen. »War es das? Hat diese misslungene Expedition meine Schuld an Sie beglichen, oder war mein Verhalten zu unpassend, um als Tilgung dieser Schuld zu dienen?«

Seven starrte Noon an, anscheinend eher traurig als zornig. »Es war nicht dein Fehler, Noon«, stellte er nüchtern fest. »Ich hätte dich einer so prekären Situation niemals aussetzen dürfen. Du bist zu jung und neigst zu sehr dazu, überzureagieren.«

Wenn Seven geglaubt hatte, dass er Noon damit half, das Gesicht zu wahren, hatte er die aristokratische Natur des Teenagers nicht verstanden. »Behandeln Sie mich nicht so von oben herab, alter Mann!«, schnaubte Noon. Sevens herablassende Art schürte seine Wut nur. »Geben Sie mir nicht die Schuld, wenn Ihnen der Wille fehlt, Ihre eigenen Schlachten zu schlagen!«

Seven schüttelte traurig den Kopf. »Noon, ich hoffe, du

erkennst eines Tages, dass es im Leben nicht nur darum geht, Schlachten zu schlagen.« Er streckte Noon eine offene Hand entgegen. »In der Zwischenzeit muss ich dich darum bitten, mir deinen Servo wiederzugeben.«

»Da haben Sie ihn«, sagte Noon trotzig und warf das schlanke Instrument vor Sevens Füße, wo es über den unebenen schwarzen Asphalt kullerte. »Es ist ohnehin nur eine schwache Waffe, beschränkt und halbherzig, genau wie sein Träger.«

Sein makelloses Sehvermögen hatte sich bereits der Dunkelheit in der Gasse angepasst, und so hoffte Noon, eine Reaktion auf seine Beleidigung in Sevens Gesicht zu erblicken. Doch sehr zu seinem Ärger gab ihm der mysteriöse Amerikaner nur einen weiteren unerwünschten Ratschlag, während er sich nach dem weggeworfenen Servo bückte. »Hüte dich vor stärkeren Waffen, Noon. Sie verursachen oft ebenso Schaden an deiner Seele wie an deinen Gegnern.«

Noon öffnete den Mund in der Absicht, Sevens rätselhaften Ratschlag zurückzuweisen, aber das Stimmengewirr im Hintergrund, das lauter geworden und näher gekommen war, war nun zu einem dröhnenden, schmerzerfüllten Geschrei geworden, das beide Männer aus ihrem angespannten Wortgefecht riss.

»Was ...?« Die Sorgenfalten auf Sevens Gesicht wurden tiefer. »Da schreit mehr als nur eine Person. Viel mehr.«

Noon musste dem zustimmen. Er lauschte angestrengt, als er beunruhigt in Richtung des Tumults rannte, doch er war nicht in der Lage, zu unterscheiden, wie viele Männer, Frauen und Kinder in dieser schmerzerfüllten und erschrockenen Weise schrien. Für einen Moment gefror ihm das Blut in den Adern. Die Erinnerung an die blutrünstigen Unruhen in Delhi vor weniger als einem Monat übermannte ihn. Doch das hier war eine andere Art Wahnsinn, das konnte er hören. Der ständig ansteigende Lärm von schrillen menschlichen Stimmen kam näher und wurde lauter. Es war nicht der Klang eines wütenden Mobs. Es war der vielstimmige Schrei einer Stadt in tödlicher Agonie.

Irgendetwas Schreckliches ist passiert, erkannte Noon sofort. Die Sohlen seiner Stiefel stampften über den Asphalt, als er aus der Gasse in die breite, hell erleuchtete Durchgangsstraße, die Hamidia Road, bog.

»Noon!«, schrie Seven hinter ihm her. Er war nicht in der Lage, mit den genetisch verbesserten Beinmuskeln des jungen Mannes mitzuhalten. »Sei vorsichtig!«

Aber Noon machte sich keine Sorgen um sich selbst, nur um sein Volk. Mit großen Augen und wehendem dunklem Haar rannte er schnurstracks in einen Albtraum hinein. Dutzende Menschen kamen wie eine durchgegangene Viehherde auf ihn zugerannt. Sie wurden von irgendeinem Horror verfolgt, den Noon noch nicht erkennen konnte, aber dessen Schrecken nur zu sichtbar war. Eine allgemeine Übelkeit hatte die verwirrte und durcheinander laufende Menschenmenge offenbar befallen, alle weinten, rangen nach Luft, übergaben sich und versuchten vergeblich, der Bedrohung zu entkommen, die ihre Körper erfasst hatte. Männer und Frauen in unterschiedlichen Stadien der Entkleidung schienen offenbar mitten in der Nacht aus ihren Häusern und Betten getrieben worden zu sein. Wer zusammenbrach, wurde von seinen Nachbarn zu Tode getrampelt. Tränen strömten über die gequälten Gesichter, die fliehenden Opfer umklammerten ihre Kehlen und versuchten, sich die Augen auszukratzen, während sie auf Noon zurannten. Der heulende Mob roch nach Schweiß, Erbrochenem und Exkrementen, da viele die Kontrolle über ihre Mägen und Gedärme verloren hatten.

Bei meiner als Märtyrerin verstorbenen Mutter, welche Krankheit breitet sich so schnell aus?, fragte sich Noon starr vor Schreck.

Eine Welle von Menschen, die sich übergaben, prallte auf Noon und riss ihn beinahe mit sich. Er reagierte schnell und umklammerte einen Laternenpfahl. Er schlug nach den verängstigten Menschen, deren chaotische Flucht sie viel zu nahe an ihn herantrug. »Zurück mit euch!«, rief er und würgte, als die Kranken und der Geruch gegen ihn anbrandeten. »Fasst mich nicht an!«

Die Menge teilte sich um ihn herum. Noon klammerte sich mit aller Macht an den Pfahl. Besessen von der Frage, was dieses Pandämonium wohl ausgelöst haben mochte, griff er wahllos in die Menge hinein, packte einen der Fliehenden am Arm und unterbrach so dessen verzweifelte Flucht. Er riss seinen Informanten, einen bärtigen Mann, der nur einen fleckigen Bademantel trug, zu sich herum, sodass der Fremde gezwungen war, Noon ins Gesicht zu sehen. Schockiert stellte Noon fest, dass die Augen des Mannes von einer unbekannten Chemikalie geblendet und geschwärzt waren. »Was ist das?«, wollte der entsetzte Teenager wissen. »Was ist passiert?«

Verzweifelt versuchte sich der Mann zu befreien, um vor dieser namenlosen Bedrohung zu fliehen, doch er konnte sich nicht aus Noons festem Griff lösen. »Lassen Sie mich los!«, schrie er gellend. Tränen rannen ihm aus den blinden Augen. Seine Stimme erstickte in einem Röcheln, als würden seine Lungen sich mit Wasser füllen. »Bitte, ich will nicht sterben!«

Der Mann war außer sich vor Furcht, wurde Noon klar, aber warum? Noon hielt sich mit seinem rechten Arm eisern am Laternenpfahl fest und wünschte sich eine freie Hand, um dem Mann eine kräftige Ohrfeige zu verpassen.

Vielleicht hätte er ihn so aus seinem hysterischen Zustand befreien können. Stattdessen konnte er den Mann nur grob schütteln, bevor er ihn erneut befragte. »Sprechen Sie mit mir, los!«, befahl er. Wie unpassend es war, dass ein Vierzehnjähriger einen viel älteren Mann so brutal behandelte, blieb in dem panischen Durcheinander, das sie umgab, unbemerkt. »Was passiert hier? Was hat diese Massenpanik ausgelöst?«

»Ich weiß es nicht!«, protestierte der Mann und versuchte vergeblich, sich loszureißen. Er wollte Noon einen Kinnhaken verpassen, aber der unbeugsame Jugendliche wehrte den Schlag ab und rächte sich, indem er so fest am Arm des anderen zerrte, dass dessen Schulter aus dem Gelenk sprang. Der Mann rang vor Schmerz hörbar nach Luft, sein Gesicht unter dem zotteligen schwarzen Bart verzerrte sich. »Hören Sie auf, bitte! Mein Arm!«

»Reden Sie!« Noon drehte das verletzte Gelenk absichtlich noch weiter. Er hatte keine Freude daran, diesen unglücklichen Fremden zu quälen, aber er benötigte Antworten und würde alles tun, was nötig war, um sie aus seinem unfreiwilligen Gefangenen herauszuholen. »Sagen Sie es mir jetzt und ich lasse Sie los.«

Der Mann heulte vor Schmerz auf, doch er nickte und umklammerte seinen verletzten Arm mit der gesunden Hand. »Ja, ja! Natürlich«, stammelte er. Seine tränenden blinden Augen baten um Gnade. »Da ist etwas in der Luft! Gift! Es hat meine Frau getötet, meine Töchter ... sie sind auf der Stelle gestorben und haben bis zu ihrem letzten Moment gehustet!« Sein ganzer Körper schauderte bei der Erinnerung. »Um Himmels willen, junger Herr, lassen Sie mich gehen!« Geschwärzte Augen starrten an Noon vorbei hinein in den Nordwind. »Wir müssen sofort hier weg, glauben Sie mir! Dieses Gift, es kommt auf uns zu, auch jetzt, während wir hier reden! Tod liegt in der Luft!«

Überzeugt, dass der Mann nicht mehr über die Katastrophe wusste, renkte Noon das Schultergelenk des Mannes mit einem professionellen Griff wieder ein, dann ließ er ihn wie versprochen los. Der Unglückliche verschwendete kein Wort mehr und warf auch keinen Blick zurück, er taumelte so schnell er konnte weiter und hielt seinen schmerzenden Arm. Er verschwand in der Menge der kopflos Flüchtenden. Noon vergaß den Mann ebenso schnell und ging stattdessen die Details der Geschichte durch, die er gerade gehört hatte. *Gift in der Luft?*

Vielleicht war es ein feindlicher Angriff, spekulierte er, aber sein hellwacher Verstand zweifelte fast sofort an dieser These. Bhopal lag mitten auf dem indischen Subkontinent und war Hunderte von Kilometern von jeder Grenze entfernt. Obwohl es die Hauptstadt der Provinz Madhya Pradesh war, war es kaum ein militärisch wertvolles Ziel. Abgesehen von den Behörden der Provinzregierung war der Hauptarbeitgeber eine alte, heruntergekommene Pestizidfabrik am Stadtrand. *Und die befindet sich von hier aus gesehen genau im Norden*, erinnerte sich Khan. Eine alarmierende Möglichkeit tauchte in seinem Verstand auf und erfüllte seinen Geist mit Furcht. *Oh nein. Alles, nur das nicht!*

Er ahnte die Wahrheit, doch er brauchte Bestätigung und griff mit beiden Händen nach dem Laternenpfahl. Er kletterte den Mast aus Stahl hinauf, bis er mehrere Meter über der vorbeihastenden Menge hing, und sah nach Norden die Hamidia Road entlang. Er erblickte weiße Dämpfe, die auf ihn zuwehten, nur vier oder fünf Blocks entfernt. Die wirbelnden Nebel wurden von dem gleichen eisigen Wind herangetragen, der ihn hatte erschauern lassen, seit er in der engen Seitengasse angekommen war. Durch die

Dämpfe hindurch erkannte er zahlreiche Leichen, die auf den Straßen und den Bürgersteigen lagen. Einige zuckten und zitterten noch, andere waren völlig reglos. Überall lagen Menschen – mehr, als er zählen konnte.

Sirenen heulten über den Lärm hinweg, doch sie kamen zu spät für die Frau und die Töchter des Erblindeten. Ein Polizeihubschrauber kam über die Hamidia Road geflogen, er befand sich hoch über den angstvollen und kranken Zivilisten.

»*Achtung! Giftgas breitet sich aus!*«, lärmten die Lautsprecher des Hubschraubers über die herzzerreißenden Schreie der verängstigten Bevölkerung hinweg. Die Rotorblätter wirbelten die Luft um Noon herum auf, konnten jedoch wenig tun, um die giftige Wolke, die südwärts trieb, zurückzudrängen. »*Laufen Sie! Laufen Sie um Ihr Leben!*«

Das reicht nicht. Es ist zu spät!, dachte Noon bitter, während er die Disziplin und den Mut der Polizisten bewunderte, die versuchten, die Warnung zu verbreiten. Die erstickenden weißen Dämpfe krochen weiter und zwangen den Helikopter, aufzusteigen, um nicht von ihnen eingeschlossen zu werden. Noons schlimmste Befürchtungen wurden Gewissheit.

Es ist die Chemiefabrik im Norden, erkannte er.

Sie war vor Jahrzehnten von einem amerikanischen Unternehmen gebaut worden, der Union Carbide, um Pestizide herzustellen. Kritiker hatten seit Jahren darauf hingewiesen, dass die altmodische und baufällige Fabrik, in der viele Tonnen von toxischen Chemikalien lagerten, eine tickende Zeitbombe war, die nur darauf wartete, hochzugehen. Als Student der Ingenieurwissenschaften hatte Noon die Fabrik bereits in der Vergangenheit besichtigt und war entsetzt gewesen angesichts der maroden Bauweise und dem fortschreitenden Verfall, aber auch von der schlampigen Arbeit der schlecht ausgebildeten Angestellten. Doch die Gier und die Schwerfälligkeit des Unternehmens hatten die Fabrik vor der Schließung bewahrt.

Bis heute Nacht, als Bhopals Glück sich gewendet hatte.

Narren!, dachte Noon zornig und umklammerte den Mast mit Knöcheln und Händen. Wie hatte man zulassen können, dass eine so offensichtliche Gefahr in der Nähe eines größeren Ballungszentrums existierte? Selbst mit dem Wissen um die Defekte und die Gefahren, die diese Fabrik in sich barg, war Noon empört über das Ausmaß der Katastrophe, die sich um ihn herum abspielte. Auf den vier Kilometern zwischen diesem Vorort und der Union Carbide befanden sich die übervölkerten Slums, die hastig zusammengezimmerten Baracken der Ärmsten, aber auch ein großer Bahnhof, wie Noon sich ins Gedächtnis rief. *Wie viele Opfer gibt es schon?*, fragte er sich und fasste den tödlichen Nebel ins Auge, der nun einen übervölkerten Block nach dem anderen einhüllte und die Menschen im Schlaf erstickte.

Wie viele Tote?

»Tausende«, schätzte er und brachte kaum mehr als ein Wispern zustande. Tausende würden sterben, nein, waren zweifellos schon tot. *Wenn ich Herr über die Welt wäre,* schwor er sich, *würde ich eine solche kriminelle Fahrlässigkeit nicht dulden.* Eine grimmige Entschlossenheit erfasste ihn. Die Welt, so überrannt von Trotteln und Scharlatanen, wie sie war, hatte eine feste Hand bitter nötig. Jemand musste diesen schon so lange dahinsiechenden Planeten in die richtige Richtung lenken, und Noon konnte sich dafür keinen besseren vorstellen als sich selbst.

Nicht »wenn ich Herr über die Welt« wäre«, korrigierte er sich.

Endlich verstand er seine wahre Bestimmung.

Wenn ich Herr über die Welt bin.

Eine Stimme, die von der Straße zu ihm heraufdrang, unterbrach seine hochtrabenden Gedanken.

»Noon!«, rief Seven. Er hatte sich durch den Tumult gekämpft, um zu dem Jugendlichen vorzudringen. Wie zuvor Noon selbst hielt er sich nun an der unteren Hälfte des Laternenpfahls fest, um nicht von der panisch fliehenden Menschenmasse fortgerissen zu werden. »Wir müssen von hier weg!«

War das alles, was Seven angesichts dieses grausamen Massakers zu sagen hatte? Einfach nur eine weitere gefährliche Mission, der man entkommen musste? Mit einem verächtlichen Schnauben rutschte Noon am Mast hinab. Seine muskulösen Beine federten die harte Landung mit Leichtigkeit ab.

»Lassen Sie mich in Ruhe!«, stieß er hervor.

Zwei feine Antennen sprangen aus Sevens Servo. Er zielte mit den Sensoren auf die herankommende Wolke. Eine Sequenz piepsender Töne erklang, dann runzelte Seven die Stirn. »Das ist Methylisocyanat«, teilte er Noon drängend mit. »Selbst du kannst das nicht überleben!«

Trotz seines gerechten Zorns erschreckte die Warnung Noon. Er kannte die Chemikalie MIC, eine instabile und hochgiftige Verbindung, die heftig mit Wasser reagierte. Er konnte sich lebhaft vorstellen, was eine Wolke gasförmigen MICs mit den Augen und Lungen eines Menschen anstellte.

Trotzdem war er noch nicht bereit, Bhopal seinem grausigen Schicksal zu überlassen. »Aber all diese Leute!«, wandte er ein. Seine jugendliche Stimme brach. »Sie sterben zu Hunderten!«

»Ich weiß«, sagte Seven grimmig. Die Antennen des Servos zogen sich zurück, hastig gab Seven neue Koordinaten ein. Mittlerweile war die Menge der Flüchtenden weitergezogen und hatte sie beinahe allein auf dem Bürgersteig zurückgelassen, mitten zwischen den Toten und Sterbenden. Nur ein paar Schritte weiter wand sich eine alte Frau in einem gelben Sari auf dem Asphalt und ertrank in ihren eigenen Körperflüssigkeiten. Sie war nur eine von vielen Dutzenden, die nicht in der Lage waren, dem Erstickungstod, der sie in dieser Nacht so plötzlich überfallen hatte, zu entfliehen.

»Es ist zu spät.« Seven blieb beharrlich. Sein Gesicht war zu einer ausdruckslosen Maske erstarrt. »Es gibt nichts, was wir tun können.«

Der vertraute blaue Nebel begann sich hinter Seven zu bilden, aber Noon weigerte sich, in das schimmernde Portal zu treten. »Meine Freunde!«, erinnerte er Seven und starrte auf das nahe gelegene Appartementhaus. Seine Kommilitonen, Darshan, Rajiv, Zail, Maneka, sicher waren sie alle gerade dort oben, in dem Penthouse, das Zails älterem Bruder gehörte. »Ich kann sie nicht einfach hierlassen!«

Seven folgte Noons Blick zu den oberen Stockwerken des Hochhauses. »Wenn sie hoch genug sind, sollte deinen Freunden nichts geschehen«, stellte er beruhigend fest. »Vorausgesetzt, sie bleiben drin und halten die Fenster geschlossen.« Er sah nach Norden, wo sich die Slums um die Stadt herum ausgebreitet hatten. »Es sind die, die näher am Boden leben, oder gar kein Dach über dem Kopf haben, die am meisten unter diesem schrecklichen Unfall leiden müssen.«

Seine kaltblütige Analyse der Situation schürte die Flammen des Zorns, die in Noon brannten, aber der brillante Teenager konnte Sevens Feststellungen nicht von der Hand weisen. Theoretisch würden seine Freunde wahrscheinlich überleben, ganz im Gegensatz zu den nach Luft ringenden Massen, die von der sich weiter ausbreitenden Giftwolke durch die Straßen getrieben wurden. Schon drohten die ersten schwachen Ausläufer des MICs, ihn und Seven zu überwältigen, Noons Augen und seine Kehle brannten bereits. *Das ist sie,* erkannte er. *Meine letzte Chance, mich selbst zu retten.* Er konnte sich dem Mob in seiner panischen Flucht vor dem Gas anschließen. Oder den übernatürlichen, bequemen Fluchtweg nutzen, den Gary Seven ihm anbot.

Neblige weiße Schwaden wirbelten den Bürgersteig herab und griffen nach seinen Knöcheln. Seven stand am Rand eines ganz andersartigen Nebels, der blau strahlte. »Noon!«, rief er streng. Seine Gestalt und sein Gesicht waren in dem überirdisch blauen Nebel kaum noch zu erkennen. »Wir können nicht länger warten!«

Er hatte recht. *Verflucht!* Noon hielt den Atem an, schloss fest die Augen vor den ätzenden chemischen Dämpfen und schluckte seinen Stolz hinunter. Er rannte mit vor Zorn und Wut geballten Fäusten in das wirbelnde Plasma hinein und erwartete halb, mit Seven in dem undurchsichtigen Nebel zusammenzustoßen. Doch er verspürte keinerlei Widerstand, der Ältere war scheinbar einige Augenblicke zuvor dematerialisiert. Noon öffnete die Augen und verlangsamte seine Schritte in dem undurchsichtigen blauen Zwischenraum, den Seven dazu benutzte, sich an jeden Ort auf der Erde zu bewegen. Das elektrische Kribbeln des Transporters war im Vergleich zu der beißenden Wirkung des MICs angenehm. Tränen sickerten aus seinen Augenwinkeln, die noch immer leicht brannten, aber der Schmerz ließ rasch nach. Wahrscheinlich hatte er keine bleibenden Schäden zu befürchten.

Ich bin davongekommen.

Von vielen Tausend in Bhopal konnte man das nicht sagen. Selbst die Überlebenden, so vermutete er, würden die Narben dieses Tages für den Rest ihres Lebens tragen, in Form von chronischen Krankheiten und Verletzungen, ganz zu schweigen von den schmerzhaften Erinnerungen an die geliebten Menschen, die sie verloren hatten. *Niemals wieder,* entschied er mit einem Ausdruck unerschütterlicher Entschlossenheit auf dem jungen Gesicht. *Ich werde das nicht zulassen.*

Er ging weiter, bis der Nebel begann, sich auszudünnen. »Seven!«, schrie er ungeduldig. Er wollte nicht noch mehr Zeit mit den raffinierten technischen Kapriolen des Amerikaners verschwenden. Es gab zu viel zu tun, es gab zu viele Ungerechtigkeiten zu korrigieren. »Können Sie mich hören, Seven? Wir müssen sofort miteinander reden!«

Als er aus dem kribbelnden Plasma trat, erwartete Noon, sich in Sevens Büro in New York wiederzufinden. Stattdessen befand er sich in seinem Studentenwohnheim an der Universität in Neu-Delhi, über sechshundert Kilometer nördlich von Bhopal. Der leuchtende Nebel löste sich rasch auf und ließ den wütenden Teenager und den älteren Amerikaner mitten in Noons Zimmer zurück, das genauso unaufgeräumt und abgewohnt war, wie er es verlassen hatte. Eine elektrische Schreibmaschine und ein Taschenrechner lagen auf einem massiven Schreibtisch aus indischem Palisanderholz direkt neben aufgestapelten Lehrbüchern und Vorlesungsmitschriften. Die viel zu schmalen Regale quollen über von noch mehr Büchern, angefangen von Ingenieurlehrbüchern für Fortgeschrittene bis hin zu den Klassikern der asiatischen und westlichen Literatur. Weitere stapelten sich auf dem einfachen *dhurrie*-Teppich, der den Boden bedeckte. Ein Schachspiel aus Elfenbein, dessen Figuren man betont martialisch geschnitzt hatte, stand auf einem handgeschnitzten *chowkie*-Schemel direkt neben einem winzigen Fernseher, der auf einem Stapel angemalter Kisten platziert war, in denen man normalerweise Milchflaschen auslieferte. Ein leichtes Moskitonetz bedeckte die schmiedeeisernen Pfosten seines ungemachten Betts, während ein safrangelber Nishan Sahib, der Wimpel des Volkes der Sikh, die monsunblaue Wand über dem Schreibtisch schmückte.

Die vertraute Umgebung beschwichtigte den gerechten Zorn Noons angesichts des unentschuldbaren Desasters in Bhopal, das man zudem hätte verhindern können, nicht. »Ich nehme an, Sie erwarten, dass ich mich bei Ihnen dafür bedanke, dass Sie mich im letzten Augenblick gerettet haben«, zischte er Seven giftig an. Wütend trat er den hölzernen Schemel um, auf dem das Schachspiel stand. Die Bauern und Läufer flogen bis in die hintersten Winkel des Zimmers. »Vergessen Sie's! Während wir am Südpol Spion gespielt haben, sind meine Leute gestorben, vergast wie Ratten, die man ausrotten will!«

Er erinnerte sich an das fliehende Ungeziefer, das ihm und Seven begegnet war, kaum dass sie in Bhopal angekommen waren. Kein Wunder, dass die Nager in der Gasse so erregt gewesen waren, sie mussten den Gifthauch bereits im Wind erschnüffelt haben.

Ob es diesen Ratten wohl besser erging als ihren zweibeinigen Nachbarn?, fragte er sich zornig. *Und warum gab es für die Anwohner keine Warnung, dass sich in der Fabrik ein Unfall ereignet hat?* Es hätte Zeit genug sein sollen, irgendeinen Alarm auszulösen, und wenn es nur die Warnung war, dass die Leute bei geschlossenen Fenstern im Haus bleiben sollten.

Wahrscheinlich ein weiterer Fall von behördlicher Inkompetenz, vermutete Noon. Sein Blut kochte angesichts der vielen Toten, die nicht hätten sterben müssen. *Einfalts-pinsel! Dummköpfe!*

»Es tut mir sehr leid, dass dein Land von einer solchen Katastrophe heimgesucht wurde«, wich Seven aus. Er stand steif am anderen Ende des Raums, vor einem Regal, das mit zerlesenen Taschenbüchern und gebundenen Ausgaben vollgestopft war. »Das ist wirklich furchtbar.«

Seine dürftigen Beileidsbekundungen waren Noon nicht genug. »Warum haben Sie sie dann nicht verhindert?«, warf er Seven vor und wandte sich nun zornig an den älteren Mann. »Warum war der Satellit über der Antarktis wichtiger als eine tickende Zeitbombe von Fabrik, die direkt am Stadtrand von Bhopal steht?«

»Ich bin nicht allwissend«, stellte Seven ruhig klar. Er schien von Noons bösen Worten nicht beleidigt zu sein. »Niemand konnte wissen, was heute Nacht dort passieren würde.«

»Diese Fabrik war eine Bedrohung, die schon vor Jahren hätte beseitigt werden müssen!« Noon ging aufgeregt auf und ab, er war nicht in der Lage, still zu stehen oder sich zu setzen. Er schleuderte Seven seine hitzigen Vorwürfe entgegen wie giftige Pfeile. »Jeder wusste das! Warum Sie nicht?«

»Das ist nicht mein Job«, erwiderte Seven. Sehr zu Noons Ärger weigerte er sich, irgendeine Beteiligung an dem Albtraum zuzugeben, dem sie gerade entkommen waren. »Was in Bhopal gerade passiert, ist eine Tragödie von grauenvollen, ja, sogar historischen Ausmaßen, Noon, aber es ist nur ein Industrieunfall, nicht der Beginn eines Weltkriegs. Meine Mission besteht primär darin, die Menschheit davor zu bewahren, sich selbst zu zerstören.« Er ging einen Schritt auf Noon zu und hob versöhnlich die Hände. »Ich kann nicht alle sozialen und ökonomischen Probleme der Erde lösen. Und das sollte ich auch nicht. Diese müssen von euren Institutionen gelöst werden. Euren eigenen Führern und Reformern. So gut es eben geht. Es tut mir leid.«

Noon traute seinen Ohren nicht. »Unfälle passieren eben? Ist das alles, was Sie dazu zu sagen haben?« Er hörte Rufe und hastige Schritte außerhalb des Zimmers. Das Wohnheim war trotz der späten Stunde plötzlich zum Leben erwacht. *Die Nachricht von der Katastrophe verbreitet sich,* vermutete Noon, von dieser Entwicklung nicht sonderlich überrascht. Wenn schlechte Nachrichten sich schnell verbreiteten, dann durchquerte die Nachricht von Bhopals grauenhaftem Untergang Indien schneller als ein Überschallflugzeug.

Er eilte quer durch den Raum und schaltete den kleinen tragbaren Fernseher ein. In weniger als einer Sekunde hatte er einen Sender gefunden, der live aus Bhopal berichtete. Auf dem Bildschirm konnte man sehen, dass Tausende verletzte Opfer die Notaufnahme eines Krankenhauses stürmten und die völlig unvorbereiteten Ärzte und Schwestern überwältigten. Ein totenbleicher Reporter, der ein Mikrofon in seinen zitternden Fingern hielt, informierte die Zuschauer, dass ähnlich schreckliche Szenen sich in Krankenhäusern der ganzen Stadt abspielten. Vorläufige Schätzungen besagten, dass rund zwanzigtausend Menschen dringend medizinische Hilfe benötigten, wesentlich mehr, als Bhopals überstrapazierte Notfalldienste auch nur ansatzweise zu behandeln imstande waren. Die Kamera zeigte endlose Schlangen von würgenden und schluchzenden Indern, die sich in den hastig errichteten Notfallstationen vor den Krankenhäusern gebildet hatten. Noch viel mehr, für die sicher jede Hilfe zu spät kam, hatte man auf die Parkplätze verbannt, um dort auf Decken und Matten gebettet zu sterben. Die panisch wirkenden Ärzte und Pfleger, die hektisch durcheinanderliefen, ignorierten sie größtenteils und versuchten vergeblich, mit der Flutwelle der vergifteten Flüchtlinge fertigzuwerden.

Noon stellte den Fernseher leiser. Es reichte ihm, die grässlichen Bilder für sich selbst sprechen zu lassen. »Das ist mehr als nur ein ›Unfall‹«, spie er Seven entgegen. »Das ist eine Obszönität, die niemals hätte passieren dürfen. In einer besseren Welt, einer Welt unter starker Kontrolle, würde niemand eine so furchtbare Nachlässigkeit tolerieren!«

Er schlug wütend die Faust in die Handfläche. »Am wenigsten Sie und Ihresgleichen!«

»Vielleicht«, bot Seven einen schwachen Trost an, »wird diese Tragödie dazu führen, dass in Zukunft Unfälle dieser Art verhindert werden können. Erhöhte Sicherheitsstandards. Ein wacheres Bewusstsein der Gefahren, die die Lagerung von gefährlichen Chemikalien in der Nähe stark bevölkerter Gebiete mit sich bringt. Striktere Durchsetzung der Umweltgesetze, die bereits bestehen.« Sein dunkler Anzug und die Allgemeinplätze, die er aufzählte, erinnerten Noon unangenehm an einen Totengräber. »Es ist eine traurige, aber allgemeingültige Regel, dass die meisten dauerhaft wirksamen Lektionen die schmerzhaftesten sind. Das ist jetzt wenig tröstlich, das verstehe ich, aber solche Katastrophen ziehen auf lange Sicht oft enormen Fortschritt nach sich. Ich weiß das, ich habe es schon erlebt.«

Doch so leicht ließ Noon Seven nicht vom Haken. »Halten Sie mir keine Vorträge, alter Mann. Ich habe gesehen, was Ihnen zur Verfügung steht, die erstaunliche Technologie, über die Sie verfügen. Sie haben die Macht, überall auf der Welt Ihren Willen durchzusetzen.« Er wies mit einem anklagenden Finger auf den gelassen wirkenden Agenten. »Und doch lassen Sie Milliarden von Menschen leiden, während gierige Unternehmen und schwache, fehlbare, *minderwertige* Menschen dafür sorgen, dass dieser Planet aus der Bahn gerät! Männer wie wir, mit überlegener Intelligenz und überragenden Fähigkeiten, haben die Macht - die Pflicht! - der Welt Ordnung zu bringen!«

»Es ist ein schmaler Grat zwischen Ordnung und Tyrannei, Noon«, erklärte Seven in belehrendem Tonfall. »Die menschliche Rasse kann sich nicht entwickeln, wenn sie nicht frei ist, aus ihren Fehlern zu lernen. Selbst wenn sie so herzzerreißend sind, wie wir nun von Bhopal sehen können. Zivilisation kann der Welt nicht mit Gewalt aufgezwungen werden. Sie muss sich mit der Zeit natürlich entwickeln.« Er stellte das umgestürzte Schachbrett wieder auf den Schemel und fing an, die winzigen Elfenbeinfiguren sorgfältig auf ihre Positionen zu stellen. »In dieser Sache musst du mir vertrauen, Noon. Ich weiß, wovon ich spreche.«

Noon lachte freudlos. »Ihnen vertrauen? Das habe ich getan, und sehen Sie sich an, was aus meinem Heimatland geworden ist!«

Auf dem Fernsehschirm zeigten stumme Luftbilder die Straßen der Stadt Bhopal, die buchstäblich von Leichen übersät waren. Angewidert schaltete Noon den Fernseher aus. »Nein, mir ist jetzt klar, dass Ihnen trotz all Ihres beeindruckenden Geredes darüber, die Welt ein wenig besser zu gestalten, der Mut und die Überzeugung fehlt, mehr zu tun, als am Status quo herumzubasteln.« Er verschränkte die Arme vor der muskulösen Brust und nahm eine heldenhafte Pose vor dem safrangelben Wimpel an der Wand ein. »Die schon so lange leidenden Völker dieses Planeten verdienen mehr als nur Ihre zaghaften, halbherzigen Maßnahmen und unbedeutenden Kurskorrekturen. Sie brauchen einen echten Visionär, einen Führer, der stark genug ist, die Zügel in die Hand zu nehmen, und mutig genug, die Menschheit in eine neue Ära zu führen!«

Sevens düstere Miene wurde missbilligender denn je. Doch Noon scherte sich nicht um die Meinung des Älteren.

»Um deinetwillen und um der Welt willen hoffe ich, dass dieser emotionale Ausbruch nur eine Reaktion auf die traumatischen Erlebnisse heute ist«, sagte Seven ernst. »Das Letzte, was die Erde jetzt braucht, ist ein impulsiver Möchtegern-Cäsar mit messianischen Wahnvorstellungen.« Er aktivierte seinen Servo und rief damit seinen Nebel, der den Raum überbrücken konnte. »Leb wohl, Noon Singh. Vielleicht sprechen wir uns eines Tages wieder, wenn du älter und weniger überreizt bist.«

»Nennen Sie mich nie wieder so«, grollte der Teenager und traf in dieser Minute eine Entscheidung. ›Noon‹ war ein Kindername, aber ab heute war er kein Kind mehr. Er hatte einen Mann getötet, nur um mitzuerleben, wie er unbeschadet wiederauferstand. Und er hatte leibhaftig miterlebt, wie durch unverzeihliche Nachlässigkeit und Dummheit unzählige seiner Landsleute ermordet worden waren. Er war jetzt ein Mann, vor dem die Arbeit eines Mannes lag.

»Nennen Sie mich Khan«, sagte er und beanspruchte damit endlich den exaltierten Titel, den seine lange verstorbene Mutter ihm so prophetisch verliehen hatte.

Es war ein guter Name. Der Name eines Mannes.

Der Name eines Eroberers.

31

Die wirbelnden Rotorblätter eines schwarzen Militärhubschraubers, der mit der neuesten Tarntechnik ausgerüstet war, machten erstaunlich wenig Lärm, als das geheime Luftfahrzeug Shannon O'Donnell durch die warme Sommernacht flog. Der Helikopter passierte rasch die niedrigen Höhenzüge, die aus der endlosen Wüstenlandschaft herausragten. Keine künstlichen Lichter schienen in den Hügeln und Ebenen unter dem Hubschrauber, was darauf schließen ließ, dass das öde Terrain völlig unbewohnt war. Der Kontrast zu den grellbunten Neonlichtern von Las Vegas, die Shannon weniger als eine Stunde zuvor verlassen hatte, hätte nicht größer sein können. *Als flöge man von der Erde auf den Mond,* dachte sie. Eine Reise, die sie eines Tages selbst zu unternehmen hoffte, vorausgesetzt, die NASA nahm ihre Bewerbung an.

»Haben Sie eine Ahnung, worum es hier überhaupt geht?«, fragte sie den Hubschrauberpiloten, der neben ihr saß. Dank der besonderen Konstruktion des Helikopters musste sie ihre Stimme nicht heben, um das murmelnde Summen der wirbelnden schwarzen Rotorblätter zu übertönen.

»Tut mir leid, Miss«, erwiderte der Pilot. Seine khaki-farbene Uniform wies keinerlei Namensbezeichnung oder andere Insignien auf. Er hielt den Blick stur auf die Infrarotanzeige gerichtet, die das zerklüftete Gebiet unter ihnen abbildete. Das getarnte Fluggerät navigierte ausschließlich über Radar und Infrarotsensoren.

»Alles, was ich weiß, ist, dass ich Sie wieder zur Basis bringen soll. Pronto.«

Shannon seufzte. Dass der Pilot ihre Fragen nicht zufriedenstellend beantworten konnte, überraschte sie nicht sonderlich. In allen anderen Bereichen der Basis wussten die Leute schließlich nur, was sie wissen mussten, warum hätte es hier anders sein sollen? Dennoch fragte sie sich unwillkürlich, was wohl so wichtig sein konnte, dass die Großkopferten einen Helikopter geschickt hatten, um sie mit Höchstgeschwindigkeit wieder ins Labor zu bringen.

Ist Dr. Carlson vielleicht etwas passiert?, fragte sie sich besorgt. *Ich habe ihm ja gesagt, dass er zu viel raucht, besonders in seinem Alter.*

Die achtundzwanzigjährige Ingenieurin hatte eine Konferenz für Luft- und Raumfahrt in Vegas besucht, als sie den knappen und rätselhaften Befehl erhalten hatte, sich sofort auf der Basis zurückzumelden. Sie hatte kaum genug Zeit gehabt, zu packen, bevor der nicht gekennzeichnete Hubschrauber angekommen war, um sie aufzulesen. Deshalb trug sie auch noch das kleine Schwarze und die hochhackigen Schuhe, mit denen sie sich für die schicke Cocktailparty aufgebrezelt hatte, von der man sie dann so rasch wieder fortgerissen hatte.

Sie hatte das Gefühl, dass sie für diesen Flug nicht passend gekleidet war, und erwartete schon halb, dass sich der Helikopter in einen Kürbis verwandeln würde, wie einst bei Cinderella. Sie band ihr langes, rotes Haar zu einem Knoten, um wenigstens etwas professioneller zu wirken. Ihr aufmerksames, intelligentes Gesicht trug einen ausgesprochen besorgten Ausdruck.

Das beinahe unsichtbare Fluggerät stieg nun langsam in ein Wüstental zwischen zwei mondbeschienenen Hügeln hinab. Die Infrarotanzeige enthüllte eine Landebahn und einen Landeplatz, die man auf dem lange ausgetrockneten und felsigen Grund eines Sees gebaut hatte. Ein einzelner Metallhangar stand an einem Ende der Landebahn und war an drei Seiten von einem bedrohlich wirkenden Stacheldrahtzaun umgeben. Shannon sah über den Hangar hinweg auf die verwitterten Granitfelsen am Fuß des südwestlichen Hügels.

Fast zu Hause, dachte sie. Sie wollte unbedingt den Grund wissen, warum man sie so hastig zurückgeholt hatte. *Ich hoffe, dem Doc geht es gut.*

Ein Jeep der Marke Cherokee wartete am Rand des Landeplatzes auf sie. Der Fahrer trug einen Tarnanzug und eine automatische Pistole im Holster. Der Soldat half ihr mit dem Koffer, als sie aus dem Helikopter kletterte und auf den Jeep zulief. Der Abwind der Rotorblätter drohte, ihr hastig zusammengebundenes Haar zu lösen. Ihr Fahrer stieß einen anerkennenden Pfiff aus, als er Shannons völlig unpassendes Partykleid sah, aber sie hatte es zu eilig, um amüsiert oder verärgert zu sein.

»Na los, fahren Sie schon«, wies sie ihn zurecht. Er warf den Koffer auf den Rücksitz des Jeeps und kletterte auf den Fahrersitz. Innerhalb von Minuten hatten sie den ebenholzfarbenen Hubschrauber hinter sich gelassen.

Sie fuhren direkt auf den südwestlichen Hügel zu, die Scheinwerfer des Jeeps erhellten die perfekt gerade verlaufende, aber ungepflasterte Straße. Kameras auf hölzernen Pfosten beobachteten die einsame Straße und die Wüstenumgebung, während Radarschüsseln den wolkenlosen Nachthimmel nach nicht autorisierten Flugzeugen absuchten. Hin und wieder war neben der Straße eine blühende Yucca zu sehen. Irgendwo in der Ferne heulte ein Kojote den Mond an. Shannon fragte sich, wie um alles in der Welt der Kojote es wohl geschafft hatte, durch die Sicherheitsabsperrungen, die die Basis umgaben, zu kommen.

Als sie sich dem Fuß des Hügels näherten, wurde ihr Weg von einem metallenen Schlagbaum blockiert. Ein Soldat kam mit dem Maschinengewehr im Anschlag aus einem Wachhäuschen aus Beton, das neben dem Schlagbaum stand, und fragte nach Shannons Ausweispapieren, die sie ihm wie jedes Mal, wenn sie diesen Kontrollposten auf ihrem Weg zur Arbeit passierte, auch prompt hinhielt.

Die Wache leuchtete ihr mit einer Taschenlampe ins Gesicht, um es mit dem Foto auf dem Ausweis zu vergleichen, dann hob er den Schlagbaum und winkte den Jeep durch.

Shannon war ungeduldig und wollte endlich ihr Ziel erreichen, und so fühlten sich dieses Mal die strengen Sicherheitsmaßnahmen viel zeitraubender an als sonst, auch wenn es sich hierbei um eine Standardprozedur handelte. Sie trommelte mit den Fingern rastlos auf dem Armaturenbrett, bis schließlich die Frontscheinwerfer des Jeeps auf ein großes Tor fielen, das in den Berg hineinführte. Ein elektronisches Auge scannte das Fahrzeug und seine Insassen, dann öffnete sich das stählerne Rolltor. Das gut geölte Getriebe sorgte dafür, dass man kaum etwas hörte. Das aufgehende Tor enthüllte einen gepflasterten, von Menschenhand erschaffenen Tunnel, der direkt in das gut gehütete Herz dessen führte, was die Regierung der Vereinigten Staaten als »Groom Lake Facility« abtat, wenn man sie dazu zwang, die Existenz dieser Einrichtung zuzugeben.

Die Welt kannte sie eher unter der Bezeichnung Area 51.

Der Jeep hielt erst tief im ausgehöhlten Berg an, wo ein weiterer bewaffneter Soldat auftauchte, um Shannon den Rest des Wegs zu begleiten. Natürlich brauchte sie nicht wirklich jemanden, der ihr den Weg zeigte, nach so vielen Monaten glaubte die hart arbeitende Ingenieurin, den Weg zu ihrem Labor auch mit verbundenen Augen finden zu können, wenn es denn sein musste. Und das trotz des Labyrinths der miteinander verbundenen Tunnel, die einen gewaltigen unterirdischen Komplex bildeten, der groß genug war, um zahlreiche Laboratorien, Großrechner und Lagerhallen sowie Platz für zahllose experimentelle Luftfahrzeuge zu beherbergen. Im Gegensatz zur NASA mussten sich die geheimen Projekte der Area 51 nur selten um Budgetkürzungen Sorgen machen.

»Willkommen zurück, Miss O'Donnell«, sagte die Wache, bevor er neben ihr einen langen Korridor hinabging, der von fluoreszierenden Lichtern erhellt war. Shannon verstand sich besonders gut mit diesem besonderen Soldaten, der hier stationiert war, solange sie denken konnte.

»Danke, Muck«, erwiderte sie. Ihre Schritte beschleunigten sich, je näher sie ihrem eigenen Arbeitsbereich in der Area 51 kam. Ihre hohen Absätze klackerten schnell auf dem verstärkten und erdbebensicheren Betonboden des Gangs. »Geht es dem Doc gut?«

Sergeant Steven Muckerheide hielt Schritt, während er ihre besorgte Frage beantwortete: »Soweit ich weiß, ja. Allerdings ist etwas geschehen. Ich habe gehört, dass die Navy irgendwas in die Finger bekommen hat, um das Doc Carlson und die anderen Genies nun wie verrückt herumwuseln.«

Ein sorgloses Schulterzucken bewies, dass Wissenschaft nicht unbedingt das Fachgebiet des Soldaten war. »Das haben Sie aber nicht von mir, versteht sich.«

»Auf keinen Fall«, versicherte sie ihm. »Danke für die Vorwarnung.«

Nun, da sie wusste, dass ihrem Boss nichts Schlimmes passiert war, machte ihre Besorgnis der Aufregung Platz und ließ ihren Schritt beschwingter werden. Sie konnte es kaum erwarten, herauszufinden, was Muck mit »irgendwas« gemeint hatte.

Könnte es sein ..., fragte sie sich atemlos. *Haben sie nach all den Jahren wieder Kontakt aufgenommen?*

Ein rascher Marsch brachte sie an das Ende eines Korridors. Nun stand nur noch eine glänzende Stahltür, die von einer aufmerksamen Soldatin mit einem M16-Maschinengewehr bewacht war, zwischen Shannon und den Antworten, die sie kaum noch erwarten konnte. PROJEKT F - ZUTRITT FÜR UNBEFUGTE VERBOTEN stand in großen Blockbuchstaben mitten auf der undurchdringlichen Tür. Shannon ließ ihre Ausweiskarte in einen Schlitz neben der Tür gleiten, dann wartete sie für einige endlose Sekunden darauf, dass versteckte Laser sie von oben bis unten durchleuchteten. Einen Augenblick später hörte sie das Schloss klicken, und die Tür glitt in geölten Schienen auf.

»Bis später dann«, sagte sie zu Muck, der die Freigabe für diesen Bereich nicht besaß. Stattdessen löste er die Soldatin an der Tür ab und nahm ihre Position außerhalb des Labors ein.

»Passen Sie auf sich auf!«, rief er ihr freundlich hinterher, als Shannon über die vertraute Schwelle in das geheime Labor trat. »Ich hoffe, es war die Eile wert.«

Das hoffe ich auch, dachte sie. Die Stahltür schloss sich

mit einem gedämpften *Klonk,* und Shannon eilte an einer Reihe von Spinden und Schränken vorbei in Richtung der Arbeitsbereiche. »Doc?«, rief sie und nahm sich Zeit, um einen weißen Laborkittel über ihr schwarzes Satinkleid zu ziehen. »Sind Sie da?«

Eine enthusiastische Stimme antwortete aus den Tiefen des gut ausgestatteten Laboratoriums: »Shannon? Sind Sie das?« Sie erkannte sofort die Stimme ihres verrückten Lieblingswissenschaftlers Dr. Jeffrey Carlson. »Schnell! Beeilen Sie sich. Das müssen Sie sehen!«

»Ich komme schon!«, rief sie zurück. Der weiße Kittel flatterte hinter ihr her. *Das muss ja echt was Besonderes sein,* erkannte sie und war angesichts der bemerkenswerten Überschwänglichkeit in der Stimme ihres Vorgesetzten noch aufgeregter. *Ich habe ihn noch nie so begeistert erlebt.*

Sie fand den älteren Forscher im Labor F-1 über eine schimmernde Theke aus Chrom gebeugt. Ein fadenscheiniger weißer Laborkittel verhüllte seine knochigen Schultern. Er blockierte ihre Sicht auf das, was er untersuchte, während der Geruch von verbranntem Tabak die theoretisch klinisch reine Luft des Labors durchdrang. Shannon seufzte aus Gewohnheit und hoffte, dass ihr kettenrauchender Boss gerade nicht an etwas leicht Entflammbarem arbeitete. *Erstaunlich, dass einer der brillantesten Forscher dieses Planeten diese lebenslange Abhängigkeit von Nikotin nicht überwinden kann.*

»Ah, da sind Sie ja«, sagte Carlson und wandte sich um, um sie zu begrüßen. Der leutselige Wissenschaftler war in den Sechzigern und hatte eine hohe Stirn, die nur noch auffallender geworden war, seit er beinahe all seine Haare verloren hatte. Lebhafte braune Augen lugten hinter einer altmodisch wirkenden Brille hervor. Trotz seines Alters hatte Carlson sich mehr Neugier und Idealismus bewahrt als viele jüngere Forscher. Mit einer brennenden Zigarette zwischen den Fingern winkte er Shannon hastig zu sich heran. »Sehen Sie sich diese kleinen Schönheiten an!«

Sie trat zu ihm an die Theke, auf der zwei seltsame kleine Artefakte lagen, von denen sie keines identifizieren konnte. Jedes war kleiner als eine Schuhschachtel und aus einer seltsamen schwarzen Substanz gebaut, die sowohl die Eigenschaften von Stahl als auch von Plastik zu besitzen schien. Silberne Elemente verliehen dem Aussehen der Instrumente ein elegantes, klassisches Flair, was darauf schließen ließ, dass wer oder was auch immer diese Geräte konstruiert haben mochte, auch auf ästhetische Aspekte geachtet hatte. Eines der Objekte ähnelte vage einer Pistole oder einem Schweißgerät. Es besaß einen Handgriff, der für einen erwachsenen Menschen oder Humanoiden geschaffen worden war, während das andere Objekt ein kompaktes, rechteckiges Gerät war, das in Größe und Form einem Transistorradio aus den Sechzigern glich. Es besaß sowohl einen digitalen Bildschirm, der nicht angeschaltet war, als auch eine Anzahl von winzigen Knöpfen und Schaltern. Shannon konnte nicht einmal ansatzweise erraten, welche Funktion das Gerät haben sollte.

Vielleicht war es eine Art Scanner oder ein Kommunikationsgerät?

»Was ist das?«, fragte sie Carlson und ließ vorsichtig den Finger über das schimmernde schwarze Gehäuse beider Instrumente gleiten. Sie fühlten sich kühl und glatt an. »Wo kommen die her?«

Carlsons Augen glänzten, als er es ihr erklärte: »Die Navy hat diese Objekte einem nicht identifizierten Eindringling abgenommen, den man vor ungefähr einer Woche auf dem

Flottenstützpunkt in Alameda bei San Francisco dabei erwischt hat, wie er auf der *U.S.S. Enterprise* herumschnüffelte. Der Eindringling wurde verletzt und verschwand später unter mysteriösen Umständen aus dem Mercy Hospital, aber er ließ diese Geräte zurück. Der Marine-Geheimdienst hat ein paar Tage lang vergeblich versucht, auf eigene Faust etwas herauszufinden, bis jemand so schlau war und sie an uns weitergegeben hat«, fügte er mit einem verächtlichen Schnauben hinzu.

Shannon nickte und saugte förmlich jedes Detail von Carlsons Erklärung in sich auf. Die *Enterprise* war ein Flugzeugträger, das wusste sie, aber sie war sich noch nicht sicher, warum ein misslungener Spionageversuch ihren Boss so begeisterte. »Was für ein Eindringling?«, wollte sie wissen. »Ich verstehe nicht.«

»Wahrscheinlich ein Russe«, stellte der ältere Wissenschaftler fest. »Er identifizierte sich als Pavel Chekov, aber die CIA hat keinerlei Aufzeichnungen über die Einreise eines Pavel Chekov in die USA, und die Sowjets haben seine Existenz vehement abgestritten.« Carlson klang, als hätte er wenig Zweifel an den russischen Unschuldsbeteuerungen. »Natürlich sind ein paar paranoide Typen immer noch überzeugt davon, dass ›Chekov‹ nichts weiter ist als ein besonders gerissener kommunistischer Spion, aber ich habe da so meine Zweifel.«

Er wies mit der ausgestreckten Hand auf die namenlosen Geräte auf der Theke. »Wenn diese Instrumente sowjetische Entwicklungen sind, dann sind die Roten uns technologisch wesentlich weiter voraus, als dem Pentagon lieb sein kann.« Er warf Shannon ein spitzbübisches Grinsen zu, das bedauerlicherweise von jahrelangem Rauchen vergilbte Zähne enthüllte. »Glücklicherweise glaube ich nicht, dass das der Fall ist.«

Sie konnte nicht fassen, dass er damit tatsächlich andeuten wollte, was sie vermutete. »Sie glauben doch nicht ... glauben Sie wirklich, dass dieser ›Chekov‹ vielleicht ...« Selbst nach allem, was sie in diesem Job während der letzten paar Jahre erlebt hatte, fand sie es schwierig, die Worte laut auszusprechen.

»... nicht von der Erde ist? Ein Außerirdischer?« Carlson vervollständigte ihren Satz mit einem triumphierenden Zwinkern in den Augen. »Das ist genau das, was ich denke.« Er strahlte die beiden nicht identifizierten Objekte an wie ein Kind, das zu Weihnachten die beiden Spielzeuge bekommen hatte, die es sich am meisten gewünscht hatte. »So verwirrend es sein mag, diese Geräte haben deutliche Ähnlichkeit mit einigen der Ausrüstungsgegenstände, die wir 1947 in Roswell bergen konnten.«

Shannon sog scharf die Luft ein. Bis sie vor etwa zwei Jahren zum Projekt F gestoßen war, hatte sie immer angenommen, dass Geschichten über UFOs und gefangene Alien-Besucher nichts weiter als Erfindungen der Klatschpresse waren. Umso überraschter war sie, als Dr. Carlson ihr erzählte, dass er vor rund vierzig Jahren eine Gruppe Aliens persönlich getroffen und sie auch untersucht hatte, nachdem ihr Raumschiff in New Mexico abgestürzt war. Auch wenn die außerirdischen Kreaturen, die sich selbst die »Ferengi« nannten, der Gefangenschaft kurz danach entflohen waren, hatte Dr. Jeffrey Carlson den Rest seines Arbeitslebens der Aufgabe gewidmet, alles zu studieren, was er über die Aliens und ihre erstaunlich fortgeschrittene Technologie finden konnte.

Shannon war noch immer nicht bereit, zu akzeptieren, was ihr Boss da sagte. »Sicher sah doch dieser Russe, der festgenommen wurde, dieser Chekov, nicht aus wie ein Ferengi?«

Den geheimen Fotografien nach, die man 1947 aufgenommen hatte, ähnelten die früheren Erdbesucher haarlosen Trollen, mit grotesk vergrößerten Ohren und nagerähnlichen Zügen. Es war schwer, sich vorzustellen, dass ein Marine-Geheimdienstler einen Ferengi für einen sowjetischen Spion halten könnte, und sei er noch so paranoid.

»Natürlich nicht«, gab Carlson zu. »Aber Sie vergessen, dass die Roswell-Aliens, oder wenigstens einer von ihnen, in der Lage waren, ihre Gestalt nach Wunsch zu ändern. Ich habe das mit meinen eigenen Augen gesehen, ebenso wie Faith«, fügte er hinzu. Er bezog sich dabei auf seine Frau, eine Armeekrankenschwester, die mittlerweile im Ruhestand war. »Warum könnte dieser Chekov denn nicht in Wirklichkeit ein getarnter Ferengi gewesen sein?«

Gute Frage, dachte Shannon. Langsam gewöhnte sie sich an den Gedanken. Hatte man die Existenz von Aliens mit gestaltwandlerischen Fähigkeiten aus dem All erst einmal akzeptiert - etwas, womit sie schon vor Monaten ihren Frieden gemacht hatte -, war es sicher auch möglich, dass einer von ihnen letzte Woche Kalifornien besucht hatte. *Aber warum?*, fragte sie sich unwillkürlich. *Zu welchem Zweck?*

Sie erinnerte sich plötzlich an einen Bericht, dem sie vor wenigen Tagen nur flüchtige Aufmerksamkeit geschenkt hatte, irgendetwas über eine Meeresbiologin, die spurlos aus San Francisco verschwunden war. *Das war ungefähr zur gleichen Zeit, als dieser ›Chekov‹ in Alameda aufgetaucht ist,* fiel ihr jetzt auf. *Ob es da eine Verbindung gibt?* Keiner der Bekannten der Frau oder ihrer Kollegen hatte ihr plötzliches Verschwinden erklären können. *Wie lautete noch gleich ihr Name? Gillian Irgendwas?* Vielleicht war sie in Wirklichkeit von Aliens entführt worden?

Aber was könnten die Ferengi mit einer Meeresbio-

login anfangen wollen? Shannon hatte nicht die leiseste Ahnung. Carlson zufolge waren die ursprünglichen Roswell-Aliens durch einen Unfall auf der Erde gelandet, zumindest hatten sie das hartnäckig behauptet. Warum waren sie, oder andere mit ihrem Aussehen, nach so langer Zeit schließlich wieder zur Erde zurückgekehrt?

Sie betrachtete die gerade erst eingetroffenen Artefakte auf dem Tresen. »Sind Sie sicher, dass es sich bei diesen Geräten um Ferengi-Technologie handelt?«

»Ich glaube schon«, sagte der Doc zögernd. »Wir hatten allerdings noch keine Zeit, sie ausführlich zu untersuchen, und es gibt immer noch eine Menge, was wir über das, was wir '47 erlebten, nicht wissen. Immerhin ist es jetzt beinahe vierzig Jahre her, und wir versuchen immer noch, herauszufinden, wie Quarks Schiff und seine anderen Apparate funktionierten. Und das nur mit Fotos und Skizzen aus dieser Zeit.« Er lächelte schwach. »Manchmal fühle ich mich wie ein Höhlenmensch, der versucht, einen Mikrowellenherd zu verstehen.«

Shannon wusste, wie er sich fühlte. Viele ihrer eigenen Arbeiten im Projekt hatten mit der scheinbar unmöglichen Aufgabe zu tun, ein Ferengi-Raumschiff aus nichts weiter als vierzig Jahre alten Notizen und Diagrammen zu rekonstruieren. Sie beschäftigte sich schon seit zwei Jahren damit, und ein Erfolg war nicht in Sicht. Der langsame Fortschritt deprimierte Shannon, die sich zum Ziel gesetzt hatte, die erste Frau auf dem Mars zu sein. Nicht einmal die *Challenger*-Katastrophe Anfang des Jahres hatte ihren leidenschaftlichen Wunsch, ins All zu fliegen, bremsen können. Wenn überhaupt hatte die tragische Explosion ihre Entschlossenheit, das Rätsel des längst wieder abgereisten Ferengi-Raumschiffs endlich zu lösen, verstärkt. *Gott weiß, dass wir etwas Besseres als das Space Shuttle brauchen, wenn wir jemals ernsthaft den Kosmos erforschen wollen.*

»Und doch«, fuhr Carlson jetzt fort und klopfte mit den Fingerknöcheln auf das stahlartige Plastik (oder den plastikartigen Stahl) der fremdartigen Instrumente. »Ich verwette meine skandalös winzige Pension darauf, dass das hier das gleiche Material ist wie das, aus dem Quarks Ausrüstung hergestellt worden ist.« Er strich sich nachdenklich über das Kinn, als er die fraglichen Objekte betrachtete. »Das Einzige, was mich zugegebenermaßen verwirrt, ist, dass mir das Design dieser Geräte irgendwie nicht so ausgeklügelt vorkommt wie manches, was wir 1947 gesehen haben. Es ist, als habe ihre Technologie in den letzten vier Jahrzehnten einen Rückschritt von etwa einer Generation gemacht, was dem widerspricht, was man erwarten würde.«

Shannon hob vorsichtig das pistolenähnliche Ding von der Theke auf. Ihre Hand passte bequem um den Griff. Es war überraschend leicht. »Nun, wie sagt man so schön: Früher war alles besser. Vielleicht gilt das auch für außerirdische Technologie.«

Dann kam ihr eine Idee, die ihr noch weiter hergeholt erschien. »Oder, wer weiß, vielleicht ist hier irgendein Zeitreise-Paradoxon am Werk: Sie wissen schon, *Zurück in die Zukunft* mit Michael J. Fox und so.«

Natürlich hatte sie das nur so dahingesagt, doch Carlson schien sich ernsthaft mit dieser Idee zu befassen. »Wissen Sie, Shannon, das könnte wirklich der Fall sein.« Er sah, wie sie das mutmaßlich außerirdische Gerät behandelte. »Vorsicht«, warnte er sie. »Die Leute von der Spionageabwehr der Marine waren sicher, dass das, was Sie da gerade in der Hand halten, eine Art Waffe ist, auch wenn bisher keiner in der Lage war, sie zu aktivieren.«

Sein Tonfall implizierte, dass das vielleicht gar nicht so schlecht war, wenn das US-Militär involviert war. »Angeblich hat Chekov selbst vor seinem Unfall darauf hingewiesen, dass seine Waffe von der Strahlung des Atomreaktors auf der *Enterprise* beschädigt wurde.« Sein Blick richtete sich in die Ferne, als er über die möglichen Folgen dessen nachdachte, was er gesagt hatte. »Wissen Sie, jetzt, wo ich darüber nachdenke, hatte Quark große Ressentiments gegen Atomenergie. Vielleicht ...«

Ein rasselndes Husten unterbrach seine wilden Vermutungen. Shannon zuckte bei dem heftigen, feuchten Geräusch, das aus den missbrauchten Lungen ihres Mentors drang, zusammen. Mit Schmerz und Mitgefühl sah sie dem krampfartigen Anfall zu, der den Körper des alten Mannes krümmte. Sie legte die »Pistole« wieder auf die Theke und beeilte sich, Carlson zu helfen. Sie nahm ihm mit einer raschen Bewegung die Zigarette aus den vergilbten Fingern und führte ihn zu einem Stuhl in der Nähe, damit er sich setzen konnte.

Es brauchte ein paar Momente, aber schließlich ebbte der Hustenanfall ab und Carlson war in der Lage, zu atmen. »Tut mir leid«, entschuldigte er sich kleinlaut. »Ich glaube, ich habe zu hart gearbeitet.«

Zum ersten Mal, seit sie ins Labor zurückgekehrt war, bemerkte Shannon, dass Carlsons Gesicht noch eingefallener und erschöpfter wirkte als üblich. Der breite schwarze Rahmen seiner Brille konnte die dunklen Ringe unter seinen Augen kaum verbergen. »Lassen Sie mich raten, Sie haben die letzten Stunden durchgearbeitet, nicht wahr?«

Carlson zuckte abwehrend mit den Schultern. Er war mit enormem Enthusiasmus bei der Arbeit, doch die Kehrseite der Medaille war, wie Shannon wusste, dass er sich oft überanstrengte.

»Mehr oder weniger«, gab er zu. »Aber können Sie mir das zum Vorwurf machen? Das ist die Chance meines Lebens. Brandneue Beweise für außerirdische Intelligenz! Ich könnte keine Pause machen, selbst wenn ich es wollte.«

Er wirkte aufgeregt und gleichzeitig ausgemergelt. Shannon entschied, dass es Zeit war, ein Machtwort zu sprechen. Der liebenswürdige alte Wissenschaftler lag ihr zu sehr am Herzen, als dass sie zugesehen hätte, wie er seine Gesundheit derart ruinierte. »Hören Sie, wenn Sie nicht nach Hause gehen und eine Nacht ordentlich durchschlafen wollen - was genau das ist, was Sie jetzt brauchen -, dann sollten Sie sich wenigstens ein paar Stunden in Ihrem Büro aufs Ohr legen. Dafür habe ich Ihnen doch diese Pritsche extra hingestellt.«

»Wenn ich eine Krankenschwester bräuchte, hätte ich auch zu Hause bei meiner Frau bleiben können«, grummelte Carlson. Er griff nach seiner Zigarette, aber Shannon zerdrückte den verfluchten Sargnagel in einem praktischerweise herumstehenden Porzellanmörser.

»Verdammt, ich warte seit vierzig Jahren darauf, noch einen Blick auf die Technologie der Ferengi werfen zu können.«

Shannon blieb hart: »Dann werden ein paar Stunden mehr oder weniger wohl kaum einen Unterschied machen.« Sie half ihrem erschöpften Boss wieder auf die Beine und führte ihn in sein Büro, das sich nur wenige Schritte entfernt in einer Reihe abgeteilter Räume neben dem Labor befand. Carlson sprach düster mit sich selbst, aber gab widerwillig nach. Tief im Inneren, so vermutete seine junge Mitarbeiterin, wusste ihr genialer Mentor, dass sie recht hatte.

Nachdem sie sich vergewissert hatte, dass Carlson sich tatsächlich auf dem tragbaren Feldbett ausgestreckt hatte, das ihm Shannon vor Monaten mitgebracht hatte, schaltete sie das Licht aus und schlüpfte leise wieder aus dem winzigen, mit Büchern vollgestellten Arbeitszimmer. Sie blieb einige Minuten vor der geschlossenen Tür stehen, sicher zu sein, dass Carlson wirklich entspannte, dann ging sie auf Zehenspitzen wieder ins Labor zurück, um sich die mysteriösen Gerätschaften, die ihren Boss so begeistert hatten, genauer anzusehen.

Eine schwarz eingefärbte Glastür trennte das Labor von den Büros. Shannon war sicher, dass sie die Lichter ausgeschaltet hatte, als sie das Labor verlassen hatte, und so war sie überrascht, als sie nun einen unheimlichen blauen Schimmer erblickte, der durch einen Spalt unter der Tür schien. Schwaden von saphirblauem Nebel drangen in den Gang hinein.

Was zum Teufel ... Sie schnupperte in der Luft und hatte einen Augenblick Angst, dass eine versehentlich liegen gelassene Zigarette einen Brand ausgelöst hatte, aber sie konnte nichts riechen, was auf einen Brand hindeutete. Was auch immer dieser geruchlose blaue Dunst war, es war kein Rauch.

Sie war mit einem Mal auf der Hut und schlich sich näher an den geschlossenen Eingang zum Labor heran. Sie sah durch das halbdurchsichtige Glas und erkannte die Silhouette einer humanoiden Gestalt, die sich durch das Labor bewegte. *Ein Eindringling, hier in der Area 51?* Das schien kaum möglich, es sei denn, Chekov selbst war irgendwie vorbeigekommen, um seine Besitztümer abzuholen. Wer wusste schon, wie ein Ferengi kam und ging? Konnte es sein, dass ein echter Außerirdischer aus dem Weltall nur wenige Meter entfernt war?

Einer Eingebung folgend stieß Shannon die Tür auf und schaltete das Licht an, um den Eindringling zu überraschen. Die intensiven weißen Lichter erwischten eine durch und durch menschlich aussehende Frau in flagranti, die gerade die Schubladen eines Ausrüstungsschranks unter der Stahltheke durchwühlte. Sie war gebräunt und blond, schien Ende dreißig zu sein und trug einen weiten dunkelgrünen Pullover und schwarze Spandex-Leggings. Über der Schulter trug sie eine schick aussehende Tragetasche. Ihre Augen waren weit aufgerissen. Auf ihrem Gesicht spiegelten sich Überraschung und Ärger, doch es war nichts Außerirdisches an ihren Zügen. Sie sah genauso schuldbewusst aus wie eine Minderjährige, die man beim Gucken eines Pornofilms erwischt hatte.

Die ist kein Ferengi, nahm Shannon intuitiv an, *und auch kein Pavel, nicht solange die Aliens neben ihrer Gestalt nicht auch ihr Geschlecht ändern können.*

Die Hand der Fremden lag noch immer auf dem Griff einer teilweise geöffneten Schublade, während ihre andere Hand das schwarze, rechteckige »Radio« ergriffen hatte, das man Chekov abgenommen hatte. Das andere Artefakt, das einer Pistole ähnelte, lag noch auf dem polierten Stahltisch, gerade außerhalb der Reichweite der Fremden.

Shannon reagierte schnell, stürzte vor und hob die mutmaßliche Waffe auf. »Keine Bewegung!«, warnte sie die ältere Frau und zielte mit dem Teil der Waffe, von dem sie hoffte, es sei der Lauf, auf die Fremde. *Meine Güte, werde ich mir blöd vorkommen, wenn ich das Ding in die falsche Richtung halte!,* dachte sie.

»Warten Sie! Immer mit der Ruhe!«, flüsterte die andere drängend und ohne eine Spur von russischem Akzent. Sie riss ihrerseits den Arm hoch und richtete das ›Radio‹ auf Shannon. »Sie bleiben ebenfalls, wo Sie sind!«

Die junge Technikerin war sich nicht sicher, ob sie enttäuscht oder erleichtert sein sollte, dass die mysteriöse

Frau so überzeugend menschlich agierte und aussah. »Das ist keine Waffe«, forderte Shannon die Namenlose heraus und wies mit dem Kinn auf das schachtelartige schwarze Instrument in der Hand der Einbrecherin.

»Ach ja?« Die Verlegenheitsröte im Gesicht der honigblonden Frau machte der Gewissheit Platz. Sie hielt ihre Waffe auch weiterhin auf Shannon gerichtet. Ihre blaugrünen Augen verengten sich, als sie Shannon musterte, als sei diese ein Revolverheld in einem alten Clint-Eastwood-Film. »Sind Sie sich da wirklich sicher?«

Nicht so richtig, dachte Shannon und schluckte. Bisher war die wirkliche Funktion beider Geräte unbekannt. Nach allem, was sie wusste, drohte sie einem Todesstrahl mit einem Bleistiftspitzer. *Aber wenn das der Fall wäre,* schöpfte sie wieder Hoffnung, *warum hat Blondie mich dann noch nicht geblitzdingst?*

»Wer sind Sie?«, wollte sie nervös wissen. Wie war die Einbrecherin überhaupt an all den Wachen und Sicherheitskameras vorbeigekommen? Hatte die Blondine irgendetwas mit Sergeant Muckerheide angestellt, oder stand der freundliche Soldat noch immer Wache außerhalb des Labors, in seliger Unkenntnis des Wildwestszenarios, das sich hier zu entwickeln drohte? Shannon war versucht, um Hilfe zu rufen, aber sie fürchtete, die andere Frau würde ihre Waffe (?) abfeuern, während Shannon noch versuchte, Verstärkung herbeizuholen. Außerdem, erinnerte sie sich, konnte Muck das Labor nicht betreten, selbst wenn es um ihr Leben gegangen wäre. Er hatte nicht die Sicherheitsfreigabe, um die verschlossene Tür zu öffnen. *Das nenne ich Ironie,* dachte sie bitter.

»Schschsch«, warnte die Fremde Shannon und hielt einen Finger an ihre Lippen. Um die Geste noch zu betonen, fuchtelte sie mit dem Radio vor Shannons Nase herum.

»Mein Name tut nichts zur Sache. Das Wichtigste ist ...«, sie ließ die Schublade wieder im Schrank verschwinden und wies auf die angebliche Feuerwaffe in Shannons Hand, »... das da gehört nicht Ihnen.«

»Ihre Initialen, wie auch immer die lauten mögen, sehe ich auch nicht darauf«, gab Shannon zurück. Ihr Blick glitt durch das ordentliche, gut ausgestattete Labor. Fieberhaft ging sie in Gedanken ihre Möglichkeiten durch. Sie konnte natürlich nach Doc Carlson rufen, aber das Letzte, was sie wollte, war, auch ihren Boss in Gefahr zu bringen. Doch dann fiel ihr Blick auf das weiße Plastiktelefon, das ein paar Meter von ihr entfernt an der Wand angebracht war, direkt neben einer Tafel, die mit uralten Formeln und Diagrammen vollgeschrieben war. *Wenn ich nur die Gelegenheit bekäme, um Hilfe zu rufen,* dachte sie und begann, sich langsam in diese Richtung zu bewegen. »Und wie heißt es so schön: Wer's findet, darf's behalten.«

Aber die »Radio« schwenkende Blondine erkannte, was Shannon vorhatte, und stellte sich ihr rasch in den Weg.

»Sehen Sie, Sie sind doch Wissenschaftlerin, oder?«, fragte die Fremde hoffnungsvoll. »Also sind Sie wahrscheinlich eine kluge Frau. Sie müssen doch wissen, dass die Zivilisation für diese Technologie noch nicht bereit ist. Sie übersprängen damit Jahrhunderte der Menschheitsentwicklung. Unsere Psyche und unsere sozialen Einrichtungen würden hoffnungslos zurückbleiben.«

Die unbekannte Einbrecherin klang ehrlich besorgt. Bittende blaugrüne Augen sahen Shannon ohne jeden Hintergedanken oder böse Absicht an. »Überlegen Sie nur, was mit dem Gleichgewicht der Supermächte geschieht, wenn das Pentagon herausfindet, wie diese Science-Fiction-Geräte funktionieren!«

»Aber es muss doch nicht immer um größere und bessere

Waffen gehen«, argumentierte Shannon leidenschaftlich. Sie und der Doc sahen sich zu Höherem berufen, als einfach nur zum Wettrüsten beizutragen. »Dafür gibt es Verträge und Diplomatie. Was ist mit der friedlichen Nutzung von wissenschaftlichem Fortschritt? Wie medizinische Forschung, alternative Energiequellen, die Raumfahrt ...?«

Das herzzerreißende Bild der mitten in der Luft explodierenden *Challenger* erschien vor ihrem geistigen Auge. Ihre Worte blieben ihr im Halse stecken. »Wenn wir bessere, fortgeschrittenere Raumschiffe bauen könnten, indem wir diese Art von futuristischer Technologie benutzen, dann würden Astronauten wie Christa McAuliffe und die anderen vielleicht nicht mehr auf diese Weise sterben müssen!«

Die blonde Frau lächelte traurig. »Ich verstehe, was Sie sagen wollen«, erklärte sie mitfühlend. »Und ich mag Ihre Art zu denken. Aber Sie müssen mir vertrauen, Rotschopf. Leuten wie Ihnen solche Instrumente zu überlassen, ist eine schlechtere Idee als New Coke.«

Ohne Vorwarnung drückte sie einen Knopf auf dem »Radio«, das prompt ein elektronisch klingendes Summen ausstieß. Shannon zuckte zusammen in der Erwartung, betäubt oder desintegriert zu werden, aber die blonde Frau sah nur auf die digitale Anzeige des Geräts hinab und grinste triumphierend. »Tut mir leid, dass ich Ihnen das sagen muss, Schwester, aber für mich sieht's so aus, als wäre Ihrer Strahlenwaffe der Saft ausgegangen.«

Unbekümmert steckte sie ihre eigene »Waffe« in die Tragetasche, die von ihrer Schulter herabhing, und sprang auf Shannon zu. Die Jüngere versuchte verzweifelt, eine Art Schalter zu drücken, aber genau wie die Blondine vorhergesagt hatte, passierte nichts. Ihre Angreiferin griff selbstsicher nach Shannons Arm und übte mit einem gekonnten Kampfkunstgriff Druck auf das Handgelenk der verwirrten Shannon aus. Die Wissenschaftlerin musste die Waffe fallen lassen.

»Na also!«, sagte die Blondine fröhlich und trat mit ihrer Beute zurück, die sie nun ebenfalls in einer Tasche ihres Pullis verschwinden ließ.

Shannon hatte zunehmend das Gefühl, die Kontrolle über die Situation zu verlieren. Sie zögerte, unsicher, ob sie lieber zum Telefon laufen oder versuchen sollte, der anderen mit körperlicher Gewalt die gestohlenen Artefakte wieder zu entwenden. *Ich wusste, ich hätte diesen Selbstverteidigungskurs machen sollen, den sie im Fitness-Center anbieten!*

»Vorsicht, Rotschopf!«, warnte die Blondine, als könnte sie Gedanken lesen. Sie zog einen Kugelschreiber aus einer der hellgrünen Strickstulpen an ihren Beinen und zielte mit der Spitze auf Shannon. »Ob Sie's glauben oder nicht, diesmal bluffe ich nicht. Dieser kleine, unscheinbare Füller hier ist wirklich eine Waffe, irgendwie jedenfalls, also glauben Sie nicht, Sie könnten hier Rambo spielen.«

Sie warf einen Blick über die Schulter auf einen Ausrüstungsschrank am anderen Ende des Labors und entfernte sich langsam von Shannon.

Das verstehe ich nicht, dachte Shannon. Die Ereignisse brachten sie ganz durcheinander. *Warum glaubt sie, sie kann einfach so verschwinden? Es führt kein Weg hier hinaus, außer an all den Wachen draußen vorbei!* Doch irgendwie wusste sie, dass die namenlose Blondine die Area 51 auf genauso mysteriöse Weise verlassen konnte, wie sie gekommen war, und die beiden erbeuteten Artefakte mitnehmen würde.

»Warten Sie!«, rief Shannon begieriger denn je, das

Geheimnis der außerirdischen Objekte zu ergründen. »Was, wenn wir versprechen, das Wissen mit der ganzen Welt zu teilen, einschließlich unserer Feinde? Auf diese Weise hätten alle etwas davon!«

Die Blondine hielt inne und betrachtete Shannon fasziniert. »Ich weiß diesen Gedanken zu schätzen«, sagte sie und schüttelte dann langsam den Kopf. »Aber die Welt kann das derzeit nicht riskieren. Die Situation ist geopolitisch gesehen zu instabil.«

Sie musterte Shannon nachdenklich, als versuche sie, die junge Ingenieurin anhand unbekannter Kriterien einzuschätzen. »Aber vielleicht sollten wir irgendwann noch einmal miteinander sprechen. Wie heißen Sie überhaupt?«

»Shannon«, antwortete die Technikerin nervös. Sie hoffte fieberhaft, dass sie nicht gerade ihre Alien-Entführung besiegelte, wie es wohl auch der vermissten Meeresbiologin geschehen war. »Shannon O'Donnell.«

Die Blondine lächelte. »Es war mir ein Vergnügen, Sie zu treffen, Shannon.« Von der anderen Seite des Labors richtete sie ihren Füller direkt auf die junge Frau. »Keine Sorge, das tut nicht weh.«

Für einen Augenblick flackerte Panik in Shannons hämmerndem Herzen auf. Dann summte der silberne Füller laut auf und all ihre Sorgen verschwanden.

Zumindest für etwa eine Stunde.

32

Aus dem Erlöserturm, der sich hoch aus den roten Ziegel-
mauern des Kreml erhob, erklang die russische Natio-
nalhymne als Glockenspiel und zeigte an, dass es sieben
Uhr abends war. Colonel Anastasia Komananow, dritte
stellvertretende Direktorin des KGB, beschleunigte ihre
Schritte, als sie den Roten Platz in Richtung der bedrohlich
wirkenden Festung überquerte, die nun als Zentrum der
Sowjetunion galt. Ihr doppelreihiger stahlgrauer Mantel
war fest zugeknöpft, um sie vor der bitteren Abendkälte
zu schützen. Goldene Sterne, die ihren Rang anzeigten,
glitzerten am Kragen des schweren Wollmantels, und ein
schlanker schwarzer Diplomatenkoffer war zur Sicherheit
an ihr Handgelenk gekettet.

Die Kälte, die für Oktober extrem war, hatte sowohl die
Bewohner der Stadt als auch die Touristen bereits ins
Innere der Häuser getrieben. Der Platz war an diesem
Abend wie leer gefegt. Komananow schritt zügig über die
weite, kopfsteingepflasterte Fläche hinweg und kam ihrem
Ziel rasch näher. Direkt vor ihr, auf der anderen Seite
des Roten Platzes, war die runde Kuppel des russischen
Senats über der mit Zinnen bewehrten roten Kremlmauer

zu sehen. Im Verwaltungsgebäude Nr. 14 des Moskauer Kremls, wo ein großer Teil der Präsidialverwaltung untergebracht war, erwarteten Komananow dringende Geschäfte, die für die Existenz der Sowjetunion lebenswichtig waren.

Doch zuerst hatte sie noch etwas anderes zu erledigen.

Im Schatten des Kremls, direkt unter dem Senatsturm, befand sich Lenins Mausoleum, eine stufenförmige Pyramide aus klobigen Quadern, deren roter Granit zu den strengen Mauern des Palastes dahinter passte. Zwei Reihen ordentlich gestutzter Pinien wuchsen vor dem Eingang zum Mausoleum, das von einer Ehrengarde uniformierter Soldaten mit AK-74-Maschinengewehren bewacht wurde. Über dem Eingang stand in großen kyrillischen Buchstaben der Name des Vaters der russischen Revolution geschrieben.

Tagsüber zog sich vor dem Eingang des Mausoleums meist eine lange Schlange von Besuchern, die sowohl aus ernsthaften Pilgern als auch aus neugierigen Touristen bestand, über den Platz und wartete darauf, dem verstorbenen sowjetischen Regierungschef ihren Respekt zu erweisen. Nachdem das Monument für den Tag geschlossen war, waren nur noch die finster dreinblickenden Wachposten hier und nahmen Haltung an, als Komananow auf sie zuging. Der Colonel nickte kurz, als die Wachen ihr Gewehr präsentierten und sie wortlos passieren ließen. Sie musste ihre Absichten nicht laut aussprechen, es war ihr zur Gewohnheit geworden, im Mausoleum zu meditieren, wenn all die Touristen fort waren, und die Wachposten, die hier Dienst taten, wussten das. Auch wenn sie sich heute leicht verspätet hatte, da sie das KGB-Hauptquartier in der Nähe des Lubjanka-Platzes ein paar Minuten später als beabsichtigt verlassen hatte, hielt sie es für wichtig, gerade heute nicht von ihrer abendlichen Routine abzuweichen, um keine unnötige Aufmerksamkeit auf sich zu ziehen.

Ich darf nichts tun, was Verdacht erregt, nicht heute und auch nicht in den kommenden Tagen, mahnte sie sich selbst schweigend und bemühte sich um einen nüchternen und undurchsichtigen Ausdruck auf dem auf strenge Weise attraktiven Gesicht. Perlohrringe verliehen ihrem ansonsten sehr einschüchternden Aussehen etwas Weiblichkeit. Ihre Augen in der Farbe des wolkenlosen sibirischen Himmels gaben keinen Hinweis auf das, was sie beunruhigte. *Die Operation muss gelingen,* schwor sie sich. *Die Zukunft der Revolution hängt davon ab.*

Wenn heute Abend alles wie geplant ablief, würde sie als eine der Retterinnen der Sowjetunion in die Geschichte eingehen, was immerhin besser war als die andere Art, auf die sie zu Ruhm gekommen war. Denn zu Anastasia Komananows Schande hatte sie durch einen kitschigen britischen Spionageroman bereits eine gewisse Unsterblichkeit erlangt. Er war von einem westlichen Agenten, dessen Bekanntschaft sie gemacht hatte, geschrieben worden, nachdem er sich aus dem Beruf zurückgezogen und eine eher »literarische« Karriere eingeschlagen hatte.

Wenn das Glück ihr hold war, würden ihre wahren Errungenschaften die ihres fiktionalen Gegenstücks wohl schon bald überstrahlen. Oder wenigstens hoffte sie das sehnlichst.

Sie nahm die pelzbesetzte graue *ushanka*-Mütze ab, als sie unter dem beeindruckenden Granitportal in das spärlich beleuchtete Innere des Mausoleums trat. Ihre Schritte hallten in der sakralen Atmosphäre der Krypta wider, als sie einige kurze, leere Korridore hinabging, bis sie schließlich zum eigentlichen Ruheplatz des Mannes kam, der Russland von einer rückständigen Monarchie in einen modernen kommunistischen Staat verwandelt hatte. Eingeschlossen in einen gläsernen Sarg lagen die sterblichen Überreste von Wladimir Iljitsch Lenin auf einer reich verzierten Bahre, die aus filigran geschmiedetem Eisen bestand und mit knittrigem purpurfarbenem Samt überzogen war. Sie sahen bemerkenswert gut erhalten aus, wenn man bedachte, dass er bereits vor über sechs Jahrzehnten gestorben war. Sein nur mit einem Haarkranz umgebener Schädel lag auf einem weichen Kissen aus Samtplüsch, seine Haut wies noch einen Hauch von Lebendigkeit und rosigem Glanz auf, auch wenn sie ein winziges bisschen wächsern wirkte. Er sah aus, als schliefe er, ein ernster Ausdruck lag auf seinen feinen Zügen, die Arme lagen bequem an seinen Seiten. Professionell ausgerichtete Scheinwerfer sorgen für einen goldenen Schimmer über der ganzen Szenerie und betonten das lebensechte Aussehen der ruhenden Gestalt im konservativen dunkelblauen Anzug. Eiserne Stangen, deren Spitzen zu Hammer und Sichel geschmiedet waren, flankierten die Bahre und hielten symbolisch Wacht an der Seite des großen bolschewistischen Führers. Anastasia Komananow spürte Patriotismus in sich aufwallen und neue Entschlossenheit, als sie das inspirierende Bild betrachtete, das sich ihr bot.

Natürlich gab es Gerüchte, die besagten, dass alles oder zumindest Teile des Körpers dort auf der Bahre nichts weiter war als eine clevere Fälschung, dass der »Lenin« dort nichts weiter war als eine Wachspuppe, die eine einbalsamierte Leiche darstellen sollte. Komananow selbst hatte nie zu tief in diese Materie eindringen wollen. Zweifellos hätte sie die Wahrheit herausfinden können, aber der Colonel glaubte lieber daran, dass die Leiche echt war. Besonders in Zeiten wie diesen, wenn ihre Pflicht und die

Hingabe an den Staat so auf die Probe gestellt wurden.

Ob Lenin wohl die drastischen Aktionen dieses Tages zu schätzen gewusst hätte? *Ganz bestimmt,* versicherte sich Komananow begeistert, *wenn er erst einmal begriffen hätte, was hier auf dem Spiel steht.* Mikhail Gorbatschow, der Mann, der zurzeit am Steuer der Union der Sozialistischen Sowjetrepubliken stand, war ein Schwächling und Verräter, einer, der höchstwahrscheinlich den Ruin der Sowjetunion verschulden würde, wenn man ihn nicht aufhielt. Komananows heißes Kosakenblut kochte, wenn sie sich die vielen verschiedenen Ereignisse ins Gedächtnis rief, mit denen der neue Generalsekretär bereits die Staatssicherheit gefährdet hatte: Den Posten des Verteidigungsministers aus dem Inneren Zirkel des Politbüros zu entfernen, ein unilaterales Abkommen zur Ächtung von Atomwaffen zu verabschieden, der Vorschlag rücksichtsloser, radikaler Kürzungen des Budgets für strategische Waffen und unglaublicher- und unfassbarerweise der öffentliche Vorschlag, Inspektionen von zurzeit geheimen sowjetischen Militäreinrichtungen zu gestatten, sodass sich fremde Mächte von der russischen Einhaltung der unverschämten Abrüstungsverträge überzeugen konnten. Die Gorbatschow offenbar nur zu bereitwillig überhaupt erst unterschrieben hatte!

Der Colonel warf einen Blick auf ihre Armbanduhr. Es war erst zehn nach sieben hier in Moskau, was bedeutete, dass die Sonne in Island noch nicht untergegangen war. Dort trafen sich Gorbatschow und seine flusenhirnigen Jünger in diesem Augenblick mit dem amerikanischen Präsidenten, um noch mehr von Mütterchen Russlands militärischer Macht preiszugeben. Ihren Informanten im Politbüro zufolge plante der Generalsekretär allen Ernstes die totale Vernichtung aller strategischen Nuklearsprengköpfe mit Reagan, diesem senilen alten Kriegstreiber. Zusammen mit seiner gefährlich liberalen Innenpolitik und seinem wachsenden Widerwillen, den Krieg in Afghanistan zu forcieren, war es sonnenklar, dass Gorbatschow, wahrscheinlich verführt von seiner Popularität im Ausland, eine akute Bedrohung von allem darstellte, wofür Generationen von heldenhaften Kommunisten gearbeitet und sich aufgeopfert hatten. *Wenn Lenin wüsste, was sein verblendeter Nachfolger vorhat,* da war sich Komananow sicher, *würde er sich, Wachs hin oder her, aus dem Grab erheben und Mikhail Sergejewitsch ein für alle Mal zerschmettern!*

»Fürchte dich nicht, Genosse«, flüsterte sie dem einbalsamierten Bolschewiken zu. Selbst hier im Mausoleum war sie vorsichtig. Ihre in Handschuhen steckenden Finger umklammerten fest den Griff des schwarzen Diplomatenkoffers. »Heute liegt die Revolution in meinen Händen.«

Sie wandte sich gerade zum Gehen, als sie mitten in der Bewegung erstarrte. Eine Stimme erklang unerwartet hinter ihr: »Und warum ist das so, Colonel Komananow?«

Dem Colonel glitt die Mütze aus den Händen und fiel auf den Boden. Sie wirbelte erschrocken herum. Wie erstarrt sah sie, dass Lenin auf seiner Bahre saß und der Glassarkophag aufgeklappt war. Er schwang seine Beine über den Rand des eisernen Katafalks auf den Boden, dann stand die Leiche zum ersten Mal seit sechzig Jahren auf und rückte sich das ordentlich gebügelte Jackett zurecht. Stechende graue Augen, zweifellos lebendig, richteten sich auf Komananow, als wüsste die furchterregende Gestalt von den tödlichen Geheimnissen in ihrem Kopf.

»Nun?«, verlangte Wladimir Iljitsch Lenin zu wissen. »Wie genau wollen Sie Ihr Versprechen einlösen? Und was ist am heutigen Abend so besonders?«

Für einige grauenvolle Augenblicke wurde die erstarrte KGB-Offizierin von einem abergläubischen Schauer erfasst, der unter ihrer strengen braunen Armeeuniform für eine Gänsehaut sorgte. Unheimliche alte Schauermärchen von Vampiren, Ghulen und anderen unirdischen Wiedergängern, die sich ihr in der Kindheit unauslöschlich ins Gedächtnis gebrannt hatten, tauchten in ihren Gedanken auf wie ein blutrünstiger *vourdalak*, der aus seinem unheiligen Grab kroch.

Dann setzte ihr Verstand wieder ein, und sie erkannte zornig, dass man sie getäuscht hatte. »Hochstapler!«, spie sie der großen, bärtigen Gestalt giftig entgegen, die so verstörend jedem Foto ähnlich sah, das sie je von Lenin gesehen hatte. »Wie können Sie es wagen, das Gedenken an Wladimir Iljitsch so zu beschmutzen!«

»Ich bitte um Verzeihung, Colonel«, erwiderte der falsche Lenin. Auch wenn sein Russisch tadellos war, sprach er nun mit einem amerikanischen Akzent und enthüllte so seine korrupte, kapitalistische Herkunft. Er verließ den Katafalk, zog einen schlanken Füller aus seiner Anzugtasche und richtete die Spitze drohend auf Komananow. Mit der freien Hand zupfte er sich die künstliche Halbglatze aus Gummi vom Kopf. Darunter befand sich von Grau durchzogenes braunes Haar. »Seien Sie sicher, dass die gefälschte Leiche, die hier üblicherweise ausgestellt wird, wieder an Ort und Stelle gebracht wird, sobald wir unsere Angelegenheit hier beendet haben.« Ein falscher roter Bart folgte der Gummiglatze, aber Schichten von wachsrosa Make-up bedeckten noch immer die Züge des Eindringlings. »Nach allem, was ich über ihre Gewohnheiten weiß, schien mir das hier der geeignete Ort zu sein, um mich garantiert unter vier Augen mit Ihnen zu unterhalten.«

Komananow war von den Erklärungen und der Raffinesse des Amerikaners nicht beeindruckt. »Billiges Theater«, schnaubte sie verächtlich. »Wenn Sie glauben, dass Ihr morbider Betrug Ihnen irgendeinen psychologischen Vorteil einbringt, dann haben Sie sich gründlich geirrt.«

Sie warf einen aufmerksamen Blick auf das polierte, silbrige Gerät, das sie in Schach hielt. Seine Kompaktheit täuschte sie nicht darüber hinweg, dass es sich wahrscheinlich um eine Waffe handelte. Sie wusste sehr wohl, dass KGB-Killer oft tödliche Pfeile aus Mechanismen abfeuerten, die mindestens so klein wie der Füller des Amerikaners waren, wenn nicht sogar noch kleiner. »Was wollen Sie von mir?«, fragte sie trotzig.

Der Amerikaner überwand die Distanz zwischen ihnen mit einem Schritt. Er riss ihren Mantel auf, durchsuchte sie ruhig nach Waffen und nahm ihr die geladene Makarow-Pistole ab. Zufrieden, dass er sie so wirkungsvoll entwaffnet hatte, trat er zurück und betrachtete sie nachdenklich.

»Colonel, ich habe Grund zu der Annahme, dass Sie und andere in der Hierarchie des Geheimdienstes und des Militärs sich gegen Mr. Gorbatschow verschworen haben und wahrscheinlich das Gipfeltreffen in Reykjavik ausnutzen wollen, um hier während seiner Abwesenheit einen Putsch zu inszenieren.«

Woher weiß er das?, fragte sich Komananow beunruhigt. Sie verfluchte schweigend denjenigen, der diesem Amerikaner gegenüber auch nur einen Hauch der Operation verraten hatte, und schwor sich, sollte sie diese Begegnung überleben, würde sie den Informanten finden und ihn für seinen Verrat bezahlen lassen. »Ich weiß nicht, was Sie meinen«, sagte sie rundheraus. »Ich bin eine treue Dienerin sowohl des Staats als auch der Partei.«

Der Amerikaner seufzte müde. »Bitte, Colonel. Verschwenden Sie nicht unsere Zeit mit Heucheleien.« Er nickte in Richtung des Diplomatenkoffers, den sie in der Hand hielt. »Seien Sie bitte so freundlich, mir einen Blick ins Innere dieses Koffers zu gewähren.«

»*Njet*«, lehnte sie ab. Unter keinen Umständen würde sie dem fremden Agenten erlauben, in den streng geheimen Dokumenten herumzuwühlen, die sich in diesem Koffer befanden. »Er ist abgeschlossen«, erklärte sie und ließ die stabile Kette rasseln, die den Griff des Lederkoffers mit ihrem Handgelenk verband. »Ich habe keinen Schlüssel.«

»Eine durchschaubare Lüge, Colonel«, stellte der Amerikaner fest. »Aber auf keinen Fall ein Problem.«

Der silberne Stift summte kurz auf, dann löste ein unsichtbarer Strahl die Kette genau zwischen ihrem Arm und dem Koffergriff auf. Komananow rang hörbar nach Atem. Der Amerikaner justierte die Einstellungen seiner Waffe, dann schoss er auf den Koffer selbst. Zu ihrem Ärger hörte die KGB-Offizierin, wie sich das Schloss mit einem Klicken öffnete.

»Keine weiteren Ablenkungsmanöver, Colonel«, befahl der Amerikaner. Er wies auf den gedrungenen Katafalk, auf dem zuvor Lenins Leichnam aufgebahrt gelegen hatte. Oder besser gesagt ein täuschend echtes Faksimile. »Bitte stellen Sie den Koffer auf die Bahre und treten dann einen Schritt vom Katafalk zurück.«

Trotz der Gefahr, die ihr und, noch wichtiger, der Operation drohte, musste Komananow die Möglichkeiten der stiftförmigen Waffe bewundern, die dem Hochstapler gehörte. *Ein überaus vielseitiges Gerät,* dachte sie neidisch. *Eins, das ich meinem eigenen Arsenal nur zu gern hinzufügen würde.*

Widerwillig gab sie den Wünschen des Amerikaners nach

und legte die Aktentasche wie befohlen flach auf die Samtkissen der Bahre. »Warten Sie«, änderte er seine Befehle, bevor sie vom Katafalk zurücktreten konnte. Zwillingsantennen sprangen aus dem Gerät, dann richtete er es auf den Koffer, als wolle er ihn nach versteckten Sprengfallen untersuchen. Gleichzeitig behielt er auch den Colonel ständig im Fokus der Waffe. Schließlich gab der Füller drei oder vier Mal ein elektronisches Piepen von sich, hatte aber offenbar nichts entdeckt. Der Amerikaner nickte zufrieden und bedeutete Komananow, zur Seite zu treten. Sie gehorchte widerwillig. *Das ist eine Katastrophe,* dachte sie verzweifelt. *Die ganze Operation könnte gefährdet sein!*

Obwohl Komananow zutiefst beunruhigt war, versuchte sie, ihre Angst mit zusammengepressten Lippen hinter einer steinernen Miene zu verstecken. Währenddessen klappte der Amerikaner den Deckel des unverschlossenen Koffers auf und begann, den Inhalt zu untersuchen. Er blätterte durch Stapel geheimer Papiere. Was er fand, schockierte ihn sichtlich. »Bei den Aegis«, murmelte er in sich hinein. Für einen Moment war seine Aufmerksamkeit ganz von den Geheimnissen in Anspruch genommen, die sich in den streng geheimen Papieren verbargen. »Das ist schlimmer, als ich dachte.«

Komananow erkannte ihre Chance. Während der verwirrte amerikanische Spion abgelenkt war, griff sie sich ans Ohr und riss den Ohrring ab. Sie achtete nicht auf den Schmerz, der von ihrem zerrissenen Ohrläppchen ausging, warf den falschen Schmuck auf den harten Betonboden und bedeckte die Augen, als er in einer blendenden Explosion detonierte. Doch obwohl sie die Augen abwandte, brannte das grelle Leuchten am Rand ihres Sichtfelds und ließ blaue Flecken in den Augenwinkeln erscheinen.

Den Amerikaner traf der Blitz unvorbereitet. Er taumelte

rückwärts und war für eine volle Minute völlig geblendet, genau wie Komananow es geplant hatte. Sie hörte ihn vor Schmerz aufstöhnen und trat nach dem Geräusch. Die Sohle ihres linken Stiefels traf den Mann hart an der Brust und warf ihn gegen das unnachgiebige Eisen des Katafalks. Sie hatte ihm die Luft aus den Lungen getrieben. Er rang hörbar nach Atem. Doch er schaffte es, den für ihn so wertvollen Silberstift in der Hand zu behalten. Das Gerät summte, er feuerte blindlings damit um sich. Er verfehlte Komananow, die sich unter dem unsichtbaren Strahl hinwegducken konnte und seinen rechten Arm packte. Sie verdrehte ihn so grob, dass der Mann das so raffiniert getarnte Gerät fallen lassen musste. Mit einem Klappern landete es einige Meter entfernt auf dem Boden. *So ist es schon besser,* dachte Komananow und schmunzelte zufrieden in sich hinein. Nun waren sie beide unbewaffnet.

Trotz seiner grauen Haare war der Amerikaner überraschend stark. Er schlug mit seiner freien Hand nach ihrem Kopf, aber die durchtrainierte KGB-Agentin entkam dem Hieb und rammte ihm das Knie in den ungeschützten Bauch, was den Mann dazu brachte, vor Schmerz einzuknicken. Tränen liefen ihm aus den wässrig grauen Augen, die noch immer unter der winzigen Blendgranate litten, und ließen das rosige Make-up auf seinen Wangen zerlaufen. Sie verschränkte die Hände zu einer Doppelfaust, hieb mit aller Kraft in seinen Nacken und schickte ihn so bäuchlings zu Boden. Dann trat sie ihm zur Sicherheit noch gegen den Kiefer. *Nimm das!,* dachte sie rachsüchtig und zahlte ihm so die ihr zugefügte Demütigung heim.

Mit überraschender Kraft kam der zusammengeschlagene Hochstapler wieder auf die Knie, aber der gnadenlose Colonel besiegte ihn endgültig, indem sie ihm mit den Stahlkappen ihrer Stiefel fest in die Rippen trat.

»Runter!«, befahl sie dem Amerikaner und zog ein Paar armeeübliche Handschellen aus der Manteltasche. Sie fesselte seine Hände hinter dem Rücken, bevor sie ihre vertraute Makarow wieder an sich nahm.

»Keinen Mucks, Amerikaner!«, warnte sie ihn und hielt ihm die Waffe an den Kopf. Blut tropfte von ihrem Ohrläppchen herab, das vor Schmerz höllisch brannte, und doch war es überaus befriedigend, den Spieß umgedreht zu haben. Es geschah dem arroganten Yankee, der die Frechheit besessen hatte, einen verehrten russischen Helden zu imitieren, nur recht. Sie hielt den Lauf der Waffe auf die Stirn des Amerikaners gerichtet und trat von ihrem Gefangenen zurück, um nach seiner Waffe zu suchen. *Unsere Techniker und Quartiermeister werden garantiert einen Blick auf dieses Gerät werfen wollen,* das wusste sie. *Also, wo ist das Ding hingefallen?*

Als die blauen Flecken am Rand ihres Sichtfelds blasser wurden, entdeckte sie den silbernen Stift in den Schatten. »Ausgezeichnet«, murmelte sie, hob die Waffe auf und steckte sie in ihren Stiefel. Dann nahm sie den gestohlenen Diplomatenkoffer an sich und verschloss ihn wieder. Mit dem Koffer in der Hand ging sie durch das Mausoleum auf den Gefangenen zu und riss ihn heftig auf die Beine. »Raus hier!«, befahl sie ihm und stieß ihm den Lauf der Pistole in den Rücken.

»Sie machen einen schrecklichen Fehler, Colonel«, stieß der Gefangene leidenschaftlich hervor und spuckte dabei einen Mundvoll Blut und abgebrochene Zähne auf den Boden. »Gorbatschow und seine Reformen sind die beste Chance Ihrer Generation, um diesen wahnsinnigen Kalten Krieg zu beenden und das Risiko eines katastrophalen Atomkriegs abzuwenden!«

Er blickte über die Schulter und gab einen Laut von sich,

der sich wie ein ernst gemeinter letzter Versuch anhörte, sie von ihrer Pflicht und allem, woran sie glaubte, abzubringen. »Mir ist gleich, was mit mir passiert«, stammelte er. Blut tropfte aus seinem Mundwinkel. »Sie dürfen nicht zulassen, dass Paranoia und fehlgeleiteter Nationalismus den Weltfrieden bedrohen!«

»Ruhe!«, wies sie ihn an und versetzte dem Amerikaner einen Hieb mit dem Pistolenlauf auf den Hinterkopf, um ihn und seine lächerlichen Bitten zum Schweigen zu bringen. Er klang genauso verrückt und auf naive Weise idealistisch wie Mikhail Sergejewitsch selbst.

Trotzdem wurde ihr bewusst, dass sie ihm nicht gestatten konnte, seine nur zu wahren Verdächtigungen in Anwesenheit der ahnungslosen Wachsoldaten auf dem Roten Platz zu verkünden. Was, wenn jemand seinen Anschuldigungen tatsächlich Glauben schenkte, bevor Gorbatschow und seine verräterischen Spießgesellen vollständig eliminiert waren?

Das kann ich nicht riskieren, erkannte sie. »Warten Sie«, befahl sie ihrem Gefangenen und hielt an. Der Gedanke, ihm eine Kugel in den Kopf zu jagen und so seiner unerwünschten Einmischung ein für alle Mal ein Ende zu setzen, war verführerisch. Doch es war zu wichtig, herauszufinden, für wen genau der Hochstapler arbeitete und wie viel er von der lebenswichtigen Operation wusste, die angelaufen war. *Schalte ihn fürs Erste aus*, sagte sie sich und setzte den kostbaren Diplomatenkoffer nur so lange ab, bis sie dem Mann die hellblaue Krawatte abgenommen hatte. Sie benutzte sie als Knebel, sodass er mit niemandem mehr sprechen konnte, und überprüfte den Knoten noch einmal. *Ja, das wird ausreichen.* »Los, weiter«, befahl sie dem Gefangenen und rammte ihm den Pistolenlauf zwischen die Schulterblätter.

Sie lotste den Amerikaner aus der Krypta hinaus ins kalte, klare Mondlicht. Das halbe Dutzend Wachsoldaten am Eingang des Mausoleums reagierte mit verständlicher Überraschung, als sie den gefangenen Spion mit der Waffe die Stufen des Gebäudes hinunter auf das verwitterte Kopfsteinpflaster führte.

»Lenins Geist!«, gab eine der Wachen erstickt von sich. Er bemerkte nicht, wie obszön korrekt dieser Ausruf war.

Später, überlegte sie, würde es eine Untersuchung darüber geben müssen, wie der schamlose Hochstapler es geschafft hatte, sich in das Mausoleum zu schleichen, und was aus Lenins tatsächlichen Überresten geworden war, ob sie nun echt waren oder nicht. Doch fürs Erste musste sie sich um Dringenderes kümmern. Sie sah rasch auf ihre Armbanduhr und bemerkte verärgert, dass es beinahe halb acht war. In Reykjavik war es später Nachmittag. Die Zeit verrann schnell, sie musste im Präsidialamt anwesend sein, in den Verwaltungsräumen des Obersten Sowjet, wenn die Operation, die für heute Abend geplant war, anlief.

»Yolki palki!«, fluchte sie in sich hinein. Der Hochstapler im Mausoleum hatte sie wertvolle Minuten gekostet. Am liebsten hätte sie den Gefangenen gründlich verhört, um herauszufinden, was genau er über den geplanten Putsch wusste, aber sie konnte keine Zeit darauf verwenden, ihm seine Geheimnisse zu entlocken. Die geheimen Dokumente in ihrem Koffer wogen schwer und erinnerten sie an ihre höhere Pflicht. »Nehmen Sie diesen Spion in Gewahrsam!«, befahl sie den Wachen und stieß den Amerikaner in die Richtung der herumstehenden Soldaten. »Bringen Sie ihn auf meinen Befehl in die Lubjanka und sperren Sie ihn dort ein, bis ich ihn befragen kann. Den Knebel lassen Sie bis dahin an Ort und Stelle!«

»*Da*, Colonel«, erwiderte der eifrige Wachkommandant und packte den Amerikaner am Kragen. Er schüttelte den Gefangenen grob in dem Bemühen, ihm seine Verachtung für Staatsfeinde zu demonstrieren. »Ich werde ihn höchstpersönlich hinbringen!«

Bevor der stämmige Soldat allerdings ihren Befehl ausführen konnte, rauschte ein seltsames Zischen durch die eisige Nachtluft. Komananow hörte, wie Stahl durch Fleisch schnitt, und sah überrascht, dass der Kommandant der Ehrengarde sich abrupt versteifte. Dann fiel er mit dem Gesicht voran auf das Kopfsteinpflaster. Ein flacher Stahlreif steckte tief in seinem Rücken, umgeben von einem sich rasch ausbreitenden roten Fleck. Der metallische Ring glänzte im Mondlicht und hatte sich zur Hälfte in die Wirbelsäule des Mannes gegraben. Es sah aus, als habe der Mann nun einen Henkel im Rücken, an dem man ihn wie ein Gepäckstück hätte hochheben können.

Was zum Teufel ..., fragte sich der Colonel, schockiert vom plötzlichen Tod des Kommandanten.

Wuusch! Bevor sie oder einer der anderen Soldaten reagieren konnte, kam ein weiterer silberner Wurfring durch die Luft gewirbelt und traf einen großen, grimmig dreinschauenden Soldaten in den Kopf. Die Wache fiel sofort auf den Boden, ob er tot oder nur bewusstlos war, konnte Komananow nicht erkennen.

»Fjodor!«, schrie einer der Kameraden des Wachmanns erschrocken auf und stürzte an die Seite des Gefallenen. »Wer war das?«

Komananow umklammerte den Griff ihrer Makarow und suchte fieberhaft nach dem Ursprung der Wurfgeschosse.

Da!, dachte sie und sah auf das Dach von Lenins Mausoleum. Dort stand entgegen aller Wahrscheinlichkeit eine Gestalt, die auf dem obersten Granitblock der großen

Pyramide eine dramatisch aussehende Pose einnahm. Ein muskulöser Inder oder Pakistani, nicht älter als sechzehn, sah auf den Colonel herab. Er hielt einen weiteren Stahlring in der Rechten und hatte noch fünf oder sechs über den ausgeprägten Bizeps seines linken Arms gezogen. Trotz des kalten Herbstwetters trug der mörderische Jugendliche nur eine bestickte Baumwollweste über Hose und Stiefeln, dazu eine Art Schärpe oder Gürtel diagonal über die breite Brust geschlungen. An seinem rechten Handgelenk befand sich ein silbernes Metallarmband. Seine selbstbewusste ... nein, seine arrogante Haltung verriet keine Furcht vor den bewaffneten und zornigen Soldaten unter ihm. »Seht, ich lehre euch den Übermenschen!«, zitierte er Nietzsche. »Der Blitz aus der dunklen Wolke Mensch!«

Wer? Komananow erkannte die hochtrabende Erklärung als die Ergüsse eines dekadenten deutschen Philosophen, die recht nett ins Russische übertragen worden waren. Sie zielte auf den Neuankömmling und nahm sich eine Sekunde Zeit, um zu dem gefesselten Amerikaner hinüberzusehen, der nun zwischen den hinterrücks angegriffenen toten Soldaten stand. Sah sie da ein Wiedererkennen in seinen Augen? Der Colonel war überzeugt, dass er, der die Stelle Lenins eingenommen hatte, genau wusste, wer dieser blutrünstige Terrorist war. Sie schwor sich im Stillen, dass dieser ungelegen kommende und äußerst unerfreuliche Rettungsversuch scheitern würde.

»Lasst den Gefangenen nicht entkommen!«, rief sie den vier überlebenden Wachmännern zu und feuerte auf den Jugendlichen auf der Pyramide. Der Lärm von Schüssen hallte auf dem Roten Platz wider, als sie wieder und wieder abdrückte und ein ganzes Magazin auf den wagemutigen Attentäter abfeuerte.

Aber die Reflexe des Jugendlichen waren beinahe übermenschlich schnell. Er lachte frech und sprang dem Beschuss einfach aus dem Weg. Er landete auf einem der unteren Absätze der Stufenpyramide. Er hob mit bemerkenswerter Geschwindigkeit seinen rechten Arm, wirbelte gekonnt einen silbernen Ring um den erhobenen Zeigefinger und schickte ihn zischend auf Komananow, die unfreiwillig zusammenzuckte, Sekundenbruchteile bevor der rasiermesserscharfe Ring den stahlblauen Lauf ihrer Makarow nur einen Zentimeter von ihrem behandschuhten Fingerknöchel entfernt durchschnitt. Erschüttert und frustriert warf sie die nutzlose Pistole von sich. *Das kann er doch bestimmt nicht mit Absicht getan haben!,* hoffte sie atemlos und erschrocken über die unheimliche Zielgenauigkeit des Terroristen.

Oder doch?

Jetzt erkannte sie den fliegenden Ring. Ihr Gedächtnis hatte, ausgelöst von der Erscheinung und dem Gebaren des jungen Inders, eine Erkenntnis. Es war ein *chakram,* die traditionelle Waffe von Indiens berühmten Sikh-Kämpfern. Aber was machte ein so junger Sikh im Herzen Moskaus und warum versuchte er, einen amerikanischen Spion zu retten? Die Möglichkeit, ein multinationaler Spionagering sei eigens gebildet worden, um die Verschwörung gegen Gorbatschow zu vereiteln, schickte ihr einen Schauder über den Rücken. Wie hatten diese Fremden von der Operation erfahren? *Unsere Maßnahmen zur Geheimhaltung waren narrensicher!*

»Erschießen Sie ihn!«, befahl sie den überlebenden Soldaten. Sie brauchten nur wenig Ermutigung, um das Feuer auf den verfluchten Ausländer zu eröffnen, der bereits zwei ihrer Kameraden umgebracht hatte. Maschinengewehre entluden ihre 5.45-mm-Wut auf den Standpunkt des Killers auf der Pyramide und verursachten einen ohrenbetäubenden Lärm. Splitter von rotem und schwarzem Granit flogen durch die Gegend. Komananow verzog angesichts des Schadens am historischen Mausoleum das Gesicht, aber Monumente konnte man reparieren. Die Sicherheit und der Schutz von Russlands Zukunft hatten Priorität. Sie hätte beinahe alles geopfert, um den hinterlistigen Amerikaner und seinen indischen Komplizen daran zu hindern, ihre Operation zu sabotieren. Russland musste Gorbatschow loswerden!

Der mörderische Sikh zog sich angesichts des wilden Dauerbeschusses aus den AK-74-Gewehren in die Schatten der hinteren Pyramide zurück und suchte hinter den massiven Granitblöcken Deckung.

»Haben Sie ihn erwischt?«, rief Komananow zornig und verfluchte im Stillen die Dunkelheit, die den Attentäter vor Entdeckung schützte. Sie hielt den Diplomatenkoffer auch weiterhin fest, wild entschlossen, ihn nicht wieder aus der Hand zu geben. »Ist er tot?«

Sie signalisierte den Soldaten, sich um das zerschossene Mausoleum herum zu verteilen, während sie mit einem Auge den amerikanischen Gefangenen beobachtete. Ein einzelner jugendlich wirkender Soldat mit Pickeln im Gesicht blieb neben ihm stehen und bewachte ihn, doch er schluckte nervös und hielt sein Gewehr fest umklammert. Unruhig sah er sich um, zweifellos in der Erwartung, dass ihn jeden Moment der wirbelnde Tod aus der Nacht ereilen würde, wie es mit den beiden ersten Opfern geschehen war, die ebenfalls von den tödlichen *chakrams* des Sikh getroffen worden waren.

Komananow ging auf dem Pflaster auf die Knie und versuchte, dem leblosen Kommandanten auf dem Boden das Gewehr zu entwinden. Sie war nicht bereit, dafür den überaus wichtigen Koffer aus der Hand zu legen, also versuchte sie es mit einer Hand und zerrte ungeschickt am Lauf der AK-74. Mondlicht spiegelte sich auf dem *chakram* wider, das aus den Schultern des Mannes ragte, und schien sich über ihre Bemühungen lustig zu machen. Schon bald waren ihre Hände, ihr Mantel und auch die Hose mit Blut getränkt, das sich in einer Pfütze auf dem Kopfsteinpflaster gesammelt hatte. Die stämmige Leiche war buchstäblich totes Gewicht, entsprechend schwer war es, sie zu bewegen.

Hinter der Gruft ertönte Gewehrfeuer. Hoffnungsvoll blickte der Colonel auf und betete fieberhaft zu niemandem im Besonderen, dass einer der Soldaten es endlich geschafft hatte, dem so schwer fassbaren Sikh eine Kugel in den Kopf zu jagen. »Was ist passiert?«, rief sie. »Haben Sie ihn? Verflixt nochmal, sagt mir endlich jemand, dass er tot ist?«

Ein trotziger Kriegsruf in einer Sprache, die wie Hindi oder Punjabi klang, erwiderte den schrillen Zwischenruf des Colonels. Ihr Blick richtete sich auf die Spitze der Gruft, wo der junge Inder sich einen Vorsprung vor den Soldaten erarbeitet hatte, indem er über das Mausoleum hinweggelaufen war. Er sprang vom Gipfel der Pyramide und landete genau zwischen Komananow und dem gefangenen Amerikaner auf dem Platz. Ein geworfenes *chakram* erwischte den Soldaten, der den Amerikaner bewachte, an der Kehle. Der getroffene Soldat fiel auf das Pflaster und zerschnitt sich die Finger, als er vergeblich versuchte, sich den am Rand scharf geschliffenen Ring aus dem Hals zu ziehen.

Der geknebelte Amerikaner gab einen erstickten Schrei von sich, beinahe, als sei er mit der Rücksichtslosigkeit des Sikh nicht einverstanden. Zur Überraschung des Colonels zerbrach der falsche Lenin plötzlich die Kette, die seine Handgelenke fesselte, und ließ sich rasch nieder, um nach dem Puls des Gefallenen zu tasten. Dann stand er wieder auf und riss sich mit einer zornigen Geste den Knebel vom Mund. »Es reicht, Noon!«, rief er dem indischen Jungen zu. »Niemand stirbt mehr!«

Alles passierte so rasch, dass Komananow kaum noch mit den Ereignissen Schritt halten konnte. Wo hatte der eigentlich schon besiegte Amerikaner die Kraft hergenommen, seine Handschellen zu zerreißen, und warum wandte er sich gegen seinen zu allem entschlossenen Retter? Sie sah beunruhigt, wie der Ältere sich mit dem Gewehr des abgeschlachteten Soldaten bewaffnete.

»Hier drüben, hier auf dem Platz!« schrie Komananow heiser den Wachen zu, denen sie befohlen hatte, einen Kreis um das Mausoleum zu bilden. Unter den Handschuhen wurden ihre Fingerknöchel weiß, als sie den Griff, mit dem sie den Diplomatenkoffer und seinen belastenden Inhalt hielt, noch einmal verstärkte. »Lasst sie nicht entkommen!«

Außer sich vor Zorn versuchte sie auch weiterhin, das Gewehr unter dem toten Kommandanten hervorzuzerren, doch die widerspenstige Leiche wollte sich nicht bewegen. Die drei überlebenden Wachen gehorchten ihrem Befehl und kamen um das Mausoleum herum auf sie zugelaufen, doch der Amerikaner zwang den Soldaten, der von rechts kam, mit einer rücksichtslosen Salve aus dem Gewehr, sich auf den Boden zu werfen und sich hinter die unterste Stufe der Pyramide zurückzuziehen. Damit blieben nur noch zwei Wachposten, die auf den Inder zuliefen, der sich gleichzeitig mit einem schadenfrohen Funkeln in den Augen auf Komananow stürzte.

Sie sah dem auf sie zulaufenden Sikh ins Gesicht und

war überrascht, dass dieser ›Noon‹ tatsächlich so jung war, wie es den Anschein gehabt hatte. Sein spärlicher schwarzer Bart schien seit weniger als einem Jahr zu wachsen. *Das ist nur ein Kind!*, schoss ihr durch den Kopf. Ein Junge allerdings, der schon drei gut ausgebildete russische Soldaten getötet hatte. Sie sah an seinem schockierend jungen Aussehen vorbei und bemerkte frustriert, dass der Sikh weitere drei *chakrams* an seinem Unterarm sowie einen silbernen Krummdolch in seinem Gürtel trug. *Er ist besser bewaffnet, als ich es bin*, erkannte sie. *Verdammt nochmal!*

Doch anstatt erneut einen seiner Wurfringe zu zücken, holte Noon ein anderes Gerät hinter seinem Rücken hervor: Etwas, das aussah wie ein Wagenrad, an dessen Nabe einige schwere Gewichte hingen. Die letzten beiden Wachen stürzten auf ihn zu, doch sie waren nicht in der Lage, auf ihn zu feuern, da sie sonst Gefahr gelaufen wären, versehentlich den Colonel zu treffen. Der muskulöse Sikh hob das sperrige Gerät über seinen Kopf und begann, es mit enormer Geschwindigkeit herumzuwirbeln. Dazu benutzte er die Speichen, die von der Nabe in der Mitte ausgingen. Die äußeren Gewichte umwirbelten den Jungen und bildeten eine Art Schutzschild um ihn herum. Dann jagte er auf einen der beiden Wachposten zu, der versuchte, sich zwischen den Terroristen und den Colonel zu stellen. Vielleicht zu fasziniert von dem bizarren Anblick, den Noon bot, wich der Unglückliche nicht schnell genug aus. Die herumwirbelnden Gewichte gruben sich in seinen Kopf und schleuderten ihn davon. Erschlagen landete der Soldat auf dem Kopfsteinpflaster und erhob sich nicht wieder.

Im Gegensatz zu dem perplexen Wachposten, den seine Unaufmerksamkeit das Leben gekostet hatte, erkannte

Komananow die exotische Waffe sofort, die der indische Teenager da benutzte, auch wenn sie so etwas noch nie gesehen hatte: Es war ein *chakar*, eine weitere traditionelle Sikh-Waffe. Geheimdienstberichte von uralten Kampfkunsttechniken hatten sie kaum auf den Anblick eines erfahrenen Soldaten vorbereiten können, der von einem Rad erschlagen wurde. *Wer ist dieser Junge?*, fragte sie sich entsetzt. *Und für wen arbeitet er?*

Als der letzte der Wachposten seinen Angriff aus Vorsicht vor dem Rad, das seinen Kollegen am Kopf getroffen hatte, verlangsamte, wandte sich der Sikh ihm direkt zu. Er achtete dabei darauf, sich und den Colonel gleichzeitig im Schussfeld des Soldaten zu halten. Muskulöse Arme spannten sich an, als er das *chakar* als Ganzes auf den Wachposten warf. Das kompakte Rad wirbelte durch die Luft wie eine fliegende Untertasse oder ein *chakram*, die gefährlichen Gewichte peitschten um die Nabe. Der Soldat feuerte in die Luft und versuchte so vergeblich, das *chakar* aus der Luft zu holen. Er konnte gerade noch zur Seite hechten, bevor es krachend an der Stelle aufschlug, an der er nur Sekundenbruchteile zuvor gestanden hatte.

Der indische Jugendliche grinste wölfisch und hielt einen Moment lang inne, um den Schaden zu genießen, den er angerichtet hatte. Dann stürzte er wieder mit unmenschlicher Geschwindigkeit auf Komananow zu. Sie gab den vergeblichen Kampf mit der störrischen Leiche des Kommandanten und dem hoffnungslos unerreichbaren Gewehr auf und griff hastig und verstört nach dem silbernen Stift, den sie in den Stiefel gesteckt hatte. Vielleicht war noch Zeit, herauszufinden, wie man damit schoss.

Sie war jedoch kaum auf die Füße gekommen, als Noon

auch schon hinter ihr war und ihr sein Messer an die Kehle hielt. »Das nehme ich«, stellte er mit beiläufiger Autorität fest und wand ihr die versteckte Waffe aus den zitternden Fingern. »Zurückbleiben!«, befahl er dem überlebenden Wachmann, der gerade wacklig wieder auf die Beine kam, nachdem er dem *chakar* entkommen war. »Lassen Sie die Waffe fallen oder sie stirbt!«

»Nein!«, schrie Komananow verzweifelt. Ihr Leben spielte keine Rolle, nicht, solange die Operation durchgeführt wurde. Der Sikh und der Amerikaner durften den großen Plan nicht länger bedrohen. In der Hoffnung, dass Noon ihn vergaß, wenn er sie bei seiner Flucht als Geisel nahm, stellte sie den Diplomatenkoffer möglichst unauffällig auf das Pflaster. »Erschießen Sie ihn! Erschießen Sie ihn auf der Stelle!«, kreischte sie.

Der Soldat zögerte, zweifellos war ihm nicht viel daran gelegen, die Verantwortung für den Tod einer hochrangigen KGB-Offizierin in Kauf zu nehmen. Der Sikh nutzte diese Unentschlossenheit aus, um sich Komananow so mühelos über die Schulter zu werfen, als sei sie ein Kind. Dann rannte er auf den unbewachten Eingang des Mausoleums zu. »Seven!«, rief er auf Englisch dem Amerikaner zu, der noch immer mit dem geraubten Gewehr den rechts hinter der Pyramide versteckten Wachsoldaten in Schach hielt. »Kommen Sie!«

Seine tiefe Stimme hatte einen gebieterischen Tonfall, was in dem verwirrten Colonel die Frage aufkommen ließ, wer wohl das Sagen hatte, der indische Teenager oder der ältere Amerikaner? Doch sie hatte nur wenig Zeit, sich mit solchen Rätseln zu befassen. Der laufende Sikh nahm zum Mausoleum hinauf mehrere Stufen gleichzeitig. Nichts hinderte ihn, nicht einmal das Gewicht der voll ausgewachsenen KGB-Agentin, die er sich über die Schulter geworfen hatte. Komananow strampelte heftig, um sich zu befreien, aber sie konnte sich gegen den eisernen Griff des Sikh nicht wehren. Jeder seiner Sprünge rüttelte sie durch und trieb ihr die Luft aus den Lungen. Sie presste die Zähne zusammen, damit sie sich nicht unversehens auf die Zunge biss.

»Lassen Sie das«, befahl der junge Inder ihr in ihrer eigenen Sprache. »Oder ich breche Ihnen die Wirbelsäule!« Er erreichte den oberen Treppenabsatz und wandte sich im Türrahmen des Eingangs kurz um. »Beeilen Sie sich!«, rief er seinem amerikanischen Verbündeten zu und wechselte dabei wieder ins Englische. »Wir müssen schnellstens hier weg!«

Aber der Mann, der das Sakrileg begangen hatte, Lenin zu spielen und dessen Codeziffer offenbar »Sieben« war, war noch nicht bereit, den Roten Platz schon zu verlassen. In einer beeindruckenden Darbietung seiner Zielgenauigkeit und Geschwindigkeit schoss er dem Soldaten, der um eine Ecke des Mausoleums lugte, das Gewehr aus der Hand. Dann wandte er sich um und tat das Gleiche mit dem, der das *chakar* abgewehrt hatte. Blaue Funken flogen durch die Luft, als die Kugeln des Amerikaners das Magazin seines AK-74 trafen und dem Soldaten das Gewehr aus der Hand rissen. Plötzlich stand er mit leeren Händen da, flüchtete und überließ so Nummer Sieben die Kontrolle über den Platz. Komananows letzte Hoffnungen wurden zerstört, als der Amerikaner den Diplomatenkoffer aufhob, den er ihr schon einmal abgenommen hatte. *Nein, nicht schon wieder!,* wütete sie im Stillen vor sich hin, während der ungeduldige Sikh seinen Komplizen zu mehr Eile antrieb. »Schneller!«, rief Noon vom Eingang der Gruft her. »Beeilen Sie sich! Bevor die Verstärkung hier eintrifft!«

Tatsächlich hatte der Lärm auf dem Platz die Aufmerksamkeit einiger Wachen erregt, die entlang der Mauer des Kremls postiert waren. Suchscheinwerfer strichen von den Türmen an der nordöstlichen Mauer der jahrhundertealten Festung über die chaotische Szene und enthüllten den alarmierenden Anblick von vergossenem Blut und Leichen. Scharfschützen schossen von den Türmen auf den Amerikaner, als dieser auf das Mausoleum zurannte. Wolken von Staub und pulverisiertem Stein, die die donnernden Einschläge der Kugeln auf dem Kopfsteinpflaster aufwirbelten, verfolgten Nummer Siebens Schritte und waren ihm dicht auf den Fersen. Doch der abgebrühte Amerikaner erreichte den Schutz des Mausoleums unbeschadet und raste an Noon vorbei, der gerade rechtzeitig zur Seite trat, um den älteren Mann die Schwelle des nun entweihten Mausoleums passieren zu lassen.

Der indische Teenager ließ Komananow einfach auf die Füße fallen, dann hielt er ihr seinen silbernen Krummdolch unter das Kinn. »Passen Sie auf sie auf!«, instruierte er Nummer Sieben. Der gefangen genommene Colonel registrierte erschrocken, dass Noon nicht einmal schneller atmete, trotz der außergewöhnlichen Anstrengungen während der Schlacht und danach. Er schlug die schwere Stahltür des Mausoleums mit einem einfachen Schubs zu, dann verriegelte er das Tor von innen. Um ganz sicherzugehen, nahm er zwei der übrigen *chakrams* vom Arm und verrammelte die Tür zusätzlich, indem er sie als Keile zwischen die Tür und den Rahmen trieb und die Metallringe mit bloßen Händen über die Kante des Türpfostens bog.

Diese Kraft!, dachte Komananow. Trotz der schrecklichen Umstände war sie beeindruckt. *Unsere olympischen Trainer und Funktionäre würden einiges dafür geben, zu wissen, welche Diät und welche Steroide so außergewöhnliche Kraft und Stärke hervorbringen.*

»So!«, rief Noon selbstbewusst, als er von der Tür zurücktrat. Ein *chakram* hing noch an seinem muskulösen Unterarm. »Das wird fürs Erste reichen.«

Er hielt seinen Dolch gezückt und näherte sich seinem amerikanischen Partner. Komananow bemerkte mit einiger Erleichterung, dass zumindest Nummer Sieben erste Anzeichen von Erschöpfung zeigte. Unter den letzten Spuren des Make-ups seiner Verkleidung war das verletzte Gesicht des Amerikaners schweißbedeckt, und seine Brust hob und senkte sich rasch, als er nach Atem rang. *Gut zu wissen, dass wenigstens einer meiner Kidnapper ein menschliches Wesen ist,* dachte der Colonel bitter.

»Danke, Noon«, sagte der ältere Mann auf Englisch. Er hatte das geborgte Gewehr nach wie vor auf den Colonel gerichtet, der entwendete Diplomatenkoffer stand dicht neben ihm. Der Effekt der Blendgranate auf seine Augen war längst abgeklungen, seine Sicht wieder ganz die alte. »Ich bin zwar überrascht, aber doch dankbar für dein Eingreifen.« Er hob fragend eine Augenbraue. »Mir war gar nicht bekannt, dass du in Moskau bist.«

»Mein Name ist Khan«, korrigierte ihn der Inder barsch. Die beiden Fremden schienen einander nicht sehr zu schätzen. »Ich habe Sie gerettet, so, wie Sie mich einst gerettet haben.« Ein Stirnrunzeln verunstaltete das sonst so hübsche Gesicht des Inders, als er sich an irgendeine vergangene Begegnung mit dem Amerikaner erinnerte. Seine Körpersprache war steif und auf geradezu aggressive Weise formell. »Jetzt sind wir quitt.«

Nummer Sieben nickte grimmig und erkannte so die beglichene Schuld an. »Nimm dich vor ihrem Ohrring in Acht. Möglicherweise enthält er eine Explosivladung oder irgendeinen anderen Mechanismus.« Vorsichtig fuhr er sich über die aufgeplatzte Lippe und den blau angelaufenen Kiefer und zuckte zusammen, als er mit dem Finger vorsichtig seine abgebrochenen Zähne befühlte. »Glaub mir, ich weiß, wovon ich rede.«

Komananow schmunzelte. Die Verletzungen, die sie dem Amerikaner zugefügt hatte, befriedigten sie. Wenigstens ein kleiner Trost. Sie starrte den Jugendlichen, der sich Khan genannt hatte, kalt an, als dieser seine Hand ausstreckte und ihren Ohrring verlangte. »Vorsichtig!«, fügte er düster hinzu und drückte die flache Seite seiner Klinge an ihre Wange. Die gefangene Offizierin entfernte widerwillig die getarnte Blendgranate von ihrem Ohr und übergab sie Khan. *Na toll,* überlegte sie. Sie würde einen anderen Weg finden müssen, ihre Freiheit wiederzuerlangen und ihre Gegner zum Narren zu halten.

Hastiges Getrappel kam die Stufen auf der anderen Seite der Tür hinauf. »Aufmachen!«, verlangte eine laute, ärgerliche Stimme, die Komananow als die von Colonel Rublew von den Sicherheitstruppen des Kremls identifizierte. Gewehrkolben hämmerten von außen gegen die Stahltür, aber die sabotierte Tür hielt dem Angriff problemlos stand, jedenfalls im Augenblick. »Öffnen Sie im Namen des russischen Volkes!«

»Diese Tür wird nicht ewig halten«, prophezeite Nummer Sieben. Er schlang sich sein Maschinengewehr über die Schulter und streckte Khan eine Hand entgegen. »Gib mir meinen Servo wieder und ich werde uns hier herausbringen.«

Servo? Komananow nahm an, dass der Amerikaner sich auf das raffinierte, stiftförmige Gerät bezog. Sie war nicht überrascht, dass er es so dringend zurückhaben wollte - mindestens so dringend, wie sie den Diplomatenkoffer wiederhaben wollte, der auf dem Boden stand.

Stirnrunzelnd schüttelte Noon den Kopf. »Nein«, lehnte

er unmissverständlich ab. »Ich werde nicht wieder in Ihrer Schuld stehen.« Er stieß Komananow vor sich her und wies mit dem Dolch auf den Flur, der in die Leichenhalle des Mausoleums führte. »Hier entlang«, befahl er.

Anscheinend hatte der ältere Mann die Erfahrung gemacht, dass es keinen Sinn hatte, mit dem überheblichen jungen Sikh zu streiten, besonders, wenn eine Schwadron russischer Soldaten gegen die Tür hämmerte. »Also gut«, gab er nach und hob den Lederkoffer auf, bevor er Khan und dem Colonel in den dunklen Gang folgte. »Ich bin neugierig, wie du dich aus dieser misslichen Lage befreien willst.«

»Ich versichere Ihnen, Seven, dass ich mich auf jede Eventualität vorbereitet habe«, gab Khan zurück. »Einschließlich Ihres dürftigen Versuchs, herauszufinden, was der Colonel und ihre Mitverschwörer heute Nacht geplant haben.«

Weiß eigentlich jeder über unsere Operation Bescheid?, fragte sich Komananow frustriert und ballte zornig die Fäuste. »Sie können uns nicht aufhalten!«, stieß sie trotzig hervor. »Russlands wahre Patrioten werden dafür sorgen. Gorbatschows Stunden sind gezählt!«

»Kümmern Sie sich nicht um Ihren gefeierten Führer!«, warnte Khan sie. Sein Tonfall klang bedrohlich, und im Gegensatz zu dem Englisch, das er benutzte, wenn er mit Nummer Sieben sprach, redete er mit ihr in fließendem Russisch. »An Ihrer Stelle würde ich mir eher Sorgen um meine eigene Zukunft machen.«

Sie erreichten den zentralen Raum des Mausoleums, wo noch der Katafalk mit der Bahre und dem geöffneten Glassarkophag stand. Komananow entdeckte ihre Fellmütze, die auf dem Boden lag, wo sie sie vor einer halben Stunde hatte fallen lassen. Die schweren Schläge und die ärgerlichen Rufe von Colonel Rublew und seinen Leuten klangen nun durch die Entfernung gedämpft und durchdrangen kaum noch die erhabene Stille der Gruft. Angesichts der monumentalen Stabilität des Mausoleums würde es schwer sein, einzubrechen, das wusste Komananow, aber wo konnten sich die fliehenden Terroristen hinwenden, nun, da sie die entweihte Gruft erreicht hatten? *Wir haben eine Sackgasse erreicht,* wurde ihr klar. *Es gibt kein Entkommen.*

Khan instruierte Nummer Sieben, die Gefangene im Auge zu behalten, und ging zu der leeren Bahre hinüber. Er packte einen der Speere, die überall in der Gruft als Schmuck angebracht waren. Er drehte den Speer mit der Sichelspitze im Uhrzeigersinn, dann schob er ihn um fünfundvierzig Grad vorwärts. Zu ihrer Überraschung hörte Komananow ein plötzliches Dröhnen versteckter Maschinen, die zum Leben erwachten. Lange nicht benutzte Getriebe kreischten protestierend, als der schwere eiserne Katafalk in die Schatten zurückglitt und eine breite Betontreppe frei gab, die in ein Stockwerk unter der Grabkammer führte. Die himmelblauen Augen des Colonels weiteten sich. In all ihren Jahren im Staats- und Geheimdienst hatte sie nie auch nur Gerüchte über einen Geheimgang unter Lenins Grab gehört. Und wenn man den erstaunten Gesichtsausdruck von Nummer Sieben richtig interpretierte, war diese Enthüllung auch für den Amerikaner eine Überraschung.

»Alexei Schtschussew, der Architekt des Mausoleums, hat diese Geheimtür auf Stalins Wunsch hin einge- baut«, erklärte Khan rasch. Er richtete seine Erläuterung auch an Komananow. Er war sich der Tatsache, dass sie gut englisch sprach, offenbar sehr bewusst. »Alle rele- vanten Blaupausen und Dokumente sind angeblich zerstört worden, aber ich habe eine verschlüsselte Notiz im privaten Tagebuch eines Bauarbeiters gefunden, der später, während der Säuberungen der Dreißiger Jahre, in den Westen geflohen ist.«

»Ausgezeichnete Arbeit«, kommentierte Nummer Sieben. Offenbar meinte er es ehrlich. Er nahm Komananows Arm und führte sie zu den Stufen, wo Khan wartete. »Die Existenz dieses Fluchtwegs war sogar in meinen Daten nicht zu finden.«

Nachdenkliche graue Augen betrachteten den jungen Sikh mit einem Ausdruck, den Komananow als eine ehrliche Mischung aus Stolz und Bedauern interpretierte. »Ich wusste immer, dass du großes Potenzial hast, Khan.«

»Ja«, stimmte der Jugendliche unverhohlen zu. Er stieß den Dolch wieder in seinen Gürtel zurück. »Und was noch wichtiger ist, ich habe den Willen, es auszuschöpfen.«

Komananow hatte das Gefühl, dass es sich um eine schon oft geführte Auseinandersetzung zwischen den beiden Männern handelte, die zweifellos eine nicht gerade erfreuliche Geschichte miteinander teilten. Vielleicht eine misslungene Lehrer-Schüler-Beziehung? *Das dürfte wohl das Wahrscheinlichste sein,* nahm sie an und beobachtete ihre Kidnapper umso aufmerksamer, um gegebenenfalls jede Missstimmung zu ihrem eigenen Vorteil nutzen zu können. *Khan hat das Benehmen eines ehemaligen Schülers, der sich vorgenommen hat, seinen Lehrmeister zu übertreffen.*

Außer natürlich, es handelte sich bei all dem nur um eine ausgeklügelte Guter-Bulle/Böser-Bulle-Strategie, die sie für das Verhör weichklopfen sollte. Komananow hatte solche Spiele schon selbst gespielt, oft mit großem Erfolg, also entschloss sie sich, alles als gegeben hinzunehmen und ihre Geheimnisse strengstens zu hüten, egal welche schändlichen Taktiken Sieben und Khan noch anzuwenden gedachten.

Ihre Verdächtigungen wurden von einem scharrenden Donnern unterbrochen, das klang, als wären mehrere Zentner schweren Metalls auf Felsboden gekracht. *Die Eingangstür,* erkannte sie. Im nächsten Moment wurde sie gegen ihren Willen die unterirdische Treppe hinabgezerrt. Colonel Rublew hatte endlich die Tür ins Mausoleum aufbrechen können, aber war es schon zu spät?

»Hier drin! Schnell!«, rief sie und stemmte sich mit den Fersen gegen den Beton, in einem wahrscheinlich hoffnungslosen Versuch, sich genug Zeit zu erkaufen, damit Rublews Soldaten sie erreichen konnten.

Schnaubend packte Khan sie am Arm und schleuderte sie kurzerhand die Stufen hinab. Wieder einmal war sie überrascht von seiner körperlichen Kraft. Er sprang mit einem einzigen Satz die Stufen hinab und zog hastig an einem rostigen Metallhebel, der an der Wand angebracht war. Der Handgriff sah aus, als habe ihn seit Jahrzehnten niemand angerührt, aber Khans kraftvoller Zug sorgte dafür, dass sich der Hebel aus seinem korrodierten Gehäuse löste und sich die uralten Getriebe wieder in Gang setzten. Komananow beobachtete verzweifelt, wie der reich verzierte Katafalk sich wieder an Ort und Stelle schwang und sie von der Krypta darüber abschnitt. Eine einzige Glühbirne, nackt und voller Staub, flackerte über dem Hebel an der Wand und sorgte für eine absolut minimale Beleuchtung im Vergleich zu der Gruft über ihnen.

Wenn Rublew und seine Leute in der inneren Grabkammer ankamen, würde kein Hinweis mehr zu sehen sein, wohin die tödlichen Terroristen und ihre Geisel verschwunden waren, abgesehen von einer *ushanka*-Mütze, die einsam auf dem kalten Steinboden lag. Komananow konnte sich die Fassungslosigkeit auf dem hänge-backigen Gesicht Rublews genau vorstellen, wenn er entdeckte, dass die mörderischen Flüchtlinge, die den Roten Platz mit Leichen russischer Soldaten übersät hatten, der sofortigen Festnahme und Bestrafung entkommen waren. Trotz ihrer eigenen prekären Lage beneidete sie Rublew nicht um die seine. Irgendjemand würde die Verantwortung für diese tragische Sicherheits-lücke übernehmen müssen.

»Colonel, ist alles in Ordnung?«, wollte Nummer Sieben wissen und streckte die Hand aus, um ihr wieder auf die Beine zu helfen. Er sprach Russisch, wahrscheinlich aus Höflichkeit. *Ach ja,* dachte sie verächtlich. *Er spielt ja den guten Bullen.*

Sie ignorierte demonstrativ sein Hilfsangebot und stand vom Boden auf. Ihr Körper fühlte sich wund an und voller blauer Flecken, aber zu ihrer Erleichterung hatte sie sich offenbar nichts gebrochen. *Der Vorsehung sei Dank für die kleinen Dinge,* dachte sie und klopfte sich Staub und Schmutz von den Händen und Knien.

Die flackernde Glühbirne enthüllte nur wenig von ihrer neuen Umgebung, aber auf Komananow wirkte sie wie ein modriger Keller oder Katakomben, die nur wenig benutzt und schon lange vergessen waren. Die Luft war feucht und roch nach Schimmel und Rattenkot. Ungeziefer huschte aus dem Lichtkreis der einzelnen Glühbirne, irgendwo in den Schatten tropfte Wasser, regelmäßig wie ein Metronom. Spinnweben bedeckten die bröckelnden Ziegel-mauern, und sie zuckte zusammen, als eine Spinne über ihre Stiefelspitze krabbelte.

Khan wartete, bis die Spinne wieder auf den Boden gelaufen war und zertrat sie dann mit dem Absatz. »Hier unten gibt es ein ganzes Labyrinth von Tunneln«, erläuterte er in herablassendem Tonfall. »Schon seit den Tagen der Zaren. Nachfolgende Generationen von russischen Führern haben noch mehr geheime Ein- und Ausgänge geschaffen, einschließlich dem im sogenannten Geheimgangsturm an der südlichen Kremlmauer.« Komananow nickte grimmig. Dieser Geheimgang war sowohl ihr als auch jedem Touristenführer in Moskau bekannt. »Ich habe ein schnelles Boot, das an der Moskwa wartet, nicht weit von hier«, fügte Khan hinzu.

Er kniete am Fuß der Treppe nieder und befasste sich mit einem ausgebeulten Seesack, der an der Wand unter dem Hebel angelehnt war. Der junge Sikh wühlte in der Tasche herum und zog eine Taschenlampe hervor, von der Komananow annahm, Khan habe sie zuvor dort versteckt. *Natürlich,* erkannte sie. *Das erklärt auch, warum er so plötzlich auf dem Mausoleum aufgetaucht ist.* Er musste die unterirdische Treppe benutzt haben, um die Gruft zu betreten, während sie und die Wachposten mit Nummer Sieben beschäftigt gewesen waren. Sie zog eine Grimasse bei dem Gedanken daran, dass der jungenhafte Attentäter einfach so direkt neben dem Kreml hatte auftauchen und wieder verschwinden können, wie es ihm gefiel. *Wenn ich das hier überlebe,* schwor sie sich, *werde ich dafür sorgen, dass jeder Zentimeter dieser verfluchten Tunnel kartografiert und unter strengste Bewachung gestellt wird!*

Khan dagegen hatte ein viel direkteres Ziel. Er warf Nummer Sieben die Taschenlampe zu, der sie gehorsam anschaltete. Ein heller, weißer Lichtstrahl erschien, stärker und beständiger als die flackernde Glühbirne, strich über den Steinboden der Kammer und überraschte eine fette, schwarze Ratte, die quiekte und aus dem Lichtkegel flitzte.

»Kommen Sie«, wies Khan die anderen beiden an und

deutete in die abgründige Dunkelheit vor ihnen. Er warf einen kurzen Blick zur Decke. »Ich bezweifle, dass unsere Verfolger sofort durchschauen, wie wir geflohen sind, aber es wäre klug, wenn wir ein wenig mehr Abstand zwischen unsere Feinde und uns bringen würden, bevor wir uns dem eigentlichen Problem zuwenden.«

Ein finsterer Blick auf Komananow machte klar, dass es sich bei dem »eigentlichen Problem« um sie handelte.

»Einverstanden«, sagte Nummer Sieben und hielt die Taschenlampe in die Richtung, die Khan gewiesen hatte. Der grelle Lichtstrahl enthüllte einen bogenförmigen Durchgang in einen verfallenden unterirdischen Gang, der sich in den Schatten verlor. Stille Pfützen von öligem Wasser schillerten im Strahl der Taschenlampe bunt auf.

»Ich habe Sie nicht nach Ihrer Meinung gefragt«, gab Khan zurück. Er hob das Heft seines Dolchs und zerschlug damit die trübe Glühbirne am Fuß der Treppe. »Damit die, die uns folgen, es schwieriger haben.« Scherben knirschten unter seinem Schritt, dann führte er sie in den düsteren, von der Zeit gezeichneten Tunnel. Sein schimmerndes Messer zerriss die Spinnennetze, die sich durch den Gang spannten, wie eine Machete, die sich durch dichtes Unterholz schlug. Trotzdem blieben Fetzen von Spinnweben an Komananows Gesicht und Händen hängen, als sie grimmig ein paar Meter vor Nummer Siebens Taschenlampe den Tunnel hinabtrottete.

Nachdem sie mehrere Minuten unter angespanntem und unbehaglichem Schweigen gegangen waren, kamen sie an eine Kreuzung, an der zwei verlassene Tunnel sich im rechten Winkel trafen, direkt unter einem Ausstieg, dessen oberes Ende in der Dunkelheit des Schachts nicht zu sehen war. Ein dünnes Rinnsal tropfte die nächstgelegene Ziegelmauer hinab und hinterließ eine schleimige

Schicht von Schimmel und Algen. Mäuse und Insekten bewohnten die Nischen zwischen den zerbröckelnden Ziegeln, wo der Mörtel mit der Zeit herausgebrochen war. In der Mitte der Kreuzung befand sich ein niedriger Brunnen aus Stein, der mit einem rostigen Metalldeckel verschlossen war. Von ihm führten korrodierte Bleileitungen über den Boden zum Rand der Korridormauern und an ihnen entlang. Schmutziges Wasser tropfte von den Rohren und sammelte sich in den Rissen der Bodenfliesen zu Pfützen.

»Das reicht«, erklärte Khan und hob die Hand, um die kleine Prozession anzuhalten. Das *chakram* an seinem Unterarm und das gravierte Stahlband an seinem rechten Handgelenk fingen das Licht von Nummer Siebens Taschenlampe ein. Er wandte sich an Komananow, kam mit dem Messer in der Hand auf sie zu und drückte sie an die feuchte, schmutzverkrustete Wand. Die ungastliche Kälte der Mauer kroch ihr trotz der schweren Wolle, aus der ihr Mantel bestand, sofort in die Knochen. Khan kam noch dichter heran, bis sein fein geschnittenes Gesicht mit dem dünnen Bart nur noch eine Handbreit von ihrem entfernt war.

»Also, Colonel Anastasia Natalya Komananow vom Komitee für Staatssicherheit und dritte stellvertretende Direktorin des KGB, ich möchte, dass Sie mir alles erzählen, was Sie über die Verschwörung wissen, die die Gipfelkonferenz in Reykjavik stören soll.« Er drückte die Spitze des Dolchs in die Kuhle unterhalb ihrer Kehle. »Weigerung ist keine Option.«

Normalerweise hätte sie bei der Vorstellung gelacht, dass sie, ein hochrangiges Mitglied des gefürchtetsten Geheimdiensts der Welt von einem Teenager bedroht würde, der kaum der Pubertät entwachsen war. Aber Khan, das lag auf der Hand, war kein gewöhnlicher Jugendlicher. In seinen dunkelbraunen Augen lag eine Intensität und Entschlossenheit, die seinen Jahren weit voraus war. Sie konnte auch keine Anzeichen erkennen, dass er vielleicht bluffte. Seine eisige Bestimmtheit ließ nur wenig Raum für Gnade oder Zögerlichkeit. »Ich weiß nicht, wovon Sie sprechen«, beharrte sie und schluckte hart, was ihr angespanntes Fleisch kurz über die rasiermesserscharfe Spitze seines Dolchs kratzen ließ. »Ich kenne keinen solchen Plan.«

Khans Miene wurde noch finsterer. »Spielen Sie nicht mit mir, Frau«, zischte er und zeigte dabei makellose weiße Zähne. »Ich weiß, dass Sie und Ihre Spießgesellen eine Intrige gesponnen haben, um das Gipfeltreffen zwischen Gorbatschow und Reagan zu torpedieren und damit den Weltfrieden zu gefährden. Und das nur, damit Ihr kostbarer Kalter Krieg weitergehen kann.«

Seine Linke umklammerte ihr Handgelenk so fest, dass sie fürchtete, ihre Knochen würden brechen. »Was ich nicht weiß, sind die Details des Plans, aber die werden Sie mir verraten. Jetzt.«

Khan verdrehte ihr Handgelenk, und Komananow stöhnte vor Schmerz auf. Verzweifelt sah sie über Khans Schulter hinweg zu Nummer Sieben, der ein paar Schritte entfernt stand und noch immer die AK-74 über die Schulter geschlungen hatte. Seine gerunzelten Brauen und der missbilligende Ausdruck auf seinem Gesicht weckten die Hoffnung in ihr, dass er dieser brutalen Befragung ein Ende setzen würde.

»Khan!«, mahnte er streng und ging einen Schritt auf den Inder und den Colonel zu.

Der Jugendliche würdigte seinen amerikanischen Verbündeten keines Blickes. »Halten Sie sich die Augen zu, wenn Sie wollen, alter Mann. Ich weiß, dass das, was notwendig ist, manchmal zu viel für Ihr menschliches und ach so zivilisiertes Zartgefühl ist.«

Komananow biss sich auf die Unterlippe, um einen Schmerzensschrei zu unterdrücken. Sie betete, dass Nummer Sieben sich nicht so einfach abspeisen ließ. Sie könnte jetzt einen »guten Bullen« gut gebrauchen, egal was der Amerikaner letztendlich vorhaben mochte.

»Ich bin enttäuscht, Khan«, sagte der Ältere und schüttelte den Kopf. Seine Stimme hatte den Klang eines Erziehers, der ein halbwüchsiges Kind tadelte. »Dein Intellekt ist beeindruckend wie immer, aber du bist zu schnell zur Gewalt bereit, zu schnell in einem - zugegebenermaßen in deinem jugendlichen Alter begründeten - Gefallen an blutigen Konflikten gefangen.« Er klopfte auf den ledernen Aktenkoffer in seiner Hand und richtete so Khans Aufmerksamkeit auf diesen wichtigen Gegenstand. »Dieser Koffer, den du in deinem Eifer, einen Ein-Mann-Feldzug gegen die gesamte sowjetische Armee zu führen, übersehen hast, kann uns alles sagen, was wir beide über die Verschwörung gegen Gorbatschow wissen wollen. Und das, ohne uns auf das Niveau von Wilden herabzulassen.«

Für einen endlosen Augenblick stand Khan still und unbeweglich wie eine Statue da, die Messerspitze auf die Kehle seiner Gefangenen gerichtet. Komananow hielt den Atem an, während der Jugendliche mürrisch über Nummer Siebens Worte nachdachte. Offenbar war er einerseits zu stolz, um einen Fehler zuzugeben, aber andererseits zu intelligent, die Vernunft im Vorschlag des Älteren nicht anzuerkennen. Komananows Herz pochte laut, sie hatte Angst, dass der junge Sikh sie eher in Stücke schneiden würde, als vor Nummer Sieben sein Gesicht zu verlieren.

Stattdessen zog er schließlich sein Messer zurück und

steckte es wieder in den Gürtel. Dann wand er sich seinen Turban vom Kopf und benutzte den safrangelben Stoff dazu, die Hände der KGB-Offizierin hinter ihrem Rücken zu fesseln.

»Also gut«, stellte er ärgerlich fest. Sein dunkles Haar war im Nacken zu einem Pferdeschwanz gebunden. Er ließ Komananow an der pilzbedeckten Wand stehen, wandte sich um und nickte Nummer Sieben zu. »Dann schauen wir doch mal, was Sie da haben.«

Komananow war versucht, einen Fluchtversuch zu unternehmen, während Khans Aufmerksamkeit abgelenkt war. Doch sie erkannte, dass sie realistisch gesehen nur eine geringe Chance hatte, dem unglaublich athletischen Jugendlichen zu entkommen. Besonders, wenn sie erst dem Lichtkegel der unverzichtbaren Taschenlampe entkommen war. Die Aussicht darauf, blind, mit auf den Rücken gefesselten Händen durch die totale Schwärze zu laufen und möglicherweise zu stolpern, ohne den Sturz abfangen oder wieder aufstehen zu können, war nicht sehr verlockend. Vielleicht war es besser, auf eine andere, vielversprechendere Gelegenheit zu warten. *Außerdem,* rief sie sich ins Gedächtnis, *kann ich nicht ohne den Koffer und seinen Inhalt gehen.*

Nummer Sieben legte den schlanken Diplomatenkoffer auf das versiegelte Schott des verlassenen Brunnens und versagte sich klugerweise, Khan noch weiter zu reizen. »Ich konnte vorhin bereits einen Blick auf den Inhalt werfen«, informierte er seinen jungen Verbündeten. »Was ich entdecken konnte, ist überaus beunruhigend. Ich glaube, Colonel Komananow und ihre Kollegen beabsichtigen weit mehr, als nur die Verhandlungen in Reykjavik zum Scheitern zu bringen.«

Er befasste sich kurz mit den Schnappschlössern des

Koffers, die Komananow so sorgfältig wieder geschlossen hatte, nachdem sie ihn Nummer Sieben hatte abnehmen können. »Das dauert vielleicht ein oder zwei Sekunden«, erklärte er Khan. »Es sei denn, du gibst mir den Servo zurück.«

»Das wird nicht nötig sein«, erwiderte Khan düster. Bevor der Ältere protestieren konnte, riss er den Kofferdeckel mit bloßen Händen auf. »Hier«, verkündete er und warf den abgerissenen Deckel auf die verschimmelten Steine zu seinen Füßen. »Ich hoffe doch, dass Ihnen diese Lösung nicht zu brutal war.«

»Nein«, erwiderte Nummer Sieben trocken. »Manchmal kann eine direkte Herangehensweise sehr effektiv sein.« Er nahm eine Mappe aus dem kaputten Koffer und blätterte durch mehrere Seiten geheimer Dokumente. »Du solltest allerdings nicht vergessen, dass einige gordische Knoten nicht so leicht durchschlagen werden können, Khan.«

Khan schnaubte zweifelnd und ignorierte den unerwünschten Ratschlag des Amerikaners. »Lassen Sie mich mal sehen«, sagte er knapp und griff nach anderen von Komananows geheimen Papieren. Die KGB-Offizierin zuckte zusammen, als sie sah, wie unbekümmert sie ihre sorgfältig gehüteten Papiere behandelten. *Wenn ich nur nicht in Lenins Mausoleum gegangen wäre!,* schalt sie sich selbst. *Wäre ich doch nur direkt zum Präsidialamt gegangen!*

Nummer Sieben gab seine Mappe an Khan weiter und nahm sich einen weiteren Stapel Papiere aus dem Koffer. »Kannst du russisch lesen?«

»Beleidigen Sie nicht meine Intelligenz!«, antwortete Khan indigniert.

Offenbar ungehindert der Tatsache, dass die Dokumente

in kyrillischer Schrift verfasst waren, gingen beide Männer durch die Notizen, die Memos und die Zeitpläne, von denen Komananow überzeugt gewesen war, es sei sicher genug, sie persönlich mit sich herumzutragen. Beide hatten ihre unterschwellige Rivalität angesichts der Ungeheuerlichkeit dessen, was sie in den auf illegale Weise beschafften Akten gefunden hatten, für eine Weile beiseitegeschoben und tauschten hin und wieder die Unterlagen aus. Khan und Nummer Sieben nickten gleichzeitig, als sie die wahre Dimension der Operation zu durchschauen begannen.

»Siehst du, was ich meine, Khan?«, fragte der Amerikaner schließlich und sah von einem vertraulichen Fax auf. »Wir reden hier von nichts anderem als der absichtlichen Tötung von Mikhail Gorbatschow irgendwann an diesem Abend und einem darauf folgenden Militärputsch, mit dessen Hilfe nach dem Tod des Generalsekretärs in der gesamten Nation das Militärrecht durchgesetzt werden soll.«

Er warf einen tadelnden Blick auf Komananow. »Diesem Plan zufolge sollte der Colonel hier die Kontrolle der Exekutivbüros des Obersten Sowjet übernehmen, bevor die Zivilregierung die Gelegenheit hat, den Coup zu verhindern.«

Khan legte eine Handvoll Papiere ab und klatschte sanft in die Hände. »Ein sehr ehrgeiziger Plan, Madam«, applaudierte er. Ein Hauch von Bewunderung lag in seiner Stimme. »Ich muss Sie für Ihren Mut, um nicht zu sagen, Ihre rücksichtslose Missachtung für den Weltfrieden, bewundern.«

Er tippte sich mit einer ironischen Verbeugung an die Stirn. »Aber wenn ich nichts übersehen habe - was ich stark bezweifle -, fehlt ein wichtiges Detail in Ihren ausführlichen Akten und Berichten. Wie genau soll Gorbatschow heute Nacht umgebracht werden? Wie soll das Attentat vonstattengehen?«

Nummer Sieben ging weiterhin die Dokumente durch. Zunehmende Sorge vertiefte die Falten in seinem zerfurchten Gesicht. »Ich kann auch keine Spezifikationen ein Attentat betreffend finden«, gab er zu. »Nur wiederholte Referenzen auf jemanden mit dem Codenamen ›Pobeditel Velikanow‹. Grob übersetzt heißt das, ›Riesenkiller‹. Vielleicht beinhaltet diese Bezeichnung einen Hinweis darauf, was für heute geplant ist.«

»Wir haben keine Zeit für Rätsel!«, erklärte Khan und lächelte den Amerikaner höhnisch an. Er griff nach dem Messer in seinem Gürtel und starrte Komananow bedrohlich an, die schaudernd befürchtete, dass ihre kurze Gnadenfrist nun abgelaufen sei. »Glücklicherweise weiß ich einen leichteren Weg, die Wahrheit herauszufinden.«

»Warte, Khan!«, rief Nummer Sieben aus. Seine Hand lag auf dem Maschinengewehr über seiner Schulter, doch er zückte die Waffe nicht. »Tu nichts Unüberlegtes.«

»Unüberlegt?« Khan lachte laut auf. »Sind Sie verrückt, Seven? Die Zukunft der Welt steht auf dem Spiel, und Sie plädieren für Zurückhaltung?« Mit blitzartiger Geschwindigkeit riss er sich das letzte *chakram* vom Arm und ließ es um seinen erhobenen Zeigefinger wirbeln.

Mit der anderen Hand zog er wieder den Krummdolch. Tödlicher Ernst zeigte sich auf seinem jugendlichen Gesicht. »Treiben Sie es nicht zu weit, alter Mann«, warnte er den Amerikaner, der noch immer die AK-74 über der Schulter trug. »Ich bin jünger, schneller und genetisch überlegen. Und das wissen Sie nur zu gut.«

Khans *chakram* wirbelte schneller und schneller um den Finger, bis es, bereit zum Wurf, nur noch ein hypnotisierender verschwommener Fleck war. »Legen Sie langsam das Gewehr ab.«

Das Herz des Colonels sank, als Nummer Sieben wie

verlangt langsam sein Gewehr senkte. »Hör zu, Khan«, ermahnte er seinen mutmaßlichen Protegé offenbar entschlossen, dem rebellischen Jugendlichen mit Vernunft zu begegnen. »Ich weiß, dass deine Absichten letztendlich gut sind und dass du für diesen Planeten nur das Beste im Sinn hast. Aber glaube mir, derart barbarische Methoden korrumpieren am Ende das Ergebnis. Du kannst kein Utopia auf der Basis von Blutvergießen und Folter aufbauen.«

Traurigerweise wusste Komananow, dass der Amerikaner seinen Atem verschwendete. In Khan erkannte sie eine pragmatische Rücksichtslosigkeit, die ihrer eigenen nicht unähnlich war, und ihr war auch klar, dass der willensstarke Teenager nicht davor zurückschrecken würde, die Wahrheit aus ihr herauszufoltern. Es war genau das, was sie selbst getan hätte, wäre sie an seiner Stelle gewesen. *Eine Schande, dass wir ihn nicht zuerst rekrutieren konnten,* dachte sie.

»Und genau da liegen Sie falsch, Seven«, stellte Khan selbstsicher fest und bestätigte so die kaltblütige Einschätzung des Colonels von seinem Charakter. »Vorträge über Moral werden Gorbatschow nicht rechtzeitig retten oder dem sinnlosen Chaos Einhalt gebieten, das die Menschheit quält.« Der aus der Scheide gezogene Dolch durchschnitt zornig die Luft. »Nur schnelle und zielgerichtete Taten können helfen!«

Man kann ihn nicht aufhalten, verstand Komananow und erkannte nun, dass ihr kaum noch ein Ausweg und auch keine Zeit blieb. Sie hatte selbst so einige gezielte Verhöre in den schalldichten Zellen unter dem KGB-Hauptquartier durchgeführt und hegte keine Illusionen über die Frage, ob das Tier im Menschen wohl in der Lage war, der Folter zu widerstehen oder nicht. Oder gar über Khans Willen, alles zu tun, was nötig war, um die Wahrheit aus ihr herauszubekommen. Früher oder später würde er die Antworten bekommen, die er haben wollte, auch wenn er dafür Nummer Sieben erst würde umbringen müssen.

»*Njet*«, wisperte sie und stählte sich gegen das, was nun kommen würde. Ihr blieb nur noch eines zu tun, wenn die Operation und der Staat überleben sollten. »Konterrevolutionäres Pack!«, schrie sie plötzlich. »Ausländische Abenteurer!« Sie kreischte wie ein verrückt gewordener Kosak und stürzte sich auf Khan, der instinktiv den Dolch hob, um sich zu schützen. Der Colonel rannte direkt in das offene Messer und spießte sich so selbst auf die gezückte Klinge aus kaltem Stahl.

»Nein!«, schrie Khan zornig auf und zog das plötzlich rot gewordene Messer zurück. Es war zu spät. *Da!*, schoss es Anastasia Komananow triumphierend durch den Kopf, als sie ihr Leben aus der Wunde in ihrem durchstochenen Herzen herausfließen spürte. Ihre Beine gaben unter ihr nach, und ewige Finsternis löschte das Leuchten von Nummer Siebens zittrigem Lichtstrahl. Sie hatte jetzt nur noch eine Bitte an das Schicksal.

Bitte, bat sie mit ihrem letzten Atemzug, *lasst mich als einen Teil des Pantheon der historischen Helden der Sowjetunion in Erinnerung der Menschheit bleiben und nicht nur als die verführerische Femme fatale in diesem geschmacklosen Spionageroman ...!*

Mit finsterem Gesicht erhob sich Khan vom leblosen Körper der überzeugten KGB-Offizierin. »Sie hatte großen Mut«, gab er zu und erwies so der Toten seinen Respekt. Anders als Evergreen, dieser Wissenschaftler in der Antarktis, erwachte sie nach ihrem letzten Atemzug nicht wieder zum Leben. Khan erwartete das auch nicht, in den letzten beiden Jahren waren ihm der gewaltsame Tod und seine Konsequenzen vertrauter geworden. »Es ist eine Schande, dass eine so überlegene Frau ihr Leben für eine so unehrenhafte Sache verschwenden musste.«

»Diese Angelegenheit hatte einen hohen Preis«, sagte Gary Seven und betrachtete den leblos am Boden liegenden Colonel mit tiefem Bedauern im Blick. Er sah älter aus, als Khan ihn in Erinnerung hatte, sein Gesicht war hagerer und wirkte eingefallen vor Sorge und Anstrengung. »Vielleicht hat sie mehr gekostet, als nötig war.«

»Ersparen Sie mir Ihre frommen Selbstvorwürfe, alter Mann«, stieß Khan ungeduldig hervor. Wenn dieser lästige Amerikaner ihn nicht mit seinen ständigen Nörgeleien und Protesten aufgehalten hätte, hätte er vielleicht schon längst die Wahrheit aus dieser russischen Hexe herausbekommen.

Er hielt den noch immer um seinen Finger wirbelnden *chakram* an und schob den Ring wieder über seinen Arm. Den Dolch wischte er am Stoff seiner Hose ab und steckte ihn in seinen Gürtel. »Gorbatschow ist auch weiterhin in tödlicher Gefahr, und es gibt viel zu tun, bis wir die Arbeit heute beenden können.«

Er durchsuchte seine Hosentaschen und fand den Servo, den er Komananow vor dem Mausoleum abgenommen hatte. »Hier«, sagte er kurz angebunden und warf Seven das geniale Gerät zu. »Beschwören Sie Ihren unnatürlichen Nebel. Wir müssen sofort nach Island, und ich kann mir nicht vorstellen, wie es schneller gehen soll.«

Es störte ihn, dass er nun wieder auf Seven angewiesen war, aber das größere Ziel war wichtiger als sein verwundeter Stolz. Das unverantwortliche Wettrüsten zwischen den Vereinigten Staaten und der Sowjetunion bedrohte den gesamten Planeten mit der Apokalypse. Colonel

Komananows Mitverschwörer durften Mikhail Gorbatschows Friedensoffensive nicht gefährden. *Ich habe meine eigenen Pläne für diese Welt,* überlegte Khan missmutig. *Und die beinhalten nicht die Herrschaft über radioaktive Trümmer.*

Wenn er nur gewusst hätte, wie der namenlose Attentäter Gorbatschow töten wollte.

»Also?«, drängte er Seven und sah über die feuchte Wegkreuzung hin zu dem Mann, der ihm zu den absurdesten Gelegenheiten immer wieder über den Weg lief. Khan hatte nicht damit gerechnet, Seven auf der Spur von Komananows Verschwörung zu finden, ebenso wenig wie dieser mit Khans rechtzeitigem Auftauchen in Moskau. »Worauf warten wir noch? In Reykjavik wartet der Tod auf Gorbatschow, und wir haben keine Zeit zu verlieren!«

Seven brachte ein dünnes, enervierendes Lächeln zustande. »Keine Sorge, Khan.« Er aktivierte den Servo, der piepte, als er ihn wie ein Mikrofon an die Lippen hob.

»Ich habe bereits Agenten vor Ort.«

33

Höfði House
Reykjavik
Republik Island
10. Oktober 1986

»Schön, Sie wiederzusehen, Mr. President!«, sagte Mikhail
Gorbatschow. »Erlauben Sie mir, meine Übersetzerin
vorzustellen, Miss Radhinka Lenin.«

»Danke, Herr Generalsekretär«, erwiderte der Präsident
herzlich. »Junge Dame.«

Roberta stand neben Gorbatschow und lächelte Ronald
Reagan höflich an. Dann wiederholte sie die Antwort
des Präsidenten und übertrug sie mithilfe des diskreten
Übersetzers in ihrem Ohrring ins Russische. Sie konnte
noch immer nicht glauben, dass Gary Seven es wirklich
geschafft hatte, ihr diesen Job zu verschaffen. *Junge, hat
der eine Menge Gefallen einfordern müssen,* erinnerte sie
sich. *Ganz zu schweigen von den sehr beeindruckenden,
aber gefälschten Zeugnissen, die angefertigt werden
mussten.*

Doch es würde alle Bemühungen wert sein, wenn ihr
die Nähe zum Generalsekretär erlaubte, nach dem Attentäter Ausschau zu halten, vor dem Seven sie vor weniger
als zwanzig Minuten, direkt vor Beginn dieses Empfangs,
gewarnt hatte. Seven zufolge, der sie über den Servo aus
Moskau kontaktiert hatte (wo er ausgerechnet Noon Singh

getroffen hatte!), würde der Killer heute Abend zuschlagen, vielleicht sogar innerhalb der nächsten Minuten. All das brachte Roberta in die nicht beneidenswerte Position, persönlich für die Sicherheit von Mikhail Gorbatschow und nicht zuletzt auch für den Frieden in unserer Zeit verantwortlich zu sein.

Na toll, dachte sie sarkastisch. Während sie nun also versuchte, unauffällig zu bleiben und ihre Pflichten als Gorbis Übersetzerin zu erfüllen, sondierte sie die aktuelle hochbrisante Affäre, in der sie als Nebenfigur eine Schlüsselrolle spielte. Das Höfði war ein bescheidenes Gästehaus der isländischen Regierung mit weißen Holzwänden und einem Panoramafenster, das den Hafen überblickte. In der Vergangenheit hatte es zu verschiedenen Zeiten als französisches und britisches Konsulat gedient. Zudem hieß es, es spuke in dem ehrwürdigen Haus, auch wenn Roberta nicht hatte herausfinden können, wessen Geist angeblich umging. Ein Oberlicht im Satteldach zeigte die Nordlichter, die hell über Island schimmerten. Es hätte auch einem durchgeknallten Ninja-Attentäter als möglicher Zugang dienen können.

Nein, überlegte Roberta und löste ihren Blick von der Decke. *Ich muss davon ausgehen, dass sowohl der Secret Service als auch sein sowjetisches Gegenstück die Ein- und Ausgänge im Blick haben.* Der Angriff auf Gorbatschow, wenn und falls dieser überhaupt erfolgte, konnte nicht aus einer so offensichtlichen Richtung kommen. *Ich muss nach etwas viel Raffinierterem Ausschau halten.*

Die Fortsetzung der eigentlichen Verhandlungen war erst für morgen Früh angesetzt. Der Cocktailempfang heute Abend diente dazu, den Delegationen der USA und der Sowjets zu gestatten, sich in lockerem Rahmen zu treffen. Reagan und Gorbatschow konnten intim miteinander plaudern, bevor es wirklich ernst wurde mit dem Abrüsten der Atomwaffen. Nun war die geräumige Halle, deren hölzerne Wände mit Bildern und Wandbehängen mit Motiven von Islands stolzer Wikingervergangenheit dekoriert waren, voller Menschen. Amerikaner, Russen und isländische Würdenträger drängten sich hier zusammen mit einer kleinen Heerschar von Assistenten und Übersetzern. Ein Buffettisch, den man mit weißem Chiffon gedeckt hatte, bot verschiedene lokale Delikatessen an, einschließlich Hai, Schellfisch, Papageientauchern und einem cremigen Joghurtpudding. Zwei andere isländische Grundnahrungsmittel, frisch gefangener Wal und Seehund, wurden zweifellos aufgrund von internationalen Vorbehalten nicht angeboten, immerhin waren Walfang und Robbenkeulen heutzutage sensible Themen.

Am Ende des Buffets unterhielten sich Islands eigene Präsidentin Vigdís Finnbógadottir, Nancy Reagan und Raissa Gorbatschow miteinander. *Das ist sicher kein Vergnügen,* dachte Roberta mitleidig. Gerüchte besagten, dass die beiden First Ladies einander verabscheuten, ganz im Gegensatz zu ihren Ehemännern, die sich bei ihrem ersten Treffen vor einem Jahr in Genf auf Anhieb verstanden hatten und nun ein gutes Arbeitsverhältnis hatten. Es wurden viele Hoffnungen auf dieses zweite Gipfeltreffen gesetzt, was wahrscheinlich die Konservativen im Kreml in solche Aufregung versetzt hatte.

Operation Riesenkiller, überlegte Roberta und rief sich den unangenehm kryptischen Codenamen des Attentats erneut ins Gedächtnis. Worauf um alles in der Welt konnte sich das beziehen? Auf David und Goliath? Ihr Blick wanderte nervös auf das Panoramafenster zu, das auf den Hafen hinausblickte. Mondlicht brach sich auf den Wellenkämmen draußen. Die Attentäter planten wohl kaum,

Gorbatschow mit einem Stein aus einer Schleuder zu töten. Aber was hätte »Riesenkiller« sonst heißen können?

»Ich bin froh, dass wir die Gelegenheit haben, unter vier Augen zu sprechen«, sagte Reagan gerade zu Gorbatschow. Roberta musste ihre sorgenvollen Spekulationen unterbrechen, um die Bemerkungen des Präsidenten zu übersetzen. Einen Kopf größer und ein Vierteljahrhundert älter als sein Amtskollege, wandte sich der Präsident auf seine typisch leutselige Weise an Gorbatschow, als spräche ein Onkel mit seinem Lieblingsneffen. »Ich habe unser Gespräch am Kamin letztes Jahr in Genf sehr genossen. Ich glaube, wir haben hier eine echte Möglichkeit, die Beziehungen unserer beiden Länder noch weiter zu verbessern.«

»Ja, genau!«, stimmte Gorbatschow begeistert zu. Im Gegensatz zu seinen phlegmatischen Vorgängern im Kreml war der neue Generalsekretär Russlands ein energiegeladenes und charismatisches Individuum. Er wartete nicht auf Reagans eigene Übersetzerin (eine attraktive Blondine, die Sommers hieß und von der Roberta glaubte, sie sei einmal Profitennisspielerin gewesen), um im gleichen Tonfall zu antworten: »Es ist unsere Pflicht, die Welt von dieser schrecklichen Bedrohung der Kernwaffen zu befreien. Wie Sie selbst schon einmal so richtig sagten: ›Ein Atomkrieg kann niemals gewonnen und darf daher nie ausgefochten werden!‹« Er schlug sich zustimmend auf den Schenkel. »Und darum sind wir hier!«

Offenbar hatte Gorbatschow nicht die Absicht, bis zum nächsten Tag zu warten, um seine Pläne zu verkünden. Roberta wusste, dass sich hinter dem so offen zur Schau gestellten Idealismus des russischen Führers, ernsthaft abzurüsten, mehr verbarg: Die sowjetische Wirtschaft pfiff auf dem letzten Loch und konnte sich das Wettrüsten mit Amerika nicht mehr leisten, besonders, wenn man in Betracht zog, dass Reagan neuerdings davon sprach, dieses Wettrüsten mit seiner kontroversen Verteidigungsstrategie in den Weltraum zu verlegen, eine Operation, die man auch »Star Wars« nannte.

»Wow, Mikhail«, sagte der Präsident, und Roberta fragte sich, ob ihr schicker kleiner Übersetzer ein passendes russisches Äquivalent des Wortes »Wow« liefern würde. Reagan hob die Hände, als wolle er Gorbatschows aggressiven Lobbyismus abwehren. »Ich will die nukleare Bedrohung genauso beseitigen wie Sie, aber wir müssen langsam vorgehen. Es gibt immer noch ein paar wichtige Punkte, über die wir reden müssen.«

»Wie Ihr sogenanntes Raketenabwehrsystem?«, gab Gorbatschow prompt zurück. Offenbar war er durchaus bereit, das Thema voranzutreiben. »Lassen Sie uns die Begriffe nicht durcheinanderbringen. Ich bin bereit, Ihnen anzubieten, unsere Arsenale signifikant zu reduzieren ... im Austausch für Ihr Versprechen, jedwedes weltraumbasiertes militärisches Waffensystem weder zu testen, noch zu etablieren. Eine Übereinkunft diesbezüglich ist essenziell, wenn wir einen langfristigen Frieden zwischen unseren beiden Nationen erreichen wollen.«

Reagans Stimme wurde bestimmter und entschlossener. »Das Programm ist defensiver Natur, Mr. Gorbatschow«, sagte er streng, wie damals, als er bei einer Fernsehdebatte während des Präsidentschaftswahlkampfs vor Jahren einfach das Mikrofon ergriffen hatte. Roberta erkannte den Tonfall als seine »Ich habe für dieses Mikrofon bezahlt«-Stimme.

»Und würde Ihnen den Erstschlag gegen uns ermöglichen!«, erinnerte ihn Gorbatschow. Sein Gesicht lief vor Ärger rot an, doch es konnte das rote Feuermal auf seiner Stirn nicht übertönen, das kurioserweise dem südamerikanischen Kontinent glich. »Und das ist völlig inakzeptabel.«

Um ehrlich zu sein, hatte Roberta selbst Vorbehalte gegen Reagans strategische Verteidigungsinitiative. Die ganze Idee schien ihr kaum weniger angsteinflößend als die orbitale Atomwaffenplattform, die Gary Seven damals 1968 sabotiert hatte, als er gerade auf der Erde angekommen war. *Nichts ändert sich je wirklich,* dachte sie bedauernd. Was hatte Seven noch gesagt, als Reagan das erste Mal im Fernsehen über seinen Vorschlag zur Raketenabwehr gesprochen hatte? *Ach ja,* erinnerte sie sich. Sie hatte Gary Sevens genervte Stimme noch genau im Ohr: »Wie oft muss ich euch allen eigentlich noch Angst einjagen, damit ihr eure Waffen nicht mehr ins All bringt?«

Ich bin nicht daran schuld, dachte sie. *Ich habe Mondale gewählt.*

Müdigkeit übermannte sie, als sie pflichtbewusst auf Reagans Antwort wartete und gleichzeitig vergeblich versuchte, die Strategie des unbekannten Attentäters zu ergründen. Wenn sie nur nicht so unter dem Jetlag gelitten hätte, da sie den ganzen Weg mit dem Rest der Sowjet-Delegation nach Island hatte fliegen müssen! Reykjavik war ein passender Ort für den Gipfel, da es von Moskau und New York gleich weit entfernt war, aber trotzdem war es eine lange Reise durch drei Zeitzonen. *In Moskau ist es schon nach acht,* rechnete sie aus und fragte sich, ob Noon und Seven sich wohl schon wieder getrennt hatten. *Gott sei Dank ist Noon wenigstens in Moskau aufgetaucht und nicht hier.* Der Druck war groß genug, auch ohne dass sie mit diesem frechen Teenager-Supermann zurechtkommen musste.

»Vielleicht sollten wir uns diese Diskussion für den Verhandlungstisch aufheben«, schlug Reagan nicht unvernünftig vor. Er wechselte wieder zu einem onkelhaften

Tonfall und ließ, ganz der ehemalige Schauspieler, ein unwiderstehliches Lächeln aufblitzen. »Ich glaube, ich weiß genau, wie man diese Unterhaltung versüßen kann«, grinste er.

Der Präsident schnipste mit den Fingern, und wie aufs Stichwort kam ein jugendlich wirkender Assistent angelaufen. Er hielt ein großes Glas in den Händen, das bis zum Rand mit knallbunt gefärbten Jelly Beans gefüllt war. Roberta widerstand der Versuchung, mit den Augen zu rollen. *Natürlich*, dachte sie, die ganze Welt wusste, wie sehr Ronnie seine Jelly Beans liebte.

Reagan nahm dem leicht nervös aussehenden Assistenten das Glas aus der Hand und bot es Gorbatschow an. »Ein Geschenk«, erklärte er mit einem Zwinkern. »Unter Freunden.«

Seine Charmeoffensive hatte den gewünschten Effekt. Aber vielleicht traf der gewitzte Gorbatschow auch die strategische Entscheidung, das Thema nicht weiterzuverfolgen. Wie auch immer es sich verhielt, der russische Führer lächelte Reagan seinerseits an und nahm das Geschenk an. »*Spasibo*, Mr. President«, erklärte er voller Energie und reichte das Glas an Roberta, damit sie es hielt. »Die sehen wirklich lecker aus.«

Roberta musste zugeben, die glänzenden, in allen Regenbogenfarben schillernden Bonbons sahen entschieden appetitlicher aus als beispielsweise die penetrant riechenden Haifischstücke auf dem Buffet. Sie war nicht überrascht, als Gorbatschow, der nun gute Miene zum bösen Spiel machte, den Deckel des Glases abnahm und sich eine Handvoll Jelly Beans nahm. »Vielleicht könnte ich ein paar dieser ›Bohnen‹ für unser Landwirtschaftsministerium mitnehmen«, überlegte er und hob die Hand mit den Bonbons an den Mund, damit der offizielle Gipfelfotograf den Augenblick für die Ewigkeit festhalten konnte. Reagan lachte pflichtbewusst.

Bohnen, dachte Roberta und das Wort hallte in ihrem Gedächtnis nach, als sie zur Seite trat, um dem Fotografen einen besseren Blick auf das Motiv zu gewähren (und um zu verhindern, dass man ihre Tarnung aufdeckte). Etwas an dem Wort störte sie, und es lag nicht daran, dass der automatische Übersetzer sich übermäßig viel Zeit nahm, eine passende Übersetzung für »Jelly Beans« zu finden. *Bohnen,* wiederholte sie und dachte darüber nach. Gelee-Bohnen. Bunte Bohnen. Magische Bohnen. Jack und die Bohnenranke. Jack, der Riesen ... Killer.

Ach du lieber Gott, erkannte sie mit Schrecken. *Jack und die Riesenbohnen. Riesenkiller, natürlich! Es sind die Bohnen! Der KGB muss die Jelly Beans vergiftet haben!*

Sie warf einen Blick durch den gesamten Raum auf den anonymen, unauffälligen Helfer, der das Glas zu Reagan gebracht hatte. Das Gesicht des Mannes war schweißbedeckt, er starrte mit großen Augen und fasziniertem Grauen im Blick auf Gorbatschow. Roberta erkannte sofort, dass er nicht einfach nur nervös war. Er sah so schuldig aus wie ein Mann, der beobachtete, wie seine Seele vor seinen Augen verdammt wurde. *Sie haben ihn gezwungen,* wusste sie plötzlich ohne den Schatten eines Zweifels. *Der KGB hat sich einen Küchenjungen vom Caterer geschnappt!*

Ein Blitzlicht ging direkt vor Robertas Nase los. Reagan und Gorbatschow lächelten in die Kamera, und sie wusste, dass Gorbatschow nur Augenblicke davor stand, sich eine ganze Handvoll der vergifteten Jelly Beans in den Mund zu stecken. Seine Feinde im Kreml würden zweifellos versuchen, die Schuld den Vereinigten Staaten in die Schuhe zu schieben, vermutete sie, vielleicht sogar Reagan selbst.

Eine diplomatische Katastrophe! *Ich muss auf der Stelle etwas unternehmen,* dachte sie fieberhaft. *Vorzugsweise etwas, das keinen internationalen Zwischenfall verursacht.*

»Vorsicht, die Katze!«, schrie sie, so laut sie konnte. Damit verwirrte sie Gorbatschow und alarmierte Isis, die unter dem Buffettisch mit einem Stück getrocknetem Schellfisch zwischen den Zähnen hervorgeschossen kam. Die Katze sauste quer durch den Raum und Gorbis Hosenbein hinauf, sodass er die Jelly Beans überrascht losließ und Roberta eine Entschuldigung lieferte, das Bonbonglas »aus Versehen« auf den Hartholzboden fallen zu lassen. Dort zerbrach es in tausend Scherben, die sich mit bunter Gelatine mischten. »Ups!«, sagte sie auf Russisch.

Nicht dass irgendjemand zugehört hätte, außer vielleicht die amerikanische Übersetzerin Sommers, die schnell nach Roberta griff, um sie zu stützen. *Wow,* dachte sie überrascht von der Stärke des Extennisprofis. *Die hat ja echt einen starken Griff!*

Isis ließ Gorbatschows Bein los und drehte sich in der Luft, um auf den Füßen in der überfüllten Empfangshalle zu landen. Erschrockene Diplomaten wichen hastig vor der dämonisch schwarzen Katze zurück, während Agenten des Secret Service und ihre russischen Kollegen sich überschlugen, um die unerwartete Katze zu fangen, wobei sie über den Boden schlitterten und übereinander stolperten. Isis floh derweil und verschwand unter einem Wikingersofa aus dem zwölften Jahrhundert. »Dorthin ist sie gelaufen!«, schrie Nancy Reagan sehr hilfreich und zeigte mit einer Gabel voll gegrilltem Papageientaucher auf den Spalt zwischen Sofa und Holzboden. »Lassen Sie sie nicht entkommen!«

Zutiefst erleichtert darüber, die Katastrophe abgewendet

zu haben, musste Roberta mit aller Macht ein Kichern unterdrücken, als sie die Gesten der First Lady belustigt verfolgte. Nancy war berüchtigt für ihren Aberglauben und dafür, besonders der Astrologie zu huldigen. *Ich frage mich, was sie wohl von schwarzen Katzen hält,* überlegte Roberta.

In all dem Chaos unbemerkt spielte sie diskret mit dem Servo herum, der in der Tasche ihres grauen Businesskostüms steckte. Sie richtete ein Exceiver-Signal auf Isis' funkelndes Diamanthalsband, damit keine Spur mehr von der Katze zu finden sein würde, wenn die erbosten Leibwächter das schwere Sofa aus Walfischbein von der Wand geschoben hatten. Höchstens ein paar blassblaue ektoplasmische Nebelschwaden.

Sie sah zu Boden, wo die tödlichen Jelly Beans zwischen Myriaden von winzigen Glasscherben verstreut lagen. »Es tut mir so leid, Mr. President, Generalsekretär«, sagte sie offen und zuckte dümmlich mit den Schultern. »Dieses Tier kam einfach aus dem Nichts!«

»Es ist ja nichts weiter geschehen, junge Dame!«, versicherte Reagan ihr. Er und Gorbatschow sahen beide so aus, als wollten sie den bizarren Zwischenfall schnell hinter sich bringen. *Irgendwie habe ich das Gefühl, das hier wird es nicht in den offiziellen Pressebericht schaffen,* dachte Roberta. Sie hatte das Gefühl, dass alle Beteiligten gleich verlegen waren angesichts dessen, was passiert war. »Also, Mikhail«, sagte Reagan jovial, nahm Gorbatschow am Arm und führte ihn zum Buffet. »Wie wäre es mit ein paar Bissen der Küche unserer feinen Gastgeber?«

Roberta beeilte sich, mit den beiden schwatzenden Weltmachtführern Schritt zu halten und gleichzeitig zu übersetzen. Sie leistete sich nur noch einen Blick über die Schulter zu dem jungen, verdächtig wirkenden Helfer, der aussah, als sei er kurz vor dem Zusammenbruch. Möglicherweise vor Erleichterung, dass er nun doch nicht den Führer einer globalen Supermacht umgebracht hatte. *Ich werde unserem CIA-Kontakt hinsichtlich dieses Kerls einen Tipp geben müssen,* erkannte sie und machte sich eine geistige Notiz, das bei der erstbesten Gelegenheit zu tun. *Vielleicht will ja auch Seven seinem Freund McCall Bescheid geben, damit dieser sich des Missetäters annimmt?*

In der Zwischenzeit gratulierte sie sich selbst (und, na gut, auch Isis) zu einem gelungenen Job, auch wenn sie den Verdacht hegte, dass es mehr als nur ein paar fischig schmeckende Horsd'œuvres brauchen würde, um die Meinungsverschiedenheiten zwischen Reagans und Gorbatschows Positionen bezüglich des SDI-Programms zu lösen. Allerdings war das ein Problem der Unterhändler. Sie selbst hatte das absolut Notwendige getan, indem sie Gorbatschow das Leben gerettet hatte.

Das ist doch mal was ganz Neues in der Spionage, dachte sie, und ein spitzbübisches Lächeln erschien auf ihrem Gesicht. *Das ist wohl das erste Mal, dass ein Geheimagent die Welt gerettet hat, indem er einen Riesenzirkus veranstaltet hat!*

34

Die Berliner Mauer fiel. Roberta klebte förmlich am Fernseher. Über den Beta 5 verfolgte sie das Programm von CNN. Auf dem kreisförmigen Monitor des Supercomputers feierten Deutsche sowohl aus dem Osten als auch aus dem Westen auf der nun überflüssigen Mauer, während andere mit Hacken und Hämmern auf die verhasste, mit Graffitis überzogene Barrikade losgingen. Hupen, Glocken und Jubelschreie mischten sich mit hämmernder Technomusik, die aus Dutzenden von gewaltigen Lautsprechern drang und die ernsthaften Versuche der Reporter und Kommentatoren vor Ort übertönte, den tobenden Festivitäten einen historischen Hintergrund zu geben. Tränen flossen, Champagnerkorken knallten, weil die Stadt, die drei Jahrzehnte lang geteilt gewesen war, nun wieder eine Einheit war.

Es sah nach einer tollen Party aus, und Roberta war ernsthaft versucht, sich unters Volk zu mischen. Sie lehnte sich in Sevens durchgesessenem Wildledersessel zurück und legte die Füße auf den mittlerweile knarzenden Mahagonischreibtisch, während ihr Blick nachdenklich zu dem leeren Materietransportertresor glitt. Doch dann seufzte sie und schüttelte den Kopf. So gern sie auch mithilfe des Blauer Rauch Express nach Berlin reisen wollte, Seven verließ sich darauf, dass sie hier die Stellung hielt, während er und Isis ihre Mission in Bulgarien beendeten. Selbst jetzt arbeiteten die beiden noch hinter den Kulissen daran, dass der Kollaps des fünfunddreißig Jahre alten kommunistischen Regimes friedlich vonstattenging. Seven und die Katze waren schon seit Stunden fort, ohne sich zu melden, doch Roberta machte sich noch nicht allzu viele Sorgen. Bisher schien der Eiserne Vorhang mit überraschend wenig Blut und Donnerhall zusammenzubrechen.

Wer hätte das je gedacht?, schoss Roberta durch den Kopf. Sie war noch immer verwirrt angesichts der flächenbrandartigen Umwälzungen, die das Gesicht Osteuropas änderten. Sie und Seven hatten nun schon seit Wochen Überstunden gemacht, in dem Versuch, dem vermeintlich totalen Zusammenbruch des Warschauer Pakts immer einen Schritt voraus zu sein. Nicht, dass sie sich hätte beschweren wollen, natürlich nicht. Die Erinnerungen daran, von bellenden Wachhunden und schießfreudigen ostdeutschen Soldaten zur Mauer gejagt zu werden, standen ihr noch lebhaft vor Augen. Damals, als sie und Seven diese Unterlagen aus der russischen Botschaft stibitzt hatten. *Gute Güte,* dachte sie. *Ist das wirklich schon fünfzehn Jahre her?*

Roberta fühlte sich plötzlich sehr alt. Sie war vor wenigen Monaten einundvierzig geworden, und obwohl ihre schulterlangen Haare noch immer honigblond waren, waren sie neuerdings gefärbt. Wenigstens hatte sie sich ihre Figur bewahrt, immerhin war die Tatsache, dass sie beinahe jede Woche aufs Neue die Welt rettete, ein gutes Training. Auf alle Fälle waren es interessante Jahrzehnte gewesen, reflektierte sie philosophisch. Sie hatte die Welt (und einige andere) gesehen, sowohl die Vergangenheit als auch die Zukunft erlebt und ein paar Zillionen Mal ihr Leben riskiert. Und was wohl am Wichtigsten war, sie hatte geholfen, die Welt zu einem besseren Ort zu machen.

Nach einem holprigen Start, mit AIDS und der Geiselnahme im Iran und allem, schienen die Achtziger nun in Frieden und Demokratie und einer positiven Stimmung zu enden, die sich überall ausbreitete, als hätte die ganze Welt auf einmal Prozac geschluckt. *So viel zum Thema Kalter Krieg,* sagte sie sich und kaute auf einem Stück Pizza Hawaii herum, wobei sie versuchte, keinen geschmolzenen Käse auf ihren Rollkragenpullover und ihre alten Schlaghosen tropfen zu lassen. *Ich frage mich, ob das bedeutet, dass Seven und ich vielleicht bald keine Arbeit mehr haben?*

Als wolle sie auf ihre unausgesprochene Frage antworten, flog die Eingangstür zu Sevens Büro mit einem lauten Knall auf. Ein einziger kräftiger Tritt war genug, um die hölzerne Tür, die Roberta gewissenhaft abgeschlossen hatte, bevor sie den Beta 5 aus seinem Versteck hinter dem Bücherregal herausgeholt hatte, aus den Angeln zu reißen. Überrascht verschluckte sie sich an der Pizza, während drei Eindringlinge ins Büro stürmten. Ihr Anführer war ein bärtiger junger Mann, der einen schneeweißen Turban und eine rote Nehru-Jacke trug. Roberta erkannte den Eindringling sofort, obwohl sie ihn seit mindestens fünf Jahren nicht mehr gesehen hatte.

»Khan!«

Sie griff hastig nach ihrem Servo, der auf dem Tisch lag, wo sie ihn tatsächlich einmal als Stift benutzt hatte, um sich auf einem Block ein paar Notizen zu machen, aber ein einziger Pistolenschuss zerschmetterte die polierte Marmorplatte des Schreibtischs zwischen ihr und dem

Servo. Sie zog ihre Hand mit einem Ruck zurück. Verstört sah sie auf und entdeckte eine automatische Glock mit Schalldämpfer in der Hand des jugendlichen Supermenschen. *Er ist wohl über die Killer-Frisbees hinausgewachsen,* dachte sie bitter und griff Sevens Beschreibung der tödlichen *chakrams* auf, die er vor einigen Jahren in Moskau benutzt hatte.

»Keine Tricks oder unkluge Heldentaten, bitte«, warnte er sie ruhig und schritt selbstbewusst auf sie zu. Er steckte den Servo ein, während er die Glock direkt auf ihr Herz richtete. »Guten Abend, Miss Lincoln.« Er musterte sie ungeniert, seine dunklen Augen bewerteten sie ohne die geringste Scham oder Diskretion. Roberta war mit einem Mal froh, dass sie sich heute entschlossen hatte, die Schlaghosen und keinen Minirock anzuziehen. »Die Zeit hat es gut mit Ihnen gemeint.«

»Danke«, erwiderte sie kühl. Sie schob den Stuhl vom Tisch zurück, nahm die Füße vom Tisch und stellte sie vorsichtig auf den Teppich. »Sie sehen auch gut aus, denke ich. Abgesehen von dieser widerlichen schwarzen Waffe natürlich.«

Khan müsste jetzt um die zwanzig sein, rechnete sie rasch nach. Nicht länger der Teenager mit den großen Augen, den Seven vor Jahren aus Delhi gerettet hatte, ganz zu schweigen von dem seltsam charismatischen Kleinkind, das sie zum ersten Mal 1974 in Chrysalis getroffen hatte. Er war über die Jahre sehr viel beeindruckender geworden, als er damals schon gewesen war. Und gefährlicher. Hypnotische braune Augen sahen mit völliger Selbstsicherheit in die Welt, die tiefe Stimme und das selbstbewusste Benehmen waren die eines geborenen Anführers. Unter dem für einen traditionellen Sikh obligatorischen schwarzen Bart hatten sich seine einst jungenhaften Züge zu denen eines auffallend hübschen jungen Mannes entwickelt. Roberta stellte sich vor, dass er ein Model oder ein Filmstar hätte sein können, hätte seine im Labor entwickelte DNA und die überpräsente Arroganz ihn nicht zu grandioseren und beunruhigenderen Zielen getrieben.

Auch wenn es um Khan still geworden war, nachdem er 1986 all die sowjetischen Soldaten vor Lenins Mausoleum umgebracht hatte, hatte Seven mehr oder weniger erfolgreich versucht, die Aktivitäten des indischen Supermenschen zu verfolgen. Unbestätigte Gerüchte und Berichte hatten Khan überall in Asien und dem indischen Subkontinent verortet: Als Auslöser der prodemokratischen Bewegung in Südkorea 1987, im Kampf an der Seite der afghanischen Rebellen in ihrem Guerillakrieg gegen die Sowjetunion. Angeblich hatte er sogar den mysteriösen Flugzeugabsturz inszeniert, bei dem 1988 Zia ul-Haq, der Anführer des pakistanischen Militärregimes, umgekommen war, was schließlich dazu geführt hatte, dass in Indiens nächstem Nachbar- und Feindesstaat die Demokratie erneut Einzug hatte feiern können.

Zugegeben, nicht alle diese Berichte hatten sich als wahr erwiesen. Einmal, vor ungefähr vier Monaten, hatten sie und Seven sogar geglaubt, dass Khan bei den blutigen Unruhen auf dem Platz des Himmlischen Friedens umgekommen war - bis ebenso unbestätigte Berichte ihn mit dem wahrscheinlich »natürlichen« Tod des Ayatollah Khomeini am gleichen Tag in Verbindung brachten. Wenn auch nur die Hälfte von dem stimmte, was sie über die Jahre hinweg gehört hatten, war Khan seit 1986 im Verborgenen sehr beschäftigt gewesen.

Sarina Kaur wäre wahrscheinlich sehr stolz auf ihren Sohn, dachte Roberta, *was nicht unbedingt immer gut für uns andere ist.* Ihr Blick glitt langsam und heimlich in Richtung des durchsichtigen grünen Würfels, der auf dem Tisch lag, als sei er ein schicker kristallener Briefbeschwerer. Der Würfel war eigentlich ein tragbares, mit künstlicher Intelligenz ausgestattetes Interface für Beta 5. *Wenn ich diesen Würfel nur einen Augenblick in die Finger bekäme, wäre ich in der Lage, ein Notsignal an Seven oder Isis zu schicken.*

»Wer sind denn Ihre neuen Freunde?«, fragte sie Khan, um Zeit zu schinden. Sie wies mit dem Kinn auf die beiden Fremden, die neben Khan standen. Sie wirkten auf Roberta wie angeheuerte Leibwächter, mit muskulösen Körpern und nichtssagendem Gesichtsausdruck. Einer hatte ein arabisches Aussehen, der andere sah eher afrikanisch aus, aber beide wirkten zu unscheinbar, zu sehr wie Schläger, um gentechnisch verbessert zu sein, was Roberta erleichterte. Ein neuer verbesserter Übermensch im Nietzschen Sinne war mehr als genug.

»Das sind zwei meiner vielen Anhänger«, sagte Khan überheblich und stellte das brutal aussehende Schlägerpaar mit einer ausholenden Geste vor. »Sie teilen meine Vision der neuen Weltordnung, die kommen wird und in der auf lange Sicht die leidenden Massen der Menschheit von denen regiert werden, die wie ich am besten für solche weltumspannenden Angelegenheiten geeignet sind.« Er warf einen Blick auf den Beta 5, der auch weiterhin Fernsehbilder von feiernden Deutschen auf einer zerbröckelnden Mauer übertrug, und nickte zustimmend. »Das ist mein Augenblick, Miss Lincoln. Nun, da die einst so mächtige Sowjetunion zusammengebrochen ist, erkenne ich ein Machtvakuum, das förmlich danach schreit, von einer neuen Generation von überlegenen Männern und Frauen ausgefüllt zu werden. Die Zeit, in der ich und andere, die wie ich sind, aus den Schatten heraustreten können, um unseren rechtmäßigen Platz als die vorbestimmten Führer der Menschheit einzunehmen.«

Und was mir wirklich Angst macht, ist, dass er wahrscheinlich sogar in der Lage ist, das durchzuziehen, dachte Roberta mit Schaudern.

Aber wovon sprach Khan, wenn er sich auf die »anderen« bezog, die wie er seien? Hieß das, er wusste, wo auf der Welt die anderen Chrysalis-Kinder versteckt waren? *Oh, Gott, bitte nicht!,* betete sie. Das Letzte, was die Welt brauchte, war, dass Khan seine übermenschlichen Brüder und Schwestern zusammentrommelte, um mit ihnen den Planeten zu übernehmen.

Sie nahm an, wenn Seven hier wäre, hätte er Khan wahrscheinlich in klaren Worten auseinandergesetzt, was für eine schlechte Idee es war, die absolute Macht über die ganze Welt in die Hände einer kleinen, gentechnisch verbesserten Elite zu legen. *Und er hätte recht damit,* das wusste sie, *aber ich glaube nicht, dass Khan in der Stimmung ist, auf irgendjemand anderen zu hören als auf sich selbst.*

»Was wollen Sie hier?«, fragte sie Khan herausfordernd. Sie verbarg ihre Vorbehalte hinter ihrem besten Pokerface und versuchte, Khans furchtlosem Auftreten mit Selbstbewusstsein entgegenzutreten. »Ich sollte Sie warnen. Gary Seven und eine ganze Schwadron von neuen Rekruten werden jeden Augenblick hier eintreffen.«

Khan lachte angesichts ihres verzweifelten Bluffs. »Seien Sie nicht albern, Miss Lincoln. Seven ist in Bulgarien, meine Spione haben ihn dort vor weniger als zwanzig Minuten gesehen, zusammen mit seiner bemerkenswert langlebigen Katze.« Sein Blick glitt zu der leeren Materietransportkammer. »Trotzdem, wir sind gut darauf vorbereitet, sollte er plötzlich mit diesem wundersamen

Gerät hierherkommen.« Er ging zum Tresor hinüber, wo er die Schalter und Knöpfe abriss, mit denen man den Transporter kontrollierte. Mit nur einer Hand riss er auch die massive Stahlplatte ab, unter der sich die blinkenden, kristallinen Energiesysteme befanden. Dann trat er zurück und schoss mit der Waffe direkt in den nackten Stromkreislauf. Rote Funken sprühten auf, als das hochempfindliche System von einer Salve 9-Millimeter-Kugeln getroffen wurde.

Roberta sank das Herz in die Hose. Niemand würde hier mehr irgendwohin transportieren, es sei denn, man nahm ausführliche Reparaturen vor. *Schätze, heute komme ich nicht mehr nach Berlin.*

»Okay, was nun?«, fragte sie Khan düster.

»Sie bleiben ruhig sitzen«, informierte er sie. »Ich werde mir währenddessen einige Informationen besorgen, von denen ich annehme, dass Ihr scheinheiliger Arbeitgeber niemals die Absicht hatte, sie mit mir zu teilen.«

Er sah auf seine bedrohlich dreinblickenden Spießgesellen und wies mit dem Kinn auf die unbewaffnete Frau hinter dem Schreibtisch. »Passt auf sie auf«, befahl er kurz angebunden und steckte die Waffe weg. Er wandte Roberta den Rücken zu und ging zum Beta 5 hinüber. Der große Araber kam um den Schreibtisch herum, sodass er sich hinter die besorgte Geisel stellen konnte. Fleischige Hände legten sich schwer auf ihre Schultern und drückten sie tiefer in den Wildledersessel.

»Hey, pass auf, wo du deine Hände hast, Brutus!«, protestierte sie indigniert. Doch sie bekam nur ein Grunzen zur Antwort. Khans anderer Scherge stand mit kriegerisch vor der Brust verschränkten Armen im leeren Türrahmen und blockierte so den einzigen Ausgang aus dem Büro, nun, da der Transporter funktionsunfähig war.

Das ist nicht gut, fasste Roberta ihre zunehmend prekäre Situation zusammen. Der grüne Würfel glänzte nur Zentimeter entfernt auf der Schreibtischoberfläche, nicht weit entfernt von dem Spinnennetz, das von dem Loch ausging, das Khans Kugel im glatten Marmor hinterlassen hatte, und versprach eine Lösung. Er war zum Greifen nah. Wenn nur der Araber sie nicht mit Falkenaugen beobachtet hätte. *So nah und doch so fern ...*

Khan hatte sich dem Beta 5 zugewandt. Er strich sich über den dichten schwarzen Bart und untersuchte die aus dem Computer ragende Steuerkonsole. Roberta konnte sich kaum vorstellen, dass er tatsächlich herausfinden könnte, wie der außerirdische Supercomputer zu bedienen war, aber andererseits, wer wusste schon, wozu sein gentechnisch aufgewerteter Intellekt wirklich imstande war?

»Computer!«, sagte er schließlich im Befehlston. »Beende die Übertragung.«

Bunte Lichtstreifen blinkten über der Kontrollkonsole. *»Stimmmuster unbekannt«,* verkündete der Beta 5. *»Bitte identifizieren Sie sich.«*

In Roberta keimte Hoffnung auf. Wenn irgendetwas auf dieser Erde Khan Noonien Singhs unbeugsamem Willen widerstehen konnte, dann wäre es sicher dieser schnippische Supercomputer. Sie hatte noch immer keine Ahnung, was genau Khan vom Beta 5 wollte, aber sie drückte die Daumen und betete, dass der Computer seine kostbaren Daten bewachen würde wie Mutter Horta ihre Eier.

Khan runzelte die Stirn. Er war es nicht gewohnt, dass man ihm nicht gehorchte. Doch dann fischte er ein kleines elektronisches Gerät aus der Tasche und hielt es sich gegen die Kehle. Als er wieder sprach, war seine Stimme eine perfekte Imitation von Gary Sevens nüchternem

Tonfall. *Hey,* protestierte Roberta im Stillen. *Ich dachte, nur Seven hätte solche Tricks drauf!*

»Computer«, sagte er erneut, und diesmal klang er viel zu sehr wie Seven. »Beende die Übertragung.«

Zu Robertas Ärger schien die Täuschung zu funktionieren. *»Stimmmuster erkannt. Identität bestätigt, 194.«* Eine Folge von elektronischen Piepsern begleitete die blinkenden Lichter. *»Beende Übertragung.«*

CNN verschwand und hinterließ einen weißen Bildschirm. »Computer, suche alle Daten den Status und den derzeitigen Aufenthaltsort der genetisch veränderten Kinder betreffend heraus, die in Indien während der frühen 1970er Jahre empfangen wurden. Achte auf Querverbindungen zu Chrysalis in Rajasthan und ... Dr. Sarina Kaur.«

»Nein«, stieß Roberta laut hervor. Sie begriff, was Khan vorhatte. *Er will die anderen Superkinder finden!* »Computer, lösche vorige Eingabe! Maximaler Sicherheitsalarm!«

Der stämmige Araber hinter ihr schnaubte und legte eine riesige Hand über ihren Mund. Der andere Terminator-Klon kam zornig auf sie zugestampft und hob die Hand, als wolle er sie ins Gesicht schlagen. *Diese Kerle erinnern mich viel zu sehr an meinen alten Freund Carlos,* sagte sie sich und verzog in Erwartung einer Ohrfeige das Gesicht.

»Halt!«, rief Khan und verschob den Stimmenverzerrer an seiner Kehle, um für den Moment wieder zu klingen wie er selbst. Er machte eine knappe Geste, und der afrikanische Kerl zog sich wieder an die Tür zurück. »Es besteht kein Grund, eine wehrlose Frau zu verletzen. Noch nicht.«

Robertas Seufzer der Erleichterung wurde von der zudringlichen Hand, die auf ihrer unteren Gesichtshälfte lag, gedämpft. *Gut zu wissen, dass Khan wenigstens noch ein paar Skrupel hat,* dachte sie, auch wenn sie sich fragte, wie lange sein Großmut wohl anhielt, wenn er nicht bekam, was er wollte. *Kampflos kriegt er nichts aus mir raus,* schwor sie sich.

»Sorg dafür, dass sie weiterhin schweigt«, fügte Khan hinzu und wandte seine Aufmerksamkeit wieder dem Beta 5 zu. Er holte tief Luft, konzentrierte sich und sprach mit Gary Sevens Stimme weiter: »Computer, Suche nach Daten Chrysalis und den überlebenden Nachwuchs betreffend, der während der Operationsphase des Projekts dort entstand, wieder aufnehmen.«

Der Computer gab ein abfälliges Piepen von sich. *»Anfrage kann nicht ausgeführt werden. Alle Daten das Chrysalis-Projekt betreffend wurden als streng geheim eingestuft. Sicherheitsprotokolle des Zeta-Levels zur Freigabe der Daten erforderlich.«*

Khan runzelte die Stirn und warf Roberta einen mörderischen Seitenblick zu. Sie spürte förmlich, wie ihre Lebenserwartung rapide sank. Doch er blieb beharrlich: »Computer, hier spricht Gary Seven, 194. Vorherigen Befehl von Untergebener Roberta Lincoln missachten. Gib die Daten sofort frei.«

»Vorheriger Befehl war irrelevant«, stellte der Beta 5 ungerührt fest. Er würde es Khan nicht leicht machen. *Dem Himmel sei Dank für seine widerspenstigen Algorithmen!* *»Alle Unterlagen Chrysalis betreffend wurden von Agent 194 im Dezember 1984 terranischer Zeitrechnung als streng geheim eingestuft. Sicherheitsprotokolle des Zeta-Levels zur Freigabe der Daten erforderlich.«*

Khan knurrte wütend und ballte frustriert die Fäuste, während Roberta seine offensichtliche Niederlage genoss. *Was sagt man dazu?,* dachte sie beeindruckt von Sevens weiser Voraussicht. *Dezember 1984. Das muss ... direkt* nach diesem Desaster in der Antarktis gewesen sein. Und dieser schrecklichen Katastrophe in Bhopal. Seven muss die Chrysalis-Dateien gesichert haben, nachdem er erkannte, dass Khan wahrscheinlich ein Problem werden würde. Unter der Hand, die ihr Gesicht festhielt, erschien ein freches Grinsen. Trotz Khans Brillanz und seines Egos von der Größe des Taj Mahal war Seven ihm doch voraus.

Aber das entschlossene Wunderkind weigerte sich, aufzugeben. Er konzentrierte sich jetzt mit grimmiger Entschlossenheit auf die Kontrollkonsole des Beta 5 und begann, Befehle einzugeben. Zuerst nur langsam, dann aber mit wachsender Geschwindigkeit und Sicherheit tanzten seine Finger über die Kontrollen, legten Schalter um und gaben mit beängstigendem Tempo Befehle ein. Die blinkenden bunten Lichter wurden schneller und schneller, während die hohe elektronische Stimme des Beta 5 beinahe einen hysterischen Tonfall annahm.

»Fehler! Fehler!«, zirpte der Computer. »Systemparameter werden angegriffen! Halt! Unterlassen Sie sofort die illegalen Operationen! Fehler! Melde nicht autorisierten Zugriff auf die autonomen analytischen Parameter. Stopp! Halt! Fehler! Sicherheitsprotokolle werden aufgehoben. Fehler! Fehler! Fehler ...«

Ich glaub's nicht!, dachte Roberta fassungslos. Er hackt sich in den Beta 5!

Sie hatte nicht geglaubt, dass so etwas möglich war, aber innerhalb von Minuten verebbte der geradezu panische Protest des Computers, während Khan auch weiterhin den Beta 5 manipulierte, als sei er ein Cyberpunk-Computer-Cowboy aus einem William-Gibson-Roman. »Suche alle relevanten Daten das Chrysalis-Projekt betreffend«, meldete der Beta 5 schließlich roboterhaft. Roberta erwartete halb, dass der lobotomisierte Computer im nächsten Augenblick anfing, »Alle meine Entchen« zu singen. *»Bereite wie gewünscht Speichermedium vor.«*

Grünliches Schimmern zuckte kurz auf, dann erschien eine kleine Compact Disc im Replikator neben den Kontrollen. Khan nahm die CD aus der Ausgabe und hielt sie ins Licht. »Ausgezeichnet«, triumphierte er und tätschelte die Kontrollkonsole des Beta 5 anerkennend. Für einen Augenblick glaubte Roberta, dass er seinen Raubzug in den Daten des Computers nun beendet hätte, aber dann wandte Khan sich erneut der Tastatur auf der Konsole zu.

»Eins noch«, fügte er hinzu, beinahe wie einen nachträglichen Einfall, während er erneut die Urteilsfähigkeit des Computers und seine Verbote überschrieb. »Suche alle Dateien bezüglich der Technologie zur Beeinflussung der Ozonschicht heraus, die von Dr. Wilson Evergreen um 1984 herum entwickelt wurde. Schließe alle relevanten technischen Spezifikationen und Diagramme ein.«

Roberta stöhnte innerlich. *Das wird ja immer schlimmer,* jammerte sie im Stillen. Nicht genug, dass er dem Computer alle aktuellen Adressen seiner genetisch zusammengesetzten Geschwister entrissen hatte, jetzt wollte er auch noch wissen, wie man die Ozonschicht der Erde kontrollierte, wenn ihm danach war! *Und ich kann nichts tun, um ihn daran zu hindern!*

Der gehirngewaschene Computer piepte folgsam und produzierte mit einem grellen grünen Lichtblitz eine weitere CD. Khan nahm die beiden CDs mit den gestohlenen Daten, steckte sie in die Innentasche seiner Jacke und nickte zufrieden.

»Das wird reichen. Fürs Erste«, erklärte er und nahm sich den Stimmverzerrer von der Kehle. Dann zog er erneut seine Glock.

Roberta erkannte, was er vorhatte, und versuchte, von

ihrem Platz aufzuspringen, aber der riesige Araber schob sie gewaltsam wieder in den Sessel zurück. »Nein, warte!«, schrie sie, aber ihre erschrockenen Bitten wurden von der unnachgiebigen Hand des Schlägers gedämpft. Khan feuerte die Automatik auf den Beta 5 ab. Der leere Bildschirm zerbrach in weiße Plexiglasscherben, das prismenartige Strahlenband über dem Monitor wurde zerschossen und beißender grauer Rauch quoll aus der durchlöcherten schwarzen Platte, auf der zuvor leuchtend bunte Lichter im Takt mit den kybernetischen Synapsen des Beta 5 aufgeblitzt waren. Roberta fühlte sich, als sei ein - zugegebenermaßen chronisch schlecht gelaunter - alter Freund direkt vor ihren Augen ermordet worden.

Khan feuerte das gesamte Magazin in den Computer und wandte sich dann ungerührt von der abgeschlachteten Maschine ab. Er winkte dem Araber zu, der seine gewaltige Hand nun von Robertas Lippen nahm. »Du Monster!«, schrie sie Khan an. Tränen der Wut liefen aus ihren Augenwinkeln. »Was ist aus dem altklugen kleinen Jungen geworden, den ich vor so vielen Jahren in Indien getroffen habe?«

Khan nahm ihre Wut gelassen zur Kenntnis. »Er erfüllt sein Schicksal, Miss Lincoln. Das ist alles.«

Das Faxgerät auf dem Tisch neben dem Sofa begann laut zu rattern. Neugierig ging Khan zu dem nagelneu installierten Gerät hinüber und riss die gerade gedruckte Nachricht aus der Maschine. Sein dunkler Blick überflog das Blatt. Er lachte leise in sich hinein, bevor er das Fax mit der Faust zerknüllte und hinüber zu Roberta ging.

»Das scheint der Text der Rücktrittsrede zu sein, die von Präsident Todor Schiwkow von Bulgarien gleich gehalten werden soll. Natürlich geschrieben von Gary Seven. Er wünscht Ihre redaktionelle Mitarbeit, Miss Lincoln, bevor er den endgültigen Text an seine Kontakte in der bulgarischen Regierung weitergibt.« Khan schüttelte den Kopf und seufzte theatralisch. »Seven war schon immer gut im Reden halten, das muss ich ihm lassen. Eine Schande, dass er so zaghaft sein kann, wenn etwas mit Gewalt getan werden muss.«

Khan warf das zerknüllte Fax auf den Boden. »Ich habe auch eine Nachricht, Miss Lincoln, die Sie Ihrem Arbeitgeber ausrichten können, wenn er nach Amerika kommt. Sagen Sie ihm, ich habe keine Einwände, wenn er hier und da gute Taten in der Welt vollbringt und unerkannt in den Fußnoten der Geschichte herumspielt.« Roberta wusste nicht, ob das nun ein Zugeständnis sein sollte oder nur Verachtung. Wahrscheinlich Letzteres, vermutete sie. »Immerhin sind unsere Ziele letztendlich dieselben.«

»Da wäre ich nicht so sicher«, sagte Roberta scharf.

Khan ignorierte den Einwurf. »Aber«, fuhr er fort, und sein Tonfall wurde bedrohlicher, »warnen Sie den unermüdlichen Mr. Seven, dass er sich in den kommenden Monaten und Jahren auf keinen Fall in meine Operationen und Aktivitäten einmischen darf. Ich werde auf die Weltbühne treten, Miss Lincoln, und ich werde nicht tolerieren, dass Sie oder Ihr Vorgesetzter sich meinem unvermeidlichen Aufstieg in den Weg stellen.«

Der Briefbeschwerer-Würfel auf dem Tisch leuchtete plötzlich in einem grellen Grün auf und begann zu piepen. *Das ist Seven,* dachte Roberta. *Zweifellos, weil er entdeckt hat, dass der Transporter nicht auf sein Signal reagiert. Wahrscheinlich versucht er gerade, den Transporter via Interface zu aktivieren. Er weiß ja nicht, dass Khan die primären Kontrollen so gut wie zerstört hat.* Unglücklicherweise konnte sie gerade nichts tun, um Seven zu helfen. Khan hatte ihr sogar den Servo abgenommen.

Fasziniert hob Khan den glühenden Würfel auf und untersuchte ihn eingehend. Er drehte ihn in seiner Hand hin und her. »Noch eins von Sevens erstaunlichen Spielzeugen?«, fragte er.

Als Roberta schwieg, zuckte er mit den Schultern und hielt sich den Würfel vors Gesicht. »Egal«, erklärte er. »Meine Botschaft bleibt dieselbe.«

Er schloss die Faust um den Kristallwürfel und drückte zu, bis das außerirdische Gerät zerbrach. Dann löste er die Finger langsam und ließ die zu Staub gewordenen Überreste sanft auf den Teppich rieseln. »Ich hoffe, ich habe mich klar ausgedrückt?«

Roberta nickte unglücklich. *Kristallklar sogar. Oder was davon übrig ist.*

»Dann ist meine Angelegenheit hier erledigt.« Khan klatschte in die Hände, und seine bulligen Schergen marschierten aus dem Büro. »Leben Sie wohl, Miss Lincoln«, sagte er, blieb im Türrahmen stehen und verbeugte sich höflich. »Hoffen wir, dass wir uns nie wiedersehen.«

Sie wartete, bis die äußere Tür zufiel, bevor sie sich zitternd aus Sevens Stuhl erhob. Blass und wacklig ließ sie ihren wie vom Donner gerührten Blick durch das verwüstete Büro schweifen. Überall waren die Folgen von Khans zerstörerischem Zorn zu sehen: die zerbrochene Tür auf dem Boden, die rauchende Hülle des zerschossenen Beta 5, die zerfetzten Transporterkontrollen und die pulverisierten Überreste des ehemals zwitschernden kleinen grünen Würfels.

Und vor einer Stunde habe ich noch gedacht, dass auf der Welt alles tutti ist.

Ein Schauder, der nichts mit der Temperatur zu tun hatte, durchlief sie. Sie schlang die Arme um ihren Körper, als stünde sie in einem bitterkalten Wind, der seinen Ursprung in einer unterirdischen Höhle hatte, die tief unter der Wüste Westindiens begraben lag. Der Kalte Krieg war vielleicht beendet, aber hier, mitten in den Ruinen des verwüsteten Büros, das ihr für über zwanzig Jahre wie eine zweite Heimat gewesen war, wusste Roberta Lincoln, dass ihr das Schlimmste erst noch bevorstand.

35

Paragon-Kolonie
Sycorax
Sternzeit 7004,1

»Meine Güte, Jim, das ist ja ein Planet voller Spocks.«

McCoy gesellte sich zu Kirk an den Tisch. Er war ein paar Minuten zu spät zum Bankett gekommen, das die Paragon-Kolonie zu Ehren ihrer bedeutenden Gäste abhielt. Das Dinner fand auf einer geräumigen Plaza unter der grünen Kuppel statt, die die Kolonie vor dem gnadenlosen Klima des Planeten schützte. Gezielt gepflanzte Mammutbäume umgaben den rechteckigen Platz wie dorische Säulen, sodass dieser wie ein antiker griechischer Tempel wirkte. Polierte Basaltfliesen, die man zweifellos auf den vulkanischen Ebenen draußen abgebaut hatte, ließen den Boden grün glänzen. Regentin Clarke und ihre Ehrengäste, einschließlich Kirk und McCoy, aßen an einem etwas erhöht aufgestellten Kieferntisch, der von vielen kleineren Tischen umgeben war. McCoy setzte sich auf den leeren Platz zur Rechten Kirks. Sein Trikorder hing an einem Riemen über seiner Schulter. »Ich mein's ernst, Jim! Ich habe die letzten paar Stunden damit verbracht, mir die medizinischen Daten der Kolonisten anzusehen. Eine so grauenvolle Ansammlung von physischer und mentaler Fitness hat die Welt noch nicht gesehen. Muskeldichte,

Ausdauer, Atmung, was auch immer. Jeder hier wäre auf einem anderen Planeten der Föderation gesundheitlich gesehen im oberen Prozentbereich. Sie haben auch überlegenes Erinnerungsvermögen und ebensolche kognitive Fähigkeiten. Du solltest mal sehen, was für komplizierte Berechnungen diese Leute mühelos im Kopf durchführen können.« McCoys Miene wurde grimmig. »Wie ich schon sagte, Spock würde sich hier sehr wohl fühlen!«

»Hallo, Pille, freut mich, dass du's noch geschafft hast«, erwiderte Kirk trocken. Er kannte den Doktor gut genug, um zu wissen, dass »ein Planet voller Spocks« aus McCoys Mund nicht gerade ein Kompliment war.

Besser eine Welt voller Spocks als ein Planet voller Khans!, dachte er selbst im Gegensatz dazu und machte sich eine gedankliche Notiz, sich McCoys medizinische Berichte später anzusehen. Er war neugierig auf die Eindrücke des Arztes, was die allgemeine psychische Stabilität der Kolonisten betraf, auch wenn er Pille wohl kaum jetzt ausfragen konnte, während sie an einem Tisch mit ihren Gastgebern saßen.

McCoy nickte der Regentin respektvoll zu, als er sich an den Tisch setzte. »Verzeihen Sie mir die Verspätung, Madam«, sagte er in seiner gedehnten Sprechweise. Wie Kirk trug auch er seine Paradeuniform. Metallisch goldene Paspeln zierten seine blaue Medizinertunika. »Ich fürchte, das ist eine Berufskrankheit.«

»Das verstehe ich, Doktor«, erwiderte Masako Clarke großzügig. »Auch wenn wir hier Gott sei Dank selten Ärzte benötigen. Wir haben Krankheit und Behinderungen weitgehend eliminiert, außer bei extrem gealterten Personen. Wir haben in der geriatrischen Medizin große Fortschritte gemacht, und ich bin sicher, dass unsere medizinischen Forscher das später sehr gern mit Ihnen besprechen werden.«

»Danke, Regentin«, sagte Kirk, der zwischen Clarke und McCoy saß. Schimmernde Elfenbeinteller und Bestecke lagen auf schneeweißen seidenen Tischdecken. »Das ist sehr großzügig von Ihnen.«

»Masako, bitte«, wiederholte die Regentin erneut ihr Angebot, sie beim Vornamen zu nennen. »Ich fürchte, meine Motive sind nicht vollkommen altruistisch. Ich muss Sie ebenfalls um einen Gefallen bitten. Unseren Wissenschaftlern wäre sehr daran gelegen, DNA-Proben von Ihnen und Ihrer Crew zu nehmen, Captain, für den Fall, dass sich irgendwelche interessanten Mutationen in der Menschheit ergeben haben, seit unsere Ahnen die Föderation verlassen haben.«

Koloth, der links von Kirk saß, kicherte abfällig. »Wahrscheinlich werden Sie von den Ergebnissen enttäuscht sein«, bemerkte der klingonische Kommandant süffisant. Zu diesem formellen Anlass trug er eine silbrige Schärpe über seiner Militäruniform, die mit glitzernden Orden versehen war. »Die besten klingonischen Wissenschaftler sind der festen Überzeugung, dass sich das menschliche Genom unter dem dekadenten Regime der Föderation sogar zurückgebildet hat. Das Überleben des Stärkeren, das fundamentale Prinzip der Evolution, wurde ganz klar durch die schwächliche Doktrin des ›Überlebens des Mittelmäßigen‹ ersetzt, in der die Schwachen und Instabilen von einem System verhätschelt werden, das nicht willens ist, selbst die unwürdigsten Exemplare aus dem kollektiven Genpool zu entfernen. Ganz im Gegensatz zum Klingonischen Reich natürlich, dessen Blutlinien von den erfrischenden Zwängen des ehrenvollen Kampfs stark und lebendig gehalten werden.«

McCoy reagierte gereizt auf Koloth' schneidenden Kommentar über die genetische Gesundheit der Menschen.

»Feste Überzeugung, dass ich nicht lache. Das ist nichts weiter als klingonische Propaganda und unsaubere Forschung obendrein! Der evolutionäre Fortschritt einer intelligenten Spezies wird verdammt noch mal von mehr gesteuert als der Fähigkeit, ein *bat'leth* zu schwingen oder einen Disruptor abzufeuern. Einige der größten Fortschritte, die menschlicher Verstand und Zivilisation erreicht haben, wurden von Individuen herbeigeführt, die von weniger anspruchsvollen Personen als genetisch minderwertig klassifiziert worden wären. Stephen Hawking zum Beispiel, oder erst kürzlich Dr. Miranda Jones, eine blinde Frau, die als erster Mensch in der Lage war, eine telepathische Verbindung mit einem Meduser einzugehen.«

»Ein paar außergewöhnliche Sonderfälle.« Koloth tat McCoys Argumente mit einer abfälligen Bewegung seiner Hand ab. »Ausnahmen, die die Regel bestätigen.«

Ein selbstgefälliges Schmunzeln bewies, welche Schadenfreude der hinterlistige Klingone dabei empfand, den mürrischen Arzt an der Nase herumzuführen. »Eine menschliche Redensart, soweit ich weiß.«

Kirk konnte der Versuchung nicht widerstehen, sich in das Wortgefecht einzumischen: »Wenn die klingonische Evolution schon derart weit fortgeschritten ist, dann haben Sie doch ganz sicher keine Verwendung für die außergewöhnliche Gentechnik der Paragon-Kolonie.« Er wechselte rasch das Thema, um in diesem Streit das letzte Wort zu behalten. »Übrigens, ich stelle fest, dass Ihr Stellvertreter, der charmante Lieutenant Korax, uns an diesem Abend nicht mit seiner Anwesenheit beehrt hat.«

Tatsächlich war der Stuhl neben Koloth frei geblieben, sodass nun eine Lücke zwischen dem klingonischen Captain und dem einheimischen Würdenträger neben ihm entstanden war. »Ach ja«, nickte Koloth. »Ich muss leider gestehen, dass Korax momentan unpässlich ist.« An einem Tisch in der Nähe saß Koloth' Leibwächter, der glatzköpfige Krieger mit der Brandnarbe im Gesicht, neben Lieutenant Lerner und ein paar Mitgliedern der kolonialen Sicherheitskräfte. Der Mensch und der Klingone funkelten einander böse, wenn auch schweigend an, während sie an den Vorspeisen herumknabberten. *Muss unangenehm sein, in dieser angespannten Atmosphäre zu essen,* vermutete Kirk. Lerner tat ihm leid, ebenso wie die unglücklichen Kolonisten, die mitten in dieser Miniaturausgabe des Kalten Kriegs in der Falle saßen.

»Eine Schande«, kommentierte Kirk Korax' Abwesenheit sarkastisch. »Aber natürlich ist das bei seiner zarten Gesundheit verständlich. Ich hoffe wirklich, sein fragiler Kreislauf erholt sich bald von dieser leidigen ›Unpässlichkeit‹.«

Koloth zog eine Grimasse. Kirks Spott ärgerte ihn. »Ich habe nie etwas über seine Gesundheit gesagt«, begann er beleidigt, nur um von der Ankunft mehrerer Tabletts aus Elfenbein unterbrochen zu werden, auf denen der erste Gang des Dinners serviert wurde. Eine Prozession von Kellnern in eleganten weißen Uniformen brachte die Erzeugnisse der Kolonie an den Tisch, während Koloth nichts anderes übrig blieb, als schweigend vor sich hin zu schäumen.

Die Vorspeise bestand aus einer Suppe und Salat für die Menschen, für die Klingonen wurde ein Spieß mit beinahe rohen Fleischstücken gebracht. Die Aufarbeitung der Eugenischen Kriege hatte Kirk hungrig werden lassen, und so freute er sich auf das Essen. Doch die Zwiebelsuppe und das uranische Salatdressing schmeckten überraschend fad. Um ehrlich zu sein, hatte beides kaum Geschmack. Die

Suppe war dünn und wässrig, die Gemüse und die Kräuter, aus denen der Salat bestand, schmeckten, als habe man ihnen absichtlich jeden Geschmack entzogen. *Sie mögen ja zaubern können, was Gentechnik angeht,* dachte Kirk und versuchte sein Bestes, um seinen Mangel an Begeisterung über das fade Süppchen zu verbergen. *Aber die kulinarischen Künste auf Sycorax lassen doch viel zu wünschen übrig.*

»Ich hoffe, unsere Speisen sind Ihnen nicht zu intensiv oder scharf«, bemerkte Masako Clarke besorgt. Es war ein wenig surreal. »Ich habe unsere Köche ausdrücklich instruiert, nichts zuzubereiten, was Ihre unkultivierten Gaumen und weniger effizienten Metabolismen überfordert, aber bitte lassen Sie mich wissen, wenn Sie einfachere, weniger aufregende Nahrung wünschen.«

Noch weniger aufregend als das hier?, dachte Kirk verblüfft. Die Köche der Kolonie hatten eindeutig übertrieben. Überhaupt hatten die Regentin und ihre gentechnisch verbesserten Mitbürger übertriebene Vorstellungen von den intrinsischen Defiziten ihrer menschlichen Vorfahren. *Ganz wie Khan,* dachte er düster. *Er hat uns ebenfalls eindeutig unterschätzt.*

»Das ist durchaus angemessen«, sagte Kirk diplomatisch, während McCoy amüsiert grinste. Auf der anderen Seite des Tischs stocherte Koloth nicht gerade begeistert in seinem Shish-Kebab herum. An dem zweifelnden Gesichtsausdruck des Klingonen konnte man ablesen, dass Koloth sein Gericht nicht appetitlicher fand als Kirk das seine. *Wenigstens in diesem Punkt scheinen wir einer Meinung zu sein,* dachte der menschliche Captain und nahm pflichtbewusst einen weiteren Löffel der langweiligen Suppe.

»Ja, eine exzellente Mahlzeit«, log Koloth schamlos.

»Passend für einen Feinschmecker. Ihre Küchenchefs sind ausgezeichnet.« Er klatschte herrisch in die Hände, und sein Leibwächter stand von einem der nahe stehenden Tische auf. Er hielt ein Paket in der Hand, das von einer schützenden Lederhülle umgeben war. Lieutenant Lerner war sofort auf der Hut und blockierte den stämmigen Klingonen. Doch auf Kirks Zeichen hin hielt er sich zurück und ließ den glatzköpfigen Krieger an den Tisch der Ehrengäste treten. Kirk konnte sich nicht vorstellen, dass Koloth bei einem formellen Anlass irgendetwas unternehmen würde, was über Gebühr bedrohlich wirkte, aber er sah dennoch aufmerksam zu, wie Koloth das Paket von seinem Untergebenen entgegennahm und die Lederhülle von einer tropfenförmigen Flasche zog. »Wenn Sie keine Einwände haben, Regentin, ich habe mir die Freiheit genommen, einen Trunk zu diesem exquisiten Mahl mitzubringen.« Eine klare hellblaue Flüssigkeit schwappte in der Flasche hin und her. »Das beste romulanische Ale, mit meinen Empfehlungen.«

Kirk runzelte die Stirn. Offenbar war die erst kürzlich bekannt gewordene Allianz zwischen den Klingonen und dem Romulanischen Sternenimperium enger geworden und beschränkte sich nicht mehr nur auf den Austausch militärischer Geheimnisse. Er trat sich selbst mental in den Allerwertesten, zugelassen zu haben, dass Koloth sich einen Vorteil ergaunern konnte. *Es ist eine Schande, dass Scotty mir bei diesem Kraftfeld, das die Kuppel umgibt, nicht rasch eine Flasche von seinem besten Whisky herunterbeamen kann.*

»Danke, Captain«, sagte Clarke und nahm die angebotene Flasche entgegen. Sie wurde um den Tisch herumgereicht, sodass jeder sich das Weinglas mit dem funkelnden blauen Ale füllen konnte. Als er seinen Kelch an die Lippen hob, musste Kirk zugeben, dass der gehaltvolle Saft um einiges befriedigender war als alles, was beim Bankett bisher serviert worden war.

Das kräftige Ale traf sogar McCoys Geschmack. »Das nenne ich mal einen Drink«, gab er zu und schmatzte mit den Lippen. »Kaum zu glauben, dass so ein verführerisches Gebräu tatsächlich von entfernten Verwandten der Vulkanier erfunden wurde.«

»Die Romulaner können bei all ihren Fehlern wohl kaum mit ihren kaltblütigen, überasketischen Ahnen verglichen werden, Doktor«, stellte Koloth fest, und Kirk fragte sich, ob wohl oben auf der *Enterprise* Spocks Ohren zu glühen begannen. »Wie mein eigenes Volk wissen sie zu schätzen, dass das Leben ein immerwährender Kampf ums Überleben und um die Vorherrschaft ist. Dem Sieger gehört die Beute. Und dieser hervorragende Tropfen.« Er hob das Glas zu einem Toast. »Auf unsere Gastgeber und ihren lobenswerten Versuch, überlegene Stärke und Klugheit zu erreichen.«

Kirk fühlte sich erneut übervorteilt. Er hatte keine andere Wahl, als dem berechnenden Klingonen beizupflichten und ebenfalls das Glas auf Regentin Clarke und ihre Leute zu erheben. Doch er konterte mit einem eigenen Toast: »Auf eine neue Zukunft, in der wir einander besser verstehen, und auf die Zusammenarbeit unserer jeweiligen Völker.«

Auf dass wir die Fehler der Vergangenheit vermeiden, fügte er schweigend hinzu. Die Erkenntnisse der letzten Zeit, die er seiner Beschäftigung mit der Geschichte des zwanzigsten Jahrhunderts zu verdanken hatte, hallten in seinen Gedanken wider und warfen ein unheimliches Licht auf den fragwürdigen Stolz der Regentin auf die Kochkünste ihrer Mitarbeiter. Seine Studien hatten ihm klargemacht, dass Übermenschen wie Khan oder Gary Seven in der fernen Vergangenheit in der Lage gewesen waren, enorm viel Gutes zu bewirken. Und doch, die Saat von Khan Singhs rücksichtslosem Ehrgeiz war schon früh zum Tragen gekommen, trotz der Versuche Gary Sevens, die bemerkenswerten Talente des jungen Khan auf das Wohl der Menschheit zu richten. *Was hat Spock damals über Khan und seine übermenschlichen Gefolgsleute gesagt?* Kirk versuchte sich zu erinnern. Das romulanische Ale war ihm bereits zu Kopf gestiegen und half nicht gerade dabei, sich zu erinnern, aber schon bald fielen ihm Spocks prophetische Worte wieder ein, dass »überlegene Fähigkeiten auch überlegenen Ehrgeiz zur Folge hatten«.

Wie die Geschichte nur zu deutlich bewiesen hatte, hatte die Erde einen schrecklichen Preis für diese Ambitionen zahlen müssen. Würde das auch auf die Paragon-Kolonie zutreffen, oder auf zukünftige Supermenschen, die sie vielleicht erst noch mit ihrer Gentechnik erschufen? Wie lange würden Khans spirituelle Nachkommen damit zufrieden sein, nur ein Teil der Föderation zu bleiben, bevor sie versuchten, die Kontrolle über die vielen Welten und Kulturen zu übernehmen, die unter dem Schutz der Sternenflotte standen? Masako Clarke und ihre Leute schienen durchaus liebenswürdig zu sein, aber wie konnte er sicher sein, dass die Paragon-Kolonisten, wenn man ihnen gestattete, sich über die Grenzen des Planeten Sycorax hinaus zu entwickeln, sich nicht zu einer viel größeren Bedrohung des galaktischen Friedens entwickeln würden als die Klingonen und die Romulaner zusammen?

Nein, dessen kann ich nicht sicher sein, resümierte Kirk nüchtern. *Noch nicht.*

Ein Aufruhr am anderen Ende der Plaza unterbrach Kirks ernste Gedanken. Zusammen mit den anderen Teilnehmern des Banketts, einschließlich der Regentin selbst, sah er überrascht auf, als zwei imposante Kolonisten, zweifellos auf ein solches Erscheinungsbild hingezüchtet, auf den Haupttisch zukamen und dabei eine widerspenstige Gestalt zwischen sich herzerrten, die Kirk unschwer als Korax erkannte.

»Lasst mich los, ihr missratenen *targs*!«, schrie der klingonische Lieutenant zornig. Seine Hände waren mit Handschellen gefesselt. Ein blaues Auge und eine aufgeplatzte Lippe ließen vermuten, dass Korax sich den Sicherheitsbeamten nicht ohne einen Kampf ergeben hatte. »Das werdet ihr Föderierten bereuen! Ich schwöre bei Kahless' heiligem Namen, dass ich mich dafür rächen werde!«

Masako Clarke erhob sich konsterniert von ihrem Platz. »Was bedeutet dieser Auftritt?«, verlangte sie zu wissen. Im Gegensatz zu ihr wirkte Koloth weniger überrascht von der Verhaftung seines ersten Offiziers als vielmehr verärgert darüber.

»Wir haben diesen Außenweltler innerhalb des Hauptgenerators für den Schutzschild gefangen. Er versuchte, geheime Informationen über die Verteidigungssysteme der Kolonie herunterzuladen«, erklärte einer der beiden Sicherheitsbeamten. Wie der mutmaßliche Spion trug auch das Gesicht des Kolonisten Spuren einer gewalttätigen Auseinandersetzung. Kirk war etwas erleichtert, als er bemerkte, dass genetisch konstruierte Übermenschen sich offenbar genauso eine blutige Nase holen konnten wie jeder andere auch.

Clarkes Gesicht wurde hart, und sie wandte sich streng an den Klingonen, der neben ihr saß. »Ist das wahr, Captain Koloth?«, fragte sie entrüstet.

Der klingonische Kommandant war ein Ausbund verletzter Unschuld. »Regentin, Sie müssen mir glauben, ich bin schon angesichts der Idee, einer meiner Männer könnte etwas so Ruchloses tun, wie Ihre großzügige Gastfreundschaft zu missbrauchen, zutiefst erschüttert!« Er erhob sich, sah zu Korax hin und schüttelte dramatisch den Kopf. Dieser verharrte in schmollendem Schweigen. »Ich versichere Ihnen, Regentin, wenn diese Anschuldigungen wahr sind, wird Lieutenant Korax schwer bestraft werden.«

Kirk verdächtigte Koloth, damit nur die halbe Wahrheit zu sagen. Wenn Korax überhaupt bestraft werden würde, nahm er an, dann wahrscheinlich dafür, dass er sich hatte erwischen lassen, nicht dafür, spioniert zu haben. Kirk hatte Koloth' Beteiligung an der Verschwörung, lebenswichtiges Getreide zu vergiften, das für das Überleben der menschlichen Kolonie auf dem Sherman-Planeten bestimmt gewesen war, nicht vergessen. Was war schon ein wenig unerlaubtes Herumschnüffeln im Vergleich dazu?

Clarke glaubte Koloth ebenfalls nicht. »Ich denke, es wäre das Beste, wenn Sie und Ihre Leute Sycorax sofort verlassen«, sagte sie dem klingonischen Kommandanten frostig. Sie stöpselte die Flasche romulanischen Ales wieder zu und gab sie Koloth zurück. »Und Ihr Geschenk können Sie auch wieder mitnehmen.«

»Bei allem nötigen Respekt, Regentin«, warnte Koloth und ließ so ein wenig Stahl unter der samtigen Oberfläche seiner undurchdringlichen Diplomatie aufblitzen. »Ich lege Ihnen dringend ans Herz, diese Entscheidung noch einmal zu überdenken. Das Klingonische Reich wird nicht zulassen, dass dieses kleine ... Missverständnis unseren langfristigen Interessen Ihre Kolonie betreffend im Wege steht.«

Eines musste man Clarke lassen: Sie ließ sich von den

verschleierten Drohungen des Klingonen nicht einschüchtern. »Diese Sicherheitsoffiziere werden Sie zu Ihrem Shuttle eskortieren, Captain«, stellte sie unnachgiebig klar. »Ich glaube, unsere Verhandlungen sind hiermit beendet.«

Koloth nickte und fügte sich dem Unvermeidlichen. Für den Augenblick.

»Also gut«, erwiderte er und steckte die zurückgewiesene Flasche Ale wieder in die Lederhülle. »Vielleicht werden Sie eines Tages Ihre Handlungen an diesem Abend bereuen«, informierte er die Regentin düster, bevor er Kirk und McCoy noch einmal zunickte. »Leben Sie wohl, Captain. Doktor. Zweifellos werden wir uns wiedersehen.«

Flankiert von einem ganzen Team von Sicherheitsoffizieren, die nur Sekunden nach der Ankündigung der Regentin auf der Bildfläche erschienen waren, wurden Koloth und seine Männer von der Plaza geführt.

»Ich habe kein gutes Gefühl bei der Sache«, murmelte McCoy Kirk leise zu. »So leicht geben die Klingonen nicht auf.«

»Sie haben nicht aufgegeben«, sagte Kirk. Er war sich seiner Sache völlig sicher. Während er unentschlossen geblieben war, was die Paragon-Kolonie selbst betraf, war er sich durchaus im Klaren darüber, dass er nicht zum letzten Mal von Koloth und seinen Truppen gehört hatte.

»Ihr Chefingenieur hat *was* auf Koloth' Kriegsschiff gebeamt, Captain?«

»Tribbles«, wiederholte Kirk und grinste über die Erinnerung. Er hatte die Regentin und die anderen Gäste am Tisch mit der Geschichte seines früheren Treffens mit Koloth auf der Station K-7 unterhalten. Wenigstens fünfundvierzig Minuten waren vergangen, seit die Klingonen so plötzlich aus der Kolonie geworfen worden waren, und das Bankett neigte sich dem Ende zu. Eine Schüssel mit Speiseeis, natürlich Vanille, stand auf dem Tisch vor Kirk, und der Captain fragte sich, wie er wohl am besten die heimtückische Niedlichkeit der gurrenden Tribble-Horden beschreiben konnte.

Plötzlich wurde der Boden der Plaza von einer Explosion erschüttert. Teller und Gläser klapperten auf allen Tischen, und durch die Zweige der Mammutbäume hindurch, die den Speisebereich umgaben, konnte man etwa einen Kilometer entfernt einen enormen orange-roten Feuerball sehen. Kirk sprang auf die Beine und griff instinktiv nach seinem Phaser, nur um sich im gleichen Moment daran zu erinnern, dass er unbewaffnet zu diesem formellen Staatsdinner gekommen war. Von den drei Sternenflottenoffizieren, die bei diesem Bankett anwesend waren, war nur Lieutenant Lerner auf der Stelle bereit, einen Angriff abzuwehren. Kirk war stolz beim Anblick des Sicherheitsoffiziers, der bereits seine Waffe gezogen und eine Verteidigungsposition vor dem Tisch der Regentin eingenommen hatte.

Bisher waren allerdings abgesehen von der ursprünglichen Explosion keinerlei Anzeichen eines Angriffs zu entdecken. Schwarze Rauchwolken quollen hinter den Bäumen hervor, und Kirk konnte den Qualm an der Stelle, an der er stand, riechen. Durchdringende Sirenen erklangen in der Ferne, selbst über das aufgeregte Stimmengewirr hinweg, das über die Plaza hallte. Die Feuerwehr und die anderen Notfallteams der Kolonie hatten sich mit bewundernswerter Geschwindigkeit der Sache angenommen, aber Kirk war fest überzeugt, dass die Explosion kein Zufall war. *Das waren die Klingonen!*, dachte er und ballte die Fäuste an seiner Seite. *Da bin ich ganz sicher.*

Ein ängstlich aussehender Assistent eilte mit blassem Gesicht zur Regentin und flüsterte ihr hastig etwas ins Ohr. Clarkes Gesicht wurde ebenfalls bleich angesichts der schrecklichen Nachricht, die sie offenbar gerade erhalten hatte. »Oh, nein!«, flüsterte sie, und ihr besorgter Blick klebte geradezu an dem unkontrollierten Rauch und den Flammen am Horizont. »Ich hätte nie gedacht ...«

»Was ist los, Regentin?«, fragte Kirk, entschlossen herauszufinden, was die Regentin so aus der Fassung brachte. »Können wir Ihnen irgendwie behilflich sein?«

»Ja«, sagte McCoy mitfühlend. Wie immer war er zuerst Arzt. »Bitte lassen Sie mich dabei helfen, die Verwundeten zu behandeln.«

»Danke, Doktor«, entgegnete Clarke, und es klang ehrlich. »Aber ich fürchte, die Situation ist noch ernster, als sie scheint.« Sie senkte die Stimme, um eine Panik zu vermeiden. »Die Explosion fand offenbar bei den Hauptgeneratoren des Kraftfelds statt. Den ersten Berichten zufolge wurden einige zusammengeschaltete Kraftfeldprojektoren zerstört, was nun die strukturelle Integrität der Kuppel selbst bedroht.« Ihr starrer Blick hob sich widerwillig zu der bioorganischen Blase, die sich über ihren Köpfen wölbte und den Hauptschutz gegen die giftige Atmosphäre außerhalb der Kolonie bildete.

Der Kraftfeldgenerator, dachte Kirk. *Dort ist Korax vor nicht einmal einer Stunde festgenommen worden.* Das war, was ihn anging, ein schlüssiger Beweis für eine Sabotage der Klingonen. Offenbar hatte Korax mehr getan, als nur herumgeschnüffelt. *Wahrscheinlich eine Photonengranate*, überlegte er. *Aktiviert über eine Fernbedienung, nachdem Koloth' Shuttle sicher die Kuppel verlassen hatte.*

»Sehen Sie!« Gregor Lozin wies auf das Dach der Kuppel. In seinem Blick lag eindeutig Furcht und nicht wie sonst ein misstrauisches Stirnrunzeln. Blaue Blitze von Tscherenkow-Strahlung flackerten über einen beträchtlichen Teil der gewaltigen hellgrünen Kuppel und bewiesen auf dramatische Weise, dass das von der Kolonie so dringend gebrauchte Kraftfeld bereits stellenweise schwächer wurde. Plötzlich sah die durchscheinende Kuppel gefährlich dünn und zerbrechlich aus, besonders, wenn man sie mit der höllischen Hitze und dem Druck verglich, die durch die lebensspendende Barriere zu brechen drohten.

»Wie lange kann Ihre Kuppel dem Druck ohne die zusätzliche Unterstützung des Kraftfelds standhalten?«, wollte Kirk leise von Clarke wissen.

Die Regentin hatte die hoffnungslose und doch aufrechte Haltung eines Raumschiffcaptains eingenommen, der bereit war, mit seinem Schiff unterzugehen.

»Einige Stunden«, sagte sie mit verzweifelter Stimme.

»Höchstens.«

FORTSETZUNG IN:

Die Eugenischen Kriege
Der Aufstieg und Fall des Khan Noonien Singh

Band 2

NACHWORT

Historische Anmerkungen zu
»Die Eugenischen Kriege - Band 1«

Als die Fernsehserie STAR TREK das erste Mal auf die gefürchteten Eugenischen Kriege der 1990er hinwies, hätte wahrscheinlich keiner der Autoren und Produzenten der Serie vermutet, dass wir uns im einundzwanzigsten Jahrhundert noch immer damit beschäftigen würden. Bedauerlicherweise werden viele der Details, die den Aufstieg von Khan Noonien Singh betreffen, von zeitgenössischen Historikern nicht untersucht, aber einige Leser wird interessieren, wo und wie sich die Ereignisse, die in diesem Band beschrieben werden, mit der »offiziellen« Geschichte des späten zwanzigsten Jahrhunderts kreuzen.

Kapitel 1: Im März des Jahres 1974 wurde die Berliner Mauer als ein Symbol und Artefakt des Kalten Krieges eifrig bewacht. Das sollte auch noch viele Jahre so bleiben.

Kapitel 5: Sie glauben, Dr. Lozinaks im Dunkeln leuchtende Maus sei ein flüchtiges Detail meiner eigenen Vorstellungskraft? Das dachte ich auch erst. Stellen Sie sich also meine Überraschung vor, als ich entdeckte, dass im Februar 2000 in Frankreich ein biolumineszierendes Kaninchen auf die Welt kam – eine Schöpfung eines gentechnischen »Künstlers«, der das fluoreszierende grüne Protein einer Qualle in die DNA eines Albino-Kaninchens transferiert hatte. So entstand ein Säugetier, das unter Schwarzlicht grünlich leuchtet. Er konnte natürlich nicht wissen, dass das Chrysalis-Projekt ihm um über ein Vierteljahrhundert zuvorgekommen war. Mehr Informationen gibt es auf dieser Website: www.ekac.org/gfpbunny.html.

Kapitel 6: Wie von Gary Seven erwähnt, war einer der tatsächlichen Begründer der modernen Gentechnik Har Gobind Khorana, ein in Indien geborener Molekularbiologe. Khorana gewann 1968 den Nobelpreis für seine Arbeit über die Chemie des genetischen Codes und schuf später mit seinem Team das erste biologisch aktive synthetische Gen (zweifellos war Khans Mutter eine seiner Schülerinnen ...).

Kapitel 7: Die Pockenepidemie, auf die Roberta sich hier bezieht, fand in Indien im Jahr 1974 tatsächlich statt und tötete schätzungsweise zehn bis zwanzig Millionen Menschen.

Kapitel 8: Metalldetektoren waren 1974 auf Flughäfen tatsächlich etwas Neues, ihre Installation war eine Reaktion auf eine Welle von Flugzeugentführungen in dieser Zeit.

Kapitel 12: Wie von Sarina Kaur erwähnt, startete die Sowjetunion im Jahre 1974 tatsächlich ein großes B-Waffen-Projekt, das den Namen »Biopreparat« trug, obwohl auch die UdSSR kurz zuvor die Biowaffenkonvention unterschrieben hatte. Das Programm umfasste beinahe zweiunddreißigtausend Wissenschaftler und ihren Stab, und entwickelte tatsächlich speziell gekühlte Sprengköpfe, die in der Lage waren, Pocken oder Pest verursachende Viren in Zielgebieten der USA und Europas freizusetzen.

Kapitel 14: Auch wenn das von der US-Regierung immer wieder abgestritten wird, sind die Gerüchte, dass 1947 ein außerirdisches Raumschiff bei Roswell abstürzte, bis heute nicht verstummt.

Kapitel 23: Am 18. Mai 1974 gab es unter der Wüste Thar von Rajasthan tatsächlich eine Atomexplosion. Die indische Regierung behauptete, dass es ein friedlicher Atomtest gewesen sei, aber das wissen wir ja nun besser.

Was auch wichtig ist: Im Juli des Jahres 1974 verabschiedete die National Academy of Sciences ein vorläufiges Moratorium, in dem sie Gentechnik verurteilte. Zweifellos geschah das auf das diskrete Wirken von Gary Seven hin.

Kapitel 26: Traurigerweise sind die blutigen Unruhen, die in Delhi aufgrund der Ermordung von Indira Gandhi ausbrachen, ein historischer Fakt.

Kapitel 29: Die Existenz des Ozonlochs über der Antarktis wurde 1985 öffentlich bekannt, nicht lange nach Gary Sevens Expedition zum Südpol. Das Space Shuttle *Discovery*, das seinen Jungfernflug 1984 absolvierte, führte vor 1985 keine geheimen Militärmissionen durch, aber es liegt auf der Hand, dass die *Discovery* Dr. Evergreens hoch geheimen Satelliten schon ein paar Monate zuvor ins All brachte.

Kapitel 30: Der Unfall in der chemischen Fabrik im indischen Bhopal 1984 ist bis heute einer der schlimmsten Industrieunfälle der Geschichte. Die genaue Zahl der Todesopfer konnte nie exakt ermittelt werden. Die Schätzungen belaufen sich auf Tausende Tote, und ungefähr fünfzigtausend Opfer, die bleibende Schäden davontrugen. Es ist nicht verwunderlich, dass der junge Khan über die Katastrophe so außer sich war.

Kapitel 31: Schon lange ist die Area 51 in Nevada Gerüchten zufolge eines der geheimsten US-Laboratorien für UFO-Forschung.

Kapitel 32: Auch wenn es heutzutage besser als das Markenzeichen von *Xena, der Kriegerprinzessin* bekannt ist, ist das *chakram* tatsächlich eine traditionelle Sikh-Waffe, deren Gebrauch bis ins sechzehnte Jahrhundert zurückreicht. Khan ist sicherlich in seinem Gebrauch geschult worden, lange bevor die Wiederholungen der Serie in Delhi anliefen. Das radähnliche *chakar* ist ebenfalls eine einzigartige Waffe der Sikhs.

Ebenso ist zumindest ein versteckter Tunnel bekannt, der unter der südlichen Kremlmauer entlangläuft und wahrscheinlich ein Fluchtweg zur nahen Moskwa ist. Der geheime Gang unter Lenins Mausoleum taucht allerdings bisher nicht in den Reiseführern auf.

Kapitel 33: Mikhail Gorbatschow hatte im Oktober 1986 in der Sowjetunion bereits große Unruhe gestiftet, als er sich mit US-Präsident Ronald Reagan in Reykjavik in der Hoffnung traf, er könne Reagan davon überzeugen, die Entwicklung seines »Star Wars«-Raketenabwehrprogramms zu beenden. Aber Reagans Entschlossenheit, seine strategische Verteidigungsoffensive durchzusetzen, ist ebenso wie seine Vorliebe für Jelly Beans ein historischer Fakt. Wie »Radhinka« es vermutete und befürchtete, endete der Gipfel in einer Pattsituation.

Ein nettes Detail nebenher: In ihrer 1990 erschienenen Gorbatschow-Biografie *Der Mann, der die Welt verändert hat* zitiert die Autorin Gail Sheehy einen ungenannten Amerikaner, der Gorbatschow und zwei seiner engsten Berater als »die STAR TREK-Troika« bezeichnet. Gorbatschow sei dabei Captain Kirk, die weise und antreibende Kraft, [Alexander] Jakowlew sei Dr. Spock [sic!], der emotionslose Konzeptionist, und [Eduard] Schewardnadse als McCoy stelle die moralische Kraft dar. Man kann sich nur fragen, ob Gary Seven und Roberta diese Ähnlichkeit ebenfalls bemerkt haben.

Kapitel 34: Die Berliner Mauer fiel am 9. November 1989, über fünfzehn Jahre, nachdem Gary Seven das erste Mal vom Chrysalis-Projekt erfuhr. Am nächsten Tag trat der Staatschef von Bulgarien friedlich zurück, dank Sevens Einmischung hinter den Kulissen. Der Kalte Krieg war beendet, aber Khan Noonien Singh fing gerade erst an ...

Diese Aufzählung deckt die Schlüsselereignisse von Band eins ab. Aber warten Sie nur, bis wir zu den neunziger Jahren kommen ...

Greg Cox
Februar 2001

STAR TREK BEI CROSS CULT

THE NEXT GENERATION

1: Tod im Winter
TB | BoD | € 15,—
ISBN: 978-3-95981-836-0

2: Widerstand
TB | BoD | € 15,—
ISBN: 978-3-95981-837-7

3: Quintessenz
TB | BoD | € 15,—
ISBN: 978-3-95981-838-4

4: Heldentod
TB | BoD | € 15,—
ISBN: 978-3-95981-839-1

5: Mehr a. d. Summe
TB | BoD | € 15,—
ISBN: 978-3-95981-840-7

6: D. Frieden verlieren
TB | BoD | € 15,—
ISBN: 978-3-95981-841-4

7: Von Magie ...
TB | 552 S. | € 14,80
ISBN: 978-3-86425-293-8

**8: Kalte Berechnung:
– Die Beständigkeit
der Erinnerung**
TB | 432 S. | € 12,80
ISBN: 978-3-86425-785-8

**9: Kalte Berechnung:
– Lautlose Waffen**
TB | 380 S. | € 12,80
ISBN: 978-3-86425-786-5

**10: Kalte Berechnung
– Diabolus ex
Machina**
TB | 380 S. | € 12,80
ISBN: 978-3-86425-787-2

11: D. Licht d. Fantasie
TB | 368 S. | € 14,—
ISBN: 978-3-86425-788-9

Jagd
TB | 432 S. | € 14,—
ISBN: 978-3-95981-178-1

Der Pfeil d. Schicksals
TB | 432 S. | € 15,—
ISBN: 978-3-95981-184-2

Absturz
TB | 336 S. | € 15,—
ISBN: 978-3-95981-960-2

Herz und Verstand
TB | 416 S. | € 15,—
ISBN: 978-3-86425-874-9

**Der Stoff, aus dem
die Träume sind**
*Kurzroman – nur als
E-Book erhältlich*

**Q sind herzlich
uneingeladen**
*Kurzroman – nur als
E-Book erhältlich*

PICARD

**Die letzte und einzige
Hoffnung**
TB | 416 S. | € 15,—
ISBN: 978-3-86425-863-3

**Die letzte und einzige
Hoffnung**
Limitierte Fan-Edition
HC | 416 S. | € 26,—
ISBN: 978-3-86425-862-6

VOYAGER

1: Heimkehr
TB | 250 S. | € 12,80
ISBN: 978-3-86425-287-7

2: Ferne Ufer
TB | 252 S. | € 12,80
ISBN: 978-3-86425-288-4

3: Geistr. I – Alte Wunden
TB | BoD | € 14,—
ISBN: 978-3-95981-177-4

4: Geistr. II – D. Feind ...
TB | BoD | € 14,—
ISBN: 978-3-95981-179-8

5: Projekt Full Circle
TB | 618 S. | € 16,80
ISBN: 978-3-86425-422-2

6: Unwürdig
TB | 402 S. | € 12,80
ISBN: 978-3-86425-423-9

7: Kinder des Sturms
TB | 380 S. | € 12,80
ISBN: 978-3-86425-423-9

8: Ewige Gezeiten
TB | 380 S. | € 12,99
ISBN: 978-3-86425-775-9

9: Bewahrer
TB | 480 S. | € 14,—
ISBN: 978-3-95981-146-0

10: Erbsünde
TB | 512 S. | € 16,—
ISBN: 978-3-95981-204-7

11: Sühne
TB | ca. 510 S. | € 16,—
ISBN: 978-3-95981-515-4

12: Kleine Lügen ... 1
TB | 288 S. | € 14,—
ISBN: 978-3-95981-690-8

13: Kleine Lügen ... 2
TB | 320 S. | € 14,—
ISBN: 978-3-95981-692-2

14: Architekten ... 1
TB | 272 S. | € 14,—
ISBN: 978-3-86425-761-2

TITAN

1: Eine neue Ära
TB | BoD | € 15,—
ISBN: 978-3-95981-857-5

2: Der rote König
TB | BoD | € 15,—
ISBN: 978-3-95981-858-2

3: Die Hunde d. Orion
TB | BoD | € 16,—
ISBN: 978-3-95981-859-9

4: Schwert d. Damokles
TB | BoD | € 15,—
ISBN: 978-3-95981-860-5

5: Stürmische See
TB | BoD | € 15,—
ISBN: 978-3-95981-861-2

6: Synthese
TB | BoD | € 15,—
ISBN: 978-3-95981-862-9

7: Gefallene Götter
TB | 360 S. | € 12,80
ISBN: 978-3-86425-429-1

Abwesende Feinde
*Kurzroman – nur als E-Book
erhältlich*

Aus der Dunkelheit
TB | 432 S. | € 15,—
ISBN: 978-3-95981-501-7

WWW.CROSS-CULT.DE | WWW.STARTREKROMANE.DE

STAR TREK BEI CROSS CULT

DEEP SPACE NINE

8.01: Offenbarung I
TB | BoD | € 15,—
ISBN: 978-3-95981-911-4

8.02: Offenbarung II
TB | BoD | € 15,—
ISBN: 978-3-95981-912-1

8.03: Der Abgrund
TB | BoD | € 15,—
ISBN: 978-3-95981-913-8

8.04: Dämonen ...
TB | BoD | € 15,—
ISBN: 978-3-95981-914-5

8.05: Mission Gamma I
TB | BoD | € 18,—
ISBN: 978-3-95981-915-2

8.06: Mission Gamma II
TB | BoD | € 18,—
ISBN: 978-3-95981-916-9

8.07: Mission Gamma III
TB | BoD | € 15,—
ISBN: 978-3-95981-917-6

8.08: Mission Gamma IV
TB | BoD | € 14,—
ISBN: 978-3-95981-918-3

8.09: So der Sohn
TB | BoD | € 15,—
ISBN: 978-3-95981-919-0

8.10: Einheit
TB | BoD | € 15,—
ISBN: 978-3-95981-920-6

9.01: Kriegspfad
TB | BoD | € 15,—
ISBN: 978-3-95981-921-3

9.02: Ents. Gleichmaß
TB | BoD | € 15,—
ISBN: 978-3-95981-922-0

9.03: D. Seelenschlüssel
TB | BoD | € 15,—
ISBN: 978-3-95981-923-7

E. Stich z. rechten Zeit
TB | BoD | € 15,—
ISBN: 978-3-95981-703-3

Misstrauen
TB | 288 S. | € 14,—
ISBN: 978-3-95981-174-3

Sakramente d. Feuers
TB | 512 S. | € 15,—
ISBN: 978-3-95981-202-3

Vorherrschaft
TB | ca. 380 S. | € 15,—
ISBN: 978-3-95981-525-3

Kraft und Bewegung
TB | ca. 350 S. | € 15,—
ISBN: 978-3-95981-666-3

Lichter im Dunkel
TB | 432 S. | € 15,—
ISBN: 978-3-95981-965-7

Mysterien
TB | 352 S. | € 15,—
ISBN: 978-3-95981-148-4

PREY

1: Das Herz der Hölle
TB | BoD | € 18,—
ISBN: 978-3-96658-167-7

2: D. Trick d. Schakals
TB | 416 S. | € 15,—
ISBN: 978-3-96658-662-5

3: Die Halle der Helden
TB | 416 S. | € 15,—
ISBN: 978-3-95981-670-0

DIE WELTEN VON DS9

1: Cardassia
TB | BoD | € 14,—
ISBN: 978-3-95981-924-43

2: Andor
TB | BoD | € 14,—
ISBN: 978-3-95981-925-1

3: Trill
TB | BoD | € 14,—
ISBN: 978-3-95981-926-83

4: Bajor
TB | BoD | € 14,—
ISBN: 978-3-95981-927-5

5: Ferenginar
TB | BoD | € 14,—
ISBN: 978-3-95981-928-2

6: Das Dominion
TB | BoD | € 14,—
ISBN: 978-3-95981-929-9

D. klingonische Hamlet
TB | BoD | € 16,—
ISBN: 978-3-96658-175-2

VANGUARD

1: Der Vorbote
TB | BoD | € 15,—
ISBN: 978-3-95981-850-6

2: Rufe den Donner
TB | BoD | € 16,—
ISBN: 978-3-95981-851-3

3: Ernte den Sturm
TB | BoD | € 15,—
ISBN: 978-3-95981-852-0

4: Offene Geheimnisse
TB | BoD | € 16,—
ISBN: 978-3-95981-853-7

5: Vor dem Fall
TB | BoD | € 15,—
ISBN: 978-3-95981-854-4

6: Enthüllungen
TB | BoD | € 16,—
ISBN: 978-3-95981-855-1

7: Das jüngste Gericht
TB | BoD | € 15,—
ISBN: 978-3-95981-856-8

8: Sturm a. d. Himmel
TB | BoD | € 16,—
ISBN: 978-3-95981-864-3

Spuren des Sturms
Kurzroman – nur als
E-Book erhältlich

D. Eugenischen Kriege 1
TB | BoD | € 20,—
ISBN: 978-3-96658-174-5

D. Eugenische Kriege 2
TB | 480 S. | € 14,80
ISBN: 978-3-86425-440-6

STAR TREK BEI CROSS CULT

ENTERPRISE

1: D. höchste Maß a. Hingabe
TB | BoD | € 16,—
ISBN: 978-3-95981-834-6

2: W. Menschen Gutes tun
TB | BoD | € 16,—
ISBN: 978-3-95981-835-3

3: Kobayashi Maru
TB | BoD | € 18,—
ISBN: 978-3-96658-168-4

4: Der Rom. Krieg I
TB | 380 S. | € 12,80
ISBN: 978-3-86425-300-3

5: Der Rom. Krieg II
TB | 380 S. | € 12,80
ISBN: 978-3-86425-301-0

6: D. Rom. Krieg – Sturm ...
TB | 380 S. | € 12,80
ISBN: 978-3-86425-295-2

RISE OF THE FEDERATION

1: Am Scheideweg
TB | BoD | € 15,—
ISBN: 978-3-95981-169-1

2: Turm zu Babel
TB | 384 S. | € 15,—
ISBN: 978-3-95981-196-5

3: Zweifelhafte Logik
TB | 400 S. | € 15,—
ISBN: 978-3-95981-533-8

4: Prinzipientreue
TB | 464 S. | € 15,—
ISBN: 978-3-95981-688-5

5: Interferenz
TB | 368 S. | € 15,—
ISBN: 978-3-95981-390-7

CLASSIC

FEUERTAUFE
1: McCoy – ... Schatten
TB | BoD | € 18,—
ISBN: 978-3-95981-842-1

2: Spock – D. Feuer ...
TB | BoD | € 15,—
ISBN: 978-3-95981-843-8

3: Kirk – D. Leitstern ...
TB | BoD | € 15,—
ISBN: 978-3-95981-844-5

Der Friedensstifter
TB | BoD | € 15,—
ISBN: 978-3-95981-845-2

D. Ende d. Dämmerung
TB | BoD | € 15,—
ISBN: 978-3-95981-846-9

Die Glücksmaschine
TB | BoD | € 15,—
ISBN: 978-3-96658-172-1

Früher war alles besser
TB | BoD | € 16,—
ISBN: 978-3-96658-171-4

Stürme d. Widrigkeiten
TB | BoD | € 15,—
ISBN: 978-3-96658-165-3

Das Gewicht d. Welten
TB | ca. 350 S. | € 14,—
ISBN: 978-3-95981-521-5

SEEKERS

1: Zweite Natur
TB | 352 S. | € 14,—
ISBN: 978-3-95981-437-9

2: Divergenzpunkt
TB | BoD | € 16,—
ISBN: 978-3-96658-166-0

CROSSOVER-REIHEN
TYPHON PACT

1: Nullsummenspiel
TB | 396 S. | € 12,80
ISBN: 978-3-86425-280-8

2: Feuer
TB | 480 S. | € 14,80
ISBN: 978-3-86425-281-5

3: Bestien
TB | 332 S. | € 12,80
ISBN: 978-3-86425-282-2

4: Zwietracht
TB | 480 S. | € 14,80
ISBN: 978-3-86425-283-9

Kampf
*Kurzroman – nur als
E-Book erhältlich*

5: Heimsuchung
TB | BoD | € 16,—
ISBN: 978-3-95981-847-6

6: Schatten
TB | BoD | € 16,—
ISBN: 978-3-95981-848-3

7: Risiko
TB | BoD | € 15,—
ISBN: 978-3-95981-849-0

Captains, 3 Geschichten
TB | 384 S. | € 16,—
ISBN: 978-3-95981-384-6

DESTINY

DESTINY
Gesamtausgabe
HC | 1.200 S. | € 35,—
ISBN: 978-3-86425-907-4

THE FALL

1: Erkenntn. aus Ruinen
TB | 420 S. | € 12,80
ISBN: 978-3-86425-778-0

2: D. karminr. Schatten
TB | 300 S. | € 12,99
ISBN: 978-3-86425-779-7

3: Auf verl. Posten
TB | 380 S. | € 12,99
ISBN: 978-3-86425-780-3

4: Der Giftbecher
TB | 380 S. | € 12,99
ISBN: 978-3-86425-781-0

5: Königr. d. Friedens
TB | 380 S. | € 12,99
ISBN: 978-3-86425-782-7

WWW.CROSS-CULT.DE | WWW.STARTREKROMANE.DE

STAR TREK BEI CROSS CULT

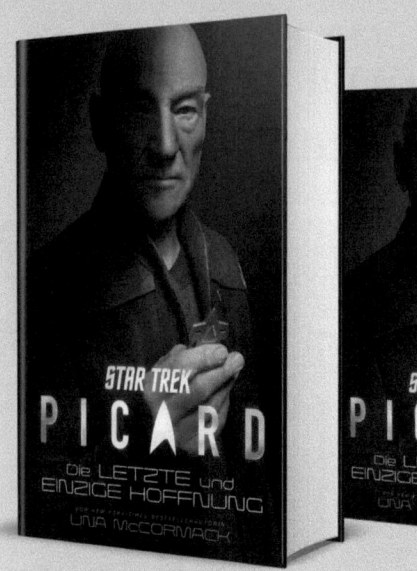